Gioconda Belli

Die Verteidigung des Glücks

Erinnerungen an Liebe und Krieg

Aus dem Spanischen von Lutz Kliche

Carl Hanser Verlag

Die Originalausgabe erschien erstmals 2001
unter dem Titel *El país bajo mi piel*
bei Plaza y Janes in Madrid.

2 3 4 5 05 04 03 02 01

ISBN 3-446-19976-4

Satz: Satz für Satz. Barbara Reischmann, Leutkirch
Druck und Bindung: Friedrich Pustet, Regensburg
Printed in Germany

Für Chepita, Alicia, Eda, Anita, Cristina, Maria Elsa, Nidia, Petrona; insbesondere für Socorro Ruiz, Beatriz Mancilla, Dolores Ortega und all die Frauen, die an der häuslichen Front für mich in die Bresche gesprungen sind und ohne die weder dieses Leben, das ich führte, noch dieses Buch möglich gewesen wären

Für meine Kinder Maryam, Melissa, Camilo und Adriana
Für Carlos, den Hafen meiner Gewitterstürme

Wir füllen die Krater der Bomben
Und säen wieder
Und singen wieder
Denn das Leben kapituliert nie.

Anonymes vietnamesisches Gedicht

Das wahre Glück besteht nicht darin, alles zu haben, was man sich wünscht, sondern darin, Dinge zu wünschen, die man nicht hat, und darum zu kämpfen, daß man sie erlangt.

Julio Antonio Mella

Prolog

Zwei Dinge, über die ich nicht entschied, entschieden über mein Leben: das Land, in dem ich geboren wurde, und das Geschlecht, mit dem ich zur Welt kam. Vielleicht weil meine Mutter meine Ungeduld, geboren zu werden, bei einem Baseballspiel im Somozastadion von Managua spürte, wurde die Hitze der Menge mein Schicksal. Vielleicht kam auch meine Furcht vor der Einsamkeit daher; meine Liebe zu den Männern, mein Drang, die biologischen Grenzen und die Grenzen meiner Umwelt zu überschreiten und soviel Raum auf der Welt einzunehmen wie sie. Vor dem Stadion, aus dem meine Mutter direkt ins Hospital gebracht wurde, erhob sich damals ein Reiterstandbild von Anastasio Somoza García, dem Diktator, der 1937 in Nicaragua die Dynastie der Familie Somoza begründet hatte. Wer weiß, welche Schwingungen im Fruchtwasser weitergegeben wurden, jedenfalls schwang ich später, anstatt als Sportlerin einen Schläger in der Hand zu halten, alle mir zur Verfügung stehenden Waffen, um die Erben des Herrn zu Pferde zu stürzen und am Kampf meines Landes gegen eine der dauerhaftesten Diktaturen des amerikanischen Kontinents teilzunehmen.

Ich war nicht schon als Kind so rebellisch. Ganz im Gegenteil. Nichts ließ meine Eltern vermuten, daß dieses artige, süße kleine Mädchen, das auf den Kinderfotos immer so wohlerzogen dreinschaute, sich eines Tages in die aufrührerische Frau verwandeln würde, die sie um den Schlaf brachte. Ich war eine späte Rebellin. Während meiner Jugend las ich viel. Ich las unersättlich und mit erstaunlicher Geschwindigkeit. Jules Verne und mein Großvater Pancho – der mich mit Büchern versorgte – waren dafür verantwortlich, daß ich eine zügellose Phantasie entwickelte und zu glauben begann, daß die eingebildeten Wirklichkeiten tatsächlich

Wirklichkeit werden konnten. Die revolutionären Träumereien fanden in mir einen fruchtbaren Nährboden. Und das gleiche geschah mit anderen Träumen, die meinem Geschlecht eigen sind. Nur daß meine Märchenprinzen Guerilleros waren und daß ich meine Heldentaten beging, während ich Windeln wechselte und Nuckelflaschen auskochte.

Ich bin zwei Frauen gewesen und habe zwei Leben gelebt. Eine von den beiden wollte alles so machen, wie es dem klassischen Frauenbild entspricht: heiraten, Kinder kriegen, immer freundlich, nachgiebig und fürsorglich sein. Die andere wollte die männlichen Privilegien: Unabhängigkeit, Selbstgenügsamkeit, eine Rolle im öffentlichen Leben spielen, Beweglichkeit, Geliebte haben. Beide Personen auszutarieren und ihre Kräfte zusammenzuführen, damit sie mich bei ihren Zweikämpfen nicht mit Bissen und Haarreißen traktierten, hat mich einen großen Teil meines Lebens gekostet. Ich meine, ich habe es schließlich erreicht, daß beide unter derselben Haut nebeneinander existieren können. Ohne aufzuhören, eine Frau zu sein, habe ich es, glaube ich, geschafft, auch genügend Mann zu werden.

Meine beiden Leben miteinander zu versöhnen ist schwieriger gewesen. Es hat die räumliche Trennung bedeutet. Mir meine Vergangenheit in meinem Land auf den Rücken zu laden und sie mitzunehmen, nicht einfach irgendwohin, sondern nach Norden, in das Land, wo das Netz erdacht wurde, in dem sich der Fisch meiner Phantasie verfing und verschied. Ein Jahr nachdem ich und viele andere mit mir ungläubig und jubilierend unsere glühendsten Träume erreicht hatten, kehrte mein Land zum Krieg zurück, blutete aus.

Anstatt Manna vom Himmel regnete es Kugeln; statt im Chor zu singen, zerstritten wir Nicaraguaner uns; statt Überfluß gab es Mangel. Während mein Volk »Yankee, go home« auf die Wände malte, verliebte ich mich in einen Yankee-Journalisten. Als von meiner Revolution nur noch das Echo und die Spuren übrigblieben, brachte mich die Liebe, der ich nie widerstehen konnte, dazu, mit dem Geliebten einen Pakt zu schließen, der mich verpflichtete, einen Teil der Zeit in seinem Land zu leben. Durch diesen magischen Zauber verbringe ich, beinahe wie die Prinzessin im Märchen, einen Teil meines Lebens damit, als Vogel verwandelt in einem goldenen Käfig zu singen und mich nach den Tropen zu sehnen, aus denen ich stamme. Aus meinem von Palmen umgebenen und von der kalifornischen Sonne beschienenen Käfig heraus versuche ich mich mit meinem Land zu versöhnen, das mir wie ein frecher Bengel den Drachen wegnahm, den ich steigen ließ; ich versuche, es mit den Augen des Mannes zu sehen, den ich liebe. Verloren in der Anonymität einer großen amerikanischen Stadt, bin ich eine von vielen. Eine Mutter, die ihre Tochter in den Kindergarten bringt und Kindergeburtstage organisiert. Niemand, der mich sieht, vermutet, daß mich einmal ein Militärgericht verurteilte, weil ich eine Revolutionärin war.

Dabei habe ich doch einmal ein anderes Leben gelebt. Ich war als Organisatorin und Zeugin an großen Taten beteiligt. Ich erlebte die Schwangerschaft und die Geburt eines Kindes, das ein ganzes Volk mit Schweiß und Blut zur Welt brachte. Ich sah die Massen das Ende von fünfundvierzig Jahren Diktatur feiern. Ich spürte die riesigen Energien, die freigesetzt werden, wenn man sich traut, die Angst zu durchbrechen, mit einem Ziel, das über den einzelnen hinausgeht. Ich habe viel geweint, doch habe ich auch viel gelacht. Ich lernte die Freuden kennen, die es bedeutet, das Ich hinter sich zu lassen und das Wir zu umfangen. In diesen Zeiten, in denen es so leicht ist, in Zynismus zu verfallen, an nichts mehr zu glauben, die Träume zu verwerfen, bevor ihnen Flügel wachsen können, schreibe ich diese Erinnerungen zur Verteidigung des Glücks, für das es sich zu leben und sogar zu sterben lohnt.

1. Kapitel

In dem im Pulverdampf diese Erinnerungen beginnen (Kuba, 1979)

Jeder Schuß riß mir den Körper auseinander. Das Knallen erschütterte mich bis ins letzte Gelenk und hinterließ in meinem Kopf ein unerträgliches, schrilles, entnervendes Pfeifen, das von wer weiß woher kam. Ich hätte mich geschämt, zuzugeben, daß ich Schießen haßte. Ich kniff die Augen fest zusammen, kaum daß ich den Abzug durchgezogen hatte, und betete, daß mein Arm nicht ausgerechnet in diesem Augenblick der Blindheit von der Richtung abwich. Nach dem Schuß unterdrückte ich das Verlangen, die Waffe weit fortzuwerfen, so, als verbrenne sie mich wie ein glühendes Eisen, als könne mein Körper sein Gleichgewicht nur dann zurückgewinnen, wenn er sich von diesem tödlichen Glied befreite, das mir an der Hand, an der Schulter klebte.

Es war ein Januarmorgen im Jahr 1979. Ein frischer Nordwind hüllte den Tag in eine klare, wolkenlose Atmosphäre. Der Tag war wie geschaffen dazu, an den Strand zu gehen oder sich unter eine Kiefer auf den Rasen zu legen und aufs Karibische Meer hinauszuschauen. Statt dessen befand ich mich mit einer Gruppe lateinamerikanischer Guerilleros auf einem Schießstand und hielt eine Kalaschnikow in der Hand. Hinter mir stand, mit ein paar Leuten ins Gespräch vertieft und uns beobachtend, Fidel Castro.

Kaum eine halbe Stunde zuvor waren wir auf dem modernen und gut ausgerüsteten Übungsgelände der kubanischen Armee angekommen. Es herrschte eine fröhliche Atmosphäre wie bei einem Schulausflug. Im Waffenarsenal, wo sich jeder die Waffen aussuchte, mit denen er schießen wollte, wirkten wir alle wie Kinder in einem Spielzeugladen, während wir die automatischen und halbautomatischen Gewehre, die Maschinenpistolen und Revolver, die man uns zur Verfügung stellte, berührten und untersuchten. Weil ich bisher nur Pistolen gebraucht hatte, wollte ich ausprobieren, wie es war, mit einem Gewehr zu zielen. Als wir nach draußen gingen und uns aufstellten, um auf die Scheiben zu schießen, die auf der anderen Seite einer Senke aufgebaut waren, spürte ich zum erstenmal den Rückstoß der Explosionen wie Faustschläge an meiner Schulter, die Kraft der Feuerstöße; die Art und Weise, wie der Körper das Gleichgewicht verliert und niederstürzt, wenn man nicht fest auf seinen Füßen steht. Während die anderen begeistert schossen, stand ich wie benommen in einer Welt dumpfer Laute und konnte mich nicht von dem Gefühl erholen, unter Wasser zu sein. Ich empfand nicht die geringste Freude, sondern nur den Abscheu, den die Waffen in mir auslösten. Ich fragte mich, weshalb anscheinend nur mir die Faszination dieses Kriegsgeräts fremd war. Was würde ich tun, wenn die Reihe an mir wäre, in den Kampf zu ziehen? Ich schoß weiter und war furchtbar wütend auf mich selbst. Am Schluß lag ich bäuchlings auf einem Hügel, wo ein schweres Geschütz stand, dessen langes Rohr sich auf einer Lafette drehen ließ. Dort blieb ich liegen und bediente mit den Daumen die Abzugsknöpfe. Dies war die tödlichste Waffe, die es dort gab, doch sie warf mich nicht um, und ihr Knallen klang trocken und durchlief mich nicht so entsetzlich.

»Die Fünfzig-Millimeter hat dir wohl ganz gut gefallen«, sagte Fidel hintergründig lächelnd zu mir, als ich ihn Tage später wiedersah. Ich antwortete nicht, sondern lächelte nur zurück. Er wandte sich wieder dem Gespräch mit Tito und den anderen sandinistischen Compañeros zu, die zu den Feiern des 20. Jahrestags der kubanischen Revolution nach Havanna eingeladen worden waren.

Ich lehnte mich im Sessel zurück. Es war wohl unvermeidlich, daß Fidels Nähe in meinem Kopf eine wirre Mischung von Bildern aus Vergangenheit und Gegenwart hervorrief. Fidel war der erste Revolutionär gewesen, von dem ich in meinem Leben gehört hatte. Ich verfolgte sein abenteuerliches Rebellentum, als handele es sich um einen Fortsetzungsroman, denn es löste in unserem Haus die Leidenschaften meiner Eltern und vor allem die meines Bruders Humberto aus, der unbestrittener Anführer meiner Kinderspiele war. Auf dem Bett unserer Eltern lasen Humberto und ich von vorn bis hinten die Ausgabe von *Life*, in der ein Interview mit Fidel in der Sierra Maestra abgedruckt war. Humberto hatte es nach monatelangem Üben geschafft, den Klang der Trompete von Al Hirt perfekt nachzuahmen. Doch ganz besonders stolz war er auf seine meisterhafte Nachahmung von Daniel Santos, dem kubanischen Sänger mit der unverwechselbar näselnden Stimme, der durch seine Interpretation der Rebellenhymne des 26. Juli berühmt geworden war. Wenn er unter der Dusche stand oder in Augenblicken plötzlicher Inspiration erschütterte Humberto das ganze Haus, indem er wie Daniel Santos sang: »Vorwärts, Kubaner, Kuba wird euer Heldentum entlohnen, wir sind die Soldaten, die das Vaterland befreien.« Als ich ihn singen hörte, hatte ich, glaube ich, meine ersten patriotischen Anwandlungen. Ich wiederholte das Lied und dachte dabei insgeheim an Somoza, unseren Tyrannen. Fidel war für mich das Symbol des allerreinsten und romantischsten Patriotismus. Die bärtigen, kühnen, gutaussehenden Revolutionäre schafften in Kuba, was weder meine in Aufstände verwickelten Vettern noch der Oppositionsführer Pedro Joaquín Chamorro, noch die Konservativen, noch sonst irgend jemand je in Nicaragua geschafft hatte. Als Fidel siegte, war ich gerade zehn Jahre alt, doch war ich überglücklich und feierte den kubanischen Sieg, denn ich spürte, daß er auf irgendeine Weise auch mein eigener war.

Natürlich verschwand all diese Begeisterung schon bald wie durch Zauberhand. Ich weiß gar nicht genau, wie es geschah, doch unter den Nonnen an der Schule, unter den Freunden meiner Eltern, in den Zeitungen und bei mir zu Hause begann die Meinung um sich zu greifen, Fidel und seine bärtigen Gefährten hätten die ganze Welt betrogen, als sie sich als gute Christen und anständige Leute ausgegeben hätten, während sie doch in Wirklichkeit gefährliche Kommunisten waren. »Gibt's denn so was!« sagte meine Mutter. »Da hat sich Fidel in *Life* mit diesem großen Kruzifix um den Hals abbilden lassen, und jetzt erklärt er sich zum Atheisten. Das ist doch nicht möglich!« Die Nonnen erzählten Horrormärchen davon, wie in Kuba die Kinder ihren Eltern weggenommen und in Staatsschulen gesteckt würden, um dort gottlos und als Kommunisten erzogen zu werden. Kommunist zu sein war natürlich ein Makel, eine Todsünde, die sicherste Art und Weise, in die Hölle zu kommen. Ich hatte Mitleid mit den kubanischen Kindern, bis ich eines Tages hörte, wie sich mein Großvater Francisco Pereira mit einem chinesischen Freund unterhielt, der nachmittags immer zu ihm herüberkam, um ein Erfrischungsgetränk zu sich zu nehmen, wobei sich die beiden in Schaukelstühlen auf den Gehsteig des Hauses meines Großvaters in León setzten. »Das ist alles gelogen. Das wird alles nur erfunden, um Fidel am Zeug zu flicken«, sagte mein Großvater und wiederholte dank seines außerordentlichen Erinnerungsvermögens Wort für Wort Teile aus den Reden Castros, die er in Radio Havanna gehört hatte und die mir voller wunderbarer Worte für die Armen zu sein schienen und mich an die Predigten von Priestern erinnerten. Als Ergebnis so unterschiedlicher Meinungen wußte ich schließlich gar nicht mehr, was ich von Fidel halten sollte. Und noch mehr verwirrte es mich, als Präsident Kennedy – das Idol meiner Mutter – Luis Somoza darum bat, von nicaraguanischem Territorium aus die Invasion in der Schweinebucht starten zu können. Ich begriff nicht, daß ein Präsident wie er freundschaftliche Beziehungen mit einer Regierung wie der unseren unterhielt.

Wer hätte meinem Bruder und mir prophezeit, daß ich eines Tages in Havanna auf einem weichen Sofa sitzen und mich mit Fidel unterhalten würde? Und doch, so denke ich, kommen wir alle wie mit einem Wollknäuel in der Hand zur Welt. Niemand kennt das Muster, das er am Ende weben wird, doch in einem ganz bestimmten Augenblick kann man sich bei der Arbeit umschauen und sagen: Natürlich! Wie hätte es auch anders aussehen sollen! An jenem strahlenden Punkt des Wirrwarrs hat alles begonnen!

2. Kapitel

Worin von einer seltsamen Beziehung zu Kalifornien und der Rolle berichtet wird, die interozeanische Kanäle in meinem Leben gespielt haben (Santa Monica, 1998)

Von der Terrasse meines Hauses in Santa Monica aus sieht man das Meer. Wenn ich Heimweh bekomme, steige ich ins Auto, fahre zum Strand hinunter und laufe über den breiten Streifen Sand bis dahin, wo sich die Wellen brechen. Der Anblick der weißen Kämme transportiert mich mühelos in meine Heimat Nicaragua. Dies ist dasselbe Meer, an dem ich als kleines Mädchen entlanglief. Ich erkenne die sich kräuselnden Wellen, das schmatzende Geräusch, mit dem sie sich auf dem Sand brechen; die Brandung, in der sie vergehen und immer wieder neu entstehen. Dieser Strand verliert sich in der Ferne, dort, wo die Silhouette des Piers mit seinem Vergnügungspark auftaucht, doch wenn ich die Augen schließe und nur meine Erinnerung schauen lasse, dann kann ich weiter den Strand hinunter die Hütte aus Baumstämmen sehen, wo meine Familie immer die Sommerferien verbrachte, ich sehe mich als junges Mädchen, wie ich vom »Tigerfelsen« aus aufs Meer hinausblicke. Ich liebte es, mich dort hinzusetzen und schweigend zuzusehen, wie die Sonne unterging, während ich mir vorstellte, Archäologin zu werden und längst untergegangene Zivilisationen zu entdecken.

Jetzt stelle ich mir andere Dinge vor. Ich stelle mir vor, das Meer eint, mit seinen Wasserhänden, die beiden Leben, die ich auf dieser Erde gelebt habe.

Es ist nicht verwunderlich, daß es die Strömung des Wassers ist, die mich von Kalifornien nach Nicaragua mitnimmt. In der Vergangenheit meines Landes schwärt wie eine Wunde die Erinnerung an einen Kanal, der nie gebaut wurde, aber dennoch

Geschichte machte und uns nicht nur einen nordamerikanischen Präsidenten, sondern auch eine Sippe von Diktatoren bescherte, die ein halbes Jahrhundert lang herrschte. Wie der Schmetterling, der in der Karibik mit den Flügeln schlägt und damit in China einen Gewittersturm auslöst, so bestimmte der Schrei Sam Brannans: »Gold, Gold, Gold im American River«, die Geschichte meines Landes, indem er die Menschenmassen, die Tag und Nacht vom Gold träumten, dazu brachte, einen Weg zu suchen, der sicherer war als die Route der langsamen, traurigen Trecks, die, von Indianern bedroht, die weiten Prärien der Vereinigten Staaten überquerten, oder die lange Fahrt mit dem Dampfer um Kap Horn herum. Bei dieser Suche nach einem Weg von einem Ozean zum anderen fielen die Augen des Nordens auf die schmale Landenge unseres Kontinents. Sie fielen auf mein Land, das einen Fluß besitzt, der sich in den Atlantik ergießt und auf dem man stromaufwärts bis zu einem großen See und zu der Stelle fahren kann, von wo aus man nur noch zwanzig Kilometer mit dem Pferd oder dem Maultier zurücklegen mußte, um einen Pazifikhafen zu erreichen und sich wieder auf einem Dampfer einzuschiffen, der bis nach Kalifornien und zu seinem Goldfluß fuhr. Ich weiß nicht, an welchem Tag des Jahres 1849 der berühmte nordamerikanische Tycoon Commodore Cornelius Vanderbilt im Büro seiner Dampfschiffahrtsgesellschaft in New Orleans die Landkarte studierte und auf die natürlichen Möglichkeiten aufmerksam wurde, die die Geographie Nicaraguas bot. Jedenfalls träumte der Mann damals von dem Weg zwischen den beiden Ozeanen und glänzenden Geschäften, und er ruhte nicht eher, als bis er im Jahr 1851 eine Transitverbindung organisiert hatte, die sicherer, attraktiver und gesünder war als der Weg durch Panama, der so ungesund war, daß die Versicherungsgesellschaften jedem Reisenden, der sich länger als vierundzwanzig Stunden im panamesischen Hafen Colón aufhielt, ihren Schutz entzogen.

So wurde der Traum von der Abkürzung, die die Reise vom Atlantischen zum Pazifischen Ozean in nur sechsunddreißig Stunden ermöglichte, Teil der Geschichte meines Landes. Und seither läuft das Gespenst von jenem Kanal unermüdlich frei herum. Vanderbilt wurde die Transitverbindung von seinen Konkurrenten, den Unternehmern Morgan und Garrison, weggenommen, während er in Europa auf Urlaub war. Dazu verbündeten sie sich mit dem Abenteurer William Walker, der nicht nur die Konzession für den Kanal, sondern das ganze Land haben wollte, um sich so seinen Traum zu erfüllen, der amerikanischen Fahne einen weiteren Stern hinzuzufügen. Walker ernannte sich selbst zum Präsidenten Nicaraguas und führte die Sklaverei wieder ein, doch verbündeten sich die Zentralamerikaner und zogen gegen ihn in den Krieg; 1860 wurde er in Honduras standrechtlich erschossen.

Vom Nicaraguakanal blieb nicht mehr als der Schatten einer Möglichkeit, doch das reichte aus, damit die Vereinigten Staaten dafür sorgten, daß niemand anders einen Kanal durch Nicaragua bauen würde, und sie mischten sich fortan immer ein in jenem kleinen, rebellischen Land, wo die Kriege nie aufzuhören schienen. Wieder und wieder intervenierten sie, mal auf seiten der Liberalen, mal auf derjenigen der Konservativen. Sie spielten die Rolle des Schiedsrichters, des Geschäftspartners; sie beherrschten den Staatshaushalt und das Zollwesen, organisierten und überwachten Wahlen, bis sie es mit einem von Statur kleinen General zu tun bekamen, Augusto César Sandino, dessen Guerillaarmee aus zerlumpten Bauern für sie zum Alptraum wurde, so zahlreich waren die Marines, die der Kriegskunst jenes kleinen Mannes mit den hohen Schaftstiefeln und dem Stetsonhut zum Opfer fielen. So kamen sie zu dem Schluß, es sei besser, wenn Nicaragua seine eigene Armee bekäme, und sie kümmerten sich darum, diese ins Leben zu rufen und auszubilden und einen passenden Kopf dafür zu suchen. Das war niemand anders als Somoza, damals kleiner Angestellter des Wasserwerks, dessen Verdienste darin bestanden, daß er Englisch sprach, der Frau des nordamerikanischen Botschafters gefiel und mit der Nichte des Präsidenten Juan B. Sacasa verheiratet war. Somoza bewies seine Kaltschnäuzigkeit und Entschlußkraft, indem er auf eigene Faust Sandino und einen Teil seines Generalstabs umbringen ließ, als sie den Präsidentenpalast verließen, nachdem sie an dem Bankett teilgenommen hatten, das Präsident Sacasa zur Feier des Friedensschlusses ausrichtete. Drei Jahre später putschte Somoza gegen seinen Verwandten und machte sich selbst zum Präsidenten. »Somoza is a son of a bitch, but he is our son of a bitch – Somoza ist ein Hurensohn, aber er ist unser

Hurensohn«, sagte Roosevelt. Als Somoza 1956 von einem Dichter umgebracht wurde, folgten ihm seine Söhne Luis und Anastasio im Amt. Letzterer sprach besser Englisch als Spanisch und war an der Militärakademie von West Point ausgebildet worden. Er war der perfekter Latino-Marine. Mit Unterstützung der Vereinigten Staaten blieben die Somozas bis 1979 an der Macht. Fast ein halbes Jahrhundert lang.

Die Suche nach dem Weg zwischen den Meeren, die die Geschichte meines Landes so sehr bestimmte, bestimmte auch diejenige meiner Familie: Ich stamme von Italienern aus Piemont ab. Aus Biella. Es waren zwei Brüder Belli, die nach Amerika kamen. Próspero war Archäologe, Antonio Ingenieur. Próspero gelangte bis nach Peru, wo er in der Wüste von Ica ein Museum gründete. Antonio war am Bau des Panamakanals beteiligt, bis er sich, als er an einem Wochenende in die Stadt Granada in Nicaragua reiste, unter dem Einfluß des Zaubers der großen kolonialen Häuser von Granada und der kühlen Brise eines Sees, der, weil er so groß war, von den spanischen Konquistadoren »das süße Meer« genannt wurde, in meine Urgroßmutter verliebte. Carlota war nicht nur ein hübsches, dunkelhäutiges Mädchen, sondern stammte auch aus einer angesehenen Familie. Sie war die Schwester des konservativen Generals Emiliano Chamorro, der zweimal die Präsidentschaft des Landes innehatte und sich die Achtung und das Wohlwollen der Vereinigten Staaten erwarb, weil er ihnen auf unbegrenzte Zeit die Exklusivrechte für den Bau des Kanals durch das Land abtrat. Und um zu zeigen, wie sehr er die große Nation im Norden bewunderte, schloß er mit Somoza ein Bündnis und führte mit ihm in Nicaragua das Zweiparteiensystem ein. Meinen Urgroßvater Antonio, von dem es hieß, er habe ein blaues und ein braunes Auge gehabt, lernte ich nicht mehr kennen, wohl aber den General Chamorro, als er schon ein dunkelhäutiger, faltiger alter Mann geworden war, mit einer weißen Mähne auf dem Kopf und dem Gesicht eines traurigen alten Jagdhunds.

3. Kapitel

Wie mich ein Geldstück das erstemal in die Vereinigten Staaten brachte, und von dem ersten vergossenen Blut, das ich in meinem Leben sah (Nicaragua, 1952–1959)

Antonio Belli starb jung an Leberzirrhose. Als seine Kinder heranwuchsen und heirateten, ließ »Großmütterchen Carlota«, wie wir meine Urgroßmutter nannten, quer durch den großen Innenhof ihres weitläufigen, prächtigen alten Hauses mit den Ziegeldächern und dicken Wänden eine Mauer ziehen und teilte es so in zwei Hälften. In der einen lebte sie mit ihrer Tochter Elena weiter, die mit einem Rechtsanwalt verheiratet war; die andere übergab sie meinem Vater, den sie wie einen Sohn ansah, damit wir dort wohnen konnten. Die beiden Haushälften waren durch den offenen Bogen der überdachten Innenhofveranda miteinander verbunden. Im Haus meiner Großtante Elena ging es immer fröhlich und laut zu. Ihre Töchter, María Elena, María Eugenia und Carlota, meine Cousinen, waren älter als ich. Die Jüngste, die wir »Toti« nannten, um sie von der Urgroßmutter zu unterscheiden, war mir nur fünf oder sechs Jahre voraus und so etwas wie ein Idol für mich. Sie spielte gern Streiche und war ungemein lustig und kokett, und sie machte mich zur bedingungslosen Komplizin ihrer kleinen Missetaten, die oft genug darin bestanden, unablässig ihren größeren Schwestern nachzuspionieren, die anfingen, auszugehen und Verehrer zu haben.

Als ich drei oder vier Jahre alt war, machte es mir Spaß, die Verkäuferinnen nachzuahmen, die auf dem Gehsteig vor dem Haus vorbeikamen und ihre Ware anpriesen. Ich nahm den Deckel einer Keksdose, legte ein paar Steine darauf und lief durchs Haus, wobei ich rief: »Hier gibt es Brot, Kuchen, Plätzchen!« Die Erwachsenen taten dann so, als kauften sie etwas von mir, und ich ging glücklich weiter, auf der Suche nach neuen Kunden. So ging das bis zu dem Nachmittag, als mir mein Großmütterchen Carlota wirklich ein Geldstück, einen Peso, gab. Sie war eine kleine, alte Frau mit einem weißen Dutt geworden, die immer grau gekleidet ging und lange Stunden damit verbrachte, sich wie abwesend in einem Schaukelstuhl zu wiegen. Verblüfft sah ich sie an, ganz überwältigt davon, daß ich mein erstes »echtes« Geschäft gemacht hatte, doch sie hatte sich schon wieder in die Betrachtung des Abendlichts versenkt, das in den Garten fiel. Ungläubig schloß ich meine Hand um die Münze und öffnete sie erst wieder, um die Münze mit einem überlegenen Ausdruck im Gesicht meinem Bruder Humberto zu zeigen, der über mir im Stockbett schlief, das wir uns teilten. Statt mir Beifall zu zollen, verpetzte Humberto mich bei unserer Kinderfrau. »Gib sie mir«, sagte die streng, wahrscheinlich dachte sie, ich hätte die Münze ohne Erlaubnis genommen. Doch keine Macht der Welt konnte mich dazu bringen, meinen Preis wieder herzugeben. In dem Handgemenge, das dann folgte, steckte ich mir die Münze in einem Anfall von Verzweiflung in den Mund und schluckte sie hinunter. Damals waren die Pesomünzen noch viel größer. Zuerst dachten meine Eltern, das Problem würde sich von selbst lösen und die Münze käme auf normalem Weg wieder zum Vorschein, doch das geschah nicht. Sie verstopfte mir den Zugang zum Magen. Die Ärzte in Nicaragua wollten mich unbedingt operieren, doch mein Vater war der Ansicht, es müsse eine andere Art und Weise geben, damit ich keine große Narbe davontrüge. Ich war seine Lieblingstochter, und er ruhte nicht, bis er herausgefunden hatte, daß es in Philadelphia einen Arzt gab, der auf solche Fälle spezialisiert war, und so schickte er mich mit meiner Mutter in die USA. Meine Mutter verdankte ihre Englischkenntnisse und ihre Liebe zur internationalen Kultur der Erziehung, die sie auf einer exklusiven Nonnenschule in Philadelphia erhalten hatte: Ravenhill Academy. Sie setzte sich mit den Nonnen in Verbindung, die ihr anboten, während unseres Aufenthaltes im Internat zu übernachten. Obwohl ich von den Vereinigten Staaten ein paar vereinzelte Eindrücke von riesigen Gebäuden und Menschenmengen und Lichtermeeren behielt, die mich ziemlich einschüchterten, erinnere ich mich nicht mehr an die Reise im Flugzeug und auch nicht an das Hospital, wo man mir schließlich die Münze entfernte. Nur das Bild des Gartens von Ravenhill voller Apfelbäume habe ich noch im Kopf behalten. Dort machte meine Mutter ein paar Fotos von mir, die ich Jahre später fand und die mir bewiesen, wie genau meine Erinnerung war. Da stehe ich zwischen all den Bäumen, ein dickes kleines Mädchen mit rundem, freundlichem Gesicht, die dicken Locken meines goldschimmernden, kastanienbraunen Haars an der Seite mit einer Schleife zusammengebunden. Meine Mutter sprach oft voller Wehmut davon, wie glücklich sie während ihrer Jahre in Ravenhill gewesen war. Ich glaube, sie hat es immer bedauert, nicht in einer großen Stadt geboren zu sein und einer weiteren, feineren Welt anzugehören, wo ihre Eleganz und ihre modernen Vorstellungen richtig zur Geltung kommen konnten; eine Welt wie die von Grace Kelly, ihrer Schulkameradin in Philadelphia, die sie, so behauptete meine Mutter, ob im Spaß oder im Ernst, weiß ich nicht, zu ihrer Hochzeit mit Fürst Rainier nach Monaco eingeladen hatte.

Eine Wand des Hauses meiner Tante Elena – wir wohnten in der Calle del Triunfo, der Siegesstraße, einer der wichtigsten Straßen von Managua – stieß an das rote Gebäude der Liberalen Partei von Somoza. Wenn dort Versammlungen stattfanden, hielten wir uns die Ohren zu, um nicht die Hochrufe auf Somoza zu hören, die durch die Wand herüberbrandeten wie Beschimpfungen, die man uns in unserem eigenen Haus entgegenschleuderte. Meine Cousine Toti rief »Nieder«, wenn sie auf der anderen Seite »Hoch« brüllten. Entweder unterstützte ich sie nur leise, oder ich bat sie sogar, still zu sein, denn ich stellte mir vor, die Soldaten könnten jeden Augenblick bei uns an die Tür klopfen und uns verhaften. Ich hatte gehört, daß Leute wegen viel weniger ins Gefängnis geworfen wurden.

Meine Eltern waren gegen die Regierung, doch in der Familie meiner Tante Elena waren alle Todfeinde der Diktatur und verbrachten die Zeit damit, die verschiedenen Möglichkeiten zu diskutieren, mit ihr Schluß zu machen. Von den beiden Söhnen war Mauricio der politisch engagiertere. Eines schönen Tages verschwand Mauricio von zu Hause. Wenig später war zu erfahren, daß er an einem Versuch, die Diktatur zu stürzen, teilgenommen hatte, der Landung bei Olama und Mollejones, die von den

Konservativen organisiert wurde, unter ihnen Pedro Joaquín Chamorro, der Direktor der Zeitung *La Prensa*, der wichtigsten Zeitung des Landes. Die Landung war ein schlecht organisiertes, ungeschicktes militärisches Abenteuer, bei dem einige der Aufständischen gefangengenommen, andere bei angeblichen »Fluchtversuchen« erschossen wurden und diejenigen, die am meisten Glück hatten, Asyl suchten. Mein Vetter Mauricio gehörte zu den letzteren. Er suchte Schutz und politisches Asyl in der Botschaft von El Salvador.

Eines Samstagnachmittags gingen wir ihn mit meiner Tante Elena und meinen Cousinen besuchen. Die Botschaft besaß einen großen Garten mit vielen Mangobäumen, unter denen Bänke aus Zement standen, auf die wir uns setzten, um mit Mauricio und den fünf, sechs anderen jungen Leuten zu plaudern, Bekannten meiner Cousinen, die auch dort Schutz gesucht hatten. Mir kam es vor wie im Schullandheim. Sie sahen alle ganz gesund aus. Meine Tante hatte Kleider und Süßigkeiten mitgebracht, und die Burschen erzählten desillusioniert vom Scheitern ihres Unternehmens, der Verfolgung, den schlechten Aussichten, die sich für das Land abzeichneten. Pedro Joaquín Chamorro hatte nach Costa Rica fliehen können, andere Aufständische hielten sich noch versteckt. Mit meinen sechs Jahren verstand ich nicht allzuviel, doch erinnere ich mich noch gut an die Atmosphäre der Angst jener Tage, die ernsten, traurigen Gesichter der Erwachsenen, ihre Verbitterung darüber, daß ein weiterer Versuch, die Diktatur zu stürzen, nichts gefruchtet hatte.

Ich glaube, es war in jenen Tagen, daß wir in den Stadtteil San Sebastián umzogen, denn da waren meine beiden Geschwister Eduardo und Lucía schon geboren, und meine Mutter wollte ein größeres Haus. Ganz in unserer Nähe lebte eine Familie mit Namen Parodi, zu der ein paar gutaussehende, sympathische Jungen gehörten, die mit meinen Cousinen befreundet waren. Eines Tages gab es Aufruhr im Viertel. Mein Vater und meine Mutter verboten uns, zum Spielen hinauszugehen. Im Rahmen des politischen Klimas des Landes hatten die Studenten große Demonstrationen organisiert, um ein Ende der Repression zu fordern, und an jenem Tag hatte die Nationalgarde offensichtlich die Studenten niedergeknüppelt. In unserem Viertel waren am Nachmittag

Schüsse zu hören. Meine Eltern und die anderen Erwachsenen sahen sehr besorgt aus. Ich hörte davon reden, daß man auf einen der Parodi-Jungen geschossen habe, direkt vor seinem Haus.

Zwei, drei Tage später, als wieder einigermaßen Ruhe eingekehrt war, ging ich mit meinem Kindermädchen zum Laden an der Ecke, um Bonbons zu kaufen. Sie hielt mich an der Hand. Ich weiß noch, wie wir am Haus der Parodis vorbeikamen. Das Haus lag ein wenig von der Straße zurück und besaß eine kleine Eingangsveranda. An der Wand, dicht neben der Tür, sah ich einen riesigen braunen Fleck. Ich wußte inzwischen, daß die Nationalgarde Silvio Parodi umgebracht hatte. Meine Cousinen hatten aus Wut und Trauer untröstlich geweint. Vor dem Fleck blieb ich stehen, das Herz klopfte mir bis zum Hals hinauf. »Dort haben sie Silvio umgebracht, nicht wahr?« fragte ich das Kindermädchen. »Der Fleck ist aber doch ganz braun! Ich dachte, er wäre rot!« sagte ich. Das Kindermädchen riß mich am Arm mit sich fort, um die Straße zu überqueren, zum gegenüberliegenden Gehsteig. Ich weigerte mich, ich wollte noch mehr über das Blut wissen. Warum war das Blut denn braun? »Das kommt daher, daß es alt ist«, antwortete mir das Kindermädchen endlich und zog mich hinter sich her. »Komm jetzt mit, wenn deine Mama merkt, daß du das hier gesehen hat, dann schimpft sie noch mit mir.«

Die Eltern von Silvio ließen den Blutfleck noch lange auf der Wand, als Zeugnis des kaltblütigen Mordes an ihrem Sohn. Ich sah den Fleck noch oft dort. Bis man das Haus Monate später neu strich, sah ich ihn. Und ich sehe ihn auch heute noch vor mir. Er gehört für mich zu jenen unauslöschlichen Erinnerungen der Kindheit, die alles genau festhalten: den Geruch des Tages, den Hauch des Windes, das Licht der Sonne, wie es auf den Busch mit roten Blüten neben der Tür fällt, neben dem Blutfleck.

Das Ende meiner Kindheit verbindet sich für mich mit der Erinnerung daran, wie ich an irgendeinem Tag nach der Schule auf dem Rücksitz des Autos meines Vaters saß und, als sei ich vom Blitz getroffen, gewahr wurde, daß ich für immer allein in meinem eigenen Körper war. Heute noch meine ich den Adrenalinstoß zu spüren, den plötzlichen Schock, als es mir klar wurde. In einem Augenblick begriff ich voller Entsetzen, daß niemals irgend jemand anders in mir selbst sein würde, das empfinden würde, was ich empfand, meine verborgensten Gedanken hören würde. Ich konnte mich nicht in eine andere Person verwandeln noch jemand anderes sein als dieses Mädchen mit dem Schottenrock und der weißen Bluse der Schuluniform. Niemals würde ich, außer im Spiegel, in mein eigenes Gesicht schauen können. Mehrere Tage lief ich umher, verwirrt von der Ungeheuerlichkeit meiner Entdeckung, wie benommen von dem Schicksal, das mich dort hatte auf die Welt kommen lassen, wo ich geboren worden war, und dachte über den Zufall nach, der mich durch den Haupteingang in die Welt hatte kommen und nicht eines jener kleinen Mädchen hatte sein lassen, die in Lumpen herbeigelaufen kamen, um an die Autoscheiben zu klopfen und um Almosen zu bitten, und in deren Augen ich mit schmerzhafter Deutlichkeit meine eigene Verwirrung zu entdecken meinte.

4. Kapitel

Wie ein Erdbeben die Landschaft meiner frühesten Erinnerungen auslöschte (Managua, 1972)

Nicaragua liegt auf der Taille Amerikas, mitten auf der schmalen Landenge, die Nordamerika mit Südamerika verbindet. Es ist das größte Land des Isthmus und von Vulkanen übersät. Die ozeanischen Platten, die die nordamerikanische Kontinentalmasse zum Atlantik und die südamerikanische zum Pazifik hindrücken, stoßen unter meinem Land gegeneinander. Aus diesem Zusammenstoß entstehen die herrlichen, bedrohlichen Vulkankegel. Und ihm verdanken wir auch die häufigen Erdbeben.

Die Erinnerungen, die ich an meine Kindheit und Jugend habe, spielen in einer Stadt, die es nicht mehr gibt; einer Stadt, die in einer einzigen Nacht voller Rauch und Feuer unterging. Ganze drei Minuten, vielleicht weniger, brauchte das Erdbeben, um alles zu zerstören; um wie ein wildes Tier über die Stadt herzufallen und die Gebäude, Lichtmasten, Häuser, Kreuzungen und Straßen meiner Erinnerung zu vernichten. Die trügerische Erdkruste schüttelte alle ihre Spalten wie das Haar eines Medusenhauptes, und ganze geologische Zeitalter gingen in einer unterirdischen Katastrophe unter, die zwanzigtausend Menschen unter sich begrub. In dieser Nacht kurz vor Weihnachten verbrannten die an den Nordpol gewöhnten Schlitten, Rentiere und Weihnachtsmänner in einem riesigen Feuer, das sechshundert Häuserblocks meiner armen Heimatstadt vernichtete, die sich schon für das Weihnachtsfest geschmückt hatte. Es war 0.28 Uhr am 23. Dezember 1972. Da erzitterten die Bäumchen mit ihren glänzenden Kugeln in den Fenstern. Das brutale Beben warf uns aus den Betten und in den gähnenden Abgrund einer animalischen Panik, für die es keinen Trost gab.

Mit meinem hexenhaften Instinkt hatte ich schon vorher gespürt, daß etwas Schlimmes geschehen würde. Es war zu heiß für einen Dezembertag gewesen. Ich war so vorsichtig, den Schlüssel in der Tür steckenzulassen. Ich nahm sogar den Tischschmuck vom Tisch. Mein Mann saß wie jeden Abend hypnotisiert vor dem Fernsehgerät und sah mir spöttisch zu; er kümmerte sich nicht um meine Angst. Voller Furcht schlief ich ein, dabei drückte ich mir ein Kissen gegen den Leib, der sich mit meiner zweiten Schwangerschaft zu wölben begann. Ich war überzeugt davon, daß etwas Unheilvolles in der Luft lag. Eine riesige Faust verbarg sich in den Schatten. Ich schob das Bettchen meiner Tochter Maryam – die damals vier Jahre alt war – in mein Zimmer. Doch als das Erdbeben begann und der erste Stoß mich aus dem Bett warf, so daß ich auf dem Boden kniend erwachte, konnte ich das Kind nicht auf den Arm nehmen, um hinauszulaufen. Der Boden wankte so stark, daß es unmöglich war, das Gleichgewicht zu halten. Verzweifelt rief ich meinen Mann – der erschrockener war als ich –, er solle kommen und mir helfen, unsere Tochter herauszubringen, und er schaffte es schließlich, sie auf den Arm zu nehmen. Wir liefen hinaus, als überquerten wir ein Schlachtfeld in schwärzester Nacht. Das ganze Haus knackte und krachte und löste sich in seine Bestandteile auf. Die Zimmerpflanzen knallten in ihren Hängetöpfen gegeneinander, die Töpfe gingen zu Bruch. Es regnete Erde, Tonscherben, Glas. Im Zickzack erreichten wir die Tür. Der Schlüssel steckte so, wie ich ihn gelassen hatte, doch die Tür klemmte und wollte nicht aufgehen. Mein Mann trat in panischer Angst mit dem Fuß dagegen. Alicia, das Kindermädchen, schrie Stoßgebete: »Heilige Jungfrau, Heilige Dreieinigkeit, lieber, gütiger Gott, so errette uns doch!« Als wir schließlich durch einen Spalt hinausgelangten, empfing uns der apokalyptische Anblick eines roten, wie von Nebel verhangenen Himmels. Die ganze Stadt war in eine riesige Staubwolke gehüllt. Ein Meteorit, dachte ich. Das Jüngste Gericht. Das mußte eine Katastrophe von weltweiten Ausmaßen sein. Der Vollmond schien tückisch mit trügerischem Glanz durch den Staubvorhang. Unsere Nachbarn umarmten sich, umarmten ihre Kinder. Der Asphalt warf Wellen, krümmte sich wie eine schwarze Schlange. Ganz plötzlich beruhigte sich die Erde wieder. Wir verhielten reglos, hatten Angst davor, uns zu bewegen. Nicht daß die Bestie noch einmal zum Leben erwachte.

»Managua brennt«, schrie jemand.

Keine halbe Stunde war vergangen, da begann der Lärm von neuem ohrenbetäubend anzuschwellen, und alles wankte wieder so stark wie beim erstenmal. Schreie. Schluchzen. Jetzt hatten wir nicht mehr den Trost, noch halb zu schlafen und uns nur darum kümmern zu müssen, daß wir unsere Häuser verließen. Das Gefühl der Schutzlosigkeit war unerträglich. Primitiv, animalisch. Wir waren wieder in den Höhlen. Die prähistorische Menschheit, die miterlebte, wie sich der Planet unter zahllosen Beben wand. Unsere Zähne klapperten, wir stöhnten verzweifelt, hielten uns aneinander fest. Die Häuser machten richtige Sätze. Der Beton war zu einer weichen, biegsamen Substanz geworden. Die Strommasten bogen sich wie Palmen in einem Wirbelsturm, die Leitungen schaukelten über uns hin und her wie riesige Springseile. Die Metallrohre, durch die hindurch die Leitungen in die Häuser führten, verbogen sich. Glas brach. Fensterscheiben zersprangen. In der Ferne heulten die Sirenen der Feuerwehren. Die Stadt war dabei, unterzugehen, wurde hin und her geworfen wie ein Schiff in aufgewühlter See. Ich hielt meine Tochter im Arm, preßte sie an mich, damit sie den entsetzlichen Lärm nicht hörte. Ich betete. Mein Mann schrie: »Schnell, bloß weg von hier!« Ich beruhigte ihn, so gut ich konnte, wobei ich erst meine eigene Panik unter Kontrolle bringen mußte. Weglaufen nützte nichts, es gab keinen Ort, wo wir hinlaufen, an dem wir hätten Zuflucht suchen können. Keine andere Erde als diese, um darauf Halt zu finden. Es war zwecklos zu meinen, wir könnten einen sicheren Ort finden. Voller Entsetzen fürchtete ich, die Erde könne uns verschlucken, ein Vulkan könne sich plötzlich mitten auf der Straße erheben, alles könne um uns her versinken, doch schüttelte ich, so gut ich konnte, diese Gedanken ab, denn ich fand, einer von uns beiden müsse so ruhig bleiben wie möglich.

Der Lärm ließ nach und hörte schließlich ganz auf. Die Erde kehrte zu einer vorübergehenden Ruhe zurück, die immer wieder von kleinen Stößen unterbrochen wurde. Wir vertrauten jedoch nicht mehr darauf, daß es kein starkes Beben mehr geben würde. Jeder kleine Erdstoß ließ uns vor Entsetzen starr werden.

Ein oder zwei Stunden später ging Alicia los, um ihre Familie zu suchen. Mein Mann und ich beschlossen, die Nacht im Auto zu verbringen, das schien uns der sicherste Ort zu sein. Zwei Blocks von unserem Haus entfernt gab es ein leeres Grundstück, dort stellten wir den Wagen ab. Soweit ich mich erinnere, sprachen wir kaum. In jener Nacht hatte ich kein Bedürfnis, ihn aus seinem Schweigen zu befreien. Ich weiß nicht, ob es kalt war oder ob mir die Zähne vor Angst klapperten, doch hüllte ich Maryam in das Tischtuch unseres Eßtisches und drückte sie an mich, bis sie eingeschlafen war. Mein Mann versuchte, durch das Radio etwas zu erfahren, doch alle Sender schwiegen. Im Morgengrauen schaffte er es endlich, einen costaricanischen Sender hereinzubekommen. So erfuhren wir endlich, daß der Rest der Welt noch existierte. Nur Managua war der Zerstörung anheimgefallen.

Als es hell wurde, unternahmen wir, nachdem wir uns vergewissert hatten, daß meine Eltern und Geschwister sicher in ihren Häusern in der Nähe waren, eine Fahrt durch die Stadt. Von diesem seltsamen Morgen ist bei mir immer noch ungläubiges Staunen zurückgeblieben. Ich konnte einfach nicht glauben, was ich da sah. Vom Ort meiner Kindheit, meiner Jugend, der wenigen Jahre meines Erwachsenenlebens waren nur noch Ruinen übriggeblieben. Das Gebäude, in dem ich als kleines Mädchen Ballettunterricht bekommen hatte, war quer über die Straße gestürzt, seine fünf oder sechs Stockwerke lagen wie die Teile eines Kartenhauses übereinander. Eine nach der anderen enthüllten sich diese Ansichten unserem Blick, wie unscharfe Bilder in der sanften, sonnigen Luft dieses Dezembermorgens. Ohne die gewohnten Orientierungspunkte, die uns normalerweise leiteten, wirkte Managua wie ein Knäuel zerstörter Straßenzüge. Ein Meer aus Asche und Trümmern. Die Erinnerung mußte sich alle Mühe geben, Gebäudeumrisse, Straßenecken wiederzufinden. Ich schloß die Augen, um gewohnte Bilder über die Zerstörung zu legen, doch die Formen verschwanden angesichts der Eindrücke der Katastrophe. Mein Mann wirkte wie ein Kind, das gleich in Tränen ausbrechen würde. Wir versuchten, ins Zentrum der Stadt zu gelangen, doch es war unmöglich. Die Wracks der Gebäude lagen kreuz und quer über den Straßen, qualmend und in Stücke gebrochen.

Nach unserer traurigen Fahrt kehrten wir ins elterliche Haus zurück. Ich erinnere mich daran, daß meine Mutter auf einem Campingstuhl in einem leeren Grundstück neben ihrem Haus saß. Das Hausmädchen brachte ihr das Frühstück auf einem Tablett, das mit einem makellos gestärkten Tuch bedeckt war.

Schreckliche Geschichten hörten wir in den langen Schlangen an den Tankstellen, wo die Tankwarte, weil es keinen Strom mehr gab, die Tanksäulen mit Handpumpen bedienen mußten. Das gemeinsame Unglück brachte die Unbekannten zusammen. Jeder erzählte seine Geschichte und weinte sich an jeder erreichbaren, mitfühlenden Schulter aus. Es herrschte immense Trauer, wie bei einem Schiffsuntergang. Die ganze Stadt ertrank in Schmerz und Trauer. In den ärmsten Stadtteilen, die fast alle in Trümmern lagen, reihten die Menschen rohgezimmerte Holzsärge auf den Gehsteigen auf, um ganze Familien zu beerdigen. Die Brücken waren eingestürzt, das Straßenpflaster hatte sich gehoben. Tausende von Menschen mit abwesenden, wie vom Wahn gezeichneten Gesichtern begannen noch an diesem Morgen einen massenhaften Exodus mit Lieferwagen und klapprigen Lastwagen, verließen fluchtartig mit ihren Möbeln und ihrem Hausrat die Stadt, in der es kein Wasser und keinen Strom gab, als habe jemand den Befehl zur Evakuierung gegeben. Es liefen Gerüchte von Epidemien um, die sich ausbreiten würden, weil noch so viele Leichen unter den Trümmern lagen. Man hörte Berichte von den Plünderungen, die um sich griffen, und die von den Soldaten der Nationalgarde begonnen wurden. Der Wächter des Einkaufszentrums, wo mein Vater eine Filiale seines Geschäftes unterhielt, hatte gesehen, wie die Soldaten Klimaanlagen auf Militärlastwagen luden, kurz bevor sich die Menge auf das stürzte, was übriggeblieben war.

Die Weihnachtsdekorationen gaben dem Ganzen eine sarkastische Note: die Weihnachtsmänner, die Rentiere, die Tannenbäume. Festsymbole mitten in der Zerstörung. Wie der Scherz eines grausamen, blutrünstigen Gottes.

Wir schlossen uns dem Exodus an, der an diesem Nachmittag die Ausfallstraßen in langen Karawanen beladener Fahrzeuge verstopfte. Im Lastwagen eines Onkels meines Mannes verstauten wir unsere Sachen wie bei einem hastigen Umzug und fuhren Richtung Granada, zum Haus meiner Schwiegereltern. Wir verabschiedeten uns von meinen Eltern, die am folgenden Tag in unser Sommerhaus am Meer fahren wollten, in der Nähe von León. Ich wäre lieber mit ihnen gefahren, doch ich traute mich nicht, es auch nur anzudeuten. Ich wußte, meine Mutter hätte darauf bestanden, daß ich bei meinem Mann bliebe.

Auf dem Weg nach Granada hatte ich es wahnsinnig eilig, Managua hinter mir zu lassen, mich so schnell wie möglich zu entfernen. Es zu vergessen. Nie wieder meinen Fuß dort hinzusetzen, in diese große, schwärende Wunde. Zu fliehen. Ich fühlte mich nicht in der Lage, einen weiteren Erdstoß auszuhalten. Die Beine schmerzten mir von der Anstrengung, der Erde die gewohnte Stabilität abzuverlangen. Was tut ein menschliches Wesen, das der Schwerkraft unterworfen ist, wenn es plötzlich keinen festen Boden mehr unter den Füßen hat? Der Onkel meines Mannes redete ohne Unterbrechung, doch ich empfand die Unterhaltung nur als belästigenden Lärm. Meine Ohren waren ungemein empfindsam, nachdem ich das Brüllen der Hölle gehört hatte. Maryam kuschelte sich an mich und hing immer noch ihren Weihnachtsträumen nach. Was würde mit Weihnachten geschehen? Würde das Christkind dennoch mit den Geschenken kommen? Für sie hatte ich in einem Laden eine Puppe gestohlen. Am Morgen hatte ich meinem Vater geholfen, aus der einzigen Filiale seines Geschäfts, die noch stand, die Waren zu bergen, und als ich an einem geborstenen Schaufenster vorbeigekommen war, in dem riesige Puppen ausgestellt waren, hatte ich eine davon an mich genommen. Dabei sagte ich mir, das mache nichts aus, sie würde ohnehin der Plünderung zum Opfer fallen. Wenigstens hätte meine Tochter jetzt ein Spielzeug zu Weihnachten. Der Gedanke, daß ich ihr an diesem Abend die Puppe geben würde, verschaffte mir Linderung. Der Traum eines Kindes war etwas Zerbrechliches, Kostbares. Ich wollte meiner Tochter ihren Traum erhalten.

Um das andere Kind, das in meinem Leib schwamm, sorgte ich mich kaum in den Stunden, die auf das Erdbeben folgten. Ich war im dritten Monat schwanger, doch in diesen Augenblicken nahm mein Zustand kaum einen Platz in meinen Gedanken ein.

»Streng dich nicht zu sehr an«, sagte mein Mann, als wir die Sachen auf den Lastwagen luden. Ich zuckte nur die Schultern. Ich vertraute auf die Kraft dieses kleinen Mädchens, das sich da in mir an mich klammerte. Zu glauben, ich könne dieses Wesen verlieren, wäre so gewesen, als stellte ich mir vor, ein Bein oder ein Arm lösten sich von meinem Körper. Unmöglich. Auf dem Anwesen des Onkels in der Nähe von Granada luden wir die Möbel ab. Wir verstauten sie irgendwie in einem Lager, völlig gleichgültig gegenüber diesen materiellen Gütern, die, wie wir gesehen hatten, so schnell untergehen konnten. Sie störten nur. Wir wollten sie so schnell wie möglich vergessen.

Das Haus der Eltern meines Mannes war groß und traurig, aus dunklen Steinen, mit hohen und düsteren Zimmern wie Höhlen, voller alter, verwohnter Sachen. Wenn ich mir meinen Mann als Kind in diesem Haus vorstellte, wurde mir beklommen zumute. Ich glaubte zu verstehen, weshalb er, trotz seiner jungen Jahre, schon so ermüdet vom Leben wirkte. Nur der Innenhof mit seinem gesprungenen Fischbassin in Form einer chinesischen Pagode lag in der Sonne, mit einem Flamboyantbaum in der Mitte des Hofs, dessen Schoten mit trockenem Lärm wie pflanzliche Knallkörper aufbrachen.

Auch in Granada gab es erst wieder am folgenden Tag Strom – mir kamen die Tränen, als das Licht anging, als stelle die Elektrizität den Beginn des Lebens dar. Noch andere Verwandte waren im Haus angekommen, Onkel und Tanten, Cousinen und Cousins, die Großmutter meines Mannes, Doña Antonina, eine jugendliche Achtzigjährige, die mir von allen Familienmitgliedern die liebste war. Abends legten wir uns unter dem Vordach des Innenhofs auf Matratzen zum Schlafen. Meine Schwiegermutter herrschte über alles wie ein Feldmarschall, und wir, die Überlebenden der Katastrophe, gehorchten eingeschüchtert und wie benommen ihren Befehlen und fragten uns, was wohl jetzt aus unseren Leben werden würde.

Nur die Kinder hatten ihren Spaß an diesem improvisierten Lager. Maryam schleppte ihre riesige Puppe umher und war glücklich, daß das Erdbeben nicht die Spielzeugwerkstatt des Weihnachtsmannes zerstört hatte.

5. Kapitel

Von einem weiteren Erdbeben, das ich erlebte, und wo die Geschichte davon beginnt, wie ich nach Kalifornien kam (Santa Monica, 1993)

Ein starkes Erdbeben ist eigentlich mehr als genug für die Erinnerung eines jeden Menschen. Deshalb verspürte ich, als mich im Morgengrauen des 17. Januar 1993 die heftig bebende Erde in meinem Haus in Santa Monica bei Los Angeles unsanft weckte, als erstes eine gehörige Wut. Wie konnte es sein, daß ich schon wieder in einer der Erdbebenzonen der Welt lebte? Wie hatte ich nur die Sünde begehen können, trotz aller Warnungen hierherzuziehen, wußte ich doch, daß über Kalifornien düstere Vorhersagen der Zerstörung hingen? Seit mehr als einer Woche schlief ich kaum noch, zitterte voller Vorahnung. Ein kleiner Erdstoß am Sonntag zuvor hatte ausgereicht, mich die absolute Sicherheit gewinnen zu lassen, daß ein Erdbeben bevorstand. Mein Sohn Camilo und Carlos, mein Mann, hatten über meine Vorbereitungen gelacht, über den Koffer voller Schokolade und Konserven, den ich, zusammen mit Decken und Wasserflaschen, im Kofferraum des Autos verstaute, über die Taschenlampe, mit der ich herumlief, darüber, daß ich die ganze Woche über im Jogginganzug schlief. Obwohl ich nur zu gern eingestanden hätte, daß meine Vorhersage falsch gewesen war, löste die Tatsache, daß sie in Erfüllung ging, wenigstens die Angst, die ich die ganze Woche lang gespürt hatte, weil ich mich von einer irrationalen Panik gefangen fühlte, daß etwas Schreckliches geschehen würde. Die Sensibilität, die Dinge vorherzusehen, ist eine zweischneidige Fähigkeit. Bis das Vorhergeahnte eintritt, hat niemand Verständnis. Man ist gezwungen, allein mit seiner Angst fertig zu werden.

Das Erdbeben von Los Angeles zerstörte nicht unser Haus und

wurde auch nicht die Apokalypse, die ich in Managua erlebt hatte. Die Erde bebte zwar mit der gleichen Macht, und Bücher, das Fernsehgerät, die Teller, alles ging zu Boden; im Schein der Taschenlampe, die ich bei mir trug, gingen wir in einer zähen Dunkelheit die Treppe hinunter, schritten barfuß über zerbrochene Spiegel und Glasscherben. Doch auf der Straße erwartete uns nicht die zerstörte Stadt, nur die erschrockenen Nachbarn, der Geruch nach geborstenen Gasleitungen und eine angespannte Ruhe. Als es hell wurde und ich mit Camilo und einem seiner nicaraguanischen Freunde, der bei uns seine Ferien verbrachte, zu meiner Freundin Maria und ihrer Tochter Ana fuhr, um nachzusehen, ob alles in Ordnung war, stellte ich überrascht fest, daß auf der St. Vincent Avenue die Leute ihren Frühsport machten, als sei überhaupt nichts geschehen. Am Morgen wurde wie immer die Post gebracht, und mittags aßen wir Sandwiches aus einem Restaurant in der Nähe, das ganz normal geöffnet hatte.

Ich konnte es beinahe nicht fassen. Der Unterschied zwischen meinem Entsetzen und meiner ruhigen Umgebung ließ mich meinen, ich würde verrückt. Die Leute schienen nur rasch vergessen zu wollen, was in der vorigen Nacht geschehen war, und zum Alltag zurückkehren. Ich sah, wie sie in ihre Häuser gingen, um zu duschen, und konnte nicht fassen, daß sie keine Angst vor den Erdstößen hatten, die sich immer noch ereigneten. Ich konnte mir nicht erklären, wie sie so darauf vertrauten, daß es nicht noch einmal zu einem starken Beben kommen würde. Diese Erfahrung glich in gar nichts derjenigen von Nicaragua, wo die Menschen, wenn es Erdstöße gibt, tagelang von nichts anderem reden und man sich nicht allein fühlt, weil man weiß, daß auch die anderen Angst haben. Der einzige, den ich mit meiner Angst anzustecken vermochte, war Carlos. Diesmal verließen wir nicht die Stadt, sondern verbrachten die Nacht im Haus eines befreundeten Filmproduzenten, in einem Viertel, das kaum Schäden erlitten hatte und wo nicht einmal die Bilder von den Wänden gefallen waren. Dort aßen wir alle gemeinsam zu Abend, nahmen uns vor dem Essen bei den Händen und dankten dafür, daß wir noch am Leben waren. Zwei Tage später schliefen alle unsere Nachbarn schon wieder in ihren Häusern. Bei den kleinen Nachbeben, die einem starken Erdbeben immer folgen, gingen sie nicht einmal mehr auf die Straße hinaus. Carlos und ich dagegen konnten kaum schlafen. Ich war völlig verwirrt. Die Nachbarn waren alle sehr freundlich gewesen. Untereinander half man sich dabei, Gashähne zu schließen, und untersuchte, ob die Schornsteine einzustürzen drohten. Bob, der Architekt, der unser Haus gebaut hatte und ein guter Freund geworden war, half uns mit Lorri, seiner Freundin, die Reste der Teller und Gläser zu beseitigen, die aus den Schränken und dem Kühlschrank gefallen und zerbrochen waren, doch merkte ich, daß die beiden, genau wie alle anderen im Viertel, ein Vertrauen zum Leben und in ihre Sicherheit besaßen, das mir völlig fehlte. Ich kam aus einer Gegend, wo das Leben sehr zerbrechlich ist und wo man normalerweise in einer Tragödie auf nichts anderes zählen kann als auf die Unterstützung und die Gemeinschaft der anderen. Hier dagegen vertrauten meine Nachbarn darauf, daß ihre Häuser sicher gebaut waren, daß die Regierung sich schon um sie kümmern würde, daß die Feuerwehr ihre Arbeit täte, daß die Polizei sie beschützte. Ich aber fürchtete die Anarchie, das Chaos, und alle meine Sinne waren aufmerksam gespannt, um mein Leben und das meiner Familie ohne irgendwelche Hilfe zu verteidigen. Die meine war eine primitive Reaktion, das Ergebnis von vielen Jahren Krieg, Unsicherheit, Schutzlosigkeit. Der einzige, der mich verstand, war Carlos, denn auch er hatte solche Zeiten mit mir zusammen erlebt.

Charlie – den ich Carlos nenne – lernte ich eines schönen Tages im Jahr 1983 in Washington kennen. Der Anlaß war ein Barbecue, den die nicaraguanische Botschaft organisiert hatte, damit drei Vertreter der sandinistischen Regierung – darunter ich – mit nordamerikanischen Journalisten zusammentreffen konnten. Carlos arbeitete damals für den öffentlichen Rundfunk, National Public Radio. Ich wurde nicht nur deshalb auf ihn aufmerksam, weil er ein gutaussehender Mann war, mit dem männlichen Gesicht eines italienischen Filmstars, einem mittelgroßen, kräftigen Körper und starken Händen mit breiten Fingern, sondern auch, weil wir uns von Anfang an wie alte Freunde unterhielten. Sein Nachname ist Castaldi, und auch er stammt von Italienern ab. Er wußte sofort, woher meine Vorfahren stammten, als ich ihm meinen Namen nannte, und war fasziniert von der Geschichte meines Großvaters Antonio und auch von meinen Erzählungen von den

Goldsuchern, der Transit Company des Commodore Vanderbilt, der Reise, die Mark Twain auf unserem Río San Juan unternahm. Er erzählte mir, daß er in Paris geboren worden war; später zog seine Familie nach Mailand, wo er lebte, bis er zwölf war, und erst dann zogen sie nach Washington. Sein italienischer Vater war während des Zweiten Weltkriegs Partisan gewesen. Carlos sprach ein wenig Spanisch, doch ich zog sein makelloses Englisch vor, denn niemals zuvor hatte ich einen Mann mit einem wohlklingenderen und attraktiveren Timbre gehört. Er erzählte mir, sein Radiosender habe ihn kürzlich für die Berichterstattung über Zentralamerika und vor allem den Krieg in Nicaragua abgestellt, den sogenannten Contra-Krieg. Ich war damals Leiterin der Informationsabteilung der Sandinistischen Befreiungsfront. Er gab mir seine Karte. Ich gab ihm meine. »Ruf mich an, wenn du nach Nicaragua kommst«, sagte ich zum Abschied zu ihm.

6. Kapitel

Wie ich in jungen Jahren Ehefrau und Mutter wurde und ziemlich schnell meine Illusionen verlor (Managua, 1966–1969)

Mein Abitur machte ich in einer spanischen Klosterschule; dann reiste ich nach Philadelphia, um dort Werbung und Journalismus zu studieren, und durch eine besondere Vereinbarung meiner Mutter mit den Nonnen konnte ich in Raven Hill wohnen. Nach dem Ende meiner Ausbildung kehrte ich mit siebzehn Jahren nach Nicaragua zurück, und eine Woche später schon hatte ich meinen ersten Job in einer Werbeagentur in Managua. Die Agentur befand sich in einem großen, alten Haus, und ich teilte mir mein Büro mit einem sympathischen, redseligen Kollegen, dem aufgetragen worden war, mich in die praktischen Aspekte des Berufs einzuführen. Einen Monat später lernte ich bei einem Ausflug zur Hacienda einer Freundin an den schattigen, grünen Ufern des Río Tipitapa den Mann kennen, der mein Ehemann werden sollte. Er war groß und schlank, die Augen wirkten klein hinter der Brille, und er war ein wenig schüchtern. Er gefiel mir, weil er genauso gern las wie ich. Wir saßen im Gras, unterhielten uns über Bücher und sahen dabei auf den Fluß hinaus. Ich erinnere mich, daß ich als erstes daran dachte, daß er meinen Eltern gefallen würde, weil er mit Familien verwandt war, die zu unseren gesellschaftlichen Kreisen gehörten, und meine Mutter betonte oft, wie wichtig es für eine gute Ehe war, die gleiche Erziehung und Kultur zu teilen. Ich wollte so schnell wie möglich heiraten. Ich hatte es eilig, zu leben, das Haus meiner Eltern zu verlassen, den Lärm meiner Geschwister – mit Lavinia waren wir inzwischen fünf –, und ganz unabhängig zu werden.

Meine Verlobungszeit begann kurz nach diesem Junitag. Mein zukünftiger Ehemann stürzte sich mit mir in den Strudel der Feste und gesellschaftlichen Ereignisse dieser Sommermonate, in denen die jungen Leute aus der Oberschicht von ihren Studien im Ausland nach Nicaragua zurückkehrten. Er war mein Partner beim Debütantinnenball – bei dem ich alle Regeln brach, indem ich mir ein rotes Kleid schneidern ließ. Der Ball fand zu meinen Ehren statt, denn in jenem Jahr war ich die Ehrendame des Nejapa Country Club, und ich mußte den Ball mit einem Walzer mit dem Präsidenten des Clubs eröffnen. Unter meinen fröhlichen, lärmenden Freunden, alles alte Bekannte seit meiner Kindheit, und in der allgemein herrschenden Begeisterung fiel mir die Passivität meines Verlobten nicht weiter auf. Erst als wir heirateten und allein waren, stellte ich fest, daß Freude für ihn ein unangenehmer Zustand war und daß die Melancholie, mit der er sich in sein Zimmer im Haus seiner Tante eingeschlossen und Mundharmonika gespielt hatte, nicht aus vorübergehender Traurigkeit entstanden war, sondern aus dem ängstlichen, menschenscheuen Charakter eines Einzelgängers.

Die Hochzeit fand im Februar 1967 statt. Nur zwei Monate zuvor war ich achtzehn Jahre alt geworden. Ich war noch Jungfrau. Mein Brautkleid war schlicht, aus Seidensatin, mit einem Überwurf aus venezianischer Spitze. Ich fühlte mich wunderschön in meinem Brautkleid, bis mir meine Mutter den Schleier aufsetzte und mir ein Paar lange Handschuhe aus Glacéleder überstreifte. Da überfiel mich plötzlich ein Gefühl der Lächerlichkeit, so als habe man mich wie ein Geschenk verpackt, als sei die ganze Zeremonie ein bißchen erniedrigend: die symbolische Übergabe durch meine Eltern an einen Mann. Das weiße Kleid schien mir dem biblischen Opferlamm zu gleichen, dessen Blut als Pfand der Keuschheit dargeboten werden sollte. Ich weiß noch, wie ich am Arm meines Vaters hinter meinen blumenstreuenden kleinen Schwestern Lucía und Lavinia in ihren lachsfarbenen Kleidchen herging und verwirrt daran dachte, daß die Anwesenden sich vielleicht meine Hochzeitsnacht vorstellten.

Die Kirche der Carmen war eine der schönsten Managuas. Schlicht, modern. Ihre Glocken konnte man von meinem Haus im Stadtteil Bolonia aus hören, dem Modeviertel jener Zeit, wo in dem Stil, der in den sechziger Jahren en vogue war, die modernen, kubischen Villen der reichen Familien gebaut wurden, die nicht mehr im alten Stadtzentrum leben wollten. Das Viertel lag nah genug am Stadtzentrum, um kein Vorort zu sein. Nur wenige Blocks von meinem Haus entfernt, das ein sehr guter Architekt aus Panama entworfen hatte, begannen die ärmeren Häuser, die Läden, die Reifenreparaturwerkstätten, die Drogerien, die Gebäude im dörflichen Kolonialstil, eines an das andere gebaut und in leuchtenden Farben gestrichen, hellgrün, gelb, rosarot. Wir lebten Seite an Seite mit dieser Welt, ohne uns mit ihr zu mischen. Wir wußten, daß sie existierte, denn sie umgab uns ja von allen Seiten; die Geschichten von den Nöten der Armen standen in den Zeitungen, oder wir hörten sie aus den Mündern der Hausmädchen und Fahrer, die bei uns arbeiteten. In der Kirche jedoch schien diese Welt nicht zu existieren. Die Gäste sahen elegant aus: die Herren in Anzügen, die Damen mit Hüten und Handschuhen für die zarten, gepflegten Hände. Vor dem Altar erwartete mich der Bräutigam im Smoking, nervös und mit feierlichem Gesicht. Ich dachte, daß ich ihn glücklich machen würde, daß ich ihn schon zum Lächeln bringen würde. Ich würde seine gute Fee sein, seine Zauberin. Ich war es gewesen, die ihn davon überzeugt hatte, daß wir von unser beider Gehalt würden leben und unabhängig werden können. Ich verdiente in der Werbeagentur genausoviel wie er als Angestellter beim Bauamt der Regierung. Als wir sagten, daß wir heiraten wollten, hatten seine und meine Eltern versucht, uns das wieder auszureden. Wir waren doch noch so jung. Doch angesichts unserer Dickköpfigkeit willigten sie schließlich ein.

Mein Hochzeitsempfang am Spätvormittag in den Räumen des Nejapa Country Club war ein großes Ereignis. Meine Mutter, die zur Avantgarde der Gesellschaft gehören und als elegante und weltläufige Frau im Mittelpunkt stehen wollte, plante das Fest nach ihrer Gesellschaftsbibel: dem Etikette-Buch von Emily Post. Obwohl sie sehr formell sein konnte und gern die sozialen Normen einhielt, war meine Mutter in anderer Hinsicht sehr aufgeklärt. Kurz bevor ich das Fest verließ, um meine Hochzeitsreise anzutreten, nahm sie mich beiseite. »Eine Frau muß in ihrem Haus eine Dame sein, aber nicht im Bett. Im Bett darfst du tun, was du willst. Nichts ist verboten. Absolut gar nichts«, wiederholte sie emphatisch.

Seit meiner frühesten Kindheit hatte sie mit mir über den menschlichen Körper voller Hochachtung gesprochen. Sie sagte

»menschlicher Körper« mit derselben Ehrfurcht wie andere Frauen, ihre Freundinnen, »Jesus Christus« sagten. Prüderie galt ihr als provinziell und rückständig. Auf unserer gemeinsamen Europareise, als sie mich ins Internat nach Madrid brachte, wohin mich meine Eltern mit Vierzehn schickten, damit ich in Europa erzogen würde, nahm sie mich ins Pariser Folies Bergères mit. Eigenhändig schminkte sie mich, um die Hürde zu überwinden, daß nur Personen über sechzehn oder siebzehn Jahren Einlaß erhielten. Von der Fülle luxuriös ausstaffierter Bühnenbilder, der Kostüme mit Federn und Pailletten, der Farben und vor allem von den fast nackten menschlichen Körpern ganz benommen, wußte ich beim Hinausgehen nicht, was ich sagen sollte. Erhitzt trat ich in meinem schlichten schwarzen Kleid mit dem Perlencollier in die kühle Pariser Septembernacht. Die Revue hatte mit einer Inszenierung von »L'après-midi d'un faune« von Debussy geendet. Ein Mann und eine Frau mit winzigen goldenen Dreiecken über der Scham und den nackten Brüsten tanzten eine erotische, sinnliche, einfühlsame Choreographie, die einen leidenschaftlichen Geschlechtsakt suggerierte.

»Wunderbar!« rief meine Mutter, während sie schnellen Schrittes einherging, auf der Suche nach einem Taxi. »Was für eine Vollkommenheit! So wunderschön und vollkommen müssen Adam und Eva im Paradies gewesen sein.«

Als sie merkte, daß der Mond, die Gezeiten und die Hormone kurz davor waren, mir die Geheimnisse der Natur zu enthüllen, die uns Frauen vorbehalten sind, rief sie mich eines Nachmittags nach der Schule in ihr Zimmer. Sie verschloß die Tür, setzte sich auf den Hocker vor ihrem Schminktisch und bedeutete mir, mich auf einen Stuhl ihr gegenüber zu setzen. Dann sprach sie mit mir über die Veränderungen und Überraschungen, die mein Körper für mich bereithielt. Sie war zierlich und schlank und trug ihr kurzes Haar blond gefärbt. Ich erinnere mich nicht mehr genau an das, was sie sagte, doch weiß ich noch sehr gut, wie mich ein wunderbares, machtvolles Gefühl überkam. Obwohl sie sicher beabsichtigte, mich mit den Pflichten der Mutterschaft vertraut zu machen, weckten ihre Worte über die weibliche Kraft in einem jungen und vorurteilsfreien Kopf wie dem meinen Echos, die weit über die rein biologische Funktion hinausgingen. Ich war eine

Frau, in der menschlichen Art die einzige, die Leben schenken konnte, die dazu bestimmt war, die Art fortzupflanzen. Die menschlichen Wesen waren die vollkommensten der Schöpfung, unsere Körper waren herrliche, vollendete Kunstwerke. Doch der Körper einer Frau war, wegen seiner besonderen Funktion, ein noch feinerer Mechanismus. Wir Frauen waren das Meisterstück der Schöpfung. Und weil ich ein solches Geschöpf war, würde bald schon mein Körper sich jeden Monat darauf vorbereiten, den befruchteten Samen zu empfangen, ihn zu hüten und in der Dunkelheit meines Leibes wachsen zu lassen. Weil mir die Mutterschaft nicht vergönnt sein würde, bis ich jemanden fände, der würdig genug war, mit mir »den herrlichsten Akt der Kommunion und Vereinigung zu teilen, den es gibt«, würde sich der unbefruchtete Samen auflösen. Der Kokon, den mein Körper jeden Monat wob, um das Leben zu empfangen, würde sich im Blut der Menstruation auflösen. Dann nahm sie mich ins Badezimmer mit, zeigte mir die Monatsbinden und überreichte mir, in einer kleinen, zugeklebten Schachtel, das rosafarbene Gummiband, mit dem sie an der Taille befestigt wurden, bevor die selbstklebenden Binden erfunden wurden. Diese Handlung war für mich so feierlich wie die Übergabe der Fackel bei einem Stafettenlauf.

Ich erinnere mich, daß ich, als ich herauskam, meine beiden Brüder bemitleidete, weil sie niemals eine so herrliche Erfahrung machen würden. Als ich kurz darauf meine erste Menstruation bekam, kam es mir vor, als habe mich die Natur gesalbt. Ich fühlte mich ungeheuer stolz.

Ohne sich mit den Einzelheiten zu befassen, sprach meine Mutter später auch mit mir über die sexuelle Beziehung zwischen Mann und Frau. Sie beschrieb mir den Geschlechtsakt in mythischen Farben und poetischen Worten. Durch sie stellte ich mir vor, daß es eine wundervolle Sache sein müsse, eine Art Vereinigung von Titanen, die mit ihren nackten, verschlungenen Körpern nicht nur neues Leben schufen, sondern auch unzertrennliche Bande der Liebe und Vertrautheit. »Es ist die intensivste Vereinigung und Kommunikation, die es zwischen zwei menschlichen Wesen geben kann«, sagte sie und gestikulierte dabei mit ihren langen, schmalen Händen, an denen der Solitär blitzte, den ihr mein Vater geschenkt hatte.

Nach der Hochzeit begann mein Leben als Erwachsene in der Wohnung, die mein Mann und ich in dem Gebäude gemietet hatten, das als das »Adlerhaus« bekannt war, weil es einmal der Sitz der amerikanischen Botschaft gewesen war und hoch oben an der Fassade von einem goldenen Adler geziert war. Das ruhige, traditionelle Viertel lag ganz in der Nähe des Managua-Sees, an dessen Ufern sich die Stadt erhebt. Er ist kleiner als der Große See von Nicaragua, aber dennoch ein ausgedehntes, herrliches Gewässer, umgeben von hohen Bergen und Vulkanen. Auf der einen Seite der Wohnung gab es einen hübschen kleinen Park, in dem ein Brunnen plätscherte. Nach einer Weile begann ich mich zu fragen, weshalb mein neues, unabhängiges Leben als jungverheiratete Frau so überhaupt nicht den Worten meiner Mutter glich. Irgend etwas stimmt nicht, dachte ich. Ich erreichte in meiner Beziehung weder die Vereinigung der Titanen noch das Verständnis und die Vertrautheit, die das Zusammenleben mit einem Mann bringen sollten. Meine romantischen Träume begannen sich schon auf der Hochzeitsreise aufzulösen, bei der wir ins Sommerhaus meiner Eltern am Pazifik fuhren. Die Melancholie meines Mannes widerstand allen meinen Angriffen. Wie eine Auster verschloß er sich hartnäckig in seine schwermütigen Stimmungen, mit einem Pessimismus und einer Passivität, die ich nicht aufzubrechen vermochte. Die Lebensfreude, zu der er sich aufgerafft hatte, während er um mich warb, erlosch allzu schnell. Nichts wollte es da nützen, daß ich ihn an der Hand nahm und mit ihm nachts an den Strand hinunterging, in der Vorfreude auf heidnische Fruchtbarkeitstänze im Mondlicht. Ihm gefielen solche Abenteuer überhaupt nicht. Das war gefährlich. Man wußte ja nicht, wer sich dort herumtrieb, an diesem riesigen, verlassenen Strand, wo der bleifarbene Sand wie versilberter Stahl schimmerte. Besser, wir gingen gleich wieder nach Hause. Eine Woche ungestört zu zweit – das bedeutete für mich die Filmromantik, bei der die Paare das Schild »Nicht stören« vor die Hotelzimmertür hängen und nach fünf Tagen, untermalt von der Musik Henry Mancinis, mit leuchtenden Gesichtern wieder herauskommen. Doch das wirkliche Leben ließ solche Exzesse nicht zu. So gelangweilt, wie wir waren, setzten wir uns ins Auto und fuhren nach León, um uns Comichefte zu kaufen. Als wir endlich zurück in

Managua waren, versank er vor dem Fernsehgerät wie hypnotisiert in lange Stunden des Schweigens. Er hatte keine Lust, mit mir oder mit Freunden auszugehen, nicht einmal ins Kino. Es reichte ihm, mich in seiner Nähe zu wissen. Dabei brauchten wir uns nicht einmal groß zu unterhalten, meinte er. Ich schloß mich ins Badezimmer ein und heulte. Meine Illusionen, ihn verändern, ihn aufmuntern zu können, schwanden dahin. Ich schäumte vor Wut darüber, daß ich, so naiv und romantisch, wie ich war, in eine solche Falle getappt war. In meiner Eile, ins Leben hinauszutreten, hatte ich mich an die Hand eines Mannes geklammert, der nichts anderes wollte, als daß ich ihn in die Höhle begleitete, in der er sich vor genau diesem Leben versteckte.

Als er mir vorschlug, ich solle zu arbeiten aufhören und zu Hause bleiben, machte ich ihm eine solche Szene, daß er meine Unabhängigkeit akzeptieren mußte. Vielleicht weil ich seit meiner Kindheit mein Geschlecht als einen Vorzug angesehen hatte, empfand ich mich als frei, als eigenständig. Es kam mir nicht in den Sinn, daß ein Mann das Recht hätte, mich daran zu hindern, die zu sein, die ich sein wollte. Ich konnte nicht hinnehmen, daß die Ehe oder die Mutterschaft den Verzicht auf die Fülle der Möglichkeiten bedeuten sollten, die das Leben mir bot. Ich arbeitete so lange weiter, bis mir schließlich die Übelkeit und Trägheit der ersten drei Schwangerschaftsmonate Lust machten, zu Hause zu bleiben und Winterschlaf zu halten.

Ich war neunzehn, als meine Tochter Maryam zur Welt kam. Ich erinnere mich noch gut an den riesigen Gummibaum, der sich dichtbelaubt vor meinem Fenster auf der Privatstation des Baptisten-Krankenhauses in Managua erhob. Seine Blätter, die in der Nachmittagssonne sattgrün glänzten und im Wind hin und her wehten, ließen mich an die Ohren eines prähistorischen Tieres denken. Immer wenn ich mich unter einer Wehe wand, versuchte ich mich zu entspannen, indem ich tief durchatmete und die Blätter zählte. Angeblich war es falsch, kontraproduktiv, dem Schmerz Widerstand entgegenzusetzen. Ich strengte mich an, gleichmütig zu sein, wie ein Baum, der Wind und Regen standhält. Doch nach zwölf Stunden Geburtswehen wollte ich mich nur noch von meinem Körper befreien, ihn verlassen, schnell weglaufen, nicht mehr leiden müssen. Trotz der Schmerzen war ich voller Staunen darüber, wie die Natur die Regie übernahm, als habe sie mit meinem Körper ein Bündnis geschlossen und mir bliebe nur noch die Rolle der Beobachterin. Die Geburt brauchte mein Eingreifen überhaupt nicht. Tausendjährige Weisheit leitete alles mit absoluter Genauigkeit: das Platzen der Fruchtblase, die regelmäßigen Wehen, die erst alle fünf, dann alle zwei, dann jede Minute kamen. Mein Herz schlug wie eine Trommel den Takt dazu. Es gab kein Entrinnen. Dieser Mechanismus würde nicht eher anhalten, als bis der Prozeß an seinen Endpunkt gekommen war. Ich gab mich ganz der schmerzhaften Erotik jener Kraft hin, die mich von innen her öffnete. Es gab nichts anderes mehr als meinen pochenden Leib.

Die Ärzte und Krankenschwestern, die ab und zu kamen und mich beäugten, machten Bemerkungen darüber, wie jung ich noch sei. Ich dagegen fühlte mich uralt, Teil jenes vielgestaltigen weiblichen Körpers, der in diesem Übergangsritus die Macht der gewaltigen Wehen teilte, mit denen das Meer geboren wurde, die Kontinente, das Leben.

So hielt ich mich an epischen Gedanken fest und ertrug die Schmerzen und die schmachvollen Prozeduren, denen man mich im Krankenhaus unterwarf. Als erstes rasierte mir eine Krankenschwester das Schamhaar. Es irritierte mich nicht nur, daß eine völlig fremde Person sich am intimsten Teil meiner Anatomie zu schaffen machte: Ich war zu Tode erschrocken. Ihre Geschwindigkeit und schnelle Entschlossenheit ließen mich eine unfreiwillige Klitorisbeschneidung fürchten. Ich verhielt mich so ruhig, wie ich konnte, schloß die Augen und atmete kaum. Dann machte mir dieselbe Krankenschwester einen Einlauf, wozu ich auf der Seite liegen mußte. Mit dem hinten offenen Krankenhauskittel und meinem riesigen Bauch bedeutete das folgende Rennen zur Toilette beinahe das Ende meiner Würde. Als ich schon dachte, all diese Peinlichkeiten wären endlich vorbei, begann eine endlose Prozession von Ärzten, die wissen wollten, wie sehr mein Muttermund schon geweitet war. Da kamen sie einer nach dem anderen und untersuchten ohne ein weiteres Wort meine intimsten Bereiche, wobei sie zwischen meine Beine spähten, als sei dort Tag der offenen Tür. Die Ärzte sprachen von meinem Kind als von »dem Produkt«, als sei ich eine Maschine, die gleich irgendein Gartenwerkzeug ausspucken würde.

Endlich kam mein eigener Arzt, Dr. Abaunza. Groß, mit breitem Rücken und dickem Schnurrbart, seinem tadellos gestärkten, weißen Kittel und einem Lächeln, als habe er alles unter Kontrolle. Er war ein Gott. Ich konnte auf seine wohlklingende, tiefe Stimme vertrauen, seine starken Hände. Als ich ihn sah, fühlte ich mich gleich besser. Meine Eltern, meine Schwiegermutter und mein Mann blieben abwechselnd bei mir oder saßen mit dem Arzt auf dem Balkon, sahen auf den Gummibaum und unterhielten sich flüsternd. Ihre leisen Stimmen banden mich an eine Wirklichkeit, die sich im Morgengrauen, als die Zeiträume zwischen den Wehen kürzer wurden, zu entfernen und Teil einer Welt ohne Schmerz zu werden schien, in die ich nie zurückkehren würde. Mein Körper wurde plötzlich zum Feind, der mich angriff: Er zog sich zusammen, wand sich unter Krämpfen. Ich flehte Doktor Abaunza an, den Anästhesisten zu holen. Ich konnte ganz einfach nicht mehr.

Schließlich brachte man mich in den Operationssaal. Man verabreichte mir eine Rückenmarksanästhesie, die mich von der Taille abwärts gefühllos werden ließ. Als der Moment des Pressens kam, appellierte ich an meinen Instinkt. Ich spürte nichts. Ich konnte nur raten, welche Befehle ich meinen Muskeln sandte. Der Anästhesist, ein kleiner, schmächtiger Mann, stieg auf einen Schemel und drückte mir mit beiden Händen auf den Leib, als wolle er ihn wieder zum Leben erwecken. Der Anblick schien mir so komisch, daß ich zu kichern begann und mich zusammennehmen mußte, damit ich nicht in schallendes Gelächter ausbrach.

Der Arzt sagte: »Da kommt es.« Ich spürte, wie etwas Feuchtes, ein Fisch, mir zwischen den Beinen herausglitt. Der Operationssaal mit seinen hellen, weißen Neonlampen, die sich im Chrom der Einrichtung spiegelten, verwandelte sich wie durch einen Zauber. Das Männchen hörte auf, mir auf den Leib zu drücken, und begab sich an mein unteres Ende zum Arzt und den Krankenschwestern, die lächelten und sich entspannter und ruhiger bewegten.

»Es ist ein Mädchen. Und ganz und gar vollständig«, sagte Dr. Abaunza, während sich der Raum mit den heiseren Schreien meiner Tochter füllten, die ihre ersten Atemzüge tat. Aus der Entfernung, die meinen Kopf von meinen Beinen trennte, sah ich sie, wie sie da so nackt, bedeckt mit weißem Talg, ihre Ärmchen und Beinchen bewegte, das schwarze Haar ganz naß, die Augen fest geschlossen. Sie gaben sie mir. Ich öffnete ihre Hände, zählte die Finger und Zehen ihrer Hände und Füßchen. Ich untersuchte sie von oben bis unten. Ich beroch sie, wie auch ein Muttertier seinen Nachwuchs beschnüffeln würde. Es schien mir unglaublich, daß sie aus mir selbst herausgekommen sein sollte, aus dem Dunkel meines Inneren.

Ich stellte mir vor, wie jetzt draußen vor dem Operationssaal ein rotes Licht anging. Rot bedeutete Mädchen; Blau kündigte einen Jungen an. Meine Eltern, meine Schwiegereltern und mein Mann würden sich freuen. Alle hatten wir uns gewünscht, daß das erste Kind ein Mädchen würde.

Stolz und müde zitterte ich wie Espenlaub.

Am Morgen brachte man mir Maryam; in eine Decke gewickelt sah sie wie eine kleine Zigarre aus. Ganz überwältigt von ihrem kleinen, faltigen Gesichtchen, nahm ich sie auf den Arm. Sie schien mir so sehr mein eigen zu sein, als wiegte ich mich dort selbst auf dem Arm. Die Existenz dieses kleinen Wesens weitete meine Grenzen und erfüllte mich mit einem Gefühl kosmischer Transzendenz. Ich dankte dem Leben dafür, eine Frau zu sein und, ebenso wie jedes andere Muttertier, eine Stute, eine Löwin, den animalischen Instinkt zu spüren, dieses Wesen in die Welt gebracht zu haben und anzunehmen, zu beschützen und zu säugen. Seine Zartheit und Zerbrechlichkeit öffnete die Schleusen meiner Zärtlichkeit wie eine Quelle, die unaufhaltsam sprudelte. Die Wärme meines Leibes ging in meine Arme, meine Brust über. Das war die Liebe.

In den ersten Wochen ihrer Kindheit schloß ich mich mit meiner Tochter in eine wunderbare Welt ein, die nur uns zweien gehörte. Ich hätte sie fressen mögen. Ich wurde nicht müde, sie zu berühren, zu küssen, mich an ihren Gesten zu freuen. Wir waren in ein kleines, dunkles Haus gegenüber dem meiner Eltern umgezogen, doch ihr Zimmer war dasjenige, das die meiste Sonne abbekam. Ich hatte selbst die Möbel angestrichen und das niedliche Moskitonetz mit rosafarbenen Bändern verziert, Wenn ihr Vater zur Arbeit gegangen war, holte ich sie zu mir ins Bett, und wir beide schliefen bis zum späten Vormittag. Nachmittags schob ich sie im Wagen zu einem kleinen Park in der Nähe, dessen Hauptattraktion ein paar dichtbelaubte Chilamatebäume mit ihren dicken, langen Luftwurzeln waren. Die anderen Kinder wurden von ihren Kindermädchen ausgefahren, aber ich wollte meine Tochter nur für mich allein haben. Außerdem waren mein Mann und ich ohne mein Gehalt ziemlich abgebrannt.

Sechs oder acht Monate nach diesem Kopfsprung in die Mutterschaft, der mich von allen anderen Sorgen befreite und sogar die unbefriedigende Ehe wettmachte, die ich führte, meinte ich, ich müsse wieder eine Arbeit annehmen. Wir hatten finanzielle Schwierigkeiten. Von meinen Eltern abhängig zu sein war beschämend für mich. Außerdem langweilte mich das Hausfrauenleben, die ewig gleichen Gespräche mit den ebenfalls jungverheirateten Freundinnen. Ihre zwanghaften Gesprächsthemen waren Verhütungsmittel, die Einrichtung ihrer Wohnungen, die Fähigkeiten oder Fehler der Kindermädchen. Nach Maryams Geburt zeigte sich mein Mann für ein Weilchen umgänglicher. Wenn wir mit Freunden zusammen waren, standen die Männer beieinander und sprachen von der Arbeit und ihren Geschäften. Wir Frauen unterhielten uns sitzend über unsere Angelegenheiten. Beim Abendessen wurde über Politik gesprochen. Meine Generation sah, so enttäuscht, wie sie war, keinerlei Alternative. Der letzte Versuch, sich der Diktatur entschlossen entgegenzustellen, hatte sich im Zusammenhang mit der Wahlkampagne 1967 ergeben. Die Wahlkundgebung der Konservativen Partei am 22. Januar jenes Jahres endete mit einem Blutbad. Ihre Führer hatten versucht, einen massiven, friedlichen Protest zu organisieren, damit der jüngste Sproß der Somoza-Familie auf seine Kandidatur verzichtete, doch die Nationalgarde schoß in die Menge. Mehr als dreihundert Menschen wurden ermordet. Meine Brüder Humberto und Eduardo konnten sich nur wie durch ein Wunder retten, indem sie wegrannten, über Hunderte von Schuhen, die auf der wichtigsten Straße von Managua verstreut liegengeblieben waren. Eduardo kam mit einem Streifschuß am Arm nach Hause.

Unter Vermittlung der amerikanischen Botschaft schlossen die Konservativen einen Pakt mit Anastasio Somoza Debayle, der anschließend durch einen Wahlbetrug Präsident wurde. Durch diesen Pakt verlor die Opposition jegliche Glaubwürdigkeit bei der

Bevölkerung. Seither hatte unter uns jungen Leuten eine gewisse Resignation um sich gegriffen. Die einzige sichtbare Alternative waren die Sandinisten, eine Untergrundgruppe, die in den sechziger Jahren durch eine Reihe militärischer Aktionen in den Bergen bekannt geworden war und die das patriotische Erbe von General Sandino für sich reklamierte. Doch waren die Sandinisten keine echte Alternative für uns. Sie waren Guerilleros. Sie propagierten den bewaffneten Kampf, die Gewalt, den Sozialismus. In ungleichen Scharmützeln wurden sie umgebracht: Flugzeuge und Schützenpanzer gegen junge Leute mit Pistolen. Die von Kugeln durchlöcherten Leichen stellte die Diktatur der Presse vor, ihre Fotos erschienen auf den ersten Seiten der Zeitungen. Das Märtyrerverhalten der Sandinisten, ihre verbissene Zähigkeit, nötigte Respekt ab, doch hielt man sie für gefährlich, subversiv, kommunistisch. Sie operierten im Untergrund. Unter den Leuten meiner Schicht sprach man nicht von ihnen. Man fürchtete sie.

Das Hausfrauendasein drohte mich zu ersticken. Ich begann, Alpträume zu bekommen. Darin verwandelte sich die eine Hälfte meines Körpers in einen Staubsauger, und ich wackelte wie eine Waschmaschine. In jenen Tagen las ich die Bücher der Feministinnen: Germaine Greer, Betty Friedan, Simone de Beauvoir. Je mehr ich las, um so weniger konnte ich die Aussicht akzeptieren, mich Jahr um Jahr über Kochrezepte, Möbel und Innenarchitektur zu unterhalten. Die Samstage im Country Club, wo wir das Leben unserer Eltern wiederholten, langweilten mich zu Tode. Die Männer spielten Golf, die Kinder planschten im Schwimmbecken, während wir Frauen wieder und wieder über die Kindermädchen, die Pille, die Spirale und die Gynäkologen diskutierten, die gerade besonders in Mode waren. Das einzige Interessante in dieser Zeit war die Landung von Neil Armstrong auf dem Mond. Und natürlich meine Tochter, doch waren die Möglichkeiten der Unterhaltung mit einem Kleinkind ziemlich begrenzt.

Durch meinen Vater bekam ich einen Job bei Pepsi-Cola. Das war nicht gerade die Arbeit, die ich mir wünschte, aber ich nahm die Stelle dennoch an. Ich fungierte als Verbindungsperson zwischen der Geschäftsführung und der Werbeagentur. So lernte ich Bosco kennen. Er bot mir eine Stelle in seiner Agentur an. Ich sagte ja. Diese Entscheidung veränderte mein Leben.

7. Kapitel

Wie ich aufhörte, die »perfekte Ehefrau« zu sein, und mich auf verbotenes Terrain begab (Managua, 1970)

Meine Tochter unternahm schon ihre ersten Schritte, als ich bei »Publisa«, zu arbeiten begann. Bosco, der »Dichter« und ich verplanten die Werbebudgets und entwarfen die Kampagnen, kümmerten uns um das »Kreative«, wie man in der Werbebranche sagt. Das Büro des Dichters lag genau neben dem meinen. Die beiden kleinen Räume waren nur durch eine dünne Wand aus leinwandbespanntem Sperrholz getrennt. Nur Boscos Büro besaß Wände, die bis an die Decke reichten. Die unseren hatten große Fenster, durch die man auf die Dächer aus Zinkblech oder roten Ziegeln sehen konnte, die Türme der Kathedrale, dahinter den See und die blauen Umrisse der fernen Vulkane am gegenüberliegenden Ufer. Managua war eine Stadt deutlicher Kontraste. In den fünfziger Jahren, als das Land durch den Baumwollexport eine wirtschaftliche Blüte erlebte, war ein Geschäftsviertel entstanden, das modern wirken wollte. Die einigermaßen Gutsituierten waren jedoch in der Minderheit. Der größte Teil der Stadt war arm und provinziell und bestand aus pittoresken Häusern, aus gebrannten Lehmziegeln erbaut und bunt angemalt. Der ärmste Teil der Bevölkerung lebte in großen Elendsvierteln entlang der Ausfallstraßen. In diesen Vierteln gab es meistens kein Trinkwasser, keinen Strom und keine gepflasterten Straßen. Die Unterschiede zwischen dem Leben der Armen und dem der Reichen waren riesig, wurden jedoch von den einen als etwas ganz Natürliches angesehen und von den anderen mit christlicher Demut hingenommen, als handele es sich um eine allgemeingültige Ordnung, die man ohnehin nicht ändern konnte. Ich erinnerte mich, wie die Nonnen der Schule uns als Kinder in die Armenviertel mitnahmen, um unsere barmherzigen Instinkte zu wecken. Der Stadtteil der Fischer lag direkt am See. Dort sah ich einmal eine alte Frau Papier essen, das sie in schmutzigem, bräunlichem Wasser eingeweicht hatte, um den Hunger zu stillen. Sie war eine zerfurchte, entsetzlich abgemagerte Frau mit einem zahnlosen Lächeln, der die Haut schlaff an den Armen herunterhing, und die mir seither im Geist mit dem Wort »Ungerechtigkeit« untrennbar verbunden blieb. Hier im Zentrum von Managua, wo sich das Gebäude erhob, das die Werbeagentur beherbergte, ein fünfstöckiges Gebäude aus Beton, schlicht und modern, war die Armut nicht so sichtbar.

In der Agentur wurde viel gearbeitet, aber wir hatten auch viel Spaß. Die Werbung genoß, auch wenn sie ein Geschäft war, das Ansehen einer Art Kunst. Die Kreativität verlangte nach einer zwanglosen Atmosphäre, flexiblen Arbeitszeiten. Zusammen mit Bosco und dem Dichter, die sich anstrengten, die Arbeit nicht allzuernst zu nehmen, hatte ich oft genug Anlaß zu schallendem Gelächter. Ihrer Meinung nach paßten übertriebener Ernst und Kreativität nicht gut zusammen. Formell waren nur Bankangestellte, aber wir doch nicht. Madison Avenue war unser Vorbild. Aufmerksam verfolgten wir, was dort vor sich ging, und wir wollten genauso originell sein wie die Kreativen, die die Werbekampagne von Volkswagen »Es geht auch in einem Käfer« und »We try harder« von Avis oder die Werbekampagnen von Alka-Seltzer entworfen hatten.

Der Arbeitsstil begünstigte die Kollegialität, das persönliche Näherkommen. Der Dichter spürte sehr schnell meinen Konflikt einer Jungverheirateten, die sich in der stickigen, reglosen Atmosphäre ihrer gesellschaftlichen Schicht langweilte. Er lachte über mein artiges Benehmen einer ehemaligen Schülerin aus dem Marien-Gymnasium; über meine Zeit als Mädchen der Gesellschaft, »Braut« des Country Club. Er war stolz darauf, nicht nur aus der granadinischen Aristokratie zu stammen, sondern aus einem intellektuellen Milieu, in dem er von frühester Kindheit an die wichtigsten Dichter unseres Landes kennengelernt hatte. Sie trafen sich im großen Haus seines Vaters, der selbst Dichter war, herrliche Sonette geschrieben hatte und eine phantastische Sammlung kolonialer nicaraguanischer Kunst und Heiligenbilder besaß. Der Dichter ernannte sich selbst zu meinem intellektuellen Lehrer.

»Laß uns ins Café La India gehen. Mach dir keine Sorgen, daß man dich dort mit mir zusammen sieht. Dort gehen nur Künstler hin. Maler. Dichter. Meine Freunde. Komm schon. Ich möchte, daß du andere Leute kennenlernst, die Leute, die was wert sind in diesem Land.«

Ich willigte ein. Einen Kaffee zu trinken, fand ich, schadete niemandem. Sein Sirenengesang schien mir unwiderstehlich. Und noch viel unwiderstehlicher, als ich im Café La India, einer ganz normalen Cafeteria voller Rauch und Menschen, und dann auch anderswo – in schlichten Kunstgalerien, in die er mich auf dem Weg zu Kundenbesuchen mitnahm – Maler kennenlernte, Schriftsteller, und mit einer ganz anderen Dimension bekannt wurde. Einfache, laute Leute, die meisten von ihnen arm, bildeten sie eine Gemeinde, die sich gegenseitig Bücher auslieh, Arbeitsmaterialien, Geld. Sie lasen und diskutierten eifrig über das Weltgeschehen: den Vietnamkrieg, die Pop-Art, die sexuelle Befreiung, die Verantwortung der Intellektuellen, die 68er-Bewegung. Namen wie Sartre, Camus, Noam Chomsky, Marx, Giap bevölkerten ihre Gespräche und auch die Bücher des damaligen Booms der lateinamerikanischen Literatur, die Briefe von van Gogh an seinen Bruder Theo, *Les chants de Maldoror* des Grafen Lautréamont, japanische Haiku-Gedichte, Carlos Martínez Rivas, der geheiligte Dichter der nicaraguanischen Literatur. Sie tranken viel, rauchten Marihuana, halluzinierten auf LSD, verliebten sich unsterblich und erzählten von ihren Leiden und Glücksmomenten. Es waren Hippies voller Vitalität, voller Neugier. Der Dichter führte mich in die Welt hinein, die sie bewohnten, und ich fühlte mich wie Alice im Wunderland. Ich rauchte nicht, traute mich nicht, Drogen zu nehmen, trank auch keinen Alkohol, doch das machte ihnen alles nichts aus. Ich war ihr Publikum und hörte ihnen voller Bewunderung zu.

»Ja, hast du denn Carlos Martínez nicht gelesen? Und Cortázar und García Márquez? Na, hör mal! Du bist wohl bei Shakespeare und Lope de Vega stehengeblieben. Lies nur, lies«, sagte der Dichter zu mir und lieh mir Bücher aus. Er ging mit mir in eine kleine, vollgestopfte Buchhandlung zum Bücherkaufen, wo wir andere Dichter trafen.

»Sieh mal, da ist ja Carlitos Alemán Ocampo. Komm, wir sagen ihm guten Tag.«

Zwei Minuten später war auch ich eine Freundin von Carlitos, dem Schriftsteller, einem untersetzten Mann mit dem Lächeln eines Kindes und einer besonderen Vorliebe für die Philologie.

Eines schönen Tages kam der Dichter mit verschwörerischem Gesichtsausdruck in mein Büro und gab mir hinter der Tür, zu der ich zurückwich, einen Kuß. Ich gab ihm eine Ohrfeige.

»Flegel! Ist dir denn nicht klar, daß ich eine verheiratete Frau bin!?«

»Ich bin eben in dich verliebt. Ich mußte dir einfach einen Kuß geben«, lächelte er spitzbübisch, ohne meine Reaktion besonders zu beachten, was mich ziemlich verwirrte. Dann fing er an, über meinen Mund zu reden, wie sinnlich der sei, unwiderstehlich. Er wich keinen Millimeter zurück, sondern nahm meine Ohrfeige hin, als handele es sich um eine Zärtlichkeit.

»Laß mich in Ruhe«, sagte ich zu ihm.

Die Eroberungsversuche des Dichters – die mich immer weniger störten – beunruhigten mich, denn ich merkte, trotz meines Sträubens wollte ich im Grund, daß er mich weiterhin fühlen ließ, wie begehrenswert und unwiderstehlich ich war. Die Sinnlichkeit, die ich bei ihm instinktiv spürte, verursachte mir eine beinahe schmerzhafte Neugier. Ich wußte nicht, was ich von mir selbst halten sollte, und ob meine Reaktion der Beweis dafür war, daß ich einen schweren Charakterfehler hatte. Irgend etwas sagte mir jedoch, wenn ich es mir versagte, diesen Teil meines Selbst kennenzulernen, dann würde ich niemals in die Geheimnisse des Lebens eindringen und auch nicht die Liebe entdecken, von der ich soviel gelesen hatte und die ich in meiner Ehe nicht fand. Es schien mir nicht gerecht, daß ein solch gesellschaftlich konventioneller Vertrag wie die Ehe bedeuten sollte, daß ich mich für immer einer Situation unterwarf, die nichts anderes war als das Ergebnis eines Fehlurteils, eines Irrtums. Und dennoch wollte ich eine gute Ehefrau sein. Ich bemühte mich, bei meinem Mann die Reaktionen hervorzurufen, die ich von einem Verliebten erwartete, doch alle meine Versuche prallten an seiner Apathie ab. Er sagte zwar immer, er liebe mich, doch schien er zu meinen, daß es keine Notwendigkeit gab, mir das auch zu zeigen. Er lebte wie in einer eigenen Welt, weit fort von mir. Um mit ihm zu reden, mußte ich darauf warten, daß im Fernsehen die Werbung kam, denn er mochte es nicht, wenn ich ihn bei seiner Lieblingsentspannung unterbrach. Tatsächlich waren wir so unterschiedlich wie Tag und Nacht, ich voller Neugier, Optimismus, Lebensfreude, er hingegen ein Pessimist, der das Leben nur ertrug. Er war viel älter, als sein wirkliches Alter erkennen ließ, mit dem einzigen erkennbaren Wunsch, sich so schnell wie möglich aus einer Welt zurückzuziehen, die ihm voller Gefahren zu sein schien und voller Menschen, die ihm grundlos schaden wollten. Wenn ich mich beschwerte, schwieg er lieber. Ich verzweifelte fast an seinem Schweigen, weinte, weil ich nicht wußte, was ich machen sollte.

Der Dichter fuhr mit seiner Belagerung fort. Er konnte einfach seine »überschäumende Lust« nicht kontrollieren, wie er es nannte, wenn er sich zu entschuldigen vorgab. Damit meinte er seine *joie de vivre*, das Merkmal seiner Persönlichkeit, das mich am meisten reizte, angesichts der Person, mit der ich zusammenlebte. Er war nicht gerade gutaussehend, der Dichter, doch er benahm sich so, als sei er es, und man lernte schnell, als erstes an ihm die Schönheit seines Lächelns zu sehen, seine glänzenden Augen. Es machte mir nichts aus, daß er kein Adonis war und ein paar Pfund zuviel wog. Es reichte, ihn leidenschaftlich über ein Gedicht reden zu hören, ein Stück Geschichte, ein köstliches Gericht, um ihn enorm attraktiv und verführerisch zu finden.

Um mich herauszufordern, um »mich mit mir selbst zu rufen«, analysierte der Dichter mein Sträuben, mein Leben, den entscheidenden Punkt, an dem ich mich befand. Meilenweit war zu sehen, daß ich noch nicht wußte, was Liebe war, so meinte er. Und dennoch spürte man meine Sinnlichkeit auf den ersten Blick. Meine Haut strahlte sie aus. Sogar seine Freunde bemerkten es.

»Weißt du, was sie mir neulich gesagt haben? Daß sie mich mit diesem Mädchen gesehen hätten, ›das Sinnlichkeit nur so verströmt‹.«

Ich könnte doch mein Leben, meine Talente nicht verschwenden. Das wiederholte er mir ständig, während er mir von der Literatur erzählte, mir Gedichte vorlas und mich auf seine leidenschaftliche Art mit der dichten, komplizierten Geschichte Nicaraguas bekannt machte. Ich sage immer, daß ich es dem Dichter verdanke, mich mit der Seele meines Landes in Kontakt gebracht zu haben. Schon vorher liebte ich seinen Leib voller tiefer Seen und hochaufragender Vulkane, voller Bäume mit unbezähmbaren, zotteligen Kronen, voller feuchter, wohlriechender Senken mit Kaffeeplantagen, Wolken mit Formen wie die Frauen von Rubens, voll ungeheurer Sonnenuntergänge und unwahrscheinlicher Regengüsse. Doch war es der Dichter, der mir tieferes Wissen über den Ort vermittelte, wo ich verwurzelt war, der mich erkennen ließ, wie die Vergangenheit die Gegenwart erhellen kann, und mir half, die einzelnen Teile zusammenzufügen und zu begreifen, woher die politischen Verhältnisse und das Elend kamen, die Teil meines Lebens waren. Meine leidenschaftliche Lektüre führte mich von den staunenden Erzählungen der Spanier, als sie zum erstenmal der Naturschönheiten Nicaraguas ansichtig wurden, bis zur Geschichte von General Sandino, seinem Kampf gegen die nordamerikanische Besatzung und die Ereignisse, die zur Diktatur der Somozas geführt hatten.

»Ich möchte nur mit dir allein sein, in aller Ruhe«, sagte er mir eines Nachmittags und bat mich, mit ihm zur Wohnung eines Freundes zu gehen. »Damit wir uns außerhalb des Büros unterhalten können.«

Ich hatte schon den Verdacht, daß es sich um einen Vorwand handelte, doch schwor er mir, er wolle nur mit mir reden, und ich beschloß, ihm zu glauben, denn die Versuchung zog mich an wie der Apfel vom Baum der Erkenntnis. Er brachte mich in das kleine Zimmer eines befreundeten Schriftstellers in einem alten, heruntergekommenen Haus. Der Raum war voller Bücher, das Bett eine breite Matratze auf dem Boden. Es gab einen Schreibtisch und einen alten Kleiderschrank. Vom Fenster aus sah man die Türme einer nahen Kirche. Kaum waren wir allein, begann sein Angriff. Ich widerstand aus Pflichtgefühl, aus Angst, den Biß zu tun, der mich nackt dastehen ließ, doch wußte ich nur zu gut, daß ich aus keinem Paradies auf Erden vertrieben werden würde. Meine Ehe lag vor mir wie eine hoffnungslose Wüste, aufrechterhalten aus Furcht und einem lästigen Gefühl der Pflicht. Das Kennenlernen des Möglichen, des »anderen«, lockte mich allzusehr. Schließlich ergab ich mich. Ich glaube, das, was mich hinterher am meisten beeindruckte, war nicht nur meine Kühnheit, sondern das absolute Ausbleiben von Gewissensbissen. Der Nachmittag verstrich in träger Sinnlichkeit. Meine Haut enthüllte mir ihre Geheimnisse unter Lachen, Geschichten, Gedichten, die mir mein Dichter vorlas. »Ich les dir jetzt mal meine Definition der Liebe vor.« Und dann las er mir ein langes Gedicht vor über die hohen Berge Nicaraguas und seine Träume, während ich ihn lächelnd im gelben Licht des Spätnachmittags betrachtete und spürte, daß mir endlich der Genuß vergönnt war, nicht nur des Fleisches, sondern der innigen, fröhlichen Vereinigung mit einem Mann. Ich erinnere mich an die Zärtlichkeit, mit der wir zusammen waren und uns gegenseitig an uns freuten. Weder die Phantasie noch die Literatur, noch meine Mutter irrten sich. Die Liebe war der Mühe wert. Die wirkliche Nähe war das Schönste, was das Leben zu bieten hatte. Ich war einundzwanzig Jahre alt, der Dichter vielleicht sechsundzwanzig.

Diese Übertretung war mein persönlicher Urknall. Er ließ mich meine Pflichten hinterfragen und mein Recht einklagen, zu erkennen, was mein Leben war und was es sein konnte. Der Wunsch nach Freiheit dehnte sich ins ganze Universum. Von meinem Leben als jungverheiratete Frau aus der Oberschicht blieb nur die trügerische, glattpolierte Oberfläche. In mir drinnen begannen die sieben Tage der Schöpfung, die Vulkane, die Beben.

8. Kapitel

Wie das Herz Wege geht, die die Vernunft nicht kennt (Managua, 1983)

Ich weiß nicht, weshalb ich mich gerade dann in einen Nordamerikaner verliebte, als die Vereinigten Staaten sich darauf versteiften, den Contra-Krieg zu finanzieren, um die Revolution zu zerstören, der ich meine Jugend verschrieben hatte. Weder er noch ich dachten, glaube ich, besonders über das nach, was uns einander näherbrachte, denn alles begann mit einer spielerischen, unschuldigen Komplizität, uns gegenseitig die so verschiedenen Welten zu erklären, die wir bewohnten. Nach unserem Kennenlernen in Washington kam Carlos mehrere Male während des Jahres 1983 nach Nicaragua. Er brachte die Visitenkarte mit, die ich ihm gegeben hatte, und rief mich an, um mich zum Essen einzuladen. Schon am ersten Abend, als wir in einem Restaurant in einem Einkaufszentrum von Managua zusammen aßen, gelang es uns nicht, soviel Mühe wir uns auch gaben, unseren berufsmäßigen Ton als Journalist und als Vertreterin der Frente Sandinista, die für die Beziehungen der Partei mit der ausländischen Presse zuständig war, beizubehalten – wie ein Umhang, mit dem jeder von uns beiden sich zu bedecken versuchte, glitt er uns doch immer wieder von den Schultern. Ich ertappte mich dabei, wie ich ihm Dinge aus meinem Leben erzählte, meiner Kindheit, und er teilte mit mir die Erinnerungen an seine Kinderzeit in der Bucht von Santa Margarita in Ligurien, wo er die Sommer bei seinem Großvater in einem Haus verbrachte, das über und über von Bougainvilleen bewachsen war, mit seinem Freund Alessandro kreuz und quer durch die Olivenhaine lief, in einer winzigen Nußschale aufs Meer hinausruderte oder Stunden damit zubrachte, mit Taucherbrille und Schnorchel die Unterwasserwelt im blauen Mittelmeer zu beobachten. Aufmerksam sah er mich an und bat mich eindringlich, ihm die extreme Armut zu erklären, die uns umgab. Er verstand nicht, wie wir sie ertragen konnten. Die Stadt lag in einer solch furchtbaren Dunkelheit, meinte er, so viele Menschen stellten sich abends an die Straßen in der Hoffnung, irgend jemand würde sie mitnehmen. Er unterhielt sich mit Studenten, Frauen, Männern, und das, was sie ihm von ihren Überlebensschwierigkeiten erzählten, schnürte ihm das Herz zu. Er verstand nicht, weshalb wir Sandinisten der Guerilla in El Salvador halfen und so die Übermacht seines Landes herausgefordert hatten, während in unserem eigenen Land noch so viele Probleme ungelöst waren. Ich dementierte die Unterstützung für die Guerilla El Salvadors – die ein offenes Geheimnis war – und versuchte, ihm zu erklären, wie uns die Geschichte – mit der Mehrzahl der Länder der dritten Welt – in eine so tiefe Armut geführt hatte, daß wir nicht auf kurze Sicht aus ihr herauskommen konnten. »Dein Land hat die schlimmsten Tyrannen dieses Kontinents unterstützt«, sagte ich zu ihm, »und hat alle Regierungen, die echte soziale Veränderungen vorschlugen, beschuldigt, Kommunisten zu sein, und brutal bekriegt.«

Mehr als einmal sagte er mir, wenn er in Nicaragua geboren wäre, dann hätte er sich auch der Guerilla angeschlossen, genau wie ich. Als Nordamerikaner, meinte er, gewöhne man sich daran, bestimmte Freiheiten zu haben, und könne sich nicht vorstellen, wie es wäre, ohne sie zu leben und hinnehmen zu müssen, daß ein Diktator sie willkürlich unterdrückt. Hart kritisierte er die zwielichtige Rolle, die seine Regierung oft genug in Ländern wie dem meinen spielte, doch sprach er voll Bewunderung von der Demokratie, die die Vereinigten Staaten errichtet hatten, davon, daß so viele Millionen Menschen unterschiedlicher Rassen es geschafft hatten, sich im *melting pot* seines Landes kulturell zu mischen und zu vereinigen, wo die soziale Klasse kein Hindernis dafür war, ein ordentliches Leben führen zu können, seine Kinder ausbilden zu lassen, etwas zu werden in der Gesellschaft. Er war nicht einverstanden damit, daß die Yankees die »Feinde der Menschheit« sein sollten, wie die Hymne der Sandinisten behauptete.

Seit diesem ersten gemeinsamen Essen merkten wir, daß wir immer zuwenig Zeit hatten, uns zu unterhalten. Wir verließen die Restaurants, wenn uns bewußt wurde, daß wir nur noch allein dasaßen und die Kellner uns schon ungeduldig ansahen oder die Stühle auf die Tische stellten, um uns zu zeigen, daß es Zeit war, zu gehen.

9. Kapitel

Wie die Poesie und die Revolution in mein Leben einbrachen (Managua, 1970–1971)

Ich weiß nicht mehr, in welcher Reihenfolge die Dinge geschahen, ob zuerst die Poesie kam oder die Verschwörung. Meine überschäumende Freude am Leben fand ihren Ausdruck in der Poesie. Mich aller meiner Kräfte und Fähigkeiten als Frau zu bemächtigen brachte mich auch dazu, die Ohnmacht gegenüber der Diktatur, dem Elend abzuschütteln. Ich konnte nicht weiter daran glauben, daß es unmöglich sein sollte, diese Realität zu verändern. Ein brodelnder Zustand ergriff von mir Besitz. Mein Körper feierte seine Bestätigung wie ein andauerndes Fest. Einfach nur zu atmen verschaffte mir Lust. Ich nahm die Welt durch Mund und Nase auf, und das pralle Gefühl der Fülle war so stark, daß ich Angst hatte, meine Haut könne es vielleicht nicht zurückhalten. Jeden Tag konnte meine Freude wie ein Ektoplasma aus meinen Poren dringen, und ich würde tanzend durch die Straßen von Managua schweben.

Eines Tages betrat ich das Büro des Dichters und sah einen schlanken, jungen Mann mit dem Gesicht eines Don Quijote. Kleine Augen hinter den Brillengläsern, schmaler Schnauzbart. »Camilo Ortega«, stellte der Dichter vor.

»Setz dich«, fügte er hinzu. »Camilo erzählt mir gerade, daß sie ihn gestern beinahe verhaftet hätten.«

»Ja, also«, fuhr Camilo fort, während ich mich setzte, »sie wollten mich dann in den Jeep verfrachten, aber ich schrie mit aller Kraft: ›Ich bin Camilo Ortega, und man will mich verhaften!‹ Du weißt, das Schlimmste ist, daß sie einen mitnehmen, und niemand merkt es. Also schrie ich immer weiter. Die Leute kamen auf die Straße hinaus. Die Soldaten wußten nicht, was sie tun sollten, sie hatten nicht damit gerechnet, daß ich schreien würde. Einer kam, versetzte mir einen Schlag mit dem Gewehrkolben und stieß mich, aber schon nicht mehr in den Jeep hinein, sondern zur Seite hin, bloß um mich nicht ungeschoren davonkommen zu lassen. Dann stiegen sie in den Jeep und fuhren davon.«

»Wie geht's denn deinem Bruder?«

»Sieht nicht so aus, als ließen sie ihn bald frei. Im Dezember wollen wir eine Kampagne für ihn starten. Parolen sprühen, Kirchen besetzen. Du weißt schon, das Übliche. ›Weihnachten ohne politische Gefangene.‹«

»Der Bruder von Camilo, Daniel, ist einer der Gefangenen«, meinte der Dichter, zu mir gewandt.

Ich fragte mich, ob Camilo wohl auch zur Frente gehörte. Sein Wesen war anders als das der Künstler, die ich kannte; eine gespannte, konzentrierte Ruhe, ein Verantwortungsgefühl, das über sein Alter hinausging. Er sprach mit leiser Stimme, beinahe flüsternd. Mir fiel die unsichtbare Macht auf, die er über den Dichter hatte, der plötzlich so sanft und ernst wirkte – was ganz und gar nicht typisch für ihn war. Er gab Camilo ein Exemplar der Zeitschrift der »Gruppe Praxis« – eine Vereinigung von Künstlern und Schriftstellern –, die er herausgab. Wir unterhielten uns über den Inhalt; den Aufsatz von Ricardo Morales Avilés über die Verantwortung der Intellektuellen, über die Galerie »Praxis«, die eben mit Lesungen und Ausstellungen eröffnet worden war. Wir sprachen über die Unzufriedenheit der Bevölkerung wegen der kürzlichen Preiserhöhungen im Verkehr, bei der Milch, beim Brot. Kurz bevor er ging, fragte uns Camilo, ob wir schon den Film *Woodstock* gesehen hätten. Die Musik sei wunderbar, sagte er. Joe Cocker habe eine phantastische Version des Beatles-Songs »With a little help from my friends« gesungen – und dann das Gitarrensolo von Jimi Hendrix. Man mußte das gesehen haben.

Camilo kam noch öfter wieder. Wir gingen dann ab und zu über die Straße, um etwas zu trinken, in einer Cafeteria, von der aus man das Gran Hotel sehen konnte, das klassische Tropenhotel dieser Zeit mit grünen Markisen zur Straße hin und einer Lobby voller Palmen und Papageienkäfige. Die Straßen mit den schlecht instandgehaltenen Bürgersteigen, auf denen das Pflaster hier und da aufbrach, brodelten vor Verkehr, hin und her hastenden Fußgängern, hupenden Taxis, ein paar von Pferden gezogenen Karren. Über Managua fiel die Neuzeit herein und machte es zu einer unordentlichen Mischung aus Tradition und Moderne.

Camilo schlug mir vor, in die Frente Sandinista einzutreten. Inzwischen war ich mit dem Namen der Untergrundorganisation schon gut vertraut. Vom Sandinismus wurde in den Künstlerkreisen oft voller Hochachtung gesprochen. Ich hatte alle Bücher gelesen, die es brauchte, um mir darüber klarzuwerden, daß in Nicaragua kein anderer Weg blieb als der bewaffnete Kampf und die Revolution. Ein Buch von George Politzer machte mich zur philosophischen Materialistin; Frantz Fanon mit den *Verdammten dieser Erde* brachte mich auf den Boden der Tatsachen, was Kolonialismus und Neokolonialismus anbelangte, die Wirklichkeit der dritten Welt. Eduardo Galeano lehrte mich mit den *Offenen Adern Lateinamerikas* die traurige, blutige Geschichte meines Kontinents; die schrecklichen Konsequenzen der Monroedoktrin, der Politik des »Big Stick« – des Großen Knüppels – und der »Allianz für den Fortschritt«. Außerdem hatte ich Herbert Marcuse gelesen, Chomsky, Ernst Fischer und Che Guevara. Ich war zur Sozialistin geworden. Doch der Frente Sandinista beizutreten war ein gefährlicher Vorschlag. Es hieß, mein Leben in die vorderste Reihe, in die Feuerlinie zu stellen. Ich hatte meine Zweifel: ob die klassische Fokustheorie der Guerilla nicht nur in Kuba funktioniert haben konnte; um welche Art System es ging – das sowjetische Modell beschnitt meiner Ansicht nach zu sehr die individuellen Freiheiten; wie uns in einem rückständigen Land wie Nicaragua ohne klassisches Industrieproletariat die Revolution gelingen sollte. Camilo besaß kein Auto und bat mich, ihn bis zur Universität mitzunehmen. Auf dem Weg antwortete er mir, daß die Fokustheorie überholt sei, daß die Revolution nicht kommunistisch, sondern sandinistisch sein müsse, eine kreative Umsetzung verschiedener Theorien, einschließlich des Marxismus, doch angepaßt an unsere Wirklichkeit und unseren Platz auf der Weltkarte. Er hatte auf alles eine Antwort und widerlegte mit unerschöpflicher Geduld alle meine Zweifel. Als er mich bat, nicht länger nach Ausflüchten zu suchen, sondern klar ja oder nein zu sagen, gestand ich ihm, daß es die Angst war, die mich zögern ließ.

»Wir haben alle Angst. Das ist ganz normal.«

»Aber ich habe eine Tochter ...«

Er forderte nicht von mir, daß ich in den Untergrund ginge. Ich konnte ja kleinere Aufgaben übernehmen. Nichts besonders Gefährliches, aber doch mein Körnchen Sand beitragen.

»Gerade weil du eine Tochter hast«, meinte er. »Du solltest es vor allem wegen ihr tun, damit sie nicht das tun muß, was du nicht getan hast.«

Er hatte recht. Die Feigheit war keine Alternative.

»Also gut«, sagte ich und stellte mir im Geiste eine kalte Dusche vor, unter die man sich am besten ohne Zögern stellt.

»Sprich mit niemandem darüber«, warnte er mich. »Mit keinem Wort. Nicht einmal mit dem Dichter. Das muß zwischen dir und mir bleiben, aus reiner Vorsicht. Wir müssen das Risiko möglichst klein halten.«

Es wurde schon dunkel, als wir an der Universität hielten, einer Ansammlung einfacher Flachbauten in Fertigbauweise, die auf dem unebenen Gelände hintereinander aufgereiht standen und durch überdachte Gänge und Treppen miteinander verbunden waren. Auf dem Parkplatz stieg er aus, ich sah, wie er sich zwischen den Gebäuden verlor. Auf dem Nachhauseweg rumorte mir der Magen. Ich kam durch die Armenviertel, sah die Menschen, die an den Haltestellen warteten, sich an den Türen der altersschwachen Busse drängten, die mit halb heraushängenden Passagieren losfuhren. Und neben der Angst stieg plötzlich ein Gefühl der Erleichterung, beinahe Freude in mir auf, so als laste die Schuld meiner Privilegien auf einmal nicht mehr auf meinen Schultern. Ich war jetzt nicht mehr nur eine Vorüberfahrende, die das Elend von ihrem Auto aus sah, ich war zur Komplizin derjenigen geworden, die damit aufräumen wollten. Das tägliche Leid der Menschen meiner Stadt war mir nicht gleichgültig, das würde ich zeigen, indem ich etwas dagegen tat. Ich fühlte mich weniger allein. Ein tröstliches Gefühl ergriff Besitz von mir und ließ mich innerlich ganz ruhig werden, angstfrei. Ich war froh darüber, die Art christlicher Barmherzigkeit hinter mir zu lassen, die mich nur an das Ritual der Nonnen in der Schule erinnerte, wenn sie uns zu Weihnachten den armen Mädchen ein Geschenk bringen ließen, die im Anbau eines nahen Gebäudes Unterricht bekamen. Es war festgelegt worden, daß das Geschenk für alle gleich sein mußte:

ein Stück Stoff, Süßigkeiten und ein Spielzeug. Man stellte uns paarweise auf. Die Reihe ging dann auf die Mutter Oberin zu, vor der das reiche Mädchen dem armen Mädchen sein Geschenk übergab. Die ganze Zeit über, während ich in der Reihe stand, lag mir das Geschenk, schwer und unförmig, von meiner Mutter nachlässig eingepackt, wie ein peinliches Almosen in der Hand. Ich sah kaum das Mädchen an, das ich erwischt hatte. Die Zeremonie wirkte auf mich wie eine Demütigung. Wir gaben dem armen Mädchen noch ein Küßchen auf die Wange, dann teilte sich die Schlange. Das ganze restliche Schuljahr über sahen wir uns nicht mehr. Das war für mich die Barmherzigkeit.

Doch dies hier war anders. Ich hatte die Seiten gewechselt.

In meinem häuslichen Leben ging alles so weiter wie bisher. In seiner Arbeit, seiner Melancholie befangen, nahm mein Mann mich gar nicht wahr. Sicher machten wir manches gemeinsam, doch aus meinem Alltagsleben mit ihm habe ich nur das Gefühl seiner Apathie, seiner trägen Gesten behalten. Der Fernsehschirm war wie der Abglanz eines Lebens, das man zwar sehen, aber nicht berühren konnte. Ich zog mir die Haut der Ehefrau und Mutter über, spielte im Garten mit Maryam, und das Grün des Rasens rief Sätze in mir hervor. Mir schien es, als klopften an meine Tür Worte, die unbedingt aufgeschrieben werden wollten, doch machte ich keine Anstalten, aufzustehen und das Papier in die Hand zu nehmen. Denn kaum täte ich es, dann löste sich der Zauber bestimmt in Luft auf, und mein Gefühl entpuppte sich als Trugbild. Besser, ich blieb unbeweglich im Schaukelstuhl sitzen und sah meiner Tochter beim Spielen zu, während die Sätze vor meinen Augen vorüberzogen wie die langen Spruchbänder, die die Flugzeuge hinter sich herziehen.

Ich erzählte dem Dichter davon.

»Schreib«, meinte er. »Du hast eine historische Verantwortung.« Und er sah mich ganz ernst an dabei.

Am nächsten Tag erschien ich mit sechs Gedichten im Büro. Schüchtern zeigte ich sie ihm. »Die hab ich gestern nacht geschrieben«, sagte ich dabei. »Sie kamen einfach so aus mir heraus, wie die Kaninchen aus dem Zylinderhut.«

Er nahm die Blätter, zündete sich eine Zigarette an, lehnte sich in seinem Schreibtischsessel zurück und legte die Beine auf die Tischplatte. Seine Taille verriet seine Vorliebe für den Rum, das Bier. Er trug langärmelige Hemden. Während er jetzt las, stieß er dicke Rauchwolken aus.

»Sehr gut«, sagte er, während er Seite um Seite weglegte. Seine tiefe, wohltönende Stimme verriet Überraschung. Jahre später sagte er mir, er habe nie damit gerechnet, daß ich auf Anhieb so schreiben könnte, und daß er einen Scherz machen wollte, als er das mit der historischen Verantwortung sagte. Als er mit dem Lesen fertig war, stand er auf und kam um den Schreibtisch herum, um sich neben mich zu setzen. Ich weiß nicht mehr genau, was er mir sagte, doch spürte ich, daß sein Lob ernst gemeint war.

So unterhielten wir uns, als Carlitos Alemán Ocampo hereinkam. Der Dichter gab ihm meine Texte zu lesen. Carlos reagierte ähnlich.

»Ein wenig mußt du noch daran arbeiten«, meinte der Dichter. »Wenn du erst mal so weit bist wie wir« – dabei lächelte er hintergründig –, »dann ist alles gut, was du schreibst, doch wenn man anfängt, muß man noch daran feilen, streichen. Ein Gedicht muß sein wie ein Maiskuchen, genauso schön abgewogen und eingepackt. Es darf nichts fehlen und nichts zuviel daran sein. Schau dir zum Beispiel dies Gedicht an. Sieh es dir ganz genau an. Denk dran, was vielleicht zuviel ist daran.«

»Ganz sicher wird Pablo sie drucken wollen«, warf Carlitos ein. »Sie werden ihm bestimmt gut gefallen.«

Ich arbeitete hart an den Texten, maß jedes Wort, trat aus mir selbst heraus, um das Gedicht ohne mich zu sehen, wie etwas Selbständiges, Unabhängiges. Es war so schwierig. Doch jene so herrliche Metapher war eindeutig zuviel. Ich strich sie aus. Niemals vermochte ich eine gnadenlose Chirurgin zu werden. Ich verliebte mich zu sehr in die Worte. Nur die Zeit hat mich gelehrt, es mit weniger Schmerz zu tun.

Pablo Antonio Cuadra, Direktor der literarischen Beilage der Zeitung *La Prensa*, besaß die vornehme Art eines Nahua-Fürsten. Zimtfarbene Haut, volles, weißes Haar. Ein großer, schlanker Mann, wie eine Figur von El Greco. Es schien mir, als stünde ich vor einem lebenden Denkmal. Er war der bekannteste der nicaraguanischen Dichter. Sein Büro war vollgestopft mit Büchern, Ordnern, Papieren. Im Vorzimmer saß eine Sekretärin, ein dickliches Mädchen mit rundem Gesicht und langem Haar, und hackte wie rasend auf ihre Schreibmaschine ein. Das war Rosario Murillo. Später sollten wir besser miteinander bekannt werden.

»Ich würde die Gedichte gern mit einem Bild von dir veröffentlichen«, meinte Pablo Antonio. »Wann hättest du Zeit, Modell für ein Porträt zu sitzen?«

Róger Pérez de la Rocha kam zu mir nach Hause, um mich zu zeichnen. Ein Schwarzweißporträt, mit Druckerschwärze ausgeführt. Wir lachten. Sogar mein Mann mußte mitlachen. Er beobachtete uns wie jemand, der in einer Enzyklopädie seltsame Tiere betrachtet. Róger gehörte auch zur Boheme von Managua; ein genialer Porträtmaler, so jung wie wir alle. In jedem Satz gebrauchte er schmutzige Wörter, und er pfiff die jeweils populärsten Schlager. Er war bewußt Prolet, aber ein belesener. Ganze Gedichte von Carlos Martínez Rivas konnte er auswendig rezitieren.

Weniger als vierzehn Tage nachdem ich meine ersten Gedichte geschrieben hatte, widmete mir die *Prensa Literaria* beinahe eine ganze Seite. »Eine neue Stimme in der nicaraguanischen Poesie«, lautete die Schlagzeile über dem Porträt, mit dem mich Róger dunkel und geheimnisvoll dargestellt hatte.

»Dein armer Mann«, meinte am Sonntag, einen Tag nach der Veröffentlichung, eine Tante zu mir. »Wie konntest du nur diese Verse schreiben und auch noch veröffentlichen? Wie hast du nur dieses Gedicht über die Menstruation schreiben können? Wie entsetzlich! Welche Schande!«

»Wie bitte?« antwortete ich. »Schande? Weshalb denn Schande?«

Meine Tante sah mich entsetzt an. Mit einem »Ach, mein Töchterchen« verabschiedete sie sich schnell.

Der Skandal, den meine Gedichte in der Oberschicht von Managua hervorriefen, war riesig. »Vaginalpoesie«, sagten die Damen der Gesellschaft. »Schamlose Pornographie.«

»Gott sei Dank hast du sie unter deinem Mädchennamen drukken lassen«, meinte meine Schwiegermutter nur.

Die Männer sahen mich mit lasziven Blicken an. »Du bist bestimmt sehr leidenschaftlich«, sagten sie mit glasig-glänzenden Augen zu mir.

Daß eine Frau ihr Geschlecht besang, war 1970 nicht gerade gebräuchlich. Meine Sprache unterminierte die Ordnung der Dinge. Von einem Objekt wurde die Frau plötzlich zum Subjekt. In meinen Gedichten sprach ich von meiner Sexualität, nahm sie in Besitz, übte sie voller Lust und mit allem Recht aus. Die Gedichte waren eigentlich gar nicht besonders freizügig, viel weniger noch pornographisch, doch sie feierten die ganze Macht einer Frau. Darin bestand der Skandal.

Mein Mann erklärte mir, er wolle nicht, daß ich jemals wieder ein Gedicht veröffentlichte, ohne daß er es vorher gelesen und genehmigt habe. Ich antwortete, daß ich ihm das nie erlauben würde, lieber wolle ich niemals mehr etwas drucken lassen. Glücklicherweise ließen sich die *monstres sacrés* der nicaraguanischen Literatur zu meiner Verteidigung hören. Die großen Dichter José Coronel, Pablo Antonio Cuadra und Carlos Martínez Rivas klatschten mir Beifall. Und die Dichter sind in Nicaragua – vielleicht, weil der einzige echte Nationalheld ein Dichter ist: Rubén Darío – verehrte, berühmte Persönlichkeiten. Mein Mann, meine Familienangehörigen mußten sich vor diesen hehren Weihen geschlagen geben.

Der Streit sollte mich nicht aufhalten, im Gegenteil. Die Reaktionen aus den konservativsten Kreisen der Gesellschaft zeigten mir, daß ich, ganz ohne Absicht, ein neues Mittel der Subversion entdeckt hatte.

Der Dichter baute phantastische Luftschlösser, wo er und ich herrlich und in Freuden leben und uns bis in alle Ewigkeit Gedichte auf die nackte Haut schreiben würden. Doch meine Liebe zu ihm war die Liebe einer Spielgefährtin, als Ehemann, dachte ich, müßte der Dichter ein Alptraum sein. Ich konnte mir nicht vorstellen, daß er Verantwortung zu teilen vermochte. Die würde er mir in den Schoß fallen lassen und selbst weiter seine pralle Lebensfreude predigen.

Bald merkte ich, daß man die gesellschaftlichen Normen nicht brechen konnte, ohne einen Preis dafür zu zahlen. Die Gerüchte zogen immer weitere Kreise und drangen auch ans Ohr meines

Vaters. Eingeschlossen in die Seifenblase unseres Glücks, hatten der Dichter und ich uns für unverletzlich gehalten. Statt uns wie gelegentliche, heimlich Liebende zu verhalten, waren wir gemeinsam mit nach Liebe duftenden Körpern, zerwühltem Haar und leuchtenden Augen durch die Straßen gegangen. Jeder konnte sehen, daß wir von der unwiderstehlichen Leidenschaft derjenigen ergriffen waren, die nur den Auserwählten vorbehalten ist. Mit der Arroganz freier, ungebundener Wesen liebten wir uns in geliehenen Wohnungen, auf Bastmatten, umgeben von Leinwand und Fixativ, in den ärmlichen Studios befreundeter Maler. Sogar auf dem Schreibtisch im Büro hatten wir die Papiere zur Seite geschoben und uns, das Lachen unterdrückend, geliebt, während wir um uns her die Schreibmaschinen klappern und die Menschen kommen und gehen hörten. Unsere Kühnheit machte uns zum Gegenstand des allgemeinen Klatsches. Sogar mein immer zerstreuter und abwesender Mann schien es schon zu ahnen. Bald würde irgend jemand es ihm sagen, und ich konnte angesichts des Offensichtlichen nicht die Unschuldige spielen. Ich mußte mich entscheiden, ob ich, mit allen Konsequenzen, beim Dichter bleiben oder in meine Ehe, zum Altbekannten zurückkehren wollte. Ich wußte, daß auf jeden Fall nichts mehr so sein würde wie vorher. Mir waren Flügel gewachsen. Ich fühlte mich fähig, allein zu fliegen. Der Dichter schien mir ein allzu stürmisches Meer. Ich hatte Angst, die falsche Entscheidung zu treffen und meine Tochter mit hineinzuziehen. Ich entschloß mich schließlich, als ich sah, wie sehr mein Vater darunter litt.

Ich erinnere mich noch an das Gesicht, das der Dichter machte, als ich es ihm sagte, an die Landschaft hinter dem Fenster, das Summen der Klimaanlage: Es konnte nicht weitergehen mit uns. Ich würde nicht mit ihm gehen. Er habe sich das schon gedacht, antwortete er. Er wußte, daß es schwierig für mich wäre, daß es mich gegen meine Familie stellen würde. Es war eine traurige, doch nicht tragische Unterhaltung, fast ein Einverständnis, das uns, an der Grenze des Möglichen angelangt, immer noch die Freundschaft, eine vertrauensvolle Verbindung ließ. Ich fühlte mich erleichtert. Die Anstrengung der vergangenen Wochen, immer Versteck spielen zu müssen, hatte mich ziemlich erschöpft. Außerdem war mir bewußt, daß der Dichter zwar meine innere

Revolution ausgelöst hatte, daß diese jedoch über ihn hinausging und nicht von einer Zweierbeziehung abhängig war.

»Ich hätte dich glücklich machen können«, meinte er und nahm meine Hände in die seinen.

»Das hast du doch schon«, gab ich zur Antwort.

Er lächelte. Das Melodramatische lag ihm nicht. Er nahm vom Leben, was er bekommen konnte, aber er war ein guter Verlierer.

Kurz darauf – ich glaube, es war Mitte 1972 – nahm ich einen anderen Job an. Ich tat alles, um diese Liebschaft loszuwerden, mich zu häuten, wie die Schlangen es tun. Ich kehrte in mein Eheleben zurück, das ich nur wie ein Zombie weitergeführt hatte. Es war ein Schock, meinen Mann nicht mehr wie jemanden zu sehen, von dem ich mich in jedem Moment verabschieden konnte, sondern als den Mann, mit dem ich mein Leben teilte, das Bett, das morgendliche Ritual im Bad. Die Belohnung war gering: nicht mehr die Angst zu spüren, er könnte mir jeden Tag ins Gesicht sagen: Ich weiß Bescheid, du hast einen Liebhaber; mich wieder als ehrenwert zu fühlen. Zu meinem Leidwesen quälten mich die Freundinnen meiner Mutter mit anzüglichen Blicken und tuschelten, wenn ich vorbeikam. Und die Männer näherten sich mir mit zweideutigen Sätzen, als trüge ich ein Schild vor der Brust, das ihnen gestattete, es bei mir zu versuchen. Später sollte es mir gleichgültig werden, was man über mich sagte, und ich sollte sogar Genugtuung dabei empfinden, die scheinheilige Anständigkeit abzuschütteln, doch damals war ich noch nicht soweit. Ich schwebte noch zwischen der Angst vor der Isolation, davor, im Niemandsland zu bleiben, und dem Bedürfnis, Abstand zu nehmen, nicht zu diesem Umfeld zu gehören.

Camilo war derjenige, der mir den Schlüssel dazu gab, mein bürgerliches Leben philosophisch zu nehmen. Je länger ich es schaffte, »legal« zu bleiben, ohne daß jemand Verdacht schöpfte, um so besser für die Organisation, meinte er. Indem ich mit den Menschen meiner Kreise sprach, konnte ich herausfinden, was das Bürgertum dachte, in Erfahrung bringen, was sie planten, wie gespannt ihr Verhältnis zu der Diktatur war. Eine Frau aus der Oberschicht zu sein war eine hervorragende Tarnung, um zu konspirieren. Ich begriff, daß ich mein möglichstes tun mußte, um in diesem Raum eine gute Figur zu machen und ihn bei Gelegenheit von innen her in die Luft jagen zu können.

Kurze Zeit später kündigte mir Camilo an, daß er eine lange Reise unternehmen müsse. Jemand anders würde mich in seinem Namen anrufen, um den Kontakt mit der Organisation aufrechtzuerhalten. An irgendeiner Straßenecke verabschiedeten wir uns voneinander.

»Laß mich hier raus«, meinte er und stieg schnell aus dem Auto.

Ich sollte ihn nie wiedersehen.

10. Kapitel

Vom Schwur, den ich vor einer schwangeren Frau ablegte (Managua, 1972)

Nach zwei oder drei Monaten, als ich schon dachte, daß mich niemand mehr kontaktieren würde und insgeheim froh darüber war, erhielt ich den Anruf. Ich vereinbarte ein Treffen mit meinem Gesprächspartner, doch in letzter Minute verließ mich der Mut. Ich blieb an meinem Schreibtisch im Büro sitzen und versuchte, mich abzulenken und nicht daran zu denken, mit welcher Ungeduld der Mann jetzt auf mich wartete. Hinterher bereute ich meine Feigheit und war ganz deprimiert. Als mich der Mann jedoch verärgert wieder anrief, erfand ich eine Ausrede.

»Stell dir vor, kurz vorher hat man mich in eine Konferenz gerufen«, sagte ich zu ihm. »Und ich wußte ja nicht, wie ich dir Bescheid geben sollte ...«

»Wann können wir uns also treffen ...?«

Wir verabredeten uns für einen anderen Tag, an einem anderen Ort. Es war nachmittags, das weiß ich noch. Ich verließ auch wie geplant mein Büro, doch kurz bevor ich am verabredeten Punkt ankam, machte ich eine Kehrtwendung. »Ich kann nicht«, sagte ich mir. »Ich darf nicht, es ist Wahnsinn.« In meinem Kopf sah ich die Fotos der Leichen in den Zeitungen.

Mehrere Tage vergingen, bis der Mann mich wieder anrief. Jedesmal, wenn das Telefon klingelte, stieg mein Adrenalinspiegel abrupt an. Ich dachte daran, endgültig nein zu sagen, doch das konnte ich auch nicht. Ich schämte mich, so feige zu sein. Was würde Camilo sagen, wenn man es ihm erzählte?

»Hör zu, meine Liebe«, meinte der Mann am Telefon, deutlich verärgert. »Wenn du nicht kommen willst, dann sag es einfach, und ich ruf dich nicht wieder an. Es ist gefährlich für mich, auf dich zu warten.«

»Nein, nein, bitte, gib mir noch eine Chance«, bat ich ihn. Ich spürte ganz deutlich und intuitiv, daß ich, aus Angst, kurz davor stand, die einzige Tür zu schließen, die aus meinem Leben in eine andere Realität hineinführte. Wenn ich den Schritt jetzt nicht tat, dann würde ich mich vielleicht noch mehr in der Tatenlosigkeit einrichten, dem trügerischen Gefühl von Sicherheit, an das ich mich in letzter Zeit klammerte, ohne selbst zu wissen, weshalb.

Mit dem halb durchgerissenen Geldschein, den mir Camilo als Erkennungszeichen gegeben hatte – der Mann würde die andere Hälfte haben, hatte er mir gesagt –, verließ ich nervös das Büro und fuhr Richtung Treffpunkt in der Nähe des alten Friedhofs von Managua. An der verabredeten Ecke erwartete mich ein großer, dunkelhäutiger, sehr schlanker Mann mit dem Gesicht eines Heiligen. Er stieg zu mir in den Wagen und begrüßte mich mit einem »Hallo«. Gut, daß ich ihn nicht noch einmal versetzt hatte. Aus seiner Hosentasche fischte er die andere Hälfte des Geldscheins.

»Ich bin Martín«, meinte er und fügte beide Hälften auf seinen Knien zusammen. »Camilo schickt dir herzliche Grüße.« Dabei lächelte er breit. Er hatte sehr weiße Zähne. Sein Lächeln nahm mir meine Angst.

Wenige Wochen später erfuhr ich, daß ich den Lyrikpreis »Mariano Fiallos Gil« des Jahres 1972 gewonnen hatte. Das war die wichtigste Auszeichnung, die die Nationale Universität von Nicaragua zu vergeben hatte. Bei der Preisverleihung in León, einer Kolonialstadt genau wie Granada, weniger schön und aristokratisch, doch die Wiege der ersten Universität des Landes, las ich zum erstenmal meine Gedichte vor und ließ mich von der Begeisterung anstecken, mit der das Publikum sie aufnahm. Auf dem Weg zurück nach Managua mit meinem Mann war ich ganz euphorisch über meinen Triumph und fühlte, daß das Glück möglich war. »Hör zu, laß uns über uns beide reden«, sagte ich zu ihm. »Wir können so nicht weiterleben. Deine Apathie ist tödlich. Es kann doch einfach nicht sein, daß dir nichts Freude macht. Wir sind doch noch jung. Weshalb sollten wir nicht glücklich sein können?« Er beklagte sich über sein Leben, über die alle Tage ewig gleiche Arbeit. Wir sprachen über die Möglichkeiten, ein anderes Leben zu führen. In ein Häuschen auf einer der Inseln im Großen See zu ziehen, zum einfachen Leben in einer Gemeinschaft zurückzukehren. Er ließ sich von mir mitreißen, wie wir da beide im Auto fuhren und uns unterhielten. Ich dachte, ein Wunder könne geschehen, es sei noch nicht alles verloren. Mit aller Kraft widmete ich mich dem Versuch einer Aussöhnung, um jene erloschene Liebe wiederzubeleben, die auf kleiner Flamme vor sich hin köchelte.

Auf einer Europareise, die ich ein paar Wochen später mit meinem Vater und meiner Schwester Lavinia unternahm, stellte ich fest, daß ich wieder schwanger war, mit meiner zweiten Tochter. Obwohl meine Ehe sich eher mühsam dahinquälte, erfüllte mich die Schwangerschaft mit Freude. Seit Monaten schon spürte ich in meinem Körper eine Ahnung rastloser Fruchtbarkeit. Ich hatte das Gefühl, als sei die Schwangerschaft allein meine Angelegenheit, fast so, als hätte ich mich selbst befruchtet.

Es stellte sich heraus, daß Martín beständiger war als Camilo, in seinem Bemühen, mich zu schulen und mich als Teil der »Organisation« empfinden zu lassen. Mir gefiel Martíns Charakter, ernst und bedächtig, doch mit einem leisen, angenehmen Sinn für Humor. In einem großen Park in der Umgebung von Managua nahmen wir die geheimen Dokumente der Frente Sandinista durch, das Programm, die Statuten. Der Park war schattig, große, alte Bäume standen in ihm. Ein altes Flugzeug und eine ausgediente Lokomotive waren die Hauptattraktionen für die Kinder. An Wochentagen war der Park aber auch beliebter Treffpunkt von Liebespärchen. Er wirkte fast leer, nur hier und dort ein paar Kinder, ein Eisverkäufer, ein paar Arbeitslose. Wir taten so, als seien wir Studenten. Die mit dem Vervielfältigungsapparat abgezogenen geheimen Papiere versteckten wir hinter Unterrichtsheften. Hinter einer ruhigen Fassade barg Managua zahllose ungeahnte Gefahren. Nicht nur fuhren ständig Streifenwagen umher, es konnten auch jeden Augenblick die Jeeps der »Sondereinheiten gegen terroristische Aktivitäten« auftauchen mit ihren brutalen, mordlustigen, bis an die Zähne bewaffneten Soldaten. Man durfte keinen Moment lang aufhören, wachsam zu sein.

Wie schon Camilo, so sorgte auch Martín, indem er mir absolutes Vertrauen schenkte, dafür, daß ich mich mehr und mehr zur geheimen, quijotehaften Welt der Guerilla hingezogen fühlte. Niemals spürte ich in seinem Verhalten irgendeinen Zweifel bezüglich der Ernsthaftigkeit meines Engagements und meiner Entschlossenheit. Sein Vertrauen verpflichtete mich dazu, ihn nicht zu enttäuschen. Ich weiß nicht, ob es die Ziele oder die Gefahren waren, die wir teilten, doch es entstand zwischen uns eine sehr feste Verbindung aus Sympathie und Vertrautheit. Dieses tiefe Gefühl, eine Art unausgesprochener Pakt und heimlicher Komplizenschaft, das ich das erstemal mit Martín erlebte, sollte ich zu meinem Erstaunen bei fast allen sandinistischen Compañeros empfinden, die ich mit der Zeit kennenlernte. Mit Martín verlor ich alle Skepsis, die ich bis dahin noch gegenüber dem Sandinismus gehabt hatte. Ich begeisterte mich mehr und mehr für die Vision von einem Land, das ein Ort der Harmonie und nicht der Gräben zwischen den Menschen war. Ich gab Martín das Geld meines Lyrikpreises, damit er es an die Familie von Camilo weitergäbe. »Die Diktatur abzuschaffen ist nur ein Schritt auf unserem Wege. Natürlich ein entscheidender Schritt, doch er würde nichts nutzen, wenn es nachher genauso weitergeht. Deshalb geht es bei dem, was wir wollen, nicht um einen einfachen Austausch von Personen«, meinte Martín. »Es geht um eine Veränderung des Systems. Um eine Demokratie, in der die Menschen tatsächlich die Herren ihres Schicksals sind. Keine Demokratie, die von den gleichen Potentaten verwaltet wird, die eher noch Angst davor haben, daß die Leute lesen lernen, weil sie dann mehr Autonomie bekommen. Deshalb wird es auch eine der ersten Kampagnen der Revolution sein, die Menschen zu alphabetisieren, die nicht lesen und schreiben können.«

Auch das Land müsse neu verteilt werden, fügte er hinzu, die Menschen brauchten Land zum Bebauen, Kredite; und die Frauen mußten sich emanzipieren, um gemeinsam mit den Männern am Aufbau besserer Zeiten zu arbeiten. Und er erzählte mir, daß Carlos Fonseca, der Gründer der FSLN, der Frente Sandinista, immer wieder darauf drang, daß die Compañeras in den geheimen Verstecken, den Häusern, die als Unterschlupf dienten, nicht freiwillig den Männern die Kleider waschen sollten; statt dessen sollten sie lesen, lernen, schreiben.

Martín war es sehr wichtig, daß ich den Text eines kleinen hektographierten Heftes auswendig lernte, in dem ein paar grundsätzliche Sicherheitsmaßnahmen für das Leben im Untergrund genannt wurden.

»Ich möchte, daß du das lernst wie damals die Lektionen in der Schule«, meinte er. »Diesen Hinweisen zu folgen oder nicht kann den Unterschied zwischen Leben und Tod bedeuten.«

Ich lernte sie auswendig, und er hörte sie mir ab wie die Regeln fürs Dividieren und Multiplizieren. Es waren Anleitungen dafür, wie man im Auto merkte, ob man verfolgt wurde, indem man andauernd beim Fahren in den Rückspiegel sah; wie man zu Fuß oder mit dem Wagen Verfolger abschüttelte; das natürliche Verhalten an den Tag legte, das man in der Stadtguerilla haben mußte: nicht nervös wirken, sich wie ein Chamäleon an die Bedingungen anpassen, die Umgebung beobachten; wie man Sicherheitsbeamten erkannte. Das alles waren Regeln, die, wie Martín meinte, zur Gewohnheit wurden, wenn man sie täglich praktizierte. Am gefährlichsten war es, zu vertrauensselig zu sein, sich selbst in Sicherheit zu wiegen. Dann konnte es wirklich zu Problemen kommen.

»Ich glaube zum Beispiel«, sagte er, »daß wir zwei auffallen. Es ist besser, wenn eine Frau die Verbindung zu dir hält. Jetzt, wo wir den ersten Abschnitt deiner Ausbildung hinter uns haben, lasse ich dich mit einer Compañera weiterarbeiten, meiner Frau. Mit der wirst du dich sicher gut verstehen.« Dabei lächelte er ein wenig hintergründig.

Von dem Augenblick an, als ich sie an der Ecke stehen sah, wo ich Leana abholte, wußte ich, daß wir gut miteinander auskommen würden. Sie war auch schwanger, allerdings ein paar Monate weiter als ich. Ihr Bauch machte beinahe ihre ganze Statur aus. Sie trug ihr Haar kurzgeschnitten, und sie war von sehr heller Hautfarbe und hatte viele Sommersprossen im Gesicht. Sie war nur wenig älter als ich, doch ihr mütterlicher Ausdruck einer älteren Schwester tat mir gut, es hat mir schon immer gefallen, wenn man mich bemutterte. Wir wurden bald gute Freundinnen, und bei unseren Treffen gingen die politischen Diskussionen leicht in persönliche Gespräche und den Austausch von Vertraulichkeiten über. Wir konnten nicht umhin, diese beiden Bereiche in Verbindung zu bringen: Es war unmöglich, so sagte ich ihr, an die Befreiung der Unterdrückten zu glauben, wenn man nicht auch an die eigene Befreiung glaubte. Wie sollte man anderen Glück verschaffen, wenn man es selbst nicht besaß; wenn man selbst unglücklich war?

Wir sprachen über unsere Sorgen um unsere Kinder. Leana hatte einen kleinen Sohn. »Wenn uns etwas geschieht, dann haben sie unsere Eltern, die Familie. Wir sind ja nicht die einzigen, die sie erziehen können«, meinte sie. »Wenn wir das dächten, dann könnten wir Frauen uns an gar nichts beteiligen. Wir müssen vorsichtig sein, damit wir weiterleben, doch kann man nicht dauernd Angst vor dem Sterben haben. Wer sagt denn, daß ich nicht auch morgen bei einem Autounfall ums Leben kommen kann? Wenn ich hierbei sterbe, weiß ich wenigstens, daß ich etwas für sie getan habe. Und meine Kinder wissen es auch.«

Leana war es, die mir den Eid der Sandinisten abnahm. Es war um die Mittagszeit, im Park Las Piedrecitas, unter einem riesigen Chilamatebaum, dessen Luftwurzeln herabbaumelten wie die Locken einer langen, roten Mähne. Wir zwei saßen im Auto und kamen fast um vor Hitze. »Ich schwöre vor meinem Land und vor der Geschichte«, sprach sie mir vor, und ich wiederholte ihre Worte. Der Schwur klang sehr rhetorisch, war voller heldenhafter, hochtrabender Worte, doch wirkte er wunderbar auf mich. Man verpflichtete sich, bis zum letzten Atemzug für die Freiheit, für das Volk zu kämpfen. Ich sprach die feierlichen Worte ohne besonderes Pathos, wie um sie weniger schwer zu machen, doch am Ende, als wir uns umarmten, um den Pakt zu besiegeln, und ich ihren riesigen Bauch an dem meinen spürte, überkam mich doch die Rührung darüber, daß wir zwei Kinder als Zeugen hatten, die noch nicht geboren waren.

11. Kapitel

Wie man lebt, wenn man seine Stadt verloren hat, und was ich in Granada tat (Granada, 1973)

In der Atmosphäre des Zigeunerlagers, das all die Menschen bildeten, die nach dem Erdbeben aus Managua geflohen waren, trafen der Dichter und ich uns wieder, doch versuchte keiner von uns beiden, die Vergangenheit wiederzubeleben. Ich war schwanger; er hatte eine neue Liebschaft. Entschlossen, der Versuchung nicht noch einmal nachzugeben, begründeten wir eine fröhliche, komplizenhafte Freundschaft, die wir heute noch pflegen. Das Elternhaus des Dichters, ein altes Eckhaus mit dicken, ockerfarben gestrichenen Lehmziegelwänden, von denen die Farbe blätterte, barg in seinem Innern ein Labyrinth aus Räumen und Innenhöfen und eine Kapelle, erbaut von irgendeiner besonders frommen Tante, die der Erwartung der Familie nach früher oder später vom Vatikan heiliggesprochen werden würde. Überall hingen wertvolle Bilder, die aus längst vergangenen Zeiten stammten, und in den Regalen standen, staubbedeckt, zahllose Stücke kolonialer Kirchenkunst. In den Monaten, die ich in Granada verbrachte, war dieses Haus der Versammlungsort der erdbebengeschädigten Boheme aus Managua. In der Hoffnung, meinen Kontakt zur Frente Sandinista wiederherzustellen, den ich in der Erdbebendiaspora verloren hatte, begann ich, öfter dorthin zu gehen, und bald traf ich dort auf Róger, meinen Malerfreund, den ich von da an viele Nachmittage auf seinen Streifzügen durch die Stadt begleitete, auf der Suche nach Balkonen und Hauseingängen, die er mit schnellem Strich in ein Skizzenheft zeichnete. Die Damen der Granadiner Gesellschaft steckten die Köpfe zusammen, wenn sie mich an der Seite jenes mageren, bärtigen Mannes mit dem breitkrempigen Filzhut und den Bauernsandalen sahen.

Es war ein völlig unerwarteter Zufall, daß ich auf der ersten Fahrt, die ich nach León zu meinen Eltern unternahm, auf Martín und Leana stieß. Ich sah sie vom Fenster des Hauses meiner Tante aus, als sie die Straße heruntergeschlendert kamen. Ich konnte mein Glück beinahe nicht fassen und lief rasch hinaus, um sie zu treffen. Wir fielen uns in die Arme. Dann tauschten wir Neuigkeiten aus, und Martín gab mir das Erkennungszeichen für die Person, die er beauftragen würde, mich in Granada zu kontaktieren.

»Wer waren die denn?« fragte mich meine Mutter mit mißtrauischem Blick. »Woher kennst du die?«

»Ach, das sind nur ein paar Arbeitskollegen«, antwortete ich.

»Ich habe dich noch nie jemanden so stürmisch begrüßen sehen«, meinte sie und sah mich mit einem langen Blick an, als warte sie darauf, daß ich ihr noch mehr anvertraute. Ich tat so, als merkte ich es nicht.

Der Kontakt, den Martín in Granada für mich vorgesehen hatte, war Andrea. Ich hatte sie schon vor Wochen im Haus des Dichters kennengelernt, als wir Freiwilligengruppen bildeten, um mit den Flüchtlingen zu arbeiten, die die Regierung nach Granada brachte. Andrea war die Schulkameradin meiner Schwester Lucía auf der Nonnenschule in Managua gewesen. In London, wo sie beide Englisch lernten, hatten sie im selben Mädchenpensionat gewohnt. Andrea, schlank, sehr hellhäutig und zierlich, gab sich alle Mühe, einfach zu wirken. Sie schminkte sich nie und trug Blue Jeans, Lacoste-Hemden und Mokassins, die Uniform der »Preppies«. Ihr kurzes, kastanienbraunes Haar kämmte sie ohne Eitelkeit einfach nach hinten.

»Du hättest mich sehen sollen, als ich aus London zurückkam«, sagte sie mir eines Tages. »Ich rauchte meine Zigaretten in einer langen Spitze, und einmal legte ich mir sogar eine Federboa um den Hals. In Managua. Stell dir nur vor, bei der Hitze! Ich weiß selbst nicht, was das sollte!«

Jetzt war sie radikal verändert, nicht nur, was ihre Kleidung anging, sondern auch in ihrem ganzen Verhalten. Sie nahm das Leben sehr ernst, als habe sie keine Zeit mehr mit Scherzen und angenehmen Beschäftigungen zu verlieren. Sie benahm sich wie eine sehr ordentliche Schweizerin, die sich einem Haufen lärmender Latinos gegenübersieht.

Weil wir beide aus dem Bürgertum stammten, konnten wir zusammen auftreten, ohne Aufsehen zu erregen. Mein Mann fuhr jeden Tag zur Arbeit nach Managua, Maryam besuchte einen Kindergarten, und ich war mit Andrea unterwegs. Meine Schwiegermutter sah sie gern bei sich zu Hause, lud sie zum Kaffeetrinken oder zum Mittagessen ein, fragte sie nach ihrer Familie. Wir beide taten so, als kümmerten wir uns nur aus reiner Menschenliebe um die Flüchtlinge, doch ging es dabei vor allem darum, unter ihnen neue Mitglieder für die Frente Sandinista zu werben und sie zu organisieren, damit sie von der Regierung die Hilfslieferungen forderten, die sich Somoza seelenruhig unter den Augen der Öffentlichkeit unter den Nagel riß. Der Diktator ernannte sich selbst zum Präsidenten des Nationalen Notstandskomitees, verhängte den Ausnahmezustand und bemächtigte sich so aller Hilfsgüter, die schon am Morgen nach der Katastrophe ins Land zu kommen begannen. Betroffen von dieser Tragödie mitten in der Weihnachtszeit, verhielt die ganze Welt sich großzügig. Es kamen Flugzeuge mit Lebensmitteln, Zelten, Medikamenten und vielem mehr, doch die Zelte für die Obdachlosen tauchten schon bald in den Gärten der hohen Militärs auf, und die gespendete Kleidung und die Konservennahrung verkauften ihre Frauen in Läden, die überall aufmachten. Während die Obdachlosen in Schulen und verlassenen Gebäuden eng zusammengepfercht hausten, ohne die minimalsten hygienischen Bedingungen und mit nichts weiter als Kartoffeln zur Nahrung, kaufte Somoza Land um die Stadt herum auf, um es dann wieder seiner eigenen Regierung zu verkaufen, und schanzte seinen Privatfirmen und denen seiner engsten Freunde die saftigen Verträge für den Neubau von Straßen und die Infrastruktur der Stadt zu. Auch in Granada sah man deutlich die Zeichen für die Unterschlagung der humanitären Hilfe in den Marktständen und Geschäften, die gespendete Lebensmittel verkauften, Taschenlampen, tragbare Herde. Die vom Regime Begünstigten protzten mit ihren neuen Reichtümern und schenkten ihren Freunden Zelte. Kritiker wurden mundtot gemacht. Somoza zwang die Radiostationen, nur noch Regierungsprogramme auszustrahlen, und führte eine strenge Pressezensur ein.

Doch gab es allzu viele Zeugen für Bereicherung und Betrug, und diese Übergriffe verzieh niemand dem Diktator. Es war der Tropfen, der das Faß der Schamlosigkeit beinahe zum Überlaufen brachte: »No hay mal que por bien no venga – Alles Schlechte hat auch sein Gutes«, sagte der Volksmund. Das Erdbeben ließ die Saat der Rebellion gut aufgehen.

Andrea und ich liefen jeden Tag zum verlassenen Schulgebäude, das zweitausend Obdachenlosenfamilien Unterschlupf bot. Auf einem Hang oberhalb des Großen Sees gelegen,war das Colegio Centroamérica einstmals ein schönes, weißes Gebäude gewesen, ein Schiff des Wissens in der Brise, die vom See heraufwehte. Ich erinnerte mich noch genau an die Erregung, mit der wir als junge Mädchen an den Wochenenden unsere Brüder besuchten, die dort als Internatsschüler Unterricht bekamen. Es bedeutete, über die breiten Flure zu laufen, wo sich die Jungen aufhielten, die meine Freundinnen und ich irgendwann einmal heiraten würden; es bedeutete, ganz offen und legal die geheimnisvolle, athletische, vom Wettstreit geprägte Welt der Männer zu betreten: die Klassenzimmer, wo sie Unterricht erhielten, das olympische Schwimmbecken, wo sich die »Haifische«, die Schwimm-Mannschaft der Schule, auf ihre großen Taten vorbereitete. Centroamérica: das bedeutete Energie und Disziplin. Die Schule war bekannt für ihren hohen akademischen Standard. Die Lehrer waren strenge und gut ausgebildete spanische Jesuiten in schwarzen Soutanen: junge Priester mit dichten Bärten und ausdrucksvollen Augen. Wenn ich sie so sah, fragte ich mich immer, wie sie es wohl anstellten, so gehorsam ihre Verdammung zu lebenslänglichem Zölibat zu befolgen. Ich beneidete meine Brüder, weil sie dort zur Schule gehen durften, wo so ehrfürchtig gelernt wurde, in jenem majestätischen Gebäude mit dem herrlichen Blick auf den See und dem Rauschen der Wellen in der Ferne.

Als ich zurückkehrte, war diese mythische Luxusschiff, auf dem die Jungen ihre Reise in die Weisheit unternahmen, zur Ruine geworden. Die Schule war nach Managua umgezogen. Heruntergekommen und schmutzig, mit öden, baumlosen Innenhöfen, stand das Gebäude nur noch da wie ein Skelett voller Spinnweben und Vergessen. Bis in den letzten altersschwachen Winkel war es mit

Menschen gefüllt, sie hausten dort wie ein riesiger Nomadenstamm auf einer Reise ohne Ziel. Elend und eng zusammengepfercht, mit Gesichtern wie Schlafwandler, markierten sie ihr Territorium mit ihren Habseligkeiten, die sie so in den Gängen aufbauten, daß man kaum hindurchkonnte. Ganze Familienverbände drängten sich in dunklen Klassenzimmern, deren Fenster mit Brettern vernagelt waren. Hier und dort hatten die Leute auf den Bodenfliesen kleine Lagerfeuer entfacht und kochten in rußgeschwärzten, schmutzigen Töpfen ihr Essen. Die nasse Wäsche trocknete zwischen den anmutigen Säulen, die den Korridor, der das gesamte Gebäude entlanglief, vom Innenhof trennte. Eine Horde Kinder tollte im berühmten »Figurenhof« umher, zwischen vorkolumbianischen steinernen Statuen, die die Priester während langer Jahre archäologischer Erkundungen von den Inseln im See herübergerettet hatten. Zelte aus schwarzem Plastik oder militärischem Tarnstoff wuchsen wie Pilze auf dem breiten Gelände hinter der Schule, wo früher die Knaben Baseball gespielt hatten. Das ausgetrocknete, rissige Schwimmbecken war voller Unkraut und Ungeziefer.

Die Erdbebenopfer mußten stundenlang anstehen, damit sie von übelgelaunten Funktionären aus einem Lastwagen ihre Verpflegung erhielten. Die Frauen steckten die mageren Rationen Reis, Bohnen, Kartoffeln und Zucker in Säcke, Pappkartons oder Plastikkörbe und trugen ihre traurige Beute dann mit schlurfendem Schritt davon. Die Luft roch nach Essen, nach zu vielen Menschen, nach Feuchtigkeit. »Wenigstens haben wir ein Dach über dem Kopf«, meinte eine Frau, die auf einer Bank saß, zu mir und hob ergeben die Schultern. Sie beklagten sich, man habe sie dort wie das Vieh eingesperrt, legten jedoch gleichzeitig eine stoische Resignation an den Tag. Traurig, mutlos saßen die Menschen in den Gängen und dämmerten vor sich hin. Unsere Besuche munterten sie auf. Sie erzählten uns ihre Geschichten. Andrea marschierte ungerührt durch die Gänge. Sie hatte schon ein paar Freundschaften geschlossen, zum Beispiel mit einer schwangeren Frau, die sie fragte, wer denn der Vater des Kindes sei, und die darauf schlagfertig antwortete: »Ja, meinst du denn, daß ich Hellseherin bin, meine Liebe?«

Ich kümmerte mich um kleine Bitten der Obdachlosen. Da gab es eine alte Frau, der ich einmal ein Mittel gegen ihren Husten mitbrachte. Sie hauste mit fünfzehn oder mehr Familienangehörigen in einem der dunklen, heruntergekommenen Klassenräume, wo sie auch eine Henne und einen Hahn hielt. Ungefähr eine Woche nachdem ich ihr die Medizin gebracht hatte, rief sie mich mit verschwörerischem Blick zu sich und gab mir in einer zerknitterten Plastiktüte sechs Eier, die ihre Henne gelegt hatte.

»Diese Eier sind gut für eine Schwangere«, sagte sie mir. »Es sind Liebeseier.«

Ich wollte fast schon ablehnen, sagen, wie könne sie, die doch nichts habe, mir ein solches Geschenk machen. Doch ihr Blick zeigte mir, daß ich nicht nein sagen konnte. Es wäre eine Beleidigung gewesen. Über die Jahre habe ich oft an dieses Gesicht denken müssen, diese Geste, diese Lektion in Würde.

Kurz bevor ich Granada wieder verließ, lernte ich im Haus des Dichters Ricardo Morales Avilés kennen. Wir trafen aufeinander, als ich gerade ankam und er im Gehen begriffen war. Als der Dichter ihn mir vorstellte und ich seinen Namen hörte, erkannte ich sein vage vertrautes Gesicht. Er hatte im Gefängnis gesessen, war Universitätsprofessor und Sandinist, ein wichtiger Kader, der einzige, der wegen seiner politischen Arbeit an der Universität noch in der Legalität war. Ich schätzte, daß er höchstens fünfunddreißig Jahre alt sein konnte. Er war mittelgroß und breitschultrig und hatte ein Gesicht mit einer etwas breiten Nase, es fielen darin unter einer hohen Stirn ein Paar grüne Augen auf, die deutlich von seiner braunen Haut abstachen. Seine Augen beeindruckten mich, weil sie so ruhig wirkten. Ricardo strahlte die seltene Aura eines Menschen aus, der sich völlig im Gleichgewicht befindet. Wir lehnten auf dem Balkongeländer, während in der Dämmerung der Wind vom See heraufblies, und unterhielten uns ein Weilchen, ich weiß nicht mehr genau, worüber, ich glaube, über die Poesie, denn er war auch Dichter.

Vielleicht behielt ich Ricardo so gut in Erinnerung, weil man sich jemanden Bekanntes oder jemanden, den man bewundert, immer besonders gut einprägt. Monate später sollte Ricardo ermordet werden, und aus Gründen, die ich noch erklären werde, sollte ich nach seinem Tod viel über sein Leben erfahren.

12. Kapitel

Wie Carlos mir mitteilte, daß er in Nicaragua leben werde, und von den Folgen, die die Nähe nach sich zog (Managua, 1984)

Carlos kam alle paar Monate nach Nicaragua. Dann lud er mich zum Essen ein. Ich glaube, das unausgesprochene Einverständnis zwischen uns beiden beeindruckte ihn mehr als meine Ausführungen über die falsche nordamerikanische Politik gegenüber Nicaragua. Bei einem unserer Essen, in einem Restaurant hoch oben am erloschenen Krater von Tiscapa, kündigte er mir an, daß sein Sender ihn als ständigen Korrespondenten nach Managua schicken wolle. Von dort aus solle er über den Konflikt in der gesamten zentralamerikanischen Region berichten, den Krieg in El Salvador, die Contra-Lager in Honduras, die Guerillabewegung in Guatemala. Tief unten im Krater spiegelte sich das Mondlicht im ruhigen Wasser der Vulkanlagune. »Na, prima«, sagte ich nur und fragte mich insgeheim, was wohl geschehen mochte, wenn wir uns öfter sahen.

Seit Januar 1984 nahm ich eine für die Öffentlichkeit stärker sichtbare Position ein. Ich war nun Generalsekretärin des Wahlausschusses der FSLN und Vertreterin der FSLN gegenüber der Nationalversammlung und dem Nationalen Parteienrat. Mein Büro lag im Gebäude des Sekretariats der Nationalen Leitung der Frente Sandinista, dem obersten Parteiorgan. Meine Aufgabe war, alles, was mit den Wahlen zusammenhing, auf interner Ebene zu koordinieren. Und ich fungierte als Sprecherin der Frente in Wahlfragen. Meine Arbeit machte mir Spaß. Mein direkter Chef war Mitglied der Nationalen Leitung, Bayardo Arce. Wir verstanden uns gut. Das Büro, das er mir zuwies, war riesig.

»Es war eigentlich für ein Mitglied der Nationalen Leitung vorgesehen«, meinte er. »Ich weiß ja nicht, ob du mal dazugehören wirst, aber wenigstens hast du schon das passende Büro«, scherzte er.

Wenige Tage nach unserem gemeinsamen Essen an der Lagune kam Carlos in mein Büro, um mich zu interviewen. Er holte sein Aufnahmegerät hervor, seine Mikrophone, seinen Kopfhörer, die ganze Ausrüstung seines Jobs als Radioreporter. Während ich seine Fragen beantwortete, stellte ich mir seine Zuhörer vor: die Nordamerikaner, die gerade zur Arbeit fuhren und das Autoradio hörten, die, die noch unter der Dusche standen oder gerade frühstückten. Die Opposition drohte damit, sich von den Wahlen zurückzuziehen, sie suchte nach jedem noch so fadenscheinigen Argument, um die Wahlen zu diskreditieren. Sie wußte, daß Reagan sie unterstützte. Alles, was den Sandinismus in Mißkredit brachte, war in Washington willkommen. Es fiel mir schwer, all das in kurzen Sätzen zu erklären, ohne daß es wie eine simple antiamerikanische Polemik klang. Ich tat, was ich konnte, mit dem Gedanken im Hinterkopf, daß er sicher nur wenig davon nutzen würde. Das machten alle Journalisten so.

Ich machte mir keine Illusionen, erwartete nicht, daß Carlos anders wäre. Obwohl er für die Politik der republikanischen Regierung nichts übrig hatte, war sein Verständnis von der Revolution durch die nordamerikanische Sicht der Welt gefärbt. Wir hatten lange, harte Auseinandersetzungen darüber. Nicaragua konnte nicht mit der demokratischen Meßlatte beurteilt werden, die die USA benutzten. Nach fünfundvierzig Jahren Diktatur war die Demokratie ein langsamer Lernprozeß, den der Krieg der Contras noch erschwerte. Trotz allem besaß Carlos einen angeborenen Gerechtigkeitssinn. Die großen Träume der Revolution zogen ihn an, die Armut fand er unübersehbar und unerträglich. Auf der menschlichen Ebene, jenseits aller nationalen Unterschiede, stimmten wir grundsätzlich überein. Hinter den förmlichen Masken unserer Berufsrollen gruben wir den Tunnel, durch den wir uns treffen sollten. Ich dachte, es handele sich um einen angenehmen, folgenlosen Flirt. Er lud mich zum Ausgehen ein, und ich nahm seine Einladungen an. Weil wir so unterschiedliche Leben führten, kam es mir nicht in den Sinn, zu vermuten, daß der Flirt, selbst wenn er in eine Liebelei ausartete, größere Bedeutung haben könnte. Wir unterhielten uns gern miteinander. Monatelang gingen wir zusammen ins Kino, zum Essen, nichts weiter. Wir verabschiedeten uns an meiner Haustür voneinander.

»Es war wie immer sehr angenehm«, pflegte er zu sagen.

Die schlechten Beziehungen zwischen unseren beiden Ländern waren kein Grund für uns, keine Freunde zu sein oder die Atmosphäre einer regnerischen Mainacht zu teilen, um über Literatur zu reden oder uns Geschichten aus unserer Kindheit zu erzählen. Das dachten wir. Oder wir dachten uns gar nichts. Und ließen uns einfach von unserer Eingebung leiten.

Zu der Zeit leckte ich mir noch die Wunden einer Beziehung, die mich ziemlich mitgenommen hatte. Ich zweifelte daran, ob ich mich noch einmal so kopflos verlieben wollte oder konnte. Carlos war keine Bedrohung für mich, er war ein Durchreisender, ein Schiff im Nebel, das sein tiefes Horn ertönen läßt. Er war eine willkommene Abwechslung unter all den Machos, die mich, angezogen vom Geruch meiner Einsamkeit, umschlichen.

In der Endzeitstimmung, die wir damals in Nicaragua erlebten, gingen Ausländer und Einheimische miteinander um, ohne sich allzusehr um Interessenkonflikte oder andere Hindernisse zu kümmern. Eines schönen Tages, nach vielen gemeinsamen Ausflügen und Abendessen und Unterhaltungen, geschah das Unvermeidliche. Ohne an die Folgen zu denken, küßten wir uns. Alle Förmlichkeit fiel mit einem Schlag von uns ab. Von jenem Abend an blieb Carlos oft über Nacht bei mir.

13. Kapitel

Wie ich in meine zerstörte Stadt, zum Gebären und zu einem unerwarteten Tod zurückkehrte (Managua, 1973)

Kurz vor dem Termin, an dem ich niederkommen sollte, kehrten wir nach Managua zurück. Überall waren Ruinen zu sehen. Ungelenke Schilder teilten an eingestürzten Häusern den Aufenthaltsort der Bewohner mit: »Wir sind bei Tante Lola in Masaya.« Inmitten einer chaotischen, heruntergekommenen Atmosphäre erhob sich die Stadt wieder, erstand neu an ihrem eigenen Rand. Wir mieteten ein Haus im Stadtteil Altamira, einem neuen Viertel, das zur Zeit des Erdbebens gerade erschlossen worden war. In der Hauptstraße des Viertels waren inzwischen viele Häuser zu Läden und Geschäftslokalen geworden. Das war ein Vorteil. Man konnte zu Fuß einkaufen gehen. Nachts machten Nachtwächter die Runde, ließen ihre Pfeifen ertönen. Die Möbel, die ich aus dem Schuppen des Onkels holte, ließ ich in bunten, psychedelischen Tönen streichen. Ich wollte fröhliche Farben, ich hatte das Düstere satt. Das Haus war klein, doch hell, und es hatte einen winzigen Innenhof.

Als das Datum der Geburt näherrückte, ging ich mit Maryam nach León zu meinen Eltern. In Managua lagen die Krankenhäuser in Trümmern. Im Haus am Meer, am Strand meiner Kindheit, wartete ich auf die Niederkunft.

Melissa kam quietschfidel am 13. Juni 1973 zur Welt. Als ich ihr rundes Gesichtchen und ihre weit offenen, neugierigen Augen sah, war mir, als kitzele mich dieses kleine Mädchen unter den Armen oder läute die Glocken oder wecke meine in mir schlummernde Fröhlichkeit. Sie hatte ein so freundliches, süßes Gesicht, daß ich sie Melissa nannte, was »Honig« bedeutet.

Nach ein paar Tagen wurde sie gelb wie ein Kanarienvogel. Der Kinderarzt in León, ein junger Mann mit buschigen Augenbrauen, pechschwarzem Haar und einer tiefen Trauer in den Augen – er begann gerade wieder, seinen Beruf auszuüben, nachdem er sich von der Amputation eines Beines erholt hatte –, ordnete an, daß man ihr Blut abnahm, um ein Blutbild zu machen. Melissa weinte herzzerreißend, und ich spürte, wie ich den Arzt haßte.

»Sie hat zuviel Bilirubin«, meinte er. Wenn es nicht sinke, hätten wir ein Problem. Dann müsse man ihr Blut austauschen. In ein paar Tagen wüßten wir Bescheid, das Mädchen leide unter der Unvereinbarkeit der Blutgruppen von Vater und Mutter, mit derselben Konsequenz wie das Problem der Rhesusfaktoren.

Sogar was das Blut anging, waren mein Mann und ich unvereinbar, mußte ich denken. Das Warten wurde zur Qual. Jedesmal, wenn ihr Blut abgenommen wurde, litt ich fürchterlich mit. Ich brüllte auf wie eine Löwin, wenn dem kleinen Mädchen in die Halsschlagader, die Leiste oder das Beinchen gestochen wurde. Tag für Tag ging das so. Und sie wurde von Mal zu Mal gelber. Meine riesigen Brüste schmerzten dabei furchtbar, denn ich durfte sie nicht stillen. Am gleichen Abend, als Melissa ihre Transfusion zum Bluttausch bekam, stoppte man mir die Milchproduktion mit einer Spritze, die mir wie eine glühende Nadel in Leib und Seele brannte. Ich weiß nicht mehr, wie viele Spender sie probieren mußten, bis sie das richtige Blut fanden. Ich trug meine Tochter auf dem Arm, während im Haus meiner Tante in León, einem angenehmen Haus, so angenehm wie sie, eine rothaarige Frau mit zehn Kindern, alle meine Cousins, Neffen und ihre Freunde vorbeidefilierten und ihr Blut anboten. Gegen Mitternacht war der richtige Spender endlich gefunden: ein Nachbar, Mitglied der freiwilligen Feuerwehr, den man mit kräftigem Klopfen aus dem Schlaf geweckt hatte: Yader Avilés. Ich werde seinen Namen wohl nie vergessen und auch den des Arztes nicht: Carlos Icaza, der in dieser Nacht bleich und verschwitzt aus dem Operationssaal kam und mir sagte, daß alles in Ordnung sei. Melissa hatte neues Blut, und sie erholte sich schnell.

Erschöpft und gleichzeitig tief beeindruckt von der Macht meines Mutterinstinktes, den ich wie ein Seebeben empfunden hatte, kehrte ich, als sie außer Gefahr war, mit meiner Tochter nach Managua zurück.

Während der Zeit in Granada hatte ich mich mit einer Frau angefreundet, die durch meinen Mann entfernt mit mir verwandt war. Der Dichter, Róger und ich nannten sie »Justine«, denn sie hatte das geheimnisvolle Flair dieser Figur von Lawrence Durrell, große, schwarze Augen und die grazile Leidenschaft einer Siamkatze. Justine und ich vertrauten uns unsere geheimen Liebschaften an und teilten das ungemütliche Gefühl, nicht in die konservative, selbstgefällige Atmosphäre unserer Schicht zu passen. Als ich nach Managua zurückkehrte, frischten wir unsere Freundschaft wieder auf und sahen uns oft. Ich freute mich, wenn sie nachmittags bei uns auftauchte, in diesen ersten Lebensmonaten von Melissa, die bis zum Alter von fünf Monaten unter schlimmen Koliken litt. Justine und ich unternahmen gemeinsame Autofahrten mit dem kleinen Mädchen, weil dies das einzige war, was sein Weinen stillen konnte.

Eines Tages tauchte auch Andrea in Managua auf. Sie war völlig verändert und zu einer fröhlichen Person geworden. Sie schien zwar immer noch in geheimnisvolle, seltsame Dinge verwickelt zu sein, doch ihr Ausdruck, ihre Gesten waren deutlich sanfter geworden.

»Ich bin verliebt«, gestand sie mir. Der, den sie liebte, war ein Compañero aus der Befreiungsbewegung. Mehr konnte sie mir nicht darüber sagen, denn es handelte sich um »geheime« Informationen, aber sie erzählte mir, wie sehr sie sich liebten, wie gut und zärtlich er zu ihr sei und daß sie noch nie jemanden so geliebt habe.

Mit dieser neuen Andrea verstand ich mich besser als mit der früheren, die ich immer als unnahbar, abwesend, verschlossen empfunden hatte. Im Grunde war Andrea sehr verletzlich und liebebedürftig. Sie hatte sich nur diese Rolle zugelegt, die ihrer Meinung nach eine Person an den Tag legen mußte, die gefährliche, geheime Operationen unternahm, doch als sie sich verliebte, traute sie sich plötzlich, sie selbst zu sein, und ließ es zu, daß die spielerische, freundliche Seite ihrer Persönlichkeit zum Vorschein kam.

Die Arbeit im Untergrund nahm in diesen Monaten zu. Die Gier der Diktatur, durch das Erdbeben völlig zügellos geworden, setzte das labile Gleichgewicht außer Kraft, das es bis dahin ermöglicht hatte, daß auch die Unternehmer und nicht nur der Tyrann sich bereicherten. Die Opposition gegen Somoza wuchs, und weil es keine anderen Alternativen gab, gewann der bewaffnete Kampf als politisches Mittel an Befürwortern und der Sandinismus an Boden. In den Stadtvierteln wurden geheime Netzwerke aufgebaut, und in allen sozialen Schichten warben wir neue Mitarbeiter, baten um materielle Unterstützung, liehen Häuser und Autos aus, um Untergrundkader zu verstecken oder von einem Ort zum anderen bringen zu können.

Andrea gab mir Flugschriften, politische Analysen, die ich in der Deckentäfelung des Badezimmers versteckte, damit mein Mann sie nicht fand. Zerstreut, wie er war, merkte er nicht, daß ich etwas tat, was Frauen nicht tun, nämlich sich zum Lesen ins Bad einschließen, und schöpfte keinen Verdacht, wenn ich mich dort ungewöhnlich lange aufhielt. Ich stieg auf die Klobrille, schob die Deckentäfelung zur Seite, holte meine Papiere hervor und las. Anschließend versteckte ich sie wieder. Es war absolut nichts zu merken. Erst Jahre später erfuhr er von meinen Eskapaden, und das auch nur, weil ich ihm davon erzählte.

Oft benutzte Andrea mein Auto. Die Bedingung war, daß sie es zurückbrachte, bevor mein Mann nach Hause kam. Manches Mal stellte sie es jedoch vor dem Haus ab, während mein Mann und ich beim Mittagessen saßen, ohne daß er es bemerkte. Sie war so leise wie eine Katze.

Um diese Zeit warb ich meinen ersten Unterstützer an: Alfredo, den Mann meiner Cousine Pía. Er war ernst und nachdenklich, hatte in Frankreich Wirtschaftswissenschaft studiert. Wir unterhielten uns viel über Politik. Als mir mein Sondieren zeigte, daß er ein guter Kandidat war, sprach ich ihn offen darauf an. Er überlegte es sich und sagte zu. Kurz darauf kam mich meine Cousine besuchen. Sie habe den Verdacht, daß wir ihr etwas verheimlichten, sagte sie, und sie wolle wissen, worum es dabei ging. Ich schenkte ihr reinen Wein ein. Für mich war das eine Frage der Solidarität unter Frauen. Aber weshalb er und nicht sie? Wir lachen heute noch über ihre Reaktion. Pía war unglaublich genußsüchtig; sie hatte ein großes Herz, doch von Politik verstand sie so gut wie nichts.

»Dann werden wir also alle gleich sein, wenn die Revolution kommt?« fragte sie mich.

»Das wird wohl noch eine Weile dauern«, gab ich lächelnd zurück, »doch darum geht es im Prinzip; daß niemand jemand anders ausbeutet, daß jeder für seine Arbeit einen gerechten Lohn erhält, daß wir untereinander solidarisch sind, daß die riesigen Ungleichheiten abgeschafft werden.«

»Entschuldige bitte eine sehr bürgerliche Frage«, sagte sie. »Meinst du, ich werde weiter meine Duftseife benutzen dürfen, oder ist das am Ende zu bürgerlich?«

Jetzt mußte ich laut lachen.

»Ich glaube, es spricht nichts Grundsätzliches dagegen, daß du weiter deine Duftseife benutzt«, meinte ich dann. »Es geht ja nicht darum, daß alle arm sein sollen, sondern darum, daß andere auch das bekommen, was wir schon haben.«

»Weißt du, das ist einfach wichtig für mich«, antwortete sie. »Also gut, du kannst auf mich rechnen. Ich möchte mitmachen.«

Auch Justine begann etwas beizutragen, wenn auch mit großen Vorbehalten. Sie gab mir Geld. Sie wollte mit niemand anders als mit mir zu tun haben, meinte sie. Sie werde auf Distanz bleiben, das alles mache ihr zuviel angst.

Während ich, umgeben vom Geruch schmutziger Windeln und Melissas Weinen wegen ihrer Koliken, meine erst ein paar Monate alte Tochter pflegte und auch Maryams Eifersucht zu beruhigen versuchte, die inzwischen schon zur Schule ging, baute ich mein erstes Netz von Mitarbeitern auf, mit denen ich die Dokumente las, die ich in der Badezimmerdecke aufbewahrte. Lesen, Lernen war eine Aufgabe, die ich mir sehr zu Herzen nahm. Ich verschlang die Bücher Che Guevaras, der Tupamaros, die ganze rebellische lateinamerikanische Literatur jener Jahre; die Dependenztheorie von Ruy Mauro Marini, Georg Lukács und seine Kunsttheorie; die Debatten über die Parteilichkeit der Kunst, die neuen Theorien der Befreiungspädagogik von Paolo Freire. Ich nahm mir vor, mit der Methode von Freire Anita anzuwerben, das Kindermädchen, eine schlanke junge Frau, die bei der Hausarbeit meine rechte Hand war und mir in der Küche aus der Klemme half. Ich konnte nicht kochen. Darin war ich eine würdige Nachfolgerin meiner Mutter, die die Hausarbeit immer gehaßt hatte und von dem Tag träumte, an dem wir uns, wie sie sagte, wie die Astronauten von Pillen ernähren könnten.

Am Abend des 18. September 1973 betrat Anita mein Zimmer, in der Hand das Transistorradio, das sie nur zum Schlafen ausschaltete. Ich lag auf dem Bett und las. Überrascht setzte ich mich auf.

»Hören Sie nur«, meinte sie. »Anscheinend hat man gerade ein paar Sandinisten umgebracht.«

Nebeneinander auf der Bettkante sitzend, hörten wir den Nachrichtenspot. Mit dieser Stimme, von der man nie weiß, ob sie die Nachricht feiern oder bedauern, verkündete der Sprecher, daß es zwischen Guerilleros der Frente Sandinista und der Nationalgarde in Nandaime, einem Ort in der Nähe von Granada, einen Zusammenstoß gegeben habe. Mir wurden die Hände kalt. Vier Sandinisten waren getötet worden. Zwei von ihnen hatte man bisher identifiziert: Ricardo Morales Avilés und Oscar Turcios.

Ich sah Ricardo vor mir, wie er sich an dem Tag, als ich ihn kennengelernt hatte, auf die Balustrade des Balkons im Haus des Dichters gelehnt hatte. Ich dachte an diese zufällige, flüchtige Begegnung, und sein Gesicht erschien in meiner Erinnerung klar vor mir. Die tiefen, grünen Augen. Das Lächeln. Wie eine schillernde Seifenblase, die plötzlich zerplatzt. Texte, die er geschrieben hatte, gingen mir durch den Kopf, Gedichte, die großen Demonstrationen der Studenten, die seine Freilassung forderten, der Dichter, der mir sagte, wie außergewöhnlich er sei, wie klar und intelligent, wie hochherzig. Und wie jung, dachte ich, wie jung. Ein ganzes Leben noch vor sich. Oscar Turcios kannte ich nicht besonders gut. Ich hatte ihn nur einmal von weitem gesehen, im Colegio Centroamérica, als ich auf Andrea wartete. Man nannte ihn den »Heiseren«, und sie hatte mir von ihm erzählt, seinem Sinn für Humor, von den Witzen, die er immer machte.

Anita stand auf und sah mich an.

»Ich laß Ihnen das Radio da«, sagte sie und ging hinaus. Ich konnte ihr gerade noch danke sagen, obwohl ich kaum zu denken vermochte. Ich wollte irgend etwas tun. Die Zeit zurückdrehen. Irgendwie verhindern, daß dieses geschah, die Tode auslöschen. *Rewind, rewind*, als reiche es, einen Knopf zu drücken, um das Unvermeidliche aufzuhalten. Zum erstenmal in meinem dreiundzwanzigjährigen Leben erfuhr ich die absolute Ohnmacht bei Todesfällen in meiner Nähe, brutal und unerwartet. Ich wußte nicht, was ich tun sollte. In mir brandeten Wellen gegeneinander.

Und noch etwas anderes. Eine Gewißheit, die langsam in mir aufstieg. Andrea, dachte ich. Ich fügte die Enden zusammen. Ein großer Windstoß fügte die Teile des Puzzles zusammen. Fetzen von Unterhaltungen. Ich wollte mir nicht sicher sein, doch mir wurde schlecht, als kein Zweifel mehr übrigblieb: Ricardo war der Mann, den Andrea liebte. Ihr Andrés.

Ich merkte nicht, wann ich zu weinen begann, die Augen öffneten sich mir wie Schleusen. Ich war schockiert über die Trauer, die ich empfand. Als wären es meine Geschwister, Wesen, die ich über alle Maßen liebte. Ich kannte sie gar nicht besonders gut, doch gab es zwischen uns eine Verbindung, als seien wir ein einziger Körper. Was ich für sie empfand, war genauso stark wie für Martín oder Camilo. Und der Schmerz war der einer furchtbaren Amputation, die meinem Körper seine Vollständigkeit nahm. Wenn einer von uns starb, starben wir alle. Ich dachte an die Schlagzeilen der Zeitungen vom nächsten Tag. Die Fotos der Leichen auf der ersten Seite. Und an Andrea. Ich konnte nicht aufhören, an Andrea zu denken.

Ich vermag mich nicht zu erinnern, ob sie noch an diesem Abend kam oder erst am nächsten Tag. Sie brauchte nichts zu sagen, ich wußte auch so, daß meine Eingebung mich nicht getrogen hatte. Zitternd, zerbrechlich kuschelte sie sich in meine Arme. »Andrés«, sagte sie nur und brach in Tränen aus. Ich streichelte ihr mütterlich den Kopf. Lange hielt ich sie so und weinte mit ihr. Mir liefen die Tränen, und sie schluchzte herzzerreißend, während ich sie hielt. Mir vorzustellen, was sie empfand, schnürte mir die Kehle zu. Mir brannten die Handflächen – die Schmerzen meiner Seele spüre ich immer auf der Haut meiner Hände. Dann setzten wir uns aufs Bett, mit der Kleenex-Schachtel in Reichweite.

»Woher wußtest du es?« fragte sie.

»Keine Ahnung. Eine Eingebung.«

»Was soll ich jetzt machen?« fragte sie schluchzend und rieb sich die Hände mechanisch an ihren Blue Jeans, als wisse sie nicht, was sie sonst mit ihnen machen solle. »Bei mir zu Hause weiß niemand etwas davon. Ich muß so tun, als sei alles ganz normal, verstehst du? Das ist furchtbar. Und gerade heute hat mich meine Mutter nach Andrés gefragt. Er hat mich sonst immer jeden Tag angerufen. Ich hatte ihr erzählt, er sei ein Studienkollege. Ich muß jetzt so tun, als gäbe es Andrés noch. Ich werde hierherkommen müssen, um mich auszuweinen. Es macht dir doch nichts, wenn ich mich bei dir ausweine, oder? Andrés haben sie lebend geschnappt, weißt du? Als ihnen klar wurde, wen sie da hatten, haben sie ihn umgebracht. Dann haben sie das Haus überfallen. Zwei Compañeras konnten fliehen. Zwei weitere Compañeros haben sie auf der Flucht erschossen. Der arme Oscar. Juan José. Wie schrecklich das alles!«

Andrea floh nicht vor der Zeitung am nächsten Tag. Ich sehe sie noch auf meinem Bett sitzen, vor sich die aufgeschlagene Zeitung, und sagen: »Mein armer kleiner Andrés, sieh nur, wie sie ihn zugerichtet haben! Mein armer Andrés!« Ich spürte, wie es mir das Herz in tausend Stücke brach. Jeder Trost war hier überflüssig, nutzlos, unmöglich. Nach und nach erfuhr ich über die Tage, die Wochen, die Liebesgeschichte der beiden, die Fahrten im Regen, als Ricardo ihr sagte, der Regen habe für alles eine Bedeutung. Das Lied einer spanischen Gruppe, das sie beide so sehr liebten. Andrea nahm mich mit auf die Reise nach Nandaime, in das Haus der Katastrophe, das ihr immer schon ein schlechtes Gefühl eingeflößt hatte; zum letzten Abschied am Tag, als sie ihn verließ, ohne zu ahnen, daß sie ihn nie wiedersehen würde. Ein ums andre Mal wiederholte sie mir die Szenen wie unbewegte Bilder ihrer Erinnerung. Es war, als sei das Reden darüber die einzige Art, die Erinnerung zu behalten. Solange sie über ihn sprechen konnte, würden ihre Worte es nicht zulassen, daß sich die Bilder auflösten, und so wiederholte sie mir die Geschichte ein ums andre Mal, wie einen Zauber, der Ricardo am Leben erhalten sollte. Mehrere Monate ging das so, und währenddessen sah ich zu, wie sie langsam erlosch, immer magerer wurde. Sie schminkte sich auch nicht mehr. Eines Tages erschien sie, um mir zu sagen, daß sie fortgehe. Die Organisation meinte, es sei nicht mehr sicher für sie, in Nicaragua zu bleiben, und schickte sie nach Mexiko, um dort die Solidarität zu verstärken.

»Meinem Vater habe ich gesagt, ich möchte dort studieren. Jemand anders wird die Verbindung zu dir halten«, sagte sie mir.

Wir verabschiedeten uns voller Trauer. Ich hätte gern gedacht, daß es ihr guttun würde, wegzugehen, doch stellte ich mir vor, wie sie in Mexiko ankam, allein lebte, hingebungsvoll das Gespenst ihrer Liebe hegte.

14. Kapitel

Wie ich Roberto und Marcos kennenlernte und Verbindungsaufgaben für die Untergrundbewegung übernahm (Managua, 1973)

Mein neuer Verbindungsmann hieß Roberto. Die vogelähnlichen Züge seines Gesichts fielen mir auf, kaum daß er mein Büro betreten, sich auf den Stuhl vor meinem Schreibtisch gesetzt und seine Sonnenbrille abgenommen hatte. Er besaß einen kleinen Kopf, eine vorstehende Stirn, große, eng zusammenstehende Augen, eine scharf nach unten gebogene Nase und schmale Lippen über einem kleinen Kinn. Das Büro war klein, mein Schreibtisch mit den beiden Stühlen aus Holz und Leder davor füllte es fast ganz aus.

»Na, hat es dir die Sprache verschlagen?« fragte er und beendete meine Verblüffung mit einem sehr menschlichen Lächeln.

Ich fand ihn sofort sympathisch, es ging gar nicht anders. Seinen Blick, seine Gesten. Man konnte ihn sich leicht als Kind in seinem Viertel vorstellen, wie er, ein lebhafter, aufgeweckter Bursche, mit den anderen Kindern Spielfiguren tauschte, die Lehrerinnen becircte, die anderen bei gemeinsamen Streichen anführte, mit seinem verführerischen Charme seine kleine, untersetzte Figur wettmachte; und sein seltsames Vogelgesicht. Er besah sich die Bilder an den Wänden meines Büros, das Porträt, das Róger von mir gemalt hatte, mein Diplom von der Charles Morris Price Academy in Philadelphia. Den dicken, merkwürdig pfirsichfarbenen Teppich. Er bat mich, ihm zu erklären, »wie das Arrangement hier«, im Büro, sei. Ob er jederzeit kommen könne? Ob er sich ankündigen müsse? Ob ich Chefin war oder einen Chef hatte? Ich erzählte ihm, daß ich nach der Geburt meiner Tochter gerade erst wieder zu arbeiten anfinge. Wieviel hast du denn? Zwei. Okay.

Daß man mir die Geschäftsführung einer halb bankrotten Plakatierungsfirma übertragen hatte, die sich, das war das Ziel, mit dem Kapital von zwei neuen Gesellschaftern und dank meiner guten Kontakte und im Vertrauen auf meine Fähigkeiten als Werbefrau in eine kleine, doch rentable Werbeagentur verwandeln sollte. Wie viele Leute arbeiten denn hier? Wir sind vier im Moment: die Buchhalterin, der Art Director, die Sekretärin und ich. Du wohnst ganz in der Nähe, nicht wahr? Zwei Straßen weiter, was mir alles sehr erleichtert. Ich kann ab und zu nach meinem Baby schauen. Prima, meinte er. Ich weiß schon, wie der Hase läuft. Dein Mann? Ingenieur. Er weiß von dem hier nichts, lächelte ich.

»Du und ich werden die Verbindungsleute von zwei Compañeros sein«, erklärte er mir dann. »Einer der beiden ist Martín, den du ja schon kennst, und der andere ist Marcos, den du bald kennenlernen wirst. Weil Marcos im Untergrund ist, verständigen sich die beiden durch Briefe. Martín wird dich anrufen, wenn du bei ihm einen Brief abholen sollst. Den gibst du dann mir, und ich gebe ihn an Marcos weiter. Das ist alles für den Augenblick. Wenn man einen von uns beiden mit den Briefen erwischt ...« Er fuhr sich mit dem Daumen über die Kehle.

Am nächsten Tag rief mich Martín an. Ich freute mich, ihn zu hören, doch er sagte mir, er sei im Büro und könne jetzt nicht reden. Um fünf erwarte er mich an der und der Straßenecke.

»Sei pünktlich«, betonte er. »Punkt fünf. Nach der Uhr von Radio Minuto.«

Radio Minuto. Ich lernte, diesen Radiosender zu hassen. »Die Stunde Minute für Minute.« Das gesamte Programm, Musik, Wortbeiträge, hatte als Hintergrund das andauernde Ticken einer Uhr und die mechanische Stimme einer Frau, die die Stunden, Minuten und Sekunden ansagte. Weil ich nicht zu spät dran sein wollte, kam ich immer zu früh und mußte dann eine Weile Runden drehen. Die Minuten sind furchtbar lang, wenn die Sekunden gezählt werden.

Martín sah unverändert aus, so schmal wie immer. Leana hatte einen kleinen Jungen bekommen. Beiden ging es sehr gut, meinte er. Dann fragte er mich, ob es möglich sei, während des Tages, nachdem mein Mann zur Arbeit gegangen war, in meinem Haus Treffen abzuhalten. Ja, natürlich, antwortete ich. Er gab mir einen dicken, schweren Umschlag für Roberto. Weil wir uns telefonisch verständigen wollten, müßten wir unseren Treffpunkten Namen geben. Die und die Straßenecke heiße »bei Tante Rosa«; jene bestimmte Straße »beim Arzt«. Er nannte noch weitere Plätze mit den dazugehörigen Decknamen. Vergißt du die auch nicht? Nein, ich vergesse sie schon nicht, versicherte ich ihm. Gut, dann laß mich hier raus.

Und wir verabschiedeten uns.

Andrea hatte mir einmal, bevor sie fortging, von einem Compañero berichtet, der die Eigenart besaß, in die konspirativen Häuser, wo er Treffen abhalten wollte, vorher einen Speisezettel zu schicken. Sie erzählte mir das ganz ernst, obwohl ich es für einen Witz hielt. Diese Anekdote fiel mir wieder ein, als ich mit Roberto die Einzelheiten eines Treffens bei mir zu Hause besprach. Roberto kam jetzt fast täglich zu mir ins Büro. Er ging ganz natürlich ein und aus, als sei er ein zukünftiger Kunde.

»Ich soll dir diesen Speisezettel für das Frühstück geben«, meinte er und zog dabei ein zerknittertes Stück Papier aus der Tasche, das er mir mit verschwörerischem Lächeln gab.

Ich las den Zettel. Spiegeleier, Toast mit Schinken und einer Ananasscheibe, im Ofen überbacken. Belustigt sah ich ihn an.

»Wenn's geht«, meinte er. »Es ist nicht unbedingt notwendig. Aber einer der Compañeros kommt fast um vor Heißhunger. Er wohnt bei einem Pärchen, das sich makrobiotisch ernährt, er träumt schon die ganze Zeit von richtigem Essen.«

»Ich kann nicht kochen, das sage ich dir gleich, aber okay, ich werd mein Bestes versuchen. Es klingt ja entsetzlich.«

Wir lachten.

Später sollte Marcos mir zwar schwören, er habe niemals einen Speisezettel geschickt, doch bin ich mir sicher, daß es seine Idee gewesen war. Das war seine Art, den diskreten Charme der Bourgeoisie zu genießen. Bei diesem Treffen sah ich Marcos zum erstenmal. Dort erfuhr ich auch, daß Bayardo Arce und Luis Carrión, wie ich ein Kind aus gutem Hause, Sandinisten waren.

Nach dem Treffen mußte ich Marcos mit dem Auto in ein anderes Stadtviertel bringen. Wir fuhren bei höllischer Hitze durch den chaotischen Mittagsverkehr. Marcos war größer, als in Nicaragua üblich, und besaß grüne Augen, weshalb ich dachte, er stamme vielleicht aus Matagalpa im Norden Nicaraguas, wo sich Ende des 19. Jahrhunderts deutsche Einwanderer niedergelassen und große, blonde Kinder gezeugt hatten, von einem Aussehen, wie es in Nicaragua sonst nicht verbreitet ist. Mir fiel seine spitze Nase mit langen Flügeln auf. Während der Fahrt blieb er lange still, während wir durch belebte Viertel fuhren und den Taxis ausweichen mußten, die einfach ohne Zeichen zu geben irgendwo hielten.

»Fahr niemals zu dicht auf, wenn du einen Compañero aus dem Untergrund im Wagen hast«, meinte er plötzlich, als ich mich dem Fahrzeug vor mir näherte. »Du mußt immer genug Platz lassen, um bei irgendeinem Problem gleich reagieren zu können. Hast du schon in den Rückspiegel geschaut? Vergiß das nie. Und es wäre sicher gut, wenn du die Stadt ganz genau kennenlernst, die Sackgassen, die Abkürzungen, die helfen können, Verfolger abzuschütteln. All das ist wichtig, um einen illegalen Compañero gut durch die Stadt zu bringen.«

Er war nicht wie die anderen. Man merkte, daß er es gewohnt war, Befehle zu erteilen.

Ich fuhr mit besonderer Vorsicht. Plötzlich, so als bemerke er mich erst jetzt wieder oder habe einen Gedanken beendet, drehte er sich auf seinem Sitz zu mir um und sah mich an. Dann begann er, über Kunst und die Künstler zu sprechen. Ich hätte doch der Künstlergruppe »Gradas«, Stufen, angehört, nicht wahr? Ich bejahte. Doch die Gruppe hatte sich nach dem Erdbeben aufgelöst, weil man ja wegen des Ausnahmezustands keine öffentlichen Versammlungen mehr abhalten durfte. Dann fragte er mich nach »Praxis«, der Gruppe, die der Dichter leitete. Die Galerie war eingestürzt. Sicher gab es auch kein Geld mehr für die Zeitschrift. Man müsse die Kunstszene wiederbeleben, meinte er. »Die Kultur, weißt du, ist sehr wichtig, um die Leute zu mobilisieren.«

In der Nähe des Ostfriedhofs ließ ich ihn aussteigen, dort, wo man die Ärmsten begrub, auf dem riesigen Gelände, das nur durch rohe Mauern aus Hohlblocksteinen vom lärmenden Viertel abgetrennt war, das ringsumher wuchs. Mit schnellem Schritt entfernte er sich die Straße hinunter, den Rücken ein wenig gebeugt, um seine Größe zu verbergen. Ich fragte mich, wie er es anstellen mochte, unbemerkt zu bleiben. Wer war er wohl? Seine einzige Tarnung war eine Baseballmütze. Roberto zufolge war er sehr gebildet, beherrschte vier Sprachen.

Im Labyrinth der engen Straßen des ärmlichen, dichtbevölkerten Viertels, in dem man immer noch mit der Reparatur der Erdbebenschäden beschäftigt war, suchte ich mir einen Weg zur Hauptstraße. Ich kannte die Gegend nicht sehr gut, doch hatte ich schon einmal eine der Kirchen hier besucht, zusammen mit der Gruppe »Gradas«, die Marcos erwähnt hatte und die von Sängern, Dichtern und Malern unter Führung von Rosario Murillo gebildet wurde, der dichtenden Sekretärin von Pedro Joaquín Chamorro, dem Direktor der Zeitung *La Prensa*. Die Gruppe »Gradas« organisierte Vorführungen und Konzerte in den Kirchen der Stadtviertel. Die Leute kamen in Scharen, vor allem angezogen durch die Protestlieder von Carlos Mejía Godoy, dem begabtesten Liedermacher Nicaraguas. Die Leute sangen seine Lieder laut mit: »Ich kann nicht schweigen, kann nicht unbeteiligt bleiben. Wenn so viele Menschen leiden, kann ich nicht unbeteiligt bleiben.« Die Gruppe wurde so bekannt, daß die Nationalgarde begann, die Versammlungen einzukesseln und die Leute einzuschüchtern, damit sie weggingen und wegblieben. Die progressiven Priester, die beeinflußt waren von der Befreiungstheologie, gewährten den Künstlern Unterschlupf. Von den Treppenstufen vor den Kirchen verlagerte sich das Ganze ins Kircheninnere. Ich nahm nur an ein paar Lesungen teil – das Erdbeben verbaute mir bald die Möglichkeit –, doch behielt ich das unvergeßliche Bild der kleinen Kirchen voller Menschen, die Hitze, die Gesichter der Menschen, wenn sie, die Fäuste erhoben, die Lieder mitsangen.

Auf der Hauptstraße angekommen, sah ich vor mir einen der Jeeps, mit denen die Nationalgarde Tag und Nacht durch die Stadt patrouillierte. Die Wagen der BECAT, der Brigada Especial Contra Actos Terroristas, der Sonderbrigade gegen terroristische Aktivitäten. In den Jeeps fuhren immer zwei Soldaten vorn und zwei hinten, die hinteren hielten ihre Gewehre so, daß sie auf Fußgänger und Fahrzeuge zielten. Ich war froh, daß ich Marcos nicht mehr bei mir hatte.

15. Kapitel

Von den Unwägbarkeiten des Lebens in der Gegenwart (Managua, 1984)

Mit geschlossenen Augen und ohne nachzudenken, gab mich meiner Liebe zu Charlie hin. Inzwischen war ich eine Expertin darin geworden, nicht an die Zukunft zu denken und in der Gegenwart zu leben. Mein ganzes Leben schien mir ein langes Lernen über seine zerbrechliche Flüchtigkeit. In jener Zeit malten wir uns unter Freunden lächerliche Szenarien aus, was geschehen würde, wenn Ronald Reagan beschloß, die 82. Luftlandedivision nach Nicaragua zu entsenden. Wir machten uns über die »Johnnys« lustig, die Marines, die uns umbringen kämen. Es würde reichen, so sagten wir, wenn sie, bevor sie mit dem Fallschirm absprangen, einen Regen aus Milky Ways niedergehen ließen, dann würden wir uns, ganz trunken vom Duft der Schokolade, die wir alle in den Monaten der Knappheit und des Embargos nicht mehr gesehen hatten, schon von selbst zerstreuen. Mit der gleichen Sorglosigkeit warf ich mich Charlie in die Arme. Was bedeutete die Zukunft schon – daß er eines Tages wieder in sein Land im Norden zurückgehen würde –, wenn ich ihm jetzt den Kopf streicheln konnte, mich an ihn schmiegen und mir vorstellen konnte, wir wären irgendein Liebespaar irgendwo auf der Welt. Charlie wohnte im hinteren Zimmer eines Hauses, das er mit John und Maria teilte, einem Journalisten und einer Fotografin, mit denen ich später eine lange Freundschaft beginnen sollte. Das Haus hatten sie vollständig möbliert gemietet. Charlie schlief im schmalen Bett des Sohnes der Familie, die dort gewohnt hatte. Wir liebten uns auf Kinderbettwäsche mit Goofy- und Mickey-Mouse-Mustern. Die alte Klimaanlage ließ das ganze Zimmer erzittern, wenn man sie einschaltete, und brummte wie ein Flugzeug kurz vor dem Start. In einer Ecke lag auf dem Schreibtisch seine ganze Ausrüstung: Aufnahmegeräte, Kassetten, Mikrophone. Wir lachten viel über die seltsame Szenerie, die so ganz anders war, wie er sagte, als seine Wohnung in Washington, nahe dem Dupont Circle, oder das Landhaus seiner Familie in Virginia, das er so sehr liebte und vermißte. Jede Woche rief er seinen Vater an und fragte ihn nach den Bäumen im Garten, als seien es Haustiere.

Anfangs ging ich nur selten zu Charlie. Er empfing mich an der Tür, und wir huschten schnell in sein Zimmer hinten im Haus. Mit der Zeit verlor ich meine Scheu und setzte mich ins Wohnzimmer, um mich mit John und Maria zu unterhalten. Oft luden sie andere Journalisten oder Leute ein, die gerade Nicaragua besuchten, die meisten von ihnen Nordamerikaner. Dort lernte ich Pete Hamill kennen, dessen freundliches, kluges Gesicht mich an Ernest Hemingway erinnerte, Jacobo Timmerman, den argentinischen Journalisten, und ich traf Bianca Jagger wieder, die von Zeit zu Zeit kurze Reisen nach Nicaragua unternahm.

Ab und zu befiel mich die Sorge, daß meine Beziehung zu einem nordamerikanischen Journalisten zu einem Interessenkonflikt führen könnte, doch klammerte ich mich dann immer an die Überzeugung, daß ich in bezug auf mein Privatleben frei und unabhängig sei. Auf seine Hosen oder ihren Rock aufzupassen war jedermanns eigene Sache und ging die Partei nichts an, sagte Bayardo Arce immer. Meine Arbeit betraf die Sicherheit meines Landes, doch ich wußte sehr gut um den Wert der Diskretion, und nach all den Jahren des Konspirierens vertraute ich auf meine Fähigkeit, Geheimnisse zu wahren. Außerdem kannte ich Charlie inzwischen gut genug, um zu wissen, daß er mich nicht ausnutzen würde, daß wir uns respektierten.

16. Kapitel

Wie mein erster Gedichtband veröffentlicht wurde und wie ich von der Geheimpolizei der Diktatur verfolgt wurde (Managua, 1974)

Seit ich sie in mein Leben treten und ihr die Zügel hatte schießenlassen, entlud sich die Poesie oft in mir wie ein Gewittersturm. Die Entladungen füllten mir die Hände mit neuen Gedichten. Ich versammelte sie in einem Band, und weil es in Nicaragua in jener Zeit keine Verlage gab, erbot sich einer meiner Werbekunden, Jaime Morales Carazo, ein Kunstmäzen, die Auflage zu finanzieren, wenn ich ihm den größten Teil überlassen würde, damit er sie als Weihnachtsgeschenk seiner Firma nutzen könnte. So erschien *Sobre la grama – Auf dem Rasen.* Róger gestaltete den Umschlag. Der Titel war eine Hommage an Walt Whitman, den ersten, der die Schönheit des Körpers, die Geographie und die Vielfalt seines Landes besungen hatte. José Coronel Urtecho, erfahrener Dichter, Lehrer und Freund, schrieb ein langes, lobendes Vorwort. »Die Frau, die sich enthüllt, enthemmt sich«, sagte er da und meinte meinen allseits gerühmten Erotismus. Der Satz hätte, denkt man an die geheime Dimension meiner Befreiung, nicht zutreffender sein können, was er jedoch überhaupt nicht wußte.

Das Buch wurde in der Galerie Tagüe vorgestellt, die Mercedes Gordillo leitete, eine progressive Frau, die dafür kämpfte, daß Nicaragua einen Platz im Panorama der lateinamerikanischen Kunst bekäme. Auf der Veranda der Galerie, vor einem Garten, in dem Hunderte von Rosenstöcken wuchsen, las ich im Kreis meiner Maler- und Dichterfreunde und einer Menge Publikum aus meinen Gedichten. Es war ein Abend voller Geruch nach regenfeuchter Erde, von dem mir noch die Erinnerung an die vielen Gesichter des Publikums und die ungeheure Freude gegenwärtig ist, die ich spürte, als ich das Buch mit dem blauen Einband in

Händen hielt. Es war, als hätte ich ein Kind bekommen. Ich hätte es genauso beschnüffeln und beim Schlafen in den Armen halten mögen.

Mit meinen vierundzwanzig Jahren schien mir, der Bewohnerin eines schrecklichen, ruinierten Landes, kein Unglück von ewiger Dauer. Wir würden das alles verändern, da war ich mir sicher. Die Freude wäre bald die Freude aller. Und so fühlte ich mich nicht schuldig deshalb, weil ich meine Freiheit genoß, meine Freunde, mein kleines Büro mit den Menschen, die hin und her liefen, um dies und das zu erledigen, meine Töchter, mein kleines Universum einer Frau, einer beliebten Dichterin. Ich erinnere mich an die Freude über den Wind, der mir die lange Mähne durcheinanderwirbelte, während ich im Auto durch Managua fuhr und im Radio Carole King hörte, »The Mamas and the Papas«, die Gruppe »Mocedades«.

Nichts ließ mich den Nachmittag erahnen, an dem ich in aller Ruhe vom Mittagessen mit meinen Töchtern in mein Büro zurückkehrte und dort zwei der drei Gesellschafter der Werbeagentur vorfand, die auf mich warteten. Welche Überraschung, meinte ich zu ihnen, während ich wie ein Wirbelwind hereinkam und in meinem Sessel Platz nahm. Wollten sie denn heute keine Siesta halten? Was führte sie zu mir? Einer der beiden, der Leutseligere, antwortete, sie müßten leider etwas sehr Ernstes mit mir besprechen. Dabei versuchte er zu lächeln, um der Sache ihre Schärfe zu nehmen.

»Ich will's dir ohne Umschweife sagen«, meinte er. »Samuel Genie hat uns angerufen, der Chef des Sicherheitsbüros von Somoza. Er sagt, du gehörst zur Frente Sandinista. Wir sollten dich nicht weiter hier beschäftigen. Er hat uns ganz eindeutig vorgeschlagen, daß wir dir kündigen sollen.«

Ich erlebte ein Gefühl der Veränderung, als wüchse ich über mich selbst hinaus. Eine rationale, emotionslose Gioconda übernahm die Kontrolle, während die andere, die in mir wohnte, in ihrer Ecke kauerte und vor Angst zitterte. Sicherlich hatte mich der Mann mit den Verbindungen zur Diktatur denunziert, der oft die Buchhalterin besuchen kam. Er war es gewesen, kein Zweifel. Er mußte etwas gemerkt haben.

»Ich?« fragte die Geistesgegenwärtige in mir mit dem unschuldigsten Gesichtsausdruck der Welt. »Ich soll zur Frente Sandinista gehören? Wie Tania, die Guerillera? Stellt euch das mal vor!« Ich lachte laut los. »Ihr müßt verrückt geworden sein! Schaut mich doch einmal an, seht ihr denn nicht, wem ihr das sagt?«

Sie sahen auf meine enge Bluse, die verwaschenen Blue Jeans, die kokette Mütze, die schräg auf meinem Kopf saß und mein Haar sehen ließ, das nach links zu einem Pferdeschwanz gebunden war. Ich wußte, sie würden das sehen, was sie scheinbar vor sich hatten: ein Mädchen aus dem Bürgertum, das sich ein bißchen wie ein Hippie kleidete.

»Wir sagen es ja gar nicht, sondern Genie. Wir beide glauben dir ja, aber ich brauche dir nicht zu sagen, was die Warnung bedeutet«, meinte einer der beiden.

Nein, das brauchten sie nicht. Es war bekannt, daß die beiden Gesellschafter gute Beziehungen zur Diktatur unterhielten. »Warnungen« dieser Art gab es nicht allzuoft. Aber weil es hier um eine bekannte Persönlichkeit, noch dazu aus der Oberschicht, ging, zog die Diktatur es vor, mich einzuschüchtern, anstatt mich festzunehmen. Menschen wie mich zu verhaften hieß anzuerkennen, daß der Sandinismus keine obskure Sekte von Kriminellen war.

»Es stimmt aber einfach nicht. Es ist absolut falsch«, sagte ich mit staunendem, entrüstetem Blick. »Das muß eine Verwechslung sein. Ihr müßt diesem Genie sagen, daß er einen schweren Fehler macht ... Jetzt wird's mir klar«, meinte ich dann, als sei mir plötzlich etwas eingefallen. »Es muß damit zu tun haben, daß ich Gedichte schreibe und mich mit Langhaarigen, Malern, Hippies sehen lasse. Künstler sind ihnen immer verdächtig, wir haben keinen guten Ruf. Ihr wißt ganz genau, daß ich gegen Somoza bin, doch von da bis zur Sandinistin ist es ein weiter Weg ...« Ich nahm wieder den spöttischen, belustigten Tonfall an, lachte selbstsicher. »Um Himmels willen, ich und Sandinistin. Wo ich doch so feige bin. Ich hab doch schon Angst vor ein paar Silvesterkrachern.«

Was sollte ich nur tun? Ich überlegte fieberhaft. An diesem Nachmittag sollten Marcos, Martín, Bayardo und Luis zu einem Treffen in mein Haus kommen. Ich hatte keine Möglichkeit, sie zu benachrichtigen, konnte sie nicht warnen.

Ich bemerkte, wie einer der beiden entspannter lächelte und den anderen ansah. Er begann, an der Sache zu zweifeln, an eine andere Alternative zu denken: mit Genie zu reden, ihn zu bitten, das noch einmal zu überdenken, ihm meine Erklärungen weiterzugeben.

»Also gut«, meinte er. »Wollen wir es dabei belassen! Das alles ist uns ziemlich unangenehm. Wir haben dir das nicht gern gesagt, aber was du auch immer treibst, sei auf der Hut. Laß dich nicht mit den Sandinisten ein. Das ist sehr gefährlich. Und sei dir darüber klar, daß man dich im Visier hat, dein Telefon abhört. Die vom Sicherheitsbüro fackeln nicht lange.«

»Mir tut das alles noch mehr leid als euch, das könnt ihr mir glauben«, antwortete ich und war ehrlich zerknirscht. »Aber macht diesem Herrn bitte klar, daß er sich bei mir getäuscht hat.«

Damit brachte ich sie zur Tür.

Das auf der Klosterschule erzogene Mädchen, das ich einmal war, sah später mit Erstaunen die Frau, die Lügen erzählen konnte, als seien sie die reine Wahrheit. Meine Phantasie half mir dabei, und von Anfang an benahm ich mich als sehr natürliche Verschwörerin. Aber diese Situation war meine Feuerprobe. Ich war mir sicher, daß ich sie in die Irre geführt hatte, wie ich es schon bei meinem Mann beherrschte, ohne daß meine Nase länger wurde, ohne daß ich rot wurde oder zur Seite blicken mußte, wenn ich Vorwände oder falsche Zeitpläne erfand. Doch als sie gegangen waren, verwandelte sich meine Kaltblütigkeit in Panik. Ich mußte mir so schnell wie möglich eine Lösung einfallen lassen.

Erst ein paar Wochen zuvor hatte ich mich von meinem Mann getrennt. Irgendwann war ich es leid geworden, mich andauernd vor ihm verstellen zu müssen, und hatte mich gefragt, weshalb ich eigentlich noch den Leichnam dieser Beziehung mit mir herumschleppte. Sechs Jahre Ehe. Wegen meiner Töchter? Wegen meiner Eltern? Weil dieser Mann – für den ich geschwisterliche Gefühle empfand – sonst nichts anderes im Leben hatte als sein Haus und die Arbeit, die Arbeit und sein Haus? Fürchtete ich etwa, seine entsetzliche Melancholie könne ihn ganz verschlingen, wenn er allein war? Wohl ein bißchen von allem. Ich weiß nicht mehr, was er sagte, was ich ihm sagte, als wir schließlich beschlossen, uns zu trennen. Ich erinnere mich nur noch daran, wie leicht ich mich hinterher fühlte. Er zog mit seinen Sachen aus und mietete sich eine eigene Wohnung. Ich blieb mit meine Töchtern im Haus. Ich erklärte ihnen, daß Liebe auch zu Ende gehen kann. Sie würden ihren Papa immer behalten, doch er und ich würden nicht mehr zusammenleben. Maryam, die ältere, litt mit ihren sechs Jahren mehr darunter. Melissa war gerade ein Jahr alt geworden und schien es kaum zu bemerken. Meine Mutter nahm die Nachricht besser auf als mein Vater. In einer Gesellschaft wie der unseren war es nicht leicht, als Geschiedene zu leben, meinte er. Doch am Ende akzeptierte auch er es. Ich glaube, er hatte sogar ein bißchen das Gefühl, mich zurückzugewinnen, sich jetzt wieder mehr um mich kümmern zu müssen.

Doch war mein Vater jetzt nicht derjenige, auf den ich in meiner Zwickmühle zurückgreifen konnte. Ich zermarterte mir das Hirn, versuchte, die schrecklichen Phantasien fortzuschieben, die mich bedrängten – mein Haus von Nationalgardisten umstellt, die unablässig schossen und uns alle töteten –, bis es mir schließlich gelang, einen Plan zu fassen, wie ich das Treffen so schnell wie möglich beenden könnte. Ich rief Justine an und bat sie zu kommen. Als sie eintraf, erzählte ich ihr, was geschehen war und was ich vorhatte. Sie und ich mußten die Compañeros in unseren Autos fortbringen. Wir wollten die Gruppe aufteilen und mit unterschiedlichen Zielen losfahren. Ihre Gegenwart beruhigte mich. Sie verlor nicht ihre Ruhe, erschrak nicht einmal. Justine war viel stärker, als sie selber ahnte. Gemeinsam brachten wir die beiden kleinen Mädchen mit Anita zum Haus meines Bruders Humberto. »Rühr dich nicht von hier fort«, sagte ich zu Anita, »bis ich wiederkomme und euch hole. Komm auf keinen Fall allein mit den Mädchen nach Hause.«

Um Punkt fünf kamen die Compañeros, Bayardo, Luis, Marcos und Martín, nur Roberto fehlte. Rasch klärte ich sie über das Geschehene auf. Bayardo und Luis, anfänglich irritiert über die Anwesenheit Justines, setzten sich mit ihr ins Wohnzimmer und unterhielten sich dort mit ihr. Marcos und Martín riefen mich ins Schlafzimmer. Marcos saß ganz ruhig auf dem Bett, nahm die Baseballmütze ab und fuhr sich mit der Hand über den Kopf. Ich verstand nicht, worauf sie noch warteten. Es beunruhigte mich, daß ich mir mehr Sorgen machte als sie. Ich bekam sogar den Eindruck, daß Marcos immer noch an dem ursprünglichen Plan festhielt, den ganzen Abend hier zu verbringen. Er sah Martín an.

»Was meinst du?« fragte er dann.

»Also weißt du, ich glaube, die Compañera hat recht«, antwortete der. »Es ist wohl besser, daß wir so schnell wie möglich von hier verschwinden. Wenn man sie beschattet ...«

»Wie fühlst du dich?« fragte mich Marcos.

Gut, sagte ich. Ein bißchen nervös, aber eigentlich gut. Und daß ich mir vor allem um sie Sorgen machte. Deshalb hatte ich Justine mitgebracht, um zwei Fahrzeuge zur Verfügung zu haben.

»Also gut«, sagte Marcos und stand auf. »Vorsicht ist die Mutter der Porzellankiste. Wir fahren jetzt weg, als seien wir zu irgendeinem Fest unterwegs. Du« – er wandte sich direkt an mich – »machst dann ganz normal weiter. Wir werden schon sehen, was passiert. Roberto ruft dich wieder an. Für den Augenblick brechen wir jeden Kontakt ab.«

Wir fuhren los. Ich war erst beruhigt, als ich wieder zu Hause war und mich vergewissert hatte, daß auch Justine sicher zu Hause angekommen war. Es war gut, festzustellen, daß ich die Geistesgegenwart besaß, mit unvorhergesehenen Überraschungen fertig zu werden.

Ich erinnerte mich an die Hellseherin, zu der mich Justine kurz nach der Trennung von meinem Mann mitnahm. Das war mein erster Kontakt mit der Welt der Magie. Die Zukunft zu sehen, um die Gegenwart zu bewältigen. In dem ärmlichen, halbdunklen Zimmer sagte mir jene Frau eine große Liebe vorher, einen Sohn, Schwierigkeiten mit den Gesetzen, und indem sie die Karten umdrehte, meinte sie plötzlich: »Mit dem Kämpfen kommen auch die Siege.« Dabei hatte ich die Frage, ob die Revolution siegen würde, gerade erst im Geiste formuliert. Das mußten auch die Schwierigkeiten mit den Gesetzen sein, die sie mir vorhersagte, dachte ich erschrocken.

Nach der anfänglichen Leere der Einsamkeit hatte ich die Anwesenheit eines Mannes überhaupt nicht vermißt. Im Gegenteil, ich genoß es, ohne den störenden Lärm des Fernsehapparates zu lesen, fühlte mich wie eine Stute, die aus ihrem Gatter ausgebrochen ist, auf einer grünen, regenfeuchten Wiese. Ich ging aus, wann es mir paßte; Martín und Roberto konnten mich zu Hause anrufen; ich konnte mit den Künstlern zusammenarbeiten, mich um Compañeros kümmern, zu nächtlichen Treffen gehen, Freunde sehen. Auch das Zusammenleben mit meinen Töchtern wurde angenehmer, an den Wochenenden fuhren wir mit meinen Geschwistern, die auch kleine Kinder hatten, ans Meer und amüsierten uns köstlich. Vor allem mein Bruder Humberto hatte Freunde, mit denen man sich gut unterhalten konnte, Leute, die sich für die Modethemen der Zeit interessierten, Zen-Buddhismus, die Bücher von Carlos Castañeda. Doch jetzt hatte ich keine Ahnung, was geschehen konnte, welchen Gefahren meine Töchter und ich allein ausgesetzt waren.

An jenem Abend hatte ich eine Karte für eine Theateraufführung, zu der ich mich mit meinem Bruder und seiner Frau verabredet hatte. Ich kann mich kaum noch erinnern, was wir sahen. Ich nutzte die Dunkelheit und das Gefühl, in sicherer Begleitung zu sein, um die Paranoia zu überwinden, die mich in ihrem Griff hielt. Die Privilegien meiner Klasse – das war mir erst langsam klargeworden – beinhalteten auch ein unbewußtes Gefühl der Unverletzlichkeit. Die schlechten Dinge geschahen meistens den anderen, und man besaß von der Wiege an eine freundlichere Sicht der Welt. Man vertraute darauf. Auf die andere Seite zu wechseln bedeutete auch den Verlust dieses verinnerlichten Sicherheitsgefühls. Die Vorteile gingen nicht gänzlich verloren – jemand anders hätte man nicht so gewarnt, wie es mir geschehen war –, doch irgendwann würden sie nicht mehr dasein. Im Grunde freute es mich, eine von vielen zu werden, die Privilegien zu verlieren, die mich von den anderen trennten; die Privilegien, die mich verfolgten und mich daran zweifeln ließen, daß mich die anderen jemals so sehr als einen Teil von ihnen begreifen würden, wie ich es sein wollte.

Die Vorstellung ging zu Ende, die Lichter wurden eingeschaltet. Auf meinem Weg zum Ausgang sah ich die herausgeputzten Menschen. Ins Theater gehen hieß auch am Schauspiel des kollektiven Exhibitionismus der Mode teilzunehmen. Man ging hin, um zu sehen und gesehen zu werden. Wenn man sich ankleidete, dachte man daran, was die anderen denken würden: Wie elegant die Soundso aussieht, wie schlank sie ist, hast du gesehen, wie ihr Haar glänzt. Mich ergriff jetzt eine andere Art von Stolz. Wenn sie mich so sehen, dachte ich, dann sehen sie nicht, daß ich nicht mehr zu ihnen gehöre; daß dies alles mich nicht mehr interessiert; daß ich sie verachte und diese inhaltsleere, eitle Zurschaustellung, das Gefühl von Überlegenheit durch materiellen Besitz, einen wohlklingenden Namen.

Auf dem Parkplatz verabschiedete ich mich von meinem Bruder und seiner Frau. Das Theater, ein quadratisches, marmorverkleidetes Gebäude, hatte das Erdbeben heil überstanden. Es erhob sich am Ufer des Managua-Sees, in der dunklen Gegend, die einmal das Stadtzentrum gewesen war. Auf meinem Weg nach Hause mußte ich die Geisterstadt durchqueren. Es war immer ein beklemmendes Gefühl für mich, dort entlangzufahren, Straßenzug auf Straßenzug, die in Trümmern lagen. Die Gebäuderuinen wirkten riesig, ihre Fenster wie zahllose leere Augenhöhlen. Windstöße fuhren über ungeschützte Flächen wie die Klagelaute von lebend Begrabenen. Ich nahm eine Avenida, an der noch hier und da die Straßenbeleuchtung funktionierte. An der roten Ampel neben dem eingeknickten Skelett des Obersten Gerichtshofs mußte ich halten. Ich sah in den Rückspiegel und brauchte ein paar Sekunden, um zu begreifen, daß die Dunkelheit hinter mir eine Form enthielt. Wie in einem Science-fiction-Film, in dem die feindlichen Raumschiffe aus dem Nichts auftauchen, entdeckte ich plötzlich, in den Schatten versteckt, die Umrisse eines Jeeps mit abgeschalteten Scheinwerfern, die Silhouette zweier Insassen: den Fahrer und noch jemand neben ihm. Mein Blut wurde zu Wasser und rann mir lautlos in die Füße, ich fühlte mich wie eine windelweiche, kraftlose Stoffpuppe. Mein Herz klopfte wie wahnsinnig, um den Blutstrom wieder nach oben zu pumpen, der mir aus der Brust floß. Die Ampel sprang auf Grün. Ich beschleunigte, umfuhr das Somoza-Denkmal vor dem Stadion. Der Jeep blieb hinter mir. Ohne Lichter. Ich beschleunigte noch mehr, um möglichst schnell in die Gegend zu kommen, wo wieder mehr Leben war und es Wohnviertel gab, die Neonlichter der Bars, die Bäckereien. Fast hätte ich beim Haus meiner Eltern angehalten, um zu meinem Vater ins Bett zu kriechen, meinen Kopf unter der Decke zu verstecken, ihn zu bitten, er möge mich beschützen. Wieder und wieder sah ich in den Rückspiegel und betete dabei, es möge nicht wahr sein, sondern ein Irrtum, ein Produkt meiner Paranoia.

Ich fuhr ziellos umher, verließ meine eigentliche Route, um mir zu bestätigen, daß es ein Zufall war, doch nein: Der Jeep folgte mir wie ein Schatten, unerbittlich und bedrohlich, tat genau das, was ich tat, bog ab, wo ich abbog. Ich beschloß, nach Haus zu fahren. Als ich von der Avenida in meine Straße bog, um zu parken, fuhr der Jeep auf der Avenida weiter, doch ich hörte am Motorengeräusch, daß er an der Ecke hielt. Ich stieg so schnell aus, wie ich konnte, schloß hastig die Haustür hinter mir und schlich rasch und ohne Licht zu machen zum Fenster des Eßzimmers: Dort stand der Jeep auf der anderen Straßenseite. Jetzt gab es keinen Zweifel mehr: Man beschattete mich.

Zitternd stand ich in meinem kleinen Haus und hatte das Gefühl, als machten sich die fröhlichen Farben meiner Möbel über mich lustig. Vom Wohnzimmer schlich ich zur offenen Zimmertür meiner Töchter hinüber. Ich weiß nicht mehr, wie lange ich dort stehenblieb und sie schlafen sah, ihre entspannten Gesichter: Melissa mit ihrem Schnuller, Maryam mit weitausgebreiteten Armen, so lagen sie in ihren orangefarbenen Bettchen. Hätte ich sie doch noch einmal in meinem Leib verbergen können! Ich wünschte mir einen Leib, in dem ich mich mit ihnen verstecken konnte. Die warme Sicherheit des Fruchtwassers. Wenigstens war Nicaragua nicht wie Chile, wo man die Kinder zusammen mit den Eltern folterte. Ich fürchtete nicht um das Leben meiner Töchter, sondern darum, daß sie allein zurückblieben. Hatte ich als Mutter das Recht, solche Risiken einzugehen? Diese Frage sollte mich noch über Jahre verfolgen, ein anklagender Zeigefinger, eine Geste meiner Mutter, die mich schalt. Doch die Würfel waren gefallen. Ich spürte in mir keine Regung, umzukehren. Im Gegenteil, die Bedrohung ließ meine Wut auf die Diktatur nur anwachsen, auf dieses Machtsystem, vor dem wir Bürger keinerlei Schutz hatten. Seit dem Erdbeben war der Ausnahmezustand nicht aufgehoben worden, der die verfassungsmäßigen Rechte außer Kraft setzte. Niemand protestierte dagegen, weil wir auch schon vorher einen faktischen Ausnahmezustand gehabt hatten, bevor dieser hier formell ausgerufen wurde. Ich schwor mir, daß ich nicht aus Angst wieder zu einer passiven Beobachterin all des Unrechts und Elends um mich her werden würde. Es würde mir guttun, dachte ich, am eigenen Leib zu erfahren, was die Verletzlichkeit der Mehrheit meiner Landsleute bedeutete. Bei jedem Kampf war es das Wichtigste, Widerstände zu überwinden, weiterzumachen. Anders wäre es niemals möglich, unsere Träume zu verwirklichen. Wenn ich mich der Angst auslieferte, dann würde ich meine Seele abtöten, um meinen Leib zu retten. In jener Nacht schlief ich kaum, meine Kleider behielt ich an. Ich fürchtete, ein Klopfen an der Tür zu hören, die Männer, die mich mit sich zerrten, mich vor den Augen meiner Töchter schlugen.

Am nächsten Morgen fuhr ich zum Frühstück zu meinem Bruder Humberto hinüber. Ihm konnte ich vertrauen. Wegen meiner Töchter, dachte ich, müsse jemand in der Familie Bescheid wissen über das, was geschah. Humberto besaß eine lange politische Erfahrung, als Student hatte er an der Universität viele Aktionen angeführt. Ende der sechziger Jahre war er mit einer Gruppe anderer Studenten bekannt geworden, weil sie sich beim Eröffnungsspiel der Baseball-Liga im Stadion auf den Rasen warfen und direkt vor der Präsidententribüne ein Spruchband enthüllten, auf dem »Weg mit Somoza« stand. Die paar Straßen zu seinem Haus hinüber war kein Jeep zu sehen. Humberto überraschte mein Geständnis nicht, und er versuchte auch nicht, mich von meinem Tun abzubringen. Ab und zu half auch er den Sandinisten.

»Laß uns nach Las Colinas fahren«, meinte er. »Ich will mal sehen, was passiert.« Las Colinas war ein exklusiver Vorort ein paar Kilometer außerhalb von Managua.

»Jetzt ist es kein Jeep mehr, der dir folgt«, sagte er, als wir unterwegs waren. »Siehst du die zwei Männer in dem Chevy dort?«

Ich hatte sie gesehen, hatte ihnen aber keine besondere Beachtung geschenkt, so besessen war ich von dem Jeep vom vorigen Abend.

»Die haben hier nichts zu suchen«, meinte er. »Sie passen nicht in dieses Viertel, findest du nicht auch?«

Tatsächlich: Es war offensichtlich, daß die beiden mit ihrem Auto nicht hierhergehörten.

»Sieh zu, daß du nicht allein unterwegs bist«, sagte Humberto. »Ich glaube, sie folgen dir nur, um dich einzuschüchtern, aber für alle Fälle sieh zu, daß du nicht allein bist.«

Von jenem Tag an war der braune Chevy mit den beiden Männern in weißen Tropenhemden und mit Sonnenbrillen wie ein riesiges Insekt, das hinter mir herflog und meinen Rücken mit zwei Paar durchdringenden Augen löcherte. Einer der beiden Männer war vierschrötig, der andere eher schlank. Sie gaben sich gar keine Mühe, ihr Tun zu verbergen, parkten ihren Wagen direkt vor meinem Haus und gingen auf dem Gehsteig auf und ab, während sie darauf warteten, daß ich herauskam. Ich tat so, als sähe ich sie nicht, spielte die Ungerührte und führte mein Leben weiter, als wäre nichts geschehen. Doch die Verunsicherung machte mir zu schaffen, ich spekulierte unentwegt, was sie wohl vorhätten. Immer wenn ich meine Töchter in den Arm nahm, hatte ich Angst, es könnte das letztemal sein. Und wenn die Männer nur auf einen günstigen Augenblick warteten, um mich zu entführen und mich verschwinden zu lassen? Unfähig, mit diesem Zweifel zu leben, fuhr ich eines Tages mit dem Wagen in die Vororte Managuas. In einem neuen, noch nicht fertigen Wohnviertel hielt ich, ging zu Fuß durch das Labyrinth der unbewohnten Straßen und gab ihnen die perfekte Gelegenheit. So bot ich mich ihnen an und konnte feststellen, daß General Genie mich mit seinen Schlägern nur einschüchtern wollte, mich dazu zwingen wollte, meine gefährlichen Beziehungen aufzugeben. Ich mußte sie glauben machen, daß ich begriffen hatte. Dabei radikalisierte mich, paradox genug, die Verletzung meiner Freiheit, meiner Privatsphäre, meiner Sicherheit von Tag zu Tag mehr.

Zwei Monate dauerte die Verfolgung. Als Gewohnheitstier scherte ich mich nach einer Weile nicht mehr besonders um diesen Schatten und entwickelte besondere Fähigkeiten, ihn abzuschütteln. Der immer erfindungsreiche Roberto fand auch heraus, wie er mich treffen konnte. Von Anfang an begriff er mühelos, was hinter meinen Ausflüchten steckte. »Ich bin einfach unheimlich beschäftigt«, sagte ich zu ihm. »Ich hab da ein paar Kunden, die Tag und Nacht hinter mir her sind, damit ich ihnen eine Werbekampagne gestalte. Ich kann sie gar nicht loswerden ...«

»Du solltest dich mal ein bißchen ablenken«, meinte er, »du arbeitest zuviel. Warum gehst du heute abend nicht mal ins Kino? Im Cine Cabrera läuft ein guter Film.«

»Gehst du denn auch?« fragte ich.

»Ich? Nein. Ich hab ihn schon gesehen. Ich seh mir einen anderen an, mit Chinesen und Kung Fu. So was mag ich besonders.«

An jenem Abend kam mein Mann, um die Mädchen zu besuchen, und ich überredete ihn, mit mir ins Kino zu gehen. Wie ich vermutet hatte, sah ich, als wir vor dem Cine Cabrera, einem neueröffneten, häßlichen quadratischen Klotz, die Eintrittskarten kauften, Roberto im Foyer stehen. Meine Verfolger waren aus ihrem Wagen ausgestiegen und lehnten gegen die Schaukästen, die die neuen Filme ankündigten, gingen jedoch nicht durch die Glastüren hinein. Mit gemeinem Grinsen schauten sie mich an. Hoffentlich bleiben sie draußen, du lieber Gott, hoffentlich kommen sie nicht hinein, betete ich, während ich an ihnen vorbeiging. Tatsächlich folgten sie mir nicht. Im dunklen Kino stand ich auf und ging zur Toilette. Ich hatte einen Brief für Roberto dabei, den ich sofort, als ich mich erhob, auf einem Platz direkt am Gang sitzen sah. Im Vorbeigehen ließ ich ihm das mehrfach gefaltete Blatt Papier in den Schoß fallen. Dann war er an der Reihe. Er tat so, als stolpere er, als er an mir vorbeikam, und ließ zu meinen Füßen ein zusammengeknülltes Stück Papier liegen, das ich unauffällig nahm und in die Tasche steckte.

Mein Mann merkte nichts von alledem, auch nicht, daß man uns verfolgte.

Später, allein in meinem Zimmer, las ich die Botschaft. Sie stammte von Marcos. Er beglückwünschte mich zu meiner Kühnheit und machte mir Mut. Er zweifelte keinen Moment daran, daß ich durchhalten würde. Tränen traten mir in die Augen, vor Freude über sein Vertrauen in mich.

Mit der Hilfe von Justine gelang es mir verschiedene Male, Roberto zu treffen. Verfolgt zu werden wurde für uns zur Herausforderung, die wir mit Humor nahmen. Dabei benutzten wir immer wieder Tricks, Verkleidungen, Perücken. Durch die Hintertür stieg ich zu Justine ins Auto, die mich an einen Ort brachte, wo mich Roberto abholte. Ich versteckte mich am Boden des Autos, während wir zu einer Ausfallstraße fuhren, wo ein Motel nach dem anderen stand; Motels dienen in Nicaragua als Liebesnester. Roberto meinte lachend, diese Straße nenne man die Straße der Verrückten, weil dort die Autofahrer sich immer lebhaft mit unsichtbaren Begleiterinnen unterhielten – die sich wie ich tief duckten, um nicht gesehen zu werden. Die meisten dieser Motels waren sehr einfach, nichts weiter als eine Reihe von Zimmern um einen Innenhof, jedes mit einem Abstellplatz für das Auto. Man fuhr mit dem Wagen hinein und zog einen Vorhang hinter sich zu, der das Auto verbarg. Wenn man das Zimmer betreten hatte, das mit nicht mehr als einem Bett, einem Tisch und einem Stuhl möbliert war, wartete man auf einen Angestellten, der einem durch ein kleines Fenster in der Tür, damit man nicht erkannt werden konnte, die Rechnung und eine Plastiktüte mit einer Rolle Toilettenpapier und einem Stück Seife reichte. Das war alles ziemlich häßlich, doch wie geschaffen, um sich zu verstecken. Ich erinnere mich an ein Motel, wo die Möbel mit Ketten und Vorhängeschlössern gesichert waren. Roberto erzählte mir, die »Organisation« habe mehrfach die Möbel aus solchen Motels ausgeräumt, um Häuser auszustatten, die als Unterschlupf dienten. Wir tranken Coca-Cola, und Roberto informierte mich über die politische Situation. Wir lasen gemeinsam Dokumente der Organisation, unterhielten uns, lachten. Ich kann mich nicht erinnern, daß ich in dieser Zeit traurig gewesen wäre. Ich war allein, doch fühlte ich mich in Gesellschaft, und ich war froh, die Grenzen meiner eigenen Angst überschritten zu haben. Ich glaube, es war in jener Zeit, daß ich zum erstenmal das Gefühl hatte, Teil der Gruppe geworden zu sein. Marcos schrieb mir. Seine Briefe waren sanft, aufmunternd und manchmal ganz feierlich, wenn er vom Vaterland sprach, der Geschichte, unseren gerechten Idealen. In einem dieser Briefe teilte er mir mit, ich hätte mir durch meinen Mut und meine Ausdauer die Mitgliedschaft in der Frente Sandinista verdient. Viele Male las ich den Brief ganz gerührt und mit dem Gefühl, daß dies eine große Ehre war. Kein literarischer Preis hat mir jemals soviel Befriedigung gegeben, wie sie mir unter jenen Umständen die Mitgliedschaft in der Frente verschaffte.

In dieser Zeit konnte ich also nicht als Verbindungsfrau weiterarbeiten, doch ich sammelte nach wie vor Geld für die Frente, baute das Netz der Unterstützer aus, besorgte Medikamente für die Kämpfer in den Bergen. Und ich schrieb unter dem Pseudonym »Eva Salvatierra« – »Salvatierra« ist ein verbreiteter spanischer Nachname und bedeutet soviel wie »Retterin der Erde« – Kommentare in der Zeitung *La Prensa*. In der Rolle der ersten Eva kritisierte ich auf subtile Weise die Verhältnisse im Land. Abends besuchte ich noch, gemeinsam mit Justine, einen Kurs, den eine Gruppe von Frauen an der Universität organisiert hatte, ein Seminar über »Parent Effectivenesse Training«, das auf englisch von einer Nordamerikanerin abgehalten wurde. Wir Teilnehmerinnen waren alle junge Mütter aus der Oberschicht. Nie werde ich die surreale Atmosphäre vergessen, in der darüber diskutiert wurde, wie man mit dem Kindergeschrei, den Zeitproblemen, den Fragen der Kleinen fertig werden könne, und wie ich mich zu konzentrieren versuchte, wie eine von diesen eleganten, gutgekleideten Frauen zu wirken, die so besorgt darum waren, gute Mütter zu sein, während draußen vor dem Hörsaal, ohne daß eine von ihnen es je bemerkt hätte, meine Verfolger auf und ab gingen und drohend durchs Fenster hereinschauten.

Meine Verfolger ließen mich den Haß kennenlernen. Nie zuvor hatte ich mich fähig gefühlt, zu töten, bis zu den Tagen, als sie mich wie die Spürhunde umkreisten. Bald nach der Trennung von meinem Mann und bevor sie auftauchten, hatte ich schießen gelernt. An einem Tag im August 1974, als in Managua das Fest des Schutzpatrons Santo Domingo gefeiert wurde, schlug Roberto mir vor, ans Meer zu fahren. Es würde wegen des Festes in Managua niemand dort sein.

»Ich werde dir deinen ersten militärischen Unterricht erteilen«, kündigte er mir an.

Wir fuhren an einen der Pazifikstrände. Völlig verwaist lag er da. Das stahlblaue Meer erhob sich zu Wellen mit hohen, weißen Kämmen, die mit dumpfem Tosen auf den bleifarbenen Sand schlugen. Die Sonne fiel unbarmherzig senkrecht auf unsere Köpfe nieder. Vor einer verfallenen Hütte mit schiefen Balken und einem Dach aus vertrockneten Palmwedeln stellten wir den Wagen ab. Roberto lüpfte das Hemd und zog aus seinem Gürtel eine riesige Pistole. »Man sieht nicht, daß ich sie trage, stimmt's? Ich wette, du hast das nie bemerkt«, lachte er, als er mein erstauntes Gesicht sah.

Dann erklärte er mir, daß das eine P-38 war. Ich sollte lernen, sie auseinanderzunehmen und zusammenzusetzen. Und damit zu schießen. Im Handumdrehen hatte er sie zerlegt. Er zeigte mir die einzelnen Teile und legte sie auf sein Hemd, das er ausgezogen und über einen im Sand liegenden Baumstamm gebreitet hatte. Seine Hände mit den kurzen, dicken Fingern berührten jedes Teil mit großer Behutsamkeit. Die Prozedur sah einfach aus, doch als ich es tun sollte, fiel es mir schwer, vor allem zum Schluß, als es darum ging, den Lauf aufzusetzen, um durchzuladen und schußfertig zu sein. »Sie beißt dich schon nicht«, meinte Roberto. Eine seltsame Faszination war das, die die Männer für Waffen empfanden, mußte ich denken. Seine Augen glänzten richtig. Ich hingegen mußte eine instinktive Abwehr überwinden, die ich dabei spürte. Mir schien die Pistole wie ein Tiger, wie eine Schlange. Roberto stellte ein paar alte Dosen in den Sand. Dann zeigte er mir, wie ich die Waffe halten mußte, wie ich die Füße stellen mußte, damit der Rückstoß mich nicht umwarf. Instinktiv schloß ich die Augen, als ich den Hahn durchzog. Ich hatte nicht mit dem hohen Singen gerechnet, das sich mir nach der Explosion in den Schädel bohrte. Mir schien, als würde ich für immer taub sein.

»Das ist ganz normal«, meinte er nur. »Das geht auch wieder weg.«

Roberto war ein guter Schütze. Ich traf nicht ein einziges Mal. Erst Jahre später wurde ich bei einem Schießwettbewerb zweite, als ich auf einem Schießstand in Kuba feststellte, daß ich zwar Rechtshänderin war, doch mit dem linken Auge zielte. An jenem Tag am Strand erschütterten die Detonationen der Schüsse nicht nur meinen Körper, sondern auch meinen Geist. Wie konnte jemand, der bei klarem Verstand war, dieses Gefühl genießen? Wie ließ sich die Faszination für Waffen von der Handlung des Tötens trennen? In unserem Fall zum Beispiel ging es nicht darum, mit einem Sportgewehr zu schießen, sondern eine Waffe im Kampf zu gebrauchen, der in Nicaragua eine Art Selbstverteidigung darstellte, die einzige Alternative, die uns die Diktatur ließ. Mit der Waffe in der Hand wurde mir bewußt, daß ich dazu fähig sein mußte, meine intellektuelle Überzeugung in den Entschluß zur Anwendung von Gewalt zu verwandeln. Darum ging es bei der militärischen Ausbildung. Auch wenn ich an diesem Tag beim Schießen die dunkle Macht über Leben und Tod begriff, die man beim Durchziehen des Abzugshahns empfindet, war es erst später, als ich verfolgt wurde, daß ich mich zum Töten fähig fühlte. Soviel Haß ließen mich die Männer fühlen, die mich verfolgten, daß ich mehr als einmal meinte, ich könnte ihnen mit bloßen Händen den Hals umdrehen, wenn es nötig würde.

Nach dem Sieg der Revolution traf ich einen von ihnen wieder. Er betrat die VIP-Lounge des Flughafens, wo auch ich zufällig anwesend war. Das Blut erstarrte mir, ich spürte eine völlig irrationale Angst. Wie viele andere Somoza-Anhänger hatte sich der Mann als einfacher Chauffeur ausgegeben und im Außenministerium Arbeit gefunden. Er schlug die Augen nieder, als er mich sah. Vor Wut zitternd, trat ich zu einem der Compañeros aus dem Innenministerium. »Dieser Mann gehörte zum Sicherheitsdienst Somozas«, sagte ich ihm. »Ich weiß es genau, weil er mich tagelang beschattet hat. Ich habe sein Gesicht nicht vergessen.« Tage später sagte man mir, daß seine Akte gefunden worden war. Er kam ins Gefängnis. Ich vermute, daß er später freigelassen wurde. Die meisten von ihnen kamen durch zahlreiche Amnestien auf freien Fuß. Sicher landete er später bei der Contra und brachte Sandinisten um.

Auf dem Rückweg von der Schießübung am Strand fragte ich Roberto, ob er schon einmal habe töten müssen. Nein, antwortete er. Die, die getötet hatten, sagten alle, das erstemal sei schrecklich. Man bekam Alpträume, konnte den Schuß nicht aus dem Kopf bekommen, den zusammenbrechenden Körper vor sich.

»Ein Compañero hat mir erzählt, daß ihm der Finger, mit dem er den Abzugshahn durchzog, mehrere Tage vom Krampf erstarrt blieb. Er konnte ihn nicht bewegen, ohne daß es unheimlich schmerzte.«

Er selbst zog vor, es im Gefecht tun zu müssen, meinte er. Dann wüßte man nicht mit Sicherheit, wer wen getroffen habe.

Mitte Oktober 1974 lösten sich meine Verfolger in Luft auf. Fast zwei Monate lang hatte ich mich wie ein Tier im Zoo gefühlt, eingesperrt von zwei Paar Augen. Es fiel mir schwer zu glauben, daß im Rückspiegel der Chevy nicht mehr zu sehen war, die Gesichter mit den Sonnenbrillen. Tagelang wartete ich darauf, daß ein anderes Fahrzeug auftauchen würde. Ich fuhr ziellos durch die Stadt, um zu sehen, ob sie eine ausgeklügeltere Methode der

Überwachung anwandten, indem sie verschiedene Fahrzeuge benutzten. Ich sah sie nicht wieder, weder sie noch andere. Ich war sauber. Sauber. Doch das Gefühl, verfolgt zu werden, ließ mich nicht los. Seither leide ich an chronischem Argwohn, an dem Tick, andauernd in den Rückspiegel sehen zu müssen.

17. Kapitel

Von den Schwierigkeiten der Liebe in Zeiten des Krieges (Managua, 1984)

Ich weiß nicht mehr, wie viele Monate vergingen, ich glaube, es waren zwei oder drei, denn der 19. Juli, der fünfte Jahrestag der Revolution, stand kurz vor der Tür, als mich Tomás Borge, der Innenminister, zu sich rief.

»Komm doch mal in mein Büro, meine Liebe. Ich muß mit dir reden«, sagte er mir mit seiner Baritonstimme am Telefon.

Ich stieg ins Auto und fuhr hin. Tomás kannte ich seit vielen Jahren, seit lange vor dem Sieg der Revolution, aus der Zeit, als ich noch als legaler Kader des sandinistischen Widerstandes in Managua aktiv war. Später, im Exil, hatte ich ihn oft in Panama und Costa Rica gesehen. Wir waren gute Freunde. Tomás, ein untersetzter Mann, war der einzige Überlebende von denen, die die FSLN gegründet hatten, eine charismatische Gestalt mit einer großen Vorliebe für Literatur und der Fähigkeit, genausogut arrogant und autoritär wie zärtlich und sentimental zu sein. Bestimmte Personen, für die er eine Schwäche hatte, behandelte er mit besonderer Herzlichkeit. Ich war eine von diesen Personen. Er besaß großes Vertrauen zu mir und eine fast väterliche Zuneigung.

Ich betrat das Büro, das er neben seinem Haus unterhielt, in einem Mittelschichtsviertel von Managua, das aus vielen gleich aussehenden Häusern bestand. Er war dorthin umgezogen, als die Bevölkerung begann, den Lebensstil der sandinistischen Commandantes zu kritisieren. Der Häuserkomplex, in dem er lebte und einen Teil seiner Arbeiten erledigte, bestand aus einer Reihe von Wohneinheiten, die untereinander verbunden waren.

Er begrüßte mich so herzlich wie immer und führte mich dann in ein kleines Büro mit einem Schreibtisch, hinter dem er Platz nahm, während ich mich auf den Stuhl davor setzte. »Sag mal, meine Liebe«, fing er an, »stimmt es, daß du mit einem nordamerikanischen Journalisten ausgehst?«

»Ja«, antwortete ich lakonisch. Seine Frage überraschte mich, ich hatte sie nicht erwartet. Ich erschrak über seinen ernsten, besorgten Gesichtsausdruck. Mein Gott, dachte ich, hoffentlich sagt er mir jetzt nicht, daß Charlie für die CIA arbeitet. Der nordamerikanische Geheimdienst organisierte den verdeckten Krieg gegen Nicaragua.

»Und du bist in ihn verliebt?« Er lehnte sich in seinem Sessel zurück, sah mich an und rauchte.

»Ich mag ihn«, antwortete ich. »Ich glaube, wir kennen uns noch nicht lange genug, um dir sagen zu können, ob ich ihn liebe oder nicht. Was ist denn los, Tomás? Gibt es ein Problem?«

»Das Problem ist, daß du eine sehr heikle Arbeit tust. Bei dir laufen alle Informationen über die Wahlen zusammen. Die Journalisten sind genau dahinter her. Es wäre besser, wenn du dich nicht mehr mit ihm triffst. Er hat Freunde ... Leute, die den Geheimdiensten Informationen weitergeben ... Ich habe absolutes Vertrauen zu dir, das weißt du. Aber das kann ich nicht von allen anderen verlangen. Die Sache könnte dir schaden.«

Ich sah ihn an und wußte nicht, was ich sagen sollte. Ich fragte noch einmal nach, ob sie Informationen hätten, daß Carlos direkt für irgendeinen Geheimdienst arbeitete. Er wiederholte, daß sie sich nicht sicher seien. Ich schwieg lange, meine Wangen brannten, ich wußte nicht, ob aus Scham oder weshalb sonst.

Ich konnte nicht fassen, was mir da geschah. So viele Jahre gehörte ich jetzt schon der Frente an, seit 1970! Daß sie mir da mißtrauten! Ich verstand das Problem, doch der Verdacht schmerzte.

»Ist gut, Tomás«, meinte ich schließlich. »Mach dir keine Sorgen. Ich werde ihn nicht mehr treffen.«

Er umarmte mich zum Abschied und sagte noch einmal, daß er mir vollkommen vertraue. Ich nahm es Tomás nicht übel. Schuld daran war diese verfluchte Situation. Der Krieg. Das Mißtrauen, das sich überall breitmachte. Andere verloren Arme, Beine, geliebte Menschen. Ich verlor Carlos.

Mit dem bitteren Gefühl eines Todes, eines weiteren Verlustes durch den Krieg verließ ich das Büro meines Freundes. Warum zum Teufel mußte er Journalist und obendrein noch Gringo sein, der Mann, von dem ich fühlte, daß er in seinem herrlichen Kopf voller schwarzer Locken genau das Gleichgewicht barg, von dem mein umherirrendes Herz träumte? Ich, die ich so viele Jahre für die Freiheit gekämpft hatte, sollte jetzt die meine opfern, damit mich nicht der Verdacht traf, daß ich in langen tropischen Regennächten zwischen den Laken meinem geliebten Journalisten Staatsgeheimnisse verriet. Ich spürte eine Mischung aus Zorn und Angst. Der Gedanke, man zweifle an meiner Treue, schmerzte und war unerträglich. Dabei verstand ich, daß es die Aufgabe der Sicherheitsorgane der Revolution war, dafür zu sorgen, daß Geheimnisse gewahrt wurden, und ich sorgte mich wegen der Folgen, die diese Geschichte für meine Arbeit, meine Stellung und das Vertrauen haben könnte, das ich bis dahin immer genossen hatte. Es war mir unvorstellbar, von der Revolution ausgeschlossen zu werden. Zur sandinistischen Bewegung zu gehören war ein fundamentaler Bestandteil meiner Identität. Sie war wie eine Familie, so sehr Teil von mir wie mein Nachname. Ich ertrug den Gedanken nicht, isoliert oder mit Mißtrauen behandelt zu werden. Mir schwirrte der Kopf, ich empörte mich über die ungerechten Zweifel, aber es bedrückte mich auch die Angst, meine Freunde und Compañeros könnten mich schneiden.

Ich kehrte in mein Büro zurück, setzte mich an meinen Schreibtisch und zwang mich, in Ruhe darüber nachzudenken, was ich jetzt tun sollte. Es wirkte wie eine Entscheidungssituation aus dem Lehrbuch: politisches Leben oder Privatleben. Was würden Sie wählen? Wollen Sie glücklich sein oder Revolutionärin? Verhalten Sie sich wieder einmal als Frau, oder entscheiden Sie sich dafür, der »Neue Mensch« zu sein – dieses utopische Konstrukt, das als Paradigma in unseren Träumen existierte und fähig sein sollte, alles andere für das Vaterland zu opfern. Vielleicht hat Tomás recht, sagte ich mir. Vielleicht wußte ich es ja von Anfang an und habe mich nur geweigert, es wahrzunehmen. Persönlich stellte Carlos sicher nicht den Feind dar; doch wurde Nicaragua von seinem Land angegriffen. Meine Wünsche, meine Illusionen von Freiheit, Gleichheit und Brüderlichkeit wurden von Tag zu Tag mehr von den Erfordernissen jenes Krieges aufgelöst, unmöglich gemacht. Von den Ärmsten verlangte die Revolution die größten Opfer, als erstes und schwerstes das Leben ihrer Söhne; dann, daß die Arbeiter auf ihr Streikrecht verzichteten, daß sie begriffen, daß in einem krisengeschüttelten Land nicht der Mindestlohn angehoben werden konnte. All die großen Pläne hatten dem Krieg untergeordnet werden müssen. Bei den politischen Kundgebungen schrien wir die Parole: »Un solo ejército! – Eine einzige Armee!« Und dann die, die mir nie gefiel, schon bevor ich Carlos kennengelernt hatte: »Aquí, allá, el yanki morirá! – Genauso hier wie da wird der Yankee sterben!«

Und tatsächlich hatte ich ja auch auf meinem Schreibtisch, in meinem Aktenschrank, in meinen Schubladen die Strategie der Frente Sandinista für die Wahlen 1984. Ich war diejenige, die die Beschlüsse der Kommission auszuführen hatte, diejenige, die mit allen Gruppierungen der Frente ihre Umsetzung koordinierte, die das Konzept der Öffentlichkeitsarbeit für den Wahlkampf entworfen hatte. Ich war bei den Verhandlungen mit den anderen Parteien dabeigewesen und mußte der ausländischen Presse gegenüber auf die Versuche aus Washington antworten, den Wahlvorgang in Frage zu stellen, den die CIA skrupellos sabotierte.

Niemand war sich der Bedeutung meiner Verschwiegenheit bewußter als ich selbst, ich hielt sie für absolut. Kein einziges unvorsichtiges Wort würde meinem Mund entschlüpfen, und außerdem hatte ich Carlos noch nie dabei ertappt, daß er mir Informationen zu entlocken versuchte. Doch wie sollte ich die anderen überzeugen, die sich von den Äußerlichkeiten leiten ließen und entsprechend ihren Vorurteilen entschieden?

Ich rief Carlos an und sagte ihm, daß ich ihn dringend sprechen müsse. Ich holte ihn mit meinem Wagen zu Hause ab, und wir unterhielten uns, während wir umherfuhren. Dabei erwähnte ich nicht den Verdacht, daß er möglicherweise unbewußt und ohne es selbst zu merken Informationen weitergab. Das konnte meiner Meinung nach mit jedem Journalisten geschehen, der Umgang mit Journalisten gehörte zur Arbeitsmethode von Diplomaten. Ich erklärte ihm vielmehr, daß es mir bei meiner Arbeit und der notwendigen Geheimhaltung schaden könnte, wenn wir uns weiterhin sähen. Und ihm vielleicht auch. Vielleicht würden ihn auch seine Leute bald zur Ordnung rufen, aus einer anderen Perspektive, aus anderen Gründen, doch mit der gleichen Konsequenz.

Ich weiß nicht, wie genau der Zauber des Verbotenen entsteht, doch wir beide spürten ihn. Wir sahen uns an, wie sich Romeo und Julia oder Tristan und Isolde angeschaut haben müssen, mit traurigen, mutlosen Gesichtern und Augen, die vor unmöglicher Liebe brannten. Ein paar Blocks von Carlos' Haus entfernt hielt ich an, und wir sprachen lange im Wagen miteinander, verabschiedeten uns immer wieder voneinander, ohne daß einer von uns beiden Anstalten machte, wirklich zu gehen. Es schien mir, als erlebte ich ein *déjà vu*. Es war wie zur Zeit der Diktatur, als wir irgendwo auf der Straße parkten und geheime Gespräche führten. Nur daß wir jetzt keine Diktatur mehr hatten, sondern die sandinistische Revolution an der Macht war.

»Ich habe dir auf keinen Fall schaden wollen«, meinte Carlos. »Ich werde tun, was du sagst. Es tut mir sehr leid, daß ich dich in eine solche Situation gebracht habe.«

»Wir können miteinander telefonieren«, antwortete ich bedrückt. »Aber es ist besser, wenn wir uns nicht mehr sehen.«

Er stieg aus, um das verbleibende Stück Weg zu Fuß zu gehen.

Ich wäre ihm am liebsten hinterhergelaufen. Ich sah ihn langsam und traurig davongehen und verfluchte von ganzem Herzen Ronald Reagan.

18. Kapitel

Wie ich Marcos wiedertraf und an der Vorbereitung eines Kommandounternehmens teilnahm (Managua, 1974)

Im Süden von Managua erhebt sich ein Gebirgszug. Man verläßt die Stadt, und innerhalb weniger Kilometer verändert sich das Klima, die Vegetation wird dichter. Die Landstraße schlängelt sich den Berg empor, vorbei an tiefen Schluchten, in denen riesige Bäume ihre Kronen recken. Sandwege zweigen von der Carretera Panamericana, dem »Panamerican Highway«, ab, sie führen zu den Kaffee-Haciendas, von denen es in dieser Region eine ganze Reihe gibt. Schon als kleines Mädchen brachten mich diese Wege in eine ursprüngliche Welt mit jungfräulicher, unbezähmbarer Natur.

Meine Cousine Pía und ihr Mann Alfredo lebten auf Mazatlán, der Kaffee-Hacienda meines Großvaters. Über einen schmalen Weg aus planierter Erde gelangte man ins Innere der Sierra, ein feuchtpflanzliches Universum, wo es nach geröstetem Kaffee roch, nach schwerer Erde, und wo ein scharfer Wind heulend durch die Hohlwege pfiff. Dort fand das Treffen statt, bei dem ich Marcos wiedersah, nachdem die Beschattung durch die Sicherheitsagenten aufgehört hatte. Den Anweisungen Robertos entsprechend fuhr ich zwei Stunden lang kreuz und quer durch die Stadt und versicherte mich, daß mir niemand folgte, bevor ich mich nach Mazatlán auf den Weg machte.

Der Ort hätte nicht wunderbarer und romantischer sein können. Die Türen und Fenster mit den Fliegengittern gaben dem malerischen Holzhaus mit den Schnitzereien an der Fassade ein altertümliches, behagliches Aussehen. Es schien in seinem Garten am Ende des Zufahrtsweges zu schweben, umgeben von der kühlen, leichten, klaren Luft und den riesigen Kronen der Bäume, die auf einem Teppich aus tausend Blüten und Blumen wuchsen. Ich beneidete meine Cousine darum, daß der Großvater väterlicherseits – ein mürrischer, unnahbarer Mann – sie dort hatte wohnen lassen.

Entnervt und ungeduldig durch meine zwei Stunden Umherfahren, kam ich pünktlich an. Ich hatte nicht damit gerechnet, Marcos zu treffen, und so überraschte es mich, als er herauskam, um mich zu begrüßen und mich fest an sich zu drücken wie eine alte Freundin, die von einer langen Reise voller Gefahren zurückkehrt. Er sah gut aus, mir schien, noch besser als sonst, vielleicht, weil er mich jetzt vertrauter, liebevoller ansah. Ich war ein wenig aufgeregt, Marcos' natürliche Ausstrahlung von Autorität machte mich zu meinem Leidwesen befangen. Ich schaffte es nicht sofort, mich in seiner Gegenwart natürlich und spontan zu benehmen. Ich dachte an seine Briefe voller Gefühl und mutmachender Worte. Er legte mir den Arm um die Schultern, und so gingen wir ins Haus. Ich scherzte und tat so, als beteiligte ich mich mühelos an der fröhlichen Atmosphäre, doch jedesmal, wenn sich Marcos' Blick mit dem meinen traf, wich ich verwirrt seinen Augen aus. Ich glaube, es war an diesem Abend, daß ich mich in ihn verliebte. Ich weiß nicht, ob es ihm genauso ging, doch ich weiß, daß er mich ansah, als sähe er mich zum erstenmal wirklich. Er wirkte wie ein anderer Mensch. Von dem abwesenden, ja, manchmal unwirschen Mann, den ich kennengelernt hatte, blieb nicht einmal mehr die Baseballmütze. Beim Essen lachte er, gab sich gesprächig und extrovertiert.

Pía war eine hervorragende Köchin. Die Abendessen in Mazatlán – die sich von da an jede Woche wiederholten, wenn wir uns trafen, um zu arbeiten oder zu lernen – wurden von Pía mit dem ganzen diskreten Charme vorbereitet, den sie von ihrer Klasse ererbt hatte. Ich weiß nicht, wann Marcos zum erstenmal von seiner Zeit in Paris sprach, doch kaum hatte Pía erfahren, daß er die französische Küche liebte, da bereitete sie mit großem Aufwand französische Gerichte, setzte uns bei den Treffen Artischocken mit hausgemachter Mayonnaise vor, Kaffee mit Ingwerplätzchen, und sie besorgte ihm sogar Gitanes-Zigaretten. Sie umsorgte Marcos mit einer Hingabe, die ich bewunderte und heimlich beneidete. Diese Seite der Weiblichkeit, die sich um Haus und Küche kümmert, die kleinen Details nicht vergißt, war mir fremd. Ich hatte sie nie gewürdigt, hielt ich sie doch für ein Symbol weiblicher Unterwerfung unter die Wünsche des Mannes. Als ich meine Cousine so sah, verstand ich, wie verführerisch diese Künste sein konnten, wie angenehm sie das Leben der anderen machten und wieviel Freude man am fremden Wohlergehen empfinden kann.

Marcos war in jeder Hinsicht ein leidenschaftlicher Mensch. Die Geschichte kannte er besonders gründlich. Wenn wir sie zu lesen verstünden, sagte er, dann fänden wir in ihr alle Schlüssel, die wir brauchten. Wir müßten unsere eigene Erfahrung vertiefen, meinte er eindringlich – ich erinnere mich, wie seine langen Finger mit den gelblichen Seiten der Bücher spielten. Man konnte wohl Marxismus studieren, die Philosophie – er hatte Deutsch gelernt, um *Das Kapital* im Original lesen zu können –, doch wenn wir unsere eigene Geschichte nicht in- und auswendig kannten, dann konnten wir auch nicht unsere Wirklichkeit begreifen und viel weniger noch die Revolution machen. Mit ihm die Geschichte meines Landes zu studieren, als ich erst einmal erkannt hatte, wie sich die widersprüchlichen Kräfte und wirtschaftlichen Interessen in den politischen Bewegungen und in der Gesellschaft ausdrückten, war eine Übung, die mich begeisterte und mich eine ziemlich untrügliche politische Intuition entwickeln ließ.

Jede Woche gab Marcos Alfredo und mir eine Reihe von Aufgaben. Meine Arbeit gewährte mir Zugang zu wichtigen Informationen über die Beziehungen der Diktatur zu den wirtschaftlich tonangebenden Gruppen und Unternehmen, manche davon der Familie Somoza zugehörig, wie eine Fleischfabrik, eine Reederei, die Importfirma für Mercedes-Benz, eine Versicherungs- und eine Kreditagentur. Aus all diesen Unternehmen besorgte ich Dokumente, die wichtig sein konnten, Daten über ihre Arbeitsweise, ihre Bilanzen, ihre Verbindungen ins Ausland oder zu anderen Gruppen der Privatwirtschaft. Ich erstellte auch ausführliche Dossiers über ihre wichtigsten Führungskräfte, ihre Gehälter, ihre Sicherheitsvorkehrungen. So trugen wir Daten zusammen, um die Korruption zu belegen, den Grad der Komplizenschaft bestimmter Personen zu erfahren, die Widersprüche und persönlichen Ambitionen innerhalb der Machtgruppe, die den Tyrannen umgab. Diese Arbeit hatte ich langsam und geduldig schon seit mehreren Jahren getan, doch mit Marcos wurde der

Informationsbedarf konkreter, detaillierter und risikoreicher. Von einem bestimmten Zeitpunkt an kümmerten Alfredo und ich uns auch darum, verschiedene Gegenstände zu besorgen: fünfzehn Armbanduhren zum Beispiel; Festkleidung für Männer und Frauen, Erste-Hilfe-Ausrüstung, Kapseln zum Desinfizieren von Wasser. Sogar Gasmasken sollten wir besorgen, was sich jedoch als unmöglich herausstellte. Man brauchte nicht besonders schlau zu sein, um zu begreifen, daß die »Organisation« einen großen Schlag plante.

Bei unseren Treffen sprach Marcos, während Pía das Essen zubereitete und er die in Mayonnaise getauchten Artischockenblätter genoß, immer öfter von einer Aktion von »großer Tragweite«. Was hielten wir davon, etwas Großes zu organisieren? Alfredo und ich tauschten Blicke. Ohne zu wissen, worum es ging, war es schwierig, eine Meinung zu äußern, doch trauten wir uns nicht zu fragen und redeten lieber um den heißen Brei herum, antworteten mit Allgemeinplätzen. Alfredo strich sich den Bart. Schließlich fragte ich: »Was für eine Aktion denn?«

»Ein harter Schlag mit internationaler Wirkung, der Schlagzeilen macht. Es ist Zeit, daß wir das Schweigen brechen; wir müssen zeigen, daß es nicht stimmt, daß Somoza die Frente Sandinista zerstört hat, wie er 1970 erklärte, als er die Guerilleros bei Pancasán aufrieb.«

»Ja, richtig, es wäre gut, wenn die Leute merkten, daß die Frente nicht verschwunden ist«, antwortete ich.

»Ich werd euch bald mehr davon erzählen«, lächelte er, freundlich belustigt über unsere vagen Antworten. »Macht euch keine Gedanken. Ich habe nur laut gedacht.«

Spät am Abend brachte ich Marcos zu seinem Unterschlupf. Es war nur eine kurze Fahrt. Weil wir nicht einmal bis in die Stadt zurückmußten, war es nicht allzu gefährlich. An der Abzweigung nach Las Nubes – Die Wolken –, in der Nähe von El Crucero, dem höchsten Punkt der Berge südlich von Managua, ließ ich ihn aussteigen. Kalt und öde lag die Straße da, gesäumt von Wochenendhäusern – die meisten von ihnen dunkel –, die weit auseinanderlagen. Die Atmosphäre der verwaisten Landschaft erinnerte mich an *Sturmhöhen*. Der böige Wind zerrte an den Bäumen und rüttelte an den Häusern.

Später erfuhr ich, daß sich in jenen Tagen in dem Haus, das ich nie zu Gesicht bekam, die dreizehn Mitglieder des Kommandos zu sammeln begannen, die im Dezember des gleichen Jahres die Aktion durchführen sollten, von der Marcos sprach.

Er jedoch stellte mir seltsame Fragen. Eines Tages erschienen in den Zeitungen Fotos von Bianca und Mick Jagger, die gerade zu einem Besuch in Nicaragua eingetroffen waren. An jenem Abend wandte er sich im Wagen zu mir um. »Was meinst du?« fragte er. »Ob Bianca sich wohl entführen lassen würde? Das wäre doch Werbung für sie. Wir könnten es ihr sogar vorher vorschlagen; daß sie sich entführen lassen soll, damit ihr Mann uns ein bißchen Geld gibt ...« Er schwieg einen Augenblick. »Nein«, fuhr er dann fort. »Die Leute würden es sicher nicht gut finden, daß wir eine Frau entführen.«

Ich mußte darüber lachen, daß er so altmodisch dachte. Die Leute sahen Frauen nicht mehr als so etwas anderes, Besonderes an, wie zarte Blumen, sagte ich. Die Befreiung der Frau forderte unsere Gleichberechtigung. Bianca war keine schüchterne Fünfzehnjährige.

»Das Volk ist immer noch sehr altmodisch«, meinte er. »Nein, vergessen wir das besser.«

Marcos bewohnte einen heiligen Brunnen, eine unterirdische Welt, die außer ihm niemand betrat. Von Zeit zu Zeit kam er an die Oberfläche, ging am Ufer spazieren, nie sehr weit weg von seinem heiligen Brunnen, in dem er verschwinden konnte. Wenn er an die Oberfläche kam, dann sah er, bemerkte er mich. Es war, als sähe er plötzlich einen Vogel mit buntem Gefieder und wollte ihn berühren. Vorsichtig, neugierig. So war es auch das erstemal, als er im Wagen meine Hand nahm. Als gewahrte er sie plötzlich: meine Hand auf dem Schaltknüppel, und sie schiene ihm wie ein seltsames Ding. Seine Geste traf mich unvorbereitet. Wir waren auf der Landstraße unterwegs. Er schloß seine Hand um die meine und begann sie in der Dunkelheit zu erforschen, Finger für Finger.

»Du gefällst mir, weißt du?« sagte er. Ich nickte. Der Mund wurde mir trocken. Das Auto, die ganze Nacht gerieten in einen Raum, in dem die Schwerkraft so stark war wie auf dem Planeten Jupiter. Dieser Mann war für mich wie ein mythisches Wesen, weit entfernt und gleichzeitig ganz nah. Bei ihm funktionierten nicht dieselben Formeln, die man auf gewöhnliche Sterbliche anwenden konnte. Es war mir unmöglich, meine eigenen Gefühle zu beschreiben. Ich glaube, irgendwann dachte ich, daß dies alles nicht funktionieren würde, wenn ich mich von der naiven Bewunderung mitreißen ließ, die er in mir verursachte. Er kam aus seiner Welt heraus auf mich zu, seine Augen bedrängten mich, suchten etwas unter meiner Haut, und ich konnte nichts weiter tun, als meine Tore zu öffnen und ihn eintreten zu lassen, zu sehen, wie er mich forschend ansah, ihn zu erraten zu versuchen. Ich weiß nicht einmal mehr, was er mir sagte oder was ich ihm sagte oder ob es alles nur eine wortlose Zeremonie war, doch ein paar Tage nach dieser Nacht, als wir über die sturmgepeitschten Höhen zu seinem Haus unterwegs waren, sagte er mir, ich solle in einen kleinen Weg zwischen dem hohen Gras abbiegen, einen seltsamen Pfad, der im Nichts endete. Ich stellte den Motor ab, schaltete die Scheinwerfer aus. So saßen wir in der Dunkelheit, umgeben vom hohen Gebüsch, das die Sturmböen gegen die Karosserie peitschten; wie auf einer Plattform, bereit, in die sternenklare Nacht hinausgeschleudert zu werden. Das Heulen des Windes, das ununterbrochene Zirpen der Grillen hallten im Wagen wider wie die Laute des Sternenraums. Marcos würde mich in seine Welt mitnehmen, und ich würde nie zurückkehren. Der Tag würde nie mehr Tag werden. Ich schloß die Augen, um wieder zu mir zu kommen und mich nicht in hypnotischer Trance, sondern aus freien Stücken in den Abgrund zu stürzen. Marcos bewegte sich in seinem Sitz. Er griff unter sein Hemd, holte seine Pistole hervor und legte sie zwischen uns, in den Raum zwischen den beiden Sitzen.

»Und da, was hast du da drin?« fragte ich und versuchte, in Kontakt mit der Realität zu bleiben, indem ich auf eine kleine schwarze Tasche zeigte, die er nie ablegte.

»Eine Handgranate«, antwortete er und legte die Tasche zu seinen Füßen nieder. »Wenn ich gehen muß, möchte ich in Begleitung gehen. Es soll ihnen nicht leichtfallen.«

Ich schluckte trocken. Wie oft hatte ich die Tasche neben mir gehabt, im Auto, auf dem Tisch, ohne zu wissen, was sie enthielt.

»Hab keine Angst, die geht ja nicht von selbst los«, meinte er lächelnd. Sein Gesicht sah sanft aus, ruhig. Er sah mich an. Wir berührten unsere Gesichter, unsere Haare. Ich schloß die Augen und legte meinen Kopf an seine Brust. Ich hätte weinen mögen. Es war so leicht, ein Herz anzuhalten. Die Pistole. Die Granate. Marcos küßte mich, trank meine Seele durch die Zähne hindurch. Seine Hände suchten ein wenig ungeschickt nach meinen Blusenknöpfen. Im beschränkten Raum meines kleinen Alfasud stießen wir gegen das Lenkrad, die Handbremse, all die verfluchten Gegenstände in einem Auto. Ich tastete nach dem Hebel, um den Sitz herunterzubekommen, ein Rad, das mit der Hand gedreht werden mußte. Langsam. Mühsam. Ich verfluchte die Italiener. Marcos drehte daran herum, es dauerte eine Ewigkeit. Halb bekleidet, halb erschrocken, so liebten wir uns in diesem winzigen Gehäuse. Ich brachte es dennoch fertig, mich darauf zu konzentrieren, ganz dort zu sein, nichts weiter zu sein als eine verzauberte und verliebte Frau. Vielleicht war es wegen der Gefahr, des dauernden Risikos, nicht zu wissen, ob es das letztemal war, doch war es wunderbar, mit der Intensität einer Leidenschaft, die keine Worte fand oder keine andere Art, sich auszudrücken. Wir sprachen nicht viel hinterher, doch von da an waren der kleine Weg, die Seufzer in der Dunkelheit unser Abschiedsritual.

Das einzige Mal, daß wir uns in die Stadt hinunterbegaben, parkten wir den Wagen und gingen durch Straßen, in denen niedrige Mandelbäume wuchsen. Es war Abendbrotzeit. Vom Gehsteig aus konnten wir durch die erleuchteten Fenster die Familien sehen: eine Frau, die ihr Baby trug, einen Mann in Unterhemd und Latschen vor dem Fernsehgerät.

»Ich muß dir gestehen, daß ich sie oft um ihr Leben beneide«, meinte Marcos melancholisch zu mir.

Das winzige Haus, wo er die Nacht verbringen wollte, wartete noch auf Bewohner; es war nichts als ein Gehäuse ohne Möbel, ohne Strom. Eine kleine Insel, wüst und leer. Wir setzten uns auf den Boden, Marcos legte seine Pistole und die Tasche mit der Granate an die Wand. Wir kuschelten uns aneinander.

»Geh nicht«, sagte er leise, »bleib bei mir.«

»Ich kann nicht. Meine Töchter ...«

Der kalte, harte Boden war unbequemer, unwirtlicher als der Schaltknüppel und das Lenkrad. Als ich mich später an der Haustür von Marcos verabschiedete, fühlte ich mich wie eine Mutter, die ihren Sohn in einem düsteren, unfreundlichen Internat zurückläßt. Nicht einmal eine Decke. Er war es gewohnt, sagte er mir. Im Untergrund schlief man mit den Schuhen an den Füßen. Er meinte, ich brauchte mir keine Sorgen zu machen um ihn.

Als ich wieder zu Hause war und allein in meinem Bett lag, dachte ich an die Verse aus einem Gedicht des Dichters: »Was sorgt dafür, daß ein Mann seine Frau verläßt / Alles, was Nähe und Wärme bedeutet?« Waren wir alle verrückt geworden? Welches genetische Geheimnis erlaubte der menschlichen Art, das Gesetz des Überlebens des einzelnen zu durchbrechen, wenn der Stamm, das Kollektiv in Gefahr geriet? Was führte dazu, daß Menschen fähig waren, ihr Leben für eine Idee, für die Freiheit der anderen zu geben? Weshalb war er so stark, der Drang zum Heldentum? Das Außergewöhnlichste bildete für mich das Glücksgefühl, das man erlebte, wenn man sich dafür entschied. Das Leben erhielt einen echten Sinn, einen Inhalt, eine Orientierung. Man erlebte eine absolute Kameradschaft, eine ungeheuer enge Verbindung mit Hunderten unbekannter Gesichter; eine massenhafte Intimität, in der jedes Gefühl von Einsamkeit, von Isolation verschwand. Im Kampf für das Glück aller war das erste Glück, das man fand, das eigene.

Anfang November enthüllte uns Marcos die wichtigsten Einzelheiten der Operation. Das Kommando sollte in ein Haus eindringen, wo in Anwesenheit wichtiger Vertreter des Regimes eine Weihnachtsfeier abgehalten wurde. Es würde sie so lange festhalten, bis der Diktator bereit war, über ihre Freilassung zu verhandeln. Mehr mußten wir nicht wissen. Von diesem Augenblick an, meinte er, seien wir Mitglieder der »Informations- und Logistikabteilung« der Operation.

»Es ist unbedingt notwendig, daß wir Informationen über Weihnachtsfeiern in den Botschaften und in den Häusern von Bankern und Ministern bekommen. Bis wir diese Informationen haben, können wir nicht genau bestimmen, wann und wo wir die Operation starten werden.«

Unmöglich, daß er es nicht schon wußte, dachte ich, sicher versuchte er nur, uns irrezuführen. Doch Marcos blieb hartnäckig.

Jeden Tag stellte er die gleiche Frage: Habt ihr noch nichts gehört? Später erfuhr ich, daß sich das Kommando tatsächlich vorbereitet hatte, ohne zu wissen, wo die Aktion stattfinden würde. Sie erfuhren es erst um neun Uhr morgens an dem bewußten Tag. Als Klimatechniker verkleidet, gelang es Roberto und einem zweiten Compañero, das Haus zu betreten und eine Skizze des Grundrisses anzufertigen, nur ein paar Stunden vorher.

Solange er keine genauen Daten hatte, beschloß Marcos, typisch für einen Lateinamerikaner, uns loszuschicken und Skizzen von allen Gebäuden anfertigen zu lassen, wo Weihnachtsfeiern wie die stattfinden konnten, die er sich vorstellte.

Der Gedanke, in eine Botschaft einzudringen, um eine Skizze des Inneren zu besorgen, ließ mich an die Bilder und die Musik von *Mission: Impossible* denken – neben *Star Trek* meine Lieblingsserie im Fernsehen. Ohne auf Martin Landau oder irgendein anderes Mitglied der Unterstützer-Crew zählen zu können, beschloß ich, auf meinen Gedichtband zurückzugreifen. Und um keine moralischen Skrupel zu empfinden, wählte ich die Botschaft von Pinochet, von Chile.

Ich bat um einen Termin beim Kulturattaché, ich sagte, ich sei auf der Suche nach Informationen über Verlage, die sich für mein Buch interessieren könnten.

Als ich in meinem Hosenanzug aus weißem Leinen à la Diana Blair ankam, führte mich der Diplomat mit überschwenglicher Höflichkeit in sein Büro. Von seinem Gesicht sind mir nur die dichten Augenbrauen und der dicke Schnurrbart in Erinnerung geblieben. Er war ein unscheinbarer Mann mit der unterwürfigen Haltung, die unter den Funktionären von Diktaturen weit verbreitet ist. Von der Wand aus schaute General Pinochet in der Pose von Napoleon Bonaparte in die Unendlichkeit. Der Kulturattaché strich sich den Schnurrbart und sah mich mit einem so schmierigen Blick an, daß ich mir am liebsten die Kleider abgeklopft und schnell wieder gegangen wäre. Die Botschaft war in einem Wohnhaus untergebracht, das man für Bürozwecke umgebaut hatte. Während wir darüber sprachen, daß es in Nicaragua keine Verlage gebe, sah ich mir aufmerksam Türen und Fenster an. Ich schüttelte meine Mähne nach hinten, schlürfte in kleinen Schlukken meinen Kaffee und nahm die Rolle der Dichterin und eleganten Frau an, die erkannt hat, welch enge Grenzen ihr durch die Rückständigkeit ihres Landes gesetzt sind. Chile dagegen, was für ein kultiviertes Land! seufzte ich. Kein Wunder, daß dort Rubén Darío sein Buch *Azul* geschrieben hatte. Ich wartete eine Gesprächspause ab, um schüchtern und artig den Blick zu senken und den Mann zu fragen, ob er so freundlich sein könne, mir zu sagen, wo die Damentoilette sei. Leutselig und ein wenig anzüglich lächelnd begleitete er mich zur Tür und wies mir den Weg. Als ich die Toilette verließ, schlug ich die entgegengesetzte Richtung ein. Ich ging so schnell ich konnte, um möglichst viel von dem Gebäude kennenzulernen, durchquerte einen Garten, lief einen weiteren Gang entlang, bis sich in einem Büro, dessen Tür ich unter Entschuldigungen öffnete, schließlich jemand erbot, mich wieder zum Büro des Attachés zu bringen.

»Hier kann man sich ja wirklich leicht verlaufen«, meinte ich zu meinem Begleiter. »Wie viele Räume hat denn dieses Haus überhaupt? Es sieht so groß aus ...«

Dann verließ ich die Botschaft. Auftrag ausgeführt. Ich entfernte mich ein paar Block weit und parkte im Schatten einiger dichtbelaubter Bäume, um die Skizze zu zeichnen.

»Wunderbar«, meinte Marcos mit breitem Lächeln, als ich sie ihm brachte. Das war sein größtes Lob, das er immer dann benutzte, wenn er sich sehr beeindruckt zeigen wollte. Meinen Gedichtband benutzte ich auch in anderen Botschaften als Vorwand.

An einem Novembernachmittag bat mich Marcos, ihn über entlegene Straßen zu fahren. Er wollte Fluchtwege für das Kommando erkunden. Wir bogen auf eine Schotterpiste ein, die von der Sierra hinabführte und hinter einer riesigen Armensiedlung endete. Es war kurz vor fünf, die Stunde des Sonnenuntergangs in den Tropen. Nach dem Regenguß der Mittagszeit roch die frische Luft nach feuchter Erde. Aus einem Wäldchen kamen wir auf eine offene Fläche hinaus. In der Ferne waren die ersten Häuser der Siedlung zu sehen, einfache Hütten aus Hohlblocksteinen mit Zinkdächern, der Rauch der Holzfeuer. Marcos bedeutete mir, die Siedlung zu umfahren und einem Weg zu folgen, der in einiger Entfernung zur Hauptstraße nach Managua hinunterführte, an deren Rändern hohe Erdhaufen und Baufahrzeuge zu sehen waren. Merkwürdige Bewegungen. Was sollte dort wohl gebaut werden? Die Werkhalle einer Fabrik? Das gelblich-sanfte Licht des Sonnenuntergangs zeichnete das Ganze in surrealen Linien. Plötzlich tauchte aus dem Nichts ein Soldat der Nationalgarde mit seinem Garand-Sturmgewehr auf. Mein Herz fiel ins Leere, wie eine reife Frucht, die sich vom Baum löst. Instinktiv beschleunigte ich und tat so, als sähe ich seinen erhobenen Arm nicht, mit dem er uns zum Halten aufforderte. Ich wollte nur weg von hier.

»Versteck die Pistole, versteck die Pistole«, konnte ich, vor Schreck fast sprachlos, gerade noch zu Marcos sagen.

»Was ist denn? Was ist los?«

Der Soldat rannte mit erhobenem Gewehr hinter uns her. Ich wandte die Augen von ihm ab, um mich zu vergewissern, daß Marcos die Pistole verbarg. Genau in diesem Augenblick erschütterte die Detonation eines Schusses die Luft um uns her.

»Halt an! Halt an!« rief Marcos. Der Soldat schoß noch einmal, wir hörten, wie das Projektil über das Auto hinwegpfiff. Mit aller Kraft trat ich auf die Bremse. Der Wagen hielt quietschend in einer Staubwolke. Ich klammerte mich ans Lenkrad, der einzige klare Gedanke, den ich fassen konnte, war, daß Marcos nicht sterben durfte.

Die Schüsse hörten auf. Der Soldat kam angerannt.

»Wenn er kommt, sag ihm, daß wir nur eine Spazierfahrt machen«, meinte Marcos. »Beruhige dich und sag ihm, wir fahren spazieren.«

Ich kam zu mir, fuhr mir mit der Hand durchs Haar. Der Soldat steckte seinen Kopf mit dem Stahlhelm zum Wagenfenster herein und musterte uns.

»Haben Sie denn nicht gesehen, daß ich Sie anhalten wollte?« schrie er mich an. »Was tun Sie hier? Diese Ländereien gehören dem General Somoza!«

»Wir machen nur eine Spazierfahrt«, sagte ich unterwürfig und mit dem Gesicht eines braven Mädchens. In Nicaragua widersprach man einem bewaffneten Soldaten nicht. »Sie haben uns ordentlich erschreckt«, fügte ich artig lächelnd noch hinzu.

»Fahren Sie gefälligst woanders spazieren«, meinte er und wies herrisch mit dem Arm zur Landstraße hinüber.

Langsam setzte ich mich wieder in Bewegung. Marcos hielt die schwarze Tasche mit der Handgranate in den Händen.

»Du hast doch nicht den Stift gezogen?« fragte ich, fast ohne zu atmen.

»Nein. Ich habe nichts gemacht. Keine Angst«, antwortete er und faßte mich am Arm, streichelte mich so, wie man ein Kind oder eine Katze beruhigt. »Alles in Ordnung? Fühlst du dich gut? Kannst du weiterfahren?«

Wir erreichten die Landstraße. In der Nähe wurde ein neues Wohnviertel mit teuren Villen gebaut: Residencial Satélite Asososca. Ein gelbes Warnlicht blinkte wenige Meter von dort entfernt über der Straße.

»Alles in Ordnung«, sagte ich und war überrascht, wie gut es mir ging, in Anbetracht der Tatsache, daß wir beinahe erschossen worden wären. Nur das Herz klopfte mir zum Zerspringen, und meine Hände waren schweißnaß. In einem nahen Wohngebiet hielt ich auf sein Drängen hin an. Dort warteten wir, bis mir die Beine zu zittern aufhörten. Er umarmte mich. Bei ihm war nicht einmal der Puls verändert.

»Das war ganz schön knapp«, meinte er nur und strich mir lächelnd mit der Hand übers Haar.

Zwei Jahre später, am 7. November 1976, wurde Marcos unter dem gelben Ampellicht der Einfahrt zum Viertel Residencial Satélite Asososca von den Jeeps der Brigada Especial Contra Actos Terroristas abgefangen, als er auf der Flucht vor den Agenten des Sicherheitsdienstes war. Die beiden Compañeros, die mit ihm unterwegs waren, wurden von den Soldaten mit Maschinenpistolensalven umgebracht, kaum daß sie den Wagen verlassen hatten. Marcos verteidigte sich vom Rücksitz aus mit seiner Pistole, doch sie erschossen auch ihn. Dann warfen sie ihn auf den Asphalt und entluden ihre Maschinenpistolen auf den toten Körper. Seine Leiche hüpfte, zerfetzt und blutend, unter den Einschlägen in die Höhe. Mein Freund Fernando Cardenal, ein Jesuitenpriester, sah alles mit an und berichtete es mir später. Er erzählte, wie das Licht der Ampel auf Marcos geschienen habe. Das bernsteinfarbene, blinkende Licht auf seinem Blut.

»Es war, als hätten sie auch noch Angst vor ihm als Toten«, meinte Fernando.

Ich dachte, daß der Tod geduckt dort auf ihn gewartet hatte, wo wir beide hätten sterben können. Ich war noch nicht an der Reihe, und deshalb ließ er ihn beim erstenmal vielleicht entkommen. Immer, wenn ich dort vorbeikomme, spüre ich die Gegenwart des Schicksals, des Unbekannten. Ich frage mich, ob Marcos dasselbe dachte. Lange Zeit verfolgte mich wie ein Zwang die Frage, was er wohl in diesem letzten Augenblick gedacht haben mochte. Ob er Angst gehabt hatte? Was war mit der Granate geschehen, die er immer bei sich trug? So einsam, dieser Tod. Das einzige, was uns Lebenden bleibt, ist die Verzweiflung, wenn wir uns diese grenzenlose, letzte Ohnmacht vorstellen.

19. Kapitel

Wie die Solidarität unter Frauen mir half, Carlos zurückzugewinnen (Managua, 1984)

Immer wenn der Jahrestag der Revolution näherrückte, erfüllte mich eine festliche Stimmung. Ich empfand mein Land wie einen geliebten Körper, dessen sinnliche Wolken und Landschaften ich mit Feuer und Schwert zurückerobern geholfen hatte. Nicht jeder kann es erleben, seine Träume verwirklicht zu sehen, und in jenen Tagen wurde ich jedesmal vom Staunen darüber ergriffen, die meinen, wenn auch nur zum Teil, in die Tat umgesetzt zu sehen.

Nicaragua. Nicaragüita, mein kleines Nicaragua. Freies Vaterland. Und ich hatte überlebt, um es geschehen zu sehen. Doch an jenem fünften Jahrestag türmten sich dunkle Wolken am Horizont auf. Der Krieg gegen die Contra verschärfte sich. Der Militärdienst, der ursprünglich freiwillig gewesen war, wurde jetzt obligatorisch. Viele Jugendliche kamen auch aus freien Stücken, doch andere mußte die Armee in Razzien zusammenholen, damit sie an der Verteidigung unseres Landes teilnahmen. Die Campesinos murrten über die Wirtschaftsmaßnahmen, die es ihnen verboten, ihre Ernte frei zu verkaufen. Der Staat kaufte sie ihnen ab, um die Grundnahrungsmittel gleichmäßig unter der Bevölkerung zu verteilen. Sie sahen das jedoch nicht so, sondern sehnten sich nach der traditionellen Art, das zu tun. Sie wollten den Zwischenhändler, der sie zwar ausbeutete, sie jedoch auch mit Dingen versorgte, die sie brauchten: Batterien für ihre Radios, Gummistiefel, Macheten. Jetzt gab es niemanden mehr, der das tun konnte. Sie fühlten sich schutzlos, und aus dieser Schutzlosigkeit heraus schlossen sie sich oft genug der Contra an. Den »patriotischen Unternehmern«, den großen Agrarproduzenten, machte die Revolution außergewöhnliche Konzessionen. Bei meiner Arbeit als Vertreterin der Frente Sandinista im Parteienrat diskutierte ich mit den Leuten der marxistisch-leninistischen Partei Movimiento de Acción Popular (MAP) – Bewegung der Volksaktion. Sie bezichtigten die Frente Sandinista des Verrats wegen der Zugeständnisse, die der Bourgeoisie gegenüber gemacht wurden. »Ihr laßt uns den Preis einer marxistisch-leninistischen Revolution zahlen, die nicht mal sozialdemokratisch ist«, meinten sie; und so unrecht hatten sie nicht damit. Die großspurige sandinistische Rhetorik hatte mit der Realität kaum etwas zu tun, aber sie diente Reagan wunderbar dazu, die Revolution zu verteufeln. In den Reden der sandinistischen Commandantes war das Volk Herr seiner Geschichte, doch zahlte es auch den höchsten Preis bei der Verteidigung einer Zukunft, die nie zu kommen schien. Auf dem Weg zu den Flüssen aus Honig und Milch, die die Revolution versprach, erhoben sich immer mehr Hindernisse, und die Armut wurde von Tag zu Tag größer.

Die Kundgebungen zur Feier der Revolution wurden massenhaft besucht. Der Platz der Revolution neben der Kathedrale, die durch das Erdbeben zerstört worden war, war voller Menschen, genau wie der kleine Park an seiner Seite, mit dem Pavillon, wo in meiner Kindheit jeden Sonntag ein Orchester gespielt hatte. Die Kundgebung war ein riesiges Fest. Dann erklangen wieder die Protestlieder, die die großen Demonstrationen gegen Somoza begleitet hatten. Die Euphorie der Anfangszeit kehrte zurück, und für ein paar Stunden waren der Krieg, die Knappheit vergessen, wenn man die jungen Leute mit ihren schwarzroten Halstüchern sah, die mitten auf dem Platz menschliche Pyramiden bildeten, lachten und ausgelassen ihren Spaß hatten.

In der Menge trafen sich die Freunde, die alten Kampfgefährten. Eine trotzige Stimmung kam auf, und man ließ sich von der Kraft, der Begeisterung der Tausende anstecken, die entschlossen waren, nicht zuzulassen, daß die Revolution besiegt würde. Einmal mehr entbrannte die Hoffnung, daß der neue Tag nicht nur ein Versprechen bleiben sollte; noch einmal würde David den Goliath besiegen. Wie Sandino mit seiner kleinen, verrückten Armee in den Bergen im Norden Nicaraguas im Jahr 1933, so würden auch wir die Contra bezwingen und die Vereinigten Staaten, wenn sie uns denn angreifen wollten.

Auf der Pressetribüne sah ich unter den Journalisten, die über den Jahrestag berichteten, auch Carlos. Nur ein paar Meter trennten uns, doch wie groß war diese Entfernung in Wirklichkeit! Wir bewohnten so unterschiedliche Welten. Und dennoch: Die Sehnsucht, mit ihm zusammenzusein, verzehrte mich. Das Land, aus dem er stammte, war so gleichgültig, wenn ich an seine Augen dachte, die eindringliche, ehrliche Art, mit der er mir sagte: »Ich glaube, ich bin dabei, mich in dich zu verlieben.«

Nach der Kundgebung fuhr ich, sonnenverbrannt und müde, wie ich war, zum Haus meiner Cousine Pía. Ich brauchte ein paar Streicheleinheiten, und wir hatten beide viele Tote und Trennungen zu beklagen und teilten auch manche Freude miteinander. Ihre Mutter züchtete Rosen, und von der Terrasse des Hauses aus konnte man in der Ferne den Managua-See und dahinter, im dunstigen Blau, die Umrisse der Berge von Chontales sehen. Pía und Alfredo hatten sich Jahre zuvor getrennt, aus ihrer Ehe waren zwei Mädchen und ein Junge hervorgegangen. Die beiden Mädchen liefen barfuß durchs Haus. Sie waren klein und zart, eine der beiden ließ mich immer an das Elfchen von Peter Pan denken. Pía, schmal, mütterlich und praktisch veranlagt, gab mir mit ihrer gewohnten Zuneigung und Gastfreundschaft zu essen und zu trinken, und obwohl sie dabei unablässig redete, schaffte ich es, ihr die Episode mit Tomás zu erzählen. Das schien ein Uhrwerk in Gang zu setzen. Sie legte erst richtig los. Wie konnte ich nur so gehorsam diese Argumente akzeptieren? Hatte ich denn nicht bemerkt, daß man keinen männlichen Compañero je wegen seiner Beziehungen zu Frauen kritisierte? War mir denn nicht klar, daß sie es sich erlaubten, mit Ausländerinnen zu schlafen, mit Journalistinnen, mit wem auch immer es ihnen in den Sinn kam, selbst wenn sie Posten hatten, die noch sicherheitsempfindlicher waren als der meine? Und war etwa nicht der Chef von ich weiß nicht welchem Sicherheitsorgan mit einer Amerikanerin verheiratet? Und der da? Und dieser hier? Willst du mir etwa erzählen, daß du nach all den Jahren, die du in diesem Geschäft auf dem Buckel hast, brav hinnehmen willst, daß man dir mißtraut, daß man meint, weil du eine Frau bist, kannst du den Schwanz nicht vom Kopf unterscheiden? Das sind einfach unverbesserliche Machos.

Sie, ja, sie dürfen tun und lassen, was sie wollen, aber Gott bewahre, daß wir es ihnen nachmachen!

Ich sah sie verblüfft an und schämte mich darüber, daß ich nicht selbst darauf gekommen war, ich, die ich aktiv an den Kämpfen der feministischen Bewegung beteiligt war. Ich hatte ganz traditionell reagiert und ohne mit der Wimper zu zucken das Vorurteil akzeptiert, das uns eingeimpft wurde, seit Adam in den Apfel gebissen hatte. Es leben die Frauen! dachte ich. Nur gemeinsam konnten wir vermeiden, daß uns die männlichen Ansichten von Pflicht, vom Richtigen oder Falschen den Verstand benebelten. Es durfte nicht vergessen werden, daß die Macht, auch die revolutionäre, den Männern auf den Leib geschneidert war. Ich mußte lachen. Ich umarmte Pía, küßte sie. Ich würde Tomás sagen, wenn sie mir nicht vertrauen könnten, dann sollten sie mir eben kündigen. Ich wollte ihm sagen, daß ich mich schon selbst um Carlos kümmern würde, wenn ich herausfände, daß er ein Agent der CIA war.

Am Abend rief ich Carlos an. Er kam herüber. Zu dritt aßen wir auf der Terrasse zu Abend, mit Blick auf die Lichter von Managua am Horizont.

Tomás kündigte mir nicht. Ich behielt meinen Job bis zu den Wahlen im November 1984. Natürlich gab es welche, die mich mit Mißtrauen bedachten, weil sie von Berufs wegen mißtrauisch waren. Es gefiel mir nicht, doch wußte ich, daß man nicht in jeden Stiefel paßt. Man kann das eigene Leben nicht den ungerechtfertigten Vorurteilen der anderen entsprechend formen und führen.

Auch Carlos mußte bald erfahren, daß die Freiheit – selbst in dem Land, das sich als das freieste der Welt rühmt – nicht immer so ist, wie sie scheint. Man rief ihn zu einer Besprechung nach Washington. In Gegenwart des Beirats seines Senders beschuldigte ihn Otto Reich, ein Vertreter des State Department, in seinen Reportagen »sandinistische Propaganda« zu betreiben. Reich arbeitete in Wahrheit in einer geheimen Abteilung des Weißen Hauses, die damit beschäftigt war, »schwarze Propaganda« gegen die Revolution zu machen. Vor Carlos' Chefs nahm er die Reportagen auseinander und versuchte sie zu widerlegen. Später setzte er das Gerücht in die Welt, daß Carlos von der Frente Sandinista

Geld erhalte und ein sandinistischer Agent sei und daß dies auch unsere Beziehung erkläre.

Im November gewann die Frente Sandinista die ersten Wahlen nach dem Sieg über die Diktatur. Das Weiße Haus erkannte das Ergebnis nicht an. Wenige Tage später erschien Reagan während des Super Bowl – dem Footballspiel mit den meisten Zuschauern – im Fernsehen und beschuldigte die sandinistische Regierung, sowjetische MiGs zu erhalten. Am nächsten Morgen, als wir gerade beim Frühstück saßen, ließ eine Explosion die Fensterscheiben und die Gläser klirren und jagte uns einen ordentlichen Schrecken ein. Es war das amerikanische Überschallflugzeug F 16 – Blackbird –, das im nicaraguanischen Luftraum die Schallmauer durchbrach. Das sollte sich über viele Tage wiederholen.

»Was machen wir denn, wenn es eine Invasion gibt?« fragte Carlos mich. »Kommst du mit mir in die Vereinigten Staaten?«

»Natürlich nicht«, antwortete ich.

»Und ich, was soll ich dann machen?« fragte er. »Auf welcher Seite wäre mein Schützengraben?«

20. Kapitel

Wie ich in Europa davon erfuhr, daß die angekündigte Operation begonnen hatte (Managua/Europa, 1974)

Sechs Monate lang lebte ich von meinem Mann getrennt, völlig frei in meinem kleinen Haus, wechselte zwischen meinem geheimen und meinem normalen Leben hin und her, aber es war nicht leicht, eine ledige Mutter zu sein, in einer Gesellschaft wie der unseren. Meine Eltern nörgelten, meine Töchter litten unter der Abwesenheit ihres Vaters. Mein Mann versprach, seine Apathie abzuschütteln, aus seiner Höhle herauszukommen. Als ich mich entschloß, noch einmal einen Versuch zu unternehmen, meine Ehe zu retten, dachte ich nicht an mein heimliches Leben noch an meine Liebe zu Marcos. Diese Dinge bewahrte ich in einer anderen Schublade meines Gehirns auf, wie ein zweites, paralleles Leben. Ich hatte meisterhaft gelernt, mich zu teilen, vielleicht wie ich es die Männer meiner Landes tun sah, die seelenruhig ihre Geliebten hatten, ohne daß es ihre Ehen irgendwie beeinflußte. Vermutlich dachte ich wie einer von ihnen, als ich mich bereit erklärte, es noch einmal mit dem Eheleben zu probieren. Marcos und alles andere existierte in seinem eigenen Universum mit anderen physikalischen und chemischen Gesetzen.

Mein Entschluß hätte zu keinem besseren Zeitpunkt stattfinden können. Die Unterhosen, Unterhemden und Männersocken waren noch nicht wieder in meinen Schubladen aufgetaucht, als Marcos mir vorschlug, für ein paar Monate Nicaragua zu verlassen, irgendwoanders hinzufahren. Es war vorhersehbar, so meinte er, daß die Diktatur nach der Operation eine unvorstellbare Welle der Repression auslösen würde.

»Als erste verhaften sie die, die sie für Unterstützer der Frente halten. Dich schnappen sie bei der ersten Verhaftungswelle«, sagte er. »Es wird besser sein, wenn du im Ausland abwartest, bis das Gewitter vorbei ist. Wenn wir die Situation überblicken können, geben wir dir Bescheid, wann du zurückkommen kannst. Wir müssen sichergehen, daß dich von denen, die verhaftet werden, niemand verraten hat.«

Ich weiß nicht mehr, ob ich meinem Ehemann, als ich ihm die Europareise vorschlug, auch verriet, daß es dabei nicht nur um eine zweite Hochzeitsreise ging, sondern auch darum, mich aus einer politischen Klemme zu retten. Irgend etwas muß ich ihm wohl gesagt haben, um zu rechtfertigen, weshalb wir die Mädchen über Weihnachten bei meinen Eltern ließen. Eine genauere Erklärung über meine gefährlichen Verbindungen gab ich ihm erst später, als ich ihm ankündigte, daß ich nicht mit ihm nach Nicaragua zurückkehren, sondern im Haus meine Schwester Lucía in Martorell bei Barcelona bleiben und auf die Nachricht warten würde, daß die Luft rein war und ich kommen konnte.

Auf dem nebligen Weg zwischen den Büschen verabschiedete ich mich von Marcos. »Wir werden siegen«, sagte er zum Abschied. Ich lächelte ein leichtes, fröhliches Lächeln, um ihm mein Vertrauen zu zeigen, daß alles gutgehen würde. Keiner von uns beiden brauchte daran erinnert zu werden, daß wir uns vielleicht nicht wiedersehen würden, und deshalb vermieden wir es fast abergläubisch, ein Drama aus dem Abschied zu machen. Als er ausgestiegen war, kam er auf meine Seite herum und gab mir noch einen Kuß durchs Autofenster.

»Tu nichts, was ich nicht auch tun würde«, meinte er und zwinkerte mir zu.

Ich sah, wie er wegging und sich dabei immer wieder umdrehte und lächelnd die Hand hob. Die Verse aus einem Gedicht von Joaquín Pasos, einem meiner Lieblingsgedichte, kamen mir in den Sinn: »Es ist wichtig, daß du die Hand hebst, damit ich dich wie einen Baum erinnere.« Ich hatte keine schlimmen Vorahnungen. Das beruhigte mich. Meine Vorahnungen täuschen mich selten. Ich hatte ihn gefragt, wie ich von der Operation erfahren würde.

»Du wirst es in den Nachrichten sehen«, antwortete er.

Die Erinnerungen an die Reise sind verschwommen: Touristenbeschäftigungen, Fahrten in doppelstöckigen Autobussen mit großen Fenstern über neblige Straßen. Die Grachten von Amsterdam. Die Menschenmassen auf der Gran Vía von Madrid. Ein Abendessen in Paris mit dem Cousin Bernard in La Coupole. Lucía und Antonio in ihrer kleinen Wohnung. Das Weihnachtsfest bei ihnen. Die Abreise nach Italien. Mein Mann, wie immer konsequenter Pessimist, war sich sicher, daß es seine erste und letzte Reise nach Europa wäre. Wie eine lästige Pflicht wollte er alles mitbekommen, auch wenn der übersättigte Kopf nur noch wirre Bilder von Landschaften und Ländern, Museen, Straßenszenen, Flughäfen registrierte. Ich las die Zeitungen mit meinem schlechten Französisch, meinem dürftigen Italienisch, suchte Nicaragua wie ein Zauberwort, dachte schon, die Compañeros hätten kein passendes Fest gefunden, daß irgend etwas schiefgegangen sein mußte, denn Neujahr rückte schon näher, und es gab immer noch keine besondere Nachricht.

Im Schatten des majestätischen Vesuv kamen wir aus Pompeji zurück, über einen ausgetrockneten Weg, dessen Lavadecke mich an die Hänge des Vulkans Santiago in Nicaragua erinnerte. Der Ausflugsbus hielt vor einer Cafeteria am Wegesrand, fünfzehn Minuten Zeit, um sich frisch zu machen, einen Kaffee zu trinken.

Ich stand an der Bar, trank einen Cappuccino und sah abwesend im unvermeidlichen Fernsehgerät der Bar die Nachrichten laufen, als plötzlich die Landkarte Nicaraguas auf dem Bildschirm erschien. Der Sprecher sagte etwas von *guerriglieri sandinisti*, und die Zeit blieb für mich stehen. Ich gab mit verzweifelt alle Mühe, zu begreifen. Mein Leben schien von den Worten des Journalisten abzuhängen, den ich nur halb verstand. Der Reiseleiter rief uns, wir mußten weiterfahren. Neben mir stand mein Mann und sah auch gebannt der Reportage zu, die viel zu schnell vorüber war, genau in dem Augenblick, als der Reiseleiter noch einmal hereinkam, um uns beide zu rufen, weil wir die letzten waren. Wir hielten alle anderen auf.

»Was ist da passiert?« fragte mein Mann. »Hast du etwas verstanden? Was haben die Guerilleros gemacht?«

»Eine große Aktion, scheint mir«, antwortete ich. »Wir müssen warten, bis wir im Hotel eine Zeitung bekommen.«

Von diesem Augenblick an fiel es mir schwer zu sprechen. Eine furchtbare Kälte breitete sich von meinem Rückgrat in alle Glieder aus. Mein Hände und Füße wurden eiskalt, die Zähne klapperten. Sicher hatte ich mich nur erkältet, sagte ich zu meinen Mann, während ich die Knie an die Brust zog und mich wie ein Fötus auf meinem Sitz zusammenkauerte. Mit geschlossenen Augen fielen mir nur die Gebete meiner Kindheit ein: Schutzengel mein, behüte uns fein, bei Tag und bei Nacht ... Vater unser, der du bist im Himmel, erlöse uns von dem Übel, Amen. So betete ich wieder und wieder die ganze Fahrt über, damit mir die Phantasie nicht außer Kontrolle geriet und ich an irgendein Unglück dachte. Marcos, lieber Marcos, daß dir um Gottes willen nur nichts geschieht, wiederholte ich zwischen den Gebeten und fragte mich, wie ich es anstellen sollte, mir das Pantheon, den Vatikan, das Forum Romanum anzusehen, wo ich doch nur so zusammengekauert mit geschlossenen Augen dasitzen wollte, wie jemand, der darauf wartet, daß ein Bombenangriff vorübergeht.

Die ganzen vier Tage über, die die Operation dauerte, betete ich in allen Kirchen, die wir besuchten. Ich bildete mir ein, Gott müsse auf unserer, nicht auf Somozas Seite sein, obwohl mir nicht die Ironie der Situation entging, im Vatikan für den Erfolg einer Guerillaaktion zu beten. Mein Mann zeigte sich sehr beeindruckt von der Kühnheit der Sandinisten. Wer mag das wohl sein? fragte er und dachte laut über die Identität der Guerilleros nach, während wir die Zeitung durchforsteten und versuchten, die Reportagen zu verstehen, die wir erst in Spanien endlich richtig lesen konnten.

Am 27. Dezember 1974 drang das Kommando Juan José Quezada – benannt nach einem der Compañeros, die am gleichen Tag wie Ricardo Morales gefallen waren – in das Haus von José María »Chema« Castillo, des Präsidenten der Nationalbank, ein, während dort ein Fest gefeiert wurde. Das Kommando bestand aus fünf Frauen und acht Männern, die mit den Nummern null bis dreizehn bezeichnet waren. »Null« war der Anführer. Nachdem die Frauen, Musiker und Kellner freigelassen worden waren, behielten die Guerilleros als Geiseln Guillermo Sevilla Sacasa, einen Schwager von Somoza, seinen Cousin Noel Pallais, mehrere Botschafter, den Direktor der ESSO Nicaragua und weitere Persönlichkeiten aus Wirtschaft und Politik.

Der Erzbischof von Managua, Monsignore Obando y Bravo, wurde zum Vermittler für die Verhandlungen zwischen Präsident Somoza und dem Anführer der Guerilleros, dem »Comandante Cero«, ernannt, den die Freigelassenen als großen, hellhäutigen, gutaussehenden Mann beschrieben.

Fast ein Jahr später erst sollte Marcos mir die Einzelheiten erzählen: Wie er am Morgen desselben Tages in einem politischen Klatschprogramm von dem Fest erfuhr. Wie schwierig es gewesen war, die Taxifahrer anzuhalten, deren Fahrzeuge sich das Kommando für die Aktion »auslieh«, denn als sie die Compañeros sahen, die als Nationalgardisten verkleidet waren, hielten sie nicht an, sondern gaben erst recht Gas. Er erzählte mir, daß sie ihre Waffen nur ein einziges Mal ausprobieren konnten, nämlich am Weihnachtsabend, im Schutz des Feuerwerks, das dann in Managua immer abgehalten wird; und vom bedauerlichen Widerstand des Hausbesitzers Castillo, der sich bewaffnet im Schlafzimmer verbarrikadierte, bis er bei einem Schußwechsel auf dem Gang das Leben verlor.

»Wenn das nicht gewesen wäre, dann hätte überhaupt niemand zu sterben brauchen. Die Aktion wäre perfekt gewesen«, sagte er. (Ich erinnerte mich, daß die Geiseln sogar die »Höflichkeit« der Guerilleros hervorgehoben hatten.)

»Eine der Frauen«, lachte Marcos, »dachte, wir seien Räuber und verschluckte ihren Brillantring. Kannst du dir vorstellen, daß jemand in einem solchen Augenblick an so etwas denkt?«

Als Somoza drei Tage später endlich die Bedingungen annahm, drängte sich die Bevölkerung an den Straßenrändern, um die Busse zu sehen, die die Guerilleros zum Flughafen brachten.

»Sie feierten uns richtig. Das war sehr bewegend. Wir forderten, daß die Armee sich aus den Straßen zurückzöge, und die Leute kamen mit schwarzroten Halstüchern. Hunderte von Leuten, die ganze Strecke über.«

Auf dem Flughafen traf sich das Kommando mit den politischen Gefangenen. Deren Freilassung, eine Million Dollar Lösegeld und die uneingeschränkte Verbreitung einer Reihe von Erklärungen über die Situation des Landes und die Ziele der FSLN waren einige der Forderungen, die die Diktatur hatte annehmen müssen.

»Die Compañeros in Freiheit zu sehen, sie zu umarmen, sie wiederzusehen, das war das Beste«, meinte Marcos. »Auf dem Weg nach Kuba zählten wir das Geld.«

Danach, sagte er, habe der Comandante Cero – der kein anderer als er selbst gewesen war – fast drei Tage lang ununterbrochen geschlafen.

Nichts ist so gut wie der Erfolg, das Gefühl des Sieges, damit man sich zu allem fähig fühlt. In den strahlenden Glanz der Kühnheit meiner Compañeros getaucht, enthüllte ich meinem Mann den Anteil, den ich an der Operation vom 27. Dezember gehabt hatte. Deshalb, so sagte ich ihm, könne ich auch noch nicht nach Nicaragua zurückreisen. Ich müsse ein paar Wochen bei meiner Schwester in Barcelona verbringen und darauf warten, daß man mir Bescheid gebe. All die Jahre über hatte ich ihm nichts gesagt, beklagte er sich. Er hatte ja immer gewußt, daß ich Schwierigkeiten bekommen würde. Welch ein Skandal. Doch war deutlich erkennbar, daß ein Teil von ihm mich auch bewunderte. Er muß sogar stolz auf mich gewesen sein, denn er begleitete mich nach Barcelona und brachte mich mit Beschützermiene zur Wohnung meiner Schwester, so als sei er dadurch auch an den Heldentaten der Frente Sandinista beteiligt. Meine Schwester Lucía sah mich mit ihren braunen Augen an, die vor Staunen ganz groß geworden waren. Auch sie, klein und zierlich wie meine Mutter, hatte sehr jung ihren ersten Freund geheiratet. In ihrer Welt voller Unschuld und Güte waren ihr meine Eskapaden immer ziemlich abenteuerlich vorgekommen, doch sehr diplomatisch entschloß sie sich, nichts dazu zu sagen. Ich war ihre Schwester, und wenn ich Unterschlupf brauchte, dann würde sie mir den eben gewähren.

Also nahm ich teil an ihrem häuslichen Leben, lief wie eine Löwin im Käfig in ihrer Wohnung auf und ab und durch die grauen Straßen dieses Städtchens in der Umgebung der großen katalanischen Metropole. Nach dem Leben der letzten Jahre fühlte ich mich deplaziert zwischen den fleißigen, sanftmütigen Frauen von Martorell, die Böden schrubbten, Essen kochten und Breichen für ihre Kinder zubereiteten, während ihre Ehemänner den Tag woanders verbrachten. Umsonst suchte ich in den Zeitungen

Nachrichten aus Nicaragua. Wenn Antonio von der Arbeit zurückkehrte, platzte meine angestaute Energie in den hitzigen Diskussionen aus mir heraus, die er mit Wonne vom Zaun brach. Sein Widerspruchsgeist, viel mehr noch als seine politischen Überzeugungen, brachte ihn dazu, mich wegen jeder Kleinigkeit herauszufordern. Beim Abendessen, wenn wir unsere schärfsten verbalen Waffen wetzten, beobachtete Lucía uns voller Angst. Sie vermittelte, wenn ich über die barbarische Conquista Lateinamerikas durch die Spanier schimpfte, während sich Antonio über meinen revolutionären Romantizismus lustig machte. Wenn Lucía die Tränen kamen, schlossen wir wieder Frieden. Wie streitende Kinder gingen wir dann in unsere Betten und haßten uns in aller Stille. Mit der Zeit haben Antonio und ich gelernt, uns zu respektieren und zu mögen, doch in jenen Tagen waren wir glühende Gegner, und ich glaube, wir beide genossen diese hitzigen intellektuellen Auseinandersetzungen in der ruhigen Routine des Alltags.

Nach zwei Monaten häuslichen Lebens jedoch gelangte ich, voller Sehnsucht nach meinen Töchtern und ohne eine Nachricht von Marcos, zu der Überzeugung, daß es Zeit war, meinen eigenen Entschluß zu treffen. Ich rief Alfredo an. Der war nicht so gewitzt wie Roberto und verstand nicht gleich meine verschlüsselten Fragen. Doch ich schloß aus dem, was er sagte, daß er zwar keine klaren Anweisungen bekommen hatte, aber der Meinung war, ich könne nach Hause kommen. Ich hörte heraus, daß bei den Razzien der Diktatur niemand verhaftet worden war, der mich verraten haben könnte.

Und so flog ich von Barcelona nach Panama. Dort erwartete mich meine Mutter, um mich auf dem letzten Stück der Reise bis Managua zu begleiten.

21. Kapitel

Wie mir meine Mutter half, mich auf ein Verhör vorzubereiten, und was geschah, als ich nach Nicaragua zurückkehrte (Panama/Managua, 1975)

Bei meiner Ankunft in Panama hätte ich mir gewünscht, daß meine Mutter dick und rund wäre, damit ich mich zwischen ihren Brüsten verbergen könnte und mich der altbekannte Geruch nach Muttermilch in die Zeit sicherer Kindheit zurücktrage, doch war meine Mutter weder dick noch eine Frau der großen Umarmungen und des engen Umhegens. Ihre Liebe war eher kritisch, besorgt. Als ich sie auf dem Flughafen sah, wußte ich sofort, daß es ihr schwerfiel, mir die Angst zu verzeihen, die ich sie erleiden ließ, und daß sie nicht einverstanden war mit meinen Eskapaden, doch sich nie verziehen hätte, mich in einer solchen Notlage wie dieser allein zu lassen.

Panama war der Sammelpunkt für die Flüge von und nach Nicaragua. Meine Mutter kannte das Terrain genau: Taxis, Hotels, Geschäfte. Panama-Stadt war ein Amalgam aus Miami, Zentralamerika und der Karibik, eine Stadt voller Banken, riesigen Läden, Luxushotels, alten Ruinen am Meer und einem Zentrum, das Asiaten, Schwarze und Indios in einer bunten, fröhlich-lärmenden Mischung bevölkerten. Von Spanien aus nach Panama zurückzukehren war für mich seit den Zeiten auf dem Internat in Madrid immer ein echtes Geschenk gewesen, nicht, weil mir die Stadt so besonders gefiel, sondern wegen des Lichts, des Grüns, der Lage am Pazifischen Ozean. Kaum stieg ich aus dem Flugzeug, da spürte ich schon die Energie der Neuen Welt, das junge Land, die überschwengliche Art der Menschen in ihren Kleidern mit leuchtenden Farben, die Mischung ihrer Rassen, ihr weiches, melodiöses Spanisch. Panama hatte keine genau bestimmte Identität, sein Schicksal war vom Kanal bestimmt worden, der es in zwei Teile zerschnitt und nach allen Richtungen, Rassen und Handelsbeziehungen hin öffnete, Indien, China, Indonesien; den Freihäfen, dem Schmuggel.

Wir übernachteten im Hotel Continental, im Viertel La Cresta. Wie wenig meine Mutter mit meinen »Verfehlungen« einverstanden war, merkte ich an der Art und Weise, mit der sie sich im Hotelzimmer einrichtete, ihren Koffer auspackte und sich dann kerzengerade auf einen Stuhl setzte, die Beine mit den Nylonstrümpfen ordentlich kreuzte und sich eine ihrer unvermeidlichen Benson and Hedges anzündete. Die Arme, dachte ich. Sie hatte wirklich nichts bei Guerillaaktionen und Verfolgungsszenarien zu suchen, diese elegante Frau mit dem Sommerkostüm, dem sorgfältig gekämmten, kurzen blonden Haar und den langen, helllackierten Fingernägeln. Mein Mann hatte sie über die Situation aufgeklärt, doch sie wollte, daß ich ihr Einzelheiten erzählte. Das tat ich auch. Trotz ihres angespannten Gesichtsausdrucks gefiel es ihr im Grunde, in der Position derjenigen zu sein, die mir das Seil zuwarf, das mich vor dem Abgrund rettete. Leise und langsam verhörte sie mich, antwortete auch auf meine Fragen über die Vorgänge im Land. Sie stellte klar, daß ich nicht ohne Schuld war: Ach, meine armen kleinen Töchter, wie hatten sie mich vermißt, wie sehr weinte Melissa um mich. Mein armer Vater schlief vor Angst schon nicht mehr, mein Mann war ein Schatten seiner selbst, verzehrt von der Sorge.

»Alles deine Schuld, Mama«, begehrte ich auf. »Du hast mir schließlich beigebracht, Verantwortung für die anderen zu empfinden.«

Sie antwortete, sie sei nicht gekommen, um mit mir zu streiten, sondern um mir zu helfen. Jeder verstehe Verantwortung auf seine Weise. Ich schwieg, ich konnte ihr nicht vorhalten, daß sie ihrem Ärger und ihrer Sorge Luft machte. Was mich mehr schmerzte, war ihre Ferne, ihr kühler Abstand zu mir. Sie setzte ihn sehr gut ein, nur selten gelang es mir, ihn zu überwinden. Schließlich ließ ich mich darauf ein, nach ihren Regeln zu spielen. Ohne übermäßige Erregung. Nur keine Gefühlsausbrüche riskieren oder die Fassung verlieren, wenn ich das Problem lösen wollte, das wußte ich jetzt. Kaum akzeptierte ich ihre Regeln, da entspannte sich meine Mutter und wurde zu einer phantastischen Verbündeten.

Am nächsten Morgen begannen wir beim Frühstück auf dem Zimmer – das für meine Mutter zum Charme einer Übernachtung im Hotel gehörte – zwischen Kaffeetassen, Brot mit Butter und den kleinen Marmeladendöschen mit der Arbeit. Ich erklärte ihr, daß ich mich auf den Fall vorbereiten müsse, am Flughafen in Managua verhaftet zu werden. Um ein mögliches Verhör gut zu überstehen, mußte ich mir das zurechtlegen, was wir in der Umgangssprache der Guerilla eine »Legende« nannten, also eine Rechtfertigung für mein Verhalten vor und nach der Dezember-Operation, einschließlich meiner Kontakte zu Marcos, Roberto oder irgendeinem anderen der von der Diktatur gesuchten Sandinisten. Ich schrieb eine plausible Geschichte von der Warte des romantischen, unschuldigen Mädchens aus, das nur mal eben mit der politischen Rebellion kokettiert hatte. Wir untersuchten die Geschichte auf Widersprüche, gingen sicher, daß die Daten stimmten. Dann lernte ich alles auswendig, und meine Mutter – die das Theater sehr liebte und als Laienschauspielerin in verschiedenen Stücken aufgetreten war – übernahm die Rolle dessen, der mich verhörte. Ich glaube, sie rief sich alle Spionagefilme ins Gedächtnis, die sie je gesehen hatte. Sie gönnte mir keine Atempause. Ein ums andre Mal versuchte sie mich in Widersprüche zu verwickeln, trieb mich in die Ecke, provozierte mich. Doch bei all unserer Anspannung fehlte auch nicht das Lachen. Ihre Mutterliebe überschritt Grenzen, wie ich es nie für möglich gehalten hätte, und sie tat es mit unübertrefflicher Eleganz. Sie war nicht einfach, meine Mutter, und sie mochte sich selbst Gefühle versagen, doch in Momenten wie jenem zeigte sie sich als die großartige Frau, die sie war. Manchmal denke ich, daß wir zwei uns zu sehr darin glichen, Grenzen überschreiten zu wollen, und sie es mir im Grunde übelnahm, daß ich es war und nicht sie, die es wagte, die Fesseln abzustreifen. Sie hatte die Pflicht gewählt, ich die Träume. Im Rhythmus ihres eigenen Hin und Her zog sie mich an oder stieß mich ab, bremste mich oder schob mich an. Sie wollte glauben, daß das Wasser ihres Leibes mir noch immer ein sicherer Strom sein konnte, doch ich ertrank in diesem Wasser. Ich wollte weit fortschwimmen, ein anderer Ozean sein. Ich glaube, das hat sie nie verstanden, sie wußte nie genau, was sie mit mir anfangen sollte.

Ich kann mir vorstellen, welche Angst sie gespürt haben muß – den ganzen Flug nach Nicaragua über saß sie mit geschlossenen Augen starr in ihrem Sitz und betete den Rosenkranz, die Glasperlen glitten im Rhythmus der Ave-Marias durch ihre Finger. Doch die Tatsache, daß sie mich nicht zurückzuhalten versuchte, daß sie meine Entscheidung akzeptierte, war wie ein Zeichen für mich: Sie ließ es zu, daß ich mich in Gefahr begab, weil sie auf meine Kraft vertraute, sie zu meistern.

22. Kapitel

Wie ich ein weiteres Jahr des Wütens der Diktatur überstand und wie sich die Frente Sandinista vergrößerte, aber auch teilte (Managua, 1975)

Ich weiß nicht, welches Schicksal mich davor bewahrte, verhaftet zu werden. Vielleicht waren es meine Privilegien, vielleicht hatten die Sicherheitsbehörden aber auch nur bessere Optionen, oder es war einfach meine Akte verlorengegangen. Ich stieg aus dem Flugzeug und passierte Paßkontrolle und Zoll mit flatternden Nerven. Auf dem Weg zum Haus meiner Eltern dann, auf der Straße durch das eben entstehende, häßliche Industriegebiet von Managua, das große Aufatmen, das Gott sei Dank. Meine Mutter gestattete sich nicht mehr als einen strengen Blick in meine Richtung. Nachdem die Gefahr vorüber war, kam der Tadel wieder hoch, diesmal ohne die Angst, die ihn abgeschwächt hatte. Zu Hause, auf dem großen Bett meiner Eltern – die ganze Familie drängte sich in dem Zimmer mit den großen Fenstern und den hölzernen Jalousien –, machte ich mich über den Stapel Zeitungen her, die mein Vater für mich aufgehoben hatte. Kaum begann ich, die einzelnen Ausgaben durchzugehen, da verließ mich gleich wieder die Erleichterung, bei den Meinen zu sein, im Hause meiner Kindheit. Ich gelangte zu der Überzeugung, daß mich der Sicherheitsdienst nur ins Land gelassen hatte, um mich als Köder zu benutzen, denn dort sah ich, Zeitung um Zeitung, die Fotos von Roberto, von Martín, vom geheimnisvollen Haus bei El Crucero, das ich endlich kennenlernte – so nahe bei dem Weg zwischen den Büschen, wo Marcos und ich uns immer verbargen. Meine Freude über die Heimkehr verwandelte sich in Panik. Mein Vater sah mein erschrockenes Gesicht und befahl, daß die Mädchen und meine kleine Schwester das Zimmer verlassen sollten.

»Sie werden mich verhaften«, sagte ich, »«da bin ich mir ganz sicher. Alle diese Leute kenne ich« – ich wies auf die Zeitungen –, »und ich bin mir sicher, daß der Sicherheitsdienst weiß, daß ich sie kenne. Was soll ich nur tun? Ich hätte nicht zurückkehren dürfen!«

Die Gesichter meines Vaters, meiner Mutter, meines Mannes sahen ernst aus, erwartungsvoll. Sie wußten noch weniger als ich, was man in einer solchen Situation machen mußte.

»Vielleicht sollte ich um Asyl bitten«, meinte ich, »in irgendeine Botschaft gehen.«

Ich war wie benommen von dem, was ich in den Zeitungen gelesen hatte. Durchs Telefon und mit nichts weiter als den Informationen, die ich aus der spanischen Presse bekam, war mir nicht klargeworden, welche Repression die Dezember-Operation ausgelöst hatte. Razzien. Die Gefängnisse voll von denen, die man für Parteigänger der Frente Sandinista hielt. Somoza hatte – gegen die Verfassung – ein Sondergericht aus Militärs gebildet, das die der Verschwörung verdächtigen Zivilisten aburteilen sollte. Das Gericht hatte eben mit der Arbeit und dem Verhören der Gefangenen begonnen.

»Wie ist es möglich, daß ihr mir am Telefon nichts davon gesagt habt!« fragte ich ein ums andre Mal. »Ihr hättet mir ja auch schreiben können. Ich bin blind in die Falle gelaufen!«

Wenn ich meinte, daß ich um Asyl bitten müsse, dann würde er mich in eine Botschaft bringen, meinte mein Vater. Doch warum sprach ich nicht zuerst mit dem Arzt, der mein Kinderarzt gewesen war, dem Dr. Carlos Báez, einem Freund der Familie? Auch er hatte einmal Asyl beantragt, er wußte sicher, was man tun mußte.

Dr. Báez – derselbe, der mich als Kind geimpft und mir meine Wunden verbunden hatte und später auch der Arzt meiner Töchter war – schaffte es, uns zu beruhigen. Er riet mir, nicht um Asyl nachzusuchen. Besser, ich wartete ab. Daß man mich nicht am Flughafen verhaftet hatte, war ein gutes Zeichen. Um Asyl nachzusuchen bedeutete, mich in eine Welt der Unsicherheit zu begeben. Jahre konnten vergehen, ohne daß es zu einem Prozeß käme, und ich müßte in einer Art Niemandsland leben.

Ich kehrte in mein eigenes Haus zurück. In den ersten zwei Wochen ging ich kaum auf die Straße. Ich überließ mich einem Zustand absoluten Verfolgungswahns, in dem sogar die Autos, die vor meinem Haus parkten, in meiner Phantasie zu bedrohlichen Figuren wurden, die sich jeden Augenblick auf mich stürzen konnten. Ich wollte nur in meinem Bett liegen, mich wie ein Fötus zusammenkrümmen und mit dem Daumen im Mund einschlafen. Heftig wünschte ich meinen Vater herbei, wollte, daß er käme, mich auf den Arm nähme, mich im Schaukelstuhl wiegte und mir dabei Lieder sang und mich beruhigte, ist ja schon gut, meine Kleine, ist ja gut. Die Arme meines Vaters waren in meiner Kindheit für mich die Mauern, an denen die Angst zerschellte. Und von meiner Jugend an hatte ich mit ihm eine Beziehung stillschweigender Komplizenschaft, die in dem Augenblick entstand, als ich beschloß, ihn nicht zu fürchten, ihn nicht als die autoritäre, strafende Person zu sehen, die meine Mutter anrief, wenn wir uns schlecht benahmen. Anfangs fiel es mir nicht leicht, mit ihm zu scherzen und nicht zu verschweigen, was ich dachte, doch wirkte mein Handeln Wunder. Wir wurden Freunde. Niemand ist in meinem Leben solidarischer mit mir gewesen oder hat mir ein solch absolutes Vertrauen geben können. Der Glaube, den mein Vater an mich hatte, ließ mich an mich selbst glauben, erlaubte es mir, mich zu trauen, die zu sein, die ich war. Mein Vater hat immer Licht in meine Schatten gebracht. Seit Kindesbeinen verband ich ihn mit dem Licht, denn es waren seine starken Arme, die den Generator anwarfen, der das Haus, in dem wir die Ferien verbrachten, mit Elektrizität versorgte, oder die die Lampen anzündeten, wenn in der Stadt der Strom ausfiel. Ich hätte alles darum gegeben, wenn er mich schützend in den Arm genommen hätte, bis die Gefahr, die mich umgab, vorbei war, doch ich war längst eine erwachsene Frau und mußte auch die Konsequenzen tragen, es zu sein.

Glücklicherweise widersetzte sich das Leben selbst meinen Versuchen, mich zu verstecken. Meine Töchter brauchten ihre Mutter. Und die finanzielle Situation brachte mich dazu, einen neuen Job zu suchen, denn den alten hatte ich gekündigt, bevor ich nach Europa gereist war. Besorgt über meinen Seelenzustand, lud Justine mich zum Kaffeetrinken oder zum Mittagessen ein. Mein Bruder Humberto half mir, die gute Laune, meinen Optimismus wiederzugewinnen; schon als Kind hatte er die Fähigkeit, Spiele zu erfinden, durch die die Phantasie Teil unserer Wirklichkeit wurde. Er dachte sich ein Land aus, in dem er selbst Präsident auf Lebenszeit war, und schrieb die Verfassung und die Besonderheiten seiner Geographie und seiner Menschen in ein paar Rechnungsbücher, die mein Vater ihm gegeben hatte. Wir Geschwister waren alle Einwohner dieses Landes, mußten uns an seine Gesetze halten und trugen besondere Namen. Ich hieß Maria Elena Shirley. Als wir erwachsen wurden, spielte er auch weiter meinen Präsidenten, gab mir Befehle. Ich lachte Tränen, wenn er übertrieben seine Schuldsprüche verkündete und sich über meine Ängste lustig machte, indem er plötzlich ins Haus einbrach und einen Überfall vortäuschte. Seine Streiche führte er oft täuschend echt aus, wie das eine Mal, als er – weil er wußte, wie ich es leid war, daß mein Mann andauernd vor dem Fernsehgerät saß – ins Haus schlich und einen Einbruch vortäuschte. Als ich nach Hause kam, waren die Schränke durchwühlt, die Schubladen standen offen. Ich war sicher, daß man uns ausgeraubt hatte, vor allem, als ich merkte, daß der Fernsehapparat fort war. Leider hielt Humberto es nicht lange aus und begann zu lachen. Das Fernsehgerät fanden wir später im Garten versteckt.

Mit der Zeit bekamen mein Bruder und ich ernste politische Differenzen und landeten schließlich auf ganz entgegengesetzten Seiten. Die Kindheit ist es, die uns davor bewahrt, uns gänzlich fremd zu werden. Wenn wir zusammen sind, versuchen wir, wieder Kinder zu sein. Wenn wir das vergessen und zu diskutieren beginnen, treten die Gegensätze zutage, und wir verletzen uns unvermeidlich. Bis jetzt sind die Wunden jedoch noch nicht so tief gewesen, daß sie uns auf ewig getrennt hätten.

Bald nach meiner Rückkehr nach Nicaragua hatte ich auf der Hacienda Mazatlán – im Haus von Alfredo und Pía – ein Treffen mit Pedro Arauz Palacios, der Marcos an der Spitze des städtischen Widerstands ablöste. Die Atmosphäre dieses Treffens unterschied sich so sehr von denen in meiner Erinnerung, daß es mich mit Nostalgie erfüllte. Pedro – er benutzte den Decknamen »Federico« – war ein harter, spröder Mann mit einem kantigen Kinnladen, der seinem Gesicht einen wenig freundlichen Ausdruck verlieh. Ohne sich auch nur einen Moment lang die Sonnenbrille abzunehmen, deren verspiegelte Gläser mich seine Augen nicht einmal erahnen ließen, tadelte er mich schwer dafür, ohne Erlaubnis ins Land zurückgekehrt zu sein. »Es war vorgesehen, Compañera, daß Sie nach Kuba reisen. Sie hätten nicht wiederkommen dürfen. Sie haben die Anordnungen mißachtet.« Da nützte es nichts, daß ich meine Töchter erwähnte, die zwei Monate, die ich vergeblich auf Nachrichten gewartet hatte. »Wenn ich davon erfahren hätte, wäre ich anstandslos nach Kuba gegangen«, sagte ich und fühlte mich einerseits geehrt wegen der Anordnungen, die, das vermutete ich, Marcos gegeben hatte; andererseits war ich aber auch erleichtert, daß ich meine Töchter nicht hatte im Stich lassen müssen. Federico interessierten meine Erklärungen nicht. Seine Art der Strafe war es, mich aus allem herauszuhalten und mich monatelang nur kleine Übersetzungsarbeiten machen zu lassen. Das einzig Gute war, daß er mir als Verantwortlichen Jacobo Marcos zuteilte, einen Psychiater palästinensischer Abstammung, ein ungemein sanfter Mann, der ganz leise lachte, so als wolle er sein Lachen verschlucken, und einen ebenso toleranten und skeptischen Blick für das Menschliche wie für das Göttliche besaß. Jacobo wurde in diesem Jahr der Katastrophen zu einer Schlüsselfigur für mich.

Paradoxerweise entstand die Krise der FSLN aus dem Anwachsen der sandinistischen Bewegung nach der Aktion vom 27. Dezember. Der Eintritt vieler neuer Mitglieder mit eigenen Ideen und Vorschlägen, wie man den Kampf gegen die Diktatur Somozas effektiver führen könne, stellte die Haltung von Federico und Tomás Borge, die den städtischen Widerstand leiteten, während Marcos, Carlos Fonseca und andere in Kuba waren, auf eine harte Probe. Die Krise entstand in dem Moment, als innerhalb der sandinistischen Bewegung drei unterschiedliche Vorstellungen über unsere Strategie aufeinanderprallten: Auf der einen Seite standen Federico und Tomás, die ihre Überzeugung aufrechterhielten, daß die Guerillatrupps, die unter großen Gefahren und Strapazen in den Bergen des Nordens operierten, der eigentliche Kern der Bewegung seien. Ihnen zufolge würde der Sieg von denen ausgehen, die die Diktatur durch irreguläre militärische Aktionen in diesem schwierigen Gelände besiegen würde, wo die Guerilla alle Vorteile besaß.

Der nicht zu übersehende Erfolg der Operation vom 27. Dezember jedoch und die Art und Weise, wie sie den Schleier der

Angst von der Bevölkerung nahm und sie ermunterte, sich dem Widerstand anzuschließen, unterstützte die Theorie von Marcos, daß Aktionen in den Städten viel effektiver waren, um die Diktatur unter Druck zu setzen. Marcos war bei seinem Studium der Geschichte Nicaraguas zu dem Schluß gekommen, daß die verbreitetste Form des politischen Kampfes im Land immer der Aufstand gewesen war. Bewaffnete Aktionen in den Städten, so meinte er, müßten es sein, die schließlich zum allgemeinen Aufstand führen würden, der die Diktatur stürzte. Ein anderer Flügel – derjenige, der sich zuerst abspaltete – war der Ansicht, man müsse das ländliche und städtische Proletariat organisieren und zum Mittelpunkt des Widerstandes machen, damit sich schließlich die gesamte Bevölkerung anschlösse.

Diese drei verschiedenen Meinungen führten dann auch zu drei Tendenzen innerhalb der FSLN: derjenigen der »Guerra Popular Prolongada« (GPP) – Verlängerter Volkskrieg; der der Proletarier; und schließlich der der Aufständischen oder dritten Tendenz, weil sie als dritte Position entstanden war. In den ersten Monaten der Krise allerdings waren die Definitionen und Unterschiede noch nicht besonders klar. Man beschuldigte sich gegenseitig. Und viele von uns fühlten sich wie in einem Niemandsland.

Im Oktober 1975 war meine »Strafzeit« endlich vorüber. Federico traf ich nicht wieder, dafür sah ich jetzt öfter Tomás Borge. Tomás vereinigte in seinem Charakter den größten Heldenmut mit den oberflächlichsten menschlichen Schwächen, an erster Stelle Eitelkeit und Angeberei. Er war klein von Statur – was ihn ungemein störte – und besaß das Gesicht eines mongolischen Kriegers und die Pose von jemandem, der sich immer an der Spitze zahlreicher Truppen sieht. Seine Manieren waren nicht besonders geschliffen, doch er war ein großer Verführer, und sein Herz ließ sich immer leicht entflammen. Wenn er gerührt war, vollbrachte er die überraschendsten und großzügigsten Gesten und sagte die einfachsten Dinge mit den herrlichsten Worten. Weil sein Name innerhalb der FSLN legendär war, benahm er sich auch wie eine Legende. Er liebte es, die Menschen zu beeindrucken, und man wußte nie, wieviel von dem, was er sagte, ein Produkt seiner fruchtbaren Phantasie war. Ich bewunderte ihn wegen seiner langen Jahre im

Untergrund, seiner Erfahrung als alter, verschwörerischer Fuchs und der grundsätzlichen Hochherzigkeit, die sich hinter seiner theatralischen Art verbarg. Mir kam er vor wie ein großes Kind, auf das man achten muß, damit es keine Schwierigkeiten bekommt, weil es wie ein kleiner Kampfhahn mit geschwellter Brust durch die Gegend stolziert.

Ich brachte Tomás zu geheimen Treffen oder zu seinen Kontakten in der Stadt. Mit ihm wurden die einfachsten Operationen schwierig, weil er die Angewohnheit besaß, die Gefahr herauszufordern. So stieg er zum Beispiel plötzlich an einer Straßenecke aus, um ein Lotterielos zu kaufen, oder er versteckte sich im Wagen nicht, sondern benahm sich gerade so, als wolle er, daß die Leute ihn sähen. Da er ganz oben auf der Fahndungsliste der Regierung stand, machte mich seine Kaltblütigkeit nicht nur nervös, sondern geradezu wütend. Ich sah keinen Sinn darin, daß wir Risiken eingingen, nur damit er sich besonders männlich fühlen konnte. Wir wurden Freunde, weil ich ihn ausschimpfte oder gegen seine Anordnungen handelte, wenn ich sie halsbrecherisch oder unvernünftig fand. Er mochte es, daß ich nicht den Mund hielt. Über sich selbst lachend, nahm er meine Kritik an und gestand mir im Vertrauen, wie schwer es ihm fiel, sich an Verhaltensweisen zu gewöhnen, die nicht zu seiner Persönlichkeit paßten.

An dem Tag, als Tomás mir sagte, daß mich vielleicht Roberto anrufen würde, und wenn er mich anrufe, dann müsse ich ihm sofort Bescheid geben, denn »der Compañero ist aus einem Unterschlupf abgehauen«, da wußte ich sofort, daß irgend etwas nicht stimmte. Tomás' Floskel: »Sieh mal, meine Liebe« – weil er schon in seinen Vierzigern war, nahm er gern eine väterliche Haltung ein – wirkte auf mich wie eine schwarze Wolke, und außerdem spürte ich, wie er versuchte, seinen Worten nicht allzuviel Gewicht zu geben, so als wolle er mich nicht merken lassen, daß er mich bat, ihm meinen Freund auszuliefern und damit die Treue zur Organisation über die Treue zwischen Compañeros zu stellen. Ich spielte das Spiel mit und tat so, als fände ich nichts Besonderes an seiner Bitte. Aber natürlich, meinte ich, wenn Roberto mich anrufe, dann gebe ich sofort Bescheid. Doch insgeheim wunderte ich mich darüber, was Roberto dazu bewogen haben mochte, aus einer konspirativen Wohnung zu verschwinden, gerade er, der zu diesem Zeitpunkt auf der Flucht vor den Sicherheitsbehörden war. Als Roberto mich schließlich tatsächlich anrief, freute ich mich, seine Stimme zu hören, stellte mir sein Vogelgesicht am anderen Ende der Leitung vor, mit der nach oben geschobenen Sonnenbrille, doch sein dringender Ton ließ mich stutzen.

»Hör mal«, sagte er, »ich habe da ein Problem mit einer eifersüchtigen Frau, ein echtes Problem. Der Mann von ihr ist hinter mir her und will mich umlegen, deshalb muß ich dich um einen Gefallen bitten, aber du darfst niemandem sagen, daß du mich triffst, hörst du, absolut niemandem. Hast du verstanden?«

Ich holte ihn an irgendeiner Straßenecke ab, und wir fuhren mehrere Stunden lang durch die Gegend und redeten miteinander. Durch ihn erfuhr ich von der Spaltung der Frente, davon, daß Tomás und Federico zwei Compañeros, die anderer Meinung waren als sie, mit vorgehaltener Waffe zu einer Botschaft gebracht hatten, um sie zu zwingen, dort um Asyl nachzusuchen. Luis und Jaime flohen aus der Botschaft, Roberto verschwand aus seinem Unterschlupf, und nun brauchten sie als Dissidenten und mit Haftbefehl gesuchte politisch Verfolgte Unterstützung, um das Land zu verlassen, damit sie Kontakt zu Marcos und den anderen aufnehmen, sie über alles informieren und ihnen ihre Ansicht vortragen konnten. Die Meinungsunterschiede mußten durch Diskussion gelöst werden, nicht mit Zwang oder gar Waffengewalt. Robertos Argumente leuchteten mir ein, vor allem dasjenige, daß politische Differenzen ausdiskutiert werden mußten und daß sie das Recht hatten, wenigstens angehört zu werden.

Von diesem Tag an war ich zwei Wochen lang Teil einer Konspiration innerhalb der Konspiration. Ich mußte nicht nur aufpassen, daß mir der Sicherheitsdienst nicht auf den Fersen war, sondern auch, daß Tomás nichts von meinen Verbindungen zu den »Wankelmütigen« mitbekam, wie die Dissidenten genannt wurden. Ich ging zu Rosario Murillo, der Dichterin aus der »Gradas«-Gruppe. In ihrem Haus in einem der dichtbevölkerten Stadtteile Managuas versteckten sich Roberto und die anderen. Rosario und ich fühlten uns doppelt bedroht. In der Universität und verschiedenen anderen Zirkeln gab es immer häufiger Diskussionen, immer mehr Kritik am Führungsstil des härtesten Teils der Frente Sandinista. Die Spaltung dehnte sich immer mehr aus. Rosario kaute an den Fingernägeln, während wir in ihrem mit den Postern von Rockgruppen dekorierten Haus auf Kissen am Boden und zwischen Vorhängen aus Perlenschnüren diskutierten. Rosario, die mit ihren Armreifen, zahlreichen Ringen, weiten Kleidern, mit ihrem langen Haarschopf und den Augen eines erschrockenen Rehs wie ein Hippie aussah, erzählte mir Einzelheiten über die Hintergründe des Streits, die ich nicht gewußt hatte. Gemeinsam teilten wir unsere Enttäuschung, als wir verblüfft begreifen mußten, wie schlimm es um die innere Lage der Frente bestellt war. Während wir Zitronentee mit Honig tranken, tauschten wir uns darüber aus, wie jede von uns beiden sich fühlte, denn es schien uns, als bräche alles in einem weiteren Erdbeben zusammen. Das idealistische, romantische Bild, das wir von der Frente Sandinista gehabt hatten, stürzte ein wie ein Kartenhaus. Wie war es möglich, daß es den Compañeros nicht erlaubt sein sollte, ihre Meinung zu sagen, und wie wollten wir jemals die Macht erobern, wenn die Beteiligung der Bevölkerung sich auf die heimliche Unterstützung der Guerillagruppen in den Bergen beschränken sollte? Wenn die Frente sich spaltete, meinte Rosario, dann war nichts mehr zu machen, dann war es besser, auszutreten und nichts mehr damit zu tun zu haben. Ja, sagte ich, denn sicher würde es uns dann genauso gehen wie so vielen anderen Bewegungen in Lateinamerika, die in tausend Stücke auseinanderbrachen und deren Mitglieder sich gegenseitig umbrachten.

Rosario brach ihre Beziehung zu Tomás ab, der, wie sie mir erzählte, die Angewohnheit besaß, unangemeldet bei ihr aufzutauchen. Mich dagegen zitierte Tomás weiter zu Treffen, kam zu mir nach Hause, bat mich, ihn irgendwo in Managua abzuholen. Eines Nachmittags, als ich ihn aufsammelte, war er in Begleitung, einer hübschen, zierlichen Frau mit tief ausgeschnittener Bluse und dem Flair einer Vadim-Schauspielerin, einer Mischung aus Sinnlichkeit und Unschuld. Ich kannte sie von den Fotos in den Zeitungen. Es war Charlotte, ebenfalls eine vom Sicherheitsdienst gesuchte Compañera. Sie und ihr Mann hatten das Haus angemietet, in dem sich das Kommando für die Dezember-Operation vorbereitete.

»Meinst du, die Compañera könnte heute bei dir übernachten?« fragte Tomás.

Ich sagte ja, doch müsse er das Risiko kalkulieren. Ich stand unter Verdacht, mein Haus war nicht das allersicherste.

»Ich weiß, ich weiß. Ist ja nur für eine Nacht.«

Bei meiner Rückkehr aus Europa hatte mir mein Mann, um sich gut mit mir zu stellen, eine Pistole und Geld gegeben und sich zu einem Treffen mit Tomás bereit erklärt. Dieses eine Treffen reichte jedoch aus, um ihn von jedem weiteren Kontakt mit der Frente Sandinista abzubringen. Unglücklicherweise hörte er, wie Tomás, als ich ihm die Fluchtwege aus dem Haus zeigte, zu mir sagte: »Keine Sorge, meine Liebe, wenn die Nationalgarde kommt, gehen wir ohnehin alle hier drauf.« Die souveräne Todesverachtung, die Tomás an den Tag legte, war zuviel für meinen Mann. Deshalb verstummte er vor Schreck, als er mich mit Charlotte, die als Flüchtige in allen Zeitungen abgebildet war, das Haus betreten sah.

»Ist nur für heute nacht«, sagte ich, um ihn zu beruhigen. Charlotte ging in ihr Zimmer und kam bis zum nächsten Tag nicht wieder heraus. Als es dunkel wurde, fuhren wir los, Richtung Stadt.

Charlotte war in Kalifornien aufgewachsen und sprach Spanisch mit einem leichten Akzent. Sie hatte eine Tochter, die, seit die Mutter in den Untergrund gegangen war, bei den Großeltern lebte. Nur sehr selten konnte sie sie sehen, klagte sie bedrückt.

Wir kamen um eine Kurve. Ein kleines, rotes Auto, das am Straßenrand parkte, fuhr an und folgte uns, kaum daß wir vorbeigefahren waren. Im Rückspiegel konnte ich vier Personen darin ausmachen. An diesem Tag hatte ich das rote Auto schon drei- oder viermal hinter mir gesehen, aber mir bis jetzt nichts dabei gedacht. Zu spät.

»Sie sind hinter uns her«, sagte ich zu meiner Begleiterin.

Sie brauchte nur eine Sekunde, um sich zu überzeugen. Dann beugte sie sich über ihren kleinen Rucksack, nahm ein Paar flache Schuhe heraus und zog sie sich statt der hochhackigen Pumps an. Noch einmal kramte sie in ihrem Rucksack und zog zwei Pistolen hervor.

»Kannst du schießen?«

Ich nickte, und sie legte mir eine der beiden Waffen auf den Schoß, durchgeladen und entsichert.

Auf der zweispurigen Straße war dichter Feierabendverkehr. Nur langsam kamen wir voran. In meinem Kopf dagegen spielte ich mit rasender Geschwindigkeit alle möglichen Szenarien durch. Wenn es zu einem Zusammenstoß käme, würden sie uns beide töten. Vier gegen zwei, und sie hatten zweifellos mehr Erfahrung und waren geübtere Schützen. Ich konnte nicht schneller fahren, um sie abzuhängen. Der dichte Verkehr schützte uns in gewisser Hinsicht, doch jeden Augenblick konnten die Männer aus dem Wagen springen, uns stoppen, das Feuer eröffnen.

»Wir lassen uns nicht lebend festnehmen, einverstanden?« fragte Charlotte.

Ich nickte bloß.

Ich erinnere mich noch genau daran, wie mich eine unbeteiligte Kälte ergriff. Ich fragte mich, ob uns weiter unten an der Straße vielleicht die Jeeps der Nationalgarde erwarteten. Wie viele Soldaten konnten wir unschädlich machen, bevor sie uns töteten? Ich stellte mir vor, wie die Jeeps uns abfingen. Angst spürte ich nicht, nur eine Überflutung mit Adrenalin. Die Zeit schritt in Zeitlupe voran, doch mein Gehirn arbeitete mit absoluter Klarheit. Da sah ich ein paar Meter vor mir auf der linken Seite die Einfahrt zu einem Wohnviertel, dessen Straßen ein Labyrinth aus Kreuzungen und Kreisen bildeten, die sich überall in Seitenstraßen verloren. Blitzschnell, ohne daß zwischen dem Fassen des Planes und seiner Ausführung auch nur eine Sekunde gelegen hätte, beschleunigte ich meinen Alfasud und riß das Steuer scharf nach links, bahnte mir einen Weg durch den dichten Gegenverkehr. Die anderen Fahrer schrien uns empört zu und wichen instinktiv aus. So erreichte ich, indem ich das Rote Meer aus Autokarosserien teilte, die Einfahrt des Wohnviertels und tauchte mit einer scharfen Rechtskurve im Labyrinth der Straßen unter, bis ich auf einen Sandweg stieß, von dem ich wußte, daß er auf die andere Seite des Ticomo-Tals führte, in ein dichtbewohntes Viertel. Es war ein halsbrecherisches Manöver, dessen Konsequenzen ich keine Sekunde bedachte, aber es funktionierte. Der rote Wagen verlor unsere Spur, und ich konnte Charlotte wohlbehalten dort abliefern, wo sie erwartet wurde.

Als ich nach Hause zurückkehrte, konnte ich das Zittern meiner Beine kaum unter Kontrolle halten. Meinem Mann erzählte ich nichts von alledem. Ich fürchtete, daß man mich noch an diesem Tag verhaften würde, und ich habe diese Verfolgungsjagd, die ohne weitere Folgen blieb, niemals genau verstanden. Ich vermute, der Sicherheitsdienst hatte mir tatsächlich die Rolle des Köders zugedacht und wollte mit mir irgendeinen dicken Fisch fangen. Meine Angst wuchs von Tag zu Tag. Gleichzeitig wurde die Situation im Inneren der Frente Sandinista immer verworrener. Ich wußte nicht mehr, wem ich noch trauen konnte. Ich hoffte, daß die sandinistische Bewegung sich nicht auflösen würde, daß die Bemühungen von Roberto und den anderen Erfolg hätten, doch wollte ich nicht, daß ich verhaftet würde oder andere Schwierigkeiten bekäme, während mein Vertrauen erschüttert war und ich befürchtete, daß die Anstrengungen vieler Jahre umsonst gewesen waren.

Der Ring schloß sich immer enger um mich. Im Dezember verhafteten Sicherheitsbeamte Jacobo. Kurz zuvor hatte ich bemerkt, wie ihm ein Wagen mit vier Männern darin folgte. Ich schickte ihm eine Nachricht und bat ihn, vorsichtig zu sein. Jacobo war allzu sorglos.

Über Alfredo schickte mir Federico die Anweisung, sofort das Land zu verlassen. Es wurde erwartet, daß Jacobo, dem sandinistischen Ehrenkodex entsprechend, der Folter eine Woche lang widerstehen würde, um denen, die er verraten könnte, Zeit zum Verschwinden zu geben. Doch nach einer Woche mußte er reden, ein paar Namen verraten, um sein eigenes Leben zu retten. Ich zweifelte keinen Augenblick, daß ich diesem Befehl Folge leisten mußte, auch wenn er von Federico kam. Ich hatte weniger als eine Woche Zeit, um mich darauf vorzubereiten, das Land zu verlassen. Wieder einmal brachte mir der Monat Dezember Trennungen und Desaster. Meine armen Töchter, unsere Pläne für ein gemeinsames Weihnachten! Sogar einen Baum hatte ich dieses Jahr für sie geschmückt, mit bunten Lichtern. Am Boden zerstört und voller Angst irrte ich durch meine Stadt. Managua wirkte auf mich wie ein Mensch, der durch einen schrecklichen Unfall furchtbar entstellt worden war. Verbrannt, mit gebrochenen Knochen, doch am Leben. Der Widerstand seiner Bewohner verwandelte sich für mich in Schönheit, eine unfaßbare Schönheit, die jenseits jeder ästhetischen Betrachtung lag. Ich fuhr durch die Straßen, die Einfallstraße von Masaya hinunter, von der aus man mitten am Horizont den großen Vulkan Momotombo sieht. Der Vulkan wirkt selbst wie ein Reisender, der sich auf einem Wolkenteppich immer weiter fortbewegt. Ich besuchte meine Lieblingsbäume, um die Erinnerung an ihre dicken Stämme und das glänzende Grün ihres Laubes mitzunehmen. Ich sog alle Gerüche ein, die der Wind mir in die Nase trieb. Im Verkehr, im Lärm der Märkte prägte ich mir die runden, braunen, feinen und groben Gesichter all der Menschen ein, die so viel gelitten hatten und soviel Hoffnung bewahrten. Hoffentlich enttäuscht die Frente sie nie, dachte ich. Hoffentlich enttäuschen wir sie nicht.

Am 20. Dezember 1975 verließ ich Nicaragua, unter dem Vorwand einer Urlaubsreise nach Mexiko. Während ich im Flughafengebäude darauf wartete, daß mein Flug aufgerufen wurde, und das Schlimmste befürchtete, preßte ich meine beiden Töchterchen an mich und versuchte, die Wärme ihrer kleinen Körper in mir zu bewahren. Ich fühlte mich wie ein von den Jägern umstelltes Reh.

»Gerade hat man deinen Namen ausgerufen«, sagte mein Mann plötzlich und beugte sich zu mir herüber. Gespannt wie eine Feder schnellte ich hoch, brachte kein Wort mehr hervor, war voller Panik, blinder, unkontrollierbarer Panik.

»Setz dich wieder hin. Das war doch nur ein Scherz«, lachte mein Mann und zog mich am Kleid nieder. Ich verzieh ihm vieles, dies jedoch nicht.

Eine Woche nach meiner Abreise kamen Agenten des Sicherheitsdienstes in mein Büro in der Werbeagentur und räumten die Aktenschränke aus. Wenige Monate später stand mein Name auf der Liste Hunderter von Menschen, die von den Militärgerichten abgeurteilt wurden. Meine Eltern beauftragten einen Anwalt mit meiner Verteidigung, der im Gerichtssaal meine Gedichte vorlas, um die Liebe zu meinem Land zu beweisen. In Abwesenheit wurde ich zu Zuchthaus verurteilt. Jacobo wurde von den Folterern eine Woche lang stehend unter glühender Sonne bis zum Hals in Sand eingegraben. Sie traten ihn mit Füßen und schütteten Abfälle und Exkremente über ihm aus. Er jedoch redete nicht, verriet nichts. Sein Schweigen machte es möglich, daß ich meine Haftstrafe nie absitzen mußte.

23. Kapitel

Von den Ängsten, die ich auf anderen Flughäfen erlebte,
und den Überraschungen, die kommen können,
wenn man die Macht der Phantasie entdeckt
(Vereinigte Staaten, 1985)

Als ich am Schalter der Einwanderungsbehörde in Miami darauf wartete, meinen Paß vorzuzeigen, fühlte ich eine ähnliche Unruhe wie die, die ich 1976 auf dem Flughafen von Managua empfunden hatte, als ich das Land verließ. Unter einer Diktatur zu leben schult die Reflexe; man entwickelt eine instinktive, irrationale Angst gegenüber bestimmten Uniformen. Da nützte es nichts, daß ich mir immer wieder sagte, daß die Beamten der Einwanderungsbehörde in Miami keine Gefahr für mich bedeuteten. In die USA zu reisen wurde für mich zu einer echten Folter, seit ich 1983/84 merkte, daß mit meinen Visaanträgen etwas Seltsames geschah. Das Konsulat der USA brauchte mehrere Wochen, um mir ein Visum zu gewähren, und man begrenzte es auf eine einzige Einreise für einen Monat. Das Visum trug eine Reihe geheimnisvoller Zahlen im unteren Teil. Als in Miami die Reihe an mir war, sahen mich die Beamten mißtrauisch an und stellten mir alle möglichen merkwürdigen Fragen, zum Beispiel, ob ich Kommunistin sei. Mehrfach baten sie mich in einen Raum mit der Aufschrift Secondary Immigration Inspection, wo dunkelhäutige Männer und Frauen nervös auf ihren Stühlen umherrutschten. Nach vielen Fragen und langen Stunden des Wartens bekam ich schließlich doch den Stempel in meinen Paß und konnte zur Gepäckausgabe weitergehen.

Während ich all diese Verzögerungen und Erniedrigungen über mich ergehen ließ, meinte ich, es seien Schikanen aus Feindschaft gegenüber meinem Land. Viel später erklärte ein auf Einwanderungsfragen spezialisierter Anwalt Carlos und mir, daß der Zahlenschlüssel unter dem Visum mich als »excludable alien« klassifizierte, eine auszuweisende Ausländerin, entsprechend den Bestimmungen des Abschnitts 28 des McCarren-Walters Act, einem Gesetz aus der Zeit des McCarthyismus. Wir Sandinisten wurden als Kommunisten eingestuft. Jedesmal, wenn ich ein Visum beantragte, mußte das State Department eine Sondererlaubnis ausstellen, die den ideologischen Ausschluß vorübergehend aufhob. Ich konnte nur in die USA einreisen, wenn mich eine Organisation oder Universität einlud, die sich dabei ausdrücklich auf die Informationsfreiheit berief, die im ersten Zusatz zur Verfassung geschützt wird.

Diese Behinderungen und Erschwernisse ließen in mir, wenn auch in einem anderen Zusammenhang, die Ängste wiederaufleben, gegen die ich gekämpft und nie wieder durchmachen zu müssen geglaubt hatte.

Dieses war das erste Mal, daß ich Carlos in den USA sah. Ich reiste auf Einladung des Nation Institute zu einer Konferenz, die den Titel »Dialog der Amerikas« trug. Nachdem ich an interessanten Debatten mit Susan Sontag, Luisa Valenzuela, E. L. Doctorow, Luis Armando Fernández, Kurt Vonnegut, Rose Styron und anderen teilgenommen hatte, traf ich mich mit ihm. Er lud mich ein, mit ihm nach Washington zu fahren und zum Landhaus seiner Familie in Virginia.

Nie verfehlt der krasse Unterschied zwischen meiner Welt und den Vereinigten Staaten seine Wirkung auf mich. Drei Stunden Flug reichen aus, damit die Armut, die einfache, ländliche Umwelt verschwinden und auf der anderen Seite der türkisblauen Karibik die Skyline von Miami auftaucht, weiß, glitzernd, vor Wohlstand strotzend. In New York ist ein Vergleich schon gar nicht mehr möglich. Man fühlt sich wie Gulliver im Land der Riesen. In der Penn Station stiegen wir in den Zug nach Washington und fuhren dann mit dem Taxi zum Hyllier Place, in der Nähe des Dupont Circle. Der *brownstone*, den Carlos' Vater bewohnte, war ein schönes, dreistöckiges Haus voller herrlicher italienischer Antiquitäten, Porzellanvasen und -skulpturen in beleuchteten Regalen, Kilimteppichen. Die Parkettfußböden glänzten, und eine schlanke Haushälterin mit einer Kinderstimme und dem französischen Akzent der Seychellen servierte uns sehr förmlich das Abendessen auf einem eleganten Geschirr aus weißem Porzellan.

Die Einrichtung, die Atmosphäre des Hauses mit seinen venezianischen Ansichten waren sehr europäisch. Ich kam mir eher wie in Mailand als in Washington vor. Carlos' Zimmer im dritten Stock war vollgestopft mit Büchern und sah immer noch so unordentlich und unaufgeräumt aus, wie es in seiner Jugend gewesen sein mußte. Es war wie eine Luxusausgabe seines Zimmers in Managua. Ich verstand, weshalb ihn die karge Einrichtung dort in seinem *hellhole*, wie er es nannte, so amüsierte, mit dem schmalen Bett und den Mickey-Mouse-Laken. Ich wußte nicht allzuviel über Carlos' Familie. Auf dieser Reise erfuhr ich, daß sein Vater Präsident von IBM Europa und sein Großvater ein italienischer Industrieller gewesen war.

In einem alten, zerbeulten Chevy fuhren wir am Abend zum Landhaus los, wo uns sein Vater erwartete. Wir nahmen die Route 66 Richtung Virginia und kamen in eine schattige, waldige Landschaft, an deren Horizont die blauen Umrisse der Blue Ridge Mountains aufragten. Wir verließen die Autobahn und nahmen eine schmale Landstraße, an deren Rändern malerische Häuser standen, in der typischen Bauweise der amerikanischen Ostküste. Es war Frühsommer, ein sanftes Grün, intensiver als das schreiendglänzende der Tropen, umgab uns. In der grünen Hügellandschaft erhoben sich hier und da kleine, gepflegte Kirchen der Baptisten oder der Methodisten. Wir kamen an rotgestrichenen Scheunen vorüber, adretten weißen Zäunen, kleinen Teichen, künstlichen Seen. In meiner Erinnerung gewahrte ich das Spiel zweier sich überlagernder Szenen. Wo habe ich das schon einmal gesehen? fragte ich mich. Wo nur? War es ein *déjà vu* oder die Ahnung, daß ich diesen Weg noch oft befahren würde? Ich versuchte noch, das sonderbare Gefühl zu ergründen, als ich in plötzlichem Staunen an die leuchtende Landschaft dachte, in der sich meine Phantasien von einem anderen Leben immer abgespielt hatten, in einem englischen Landhaus. Bevor ich Carlos kennenlernte, gab es eine Zeit, da pflegte ich mich, erschöpft von der Arbeit, die die Revolution mit sich brachte, und frustriert von all den Schwierigkeiten, seufzend auf mein Bett zu legen und mir zu sagen, wenn ich noch einmal geboren würde, dann müsse ich mir ein anderes Leben aussuchen, sorgloser und leichter. Zum Beispiel wollte ich, sagte ich mir und stellte es mir gleich vor, die verwöhnte Frau eines gutaussehenden, interessanten Künstlers sein, der ein altes, gemütliches Haus in der englischen Provinz besäße. Am Nachmittag würden wir zusammen ausreiten, über pilzgesäumte Wege in Kiefernwäldern. In der Abenddämmerung kämen wir dann zurück und setzten uns an den Kamin, um uns dem einfachen Vergnügen hinzugeben, ins knisternde Feuer zu schauen.

Ich gehöre zu den Menschen, die glauben, daß die Vorstellung ungeahnte Kräfte besitzt, doch mit Carlos durch diese Landschaft zu fahren und festzustellen, wie sehr er und all dies meiner Phantasie glichen, schien mir plötzlich wie eine Episode von Rod Serling in der *Twilight Zone*.

»Gibt es bei eurem Landhaus eigentlich auch Pferde?« fragte ich ihn.

»Ja«, antwortete er.

»Kannst du dir vorstellen, daß ich einen solchen Ort schon gesehen habe?« sagte ich. »Ich habe mir vorgestellt, ich lebte in einem Landhaus, mit einem Mann, der dir glich, und dabei kannte ich dich noch gar nicht.«

Er lächelte. Auch ich lächelte. Keiner von uns beiden hatte bisher von einer gemeinsamen Zukunft gesprochen. Ich sagte es zu ihm wie jemand, der einen surrealistischen Traum erzählt, der nie geschehen wird; eine Phantasiewelt, die nichts zu tun hatte mit meinem Leben als Nicaraguanerin, als Sandinistin.

24. Kapitel

Wie ich kurz vor Weihnachten ins mexikanische Exil kam und sehr bald alte Freunde wiedertraf (Mexiko, 1975)

Desorientiert und außer Atem kam ich in Mexiko an, mit dem Gefühl, von Nicaragua aus mit Riesenschritten durch die Wolken hierhergeflohen zu sein. Die Angst half mir, nicht an das zu denken, was ich zurückließ, oder mich allzusehr um die Zukunft zu sorgen. Die Reise schien mir wie eine Wiederholung derjenigen vom Jahr zuvor: hastig in der Weihnachtszeit das Land zu verlassen, im Ausland die Entwicklung der Ereignisse abzuwarten, zurückzukehren. Róger war in Mexiko, er nahm an einem Kurs in der »Werkstatt für Volkskunst« teil. Er hatte mir ein Hotel reserviert, und dorthin fuhr ich mit dem Taxi vom Flughafen aus, quer durch die festlich beleuchtete Stadt, eine riesige, dichtbevölkerte Metropole, in der die Menschen, mit Paketen beladen, hektisch die Gehsteige entlangliefen, während aus den Einkaufstüten der großen Warenhäuser, »Liverpool«, »Palacio de Hierro«, die Schmuckschleifen der Geschenke hervorlugten.

Ich bezog ein schlichtes Zimmer, das mit Art-déco-Möbeln ausgestattet war. Dann legte ich mich aufs Bett, atmete tief durch und versuchte mich mit den Übungen zu entspannen, die mir Jacobo in seiner Praxis gezeigt hatte. Der arme Jacobo, wie es ihm wohl gehen mochte? Wenn ich über meinen Verfolgungswahn geklagt hatte, sagte er immer, daß in unserem Metier ein gewisser Grad von Paranoia nur gesund sein könne.

Um zehn Uhr abends kam Róger, mit Jeansjacke und Vollbart. Wir tranken ein Bier zusammen. Er mochte meine Verzweiflung spüren, meinen abwesenden Ausdruck erkennen, denn plötzlich sagte er, er wolle mich in seine Werkstatt mitnehmen, sie liege sehr nah, und es würde mir guttun, mich abzulenken. Wir gingen zu Fuß durch die Straßen. Von außen wirkte das Gebäude, das zur einen Hälfte aus einer Druckerei, zur anderen aus Werkstätten für die Lithographen bestand, wie ein heruntergekommenes Haus aus der Kolonialzeit. Drinnen arbeiteten die Maschinen mit monotonem Lärm. In seiner überschwenglichen Art stellte mich Róger den Arbeitern vor und sagte ihnen, ich sei mit knapper Not der Somoza-Diktatur entkommen, und man müsse mich aufheitern. Eine halbe Stunde später hielten die Männer die Maschinen an, mit denen sie auf Hochtouren Weihnachtskarten druckten, und beschlossen, ein Willkommensfest für mich auszurichten. Schließlich saßen wir alle zusammen auf dem Dachboden, wo es nach Druckerschwärze roch, tranken Tequila und sangen »Ranchera«-Lieder, der beste jemals von einer Kultur erfundene Vorwand, um sich allen Schmerz von der Seele zu schreien, eine ganz billige und wunderbare Therapie, die in Gesellschaft jener mir völlig unbekannten Arbeiter zum schönsten Geschenk wurde, das ich an jenem Tag bekommen konnte. Gerührt und glücklich kehrte ich in mein Hotel zurück.

»Du bist nicht allein, meine Liebe. Mach dir keine Sorgen. Ich werde den Compañeros Bescheid sagen, daß du hier bist. Und morgen komme ich zum Frühstück wieder.«

Ich hatte mir vorgestellt, daß ich durch Róger Kontakt zu den Sandinisten im Exil herstellen könnte. Aus Sicherheitsgründen hatte ich keine Telefonnummern mitgenommen. Doch bestimmt ließen sich auch leicht Andrea und der Dichter aufspüren, die beide in Mexiko-Stadt lebten.

Am folgenden Morgen klingelte unablässig das Telefon, und gegen Mittag begann sich mein Hotelzimmer mit Menschen zu füllen. Mit Róger zusammen kamen William, Mary Jane und der Dichter. Herzliche Umarmungen, fröhliches Gelächter. Überschäumende Lebensfreude. Beim Zimmerservice bestellten sie Bier, redeten ohne Unterlaß, wollten genau wissen, was mit der Frente los war, wie sich die Dinge entwickelten. Die Spaltung hatte allen Heimlichkeiten ein Ende gesetzt. Die Energie der Compañeros gab mir Auftrieb. Endlich würden die immer wieder unterdrückten Themen offen diskutiert werden, sagten sie, und es komme zu einer klärenden Auseinandersetzung zwischen Führungsspitze und Basis. Noch war nichts verloren, im Gegenteil, die drohende Spaltung war eine gute Gelegenheit, sich von der starren Disziplin zu befreien und aktiv an der Strategie und den Planungen der Organisation teilzunehmen. Das gegen die Diktatur Somozas gerichtete Programm der FSLN hatte bis dahin eine grundsätzliche Einheit ermöglicht, doch reichte dies nicht mehr aus. Nun mußten die Methoden des Kampfes diskutiert werden, die Guerillastrategie, die Möglichkeiten von Bündnissen mit anderen Kräften. Meiner Meinung nach, so sagte ich ihnen, hatte das hartnäckige Bestehen der Dissidenten auf einer internen Auseinandersetzung den Anspruch auf absolute Autorität der dogmatischsten und orthodoxesten Mitglieder der Führung durchbrochen, die sich weigerten, die Alternativen und Möglichkeiten zu diskutieren, die durch die Dezember-Operation entstanden waren. Der Dichter war der einzige, der die Strategie der »Guerra Popular Prolongada« hartnäckig verteidigte. Er nannte die Dissidenten »Pseudointellektuelle«, und seine Anwesenheit belebte die Debatte. Ich weiß nicht mehr, wer plötzlich von einem Buch sprach, das ich unbedingt lesen müsse. »Kommt, wir gehen in die Buchhandlung«, sagte jemand, »und anschließend zusammen Mittag essen.«

Die mexikanischen Buchhandlungen waren das Paradies auf Erden. Es gab dort alle Bücher, die in Nicaragua verboten waren. Doch sie waren teuer, und ich mußte mit den tausend Dollar, die ich bei mir hatte, vorsichtig umgehen. Ich wußte ja nicht, wie lange ich mit diesem Geld würde auskommen müssen. »Mach dir keine Sorgen«, meinte einer der Freunde und schielte nach meiner Tasche. Kurz darauf fühlte ich, wie er mir ein, zwei, drei Bücher hineingleiten ließ. Der Täter stand mit unschuldigem Gesicht neben mir vor dem Bücherregal. Ich wurde nervös, wußte nicht, was ich tun sollte. Sie machten mir Zeichen, hinauszugehen. Die Tasche wog schwer auf meinem Weg nach draußen. Das Gesicht brannte mir. Ich sah sie an, doch sie taten alle so, als wäre nichts geschehen. Wir überquerten die Straße. Ein paar Straßen weiter erreichten wir einen Park. Unter schallendem Gelächter holten sie die Bücher aus meiner Tasche. Drei oder vier waren es.

»Erstes revolutionäres Gesetz«, meinte einer von ihnen, »der Kapitalismus hat uns bestohlen. Bücher kauft man also nicht, man enteignet sie.«

»Das ist Diebstahl«, entgegnete ich, »machen wir uns nichts vor. Bringt mich bloß nicht wieder in eine solche Situation. Da komme ich um vor Angst.«

»Das ist kein Diebstahl. Bücher sind Ideen, und die müssen frei in der Gesellschaft zirkulieren dürfen, sie müssen umsonst sein oder ganz billig. Es kann nicht angehen, daß das Wissen nur für die sein soll, die es kaufen können. Das Wissen steht allen zu.«

Sie waren von ihren Argumenten überzeugt, ich konnte sie nicht davon abbringen. Doch wenn ich dabei nervös wurde, hatte es keinen Zweck. Um zu »enteignen« mußte man kaltblütig sein, sonst verriet man sich. Immerhin hatte ich erst mal ein paar Bücher zu lesen.

Am Nachmittag kam ganz aufgedreht Andrea mit Felipe. Sie freute sich, mich zu sehen, aber sie war nicht glücklich, das sah ich an ihrem abwesenden Blick, der so rätselhaft war wie immer. In ihrer typischen Art versuchte sie, den stumpfen Ausdruck ihrer Augen durch Gesten und Worte zu überdecken. Felipe wirkte wie ein Universitätsstudent, einfach, ernst, mit dem Lächeln eines Kindes, das sich vorgenommen hat, erwachsen zu sein. Ich kannte seine Familie. Seine Schwester gehörte auf der Schule zum Kreis meiner Freundinnen.

Er und Andrea waren »Feste« der Organisation in Mexiko. Durch sie erfuhr ich, daß Marcos und andere aus der Führung der FSLN nicht mit dem Verhalten von Federico und Tomás in Nicaragua einverstanden waren. Sie verhandelten mit ihnen über die Wiederaufnahme der »Dissidenten« in die Organisation. Es war wichtig, die Spaltung zu vermeiden, doch nicht auf Kosten der Entwicklung der Frente. Taktik und Strategie mußten korrigiert, modernisiert werden. Ich erklärte mich bereit, in der Gruppe mitzuarbeiten, die für eine Vermittlung eintrat. Später sollte diese Gruppe zur dritten Strömung werden, die eine Strategie des allgemeinen Aufstands verfolgte.

Andrea ging, und Felipe blieb noch ein Weilchen, um sich mit mir in der Hotelcafeteria zu unterhalten. Meine Sorge, in dieser fremden Stadt Schiffbruch zu erleiden, verflüchtigte sich zusehends. Das alles war eher so, als käme ich in den Schoß einer Familie zurück, die mich mochte und sich um mich kümmerte: Die geschwisterliche Art der Compañeras und Compañeros, ihre Herzlichkeit, ließ mich wieder einmal das Glücksgefühl empfinden, das ich so oft und unerwartet in jenen Jahren des Kampfes spürte. Es war ein Glück am Rande des Abgrunds, gleichwohl faßbar und tief.

»Heute abend kommt dich ein Bekannter besuchen«, sagte Felipe, während er die Stimme senkte und sich verschwörerisch zu mir herüberbeugte. »Du brauchst kein Erkennungszeichen. Komm einfach um Punkt acht in die Hotelhalle. Diese Person wird dir die Situation besser erklären können. Und dann kümmern wir uns um alles Weitere, wo du wohnen wirst und so.«

Dann ging er. Wie ein Automat, der einen Befehl befolgt, fuhr ich in mein Zimmer hinauf. Wer anders als Marcos konnte sich so ankündigen? Mir eine solche Nachricht zu senden war sehr typisch für ihn. Aber er ist doch in Kuba, sagte ich mir, doch was wußte ich schon, er konnte überall sein, das war sein Geschäft. Mein Herz klopfte wild, ich konnte kaum atmen. Meine Hände waren naß vom Schweiß. Ich brauche eine von den Tabletten, die ich immer vor dem Fliegen einnehme, sagte ich mir, sonst kann ich mich nicht anziehen, mich nicht einmal bewegen. Ich duschte, machte mich fertig. Um Punkt acht fuhr ich mit dem Fahrstuhl in die Lobby hinunter. Ich sah ihn nirgendwo. Ich trat an die Fensterfront. Ein großer Mann mit dunklem Haar in einer grauen Windjacke kam mit raschen Schritten näher. Als er vor dem Hotel stand, sah er hinein. Die grünen Augen.

Ich rannte hinaus, und ein paar Sekunden später barg ich mein Gesicht an seiner Brust, während er mich fest in seine Arme schloß. Dann löste er sich von mir, sah mich aufmerksam an und umarmte mich wieder. Ich sagte irgend etwas Lustiges, um meine Verwirrung zu überspielen. Zu Fuß gingen wir los, entfernten uns vom Hotel.

»Ich wußte, daß du es warst«, sagte ich. »Von Anfang an habe ich es gewußt.«

Er lachte. Mit seinem dunklen Haar wirkte das Grün seiner Augen noch durchdringender, wie das der Felder in Nicaragua, wenn die Trockenzeit vorbei ist und die großen Regen kommen. Die einfache Kleidung konnte sein Wesen nicht verbergen. Ich spürte sofort, mit welcher Sicherheit er sich in der Stadt bewegte. Es war kalt. Die Dezembernacht war mit ihrem Lichterglanz hellwach pulsierend um uns und beachtete uns nicht. Wir waren ein Paar unter vielen. Hier lauerte nicht der Tod auf uns. Es war, als verließen wir nach langer Zeit die Katakomben. In der riesigen Stadt waren wir unsichtbar. Durch die Anonymität kühn geworden, nahm ich seinen Arm. Ich weiß nicht mehr, wie viele Straßen wir überquerten, wie viele Blocks wir entlangliefen, als gäbe es auf der Welt nichts anderes für uns zu tun, als immer weiterzulaufen. Ich redete über alles, von dem ich annahm, daß es ihn interessierte, ließ mich von ihm führen und versuchte, seine Gegenwart ganz in mich aufzunehmen. Sein Bild füllte mich so sehr aus, daß es mir schwerfiel zu glauben, ich hätte ihn ein Jahr lang nicht mehr gesehen. Es war, als schlösse sich ein Riß in der Zeit und schluckte jede Spur von Abwesenheit.

Einen Monat später sollte mir die Erinnerung an die wunderbare Stimmung dieser Nacht Tränen in die Augen treiben. Wir liefen bis zum Sanborns-Restaurant an der Avenida Reforma, wo wir Kuchen aßen und Kaffee tranken.

»Iß nur, iß, du bist so schmal«, sagte er. »Du siehst aus wie ein erschrockenes Reh. Es ist alles vorbei, du bist ja hier. Du brauchst keine Angst mehr zu haben.« Dabei nahm er meine Hand in die seine und streichelte sie zärtlich.

Lange sprachen wir über die Spaltung der Frente. Er vertraute darauf, daß die Vermittlung gut ausginge. Bald würde er zu einem Treffen der gesamten Führungsspitze reisen. Inzwischen mußte die Arbeit weitergehen. Gott sei Dank brauchte er sich jetzt um mich keine Sorgen mehr zu machen, sagte er. Schon lange habe er gemeint, daß ich ein zu großes Risiko einging, wenn ich in Nicaragua blieb.

»Aber vielleicht kann ich ja wieder zurückkehren«, meinte ich. »Wenn Jacobo mich nicht verrät ...«

»Jacobo wird annehmen, daß du außer Landes bist. Und er wird meinen, daß es für dich keine Gefahr mehr gibt. Irgend etwas muß er sagen, damit sie ihn nicht weiterfoltern. Ich glaube, du solltest nicht daran denken, zurückzukehren. Ich fände es gut, wenn du nach Costa Rica gingest. Hier haben wir schon genügend Leute. Dort fehlt es noch an Compañeros.«

Wir sprachen über Jacobo. Er mochte ihn gern.

»Ich bin mit Siebzehn auf einem Frachter nach Europa gefahren, weißt du? Ich lebte in Deutschland, in Frankreich. In Paris lernte ich Jacobo kennen. Er stellte die Kontakte her, damit eine ganze Reihe von uns Sandinisten sich bei den Palästinensern ausbilden lassen konnte.«

Es war typisch für Jacobo, daß er sich so in Sicherheit gewiegt hatte, meine Marcos. Bestimmt mußte er jetzt sehr leiden, und dabei war er ein besonders empfindlicher Mensch.

Auf dem Rückweg ins Hotel erzählte er mir Anekdoten von der Dezember-Operation. Er war überrascht, daß der Sicherheitsdienst ihn immer noch nicht identifiziert hatte. In jener Nacht blieb Marcos bei mir im Hotel. Im sicheren Schutz erkundeten wir unsere Haut wie zwei Forscher, die nach Sonnenaufgang die geheimnisvolle Insel entdecken, die sie schon in der Dunkelheit durchwandert haben. Sein starker, gutgebauter, von weichem Flaum bedeckter Körper beeindruckte mich, ließ mich an den Diskuswerfer von Praxiteles denken. Er flüsterte mir ins Ohr, daß ich schöner sei, als er es sich vorgestellt habe. »Du auch«, erwiderte ich. Feierlich und fröhlich zugleich war diese Nacht, voller Zärtlichkeit und eigentümlicher Schüchternheit, als berührten wir beide eine Spiegelbild, das sich in Luft auflösen, jeden Augenblick verschwinden konnte, wenn wir nicht vorsichtig waren; wie zwei Blinde, die plötzlich wieder sehend werden und sich hastig die Gesichter einprägen, aus Angst, sie könnten das Augenlicht wieder verlieren. Ich konnte die ganze Nacht lang nicht schlafen. Ich setzte mich im Bett auf, um ihn zu betrachten, und ich mußte weinen. Ich wurde ganz traurig, wie ich ihn da schlafen sah, so herrlich wie ein schöner spartanischer Krieger, verletzlich und sterblich. Da war es, daß ich die genaue Vorahnung seines Todes spürte, daß ich ihn nicht schützen konnte. Die Gewißheit sollte mich nicht mehr verlassen. Ich kämpfte dagegen an wie gegen ein bedrohliches Gespenst, wollte es mit wilden Gebärden verscheuchen, doch wenn Marcos neben mir schlief, konnte ich ihn nicht ansehen, ohne daß sich mir die Augen mit Tränen füllten. Auch in anderen Momenten passierte mir das. Dann blinzelte ich verzweifelt, damit er nicht sah, wie die Traurigkeit meine Augen trübte.

In den kommenden Wochen sahen wir uns öfter. Ich mietete ein Zimmer in einem grauen, düsteren Wohnblock in der Nähe der

Avenida Insurgentes, der großen Straße, die die ganze Stadt durchquert. Es war ein einfaches Zimmer, fast wie im Hotel, ausgestattet nur mit einem Bett, einer Kommode und einem Sessel. Es gab ein Badezimmer und einen Wandschrank. Die Fenster gingen auf den Lichthof des Gebäudes hinaus. Das Zimmer besaß kein Telefon, doch gab es einen öffentlichen Fernsprecher auf dem Gang. Marcos schärfte mir ein, niemandem die Nummer zu geben, nicht einmal meiner Familie. Sogar hier in Mexiko war uns die Diktatur noch auf den Fersen, meinte er. Jede Woche rief ich zu Hause bei meinen Eltern an. In meiner Abwesenheit hatten sie meine Töchter zu sich genommen, weil mein Mann meinte, er könne das nicht allein. Im feuchten, dunklen Flur zitterten mir die Hände vor jedem Anruf, ich fühlte mich wie in einem Raumschiff, das die Erdatmosphäre längst hinter sich gelassen hat und Kontakt mit der Bodenstation aufnimmt. Geht es den Mädchen gut? war immer die erste Frage. Nachdem meine Mutter oder mein Vater »Ja« gesagt hatten, taute mir das Blut in den Adern auf. Ich litt sehr wegen meiner Töchter. Ihre Stimmchen im Telefon zu hören, wenn sie mich fragten, wann ich wiederkäme, und sie in ihrer unschuldigen Traurigkeit nicht trösten zu können, verursachte mir körperliches Unwohlsein. Meine Brust war wie eingeschnürt, die Luft brannte mir in den Lungen. Ich erzählte ihnen von den armen, notleidenden Kindern, die Hilfe brauchten, klang wie eine Missionsschwester, wenn ich versuchte, ihnen eine Verpflichtung zu erklären, die über uns hinausging, eine Liebe, die mich dazu zwang, für das zukünftige Glück aller jetzt auf meine Familie zu verzichten. Ich wußte, sie konnten es noch nicht begreifen. Eines Tages werden sie es verstehen, dachte ich. »Eines Tages, mein Kind, wird alles anders sein«, hatte der Dichter Edwin Castro gesagt, bevor er vom Regime ermordet wurde. Zu meinem Leidwesen war der Trost dieser Hoffnung auf mich beschränkt, sie beide spürten nur meine Abwesenheit. »Bist du meine Mama aus dem Flugzeug?« fragte Melissa. Maryam, unfreiwilliges Sprachrohr meiner Mutter, vertiefte meine Schuldgefühle mit ihrem gekränkten Tonfall. Mein armes kleines Mädchen schrieb mir mit ihrer kindlichen Handschrift einen Brief, in dem sie mir sagte, es stimme zwar, daß es arme Kinder gebe auf der Welt, doch diese armen Kinder hätten immerhin ihre Mama. Nach meinen Töchtern kam mein Vater ans Telefon, und bald waren wir beide ganz in Tränen aufgelöst. Meine Mutter blieb praktisch, fragte mich, ob ich auch genug äße, ob ich auf mich aufpaßte und Ähnliches.

Ich mußte ganz neu anfangen, meinen Lebensunterhalt verdienen, um meine Töchter zu mir zu holen, tausend Dinge entscheiden, die Zukunft meiner Ehe klären. Eine dunkle, ungewisse Kluft öffnete sich vor mir. Mein einziger Halt waren meine Compañeros und meine Überzeugungen.

Der Dichter, wie immer optimistisch, nahm mich in den Arm, machte mir Mut. Er war lebensfroh und überschwenglich wie eh und je. Er hatte eine außergewöhnliche Frau geheiratet, die ich bald sehr schätzen lernte, sie hatten ein kleines Kind zusammen. Der Dichter war mit den wichtigsten Malern und Schriftstellern Mexikos befreundet, ab und zu sah ich ihn bei den Treffen des Solidaritätskomitees oder bei gemeinsamen Bekannten.

Paradoxerweise bedeutete das geographische Exil das Ende des Exils von mir selbst. Es befreite mich von dem Zwang, mich zu verstellen, und erlaubte mir, frei auszudrücken, was ich die ganze Zeit über in mir verschließen mußte. In den ersten drei Monaten in Mexiko schrieb ich den Gedichtband *Feuerlinie*, der 1978 den Preis von »Casa de las Américas« in Kuba gewann. Jetzt brauchte ich meine politischen Neigungen nicht mehr zu verstecken. Die Gedichte überfielen mich nur so, den ganzen Tag über. Als die Schleusen erst einmal offen waren, drangen Gefühle, die ich längst vergessen glaubte, aus meinem tiefsten Innern an die Oberfläche. Das Heimweh verwandelte ich einen Schwall von Worten. Meine Verse waren die Bojen, an denen ich meine Erinnerungen festmachte, damit die Flut sie nicht mit sich fortspülte. Weil ich Nicaragua nicht hatte, schrieb ich über seine mächtigen Wolken, die wie ein Zug leichter, sich türmender Baumwollbäusche vom Wind durch den blauen Himmel getrieben wurden; seine wunderbaren Sonnenuntergänge, seinen Geruch nach Regen, das Grün. Die Liebe zu dieser Landschaft band mich an mein kleines Heimatland genauso wie die politischen Ideen, die Ehre, der Wunsch nach Freiheit.

In meinem Zimmer legte ich mich in mein Bett, um mich zu wärmen, las und schrieb. In meinem Erwachsenenleben hatte ich noch nie soviel Zeit gehabt, um dies ohne Unterbrechungen zu tun. Es gab Tage, da ging ich nicht einmal nach draußen, um zu essen. Auf dem Fenstersims, der bei der Kälte mein Kühlschrank war, hatte ich Butter, Brot, Marmelade. Davon ernährte ich mich.

In manchen Nächten füllte sich meine Einsamkeit mit Marcos. Er rief an oder tauchte einfach auf. Mein Ohr erkannte schon seine Schritte, wenn sie unten zum Fahrstuhl gingen und sich dann meiner Tür näherten. Weil ich nie genau wußte, wann er kommen würde, wurde es für mich zur nächtlichen Manie, auf die Geräusche im Gebäude zu lauschen. In diesen Monaten formulierte Marcos endgültig seine Strategie, um die Diktatur zu besiegen: den Volksaufstand. Er hatte keinen Zweifel mehr daran, daß es der Frente Sandinista nur durch bewaffnete Aktionen in den Städten gelingen würde, die Bevölkerung zum Sturz der Diktatur zu mobilisieren. Man mußte die Besetzung von Armeestützpunkten planen, das war die historische Form des Kampfes in Nicaragua.

Was ihm außerdem den Schlaf raubte, war die Notwendigkeit von breiten Bündnissen mit anderen politischen Richtungen. Die Frente Sandinista konnte sich nicht länger aufführen wie eine Guerillasekte, sagte er. Sie mußte die Angst vor dem Verhandeln verlieren, sich öffnen, die Kindereien der Linken abschütteln, den Dogmatismus, unter dem sie litt.

Es war faszinierend, zuzusehen, wie er mit unermüdlicher Leidenschaft verschiedene Szenarien überlegte, Hypothesen entwikkelte, um meine Meinung zu hören, oder nur zu sehen, welche Reaktion seine Worte bei mir hervorriefen. Ich glaube, er benutzte mich als Probepublikum. Er schätzte es, daß ich hartnäckig darauf bestand, alle Konsequenzen durchzuspielen, die aus seinen Vorstellungen entsprangen, daß ich eine gewisse Skepsis an den Tag legte. Ich liebte es, ihn bei diesen langen Überlegungen zu begleiten. Manchmal schien es mir, als rede er, um sich selbst zuzuhören und seine eigenen Überzeugungen zu ergründen, doch andre Male spürte ich auch, daß er sichergehen wollte, daß seine Ideen von den anderen verstanden werden würden. Ich glaube, er sah sehr deutlich die Gefahren einer Organisation wie der unseren, die ihre Intellektuellen nicht beliebig oft ersetzen konnte und deren Führer so zahlreich ums Leben kamen. Die Gespräche mit Marcos und die Bewegungsfreiheit, die ich im Exil genoß, verstärkten das Gefühl meiner Zugehörigkeit zur Frente Sandinista. Als Dichterin und Intellektuelle war es meine Aufgabe, den Kontakt mit den mexikanischen Künstlern, Schriftstellern und Journalisten zu halten und dafür zu sorgen, daß sie uns bei der internationalen Isolierung der Somoza-Diktatur halfen. Dazu mußten sie laufend über das Geschehen in Nicaragua informiert werden. Weil die Medien im Land der Zensur unterlagen, mußten wir uns auf die internationalen Medien und bekannte Persönlichkeiten stützen, um die zahllosen und immer brutaleren Menschenrechtsverletzungen bekanntzumachen, die von der Diktatur verübt wurden. Die Hilfe der mexikanischen Künstler und Intellektuellen öffnete uns die Türen wichtiger kultureller Institutionen, der Universitäten und Forschungsinstitute. So gelang es uns, die Aufmerksamkeit auf Nicaragua zu lenken und eine breite Bewegung aufzubauen, die die Frente Sandinista unterstützte und die Diktatur Somozas verurteilte. Mich beeindruckte die Großzügigkeit und Entschiedenheit sehr, mit der uns Persönlichkeiten von großem Prestige in Mexiko unterstützten, wie, unter vielen anderen, José Emilio Pacheco, Jaime Labastida, Pablo González Casanova, Elena Poniatowska, Efraín Huerta. Carlos Pellicer war der Ehrenpräsident des Nicaragua-Solidaritätskomitees, Thelma Nava die unermüdliche Generalsekretärin. Es unterstützten uns auch die Maler Arnold Belkin und José Luis Cuevas. Mit einer mexikanischen Freundin ging ich einmal José Luis Cuevas in seinem Haus im Stadtteil San Angel besuchen. Der Maler erholte sich gerade von einem Herzleiden, doch er empfing uns in seinem Schlafzimmer, einem wunderschönen Raum, der ihm gleichzeitig als Studio und Bibliothek diente. Mit seinem Gesicht eines verführerischen *enfant terrible* lag Cuevas auf dem Bett, das, wenn ich mich recht erinnere, rot war und eine Art Baldachin besaß. Wir unterhielten uns eine ganze Weile, und dann schenkte er uns zum Abschied eines seiner Gemälde, damit wir es versteigerten und Geld für den politischen Kampf bekamen.

Sonntags verwandelten Andrea und ich uns in Verkäuferinnen der *Gaceta Sandinista* im Chapultepec-Park. Wir stellten ein Tischchen auf und riefen die Zeitung auf den Parkwegen und bei den Freiluftkonzerten aus. »Die *Gaceta Sandinista*, Compañero, Solidarität mit Nicaragua«, riefen wir. In jenen Jahren war Mexiko der

Zufluchtsort für zahllose exilierte Lateinamerikaner, die vor den Militärdiktaturen in ihren Ländern flohen. Die Idealisten und Träumer des ganzen Kontinents kamen dort zusammen. Jeder von ihnen machte die harte Wirklichkeit seines Landes zur Plattform, um die verrücktesten Utopien zu entwickeln. Wir sangen, sprachen, schrieben, malten und gaben uns hemmungslos einer heldenhaften Mystik hin. Komme, was da wolle, wir mußten ein besseres Leben zustande bringen als das, das man uns zu leben zwang. Viele waren wir, die alle das gleiche wollten. Unglaublich viele. Und so voller Begeisterung. Die Visionen wurden faßbar, wenn man mit anderen darüber sprach.

»Wann gehst du nach Costa Rica?« fragte Marcos.

»Meinst du nicht, daß ich in den Untergrund gehen könnte? Ich möchte am liebsten mit dir nach Nicaragua zurück.«

Er lächelte und strich mir übers Haar.

»Jeder muß dort sein, wo er am nützlichsten ist. Du kannst dich nirgendwo verstecken. Du fällst zu sehr auf, man würde dich sofort entdecken. Nein, nein. Dein Platz ist im Ausland. Die Arbeit draußen ist sehr wichtig. Sie wird immer entscheidender, je mehr sich die Pläne im Land selbst entwickeln.«

Nachdem ich vom Militärgericht in Abwesenheit verurteilt worden war, kündigte mein Mann mir an, daß er nach Mexiko kommen wolle, um mit mir zu reden. Ich wußte, was ich ihm zu sagen hatte. Ich wollte kein Doppelleben mehr, keine Halbheiten und auch niemanden, der mir die Zügel anzog und mich daran hinderte, im Rudel der dahinbrausenden Pferde, die den Lauf der Geschichte ändern würden, mitzugaloppieren. Meine Töchter und ich würden schon klarkommen; seit ich siebzehn war, hatte ich mir meinen Lebensunterhalt selbst verdient. Ich würde in Costa Rica schon Arbeit finden.

Mein Mann kam nach Mexiko. Drei Tage lang verließen wir kaum sein Hotelzimmer. Er weigerte sich zunächst, meine Entscheidung zu akzeptieren, und meinte, er wolle mit mir nach Costa Rica ziehen und versuchen, sich zu ändern. Wir weinten beide viel, ich spürte, wie ich ganz leer wurde und kaum noch Tränen in mir hatte. Es tat mir weh, ihn leiden zu sehen, doch würde es nichts mehr nützen, wenn er sich änderte. Ich liebte ihn schon so lange nicht mehr, daß ich kaum noch glauben konnte, ihn einmal tatsächlich geliebt zu haben, und daß er der Vater meiner Töchter war. Ich war nicht mehr dieselbe. Auf der Flucht vor ihm, davor, daß mich seine Traurigkeit, sein Mangel an Lebensfreude, seine Angst vor dem Leben verzehrten, wurde ich schließlich jemand anders. Er war kein schlechter Mensch. Es tat mir leid, ihn zu verlassen, ihn mit sich selbst allein zu lassen, doch mein Mitleid konnte ihn auch nicht retten. Auf der anderen Seite waren acht Jahre auch viele Tage gemeinsamen Lebens gewesen, und die Erinnerungen herauszureißen bedeutete auch, das Stück von sich selbst zu verlieren, das jeder von uns beiden in dieser Beziehung gelebt hatte. Auch wenn die Amputation notwendig war, so verursachte sie doch großen Schmerz. Mehrere Male war ich kurz davor, schwach zu werden und nachzugeben, nur um nicht länger seine Verzweiflung ansehen zu müssen, aber ich nahm alle meine Kraft zusammen. Es hatte keinen Zweck, ein Ende aufzuschieben, das so klar vorhersehbar war. Ich blieb standhaft und sagte mir immer wieder, daß wir einfach nicht weitermachen konnten. Als er einsah, daß mein Entschluß unumkehrbar war, wurde er wütend. Ich weiß nicht einmal mehr, was er mir sagte, doch ihn zornig werden zu sehen befreite mich von dem Mitleid, das ich für ihn empfand. Der Zorn war fruchtbarer für ihn, dachte ich, würde ihm helfen, sein Leben neu zu beginnen und ihn in Verbindung bringen mit der unterschwelligen Wut, die auf kleiner Flamme in seiner bitteren Melancholie schwelte. Ich begleitete ihn in die Hotelhalle, sah zu, wie er in ein Taxi zum Flughafen stieg, ohne mir auf Wiedersehen zu sagen und auch nur den Kopf noch einmal zu wenden.

Traurig, doch erleichtert ging ich zu Andreas Wohnung und fragte mich dabei, ob es eine ethische Grenze gab zwischen den eigenen Wünschen und den Verpflichtungen, die man hatte. Zerstörte ich eine Familie? Würde mein Mann sich von dem Schlag erholen? Wie würde sich die Scheidung auf unsere Töchter auswirken? Ich fand keine Antwort, ich wußte nur, daß ich nicht anders handeln konnte. Ich fühlte mich emotional ausgelaugt, erschöpft, doch hatten die Ereignisse des Lebens ihre geheimnisvollen Gründe. Das Exil hatte mich dazu gebracht, die so lang aufgeschobene Entscheidung zu fällen.

Als man in Mexiko einen Compañero mit einem Notizbuch voller Adressen verhaftete, riet mir Marcos, die Wohnung zu wechseln. Aus meinem traurigen, grauen Zimmer zog ich in eine Studentenwohnung im Stadtteil Coyacán. Mein Zimmer ging auf den Hauptplatz hinaus, und von der Bäckerei im Erdgeschoß zog der Duft nach frisch gebackenem Brot herauf. In Mexiko war ich immer wieder überrascht von der Herzlichkeit und Solidarität der Menschen. Um nicht die überfüllten Busse nehmen zu müssen, fuhr ich oft und überallhin per Anhalter – damals konnte man das noch gefahrlos tun. Zu meinem Erstaunen wußten die meisten von den Leuten, die mich mitnahmen, wer Sandino gewesen war. Die großen mexikanischen Wandmaler und die Intellektuellen jener Zeit hatten dafür gesorgt, daß Zeugnisse und Überlieferungen erhalten waren, doch war auch die Dezember-Operation noch frisch in der Erinnerung der Mexikaner. Mit Andrea, meiner ständigen Begleiterin in jenen Monaten, besuchte ich Schulen und Universitäten. Wir ließen keine Gelegenheit aus, über die Frente Sandinista zu sprechen und um Unterstützung zu werben. Andrea wirkte immer noch traurig, doch sie erholte sich in Mexiko nach und nach und versuchte es auch wieder mit der Liebe. Ihre Hingabe an die Sache der Revolution war wie ein Energiekraftwerk, das sie am Leben hielt und ihr diese innere Fröhlichkeit verlieh, die gegen das Schicksal wappnete und unter uns bestand wie ein Plasma, von dem wir alle zehrten. Wir bildeten eine kleine Gemeinschaft gemeinsamer Träumer, in der es keine Einsamkeit gab, keinen Überdruß, keine Kleinlichkeit. Andreas Familie kam nach Mexiko und nahm mich an wie eine Tochter. Ihr Bruder Rodrigo, der heute Generalstabschef der nicaraguanischen Armee ist, hatte an der Dezember-Operation teilgenommen. Durch ihn schickte ich Botschaften an Marcos, den ich, nachdem er von einer geheimnisvollen Reise zurückgekehrt war, kaum noch sah. Ich wurde es leid, auf ihn zu warten, in der Spannung zu leben, nie zu wissen, wann er käme, immer fürchten zu müssen, er klopfe vielleicht ausgerechnet dann an die Tür, wenn ich nicht da war. Irgend etwas ging schief. Ich war mir sicher. Schließlich schickte ich ihm einen Brief, in dem ich ihm vorwarf, daß sein Kampf gegen das Leiden nicht auch das Leid einschloß, das er einer Compañera zufügte. »Ich glaube nicht an den Revolutionär, der fähig ist, sein

Volk zu lieben, doch nicht die Menschen, die ihm nahe sind«, hatte Sartre einmal geschrieben. Ich wollte nur wissen, was los war, sagte ich ihm, womit sein Ausbleiben zu tun hatte.

Ein paar Tage später kam er. Er nahm mich auf den Schoß, holte tief Luft und gestand mir, daß es in seinem Leben jemand anders gebe, eine sehr nette Frau, die ihn liebe und gerade nach Mexiko gekommen sei, um bei ihm zu sein. Sein Tonfall schien andeuten zu wollen, daß seine Entscheidung, bei ihr zu bleiben und mich wegen ihr zu verlassen, beinahe so etwas war wie ein Akt des Mitleids, so als sei von uns beiden Frauen ich diejenige, die am besten ohne ihn auskommen konnte. »Du weißt, daß ich dich immer lieben werde«, meinte er mit einem betretenen Lächeln und bat mich mit seinem Blick, ich möge ihn verstehen, möge seine Freundin bleiben – die Kameradschaft sollte wichtiger sein als alles andere. »Du bist stark«, sagte er. »Du kommst darüber hinweg.« Ich spielte das Spiel mit, umarmte ihn, legte meinen Kopf an seine Brust und dankte ihm für sein Vertrauen. Ja, ich würde damit leben können, sagte ich. Und daß ich es vorzog, die Wahrheit erfahren zu haben, statt weiter im dunkeln zu tappen und umsonst auf ihn zu warten. Und ja, natürlich würde ich seine Freundin bleiben, natürlich würde ich immer seine Freundin sein.

Ein Unglück kommt selten allein, doch immer gibt es auch jemanden, der einen tröstet. Aus meinem Liebeskummer rettete mich der Dichter Efraín Huerta, der mit Thelma Nava verheiratet war. Efraín bot mir Arbeit an. Er war sechzig Jahre alt, hatte durch Kehlkopfkrebs seine Stimmbänder verloren und sprach wie ein Bauchredner. Viele kostete es Mühe, ihn zu verstehen, ich jedoch fand das nicht so schwierig. Als wir uns kennenlernten, mochten wir uns gleich. »Du siehst irgendwie Sophia Loren ähnlich«, meinte er. Wie sollte ich ihn bei einem solchen Kompliment nicht mögen! Später erfuhr ich, daß seine Verehrung von Sophia Loren kein Witz war, er himmelte sie an, wie ein Kind Superman bewundert. Sophia war sein Idol, er träumte von ihr. Mich rührte seine Verliebtheit in die berühmte Schauspielerin, war er doch kein Mann, der sich leicht beeindrucken ließ. Vielmehr wirkte er mißtrauisch, scheu, manchmal sogar bitter. Durch seine Krankheit traurig geworden, kämpfte Efraín hartnäckig darum, sich eine wilde, trotzige Liebe zum Leben zu erhalten. Sein Lieblingstier war das Krokodil, und zu mir war er wie ein zahmes Krokodil, das mich, anstatt mich zum Arbeiten anzuhalten – ich sollte einen Gedichtband für ihn ins reine schreiben –, glückliche Stunden verleben ließ. Er gab mir Geld fürs Taxi, und am späten Vormittag gingen wir Arm in Arm irgendwo im Polanco-Viertel Kaffee trinken. Jeden Tag legte er mir eine Schachtel Zigaretten und eine Tüte mit Süßigkeiten neben die Schreibmaschine. Er schenkte mir Bücher und Zeitschriften. Bald wurde mir klar, daß er mir den Job nicht nur angeboten hatte, um mir zu helfen, sondern auch, damit wir beide uns unsere Einsamkeit vertrieben und die Trauer über erlittene Niederlagen. Beide träumten wir von einem Ort, der nur in unseren Herzen existierte, der uns jedoch gleichwohl wie etwas Wirkliches anzog. Vielleicht war es das Land, aus dem alle Dichter stammen und in das sie alle zurückkehren möchten, ein Ort des Gleichgewichts, der Harmonie; vielleicht war es auch nur der Ort, wo er seine Stimme und seine Kraft wiedererlangen würde und ich meine Töchter glücklich und sicher aufwachsen sähe. Wir haben nie darüber gesprochen, es war nicht notwendig. Wir schrieben Gedichte.

Marcos Geständnis stürzte mich in eine tiefe Traurigkeit, von der Liebe zu ihm war ich noch lange besessen. Heute noch treibt es mir die Tränen in die Augen, wenn ich an ihn denke. Die herrliche, goldene Aura eines Helden umgibt ihn in meiner Erinnerung und verdeckt allzuleicht seine menschlichere, fehlbare Seite. Ich glaube, ich habe es nie geschafft, zu erfahren, wer er wirklich war. Er blieb auf ewig in seinem heiligen Brunnen, in den Tiefen einer Unterwasserwelt, die nur er bewohnte. Seine Liebe zur Revolution zehrte ihn ganz auf, kaum konnte man durch einen Spalt hineindringen, länger als einen Augenblick seine Aufmerksamkeit erlangen. Ich glaube, das ging uns allen so, all den Frauen, die ihn liebten. Und das waren mehrere, wie ich später erfuhr.

Ich sah ihn zum letztenmal, bevor ich nach Costa Rica ging. Er lud mich zum Mittagessen in ein altes, spanisches Restaurant ein, das in einem etwas heruntergekommenen Gebäude in der Nähe des Hauptplatzes von Mexiko-Stadt liegt. Das Restaurant war Treffpunkt vieler alter Republikaner, Teilnehmer am spanischen

Brügerkrieg, Anarchisten, gebeugte, ernst dreinblickende Männer mit verbissenen Gesichtern unter den Baskenmützen. Sie rauchten und tranken aus kleinen Gläsern Rotwein, während sie an den weißgedeckten Tischen saßen.

Marcos, der noch abwesender als gewöhnlich wirkte, behandelte mich wie eine alte, liebe Freundin, doch ab und zu ließ er seinen Blick wie in liebevoller Sorge forschend auf mir ruhen. Wir sprachen über meine neuen Aufgaben in Costa Rica, über die Schlüsselrolle, die er diesem Nachbarland Nicaraguas beimaß, das in der Tat das natürliche Rückzugsgebiet unseres Kampfes war. Er sagte mir, zu wem ich Kontakt aufnehmen sollte. Gegen Ende des Essens, als wir noch einen Kaffee tranken, ließ er seinen Blick durch den Raum schweifen.

»Sie sind so hartnäckig«, sagte er und sah voller Mitgefühl zu den alten Männern an den anderen Tischen hinüber. »Sie hoffen immer noch mit aller Kraft, daß der Faschismus in Spanien zu Ende geht.«

Ohne seinen Blick von ihnen zu wenden, sprach er weiter, sagte, die Verbissenheit dieser Männer sei eine Lektion, die man lernen müsse; der Widerstandskampf anderer Völker könne auch uns als Quelle unseres Mutes dienen. Es waren die gegen alle Widerstände aufrechterhaltenen Überzeugungen, die das Unmögliche zwangen, das Mögliche geboren werden zu lassen.

»Wenn du mal nach Paris kommst«, sagte er, »dann such an den Ständen der Buchverkäufer an der Seine Bücher über den Maquis, den französischen Widerstand gegen die Nazis. Dann wirst du an mich denken.« Und er lächelte spitzbübisch.

Als wir auf dem Gehsteig vor dem Restaurant voneinander Abschied nahmen, küßte er mich leicht auf den Mund. Ich wandte mich zum Gehen, doch nach ein paar Schritten drehte ich den Kopf, um ihn noch einmal zu sehen. Da ging er zwischen den Passanten, seine breiten Schultern, seine graue Windjacke verloren sich in der Menge. Ich fühlte mich dumpf und verlassen, ich mußte an mich halten, um ihm nicht hinterherzulaufen. Es machte jetzt nichts mehr, daß er mich nicht mehr liebte, ich wollte ihn nur bitten, daß er sich nicht in Gefahr begäbe, nicht zuließe, daß der Tod ihn erreichte. Ich war sicher, daß ich ihn niemals wiedersehen würde.

Als ich ihn das nächstemal sah, schauten mich seine Augen starr und ohne Leben an. Sein von Schüssen durchsiebter Leib war auf den ersten Seiten der nicaraguanischen Zeitungen abgebildet, die Diktatur stellte ihn aus wie eine Jagdtrophäe. Ich erinnere mich jedoch kaum als Toten an ihn, ich sehe ihn zwischen den Menschen laufen, sehe seine breiten Schultern, sein kastanienbraunes Haar, sehe, wie er sich langsam in der Ferne verliert, unter der bleichen, weißen Sonne des mexikanischen Mittags.

25. Kapitel

Wie ich in Costa Rica ein neues Leben begann und von den Schwierigkeiten, die ich überwinden mußte, um meine Töchter wiederzubekommen (Costa Rica, 1976)

Die Schienen einer alten Eisenbahnlinie liefen parallel zur Straße vor dem Haus vorbei, in dem ich während meiner ersten Monate in Costa Rica wohnte. Es rührt mich, wenn ich daran denke, wie ich dort hingelangte, an die Liebe meiner Eltern und ihre Versuche, in eine Zeit zurückzukehren, die für mich längst vorbei war. Für sie war ich immer noch das kleine Mädchen, das bis zum Hals in Schwierigkeiten steckte. Deshalb warteten sie in jenem April hilfsbereit in San José auf mich, hatten mir auch schon eine Unterkunft besorgt: ein Zimmer in einer Pension für Studentinnen, unter der Leitung einer sehr anständigen Witwe aus ordentlicher Familie, wie sie es ausdrückten. So kam es, daß ich mich nach ein paar Flugstunden plötzlich in einer Art Internatsschlafsaal wiederfand. Mein Zimmer mußte einmal so etwas wie die Leseecke in diesem großen Haus im Kolonialstil gewesen sein, die Doña Luisa – so hieß die Witwe – durch einen Vorhang, der sie vom Gang zum Bad trennte, in einen Schlafraum verwandelte. In das winzige Zimmerchen paßten gerade ein Bett und eine Kommode. Eine Privatsphäre gab es kaum für mich. Die Atmosphäre, die gemeinsamen Mahlzeiten mit den anderen Mädchen, bei denen wir uns mit Doña Luisa am Kopfende alle um den Eßtisch versammelten, erinnerten mich an die Zeit auf der Klosterschule. Doch meine Eltern waren ganz stolz auf ihre Entdeckung, und da ich kaum noch Geld besaß, blieb mir nichts anderes übrig, als ihnen zu danken und darauf zu hoffen, daß ich bald einen Job fand, um eine Wohnung für mich und meine Töchter mieten zu können.

Nach Mexiko-Stadt schien San José auf einem Taschentuch Platz zu haben. Eine kleine, grüne, malerische Stadt, von Bergen umgeben, die im Nebel eines feuchten, kühlen Klimas zu schwimmen schien. Die Erinnerung an meine ersten Wochen dort ist durchdrungen von der Melancholie einsamer, langer Spaziergänge. Ich lief im hartnäckigen Nieselregen an den Schienen der alten Bahnlinie entlang und glaubte, durch den Nebel das Echo der Züge zu hören. Wie das sanfte Rauschen des Regens drang langsam das Bewußtsein in mich ein, was das Exil wirklich bedeutete, und erfüllte mich mit einem Gefühl des Verlustes: meines Landes, meiner Kinder, von Marcos. Doch war die Trauer nicht stärker als meine Überzeugung, die den Verlust ins rechte Licht rückte und ihn vorübergehend und bewältigbar erscheinen ließ. Er war der Preis für die Freiheit. Wie konnte ich dem entgehen wollen, dem in meinem Land niemand entging? Immerhin war das, was ich erlebte, nichts im Vergleich mit dem Gefängnis, der Folter, dem Tod. Ich hatte vielmehr ziemliches Glück. Aber da waren diese vielen Tage voller Nieselregen. Nicht die tropischen Sturzbäche Nicaraguas, sondern der Regen Costa Ricas, sanft und unaufhörlich. Es war, als sei die Natur von meinem innerlichen Weinen angesteckt worden und bedecke mich mit feuchten Schleiern, ließe mich unter Wasser leben. Jeden Tag konnte mir Schimmel unter den Fingernägeln wachsen.

Am gleichen Tag, als ich in San José ankam, las Julio Cortázar im Nationaltheater. Ich hielt das für ein gutes Omen. Er war einer meiner liebsten Autoren, sein Buch *Rayuela* hatte ich wer weiß wie viele Male gelesen. Der Dichter aus Managua hatte mir den Spitznamen »Zauberin« gegeben, weil ich mich mit dieser Person des Buches so sehr identifizierte. Im Theater traf ich gleich Sergio Ramírez, eine der Kontaktpersonen, die mir Marcos genannt hatte, und verabredete mit ihm, ihn in der kommenden Woche in seinem Büro zu besuchen. Sergio stellte mich Julio vor. Er war ungemein hoch gewachsen, ein großes Kind mit unheimlich blauen Augen, mit einem deutlichen französischen Akzent in seinem gemütlich gesprochenen argentinischen Spanisch. Es gefiel mir, daß er als Mensch dem ähnelte, was er schrieb. Mir gefiel seine Bescheidenheit, seine unkomplizierte Art. Damals konnte ich mir noch nicht vorstellen, daß mir das Leben das Glück bescheren sollte, diesen wunderbaren Menschen ganz aus der Nähe kennenzulernen. Nach dem Sieg der Revolution sah ich ihn noch oft in Managua, und bei einer Parisreise sagte ich ihm während eines langen Spaziergangs entlang der Seine, daß ich, seit ich *Rayuela* gelesen hatte, davon träumte, mit ihm durch diese Landschaft seiner Phantasie zu wandern.

Ein paar Tage nach meiner Ankunft in Costa Rica fand ich Arbeit in einer Werbeagentur, deren Besitzer zwei Brüder waren; der eine sah aus wie ein billiger Filmschauspieler, und der andere wirkte wie ein müder Bürokrat. Beide belästigten mich, der eine mit sexuellen Anspielungen und der andere, indem er mich andauernd kontrollierte. Nicht einmal einen Monat hielt ich es dort aus, ich kündigte in einem Wutanfall, als der »Schauspieler« mich betatschen wollte. Am gleichen Tag stellte ich mich bei einer anderen, sehr bekannten Agentur vor und verbarg nicht meine politische Einstellung, denn ich hielt das für eine grundsätzliche Angelegenheit. Glücklicherweise galt es bei den Costaricanern, die die Demokratie sehr schätzen, als Ausdruck von Mut und Anstand, wenn man wegen der Somoza-Diktatur ins Exil gehen mußte. Am folgenden Tag bekam ich die Nachricht, daß ich angenommen worden war. Es war eine sehr angenehme Erfahrung, bei Garnier zu arbeiten. Arnaldo und Alberto, die Besitzer, und auch Luis und Hernán, meine Chefs, waren sehr anständige Menschen und nahmen mich mit einer Wärme und Freundlichkeit auf, die ich ihnen immer gedankt habe. Sie waren solidarischer mit mir, als sie es hätten sein müssen. In der Agentur machte ich mit den besten und freundlichsten Seiten des costaricanischen Wesens Bekanntschaft, die dieses Land zu einer Insel des Friedens im krisengeschüttelten Zentralamerika gemacht haben. Hernán, der Art Director, war ein Mann in den Dreißigern, ideenreich und klug und genügend selbstsicher, um seine Mitarbeiter die Zügel ihrer Phantasie schießenzulassen. Von Anfang an verstanden wir uns prächtig, und nach weniger als drei Monaten erhielt ich eine ordentliche Gehaltserhöhung. Endlich war ich in der Lage, umzuziehen und meine Töchter zu holen.

In Costa Rica war das Verbindungsnetz der Sandinisten erst noch im Aufbau begriffen, hatte Marcos mir gesagt. Ich lernte Jaime Wheelock, dem Anführer der »Dissidenten«, kennen. Er war jung und gutaussehend und hatte eine eigentümliche Art, durch sein Gegenüber hindurchzusehen, so als sähe er irgendwo in der Ferne die utopische Landschaft, von der er sprach. Er hatte in Chile studiert und sich intensiv mit der Geschichte Nicaraguas beschäftigt. Eines seiner Bücher faszinierte mich besonders, denn es stellte den indianischen Widerstand in Nicaragua zu Zeiten der spanischen Conquista dar, und mir hatte schon mein Großvater Francisco Pereira als kleines Mädchen davon erzählt, wie tapfere Krieger die Indios Nicaraguas gewesen waren. Ich erinnerte mich daran, wie leidenschaftlich seine Stimme immer klang, wenn er mir die Geschichte der Prinzessin Xochitl A Catalt, Zuckerrohrblüte, erzählte.

Als ihr Liebhaber, ein spanischer Hauptmann, sein Ehrenwort brach und ihren Vater Agayete, den Häuptling von Subtiava, angriff, zögerte die Prinzessin nicht, auf dem Pferd, das ihr der Hauptmann geschenkt hatte, loszureiten und ihn mit Pfeil und Bogen zu töten. »Stirb, du Verräter meines Volkes, Dieb meiner Ehre, Mörder meines Vaters«, schrie die Prinzessin, als sie ihn mit einem sicheren Pfeilschuß durchbohrte, um sich dann im Galopp in die Flammen ihres brennenden Elternhauses zu stürzen.

Die historischen Fakten, die Jaime in seinem Buch zusammentrug, zeigten die Verlogenheit der offiziellen Geschichte, die so tat, als hätten die Indios lammfromm mit den Spaniern zusammengelebt. Seine Forschungsergebnisse und die Erinnerungen meines Großvaters inspirierten mich zu der Person der Itzá in meinem Roman *Bewohnte Frau.*

Jaimes Buch *Imperialismus und Diktatur,* von Somoza verboten, gehörte zu den Dingen, die die Beamten des Sicherheitsdienstes auf meinem Schreibtisch gefunden und im Verfahren gegen mich zur Anklage benutzt hatten.

In unserem Gespräch gewann ich den Eindruck, daß er nicht den Optimismus von Marcos teilte, daß die Einigung der Frente Sandinista möglich sei. Er zweifelte daran, daß die dogmatischsten Führer nachgeben würden, und er sollte recht behalten.

Wir verließen das Restaurant, um uns zum Büro von Sergio

Ramírez zu begeben. Mit Sergio sollte ich zusammenarbeiten, meinte Jaime, und eine Beilage mit dem Namen »Solidarität« betreuen, die jede Woche von der Zeitung *Pueblo* produziert wurde. Später würde ich noch weitere Aufgaben bekommen.

Ich erinnere mich, daß uns Vanessa, Jaimes damalige Freundin, auf dem Parkplatz des Restaurants abholen sollte.

»Meinst du, daß sie dich sieht?« fragte ich ihn, weil uns ein paar Zweige verdeckten.

»Aber natürlich«, gab er mit einem spitzbübischen Lächeln zurück. »Denn das Auge einer Frau erkennt ihren König / auch wenn die Reiche erzittern / und die Himmel Feuer regnen lassen.« Das war ein Zitat aus einem berühmten Gedicht von Carlos Martínez Rivas. Dieser Mann hat sehr viel Selbstvertrauen, dachte ich, und das Glück, zu wissen, daß er sehr geliebt wird.

Sergio Ramírez, der später Vizepräsident Nicaraguas werden sollte, war Schriftsteller und Rechtsanwalt. Ich kannte ihn nicht sehr gut, doch sehr wohl seine originellen, bissigen Bücher, die wie besonders kostbare architektonische Werke gebaut waren. Als Schriftsteller gefiel er mir. Außerdem war er mit Tulita verheiratet, einer dunkelhäutigen Frau mit pechschwarzem Haar, die Teil meiner Erinnerungen an die magischen Sommer meiner Jugend an der Küste war. An den Abenden in Poneloya ging ich mit meinen Geschwistern den Strand entlang, und dann sahen wir von weitem das Haus ihrer Familie, der Guerrero. In seinem ewig halbfertigen Zustand wirkte es irgendwie gespenstisch, wie es da fern von den anderen auf einem Felsvorsprung lag. Es war nicht gestrichen, ein paar Wände fehlten, und anstelle von Fenstern gähnten Löcher. Dennoch zog dort jedes Jahr zur Ferienzeit die ganze Familie ein, und von außen sah es dann aus wie ein Puppenhaus. Wir nannten es nur »das Geisterhaus«. Abends kamen strahlend schön Tulita und ihre Schwestern heraus, eine von ihnen mit leuchtendrotem Haar, um im Club tanzen zu gehen und alle Schönheitswettbewerbe zu gewinnen. Weil ich ihn mit diesen Erinnerungen verband, war mir Sergio vertraut, und unsere Beziehung war von Anfang an die von alten Freunden, die sich wiedertreffen. Sergio besitzt die Seele eines romantischen Dichters in einem großen, etwas plumpen Körper, der ihn zu stören, ihm zu schwer zu werden scheint. Er wirkt zuweilen abwesend und ist dabei immer ein treuer und großzügiger Freund. Er nahm mich unter seine Fittiche und war derjenige, der mir während dieser ersten Tage in Costa Rica, in denen ich mich allein und verlassen fühlte, am meisten half. Damals arbeitete er gerade mit einem puertoricanischen Regisseur an einem Drehbuch über das Leben Sandinos, und um mich abzulenken, lud er mich zu ihren Arbeitssitzungen ein, die sehr unterhaltsam waren, voller Anekdoten aus der Zeit, als Sandino den Kampf seiner Bauernarmee gegen die nordamerikanischen Marines in den Bergen Nicaraguas anführte. Es war der erste Guerillakrieg des amerikanischen Kontinents.

Nachmittags trafen wir uns nach der Arbeit in seinem Büro – er war Direktor des »Zentralamerikanischen Universitätsrates«, der besten sozialwissenschaftlichen Fakultät der Region – und planten und schrieben die Zeitungsbeilage, deren lange Satzfahnen wir dann selbst auf Millimeterpapier klebten, wie man das tat, bevor es Computer und Desktop Publishing gab.

Bei ihm zu Hause lernte ich Armando Morales kennen, der für die Malerei Nicaraguas das darstellt, was Rubén Darío für die Literatur ist. Seine Bilder werden in den großen Galerien der Welt ausgestellt, auch im Museum of Modern Art in New York. Armando bat mich, im Tausch gegen Porträtzeichnungen für ihn Modell zu sitzen. Mich in seinem Studio im Stadtteil San Pedro von ihm malen und zeichnen zu lassen, war, als träte ich in einen Raum der Ruhe, wo der Meister gelassen zeichnete, während er mir von Aquarellen, Farben, der Herausforderung der Erinnerung, seiner Besessenheit erzählte. Er übersetzte die grundlegende Wahrnehmung, die ein Schriftsteller durch Worte auszudrücken versucht, in Struktur und Schattierung. Die Studien meines Körpers wurden meisterhafte Kohlezeichnungen, und die Erfahrung, wie reglos in der Zeit zu schweben, der Geruch der Farben, die Nacktheit als unschuldige Kunst wurden zu einer Art aktiver Meditation, die ich zu meinem Leidwesen aufgeben mußte, als meine anderen Aufgaben mich zu sehr in Anspruch nahmen.

Eines Tages gibt mir Armando hoffentlich die Zeichnungen, um die ich ihn immer zu bitten vergesse.

Es mochte inzwischen Mai oder Juni geworden sein. Ich machte Einkäufe im Zentrum von San José, bereitete meinen Umzug in die Wohnung vor, die ich endlich gemietet hatte, als ich jemanden rufen hörte: »Gío! Gío!« Nur einer nannte mich »Gío«: Jimmy, mein erster Jugendfreund. Er war der beste Schulfreund meines Bruders Humberto gewesen, und meine Mutter haßte ihn, weil er, ein frühreifer Biologe, von Schlangen fasziniert war und unerwartet mit einer Boa um den Hals oder anderen Reptilien bei uns auftauchte. Meine Mutter verließ dann das Schlafzimmer überhaupt nicht.

Er war zu einem Erwachsenen vom Typ Jean-Paul Belmondo geworden. Das markante Gesicht paßte gut zu seinem starken, athletischen Körper. Ich erinnerte mich, wie er in seiner winzigen Badehose vom Sprungbrett am Pool des Country Club in Managua perfekte Kopfsprünge gemacht hatte.

Wir umarmten uns lange und herzlich. Damals hatten wir uns so verzweifelt geliebt, wie sich oft junge Menschen lieben. Ich war vierzehn Jahre alt, er siebzehn. Der Widerstand meiner Eltern gab uns das Gefühl, Romeo und Julia zu sein. Ich vermutete, daß er einer der Gründe gewesen war, weshalb mich meine Eltern ins Internat nach Spanien abschoben. Als ich meine Sommerferien in England ohne die Beaufsichtigung der Nonnen verbrachte, schrieben wir uns lange, leidenschaftliche Briefe, die dann immer spärlicher wurden, bis wir den Kontakt schließlich ganz verloren. Beide hatten wir geheiratet. Er lebte in den USA und war schon wieder geschieden.

»Hast du schon gegessen?« fragte er mich.

Es war Samstag. Unser Mittagessen in einem Restaurant, das wie ein Farmhaus des amerikanischen Westens aussah, zog sich über mehrere Stunden hin. Jimmy untersuchte in Costa Rica die symbiotische Beziehung einer Fliege, die ihre Eier in diejenigen einer Kröte legte. Ich hielt sein Auftauchen für ein Wunder der göttlichen Vorsehung. Seit Marcos mich verlassen hatte, zweifelte ich an mir selbst – schreckliche weibliche Schwäche. Die Einsamkeit verfolgte mich auf den Straßen, kaum daß ich das Büro verließ. Jimmys Gegenwart ließ mir die Haut erblühen, ich spürte, wie sein Blick in mir die Frau erkannte, die die Unerfahrenheit der Pubertät überwunden hat. Beim Nachtisch hielten wir schon Händchen. Wir hatten es eilig, uns in die Arme zu fallen, das zu vollenden, was wir vor so vielen Jahren begonnen hatten. Ich klammerte mich an Jimmy, als stiege aus seinem Körper die Zeit der Unschuld wieder auf, das unbeschriebene Blatt der Jugend. Er hielt mich lange Zeit an sich gepreßt, strich mir durchs Haar, und ich schmiegte mich wie eine Schnecke in seine Arme, wie eine Schildkröte in ihren bequemen, sicheren Panzer.

Am nächsten Tag half er beim Umzug in meine neue Wohnung. Wir luden meine wenigen Besitztümer in sein Auto, und ich verabschiedete mich von Doña Luisa. Der Umzug, den ich mir als etwas Unangenehmes vorgestellt hatte, wurde zu einem Fest. Jimmy war da und sorgte dafür, daß Strom, Gas, Telefon funktionierten. Nichts ist besser als ein Mann, um den Geruch von Schimmel, nach unbewohntem Haus zu verscheuchen. In dieser Nacht blieb er bei mir, und die Wohnung wurde mit Lachen, Flüstern und den Seufzern unserer unerwarteten Romanze eingeweiht.

Jimmy blieb zwei Wochen. Durch ihn tankte ich gewissermaßen neue Energie, aber er machte mich auch mit der Schönheit des Landes vertraut, das für mehrere Jahre meine Heimat sein sollte. Zusammen gingen wir auf die Suche nach kleinen grünen Fröschen mit durchsichtigen Bäuchen, wateten durch Bäche in schattigen, wild überwucherten Tälern. Ich sah leuchtende Insekten mit geometrischen Formen, schwebende Sümpfe, Wolken, die in Tunneln aus Grün gefangen waren. Im Labor der Universität zeigte er mir unter dem Elektronenmikroskop die winzigen Wunder des Mooses, des Schimmels, des Blutkreislaufs seiner Frösche.

Später dachte ich, daß ihn mir der Himmel geschickt hatte, um mir Kraft zu geben. Er reiste ab, versprach jedoch, zurückzukehren, mich anzurufen. Ich richtete meine Wohnung fertig ein, und jetzt war das Nest liebevoll vorbereitet, alle Bedingungen geschaffen, meine Töchter zu empfangen, doch zu meinem Leidwesen bekam ich täglich neue Erklärungen zu hören, weshalb sich ihre Ankunft verzögerte. Eines Abends – ich erinnere mich, als wäre es gestern gewesen – rief mich mein Vater an.

»Töchterchen«, sagte er, »dein Mann weigert sich, die Mädchen herzugeben. Er sagt, daß er sie behalten will und daß er dich verklagen wird.«

Auch heute noch wird mir schwindlig, wenn ich an den Krater denke, der sich damals unter mir auftat, und wie mir das Herz wie ein durchgehendes Pferd zu rasen begann. Mein Vater sprach weiter, sagte, mein Mann sei der Ansicht, ich könne die Verantwortung für das Wohlergehen meiner Töchter nicht übernehmen, ich würde sie bestimmt vernachlässigen.

»Aber er hat sie doch zu euch gebracht, als ich weggehen mußte! Er war es doch, der die Verantwortung nicht übernehmen wollte!« rief ich ungläubig aus.

»Ja, Töchterchen, ich weiß. Was soll ich dir sagen?«

Ich rief meinen Mann an. Ich versuchte, ruhig zu bleiben, aber es gelang mir nicht. Wie konnte er mir das antun? Er wußte besser als irgend jemand anders, weshalb ich das Land verlassen mußte und nicht zurückkehren konnte. Er antwortete mir mit herausfordernder Arroganz. Die Mutterschaft sei nichts für mich, sagte er, mir seien andere Dinge wichtig. Es interessiere ihn nicht, zu erfahren, wie es mir dabei ging. Er habe seine Entscheidung schon getroffen. Damit legte er auf.

Ich meinte, ich müsse verrückt werden. Ich war allein in meiner Wohnung, hatte niemanden, mit dem ich reden konnte. Ich weinte, die Wut in meiner Brust war so groß, daß ich meinte, das Herz würde mir platzen. Niemals hätte ich gedacht, daß mein Mann zu der Sorte von Männern gehörte, die so etwas taten. Er wußte allein ja nicht einmal, was er mit den Mädchen anfangen sollte, deshalb hatte er sie ja bei meinen Eltern gelassen! Er nahm mir die Mädchen nur weg, um sich an mir zu rächen. Und ich, die ich in Nicaragua zu Zuchthaus verurteilt war und außer Landes bleiben mußte – was konnte ich denn tun? Es mußte einen Ausweg geben. Denk nach, sagte ich mir, denk nach. Ich brauchte einen Anwalt.

Der Rechtsanwalt bestätigte meine Befürchtungen. Da war nichts zu machen, meinte er. Ich war auf der Flucht vor dem Gesetz, ich besaß keine Rechte. Ich konnte meine Töchter vergessen. Er gebrauchte diese Worte nicht, dazu war er zu höflich. Er reichte mir ein paar Kleenex und brachte mich nach Hause.

Mein Körper verwandelte sich in ein schmerzendes Knäuel wirrer, gespannter Kabel, in mir wütete die blinde Wut der Machtlosigkeit. Mein Chef, die Sekretärin, Sergio, alle sahen mich mitleidig an, wollten mir helfen, wußten jedoch nicht, wie.

Mein Hirn hörte keinen Moment auf zu arbeiten, ich gab die

Sache noch nicht verloren. Ich bin sehr hartnäckig, vor Problemen baue ich mich auf wie ein Boxer, der nach der Strategie sucht, um den Kampf zu gewinnen. Irgend etwas sagte mir, daß ich meine Töchter nicht verlieren würde; irgendwo lag die Lösung, und ich mußte sie finden.

Ich fand sie eine Woche später, um die Mittagszeit. Ich erinnere mich noch genau an den Moment, die Dächer, über die ich dabei von meinem Fenster aus sah. Ich verstand, wie einmal Archimedes nackt aus dem Bad gestiegen war und »Heureka!« gerufen hatte. Das hätte ich auch gern getan. Mir war eingefallen, wie mir mein Mann, als er sich gut mit mir stellen wollte, eine Pistole und Geld für den politischen Kampf gegeben hatte. Darauf baute ich meine Strategie auf. Auf dem Weg zum Telefonieren hielt ich meine Erregung zurück, um völlig ruhig zu sein, wenn ich mit meinem Mann sprach. Ich wollte ihn nicht provozieren, doch nahm meine Stimme einen herausfordernden Tonfall an, als ich ihn am anderen Ende der Leitung hörte.

»Ich will dir nur sagen, daß ich beschlossen habe, nach Nicaragua zurückzukehren«, sagte ich ihm. »Meine Töchter sollen lieber wissen, daß ich im Zuchthaus bin, als meinen, ich hätte sie verlassen.«

»Du bist verrückt ...«

»Ich mach dich für alles verantwortlich, was mir passieren kann. Außerdem sollst du wissen, daß ich nicht schweigen werde; ich werde ihnen von dem Geld und der Pistole erzählen, die du mir gegeben hast.« Ich hörte noch, wie er den Atem anhielt und erschrocken schluckte, dann legte ich auf.

Aufrechter und stärker ging ich auf die Straße hinaus, mächtig wie eine zürnende Rachegöttin, die ihre Kinder mit allen ihr zur Verfügung stehenden Waffen verteidigt. Ich war glücklich, eine Frau zu sein, den Instinkt einer Frau zu besitzen, die zu sein, die ich war.

Eine Woche später, an einem Samstagnachmittag im Juli 1976, nach sieben Monaten der Trennung, kamen meine beiden wunderbaren Töchter. Maryam war überglücklich und wollte mich gar nicht mehr loslassen. Mein Bruder Eduardo erzählte mir lächelnd, sie habe unterwegs andauernd gefragt, wie spät es sei und wie viele Minuten noch fehlten, bis sie endlich ankamen. Melissa fragte mit ihren zwei Jahren, ob ich ihre Mama aus dem Flugzeug sei, während sie die Wohnung erkundete. Ich hatte ihnen ein Hochbett gekauft, dessen Leiter sie ich weiß nicht wie viele Male hinauf- und hinunterkletterten, ganz fasziniert von dem Gedanken, in einem solchen Bett zu schlafen. Am Abend, nach all dem Kuchen und den Süßigkeiten, die sie haben wollten, brachte ich sie in ihre Bettchen und erzählte ihnen Geschichten. Als sie endlich einschliefen, ging auch ich ganz erschöpft zu Bett. Doch ich schlief kaum. Wieder und wieder stand ich auf, um sie anzusehen und sicherzugehen, daß es keine Einbildung war: Meine beiden Töchterchen schliefen jetzt endlich nahe bei mir.

26. Kapitel

Wie ich die Mutterschaft mit der Politik verband; von Liebe und Liebschaften nach der Enttäuschung und wie sich eine böse Vorahnung erfüllte (San José, 1976)

Meine Einsamkeit füllte sich mit den Geräuschen der Mädchen, wie sie eilig die Treppe hinauf- und hinunterrannten und mit ihrem Getrappel junger Fohlen das ganze Haus beben ließen. Sie spielten auf dem gepflasterten Parkplatz vor dem Haus, auf den die Türen und Fenster der drei zweistöckigen Reihenhäuser der Wohnanlage hinausgingen. Der Stadtteil Sabanilla in der Nähe der Universität war sicher und ruhig, vom hektischen Treiben der Stadt führte eine Ausfallstraße in diese hochgelegene, beinahe schon ländliche Gegend voller Bäume und Gärten hinauf. Mit den Mädchen kam Cristina, eine hübsche, dunkle junge Frau, aus Nicaragua herüber, um auf sie aufzupassen, während ich arbeitete. Ich meldete Maryam in der Schule an. Jeden Tag holte sie morgens der Schulbus und brachte sie mittags wieder heim. Unser Haus war ein Haus voller Frauen, auf seinem engen Raum erlangten meine Töchter und ich bald die Nähe, den verlorenen Kontakt zurück. Mit der Zwanglosigkeit von Kindern gewöhnten sie sich im Handumdrehen an die neue Situation. Wir besaßen kein Auto, doch sogar das Umherfahren in den unbequemen städtischen Autobussen schien ihnen noch ein Abenteuer. Mich rührte, wie schnell sie mir meine Abwesenheit verziehen, wie sehr sie mich schon bald wieder liebten. Da lagen wir drei zusammengerollt wie Katzen im Bett, und ich erzählte ihnen von den Gründen, die uns getrennt hatten, und wie sehr ich sie vermißte. Ich wußte nicht, ob sie mich verstanden, ob sie das alles hören mußten, oder ob ich es nur war, die es sagen mußte, aber ich dachte, daß ich ihnen eine Erklärung schuldete. Ich bin überzeugt davon, daß es richtig war, sie an den schwierigen Umständen jenes Abschnitts meines Lebens teilhaben zu lassen. Erst hatte ich Zweifel, ob ich sie mit diesem Wissen belasten sollte oder nicht, doch fand ich keinen Grund, der gerechtfertigt hätte, es ihnen vorzuenthalten, und ich wollte auch nicht, daß sie in einer Phantasiewelt lebten. Das Vertrauen der anderen hatte mich wachsen lassen, ich verließ mich darauf, daß das meine sie genauso wachsen lassen würde. So erfuhren sie, daß wir im Exil waren, daß ihre Mama politisch verfolgt wurde, daß ich und viele andere wie ich dafür arbeiteten, daß sie in einem Land aufwachsen konnten, in dem alle Kinder zu essen und etwas zum Anziehen hatten, zur Schule gehen konnten. Ein Land ohne Diktatur, ohne Somoza.

Sie entwickelten ein erstaunliches Gefühl der Verschwiegenheit, kein einziges Mal brachten sie mich in Schwierigkeiten. Sie waren meine treuen kleinen Compañeras.

Jetzt, da ich in den USA lebe, kann ich nicht umhin, diese Erfahrung mit den Ängsten zu vergleichen, die andere Mütter vor den kleinen Anforderungen haben, die das Leben ihren Kindern stellt. Noch den Eintritt ihrer Söhne und Töchter in den Kindergarten planen sie wie ein kompliziertes Werk mütterlicher Ingenieurskunst, als handele es sich um Wesen von extremer Zerbrechlichkeit. Mir scheint, daß sie sie, ganz ohne Absicht, allzusehr beschützen und den Kindern nicht den notwendigen Raum geben, damit sie ihre eigene Stärke kennenlernen und das Selbstvertrauen entwickeln können, das ihnen im Leben so nützlich sein kann.

Kaum war ich von meinen Töchtern umgeben, kaum hob sich die dauernde, tiefe Angst, daß sie so weit weg waren, von meiner Brust und ließ mich atmen, überschwemmte mich die Flutwelle eines verspäteten, inneren Seebebens. Ich weiß nicht, ob ich es brauchte, zu leiden – mehr als einmal im Leben habe ich mir das Glück durch die Finger schlüpfen lassen –, doch brandete das Bild von Marcos, riesig und idealisiert, an den Strand meiner Seele und riß Schiffe, Brücken, ganze Dörfer mit sich fort. In jenen Tagen kehrte Jimmy, der gute Jimmy, zurück, der nichts anderes wollte, als mich mit seiner Zärtlichkeit zu umsorgen, und zu allem Überfluß kam ihm in den Sinn, mir vorzuschlagen, gemeinsam in die

USA zu gehen. Wie konnten wir zulassen, uns noch einmal zu verlieren, meinte er. Da stieg aus wer weiß welcher Tiefe in mir eine rasende Medusa auf, und ich reagierte hart, verletzend. Wie konnte er es wagen, mir auch nur vorzuschlagen, daß ich meine politische Arbeit aufgeben sollte? Sah er denn nicht, wie wichtig, wie unverzichtbar sie für mich war? Ich, in die USA gehen? Ausgerechnet in die USA? All das hinter mir lassen, das mich zu der machte, die ich war, nur um die unscheinbare, farblose Ehefrau eines Universitätsprofessors zu werden? Nie im Leben! Genauso wie er sich seiner Wissenschaft verpflichtet fühlte, so fühlte auch ich mich meinem Land verpflichtet. Ich erinnere mich noch genau, wie ich später in meinem Zimmer mein Herz erforschte und mich fragte, ob es sich nicht in Luft aufgelöst hätte, so wenig machte es mir aus. Hatte ich bei ihm etwa nur Trost gesucht? fragte ich mich. Das war es vielleicht gewesen. Und jene rasende Wut war nur die Bestätigung, daß kein Trost möglich war, daß der andere immer noch unverrückbar an seinem Platz stand.

Die Arbeit war mein Gegenmittel. Zwischen dem Entwerfen von Werbekampagnen organisierte ich per Telefon das Unterstützernetz für die Frente Sandinista, schrieb Berichte, um die Presse über die Geschehnisse in Nicaragua auf dem laufenden zu halten, Artikel für die Beilage »Solidarität«. In jenen Tagen kam der Jesuitenpriester Fernando Cardenal, der Bruder von Ernesto. Er war auf dem Weg nach Washington, wo er vor einem Unterausschuß des Repräsentantenhauses einen Bericht über die Menschenrechtsverletzungen in Nicaragua ablegen sollte. In Sergios Büro arbeiteten wir nächtelang, um die zahllosen schrecklichen Zeugenaussagen zu ordnen, die Fernando heimlich in seiner Aktentasche aus Nicaragua hatte mitbringen können, Augenzeugenberichte darüber, wie die Nationalgarde Bauern lebend aus Hubschraubern warf, Massenerschießungen beging, Frauen vergewaltigte, Hütten verbrannte. Die Diktatur schlief nicht. Auf dem Land, in der Stadt erstickte sie jeden Protest, jeden Versuch des Widerstands und unterdrückte die Gewerkschaften der Bauern und städtischen Arbeiter.

In jenen Tagen probierte ich uralte Strategien der Verführung aus und versuchte so, das Gefühl für mich selbst zurückzugewinnen, für meine Macht als Frau, die durch das Verlassenwerden von Marcos verunsichert war. In mir erwachte ein beinahe männlicher Eroberungsinstinkt. Die Männer überraschten mich nicht mehr, ich stellte fest, daß bestimmte Gesten, ein sanfter Blick, ein wenig wohldosierte Sinnlichkeit ausreichten, damit sie mir folgten, als sei ich der Rattenfänger von Hameln. Ich lernte, wie ich mit ihnen umgehen mußte, um sie folgsam und lammfromm zu machen. Ich beschloß, die Mythen zu entschlüsseln, die meinem Geschlecht das Chaos zuschrieben, das Ende der Vernunft, die Fähigkeit, mit dem Biß in einen Apfel oder dem Öffnen einer Sandale Kriege und kosmische Katastrophen hervorzurufen. Meine Experimente vertrieben mir die Zweifel über meine Macht, aber nicht meine Traurigkeit. Ich verstand, daß die weibliche Erotik der Liebe bedarf, um völlig entfesselt zu werden.

Die Poesie verließ mich auch, nur ab und zu einmal ein Gedicht. Ohne Nicaragua verdorrte ich. Die Schönheit Costa Ricas konnte mich nicht entflammen, sie war allzu lieblich. Noch die Kühe wirkten wie absichtlich in diese friedliche, idyllische Landschaft gestellt. Mir fehlten die wilden Sonnenuntergänge, die wüst wachsenden Bäume, die Schluchten und die Sturzregen Nicaraguas. Costa Rica war wie ein zu ruhiges Gewässer, so sanft wie der unaufhörliche Nieselregen von San José.

An einem dieser friedlichen, wolkigen Tage – dem 8. November 1976 – rief mich frühmorgens Alfredo aus Nicaragua an. Seine Stimme klang wie immer. »Wie geht's?« Doch nach der Begrüßung und meiner Freude, ihn zu hören – »Na, das ist ja eine Überraschung, daß du mich mal anrufst!« –, hatte ich das Gefühl er zögere, wisse nicht weiter.

»Was ist los?« fragte ich. »Ist etwas passiert?«

»Ja, Chichí«, antwortete er und nannte mich bei dem Namen, den er immer zärtlich für mich gebrauchte. »Rafael hat einen Unfall gehabt. Gestern. Er ist tot. Das wollte ich dir sagen.«

Rafael war der Deckname von Marcos. Ich weiß noch, wie Sergio Ramírez wenig später zu mir nach Hause kam. Er nahm mich in den Arm und meinte mit großem Mitgefühl, ich dürfe jetzt nicht allein sein, ich solle mit ihm in sein Büro fahren. Wie ein Zombie stieg ich zu ihm ins Auto. Den ganzen Morgen saß ich auf dem Sofa, sah ihn arbeiten und fragte mich, wie es möglich war, daß der Tag, das Leben nicht stehenblieb, sondern weiterging, als sei nichts geschehen. Menschen kamen und gingen. Das Telefon klingelte. Sergio berichtete mir Einzelheiten, wie der Jeep sie abgefangen hatte, daß noch zwei weitere Compañeros ermordet worden waren. Fast schüchtern bot er mir seine tröstende Nähe an, seine Solidarität. Das werde ich ihm nie vergessen.

Ich mußte immerzu daran denken, daß am Nachmittag die nicaraguanische Zeitung *La Prensa* zu mir nach Hause kam und ich dann das Bild des toten Marcos sehen mußte. Acht Monate waren seit unserem Mittagessen in Mexiko vergangen, und es war Monate her, seit er nach Nicaragua zurückgekehrt war und seine Vermittlungsversuche gescheitert waren.

Seine Strategie des Aufstands jedoch wurde von der dritten Tendenz innerhalb der FSLN in die Tat umgesetzt. Wie üblich heimsten die Cleveren den Erfolg ein. Die Führer dieses Flügels – unter ihnen Humberto und Daniel Ortega, von denen der eine Armeechef und der andere Präsident von Nicaragua wurde – gestanden Marcos – sein richtiger Name war Eduardo Contreras – nicht die Ehre zu, die ihm gebührte. Er wurde einer der vielen hundert Gefallenen, der Helden und Märtyrer unserer Revolution. Nach dem Sieg wurde einem Markt von Managua sein Name gegeben. Das war die einzige Ehrung für diesen außergewöhnlichen Mann.

Marcos' Tod ließ es in meinem Innern regnen, ließ mich nächtelang bitterlich weinen. Ich schloß die Augen und sah ihn vor mir. Sorgfältig ging ich jede Erinnerung an ihn durch und konnte es nicht fassen, daß er tot war.

Am selben Tag, als Marcos starb, gab die Nationalgarde den Tod von Carlos Fonseca, des Gründers der FSLN, bei einem Gefecht im Norden Nicaraguas bekannt. An diesem Tag brachten sie in Managua auch Roberto Huembes um, der zum proletarischen Flügel gehörte. Ich mußte die Presseberichte schreiben und sie an die Medien verteilen. Jeden Tag berichteten die Zeitungen von mehr Toten. Immer mehr Sandinisten, die im Kugelhagel starben, die Leichen mit weit aufgerissenen Augen. Das Blut.

27. Kapitel

Wie der Aufstand begann (San José, 1977)

Nachdem Marcos und Carlos Fonseca ermordet worden waren, gab es keine Versuche mehr, die Frente Sandinista zu einen. Ich arbeitete mit dem Flügel zusammen, der »dritte« oder auch »aufständische Tendenz« genannt wurde – die »Terceristas«. Kurz nach Marcos' Tod lernte ich Humberto Ortega kennen. Er stellte sich zwar als »Alberto« vor, ich erkannte ihn jedoch gleich wegen seiner Ähnlichkeit mit seinem Bruder Camilo. Seine rechte Hand war durch eine Kugel verkrüppelt; er hatte sie abbekommen, als er aus dem gleichen Gefängnis auszubrechen versuchte, aus dem er Carlos Fonseca befreien wollte. Also streckte er mir seine linke, schmale lange Hand entgegen. Sein kantiges Gesicht, seine stechenden, wachsamen Augen, die lange Nase mit dem kleinen Mund darunter, das kurze, schwarze, akkurat gescheitelte Haar riefen mir die Figur von Peter Sellers im *Rosaroten Panther* in Erinnerung. Bei seinem karikaturhaften Äußeren, seinen nervösen Gesten und seiner überstürzten Art zu reden, wobei er andauernd »Verstehst du?« als Füllwort benutzte, mußte ich denken, daß es mich Mühe kosten könnte, diesen Mann ernst zu nehmen. Ich zwang mich jedoch, mein anfängliches Mißtrauen zu überwinden, denn ich war entschlossen, ihn zu achten, nicht nur wegen meiner Sympathie für seinen Bruder, sondern auch wegen seiner langen Erfahrung in der Guerilla.

Bei einem unserer ersten Treffen holte ich ihn in meinem VW Käfer ab, den ich gerade gebraucht gekauft hatte. Nachdem ich monatelang Bus gefahren war, fühlte ich mich wie auf meinem persönlichen Pegasus.

»Einer deiner Scheinwerfer ist kaputt«, meinte er als erstes, als er einstieg.

»Aber ich hab den Wagen doch eben erst bekommen«, gab ich

beleidigt zurück, während wir durch eine der engen Straßen im Zentrum von San José fuhren. Der Feierabendverkehr hatte schon begonnen, und als wir auf die große Avenida am Stadion einbogen, die wegen eines Fußballspiels völlig verstopft war, hustete der Motor des Wagens plötzlich ein paarmal und blieb stehen. Wieder und wieder drehte ich den Zündschlüssel, aber er wollte nicht wieder anspringen. Meine Nervosität nahm rasend schnell zu, denn um uns herum begannen schon die anderen Fahrer zu hupen, steckten die Köpfe aus den Seitenfenstern und riefen mir zu, ich solle zur Seite fahren. Humberto blickte sich unterdessen hektisch nach allen Seiten um und wußte nicht, was er machen sollte, denn er wurde nicht nur in Nicaragua, sondern auch in Costa Rica steckbrieflich gesucht. Wenn man ihn erkannte, konnte er im Gefängnis landen. Ich konnte das Pech nicht fassen, daß der verdammte Käfer ausgerechnet in diesem Moment seinen Geist aufgeben mußte. Der Lärm der Hupen schwoll an, der Verkehrsstau nahm zu. Es war zum Wahnsinnigwerden.

»Ich verschwinde besser«, meinte Humberto plötzlich, »wenn die Polizei mich erwischt, bin ich erledigt.«

Er stieg aus und lief, wie ein Torero den anderen Fahrzeugen ausweichend, mit großen Schritten auf die andere Straßenseite hinüber, wo er in der Menge verschwand. Ich mußte mir unter denen, die mich zur Zielscheibe ihres Ärgers machten, ein paar barmherzige Samariter suchen, die mich von der Straße schoben. Es war ein echter Alptraum, doch als ich schließlich glücklich mit dem Wagen am Bordstein stand, bekam ich einen Lachanfall. Ich mußte so sehr lachen, daß mir die Tränen kamen. Mein Gott, welch eine Szene! Da war ich so stolz auf mein neues Auto gewesen, und dann dies!

Als ich Humberto wiedersah, lachten wir gemeinsam über den Zwischenfall, der uns schnell Vertrauen zueinander gewinnen ließ. Ich begann, beim Aufbau des geheimen Unterstützernetzes in Costa Rica mit ihm zusammenzuarbeiten. Humberto hatte das Kommando übernommen und bereitete sich darauf vor, die militärischen Aktionen zu starten und die politischen Bündnisse herzustellen, die den allgemeinen Volksaufstand gegen Somoza herbeiführen sollten. Er bestimmte mich zu seiner Vertreterin, um das costaricanische Solidaritätskomitee mit Nicaragua wiederzubeleben, das aus Mitgliedern der verschiedenen politischen Parteien, Intellektuellen und bekannten Persönlichkeiten bestand. Dieses Komitee sollte eine wichtige Rolle dabei spielen, die Sympathie der Bevölkerung für den Kampf der Sandinisten zu festigen, gerade hier brauchten wir eine gute Unterstützerbasis, denn Costa Rica war das natürlich Rückzugs- und Nachschubgebiet für den Kampf in Nicaragua. In Honduras und El Salvador herrschten Militärregierungen, die auf Somozas Seite standen, und es war deshalb gefährlich, in diesen Ländern zu operieren.

In jenen Tagen bat er mich, ihn mit Sergio Ramírez in Kontakt zu bringen. Im Hause eines befreundeten Filmemachers organisierte ich das Treffen, bei dem sie sich kennenlernten. Mit Sergios Hilfe begann Humberto, eine weitere von Marcos' Ideen in die Praxis umzusetzen, die darin bestand, eine Reihe bekannter nicaraguanischer Persönlichkeiten zu versammeln. Es mußte sich um Personen mit großem beruflichen Prestige handeln, die für ihre Ehrbarkeit und Gegnerschaft zur Diktatur bekannt waren. Sie sollten in einem günstigen Moment, der durch die militärischen Aktionen vorbereitet wurde, eine Gegenregierung bilden, unter Umständen sogar im Exil. Es ging darum, den Kern eines breiten Bündnisses gegen Somoza zustande zu bringen, das Parteien, Gewerkschaften, Organisationen und all die einschließen sollte, die gemeinsam gegen die Diktatur kämpfen wollten. Die Frente Sandinista mußte ihren Charakter als Guerillasekte ablegen und zum Motor dieses Bündnisses werden, das die Diktatur stürzen sollte.

Unter den Leuten, die Sergio vorschlug, waren die Brüder Fernando und Ernesto Cardenal. Um mit ihnen zu reden und sie einzuladen, Mitglieder dieser provisorischen Regierung zu werden, reiste ich mit César, dem Bruder von Marcos, nach Los Chiles, ein Dorf im Grenzgebiet zu Nicaragua. Das Treffen fand auf der Hacienda Las Brisas statt, einem idyllischen Ort am Río Frío, einem kleineren Zufluß des mächtigen Río San Juan. Dort lebte mein Freund, der Dichter José Coronel Urtecho, mit seiner Frau María.

César, mein Reisegefährte, besaß nicht die mythische Statur, die natürliche Autorität, das beeindruckende Wesen seines Bruders, sondern war irdischer, zugänglicher. Er rauchte Pfeife und trug gern enganliegende Polohemden. Er war Arzt, und er sah gut aus. Außerdem brachte er mich zum Lachen – ich habe immer eine Schwäche für Männer gehabt, die mich zum Lachen bringen. Ich befürchtete schon, ich könnte mich in ihn verlieben, nur um den Geist seines Bruders nicht zu verlieren, doch er rettete mich davor, indem er in die Fußstapfen seines Bruders trat und jemand anders heiratete, nämlich seine Schwägerin.

Das Flugzeug, mit dem wir nach Los Chiles reisten, war eine uralte DC-3 in beklagenswertem Zustand. Sie sah aus wie einer der heruntergekommenen Stadtbusse, mit den zerschlissenen Sitzbezügen und den Werbetafeln für Seife und Bier im Passagierraum, in dessen hinterem Teil, neben einem Händlerpaar, ein riesiges Schwein in einem Käfig mitflog. César und ich lachten und fragten uns, wie weit wir in jenem altersschwachen Apparat wohl gelangen würden.

»Gut festhalten, Compañera«, meinte er und versuchte, sein Lachen zu zähmen, als die Propeller sich mit höllischem Lärm zu drehen begannen.

Es war ein entsetzlicher Flug, Césars Arm sah anschließend durch meine Kratzer beim Anklammern ganz mitgenommen aus. Die Maschine schaukelte wild und fiel in den Luftlöchern mitunter Hunderte von Metern ab, ohne daß es dem Piloten etwas auszumachen schien. Das Schwein quiekte unaufhörlich, während mir vor Angst die Augen hervortraten und ich meinte, ich sähe die Welt zum letztenmal. Gott sei Dank, so dachte ich, gilt mein letzter Blick der Landschaft Nicaraguas, dem unbewegt und bleifarben am Horizont liegenden Großen See von Nicaragua.

In Los Chiles drängten sich die Einwohner an der Piste und warteten auf die Landung. Nie zuvor war ich an einem solch abgelegenen, armen Ort gewesen. Der Flugplatz war eine Sandpiste, und unser Gepäck mußten wir direkt aus dem Laderaum der Maschine in Empfang nehmen. Am Dorfplatz, einem von rohen Holzhäusern umgebenen Viereck, das in der staubigen Luft zu schweben schien, wurden wir vom Jeep der Hacienda abgeholt. Die Vegetation schien hier entsetzt vor den Menschen geflohen zu sein. Erst als das Dorf hinter uns lag, begann das Grün des Regenwaldes. An der Einfahrt zur Hacienda brachte der Fahrer den Jeep bei einer Menschengruppe zum Stehen. Ob wir Doña María begrüßen wollten, fragte er. Doña María war in Nicaragua eine legendäre Person, die ihr Mann in einem außergewöhnlichen Gedicht mit dem Titel »Kleine Biographie meiner Frau« verewigt hatte. Er besang darin den starken, unternehmungslustigen Charakter seiner Frau, die nicht nur zehn Kinder geboren und aufgezogen hatte, sondern auch diejenige war, die die Hacienda leitete. Sie fuhr den Traktor, lenkte das Motorboot, kümmerte sich um Felder und Vieh, während er das Leben eines Denkers führte und sich der Literatur widmete.

Als ich sie an jenem Tag sah, erkannte ich sie an ihren grünen Augen und ihren Sommersprossen, doch sonst wirkte sie wie einer der anderen Arbeiter, in ihrem Hemd und den Khakihosen, mit dem kurzen Haar unter der Schirmmütze und der Zigarette im Mund. So stand sie im Schlamm und untersuchte ein Bewässerungsrohr. Sie gab mir einen harten, männlichen Händedruck und schickte uns zum Wohnhaus hinauf. Mit der Zeit wurden Doña María und ich gute Freunde, doch an jenem Tag meinte ich, daß ihr Blick feindselig war, so als störe sie mein langes Haar, meine Jugend, etwas, das sie schon längst verloren hatte.

Don José empfing uns auf Las Brisas in schwarzen Hosen, weißem, langärmeligem Hemd und schwarzer Baskenmütze. Ich erkannte die Landschaft seiner Gedichte und Erzählungen: das spitzgiebelige Haus mit der gelben Balustrade um die Veranda, im Baustil der Karibik, mitten in der üppigen Vegetation, die Reiher am Flußufer, den kleinen Anlegesteg unten am Wasser. Dort waren zahllose Reisende vorübergekommen, die mit ihren Berichten die Erzählungen des Dichters bevölkerten. Die mythische Atmosphäre des Ganzen blieb in meiner Phantasie haften und erwachte auch in meinen Büchern zum Leben. Als ich *Waslala*, meinen dritten Roman, schrieb, erschuf ich das Haus am Fluß neu und machte aus dem Dichter und seiner Frau Personen meiner Sage. Coronel führte mich in seine Bibliothek, während wir auf Ernesto warteten und César mit Fernando sprach. Auf den einfachen Regalen drängten sich die Bücher in doppelten Reihen. Am Boden türmten sich Zeitschriften und Zeitungen, und auf dem Schreibtisch lagen Stapel von Papieren. Don José war ein glücklicher Mann, genauso, wie ich es mir vorgestellt hatte. Das sah man an seinen kleinen, blitzenden blauen Augen, die neugierig in die Welt blickten. Sein freundliches Gesicht mit der leicht gebogenen

Nase sah rosig aus. Das volle, nur an den Geheimratsecken leicht schüttere Haar war eher lang. Als großer Freund von Besuchen und Gesprächen zeigte er mir bereitwillig seinen Arbeitsraum und erzählte mir von Anna Achmatowa, der russischen Dichterin, deren Werke er in jenen Tagen gerade las.

»Das mußt du lesen«, meinte er. »Sie hat dieselbe Leidenschaft wie du, ihr Feuer brennt jedoch nach innen. Sie ist vom Leid gezeichnet, eine außergewöhnliche Frau.«

Nie werde ich die Ankunft von Ernesto vergessen, der in seinen Jeans, dem weißen Bauernhemd und den Sandalen mit Laureano, einem jungen Bauerndichter aus seiner Gemeinschaft, im Boot von den Solentiname-Inseln herüberkam. Lautlos glitt die kleine Schaluppe über das Wasser dahin, bevor sie am Anlegesteg festmachte. Ernesto Cardenal, einer der bekanntesten und meistübersetzten Dichter Nicaraguas, war Trappistenmönch gewesen, ein Schüler von Thomas Merton, und hatte das Kloster verlassen, um auf einer Insel des Großen Sees von Nicaragua eine utopische Gemeinschaft zu gründen. In Solentiname schrieben die Bauern Gedichte und malten wunderschöne naive Bilder. Ernesto lehrte sie diese Künste und predigte das Evangelium.

Das Gespräch mit Ernesto und Fernando brachte das erwartete Ergebnis, beide erklärten sich bereit, sich an der provisorischen Regierung zu beteiligen. Ernesto war eher schweigsam, doch wenn er sprach, tat er es mit fester Stimme. Gleich als ich ihn kennenlernte, spürte ich, daß er ein Mensch war, der sich ohne Zögern engagierte, wenn er sich erst einmal entschieden hatte. Fernando war freundlich und aufgeschlossen, zugänglicher, gleichwohl genauso entschlossen. An ihrer beider Art, keine Halbheiten zu machen, sah man deutlich, daß sie Brüder waren.

Ich erinnere mich noch genau an diese Nacht voller pflanzlicher Düfte, an die Geräusche des Flusses, die Rufe des Pocoyovogels, die Wolken von Glühwürmchen und die Schreie der Reiher am Morgen. Früh am nächsten Tag fuhren Ernesto und Laureano, dessen Gesicht ich mit der Deutlichkeit vor mir sehe, die die Erinnerung den Toten verleiht, wieder ab. Ich sah ihn nie wieder, auch nach dem Sieg nicht. Er fiel im Krieg gegen die Contra. Ernesto schrieb ein herrliches Gedicht für ihn, das mich jedesmal, wenn ich es höre, zu Tränen rührt.

Der Rückflug mit César in einer kleinen, zehnsitzigen Maschine ließ mich sehnsuchtsvoll an die altersschwache DC-3 denken. Der Pilot trug langes Haar und ein buntes Hawaiihemd, das mit Blumen und Papageien bedruckt war. Unter ordentlichem Gerüttel gelangten wir wieder nach San José.

Meine Schwierigkeiten begannen, als ich schließlich Genaueres von den endgültigen Plänen für den Aufstand erfuhr, der meiner Ansicht nach das Ergebnis eines langsamen Prozesses von bewaffneten Aktionen und der politischen Arbeit in den Stadtvierteln und Landgemeinden sein mußte, mit der die Menschen dazu gebracht wurden, sich dem Kampf anzuschließen. Humberto Ortega zufolge sollte der Aufstand jedoch aus einer einzigen, meisterhaft geplanten militärischen Aktion entstehen. Sein Plan bestand darin, gleichzeitig eine Reihe Armeestützpunkte anzugreifen. Nach diesen Angriffen würde sich das Volk massenhaft erheben, und wir würden den Sieg erringen. So stellte er es eines Abends der kleinen sandinistischen Zelle dar, die sich Woche für Woche in meiner Wohnung in San José versammelte, um politisch zu diskutieren und unsere geheime Arbeit zu besprechen. Die Gesichter um den Tisch herum drückten Zweifel und Unglauben aus. Wir waren sechs, drei Soziologiestudenten – Oscar Pérez Cassar, Marcos Valle und Blas Real –, die beiden anderen – Arnoldo Quant und Rafael Rueda – waren wie ich wegen ihrer politischen Arbeit gegen die Diktatur im costaricanischen Exil.

»Du meinst also, daß sich die Bevölkerung spontan erheben wird, wenn die Angriffe stattfinden?« fragte Oscar, dessen Deckname »Pin« lautete. Seine schwarzen Augen unter den buschigen Brauen sahen besorgt aus.

»Die Angriffe werden sehr massiv sein, versteht ihr? Gleichzeitig in mehreren Städten. Die Armee wird sich aufteilen müssen. Die Leute werden sich zusammenschließen und die Städte besetzt halten. Wir werden zum allgemeinen Aufstand aufrufen, versteht ihr?« sagte Humberto.

»Aber es hat noch keine Vorbereitung an der Basis, unter den Massen stattgefunden . . .« warf Blas ein.

»Die Sozialistische Partei wird die Massen mobilisieren. Wir sind schon mit ihnen im Gespräch deswegen. Die Massen werden schon kommen. Wenn sie sehen, daß es bewaffnete Unterstützung gibt, werden sie auf die Straße gehen. Außerdem werden wir die provisorische Regierung in Nicaragua haben, die die ganze Bevölkerung, alle Gruppen aufruft, nicht mit dem Widerstand nachzulassen, bis der Tyrann weg ist.«

Ich erinnere mich nicht mehr an alle Einzelheiten der Diskussion, doch sie war lang und hitzig. Wir sagten ihm, wir seien anderer Meinung und längst nicht so optimistisch wie er. Ich schäumte vor Wut, es schien mir, als reduziere der Plan die gesamte Strategie des Aufstands auf ein militärisches Abenteuer. Marcos wäre damit nicht einverstanden gewesen, mußte ich denken. Einen allgemeinen Aufstand der Bevölkerung herbeizuführen brauchte eine lange Vorbereitung, es war absurd zu meinen, man könne den Sieg mit einem einzigen gutgeführten Schlag erringen.

Humberto wich den unbequemen Fragen aus wie ein Boxer den Schlägen des Gegners. Sein wichtigstes Argument war, daß wir, weil der Plan geheim war, eben nicht alle Einzelheiten kannten, um ihn richtig zu begreifen. Weil das bei der Untergrundarbeit nun einmal so war, ging es in letzter Konsequenz darum, Vertrauen zu haben. Wir mußten einfach glauben, daß unsere Führung die Risiken richtig einschätzte und wußte, was zu tun war. Weil wir uns nicht in Nicaragua befanden, konnten wir auch nicht ermessen, wie das politische Klima im Land war. Man sei einer Meinung, daß die Bedingungen reif dafür waren, meinte er.

Humberto ging, und wir anderen diskutierten weiter. Wir waren sehr besorgt, fühlten uns aber machtlos, das zu bremsen, was wir für einen wahnsinnigen Plan hielten. »Laßt uns etwas schreiben«, schlug ich vor. »So können wir wenigstens unseren Standpunkt festhalten.«

»Mach du einen Entwurf, Melissita«, nannte mich »Pin« bei meinem Decknamen, »wir unterschreiben dann gemeinsam.«

Umgeben von Büchern – Clausewitz, Giap, Lenin – saß ich an jenem Abend bis spät in die Nacht, schrieb auf meiner elektrischen Smith-Corona und zitierte ganze Abschnitte, die die Bedeutung der politischen Arbeit unter den Massen als Voraussetzung für jeden erfolgreichen Aufstand unterstrichen.

Humberto Ortega war der erste aus der Führung der Frente Sandinista, den ich kaum einschätzen konnte. Ohne mit der Wimper zu zucken, legte er sich die Wirklichkeit gerade so zurecht, wie er sie brauchte. Das tat er mit solcher Überzeugung, daß ich manchmal nicht wußte, ob er selbst glaubte, was er sagte, oder ob er meine Klugheit unterschätzte und dachte, ich glaubte ihm. Er konnte alles und jedes rechtfertigen. Mit der Zeit begriff ich, daß für ihn das Ziel wesentlich war, was die Mittel anging, mit denen man es erreichte, besaß er keinerlei Skrupel. Ich weiß noch, wie ich mich einmal bei ihm über einen Compañero beschwerte, dessen Lügen und Intrigen den Ruf der Organisation schädigten. Wie konnte er so jemandem Verantwortung übertragen, wollte ich wissen.

»Ich weiß, daß der Compañero ein Scheißtyp ist«, antwortete er, »doch mit diesen Scheißtypen werden wir die Revolution machen.«

Ich schwieg und fühlte mich schlecht. Ich dachte, es sei vielleicht ein Relikt meiner christlichen Erziehung, sich allzusehr an Prinzipien zu klammern. Ich zog sogar in Betracht, seine Nachlässigkeit könne Ausdruck einer politischen Weisheit sein, die ich nicht besaß. Später jedoch mußte die Person, die er verteidigte, doch aus der Organisation ausgeschlossen werden, weil sie allzu unehrlich war.

Die Erfahrung zeigte mir, daß man sicherlich einen Krieg mit allen möglichen Arten von Menschen gewinnen kann, doch kein gerechtes System mit ethischen Werten zu errichten vermag, wenn die Leute, die das tun wollen, diese selbst nicht besitzen oder sie unterwegs über Bord werfen.

Ich glaube, Humberto hat darauf nie einen Gedanken verschwendet. Die Erfolge, die er erzielte, und die Bewunderung, die diese nach sich zogen, verleiteten ihn dazu, sich für einen großen Strategen zu halten, und vertieften in ihm die Neigung, nicht über die unmittelbaren Ziele hinauszudenken. Was mich an ihm vielleicht am meisten störte, war, daß er sich so benahm wie jeder andere Politiker auch, während ich erwartete, daß er wie ein Revolutionär handelte.

Wenn ich an die zahllosen Briefe denke, die ich ihm in jenen Jahren schrieb, dann staune ich heute noch über den Glauben an die Kraft meiner Worte, an die gutbegründeten Argumente, an den Dialog. Ich glaubte damals nicht, daß meine Worte in den

Wind geschrieben waren, doch weiß ich heute nicht einmal, ob Humberto meine Briefe überhaupt las. Ich war überzeugt davon, daß wir ein Kollektiv, daß wir alle verantwortlich waren und daß die besonderen Eigenschaften einiger unserer politischen Führer oder ihre Entscheidungen nicht in der Lage waren, die ganze Bewegung zu schädigen. Deshalb kam ich auch nie darauf, die sandinistische Bewegung zu verlassen.

Am Ende liefen die Dinge nicht so ab, wie Humberto es sich vorgestellt hatte, doch zeitigte die Kühnheit handfeste Erfolge. Zweifellos war es eine kostspielige Methode, chaotisch und blutig, doch schafften es die militärischen Schläge, das Land in Brand zu setzen. Die Macht wurde nicht errungen, doch trat der Befreiungskampf in eine unumkehrbare Dynamik. Hätte es einen längeren Prozeß des gemeinsamen Überlegens gegeben, dann wäre es vielleicht langsamer vorangegangen, doch auch mit geringeren menschlichen Verlusten. Doch wäre dann vielleicht auch der Schwung gebremst worden, der nötig war, um zu siegen. Die Geschichte wird nicht über das geschrieben, was hätte sein können, sondern über das, was war.

28. Kapitel

Wie, begleitet von Sambamusik, mein Herz Trost bekam (San José, 1976–1977)

»Liebeskummer kann nur mit Liebe ausgetrieben werden«, sagte mir einmal ein nicaraguanischer Schamane, als ich ihn um ein Mittel gegen mein Leiden bat.

Ich hatte geglaubt, daß ich das Jahresende 1976 bei mir zu Hause verbringen und den Tod von Marcos beweinen würde, doch setzte sich mein Freund Toño Jarquín in den Kopf, mich vor mir selbst zu schützen und überredete mich, mit ihm und seiner Frau Luisa auf ein Fest zu gehen. Das Leben ging weiter. Ich war jung. Es würde mir guttun.

Auf diesem Fest mit vielen Brasilianern lernte ich Sergio de Castro kennen. Er kam auf mich zu und forderte mich zum Tanzen auf. Ich sagte zuerst nein, danke, doch war er kein Mann, der sich mit so etwas abspeisen ließ, nahm mich bei der Hand und zog mich von dem großen Kissen hoch, auf dem ich gesessen hatte. Er war groß, gutaussehend und hatte früh sein Haar verloren, was ihn interessant wirken ließ. Außerdem bewegte er sich beim Tanzen, wie es nur die Brasilianer können. Der Samba kann jegliche Traurigkeit aus einem herausschütteln, vor allem, wenn man mit jemandem tanzt, der ihn im Blut hat. Die Wohnung war winzig, doch das Fest breitete sich bis auf den Parkplatz der Wohnanlage aus. Die Leute waren freundlich, ausgelassen, voll von der überschwenglichen Fröhlichkeit, die der Amazonas über diese riesigen Gebiete verströmt. Von allen Seiten erklang das melodiöse Portugiesisch. Tanzen ist eine gute Medizin, doch als um Mitternacht das Küssen und Umarmen losging, wollte ich nur noch weinen, nach Hause gehen und weinen.

Sergio bot sich an, mich heimzubringen, aber er sagte, ich müsse ihn erst noch für einen Augenblick auf ein anderes Fest begleiten. Ich fand mich in einem Haus mit unbekannten Menschen wieder, an einem Swimmingpool, in den sich mein Begleiter in voller Bekleidung warf. Er trug Jeans, und sie klebten ihm am Körper. Schon in jener Nacht fiel mir die verbissene Hartnäckigkeit auf, mit der er alles tat, sogar sich amüsieren, seine Art, die Kontrolle nicht zu verlieren, bis er erreichte, was er sich vorgenommen hatte. Eine nervöse Vitalität, die sich nie gehenließ.

Als wir bei mir zu Hause angelangt waren, bestand er darauf, einen Kaffee zu trinken. Meine Töchter waren nach Nicaragua gereist, um das Weihnachtsfest bei ihrem Vater zu verbringen. Das Haus war leer, traurig. Er blieb bei mir.

Sergio nahm mit sanfter Verbissenheit von meinem Leben Besitz. Seine Hartnäckigkeit war bewundernswert. Er wohnte ganz in der Nähe und kam mich besuchen. »Komm, laß uns ins Kino gehen. Laß uns essen gehen. Laß uns tanzen gehen.« Ich bekam es gar nicht richtig mit. Meine Töchter kehrten zurück. Er freundete sich mit ihnen an. An den Wochenenden lud er uns zu Ausflügen ein. Maryam war begeistert. Melissa nannte ihn »alter Glatzkopf« und sah ihn mit diesem erfrischenden Argwohn kleiner Kinder an, die alles sagen, was sie denken. Maryam wollte einen Papa, wollte spüren, daß sie eine Familie besaß. Er kam zu uns nach Hause und holte uns zum Picknick im Blätterwald oder am Kreuzberg ab, wunderschöne grüne Orte in der Nähe von San José. Wenn wir unterwegs auf Leute trafen, die Probleme hatten – mit einem Plattfuß, einem Wagen, der nicht anspringen wollte –, dann hielt Sergio an, um ihnen zu helfen. Er war zwanghaft höflich. Nicht selten endeten unsere Sonntagsausflüge als Rettungsaktionen. Ich verlor leicht die Geduld, doch Sergio hatte immer irgendwelche politischen Argumente. Die Erlösung der ganzen Welt war für ihn eine tägliche Pflicht, Teil der Revolution.

Mit vierzehn Jahren hatte man Sergio in Brasilien verhaftet, weil er Trotzkist war. Dann lebte er während der Regierungszeit Allendes in Chile und mußte nach dem Putsch Pinochets 1973 das Land verlassen. In Costa Rica hatte er sich der Sozialistischen Partei angeschlossen. Die politische Arbeit nahm er sehr ernst, er besaß nichts von der Art der Nicaraguaner, auch noch in schwierigen

Situationen Witze zu machen, zu improvisieren, despektierlich zu sein. Doch auch ich hatte meine ernste Seite und ein zwanghaftes Verantwortungsbewußtsein für die Menschheit, und darin glichen wir uns. So weidwund, wie ich war, ließ ich es zu, daß er mir die Wunden meines Herzens heilte. Weil er ein Liebhaber mit der deutlichen Berufung zum Ehemann war, fühlte ich mich oft eingeschlossen – ohne recht zu wissen, warum – und verspürte die Lust, auszubrechen. Dann lehnte ich seine Einladungen ab und schützte Sitzungen vor, Arbeit. Es machte ihm nichts aus. Nie machte es ihm etwas aus. Auf dem Gebiet der Politik war er gebildeter als ich, gab mir Erklärungen, hielt mir Vorträge und analysierte mit großem Weitblick die sandinistische Bewegung, die Lage in Nicaragua, in ganz Lateinamerika. Und er liebte mich mit derselben eifrigen Hingabe, erforschte mich von oben bis unten, von innen und außen, mit der Freude von jemandem, der die Sinnlichkeit der Strände von Ipanema gewohnt ist. Es fiel ihm aber auch gleich immer auf, wenn das Haus gegen Insekten gespritzt oder die Mädchen zum Zahnarzt geschickt werden mußten. Er begann, mich zu seinen Freunden mitzunehmen. Bevor ich noch meinen Namen sagen konnte, hatte er mich schon als seine Freundin vorgestellt. Ich mußte nachts noch oft weinen, ich erzählte ihm von Marcos, davon, wie sehr ich ihn geliebt hatte. Er tröstete mich, verstand mich. Er wurde nicht eifersüchtig und störte sich auch nicht daran, daß zwischen uns immer noch jenes Gespenst schlief.

Wenn mein sechster Sinn mich warnte, daß dieser Mann von meinem Leben Besitz ergriff, dann brachte gleich mein praktischer Sinn das Argument vor, daß ich niemals einen so guten, so perfekten Mann finden würde: hingebungsvoller Vater, Liebhaber, Compañero und Lehrer.

Er verhielt sich so, als sei er sicher, daß ich nicht würde widerstehen können. Er hatte Geduld und wartete nur darauf, daß ich die Deckung sinken ließ.

Als wir zwei Monate miteinander befreundet waren, fragte er mich, ob ich ihn heiraten wolle. Er machte mir seinen Heiratsantrag im Aufzug von Garnier, nach dem Mittagessen, als er mich wieder ins Büro bringen wollte. Ich lachte über seine Eile, ich sagte ihm, er sei verrückt, ich hätte mich doch gerade erst scheiden lassen und dächte nicht daran, wieder zu heiraten.

In der Werbeagentur gab man mir mehr Verantwortung und ein besseres Gehalt, und im Frühjahr 1977 zog ich in ein größeres Haus um. Es war eine echte architektonische Schönheit, mit weißen Wänden, Fußböden aus Terrakottaziegeln, viel Holz und verschiedenen Wohnebenen. Ich verliebte mich gleich in dieses Haus, das mehrere Monate leergestanden hatte, weil es, wie der Makler meinte, für den Geschmack der Costaricaner zu modern war. Ich bekam sogar noch einen Abschlag auf die Miete. Sergio half mir beim Umzug, und nach ein paar Tagen erklärte er mir, es sei Zeit, daß wir zusammenzögen. Das mit dem Heiraten könne ich mir ja noch überlegen, doch unterdessen sollten wir schon einmal das Haus teilen. Ich reagierte nicht gerade enthusiastisch, doch ihm war das gleichgültig. Er holte seine Sachen und zog ein. Ich ließ ihn gewähren, denn, mal ehrlich, was konnte ich mehr vom Leben erwarten als einen Mann wie Sergio?

In jenen Tagen reiste ich nach Mexiko, es ging um das Netz der sandinistischen Solidaritätsgruppen. Ich übernachtete bei Andrea, die zwar selbst nicht zu Hause war, aber eine Französin bei sich zu Gast hatte. Bei einer der politischen Veranstaltungen schenkte mir ein Maler, der mit unserer Sache sympathisierte, eine Kohlezeichnung von Marcos, die er anhand einer Fotografie gefertigt hatte. Ich stellte das gerahmte Porträt auf den Nachttisch neben meinem Bett in Andreas Wohnung. Dort sah es die Französin. An diesem Abend vertieften wir uns in ein Gespräch unter Frauen, während wir im Schlafanzug auf dem Teppich saßen und zusammen Kaffee tranken.

Ich gestand ihr, daß es bei mir viele Erinnerungen weckte, wieder in Mexiko zu sein. Ich erzählte ihr meine Geschichte mit Marcos. Sie rauchte und hörte schweigend zu. Als ich fertig war, lehnte sie den Kopf gegen die Wand und bewegte ihn mit einer Geste ungläubiger Fassungslosigkeit hin und her. Sie war älter als ich, hatte sehr schwarzes Haar und genauso schwarze Augen. Sie war nicht ausgesprochen hübsch, aber ihr Wesen ließ sie attraktiv erscheinen.

»Ich kann es nicht fassen«, sagte sie plötzlich. »Mein Gott, ich kann das nicht fassen.«

Und dann erzählte sie mir ihre Geschichte. Sie hatte Marcos Jahre zuvor in Paris kennengelernt. Sie verliebten sich. Dann reiste er nach Nicaragua zurück, aber er schrieb ihr, sagte ihr, sie solle auf ihn warten, er wolle zurückkommen. Dann erfuhr sie ein Jahr lang, zwei Jahre nichts mehr von ihm. Zweimal war sie drauf und dran, zu heiraten, doch jedesmal kam kurz vor der Hochzeit ein Brief von Marcos und bekräftigte seine Liebe zu ihr, bat sie, nicht zu heiraten, er liebe sie und wolle sie heiraten. Weil er die große Liebe ihres Lebens war, brachten diese Briefe sie völlig aus dem Lot. Sie wurde fast verrückt, weil sie nicht wußte, was sie tun sollte. Sie stritt sich mit ihren Zukünftigen und sagte schließlich beide Male die Hochzeit kurz vorher ab, nur um zu erleben, daß Marcos so schnell wieder verschwand, wie er aufgetaucht war. Irgendwann erfuhr auch sie von der Existenz der anderen. Da begriff sie, daß Marcos niemals zurückkehren würde, daß sie nicht die ewige Braut in Paris war, die Frau, die er liebte und zu der er zurückkehren würde, wenn er seine Pflicht gegenüber seinem Heimatland und der Geschichte getan hatte.

Die Französin war sehr verbittert. Sie verzieh es sich nicht, so naiv gewesen zu sein, die verlorenen Jahre, das hintergangene Vertrauen. Ihre Erzählung verwirrte mich völlig, ich verstand überhaupt nichts. Wie konnte man das Verhalten von Marcos erklären? Weshalb hatte er das getan? Stimmte ihre Geschichte überhaupt? Doch warum sollte sie so etwas erfinden?

Den Rückflug nach San José, zu meinen Töchtern, zu Sergio, verbrachte ich in einem einzigen langen Zwiegespräch mit mir selbst und versuchte, die Bestien, die in mir tobten, wieder in ihre Käfige zu sperren. Marcos, mein heldenhafter Guerillero, ob er uns alle geliebt hatte? Oder hatte er selbst nur geglaubt, daß er uns liebte? Brachte das Leben im Untergrund eine Entfesselung, die Fähigkeit, mehrere Leben parallel nebeneinanderher zu leben? Ich selbst hatte gemerkt, wie die so gut gelernten Grenzen von Gut und Böse unscharf wurden, wenn man einmal begann, die Normen der Gesellschaft zu durchbrechen. Letztlich war man selbst es, der sich den eigenen Kompaß erfand, die eigenen ethischen Grundsätze, was sehr heikel werden konnte. Vor allem, weil das Leben, die Zukunft so unsicher waren. Man wollte alles mitnehmen, aus allen Gläsern trinken. »Kommt, laßt uns essen, denn wer weiß, was morgen ist«, sagten wir Sandinisten im Spaß. Und das bezog sich auch auf andere Dinge. Am Ende entschied sich Marcos für eine einzige Frau und heiratete sie. Vielleicht hatte er begriffen, daß er diesen Seiltanz nicht weitertanzen konnte. Ich sah durch das Flugzeugfenster auf die Wolken über dem kristallklaren blauen Wasser der Karibik und verspürte eine große Trauer um ihn. Und ich rechtfertigte ihn sogar. Er war ja tot. Gut, daß er all die Frauen gekostet hatte, die bereit gewesen waren, ihn zu lieben. Allzufrüh war seine Zeit abgelaufen.

Am Flughafen wartete Sergio mit den Kindern auf mich. Ich landete an seiner Brust. Nach dieser Reise ließ ich ihn gewähren mit seiner Art, mich zu umsorgen und sich um alles zu kümmern. Ich rollte mich zusammen wie eine Katze. Weshalb sollte ich nicht zulassen, daß er mich liebte, daß er mir mein Schälchen Milch ans Bett stellte, während ich schlief und mein Fell und meine schmerzenden Wunden leckte? Marcos verursachte mir noch lange Schmerzen. Ich weiß bis heute nicht genau, welche geheimnisvolle Bedeutung diese Liebe hatte, die mich ganz ohne Zweifel am Boden zerstört zurückließ. Zu jener Zeit lebte ich meine Trauer nicht aus, ich begrub sie hektisch, um sie so schnell wie möglich loszuwerden, damit sie mir keine Energie raubte. Ich ruhte nicht eher, als bis ich wieder obenauf war, deckte zu, was mich leiden ließ, klebte Pflaster um Pflaster auf mein Herz. Ich weinte jetzt nachts nicht mehr.

29. Kapitel

Wie die Vorbereitungen für die Angriffe weitergingen und mir unerwartet eine gefährliche Mission aufgetragen wurde (Costa Rica, 1977)

Um Zweifel und Unruhe im Zaum zu halten, schickte Humberto Ortega Marvin in unsere politische Zelle. Er hatte als Guerillero in den Bergen gekämpft, war groß und schlank, älter als wir und schweigsam und verschlossen, besaß jedoch eine große revolutionäre Überzeugung und Ausstrahlung. Er sprach langsam und sanft und flößte Respekt ein. Es fiel leicht, ihm zu glauben, auf das zu vertrauen, was er sagte. Seine Anwesenheit und vor allem seine Überzeugung, daß der militärische Plan aufgehen würde, schafften es, uns ein wenig zu beruhigen. Wir begriffen, daß es nutzlos und sogar anmaßend wäre, uns weiter dagegen zu stemmen. Weil Costa Rica eine entscheidende Bedeutung als Rückzugsgebiet besaß, mußte dringend das politische Klima dafür vorbereitet und gewährleistet werden, daß die Bevölkerung uns unterstützte und Druck auf ihre Regierung ausübte, damit sie sich von Somoza distanzierte und die provisorische Regierung anerkannte.

Es mußten auch Ausbildungskurse für die Compañeros abgehalten werden, die über die Südgrenze nach Nicaragua hineingehen sollten, um zu kämpfen. Einer dieser Kurse fand eines Sonntags bei mir zu Hause statt. Als Marvin es mir vorschlug, verstand ich nicht, wie ein solches Training in einem Vororthäuschen stattfinden sollte. Ich würde es schon sehen, meinte er nur. Ungefähr fünfzehn Leute versammelten sich, Männer und Frauen. Früh am Morgen ging es los mit Informationen über die verschiedenen Kampfeinheiten: was war eine Schwadron, was ein Trupp, eine Kompanie. Dann ging es um die verschiedenen Formationen: Vorhut, Mitte, Nachhut, und dann um die Befehlsstrukturen. Am

Nachmittag lernten wir, verschiedene Gewehrtypen auseinanderzunehmen und zusammenzusetzen, darunter ein M-16 und ein Garand, die in der nicaraguanischen Armee gebräuchlichen Waffen. Wir machten uns mit den verschiedenen Kalibern vertraut, ihrer Reichweite und Feuerkraft, und der Funktionsweise von Handgranaten. Das Interessanteste für mich war jedoch die Schießübung. Wir nahmen das Gewehr und machten ein Dreieck. Das heißt, wir schossen fingierte Schüsse auf ein Blatt Papier, bis sie ein Dreieck bildeten. Ich weiß nicht mehr, auf welcher Theorie die Übung beruht, aber es ist möglich, die Bahn des Projektils mit ziemlicher Genauigkeit zu berechnen, was mir beinahe wie Zauberei vorkam. Wir Schüler paßten genau auf, faßten dabei schnell zueinander Vertrauen und sprachen uns mit den Nummern an, die Marvin uns zu Beginn der Übung zugeteilt hatte.

Ich vermutete, daß diejenigen, die für den Kampf bestimmt waren, noch eine praktische Ausbildung bekämen, ich konnte mir nicht vorstellen, daß diese theoretische Schulung ausreichen sollte. Den ganzen Tag über konnte ich nicht umhin, mich zu fragen, ob ich diese Gesichter noch einmal wiedersehen würde.

Als Sergio am Nachmittag mit den Mädchen nach Hause kam, waren die Compañeros schon fort. In der Küche waren nur noch die Reste des Mittagessens zu sehen: die leeren Schachteln von Kentucky Fried Chicken, mit dem lächelnden Gesicht des Colonel Sanders.

Keiner von uns wußte, wie oder wo die geplanten Angriffe stattfinden sollten. Am 12. Oktober gegen neun Uhr abends standen plötzlich Sergio Ramírez und ein Compañero, den ich als »Mauricio« kannte – Herty Lewites – vor meiner Tür.

»Du mußt eine Ladung Waffen an die Grenze bringen«, sagte einer der beiden. »Das ist sehr wichtig. Da ist jemand ausgefallen, und es bleibt uns nichts anderes übrig, als dich zu fragen.«

»Morgen geht's los«, meinte Sergio mit vielsagendem Gesichtsausdruck. »Heute abend werden wir, die provisorische Regierung, Richtung Rivas losfahren. Es ist soweit.« Er wirkte nervös, aber guter Dinge. »Wenn alles gutgeht, sind wir morgen schon in Managua.« Es überraschte mich, daß Sergio Ramírez, der nachdenkliche, scharfsinnige Baltazar – so lautete sein Deckname –, so optimistisch war.

»Meinst du, Sergio kann dich begleiten, damit du nicht allein fahren mußt?« fragte er noch.

Mein Sergio erklärte sich sofort einverstanden, als ich es ihm vorschlug. Natürlich würde er mich begleiten. Ich war verstimmt, ich verstand nicht, weshalb man erst in letzter Minute auf mich zurückgegriffen hatte. Es kam mir vor wie ein Mangel an Planung, ein besorgniserregendes Zeichen von Improvisation.

»Mir wäre lieber gewesen, ich hätte es eher erfahren«, sagte ich, »aber wenn ihr meint, daß es nötig ist, kann ich nicht nein sagen. Doch was hättet ihr wohl gemacht, wenn Sergio und ich gerade ins Kino gegangen wären?« Eine unpassende Frage. Es fällt mir eben schwer, den Mund zu halten.

Sie gaben uns Anweisungen. Ein Jeep würde uns in Liberia erwarten. Wir sollten ihm bis an einen bestimmten Ort an der Grenze zu Nicaragua folgen. Dort, wo der Jeep hielt und uns ein Zeichen gab, sollten die Waffen umgeladen werden. Danach konnten wir nach San José zurückkehren. Alles schien mir einfach, bis ich die Ladung sah, die wir in meinem kleinen, kanariengelben Toyota transportieren sollten. Es waren mindestens sechs oder sieben Koffer und Armeesäcke voller Waffen.

»Wenn euch die costaricanische Gendarmerie anhält und fragt, was ihr dabeihabt, dann sagt ihr ihnen einfach, daß ihr auf Hochzeitsreise nach Nicaragua seid und daß alles euer Gepäck ist.«

»Der Ersatzreifen paßt nicht mehr hinein«, verkündete Sergio und zog den Kopf aus dem Kofferraum. »Den müssen wir auf den Rücksitz stellen.«

Als alle Waffen verstaut waren, paßte nichts mehr in der Kofferraum und auf den Rücksitz, doch es fehlte noch ein kleiner Handkoffer.

»Stell ihn einfach vorne zwischen deine Füße«, meinte Mauricio. »Aber rauch nicht, vorsichtshalber. Der ist nämlich voll mit Handgranaten.«

Ich dachte an die vier- oder fünfstündige Autofahrt auf diesem Pulverfaß, doch jetzt nützte es nichts mehr, sich Sorgen zu machen oder Angst zu haben. Ich staune heute noch darüber, wie kaltblütig ich war, doch tatsächlich ergriff schließlich sogar eine gewisse Erregung von mir Besitz. Immerhin bereitete ich mich seit 1970 auf Unternehmungen wie diese hier vor.

Wir verabschiedeten uns. Feste Umarmungen, wie von Gladiatoren, die gleich in die Arena des Circus Maximus gehen müssen.

»Wir sehen uns morgen in Managua«, sagte Sergio Ramírez.

Vielleicht, dachte ich, vielleicht bin ja ich diejenige, die sich irrt. Hoffentlich ist das so.

Sergio und ich gingen ins Haus, um uns von den Mädchen zu verabschieden und Cristina zu bitten, bei ihnen im Zimmer zu schlafen, weil wir erst am kommenden Tag wiederkehren würden.

Es war eine klare Nacht, als wir losfuhren. Die Straßenschilder wiesen uns den Weg: Peñas Blancas, nicaraguanische Grenze. Optimismus ergriff Besitz von mir. Wahrscheinlich wußten wir aus Gründen der Geheimhaltung nichts von alledem, meinte ich zu Sergio. Eine so große Sache mußte gut geplant worden sein. Stell dir vor, das klappt alles! Ich kann mir nicht vorstellen, daß Sergio Ramírez nicht weiß, was er tut. »Hoffen wir, daß du recht hast«, meinte mein Sergio, »mir ist aber nicht klar, wie so schnell der Sieg geschafft werden soll. Das wäre das erstemal in der Geschichte.«

»Aber die Frente führt diesen Kampf doch schon seit Jahren«, antwortete ich abwehrend. Da war die Guerilla in den Bergen, die Arbeit in den Stadtteilen. Ich wollte keine Zweifel mehr hören. »Ja, Mensch, sei doch nicht so pessimistisch«, sagte ich. »Du kennst einfach die Nicaraguaner nicht. Die Leute sind unglaublich. Und sie haben die Nase voll von Somoza. Das sind jetzt schon über vierzig Jahre Diktatur, vergiß das nicht.«

Sergio arbeitete als Journalist für die Nachrichten eines der wichtigsten Radiosender Costa Ricas. Er meinte, es wäre gut gewesen, dem Direktor Bescheid zu geben, ohne allzu viele Einzelheiten zu enthüllen. Das wäre eine wahnsinnige Nachricht, damit hätte die ganze Mannschaft zu tun.

»Ist dir klar, daß sie uns sofort ausweisen, wenn sie uns mit dem ganzen Zeug hier erwischen?« fragte er mich.

»Ich will gar nicht dran denken«, antwortete ich. »An Schlechtes zu denken bringt Pech.«

Am meisten Sorge machte mir, daß das Auto so überladen war und seinen Geist aufgeben konnte. An den Steigungen wurde es ganz langsam. Es wäre ein Wunder, wenn dieses Autochen heil ankäme, meinte Sergio. Ich kam um vor Lust auf eine Zigarette, doch die Tasche mit den Handgranaten streifte mein Bein wie eine Schlange, die zusammengerollt zu meinen Füßen lag, bereit, mich in jedem Augenblick zu beißen.

Als wir uns der Grenze und dem Pazifik näherten, änderte sich das Klima, und es wurde wärmer. Die Hitze war untrennbar mit meiner Heimat verbunden. Sie weitete mich, es öffneten sich mir alle Sinne, so, als blühe mein Körper auf und wäre plötzlich fähig, viel mehr Gefühle zu empfinden als in der feuchten Kälte von San José. Ich begann, vor mich hin zu summen. Man hätte meinen können, ich wäre auf einer Urlaubsreise, sagte Sergio.

Es war zwei Uhr morgens, als wir in Liberia ankamen. An dem Platz, wo der Jeep sein sollte, sahen wir niemanden. Kein Jeep weit und breit. Mein kaltes Blut begann zu kochen.

»Und jetzt? Was sollen wir jetzt mit den ganzen Waffen machen?« fragte ich laut und verfluchte leise meine Landsleute. Ich schämte mich, weil Sergio Zeuge dieser Unzuverlässigkeit wurde. Am verabredeten Ort warteten wir eine Weile, ohne zu sprechen.

»Wir können nicht länger hier stehenbleiben«, sagte ich schließlich. »Hier wird besser aufgepaßt als in San José.«

Wir setzten uns auf die Terrasse einer Fernfahrerkneipe, die vierundzwanzig Stunden geöffnet hatte, und tranken Coca-Cola. Es gab keinen Plan für diesen Fall, wir hatten keinen Augenblick daran gedacht, daß das Treffen fehlschlagen könnte. Eine Streife der Landgendarmerie näherte sich. Ich lächelte Sergio an, nahm seine Hand, beugte mich zu ihm hinüber und gab ihm einen Kuß. Der Streifenwagen hielt dicht neben unserem Auto. Die Polizisten stiegen aus. Mein Herz schlug wie wild, ich fürchtete, sie würden auf das viele Gepäck aufmerksam werden, doch unsere Gegenwart lenkte sie ab. Sie warfen uns einen Blick zu und verschwanden im Innern der Kneipe. Bald darauf kamen sie wieder heraus und fuhren davon, ohne etwas bemerkt zu haben. Dann vergingen eineinhalb lange Stunden. Nervös spielte ich mit meiner Sandale, als auf der Landstraße plötzlich der Jeep auftauchte. Wir liefen ihm entgegen. Man machte uns Zeichen. Wir folgten ihm. Nach einer Weile verließ er die Landstraße und fuhr ein gutes Stück einen schmalen, dunklen Weg hinein, wo er schließlich haltmachte.

»Wir haben uns ein bißchen verspätet, Kumpels«, sagte ein Bursche entschuldigend. Wir sprachen kaum, wir waren alle ziemlich angespannt.

Im schummrigen Licht des abnehmenden Mondes luden wir die Waffen um und machten uns, von unserer Fracht befreit, auf den Heimweg nach San José.

30. Kapitel

Wie sich ein militärischer Fehlschlag in einen politischen Sieg verwandelte (San José, 1977)

Sergio und ich vermuteten, daß wir bei unserer Rückkehr von der Grenze etwas von den geplanten Angriffen hören würden, doch gegen neun Uhr morgens war noch nichts bekannt. Nervös und besorgt fuhr ich zum Haus von Tito Castillo – einem der Mitglieder der provisorischen Regierung –, um herauszufinden, was los war. Einer seiner Söhne öffnete mir, Ernesto, der bei der Septemberoffensive 1978 fallen sollte, ein blutjunger, sehr hellhäutiger Bursche, der etwas Engelhaftes an sich hatte und Gedichte schrieb. Kaum war ich eingetreten, da wußte ich auch schon, daß der Plan fehlgeschlagen war, denn ich sah im Wohnzimmer die meisten Mitglieder der provisorischen Regierung. Es herrschte ein Klima der Zerknirschung und Mutlosigkeit. In einer Ecke des Raumes stand Humberto Ortega und führte wild gestikulierend ein Telefongespräch.

Von Sergio Ramírez und Tito erfuhr ich, daß der Plan hatte abgeblasen werden müssen. Es war nicht gelungen, die bewaffneten Aktionen ausreichend zu koordinieren. Die provisorische Regierung schaffte es wegen einer Fahrzeugpanne nicht einmal, die Grenze zu überschreiten. Von den geplanten Angriffen wurden nur drei ausgeführt. Einen unternahmen die Mitglieder der Gemeinschaft von Solentiname, Schüler von Ernesto Cardenal, gegen den Armeestützpunkt von San Carlos, dem kleinen Seehafen an der Mündung des Río San Juan. Ein weiterer richtete sich gegen den Stützpunkt in Rivas, an der Südgrenze Nicaraguas, und der dritte fand in dem kleinen Ort Mozonte im Norden Nicaraguas statt. Die restlichen Aktionen schlugen fehl wegen eines Wusts aus falschen Befehlen, ausbleibenden Waffenlieferungen und

Mißverständnissen. Im Durcheinander dieses Morgens hörte ich unglaubliche Geschichten von Gewehren, die nicht funktioniert hatten, weil sie am Grund von Bächen »versteckt« gewesen waren, Anführer, die in letzter Sekunde kniffen oder die sich, wie Marvin, zu sehr nach vorn wagten und gleich zu Beginn verwundet wurden. Der Grad an Improvisation war entsetzlich gewesen, und man hörte auch schon von Verlusten: Elvis Chavarría, Ernesto Medrano.

Titos Haus mit den großen Fenstern zum Garten wimmelte von Menschen, die kamen und gingen, als wüßten sie nicht, was sie mit all der Energie anfangen sollten, die sie für den Sieg angesammelt hatten, der an diesem Tag errungen werden sollte. Wir machten uns Sorgen, weil wir keine Verbindung zu verschiedenen Einheiten hatten, die sich im Land auf den Angriff vorbereiteten. Wir mußten ihnen mitteilen, daß sie das auf jeden Fall unterlassen sollten, doch wir wußten nicht, wie. Schließlich blieb uns nichts anderes übrig, als in einer geheimnisvollen, doppeldeutigen Sprache eine Reihe von Pressemitteilungen aufzusetzen, die wir an die Radiostationen in San José verteilten. Wir hofften, daß die Compañeros sie auf Kurzwelle hörten und verstanden, daß sie die Angriffe verschieben mußten. Am 17. Oktober griff jedoch ein Kommando den Armeestützpunkt von Masaya an, eine wichtige Stadt, dreißig Kilometer von Managua entfernt. Durch das Radio erfuhren wir von der Katastrophe. Noch mehr Sandinisten waren dabei umgekommen, darunter durch einen tragischen Zufall auch Federico aus der Führung der GPP. Er hatte nicht gewußt, was sich anbahnte, war im ungünstigsten Augenblick nach Masaya unterwegs und wurde von der Nationalgarde abgefangen und ermordet. Täglich wurde die Liste der Verwundeten, Gefallenen und Gefangenen länger. Meine schlimmsten Befürchtungen bestätigten sich, auch diejenige, daß sich die Massen nicht spontan der Rebellion anschließen würden. Es sah aus wie ein riesiger Fehlschlag, doch gab es auch ein paar positive Ergebnisse. Die Mitglieder der provisorischen Regierung beschlossen, die »Gruppe der Zwölf« zu bilden, und verfaßten eine Erklärung zur Unterstützung der Frente Sandinista, die in Nicaragua und in der ganzen Welt großen Widerhall fand.

Unterdessen wirkte Humberto Ortega wie ein Zauberkünstler

bei seinem Versuch, Szenarien zu entwerfen, die die Wirklichkeit in einem optimistischeren Licht erscheinen ließen. Ohne mit der Wimper zu zucken, erklärte er, es sei nie geplant gewesen, die Macht zu übernehmen, sondern nur den Funken des Aufstands in die Städte zu tragen. Schließlich glaubte er es selbst, und so hielt es auch die Geschichte fest, denn die Angriffe hatten – genau wie es von Marcos vorhergesehen worden war – enorme Wirkung, nicht nur auf die Diktatur, sondern auch auf die Bevölkerung. Die Angriffswelle löste eine Entwicklung aus, die die Verluste rechtfertigte. Wenn die Dinge am Ende gut ausgehen, geschieht es häufig, daß die Probleme des Weges vergessen werden. Es ist niemand da, der Klage führen kann. Die Toten haben keine Stimme mehr.

Mein Haus füllte sich mit Kämpfern, die an den Aktionen an der Grenze teilgenommen hatten. Sie erzählten haarsträubende Geschichten. Viele von ihnen wußten kaum, wie sie mit den Waffen umgehen mußten. Sprachlos über den Grad an Improvisation, suchten sie Zuflucht beim Humor und machten Witze darüber, daß man sie »live« habe üben lassen. Mit ihnen kamen noch mehr in Säcken versteckte Waffen, sogar Panzerfäuste, die wir auf dem kleinen Speicher meines Hauses versteckten. Meine Töchter beäugten neugierig die schmutzigen, müden Männer in Tarnkleidung, die mit ihnen lachten und spielten. Zwei oder drei Tage später verschwanden sie wieder.

In jener Zeit war es auch, daß Rosario Murillo mit ihrer Tochter Zoilamérica, ihren Söhnen Rafael und Tino und ihrem damaligen Lebensgefährten Quincho Ibarra zwei Monate lang bei uns wohnte. Zoilamérica kümmerte sich um ihr erst wenige Monate altes Brüderchen mit einer mütterlichen Hingabe, die mich sehr beeindruckte. Rosario und Quincho führten lange, konfuse Debatten und redeten davon, nach Paris zu gehen und Film zu studieren. Wenige Monate später lernte Rosario Daniel Ortega kennen und wurde seine Partnerin.

Meine politische Zelle beschloß, ein kritisches Gespräch mit Humberto Ortega zu führen. Die Ereignisse hatten uns recht gegeben, und außerdem mußten die richtigen Lehren daraus gezogen werden, um ein neues Fiasko zu vermeiden. Die Diskussion am Eßtisch in der Wohnung von Blas fand in einer gespannten Atmosphäre statt. Marvin trug wegen seiner Verwundung den Arm in Gips und sah skeptisch Humberto an, der sich mit Klauen und Zähnen verteidigte. Die politische Unruhe, die in Nicaragua geweckt worden war, habe, so behauptete er, damit zu tun, daß genau der richtige Zeitpunkt berechnet worden sei. Tatsächlich hatte Somoza nur einen Monat vor den Angriffen endlich die Pressezensur aufgehoben, die alle Medien zum Schweigen gebracht und mit kurzen Unterbrechungen vom Erdbeben 1972 bis zum 17. September 1977 gedauert hatte. Außerdem erholte sich der Tyrann in Miami von einem Herzinfarkt. Man munkelte, sein Gesundheitszustand könne ihn dazu zwingen, zurückzutreten, was zu Diadochenkämpfen unter denen geführt hätte, die seine Nachfolge antreten wollten. Unterdessen lag die Macht in Händen eines völlig unfähigen Parlaments. Die militärischen Aktionen waren genau mit diesem Machtvakuum und der wiedererlangten Pressefreiheit zusammengefallen. Der drohende bewaffnete Kampf hatte, zusammen mit der Erklärung der »Gruppe der Zwölf«, eine Kettenreaktion ausgelöst. Die Unternehmer, die Kirche, die Parteien bestanden alle auf einem nationalen Dialog, bei dem sich die Regierung dazu verpflichten sollte, die Demokratie zu respektieren. Der Protest schwoll an, geschürt von den Nachrichten der Presse, die so lange von der Zensur unterdrückt worden waren. Es wurden schreckliche Morde und Massaker gemeldet, die Familien ließen die Leichen ihrer Angehörigen exhumieren, um zu beweisen, daß die Nationalgarde in ihren Berichten über die Todesursache von politischen Gefangenen gelogen hatte. Die angeblich auf der Flucht durch Schüsse Umgekommenen wiesen furchtbare Zeichen von Folter auf, man hatte ihnen alle Knochen gebrochen. Das ganze Land war zum Pulverfaß geworden. Was beklagten wir uns? fragte Humberto. Immer würde es bei so riskanten Unternehmen wie dem unseren auch ein paar Fehler geben.

Widerwillig akzeptierten wir seine Argumente.

Bei den Angriffen starb auch ein Costaricaner, der sich der Frente Sandinista angeschlossen hatte, Ernesto Medrano. Das Volk von Costa Rica rächte seinen Tod dadurch, daß es begann, massiv die Sandinisten zu unterstützen. Bei den Solidaritätsveranstaltungen für Nicaragua versammelten sich riesige Menschenmengen. Die mobilisierende Wirkung, die der bewaffnete Kampf sogar noch bei diesem friedlichen Volk auslöste, überraschte mich. Auf dem großen Platz im Zentrum von San José kamen Tausende von Menschen zusammen, um ihrer Ablehnung der Diktatur Somozas Ausdruck zu verleihen und die Toten zu ehren. Die Dichter lasen ihre kämpferischsten Gedichte. Nicaraguanische Intellektuelle, die bis dahin skeptisch gewesen waren, unterstützten jetzt entschlossen unsere Aktionen, die Costaricaner zur Solidarität aufzurufen.

Die Auseinandersetzungen mit den anderen Flügeln der Frente Sandinista spitzten sich zu. Die Compañeros von der GPP, der Federico angehört hatte, machten die »Terceristas«, die aufständische Tendenz, für seinen Tod verantwortlich. Die von der proletarischen Tendenz vertraten die Ansicht, die Bevölkerung sei nicht vernünftig organisiert gewesen und habe daher die bewaffneten Aktionen nicht unterstützen können.

Doch die Woge des Aufstands war in Gang gesetzt. Der Tod der Compañeros war nicht umsonst gewesen, brauchte nicht als nutzlos oder Ergebnis von Irrtümern beklagt zu werden. Mit einemmal fanden wir uns in einer Flut großsprecherischer Erklärungen wieder, die die Niederlagen vom Oktober in glänzende sandinistische Aktionen umdeuteten, den Anfang vom Ende der Diktatur.

Ich wollte es von ganzem Herzen glauben, schalt mich selbst wegen meiner Zweifel. Zum erstenmal sah ich erhobene Fäuste auf den Plätzen, Menschen, die lauthals »Viva Sandino« und »Es lebe die FSLN« riefen. Die Unterstützung, die Begeisterung, von der ich so oft geträumt hatte, kam genau in dem Augenblick, als ich mich kritischer und skeptischer fühlte, als ich mißtrauischer wurde gegenüber den Methoden, mit denen der Aufstand vorbereitet wurde.

Jahre später verlieh mir Humberto Ortega, inzwischen Generalstabschef der Sandinistischen Volksarmee, in einem feierlichen Festakt eine Auszeichnung für meine Beteiligung an den Aktionen. Mit anderen Compañeros stand ich in einer Reihe und wartete darauf, daß der Comandante in seiner Galauniform an uns vorüberschritt und uns die Medaillen anheftete. Und innerlich mußte ich über die Ironie des Schicksals lächeln, daß ich für etwas ausgezeichnet wurde, mit dem ich überhaupt nicht einverstanden gewesen war.

31. Kapitel

Von den Fortschritten in der Liebe und dem Wunsch nach Nachwuchs (San José, 1977)

Ich erklärte mich bereit, zu heiraten, weil ich es leid war, daß mein Vater sich weigerte, mich zu besuchen, weil ich unverheiratet mit einem Mann zusammenlebte. Kurz bevor die Zeremonie im Haus von Sergios Eltern in San José losgehen sollte, nahm uns Otto Castro, der Notar, der uns trauen sollte, gleichzeitig Freund und politischer Genosse, beiseite und erklärte uns, er könne unsere Ehe nicht schließen. Es fehlte ihm ein Schriftstück. Ungläubig sah ich ihn an. Wir drei befanden uns im Arbeitszimmer des Hauses, Otto war eben mit Getöse auf seinem Motorrad angekommen, wie immer schwarz gekleidet, stand er jetzt da mit dem Helm in der Hand. Im Wohnzimmer warteten die Gäste, meine Töchter, die als kleine Ehrendamen gekleidet waren, meine Schwiegereltern, meine Eltern und meine beste Freundin, die extra aus Nicaragua hergereist waren. »Tut mir leid, Otto«, meinte ich, »aber wir können das jetzt nicht mehr verschieben. Laß uns einfach die Zeremonie vollziehen, auch wenn es nur symbolisch ist, und später kommen Sergio und ich dann zu dir ins Büro und legalisieren das alles.« Ich gab ihm keine Zeit, zu widersprechen. Wir verließen das Arbeitszimmer von Sergios Vater, und Otto traute uns.

Wir haben die Formalitäten dann nie nachgeholt. Wir fühlten uns einfach verheiratet, und die Zeit verging, ohne daß wir es merkten. Als wir uns Jahre später trennten und meine Mutter erfuhr, was damals losgewesen war, schalt sie mich, als hätte ich sie betrogen, sie wurde fuchsteufelswild deswegen. Aber in Wirklichkeit war es kein Betrug gewesen. Wir hatten es ganz einfach vergessen.

Nach der Hochzeit ließ ich mich von der wunderbaren Liebe von Sergio umhüllen, sie war wie eine angenehme, wohltuende Nußschale, die auf den tosenden Wassern meines Lebens schwamm. Wir schliefen eng aneinandergekuschelt und liebten uns wie zwei Abenteurer, zwei Entdecker, voller erotischer Phantasien und Spiele, intensiv und alle Tage. Meine Töchter freuten sich über den neuen Vater im Haus. Sergio nahm seine Vaterschaft so verantwortungsbewußt und zärtlich an, daß meine Freundinnen mich beneideten. »Wie hast du nur diesen lieben Mann finden können, der sich so gut um deine Kinder kümmert? Verrat uns dein Rezept!« meinten sie.

Als unverbesserlicher Lehrer bestand mein neuer Ehemann darauf, mir beizubringen, wie ich die Welt verstehen mußte. Ich lehnte mich dagegen auf, weil ich sie schon gut genug verstand. Aus wer weiß welchen verborgenen Gründen meiner Psyche verursachten mir seine ironischen oder gar sanft tadelnden Belehrungen Schuldgefühle. Um mich dagegen zu verteidigen, ließ ich die Löwin aus meinem Tierpark frei und wehrte mich mit Zähnen und Klauen. Nie habe ich die Neigung der Männer akzeptiert, uns Frauen zu adoptieren, so als bekämen sie bei der Heirat eine Tochter oder ein behindertes Wesen, dem sie durch die Welt helfen müßten. Obwohl Sergio ein recht weit entwickeltes Exemplar seiner Gattung war und subtilere Methoden benutzte, entging mir sein Paternalismus nicht.

Ich weiß nicht, weshalb, doch alle fünf Jahre überfiel mich der unwiderstehliche Wunsch, Mutter zu werden. Mein Körper flehte mich geradezu an, seine Fruchtbarkeit zu nutzen. Hemmungslos setzte er sich gegen meinen Verstand durch. Ein Windhauch auf meiner Haut, irgendeine Freude, der Genuß einer Eistüte oder einer Süßigkeit ließen meine Poren nach Vereinigung suchen, nach Paarung, als wolle ich die Welt in mich aufnehmen und zum Leben erwecken. Melissa war jetzt viereinhalb. All diese Zeichen ließen mich begreifen, daß es Zeit war, noch einmal Mutter zu werden. Ein Jahr zuvor hatte ich mich, nach einem leicht unnormalen Ergebnis bei der Vorsorgeuntersuchung, einer angeblich einfachen Operation unterzogen. Der Arzt versicherte mir, sie würde eine erneute Schwangerschaft und Geburt in keiner Weise behindern. Mit seinem Segen widmeten uns Sergio und ich der Aufgabe, eine der unvorsichtigen Eizellen zu befruchten, die sich unserem unermüdlichen Sperrfeuer näherten.

Das Vaterland kam uns ein paar Monate lang dabei in die Quere. Unaufschiebbare Pflichten, oder es fanden in den Tagen meines Eisprungs Kämpfe statt. Wir nutzten eine Zeit relativer Ruhe im Dezember, um einen gezielten und hartnäckigen Angriff auf meine Eizellen zu starten. Ich maß morgens, mittags und abends meine Temperatur. Wenn ich im Büro merkte, daß ich Temperatur hatte, und meinte, das sei der Eisprung, rief ich Sergio an. Wir erfanden irgendeine wichtige Erledigung und trafen uns zu Hause, um miteinander zu schlafen, damit wir den richtigen Zeitpunkt ja nicht verpaßten.

So müßte man auch den Krieg planen, dachte ich, mit Bedacht, mit Weitsicht. Die generalstabsmäßige Aktion trug Früchte. Im Dezember zeugten wir Camilo. Meine Töchter empfingen freudig die Nachricht, daß sie ein Brüderchen bekommen würden. Die Schwangerschaft gab mir ein herrliches Gefühl, ausgefüllt, bewohnt zu sein. Zum erstenmal seit 1972 feierte ich mit meinen Töchtern ein glückliches Weihnachtfest im Kreis meiner Familie.

32. Kapitel

Von einem nicaraguanischen El Cid und wie ich Camilo und Arnoldo verlor (Managua/San José, 1978)

Während der spanischen Reconquista im Mittelalter setzte man den berühmten Ritter El Cid nach seinem Tod auf sein Pferd Babieca, damit er so sein Heer in die letzte Schlacht führte. Etwas Ähnliches geschah in Nicaragua mit Pedro Joaquín Chamorro, dem Direktor der Zeitung *La Prensa*, als der Diktator ihn ermorden ließ.

Pedro Joaquín widmete sein ganzes Leben der politischen Opposition. Er war ein ernster Mann, der gemessen einherschritt und einen leicht gebeugten Rücken hatte, ein Held in meinen Kinderaugen, denn dauernd wurde er verhaftet, und kaum ließ man ihn frei, da wetterte er schon wieder gegen Somoza in feurigen Leitartikeln und mit mutigen Enthüllungen. Ich spielte mit seinen Töchtern, und meine Eltern waren mit ihm und seiner Frau Violeta eng befreundet. Am Tag des Attentats auf den ersten Somoza in León, dem 21. September 1956, klopfte Violeta spätabends an unsere Haustür und rief: »Humberto! Gloria! Sie haben Pedro mitgenommen!« Die Nationalgarde hatte ihn vor seiner Haustür verhaftet, als er mit seiner Frau aus dem Kino zurückkehrte. Im Schlafanzug schlich ich leise hinter meinen Eltern die Treppe hinunter, um herauszufinden, was los war. Am nächsten Morgen erfuhren wir, daß Anastasio Somoza García von einem Dichter erschossen worden war.

Die Frente Sandinista hielt Pedro Joaquín für einen potentiellen Verbündeten. Was uns trennte, war seine Ablehnung des bewaffneten Kampfes. Nach den Oktober-Aktionen wurde jedoch gemunkelt, daß er vielleicht die Nummer dreizehn in der »Gruppe der Zwölf« werden und die FSLN unterstützen würde.

Doch am 10. Januar 1978 überfielen ihn im vom Erdbeben zerstörten Zentrum von Managua gedungene Killer, als er auf dem Weg in die Redaktion von *La Prensa* war, und streckten ihn erbarmungslos mit einer Schrotflinte nieder.

In meinem Büro in der Agentur zermarterte ich mir gerade das Hirn auf der Suche nach einem Werbeslogan, als Sergio anrief und mir die Nachricht gab. Dies war ein unschätzbarer Verlust, Nicaragua brachte nicht oft Menschen wie ihn hervor. Pedro Joaquín war das Symbol einer Freiheit, die mit Zähnen und Klauen verteidigt wurde. Daß Somoza ihn umbringen ließ, wie sofort vermutet und später bestätigt wurde, bedeutete, daß der Diktator ernstlich in Bedrängnis war und eine Art totalen Krieg begann. Ich dachte an Doña Violeta, meine Freundin Claudia Lucía, an Pedro, Cristiana, Carlos Fernando, seine Kinder. Ich rief meine Eltern an und hörte, wie betroffen sie waren. Die Menschen wollten es nicht glauben, meinten sie. Das Klima in Managua war zum Zerreißen gespannt. Das würde nicht ohne Folgen bleiben.

Was dann geschah, übertraf alle Vorstellungen. Pedro Joaquín Chamorro verwandelte sich nach dem Tod in einen Guerillero, und angesichts seines Leichnams gingen die Nicaraguaner, wie von dreiundvierzig Jahren angestauter Wut getrieben, auf die Straße. Sie betrauerten seinen Tod nicht nur mit Tränen, sondern auch mit Steinwürfen und indem sie Straßenschlachten begannen und Gebäude anzündeten, die die Diktatur repräsentierten. Entlang der Carretera Norte, der nördlichen Ausfallstraße, wo das Redaktionsgebäude und die Druckerei der Zeitung standen und auch der Clan des Diktators und seine Verbündeten Unternehmen besaßen, begann die Bevölkerung Protestaktionen, wie sie nie zuvor im Lande gesehen worden waren. Die Menschen hatten es vor allem auf Plasmaféresis abgesehen, eine Blutplasmafirma Somozas. Täglich standen die Armen, die nichts weiter zu verkaufen hatten als ihr Blut, Schlange vor dem Unternehmen. Zwei Dollar bezahlte man ihnen für einen Liter Blut. *La Prensa* hatte entsetzliche Fotos der Schlangen von zerlumpten und ausgezehrten Blutspendern veröffentlicht. Jetzt stürmten die Menschen das Firmengelände und warfen Molotowcocktails, um die Büros in Brand zu setzen. Die Unruhen nahmen ein solches Ausmaß an, daß sich die

Nationalgarde zurückzog, vertrieben von den entfesselten Furien dieses gepeinigten Volkes.

Es folgten Demonstrationen der Studenten und Streiks der Arbeiter, mit denen der Rücktritt Somozas gefordert wurde. Die Privatunternehmer riefen wegen des Mordes an Chamorro zum Generalstreik auf. Am 22. Januar 1978, dem Jahrestag des Massakers von 1967, stand ganz Managua still.

In San José sprengte die Solidarität unsere Fähigkeit, sie zu kanalisieren. Von überall her kamen Journalisten angereist und wollten Sandinisten interviewen. Revolutionäre aus der ganzen Welt schlossen sich dem Kampf der Nicaraguaner an: Chilenen, Argentinier, Kolumbianer, Nordamerikaner und Spanier. Das Erstarken unseres Kampfes sorgte dafür, daß die Meinungsverschiedenheiten zwischen den drei Tendenzen sich abschliffen. Man sprach von der Notwendigkeit der Einheit, niemand zweifelte daran, daß wir vereint größere Chancen besaßen, die Diktatur zu stürzen. Ich erfuhr, daß Camilo Ortega die Waffen, die er bekam, mit den Compañeros der GPP teilte, die eine breitere und besser verankerte Basis aufgebaut hatten. Ich freute mich darüber, Camilo war Camilo geblieben. Die Terceristas, die Aufstandstendenz der FSLN, waren die am besten ausgerüsteten, weil die »Gruppe der Zwölf« mit ihrem persönlichen Prestige und ihren Verbindungen Unterstützung von Regierungen und politischen Parteien erhielt. Die beiden anderen Tendenzen, die puristischer waren und Bündnissen skeptischer gegenüberstanden, mußten große Anstrengungen unternehmen, um an Geld und Waffen zu kommen.

Bündnisse zu schließen und die Unterstützung von Persönlichkeiten und finanzstarken Gruppen zu bekommen war ungeheuer wichtig. Das bedeutete jedoch, nicht nur den revolutionären Ton zu mäßigen, weniger radikal aufzutreten, sondern auch, mit Leuten zusammenzuarbeiten, die oft aus zweifelhaften finanziellen und politischen Interessen zum Mitmachen bereit waren. Die Taktik von Humberto Ortega, um sie unserer Sache zu verpflichten, war, ihnen politische Schlüsselstellungen einzuräumen. Oft gerieten die Kader dadurch in die unangenehme Lage, von ganz offensichtlichen Opportunisten Befehle annehmen zu müssen. Diese skrupellose Politik begründete Humberto mit der Annahme, daß wir am Ende doch die Zügel in der Hand behalten und unsere Moral wahren würden. Doch hatte ich mich nicht der Revolution angeschlossen, um mit denselben Regeln zu spielen, die wir ändern wollten. Für mich heiligte der Zweck die Mittel noch lange nicht; die Revolution wollte nicht nur eine politische, sondern auch eine ethische Befreiung.

Mit der Zeit wuchs mein Mißtrauen gegenüber der Taktik, die die Führung der aufständischen Tendenz verfolgte, noch mehr. Auch wenn Humberto Ortega schlau war, ein Fuchs, so verstrickte er sich meiner Meinung nach doch in einem Wust von Widersprüchen, denen er, selbst wenn er damit Erfolg hatte, kaum entrinnen konnte, ohne seine Menschlichkeit und seine Prinzipien zu verraten. Unermüdlich schrieb ich ihm Protestbriefe, in denen ich ihm meine Besorgnis über die Art von Revolution darlegte, die dabei herauskommen würde, wenn wir uns die Wirklichkeit so zurechtlegten, wie wir sie brauchten, und uns selbst so zurichteten, wie wir uns am besten »verkaufen« konnten. Er stopfte mir den Mund mit dem Hinweis auf den Aufschwung des revolutionären Kampfes in Nicaragua. Zwanzig Jahre nach all diesen Ereignissen meine ich, daß schon damals die Grundlagen einer skrupellosen politischen Methode gelegt wurden, die den Sandinismus, seine Ideale und seine Überzeugungen vergifteten und schließlich die Ortega-Brüder – die sich zu den Alleinvertretern unserer Sache machten – nicht nur in die politische, sondern auch in die moralische Katastrophe führten.

Obwohl ich trotz meiner inneren Ablehnung weiter meine politische Arbeit betrieb, begann ich darüber nachzudenken, ob ich die »dritte Tendenz« verlassen sollte. Nicht alle Sandinisten waren so. In eine der beiden anderen Gruppierungen einzutreten würde mir eine effektivere Mitarbeit ermöglichen, ohne so viele Widersprüche. Es schien mir besonders wichtig, andere Positionen innerhalb der Frente zu stärken, um zu einer Art Gleichgewicht beizutragen, für die Zeit des Sieges. Immerhin arbeiteten zu der Zeit schon alle drei Tendenzen für den Aufstand. Die Differenzen waren vor allem politischer Natur, und die Überzeugungen der anderen Flügel glichen den meinen eher.

Was mir in diesen Zeiten voller Zweifel und Sorgen Mut gab und mich davon abhielt, aufzugeben, war das Heldentum der einfachen Leute, die sich mit bewundernswerter Zuversicht und Begeisterung unserem Kampf anschlossen. Das fragwürdige Verhalten einiger vermochte nicht den Heldenmut von Elías zu schmälern, dem Compañero, der beim Bombenbasteln erblindete, als es zu einer plötzlichen Explosion kam, der jedoch mit seinem Blindenstock aus Nicaragua zurückkehrte und sagte, das Mißgeschick würde ihm das Überbringen geheimer Botschaften nur erleichtern, weil die Nationalgarde einen Blinden sicher nicht verdächtigte. Und es konnte mich auch nicht Ismael vergessen lassen, der bei Gefechten einen Arm verlor und mich hartnäckig jeden Tag anrief, bis ich ihm eine Prothese besorgte, die es ihm, kaum daß er damit umgehen konnte, ermöglichte, in den Kampf zurückzukehren. Compañeros wie diese beiden gaben mir die Kraft, auch meine Anstrengungen zu verstärken, um die Unterstützung für diesen ungleichen Krieg nicht nur zu erhalten, sondern noch auszuweiten, ohne meinen Job in der Werbeagentur deswegen aufzugeben.

Schwangerschaft und Müdigkeit führten dazu, daß ich oft nachmittags, während ich Werbetexte schrieb, an meinem Schreibtisch einschlief. Nachher wachte ich für gewöhnlich ganz benommen auf und schämte mich, daß mein Chef mich so durch die Glastür gesehen haben könnte. Weil ich bei meinen beiden vorigen Schwangerschaften keine Probleme gehabt hatte, nahm ich an, daß es auch bei dieser so sein würde. Mein schwangerer Leib, der ein Erdbeben durchgestanden hatte, würde auch die unruhigen Zeiten eines Befreiungskrieges überstehen. Der Gynäkologe sagte mir nichts von Risiken, meinte nur: »Fahren Sie möglichst nicht über schlechte Straßen, und passen Sie gut auf sich auf.«

Ich hatte schon Kontakt mit den Leuten von der GPP, einem der beiden anderen Flügel der FSLN, aufgenommen, als von San José aus eine Reihe weiterer bewaffneter Aktionen geplant und organisiert wurde. Noch einmal mußte ich mit einem Auftrag, den ich nie ganz verstand, unvermittelt nachts zur nicaraguanischen Grenze fahren. Als ich nach San José zurückkehrte, erfuhr ich, daß in derselben Nacht sandinistische Einheiten die Stadt Rivas angegriffen hatten und einen weiteren Armeestützpunkt in der Nähe der Grenze zu Costa Rica.

»Wieder haben sie uns live üben lassen. Ich weiß nicht, warum man uns nicht vernünftig ausbildet«, meinte Arnoldo, ein Compañero aus meiner politischen Zelle, der nach seiner Rückkehr müde und schmutzig bei mir Unterschlupf suchte. Wie viele andere, war auch er ein »mobiler« Kämpfer. Er ging zu den Gefechten nach Nicaragua hinein und kehrte dann nach San José zurück.

An jenem Abend stellte ich eine leichte Blutung fest, das erste Anzeichen von Problemen mit meiner Schwangerschaft. Ich bekam einen ordentlichen Schrecken, ich wollte auf keinen Fall das Kind verlieren, das mit soviel liebevoller Hingabe gezeugt worden war. Der Arzt erklärte mir immer noch nicht, was geschah oder geschehen konnte, sondern verordnete mir nur Bettruhe.

Freundlich und hilfsbereit kümmerte sich Arnoldo um mich, paßte auf mich auf, wenn Sergio morgens zur Arbeit fuhr. Wir frühstückten gemeinsam, ich im Bett und er in einem Schaukelstuhl daneben. Er besaß sehr dunkle, schmale Augen, denn er stammte von Chinesen und Indios ab. Seine Zähne waren weiß und groß, und wenn er lachte, dann klang das immer zurückhaltend und ein wenig melancholisch. Ich habe ihn deutlich vor Augen, wie er mit gekreuzten Beinen im Schaukelstuhl balancierte, in einem blauweiß gestreiften Pyjama, der eher wie ein Sträflingsanzug wirkte.

»Wie willst du dein Kind nennen?« fragte er mich eines Tages.

»Ich werde ihm den Namen der Compañera oder des Compañero geben, die oder der die mutigste Aktion in diesen Monaten unternimmt«, antwortete ich.

Arnoldo war auch an jenem Abend bei mir, als Sergio mit der Nachricht nach Hause kam, daß sich das indianische Viertel Monimbó in der Stadt Masaya gegen die Diktatur erhoben hätte. Die Nationalgarde hatte Tränengasgranaten in eine Kirche geworfen, was den Tod eines kleinen Kindes nach sich zog. Die Indios holten ihre traditionellen Masken hervor, schlugen die Trommeln und verbarrikadierten sich in ihrem Viertel aus einfachen Lehmhäusern. Diesmal handelte es sich tatsächlich um einen spontanen Aufstand der Bevölkerung. Die Handwerker von Monimbó, die in ihren Werkstätten Feuerwerkskörper und Hängematten herstellten, trotzten der Armee Somozas mit Molotowcocktails, selbstgebastelten Bomben und der einen oder anderen Feuerwaffe. Von den Balkonen der Häuser gossen die Frauen heißes Wasser auf die Soldaten herunter. Somoza schickte sich an, sie mit Panzern und Flugzeugen zu vernichten.

Am folgenden Wochenende erhielt Arnoldo Anweisung, sich auf die illegale Einreise nach Nicaragua vorzubereiten. Er, der eigentlich eher wortkarg war, strahlte vor Freude, daß er sich endlich dem Widerstand im Land selbst anschließen sollte. Mit seinem kleinen schwarzen Rucksack über der Schulter umarmte er mich, als wir alle uns von ihm an der Tür verabschiedeten.

»Dir wird schon nichts passieren, Unkraut vergeht nicht«, scherzte ich zum Abschied.

Er lachte. Seine glänzenden Augen, seine strahlenden, weißen Zähne waren das letzte, was wir von ihm jemals sahen. Das war an einem Freitag. Nur zwei Tage später, am Sonntag nachmittag, umstellte die Nationalgarde das Haus im Viertel von Masaya, wo sich Arnoldo, gerade angekommen, mit Camilo Ortega befand, um sich dem Aufstand der Indios anzuschließen und gemeinsam mit ihnen gegen die Armee zu kämpfen. Dort starben meine beiden Freunde im Kugelhagel. Zusammen. Durch einen der schrecklichen Zufälle des Lebens.

33. Kapitel

Wie mich ein Literaturpreis über die Poesie nachdenken läßt (San José, 1978)

Im Februar, kurz bevor Arnoldo umkam, wurde mir der Preis der Casa de las Américas in der Sparte Poesie verliehen. Das war der wichtigste Literaturpreis Lateinamerikas, die Jury setzte sich Jahr für Jahr aus den renommiertesten Vertretern der spanischsprachigen Literatur zusammen. Als die Ausschreibung in der Zeitung erschienen war, hatte ich alle Gedichte eingeschickt, die seit meinem Verlassen Nicaraguas entstanden waren. Den Titel für die Sammlung schlug mir Sergio Ramírez vor: Feuerlinie. In der Unrast jener Monate hatte ich versäumt, den Ausgang des Wettbewerbs zu verfolgen. So bedeutete der Preis eine freudige Überraschung für mich. Ich hielt ihn für sehr nützlich in diesem Moment; die Bekanntheit kam mir gerade recht, sie öffnete mir Türen und gab mir Möglichkeiten, um über den Kampf in Nicaragua zu sprechen.

Ich hielt meine Poesie nicht für persönlichen Verdienst. Sie war wie ein Strom, der aus einer inneren Quelle floß und den ich mühelos auf das Blatt lenken konnte, eine natürliche Eingebung, wie von einem inneren Organ, einer Art Geruchs-, Liebes-, Empfindungssinn, der sich ab und zu mit Energie auflud und mir einen erleuchtenden Blitz schickte. Wenn ich im Augenblick des Gewahrwerdens der ersten Zeile Papier und Bleistift zur Hand hatte und nicht abgelenkt wurde, dann brachte der Blitz ein Gedicht hervor. Ich brauchte mich nur von dieser ersten Eingebung leiten lassen, in dem Bewußtsein, daß das gesamte Gedicht schon in diesem besonderen Seelenzustand vorhanden war, von mir Besitz ergriffen hatte. Wenn ich es aber nicht gleich aufschreiben konnte, weil ich Auto fuhr oder beschäftigt war, dann ging das Gedicht verloren, die Energie des Blitzes verflüchtigte sich, und sosehr ich sie auch später wiederherzustellen versuchte, es gelang mir nicht. Selbst wenn ich mich noch an die erste Zeile erinnerte, konnte ich doch das gesamte Gedicht nicht mehr rekonstruieren. Sobald die Verzückung vorüber war, konnte ich sie nicht wiedererlangen.

Weil meine Poesie mich spontan und wie durch einen Zauber überkam, konnte ich sie nicht als das verdiente Ergebnis intensiver Arbeit ansehen. Ich litt nicht unter der Angst vor den weißen Seiten, von der andere sprachen. Erst Jahre später, als ich begann, die Poesie als Beruf anzunehmen, verstand ich die Beziehung zwischen dem Blitz der Intuition und dem Dichter als schöpferischem Arbeiter. Damals jedoch gab ich mich meiner Funktion als Blitzableiter himmlischer Kräfte hin. Meine Gedichte schrieb ich mit der linken Hand, und was mich wirklich interessierte, waren meine Verdienste bei der politischen Arbeit. Meine eigentliche Identität war die der Sandinistin; Dichterin zu sein war ein angenehmer Zusatz, ein wertvolles, nützliches Talent für den politischen Kampf. Meine Gedichte stellten eine – manches Mal chaotische – Mischung aus Erotik und Patriotismus dar, die das Geschehen meines Alltagslebens widerspiegelte.

In Costa Rica schrieb ich wenige Gedichte. Obwohl ich in Mittelamerika war, obwohl ich für Nicaragua und mit Nicaragua als Ort all dessen lebte, was mich bewegte, beeinflußte das Exil meinen Sinn für Poesie. Damals wurde mir klar, wie eng meine Poesie mit Nicaragua zusammenhing. Ich brauchte seine Düfte, seinen Wind, seine Energie, seine dichten Wolken und die Linie seiner Vulkane am Horizont, damit aus meinem Innern der Stoff floß, aus dem meine Gedichte waren. Die wenigen, die ich schrieb, entstanden, wenn der Regen, irgendein Duft oder äußerlicher Reiz mich nach Nicaragua versetzten.

Meine Poesie ist auch jetzt noch der Ausdruck von etwas, das Form gewinnt, wenn meine Seele zu ihren Wurzeln zurückkehrt. Kaum bin ich ein paar Tage in Nicaragua zurück, dann überfallen mich die Gedichte. Beim Leben im Ausland wird meine Sprache, das Spanisch, zu meiner Heimat. Zum Überleben suche ich Schutz bei der Prosa, doch der ganz persönliche Ausdruck, der Atem der Poesie, ist für mich untrennbar mit der Landschaft Nicaraguas verbunden.

Der Preis der Casa de las Américas führte dazu, daß ich über mein Dichtersein nachdachte und darüber, wie wichtig es war, mich auch als Dichterin zu begreifen. Doch mußten noch viele Jahre vergehen, bis ich meine literarische Berufung als etwas begriff, das einer ernsthaften Beschäftigung würdig war. Bei den Interviews, die man nach der Verleihung des Preises mit mir machte, hielt ich mich kaum bei der Literatur auf; lieber sprach ich von der Politik.

34. Kapitel

Wie ich meine politischen Nöte und Widersprüche löste (Panamá / San José, 1978)

Meinen Austritt aus dem aufständischen Flügel der Frente Sandinista beschloß ich endgültig, nachdem ich mich in Panama mit José Benito Escobar getroffen hatte, einem Compañero aus der Führung des GPP-Flügels. Einen ganzen Nachmittag lang unterhielten wir uns in meinem Hotelzimmer. José Benito besaß ausgeprägt indianische Züge, jedoch mit sanften Rundungen, so als habe seine ruhige, wie von alter Weisheit geprägte Persönlichkeit die Umrisse seines Gesichts beeinflußt. Das tadellos weiße Hemd und die blitzblank geputzten Schuhe zeigten die Wertvorstellungen eines Menschen einfacher Herkunft – José Benito war Maurer gewesen –, für den nachlässige Kleidung einen Mangel an Höflichkeit gegenüber den anderen darstellt.

José Benito gefiel mir, schlicht und klar beantwortete er meine Fragen, und ich verstand, weshalb ihm der Ruf einer integren Person voranging. Es war leicht, auf seine Offenheit zu vertrauen. Er wirkte nicht nur sauber, sondern auch ehrlich, wie ein Mensch ohne Doppelbödigkeit.

Es fiel uns nicht schwer, grundsätzliche Übereinstimmung zu erreichen. Nachdem ich so viele Monate mit mir selbst gerungen und daran gezweifelt hatte, ob meine Ansichten nicht viel zu romantisch waren und meine ethischen Überlegungen eben keinen Platz in einem Kampf wie dem unseren haben konnten, tat es mir gut, daß ein Mensch wie er meine Befürchtungen teilte. In groben Zügen stellte er mir die Arbeit vor, die in Costa Rica für die GPP getan werden mußte. Dieser Flügel war durch seine Basisarbeit in der Bevölkerung Nicaraguas gut verankert, begann jedoch erst jetzt damit, eine Struktur im Ausland aufzubauen. So mußte die Versorgung mit Waffen und Munition für die Kämpfer organisiert und durch politische Kontakte die dafür notwendigen Mittel besorgt werden, es waren Trainingskurse für die Guerilleros abzuhalten, die in der riesigen nicaraguanischen Gemeinde in Costa Rica angeworben wurden. Und es mußten die Informationskanäle geschaffen werden, mit denen die politische Position unseres Flügels bekanntgemacht werden konnte, um Sympathisanten zu gewinnen, die für unseren Kampf ein Unterstützernetz bilden konnten. Im großen und ganzen ging es um das gleiche wie das, was ich für die aufständische Tendenz unternommen hatte, nur daß ich in diesem Fall einen größeren Einblick in den Gesamtzusammenhang bekam und mir eine größere Verantwortung zugebilligt wurde, weil fast noch alles getan werden mußte. Die GPP operierte noch nicht von Costa Rica aus, und ihre Unterstützernetze im Ausland waren kaum existent. In San José gab es nur eine einzige Compañera von ihnen, Dora.

Als es Abend wurde und wir uns voneinander verabschiedeten, kam er mir schon vor wie ein alter Freund. Ohne Zweifel wäre er ein hervorragender politischer Kopf für unsere Revolution geworden, aber er überlebte nicht. Auch er wurde wenige Monate später ermordet, in einer Stadt im Norden Nicaraguas. Sein Tod bedeutete, wie der so vieler anderer, den Verlust von jahrelanger Erfahrung, von Aufrichtigkeit und menschlicher Größe. Der Sandinismus lebte weiter, doch traf ihn jeder dieser Tode ins Herz. Das schreckliche Ausbluten verringerte die Kräfte und Fähigkeiten, auf die nach dem Sieg noch gezählt werden konnte.

Hunderte von Leben wurden ausgelöscht. Auf diesen Seiten habe ich nur die erwähnt, die ich aus der Nähe erlebte, es ist unmöglich, an alle Namen zu erinnern. Aus meiner politischen Zelle in San José starben »Pin«, Blas, Arnoldo und zwei Compañeros, die sich uns nur für kurze Zeit anschlossen, Ricardo und Gaspar García Laviana, ein spanischer Priester. Irgendwann besaß ich keine Tränen mehr, die ich hätte weinen können, es waren inzwischen so viele Tode geworden, daß ich sie gar nicht mehr als wirklich empfand, ich mystifizierte sie. Es waren mythische Tode, Opfertode, dargeboten einem unersättlichen Sonnengott, der Blut forderte, um wieder die Dunkelheiten unseres Landes zu erhellen. Wie in den Mythen der Azteken, in denen sich die gefallenen Krieger in Kolibris verwandeln, sah ich meine Freunde unseren

Garten bevölkern und Honig aus den Blüten trinken, nur bewaffnet mit ihrem langen Schnabel. Erst am Tag des Sieges weinte ich um ihre Gebeine, ihre leeren Augenhöhlen, den elenden Schlaf, aus dem sie niemand mehr erwecken konnte.

Nach dem Treffen mit José Benito kehrte ich nach San José zurück, setzte mich sofort an meine Schreibmaschine und schrieb Humberto einen Brief, in dem ich ihm erklärte, weshalb ich die aufständische Tendenz verließ. Ich bekam nicht einmal eine Antwort.

Es fiel mir nicht leicht, wieder beinah bei Null anzufangen. Dora war eine dunkelhäutige Frau mit sehr feinen Zügen, hübsch, wenn sie lachte, doch meistens ernst und schweigsam, schwer zu ergründen. Sie litt unter einer Arterienerweiterung im Gehirn und lebte unter der dauernden Bedrohung durch einen plötzlichen Tod. Wir zwei konnten kaum allein ein Nachschubnetz aufbauen. Glücklicherweise blieben wir nicht lange allein, aus Nicaragua kam Alfredo und kurz darauf Sabino. Eifrig kümmerten wir uns darum, die Ankunft eines dritten vorzubereiten, Modesto, des wichtigsten Führungskaders der GPP, eine nicaraguanische Version von Che Guevara, der sieben Jahre lang die sandinistischen Guerilleros in den Bergen im Norden Nicaraguas befehligt hatte.

Man hätte meinen können, es ginge um eine Schmuggelladung Diamanten. Die Vorsichtsmaßnahmen und Ausweichpläne gaben mir, zusammen mit einem Arbeitsstil, der mir besseren Einblick in alles gewährte, einen Eindruck von der Bedeutung jener geheimnisvollen Person. Ich hätte viel darum gegeben, den Wagen zu fahren, der den Guerillaführer an der Grenze abholen sollte, doch die Probleme mit meiner Schwangerschaft hielten an. Es verging keine Woche, ohne daß ich mich gezwungen sah, ein paar Tage das Bett zu hüten. Als der Erwartete endlich kam, blieb ich wach, bis Alfredo und Sergio von der Grenze zurück waren.

»Wie ist er denn so?« fragte ich Sergio neugierig, als wir allein waren.

»Er war sehr müde«, meinte der nur. »Er hat fast den ganzen Weg über geschlafen.«

Früh am nächsten Morgen rief mich Dora an. Gemeinsam machten wir uns auf den Weg und legten viele Kilometer bei der Suche nach einem sicheren Unterschlupf für Modesto in San José zurück, denn er war nur vorübergehend in einem Dorf eine halbe Stunde von der Hauptstadt entfernt untergekommen. Um fünf Uhr nachmittags, als ich aus dem Auto stieg, um an dem Treffen mit Modesto teilzunehmen, konnte ich kaum noch gehen. Die vielen Stunden hinter dem Steuer forderten ihren Preis.

Ich weiß nicht mehr viel von dieser ersten Begegnung. Vielleicht hatte ich wegen der Legenden, die sich um ihn rankten, erwartet, einen zweiten Marcos zu treffen, doch besaß Modesto kein außergewöhnliches Äußeres: Er war mittelgroß, hatte sehr helle Haut und feine Gesichtszüge. Seine dunklen, eindringlichen Augen und sein wohlgeformter Mund waren seine einzigen anziehenden Merkmale. Ich brauchte jedoch nicht lange, um zu begreifen, daß er den Kopf fest auf den Schultern sitzen hatte. Seine Art zu sprechen fiel mir besonders auf. Zwischen langen Pausen wob er komplizierte Sätze, seine Ausdrucksweise verriet einen sehr nachdenklichen Menschen, der die Wirklichkeit wie ein dichtes Muster wechselseitiger Beziehungen sah, nicht wie einen linearen Prozeß, der an einem Punkt begann und ohne Abweichung an einem anderen aufhörte. Das mußte mit der Mathematik zu tun haben, ich wußte, daß er dieses Studium an der Lumumba-Universität in Moskau absolviert hatte. Mir fiel auf, daß seine Hände nicht rauh waren und gar nicht so wirkten wie die Hände von jemandem, der auf dem Land, in den Bergen gelebt hat. Dieser Mann war ganz offensichtlich jemand, der auf sein Wissen Wert legte und es nur durch große Anstrengung in sehr widrigen Umständen erhalten konnte. Er berichtete uns, daß er in wenigen Tagen nach Kuba reisen wollte, um sich dort mit der Führung der anderen sandinistischen Gruppierungen zu treffen und zu sehen, ob ein Zusammenschluß möglich war. Fidel Castro hatte angeboten, Vermittler bei den Gesprächen und Zeuge bei den möglichen Vereinbarungen zu sein. Unser Treffen dauerte ungefähr eine Stunde. Ich dachte nicht mehr viel darüber nach.

Als ich nach Hause zurückkehrte, tat mir der Bauch weh, ich hatte starke Wehen und war doch erst im fünften Monat schwanger.

35. Kapitel

Wie ich im Hospital landete und man mir den Tod meines Sohnes verkündete (San José, 1978)

Es nützte nichts, daß ich mich hinlegte, mein rebellischer Leib zog sich immer wieder zusammen, wurde so hart wie ein Tonkrug, der zerspringen will. Der Arzt schickte mich für eine Nacht ins Krankenhaus, damit man mir eine Infusion verabreichte, die die Wehen stoppen sollte. Ich erwartete, am nächsten Tag wieder nach Hause gehen zu können, als der Assistenzarzt, der mich entlassen sollte, mir heftig das Fötoskop auf den Leib setzte. Ein Wasserschwall ergoß sich über meine Beine. Mir war die Plazenta geplatzt.

Statt einer Nacht verbrachte ich zehn höllische Tage auf der Station für fehlgeburtsgefährdete Schwangere und teilte mit meinen Geschlechtsgenossinnen die Gleichgültigkeit der Krankenschwestern und die Geringschätzung der Ärzte. Zwanzig oder mehr Betten reihten sich, durch eiserne Nachtschränkchen getrennt, an der Wand in einem rechteckigen Raum in der Mitte des Gebäudes, unter einem großen Fenster mit aufklappbaren Scheiben.

Als gute Revolutionäre, die wir gern sein wollten, hatten Sergio und ich beschlossen, daß Privatkliniken nur etwas für das Bürgertum waren. Das Krankenhaus, in dem ich mich befand, gehörte zur öffentlichen Gesundheitsversorgung. Man verschrieb mir absolute Ruhe und hohe Mengen Antibiotika, um die Infektion unter Kontrolle zu bekommen, unter der ich litt. Und man spritzte mir Medikamente, damit die Lunge meines Kindes schneller wuchs, für den Fall, daß es zu früh auf die Welt kam.

Mein Aufenthalt in dieser Klinik wurde eine harte und lehrreiche Erfahrung für mich, die ich daran gewöhnt war, einen eigenen Arzt und ein Einzelzimmer zu haben, sooft ich ins Krankenhaus mußte. Es machte mich rasend, daß wir Frauen wie ungezogene Kinder behandelt wurden, kaum Informationen bekamen und nicht vernünftig versorgt wurden.

Die Frau im Bett neben mir klagte eines Tages darüber, daß sie ihr Kind sich nicht mehr bewegen spürte. Der Arzt untersuchte sie und stellte fest, daß das Herz des Fötus nicht mehr schlug. Ihr Kind war gestorben. Sie weinte herzzerreißend. Man nahm sie in den Operationssaal mit, und wir sahen sie nicht wieder. Von da an war ich wie besessen von den Bewegungen meines Kindes. Ich spürte, daß es in mir umherflatterte wie ein kleiner Vogel in einem verschlossenen Käfig. Wenn es still war, weckte ich es, indem ich mir kleine Schläge auf den Leib gab, während ich gleichzeitig zu allen Heiligen betete, um nicht dasselbe Schicksal zu erleiden wie meine Bettnachbarin, mein Kind nicht zu verlieren. Meine persönlichen Heiligen waren Camilo und Arnoldo, meine ermordeten Freunde. »Bitte, gebt diesem Wesen Leben. Egal, wo ihr seid, helft mir bitte.« Und ich redete mit dem Kind, die ganze Zeit über sprach ich zu ihm, machte ihm Mut, sagte ihm, es solle nicht aufgeben, es solle leben, bitte. Nach acht Tagen bat man mich, aufzustehen und zu einer Untersuchung in einen anderen Raum zu gehen. Kaum war ich aufgestanden, da wurde ich auch schon ohnmächtig.

»Ja, haben Sie sich denn die ganze Zeit über nicht bewegt?« fragte mich der diensttuende Arzt, als ich wieder einigermaßen zur Besinnung gekommen war.

»Nein, man hat mir doch gesagt, daß ich mich möglichst nicht bewegen solle«, antwortete ich ihm.

»Ach, gute Frau«, seufzte er, »das sagen wir doch allen Frauen auf dieser Station, damit sie einigermaßen ruhig bleiben. Aber sie hören ohnehin nicht darauf.«

»Wenn Sie mehr auf die Intelligenz der Frauen vertrauen würden, wäre das alles sicher viel leichter«, erwiderte ich wütend.

Am Nachmittag beschwerte ich mich beim Stationsarzt.

»Tun Sie mir den Gefallen und behandeln Sie mich wie einen erwachsenen Menschen«, sagte ich ihm. »Ich bin nicht beschränkt. Ich habe studiert, kenne meinen Körper ganz gut, und Sie müssen nicht alles vereinfachen, damit ich es verstehe. Es kommt wir wie eine Beleidigung vor, wie Sie die Frauen hier behandeln.«

Die Nachricht von meinem Aufbegehren machte wie ein Lauffeuer die Runde. Kaum waren der Arzt und die Krankenschwestern aus dem Raum, da brach unter allen Frauen eine lautstarke Diskussion los. Ich hatte recht, meinten sie. Das war beleidigend. Alle wollten sie sich beschweren.

In der einen Stunde Besuchszeit, die man uns zugestand, sah Sergio mich entsetzt an, als ich ihm von der Unfähigkeit des Personals berichtete. Er wollte mir nicht glauben, er meinte, das seien Übertreibungen, meine bürgerliche Wehleidigkeit. Er machte mir Schuldgefühle, so, als sei ich ein verzogenes Kind. Die Ärzte hier waren gut, sagte er, sie behandelten mich korrekt. Wenn das für die anderen Frauen in Ordnung war, weshalb dann nicht auch für mich. Ich ärgerte mich darüber, daß er meine Beschwerden, meine Forderung nach menschlicherer Behandlung herabspielte. Ich wollte sie ja nicht nur für mich, ich wollte sie für alle Frauen. Ich teilte nicht seine nahezu religiöse Haltung – die sehr typisch für die Linke ist –, zu glauben, das Wesen des Revolutionärs bestehe darin, die Ungerechtigkeiten der anderen zu teilen. Die Revolution wollte die schlechte Behandlung aller abschaffen und sie nicht etwa demokratisieren.

Mir blieb schließlich keine Zeit, den Aufstand anzuzetteln, den ich vorhatte. Nach zehn Tagen dort, in denen sich Wut und Angst gleichzeitig in mir anstauten, begann die Geburt. Die Antibiotika schafften es nicht, die Infektion aufzuhalten, das Fieber schüttelte mich, als man mich mit meinem Bett hinausschob. Die Frauen verabschiedeten sich von mir. Ich erinnere mich noch so gut an sie, diese leidgeprüften, schicksalsergebenen Frauen, wie sie die Hände hoben und mir so auf Wiedersehen sagten.

Ich verbrachte die Nacht im Kreißsaal – mit einer Hebamme wie ein Feldwebel –, hörte das Wimmern und Stöhnen der anderen Gebärenden und war mir bewußt, daß ich in diesem öffentlichen Krankenhaus keine schmerzlindernde Anästhesie bekommen würde. Um sieben Uhr morgens kam der Arzt. »Der Fötus wird in Mitleidenschaft gezogen«, sagte er. »Wir müssen sofort einen Kaiserschnitt machen.«

Ich glühte vor Fieber und fühlte mich furchtbar schlecht. Die lange Nacht voller Einsamkeit und Angst wich einer hektischen Betriebsamkeit um mich her. Zwei Krankenpfleger kamen und brachten mich im Laufschritt über die Gänge in den Operationssaal.

Beim Hereinkommen sah ich das Neonlicht, das Gesicht des Arztes über mir, es sah aus wie das eines Piloten, erfahren und reif, sonnenverbrannt mit blauen Augen. Ich schloß die Augen, während ich mich anstrengte, meine Stirn an die Knie zu bekommen, damit man mir die Rückenmarksanästhesie verabreichen konnte. Ich kannte das Gefühl, fühlte die Nadel zwischen den Wirbeln, die drei Bewegungen: nach innen, nach oben und noch einmal nach oben. »Das haben Sie gut gemacht«, sagte ich dem Anästhesisten und fühlte mich wie ein alter Hase. In Höhe meiner Brüste zogen sie einen grünen Vorhang zu, mein Körper war jetzt geteilt wie bei der Show eines Zauberers. Neben mir saß eine ungewöhnlich freundliche und aufmerksame Krankenschwester und sprach beruhigend mit mir. Nichts interessierte mich mehr, als das Warten zu beenden; zu sterben, wenn es sein müßte, aber auf jeden Fall ans Ende zu kommen. Ich war völlig erschöpft und fieberte stark. In weiter Ferne hörte ich, wie die Ärzte sich unterhielten. Sie sagten, die Infektion sei sehr schlimm und habe sich ausgebreitet. Ich spürte, wie sie das Baby herausholten, die plötzliche Leere in meinem Bauch, die unterbrochene Verbindung. Dann entstand plötzlich eine lange Stille. Das Baby gab keinen einzigen Laut von sich. Es war völlig regungslos. »Es ist tot«, meinte der Arzt. »Wir wollen wenigstens die Mutter durchbringen.« Er sagte das zu den anderen, so, als sei ich gar nicht da, im Tonfall einer Anatomievorlesung.

»Es ist tot?« fragte ich die Krankenschwester. »War es denn ein Mädchen oder ein Junge?«

»Es tut mir leid«, antwortete sie und drückte mir die Hand. »Aber es war so klein, es konnte nicht leben.«

»Aber was war es denn?« fragte ich noch einmal. »Ein Mädchen oder ein Junge?«

»Ein Junge.« Mitleidig sah sie mich an. »Aber er war so winzig. Haben Sie noch mehr Kinder?«

»Zwei Mädchen«, antwortete ich.

»Es tut mir wirklich leid«, meinte sie und drückte mir noch einmal die Hand.

Es war nicht so schlimm, versuchte ich zu denken, ich würde

wieder ein Kind bekommen; die Tränen liefen mir übers Gesicht, die Krankenschwester trocknete sie und sah mich traurig an dabei. Ich dachte, daß ich gern einen Sohn gehabt hätte; ich hatte das Gefühl gehabt, daß es ein Junge werden würde.

Plötzlich entstand auf der anderen Seite des Vorhangs Bewegung. Die Krankenschwester erhob sich. Eine Stimme sagte: »Es lebt, es lebt«, und dann lief eine von den OP-Schwestern mit einem Bündel auf den Armen eilig hinaus.

Die Frau neben mir lächelte. Der Arzt schloß die Wunde, und ich spürte seine Hände in mir, als sei ich zur Strohpuppe geworden. Ich betete, daß mein Sohn leben würde.

Auf der Intensivstation, wo ich mich vor Schmerzen wand, wie ich sie nie wieder erlebt habe und hoffentlich auch nie mehr erleben werde, fragte ich meinen Hausarzt nach dem Kind.

Verdutzt sah er mich an: Hatte man mir es denn nicht gesagt? Das Kind hatte nicht gelebt. Neben mir saß Ana Quiroz, meine persönliche Florence Nigthingale in jenem Moment, und strich mir mit der Hand über den Kopf.

»Nein, nein«, preßte ich mühsam heraus, »das haben sie zuerst gedacht, aber dann hat es doch gelebt.«

»Nein, Gioconda. Es lebt nicht. Es konnte nicht leben«, meinte der Arzt. »Es tut mir sehr leid.«

Der Schmerz der Enttäuschung verschlimmerte den physischen. Nicht einmal Sergio wollte ich sehen, als man mich in ein steriles Zimmer mit zwei Betten verlegte. In dem anderen lag eine Frau, deren Kind auch nicht lebensfähig gewesen war. Ich weiß noch, wie sie sich bemühte, mich mit sanfter, ergebener Stimme zu trösten. Es mochte gegen vier Uhr nachmittags sein, als eine Krankenschwester lächelnd die Tür aufmachte und fröhlich sagte:

»Ich habe gerade nach Ihrem Kind geschaut. Sie sollten nur sehen, wie es sich bewegt!«

Ich konnte nicht fassen, was ich da erlebte; es war wie ein Alptraum. Erst tot, dann wieder am Leben. Ich flehte die Krankenschwester an, sie solle nicht so grausam sein und mir nicht mehr sagen, mein Kind lebe. »Mein Kind ist tot«, stieß ich heftig hervor.

»Aber ich sage Ihnen doch, daß es ich es gerade gesehen habe«, wiederholte sie. »Ihr Kind hat doch den Nachnamen De Castro-

Belli, nicht wahr? Der Kleine ist noch in sehr kritischem Zustand, aber er lebt.«

Ich bat sie, die Oberschwester zu holen, das hier mußte sofort aufhören.

»Ihr Kind lebt«, erklärte die mir, »aber sein Zustand ist kritisch. Machen Sie sich nicht zu viele Hoffnungen. Die nächsten vierundzwanzig Stunden sind entscheidend. Doch jetzt lebt es erst einmal.«

»Sie müssen unbedingt meinem Mann Bescheid geben«, sagte ich.

»Es war ein Irrtum, das tut mir leid. Wir geben ihm gleich Nachricht.«

Reglos blieb ich in meinem Bett liegen und wußte nicht, was ich tun sollte, was ich meiner Zimmergenossin sagen sollte. Vielleicht war ja auch ihr Kind noch am Leben. Wir schwiegen beide, dann begann sie leise zu weinen und ich auch. Gegenseitig hörten wir uns schluchzen. Wenig später bat sie mich mit erstickter Stimme, ich solle nicht mehr weinen. Wenn mein Kind lebte, dann müßte ich gerade stark bleiben, meinte sie. Ich schloß die Augen. Wieviel Kraft wir Frauen doch haben, mußte ich denken. Wieviel unglaubliche, verfluchte Kraft wir Frauen haben.

Drei Tage später begann das Fieber. Weder die Ärzte noch die Krankenschwestern antworteten mir auf meine Fragen. Es sei normal, meinten sie. Ich fühlte mich jedoch von Tag zu Tag schlechter. Ich bat meine Mutter, die von Nicaragua hergereist war, sie möge mir helfen, von dort wegzukommen. Es sei mir gleichgültig, was Sergio davon hielt, sagte ich ihr. In diesem Krankenhaus müßte ich sterben. Die Entlassungsprozedur, die ich über mich ergehen lassen mußte, war eine richtige Zeremonie. Ich mußte wer weiß wie viele Formulare unterschreiben und die Klinik von jeder Verantwortung entbinden. Sergio war überhaupt nicht einverstanden, er entschuldigte sich geradezu bei den Ärzten wegen mir und sah mich dabei vorwurfsvoll an, doch das machte mir nichts aus. Ich wollte nicht einen Tag länger dort bleiben, wollte, daß mein Hausarzt mich behandelte. Ich war sicher, daß etwas nicht stimmte, ganz und gar nicht. Meine Schwiegereltern und meine Mutter brachten mich in eine Privatklinik. Es war eine schreckliche Fahrt im Kombiwagen meines Schwiegervaters, die

Infusionsflasche hing an einem der Griffe, die innen über den Autotüren angebracht sind, und ich hatte das Gefühl, als müßte ich bei jedem Stoß sterben.

Mein Hausarzt kümmerte sich sofort um mich. Die Infektion war tatsächlich sehr schlimm, in der nächsten Woche mußte ich noch einmal operiert werden. Fast einen Monat lag ich in der Klinik und schwebte zwischen Leben und Tod. Sergio war auch weiterhin verstimmt und kam mich nur selten, widerstrebend besuchen.

Es verging mehr als ein Monat, bis ich die Frühgeburtenstation des Hospitals besuchen und meinen Sohn kennenlernen konnte. Durch die Glasscheibe sah ich ihn, ein zerbrechliches, fast durchsichtiges Kind mit einem wundervollen roten Haarschopf. »Er ist ein Überlebender«, meinte meine Mutter, »und sicher zu Großem bestimmt.« Er war wunderbar, mein Sohn, stark und absolut entschlossen, zu leben. Im stillen dankte ich Camilo und Arnoldo, überzeugt davon, daß ihre Hilfe, ihre unsichtbare Energie, ihre von mir herbeigerufenen jungen Leben der geheimnisvolle Grund für die Lebenslust meines kleinen Sohnes waren.

»Es ist ein Wunder, daß er lebt«, sagte die Säuglingsschwester zu mir. »Hier nennen wir ihn alle nur ›das kleine Wunder‹. Welchen Namen wollen Sie ihm denn geben?«

»Camilo Arnoldo«, antwortete ich. »Wegen zwei Freunden, die ich sehr geliebt habe.«

36. Kapitel

Wie ich aus traurigem Anlaß mit Carlos nach New York zurückkehrte (Nicaragua/New York, 1985–1986)

Ich dachte, er fände es phantastisch, am Meer Silvester zu feiern. Am Meer, verstehst du? Am Strand. Wann hast du, Bewohner von Winter und Schnee, dich jemals an einem 31. Dezember in den Sand legen können, um zu den Sternen hinaufzuschauen?

Im Haus von Freunden an der Pazifikküste feierten wir ein einfaches Fest, tranken Cola mit Rum aus Pappbechern und tanzten, in Jeans und T-Shirts, zu Cumbia- und Merenguerhythmen aus einem tragbaren, laut aufgedrehten Stereogerät. Um Mitternacht verabschiedeten wir das alte Jahr 1985 mit Küssen, Jubelrufen und politischen Parolen wie »Viva Nicaragua Libre – Hoch lebe das freie Nicaragua«, doch Carlos setzte sich auf eine der Dünen am Strand, sah mit melancholischem Gesicht aufs Meer hinaus und sagte, ihm fehle der Schnee, das Feuer im Kamin, das sein Vater und sein Bruder jetzt sicher in ihrem Landhaus in Virginia angezündet hatten. Sein Heimweh verwirrte mich, hatte ich mich doch so glücklich gefühlt, daß er in Nicaragua geblieben war, um Weihnachten und Silvester mit mir zu verbringen. Meine Töchter waren die Ferien über bei ihrem Vater, der inzwischen in Guatemala lebte. Camilo schlief schon fest im oberen Stockwerk des Hauses.

In der Kühle der Nacht bat ich Carlos, mir dabei zu helfen, uns im Sand ein Bett zu bauen. Wir hatten keine Schlafsäcke dabei, nur Laken und Kopfkissen. Endlich verlor er seinen abwesenden Blick, seine Sehnsucht, an einem anderen Ort zu sein. Wir glätteten den Sand und machten eine kleine, quadratische Mulde, in die wir das Laken breiteten, ein Bett am Meer, das blökte wie ein zufriedenes mythisches Tier mit weißer Mähne, das sein unordentliches Haar über die flachen Felsen warf. Auf dem kühlen, trockenen Sand betteten wir uns unter die Laken. So lagen wir eng beieinander und hörten, wie es im Haus still wurde. Die Badeorte an der Pazifikküste Nicaraguas sind nicht mehr als kleine Weiler mit einfachen Wochenendhäuschen und Fischerhütten. Es gibt keine Stadtlichter, die die klaren Nächte überstrahlen können – und die Nächte sind meistens klar. Über unseren Köpfen funkelten Myriaden von Sternen. Die Milchstraße glänzte herrlich wie der leuchtende Schleier, den eine Frau unabsichtlich fallen gelassen hatte. Die Sternbilder: das Kreuz des Südens, der Pflug, Orion, der Große Wagen, zeigten sich so deutlich, als zeichne ein Kind ihre blinkenden Umrisse. Viel zu schön, um zu schlafen. Unter der Decke erfanden unsere Körper ihre eigene Nacht voller warmer, amphibischer Wesen, ihren Ozean voll wogender Fluten und Meeresrauschen. Der Himmel wechselte schon von Schwarz zu Blau, als wir endlich einschliefen.

Anfang Februar stellte ich fest, daß ich schwanger war. Ich bekam einen Riesenschreck, denn das hatte ich nicht erwartet. Seit Camilos Geburt war ich sehr vorsichtig, doch gab es Monate, in denen ich wegen des Kriegs und der Knappheit an Medikamenten keine Pille nehmen konnte und mich nur durch die alten Methoden der Berechnung der fruchtbaren Tage leiten ließ. Diesmal hatte die Rechnung nicht gestimmt. Was sollten wir jetzt tun? In Managua lebten wir zusammen, doch war die Zukunft noch ganz ungewiß. Weder er noch ich wollte darauf verzichten, in seinem eigenen Land zu leben; wir konnten uns nicht vorstellen, wer von uns beiden nachgeben würde und wie wir zu einem Kompromiß gelangen sollten.

Ich ging zum Arzt, und er machte mir eine bedenkliche Prognose: Es würde eine schwierige Schwangerschaft werden. Carlos schlug vor, nach New York zu reisen und die Meinung besser ausgebildeter Ärzte einzuholen. Dort würden wir über mehr Möglichkeiten verfügen, gleichgültig, wie unsere Entscheidung schließlich ausfiel.

Wir warteten auf das Visum, das diesmal schneller gewährt wurde, weil wir gesundheitliche Gründe angaben. New York im Februar war ein windiges Labyrinth voller eisiger Böen. Es ist seltsam, wie die Erfahrung falsche Erwartungen zu wecken vermag. Ich hatte mir Arztpraxen wie die in Nicaragua vorgestellt, nur besser. Große, sonnige Räume mit Pflanzen und freundlichen Helferinnen. Ich war nicht auf die Überraschung der unbeschreiblichen Gebäude vorbereitet, mit gesichtslosen Türen und deprimierenden oder aseptischen Wartezimmern, wo Sekretärinnen, die viel zu beschäftigt waren, um zu lächeln, uns Formulare gaben, die wir ausfüllen sollten, und uns nach einer Krankenversicherung fragten, die ich nicht besaß. Der Gedanke, im voraus das Finanzielle zu regeln – das in Nicaragua am Schluß beglichen wird, wenn man die Sprechstunde verläßt –, schien mir seltsam unhöflich für ein so reiches Land. In der Praxis in der Park Avenue, die wir besuchten, muß die Empfangsdame wohl gemeint haben, daß wir zahlungskräftig genug waren, denn die Ärztin empfing uns. Sie war jung und freundlich und sagte mir nach der Untersuchung ohne Umschweife, sie könne mich nicht behandeln, unabhängig davon, wie meine Entscheidung ausfalle. Gleichgültig, ob ich mich entschiede, das Kind zu bekommen oder die Schwangerschaft zu unterbrechen, müsse ich die Hilfe eines Spezialisten für Risikofälle in Anspruch nehmen. Die Behandlung, die ich bräuchte, sei sehr schwierig und ohne Krankenversicherung auch sehr teuer. Wenn es nicht zu einer Fehlgeburt komme, dann sicher zu einer Frühgeburt. Das bedeute mindestens sechshundert Dollar täglich nur für den Brutkasten und den Klinikaufenthalt des Kindes, der sehr lang dauern könne. Das wußte ich nur zu gut. Camilo hatte zwei Monate im Brutkasten zugebracht, nur damals hatte es mich nichts gekostet.

Fast vierzehn Tage lang zehrte die Verzweiflung alle tropische Wärme auf, die ich noch in mir trug. Die Kälte von New York, die grauen Tage waren das genaue Abbild meines Innern. Die Spezialisten, die wir konsultierten, zeichneten uns ein dorniges Panorama. Ich müßte fast die gesamte Schwangerschaft im Bett verbringen und immer in Reichweite einer Spezialklinik für Frühgeburten sein. In den Vereinigten Staaten, meinte der Arzt, überlebten zu früh geborene Kinder oft unabhängig von den Schäden, die sie dadurch erlitten, daß sie so winzig auf die Welt kamen. Ihr Leben konnte jedoch durch Zerebralparese oder andere schwere Hirnschäden beeinträchtigt werden. In der dritten Welt war die Überlebensrate geringer, doch die Kinder, die es schafften, lebten später meistens ganz normal weiter, wie es die Erfahrung meines Sohnes ja auch zeigte. Auch für mich selbst gab es ein beträchtliches Risiko. Im besten Fall würde sich die Geschichte wiederholen, die ich ja schon kannte.

Ich weiß nicht mehr, in wie vielen Cafés wir saßen, Carlos und ich. Ich erinnere mich an die Madison Avenue und die Cafés dort, eines genau wie das andere. Wir tranken Kaffee und fragten uns, was wir tun sollten. Wo sollte unser Kind aufwachsen? Wie sollte ich es anstellen, die ganze Zeit das Bett zu hüten? Wo würde ich während dieser Zeit wohnen? Und was geschähe mit meinen Töchtern? Wer würde sich um sie kümmern, wenn ich die Geburt in den USA abwarten müßte? Und wenn das Kind mit einer Behinderung auf die Welt kam? Wir wollten verantwortlich handeln, die Weisheit Salomos besitzen, doch vor allem wollten wir, daß der Kelch dieser Entscheidung an uns vorübergehe, die Möglichkeit, Gott zu spielen, die die moderne Medizin uns bot. Ich begann, eine Beziehung mit dem kleinen Wesen in meinem Leib aufzubauen, eine ambivalente Beziehung, die Liebe und Ablehnung zugleich beinhaltete, je nach Tag und Stunde, ob die Sonne schien oder nicht. Schließlich wurde mir zu meinem Leidwesen klar, daß ich es war, ich allein, die die Entscheidung treffen mußte. Carlos schlug sich mit einer Flut von Zweifeln und Ängsten herum, doch er hatte immerhin den Trost – alle Männer haben ihn –, daß nicht sein Körper das Problem enthielt. Es war der meine, der die Folgen tragen mußte. Ich hatte fürchterliche Angst, noch einmal so zu leiden, und vor der Menge Risiken, die die Ärzte sorgfältig eines nach dem anderen aufzählten – ich wußte damals noch nicht, daß sie es nicht aus Sadismus taten, wie ich annahm, sondern um sich vor einer Klage zu schützen. Die Prognosen waren allzu unsicher, und ich hatte drei weitere Kinder, wegen denen ich meinen Verbleib auf dieser Erde sichern mußte. Ich traf die Entscheidung.

Ich weiß noch, wie leer ich mich auf dem Rückflug nach Nicaragua fühlte; wie eines dieser Häuser, deren Inneres »entkernt« wird, während die Fassade anscheinend unverändert stehenbleibt. Viele Jahre weinte ich um das, was hätte sein können. Ich begriff und bemitleidete so sehr meine Geschlechtsgenossinnen, alle Frauen, die sich, wie ich, von diesen Entscheidungen über Leben und Tod zerrissen sehen, Entscheidungen, die wir in voller Ausübung unserer Freiheit treffen, die jedoch immer eine zerstörte Region in unseren Herzen hinterlassen, ein Katastrophengebiet, wo ein kleines Wesen umherläuft, das Lachen lacht, das es nie lachte, und uns auf ewig mit der Sehnsucht nach dem Leben anblickt, das wir ihm verweigert haben.

Als das Flugzeug in Managua landete und über die Piste rollte, sah ich, die ich den Kopf gegen das Fenster lehnte und mich meinen traurigen Gedanken hingab, als erste die Fackeln, die Tausende von kleinen Petroleumlichtern. In zwei Reihen aufgestellt, die sich an beiden Seiten der Piste in der Ferne verloren, waren diese altmodischen kleinen Lampen die einzige Beleuchtung gewesen, die unsere Landung geleitet hatte. Das Flugzeug hatte sich auf einem Altar voller Opferkerzen niedergelassen! Nach New York mit all seinen Lichtern und Autobahnen war es ein unwirklicher Anblick, Carlos und ich konnten kaum glauben, was wir da sahen. Es rührte und belustigte mich zugleich. Es war eine so rührend primitive Lösung.

»Der Flughafen ist bei den letzten Regenfällen überschwemmt worden«, sagte der Mann an der Paßkontrolle. »Die Positionslampen an der Landebahn sind naß geworden und geplatzt. Es gibt keine neuen.«

»Und wenn es wieder regnet, was dann?« fragte Carlos.

»Dann bleibt uns nichts anderes übrig, als den Flughafen zu schließen. Der Wirtschaftsboykott Ihres Landes ist schuld daran«, erklärte der junge Beamte mit einem halb ironischen, halb resignierten Lächeln.

Und in New York gab es eine solche Verschwendung von Licht! Der Unterschied war zum Weinen. Als ich den Flughafen verließ, verstand ich, weshalb Carlos meinte, Managua sei düster. Ah! Doch die Hitze des tropischen Abends tröstete meinen geschundenen Leib, und die Dunkelheit kam mir vertraut vor, bot Ruhe. Ihrer Schwärze überlassen war die Nacht so, wie sie sein mußte. Nichts linderte meinen Schmerz so sehr wie das Gefühl, wieder zu Hause zu sein.

37. Kapitel

Wie sich der Krieg in ganz Nicaragua ausbreitete und von den Gefahren, die mit der Ankunft von Modesto in mein Leben traten (San José, 1978)

In Nicaragua wurde die Situation von Tag zu Tag explosiver. Am 22. August besetzte ein sandinistisches Kommando – des aufständischen Flügels – den Nationalpalast, während der Kongreß tagte, und nahm alle Abgeordneten als Geiseln, bis der Diktator sich bereit erklärte, die Hunderte von politischen Gefangenen freizulassen, die seit Dezember 1974 in Haft waren. So kamen auch Jacobo und Martín auf freien Fuß. Die Mitglieder des Kommandos waren sehr jung. Die Nummer zwei, die mit Somoza zu verhandeln hatte, Dora María Téllez, zählte gerade zweiundzwanzig Jahre, eine kleine, zierliche Frau, die später während der Endoffensive eine der energischsten Kämpferinnen war. Die Medizinstudentin befehligte die Truppen, die 1979 die erste Stadt Nicaraguas befreiten. Ihr Generalstab bestand fast vollständig aus Frauen.

Am 9. September, kurz nach der Besetzung des Nationalpalastes und inmitten des Schweigens eines weiteren Generalstreiks, kam es zu einer Serie spontaner Aufstände in mehreren großen nicaraguanischen Städten. Plötzlich von der Angst oder der Vorsicht befreit, stellten sich die Menschen mit Molotowcocktails, Revolvern und Jagdgewehren den Panzern und der Infanterie des Diktators. Diejenigen, die nicht kämpften, teilten Kaffee und Essen an die Kämpfer in den Schützengräben aus. Die Bevölkerung errichtete Barrikaden aus Pflastersteinen, um sich in ihren Stadtvierteln zu verschanzen. Junge Leute, die Gesichter mit Halstüchern vermummt, lockten die Armee in Hinterhalte und fügten ihr empfindliche Niederlagen zu. Es war der Krieg eines ganzen Volkes schlechtbewaffneter Menschen gegen eine Armee, die großzügig mit neuen nordamerikanischen und israelischen Waffen, Panzern und Flugzeugen ausgestattet wurde. Somoza und sein Sohn, der mit seinen etwas mehr als zwanzig Jahren die Elitetruppen befehligte, leiteten die Gegenoffensive. Sie ließen über den aufständischen Städten fünfhundert Pfund Bomben mit weißem Phosphor und Napalm abwerfen. Dann belagerten sie sie mit Panzern und Artilleriefeuer, bis der Aufstand in einem gnadenlosen Gemetzel erstickt war. Doch nicht einmal die Grausamkeit des Diktators konnte mehr die ständig aufflackernden Unruheherde unter Kontrolle bringen. Somoza sah sich vor der Perspektive, das Land vollständig zerstören zu müssen, wenn er an der Macht bleiben wollte. Unternehmer, politische Parteien und Bevölkerung standen alle auf derselben Seite. Die Volksorganisationen bildeten das »Movimiento Pueblo Unido« – die Bewegung des geeinten Volkes. Mit dieser schlossen sich alle anderen zur »Frente Patriótico Nacional« – der Nationalen Patriotischen Front – zusammen. Inzwischen stieß die Diktatur Somozas auch international immer mehr auf Ablehnung. In den Vereinigten Staaten nahm der Druck auf die Regierung von Präsident Carter zu, die Unterstützung für Somoza aufzugeben, die Militärhilfe einzustellen und die nicaraguanische Regierung wegen ihrer zahllosen Menschenrechtsvergehen öffentlich zu verurteilen.

Im September fühlte ich mich körperlich wiederhergestellt. Nach zwei Monaten im Brutkasten wurde Camilo aus der Klinik entlassen. Als wir ihn endlich nach Hause holen durften, wog er nicht einmal fünf Pfund, ein winziger, zarter Säugling. Ich gab meine Arbeit in der Werbeagentur auf, um mich richtig um ihn kümmern zu können. Ich glaube, ich habe meinen Kindern von klein auf ein Gefühl des Vertrauens in ihre eigenen Fähigkeiten vermittelt, nur so kann ich es mir erklären, daß jedes von ihnen ohne irreparable Traumen die unruhigen Umstände seiner Kindheit überstand. Ich war immer optimistisch, daß sie sich in der Welt zurechtfinden und lernen würden, sich auf ihre Weise an ihr zu freuen; ich bemühte mich, ehrlich zu ihnen zu sein, ihre Klugheit nicht zu unterschätzen und darauf zu vertrauen, daß sie die Weisheit besäßen, die Schwierigkeiten meines Lebens zu begreifen. Ich war fest davon überzeugt, daß sie die notwendigen Kräfte entwickeln würden, um glücklich zu werden, und ich dachte nicht, daß ihr Glück nur von mir abhinge. Ohne diese Haltung hätte ich niemals glauben können, daß die Mutterschaft mit dem Leben, das ich führte, vereinbar war. Genauso wie die Mädchen war auch Camilo ein ruhiger, freundlicher Säugling. Bald hatte er sich erholt und wuchs zu einem gesunden, kräftigen Kind heran.

Mit guten Nachrichten über erste Vereinbarungen zwischen den drei Flügeln der Frente Sandinista kehrte Modesto aus Kuba zurück. Ich erinnere mich an das Treffen in einem kleinen Zimmer mit niedriger Decke, in einem Haus, in dem ich noch nie gewesen war. Dora, Paco, er und ich nahmen daran teil. An jenem Tag lernte ich Paco kennen, er war älter als wir, wirkte gutmütig und bescheiden. Modesto sprach fast flüsternd, mit einer eindringlichen Leidenschaft, die nach dem Humus der nicaraguanischen Wälder roch. Er vertraute uns alle Einzelheiten an, seine Eindrücke von den anderen politischen Führern, das, was er von jedem einzelnen erwartete, die möglichen Hindernisse. Dabei sah er mir nicht nur in die Augen, sondern musterte mich immer wieder von oben bis unten, sein Blick war wie ein Rinnsal auf meinem Jeans-Overall, der Mähne, die sich über meine Schultern ergoß, meinem Hals. Es war, als berühre er mich. Ich versuchte, mich auf das zu konzentrieren, was er sagte, doch erschauerte meine Haut ganz von allein, empfand vielleicht schon die Gefahr, die da auf mich zukam. Ich begann, Magenschmerzen zu verspüren, als ob sich mir das Blut im Bauch staute, als erwache in mir eine schlafende Frau, die heimlich mein Inneres bewohnte. Ich konnte das Gefühl nicht benennen, doch war es stark genug, um mich wissen zu lassen, daß das, was zwischen uns zu entstehen begann, unsichtbar und magnetisch, mich mit schweren Risiken bedrohte.

Um Gottes willen! Und dabei war ich doch noch gar nicht recht genesen, versuchte immer noch, die Leere zu begreifen, die mir Sergios Verhalten im Hospital verursacht hatte, und später in der Privatklinik, wo es meine Mutter war, nicht er, die mir beistand, als ich das Labyrinth der Schmerzen ertrug, dem ich nie mehr zu entrinnen meinte.

Und jetzt drangen in die von meiner Verletztheit geöffnete Flanke die Blicke dieses Mannes.

An jenem Tag floh ich nach Hause wie jemand, der sich mit einem leichten Papierschiffchen vor einem reißenden Strom in Sicherheit bringen will. Ich suchte Zuflucht beim Geruch nach Babypuder und sauberen Windeln. In jenen Tagen gab ich den Kindern in der Schule meiner Töchter einen kleinen Kurs im Gedichteschreiben. Wir setzten uns im Kreis unter einen der großen Bäume im Garten und spielten Worte fangen, schrieben gemeinsam Gedichte, verwandelten uns in den Regen, die Luft, in Metaphern. Maryam und Melissa waren stolz und glücklich, daß ihre Mama die Lehrerin war, und mir gab es Gelegenheit, mit ihnen zusammenzusein. Am Tag des Treffens mit Modesto spürte ich die dunkle Angst, daß meine Bemühungen, eine normale Familienatmosphäre um mich her aufzubauen, vergeblich gewesen sein könnten, wenn ich es nicht schaffte, den rastlosen Strom zu beruhigen, der in meinem Herzen entsprungen war.

Nach Modestos Rückkehr wurde der Rhythmus unserer Arbeit immer hektischer. Der Aufstand in Nicaragua nahm zu wie einer jener Wirbelstürme, die man auf dem Meer entstehen sieht und die als riesige Spiralen aus Wolken und Wind anschwellen, bis sie sich wie gigantische Projektile aufs Land werfen. Deshalb wurden die Anforderungen an den Nachschub von Tag zu Tag dringlicher. Eine große Gruppe von Compañeros, die durch die August-Aktion des Kommandos im Nationalpalast befreit worden waren, tauchte in San José auf – Paco gehörte dazu –, und bald war unser kleiner Kern genügend groß geworden, um das geheime Netz zu unterhalten, das wir eilig Zug um Zug aufbauten. Ich vergaß die Schwierigkeiten der ersten Monate in der GPP schnell, denn ich fühlte mich in völliger Übereinstimmung mit meinen neuen Compañeros. Von Anfang an betraute mich Modesto mit einer großen Zahl verantwortlicher Aufgaben, Paco und ich waren seine engsten Mitarbeiter. Ich war das Gesicht für die Öffentlichkeit, leitete und koordinierte die politischen Aufgaben mit der Solidaritätsbewegung, den Parteien, internationalen Organisationen und den Medien. Paco und andere Compañeros, darunter Alfredo und Dora, kümmerten sich um die Logistik.

Fast täglich sah ich Modesto, denn immer gab es Fragen zu klären, Treffen, zu denen er gebracht werden mußte. Eine der wichtigsten Aufgaben war es, Geld zum Kauf von Waffen auf dem

Schwarzmarkt zu besorgen. Zwar war es Paco, der dafür sorgte, daß die Waffen in Fahrzeugen mit doppelten Böden und mit Hilfe von LKW-Fahrern nach Nicaragua geschmuggelt wurden, doch vertrat Modesto die Ansicht, ich sei die ideale Person, um Geld, Nachrichten und wichtige Dokumente zwischen Costa Rica, Honduras und Panama hin- und herzutransportieren. Er meinte, man merke mir an, aus welcher gesellschaftlichen Schicht ich stammte, und das schütze mich vor unliebsamen Kontrollen auf den Flughäfen. So kam es, daß ich zusätzlich zu meinen anderen Aufgaben auch noch häufige Reisen zu unternehmen begann und wichtige Papiere, falsche Pässe und geheime Botschaften transportierte. Dieses Material wurde in meinem Gepäck verborgen. Die Kunst, es zu verstecken, nannten wir »einmachen«, und ich nehme an, daß sie von den Techniken inspiriert war, die auch die Drogenhändler benutzten. Also reiste ich mit Spielzeug, in dem winzige Kassetten mit Anweisungen für die Guerilleros in Nicaragua verborgen waren, oder Botschaften, die die politischen Führer untereinander austauschten. Diese Briefe, in ganz kleinen Buchstaben geschrieben, wurden zusammengerollt in die Beine von Puppen gesteckt oder in Stofftiere, die geöffnet und wieder zugenäht wurden. Wir benutzten auch Koffer mit doppeltem Boden, in denen ich oft falsche Pässe nach Honduras brachte, mit denen Compañeros nach Nicaragua einreisten, die im Gefängnis gewesen waren und sich wieder dem Kampf anschließen wollten.

Ich weiß noch, wie man mir einmal eine große Puppe gab, deren Beine voller »Eingemachtem« waren. Erst als ich an die Sicherheitskontrolle im Flughafen kam, wurde mir klar: Wenn man sie durchleuchtete, würde man mich für eine Drogenhändlerin halten. Blitzschnell griff ich nach der Puppe und schritt mit ihr im Arm durch den Rahmen des Metalldetektors, ohne daß etwas geschah. Ich wurde zur Expertin darin, mich richtig anzuziehen, um keinen Verdacht zu erregen, immer zu lächeln. Oft gaben mir diese Operationen ein Gefühl, als spielte ich in irgendeinem Spionagefilm mit. Zum Beispiel erhielt ich manchmal die Anweisung, zum Flughafen zu fahren und mich in die Abflughalle zu setzen. Ich vertiefte mich in eine Zeitschrift, und plötzlich erschien jemand neben mir – oft ein bekanntes Gesicht, doch mit dem Plastikausweis der Flughafenangestellten an der Brust – und stellte einen Aktenkoffer ab, den ich an mich nahm. Nie kam es mir in den Sinn, es könne sich um eine Bombe handeln oder die Compañeros könnten mich opfern, denn wir Sandinisten sind nie Terroristen gewesen, waren nie damit einverstanden, daß unschuldige Menschen für etwas bezahlen sollten, für das sie keine Verantwortung trugen.

Das Passieren der Zollkontrolle war immer der gefährlichste Moment. Obwohl ich äußerlich ganz ruhig schien, flatterten mir nicht nur Schmetterlinge im Bauch, sondern es waren riesige Insekten, die mir unaufhörlich den Magen zernagten, von dem Augenblick an, als ich aus dem Flugzeug stieg, bis ich schließlich mit meinem Gepäck den Flughafen verließ.

Nur einmal bekam ich wirklich Probleme. Das war, als Paco mit einem riesigen, in Packpapier gewickelten Bündel bei mir auftauchte, es auf den Tisch legte und meinte, es tue ihm leid, aber sie hätten ihm alles Geld, das ich am nächsten Tag mitnehmen sollte, in kleinen Scheinen gegeben. Ich sah mir das Paket an, es enthielt mindestens hunderttausend Dollar. Unmöglich, dachte ich. Wo sollte ich die verstecken? Es war fünf Uhr nachmittags, wir hatten keinen Koffer mit doppeltem Boden, und der Flug nach Panama ging um sieben Uhr morgens ab. Ratlos setzte ich mich an den runden Eßtisch, während mich Paco verständnisheischend ansah und darauf wartete, daß ich aus meiner Trance aufwachte. Er wußte so gut wie ich, welche Risiken ich einging. Plötzlich fiel mir die Lösung ein. Schnell fuhr ich mit Sergio los und kaufte ein neues Kleid, eine große Schachtel, eine riesige Schleife und mit Hochzeitsglocken bedrucktes Geschenkpapier. Zu Hause wickelte ich die Geldbündel in Seidenpapier und verstaute sie in der Schachtel, die ich mit dem Geschenkpapier und der großen Silberschleife umhüllte.

Am nächsten Morgen bestieg ich das Flugzeug so, als führe ich direkt vom Flughafen zu einer Hochzeit. Im neuen Kleid, frisch frisiert und geschminkt, sah ich aus wie zum Fest bereit. Jedem, der es hören wollte, erzählte ich, wie aufgeregt ich sei wegen der Hochzeit meiner besten Freundin. Es wunderte niemanden, daß ich das Geschenk bei mir trug und mich nicht von ihm trennen wollte.

Meine ganze Sicherheit verflog, als wir in Panama ankamen. Ein Zollbeamter wies alle Nicaraguaner an, eine eigene Schlange zu bilden. Fieberhaft überlegte ich, was ich tun sollte, während ich mich nach allen Seiten umsah und mir schon die Szene vorstellte, wenn das »Geschenk« geöffnet werden würde. Ohne Zweifel würde ich sofort verhaftet werden. Da erschien unverhofft auf dem Gang ein Mitarbeiter von General Torrijos, den ich kannte, weil er mit der Frente Sandinista sympathisierte. Ich trat aus der Schlange heraus und ging lächelnd auf ihn zu, als handele es sich um einen alten Freund.

»Hallo!« rief ich aus. »Schön, dich zu sehen!«

Während ich mich zu ihm beugte, um ihm einen Begrüßungskuß zu geben, flüsterte ich ihm eilig zu: »Du mußt mich am Zoll vorbeischleusen. Ich habe Geld dabei.« Überrascht sah er mich an, erholte sich jedoch schnell von seiner Verwunderung.

»Wieviel?« fragte er leise.

»Zehntausend Dollar«, sagte ich geistesgegenwärtig.

Er nahm mich beim Arm. Ich weiß nicht, was er dem Beamten an der Paßkontrolle sagte, doch der stempelte mir ohne weitere Fragen meinen Paß. Dann passierte ich als VIP den Zoll. Er blieb dabei immer an meiner Seite.

Als wir draußen waren, dankte ich ihm überschwenglich.

»Paß das nächstemal besser auf«, meinte er und zwinkerte mir zu. »Du hast echt Glück gehabt, daß ich zufällig vorbeikam. Nicht jeder hätte das durchgehen lassen.«

Ich übergab das Geld Modesto in dem Haus außerhalb der Stadt, das ihm als Unterschlupf diente. Es gehörte einem alleinlebenden Ingenieur. Das Haus war groß, wirkte jedoch ein wenig verwahrlost, so, als sei sein Bewohner niemals richtig dort eingezogen. In den Zimmern standen Kisten, und die Möbel schienen aus einem Büro zu stammen. Modesto saß in einem Ledersessel und sah mich belustigt an, während ich ihm ausführlich berichtete, welches Glück ich gehabt hatte. Ich war glücklich, bei ihm zu sein, meinen Auftrag erfolgreich ausgeführt zu haben. Ich brodelte innerlich wie eine Sektflasche voller Luftblasen. Ich saß auf dem Sofa und hatte mir die Schuhe ausgezogen, der Rock meines neuen Kleides, lang und weit und mit einem Blumenmuster bedruckt, bedeckte meine Beine bis zu den Knöcheln und breitete sich wie ein Fächer um mich aus. Plötzlich erhob sich Modesto, kam auf mich zu wie ein Tiger, der sich auf seine Beute stürzt, und küßte mich auf den Mund. Ich legte ihm die Hände auf die Brust, schaffte es jedoch nicht, ihn wegzuschieben, denn seit dem Tag unseres letzten Treffens hatte sich dieser Augenblick angebahnt. So küßten wir uns, halb erstickt von dem Verlangen, das uns die ganze Zeit über gequält hatte, doch als er sich an meinem Kleid zu schaffen machte und weiter in die Offensive gehen wollte, bot ich seinen Händen Einhalt. Ich umarmte ihn und sagte, wir sollten uns einfach so in den Armen halten, ganz still. Laß uns besser nicht weitermachen, meinte ich. Erzähl mir lieber, was du in letzter Zeit gemacht hast. Mein Herz schlug heftig, und mein Gesicht brannte glühend heiß. Lange saßen wir so, während er mir den Kopf streichelte.

Als ich ein junges Mädchen war, machte mein Vater oft Witze darüber, wie leicht ich mich verliebte. Meine romantische Natur, die allzusehr darauf aus war, den »perfekten Mann« zu finden, ließ sich leicht vom Zauber zärtlicher Gefühle faszinieren. Das forderte seinen Preis von mir, vor allem in jenem Klima, in dem die Nähe des Todes, der Gefahr dafür sorgte, daß die etablierten Normen sich leicht verflüchtigten.

Bei meinen Reisen – ob nach Honduras oder Panama – war es für gewöhnlich Modesto, der die Päckchen in Empfang nahm oder übergab. Dann blieb ich mit ihm ein, zwei Tage im Haus von Leuten, die unseren Kampf unterstützten. Wir schliefen zwar in getrennten Räumen, verbrachten jedoch viel Zeit zusammen. Ich glaube, was mich an ihm am meisten anzog, war sein großes Vertrauen in meine Fähigkeiten und mein Geschick. Sergio verhielt sich immer sehr kritisch mir gegenüber, während Modesto nicht aufhörte, meinen politischen Instinkt zu loben, mein Verantwortungsbewußtsein, meine Kreativität anerkannte und stimulierte. Sergio konnte ich nie von der Politik abbringen; Modesto dagegen erzählte mir von seiner Liebe zur Oper, zur Literatur, zur Physik, zur Mathematik und auch von seiner eigenen Geschichte als Kind, das in den Straßen von Jinotepe, seinem Heimatort, Tortillas und Zeitungen verkaufte. So half er seiner Mutter, einer Büglerin, mit dem Haushalt, in dem der Vater über lange Monate fehlte, weil er auf Handelsschiffen zur See fuhr. Und er berichtete mir von seinen langen Jahren in der Guerilla; von der Zeit, als er nur noch zwei Patronen in seinem Karabiner hatte; von einem Tiger, den er erlegte und dessen Zahn er immer bei sich trug; vom ewigen Hunger der Guerilleros und der Verzweiflung der Compañeros, wenn ihnen ihre Frauen aus der Stadt Briefe schickten und sich über die Einsamkeit beklagten oder gar gestanden, daß sie sich in jemand anders verliebt hatten. Ich hörte staunend zu.

Dieser Mann drang mir unter die Haut wie eine Krankheit, und ich wußte nicht, was ich tun sollte, um ihm zu entkommen. Ich begann, an Sergio mehr Fehler als Stärken zu erkennen. Es war, als sei das Gerüst, auf dem unsere Ehe errichtet war, plötzlich voller Termiten und stürze nach und nach in sich zusammen. Sergio spürte die Bedrohung, und wie es zu geschehen pflegt, wenn man fürchtet, etwas zu verlieren, verstärkte er seine Kritik und seine Nörgeleien noch. Beim Versuch, mich zurückzugewinnen, stieß er mich jeden Tag nur noch mehr von sich.

39. Kapitel

Wie ich geheime Flüge unternahm und von der unglaublichen Erfahrung, die ich mit General Torrijos machen mußte (Costa Rica/Panama, 1978)

Nicht immer benutzte ich Linienflüge, um von Costa Rica nach Panama zu reisen. Manche Flüge unternahm ich mit »Antoine«, der einmotorigen Cessna von Chuchú Martínez. Chuchú war eine echte Romanfigur, ein Mann mit intensiven politischen und literarischen Leidenschaften, Dichter, Mathematiker, Philosoph und ein großer Freund heldenhafter Unternehmen, für die er bereit war, alles aufs Spiel zu setzen. Mit seiner kleinen Maschine flog Chuchú in Panama los und landete, nachdem er sich der Kontrolle der Fluglotsen entzogen hatte, auf verlassenen Pisten, um heimlich Passagiere aufzunehmen oder abzusetzen, die im Untergrund waren. So reiste Modesto, und so reiste auch ich bei verschiedenen Gelegenheiten.

Als ich das erstemal die Landepiste sah, an der Chuchú mich auflesen sollte, dachte ich, es handele sich um einen Irrtum. Nach drei oder vier Stunden Fahrt von San José aus bog ich in der Nähe von Quepos an der Pazifikküste Costa Ricas zwischen Palmenhainen und Viehweiden auf einen Sandweg ein. Ich konnte überhaupt keine Piste erkennen, doch Chepito stoppte den Jeep und meinte, wir seien angekommen.

»Aber das hier ist doch bloß eine Wiese!« rief ich aus und sah ungläubig auf das unkrautüberwucherte Gelände hinter dem Zaun, an dem ein rohes Holzschild mit der Aufschrift »Pista Managua« hing.

»Steig erst mal aus, dann wirst du schon sehen«, meinte Chepito.

Die Ironie des Schildes entging mir nicht und auch nicht die Höhe des Grases, in das wir wie die Dschungeljäger eindrangen.

Es war höllisch heiß dort, und tatsächlich konnte man mit genügend Phantasie eine Piste ausmachen, einen Streifen planierter Erde quer durch die Weide, auf der friedlich die Kühe grasten.

»Hilf mir, die Kühe zu vertreiben«, sagte Chepito ganz ernst. »Das ist das Schlimmste hier, das Gefährlichste. Die Kühe. Laß uns schnell machen, denn Chuchú ist sicher bald hier.«

Wenn ich daran denke, wie kaltblütig ich damals war, kommt es mir fast unglaublich vor, wo ich heute soviel Angst vor dem Fliegen habe und mir immer alles Schreckliche vorstelle, was beim Starten und Landen geschehen kann. »Posttraumatisches Streßsyndrom« diagnostizierte der Psychiater, als mich später – ich lebte bereits in den Vereinigten Staaten – unkontrollierbare Ängste überfielen und Fliegen für mich zu einem Alptraum wurde. Das muß es zweifellos gewesen sein, denn an jenem Tag auf der Managuapiste schüttete ich mich aus vor Lachen über die chaplinhafte Szene: Chepito und ich rannten auf der Wiese hinter den Kühen her und schlugen ihnen mit Stöcken auf die Flanken, denn in der Ferne hörte man schon das Brummen von Chuchús Maschine.

»Ich bin ein besserer Dichter als du, weißt du«, frotzelte Chuchú sofort, als er aus der Maschine sprang und mich zur Begrüßung umarmte. Er trug Jeans und ein Hemd, war dunkelhäutig und grauhaarig, und eher als daß er lächelte, lachte er mit dem Timbre seiner Stimme und der dauernden Ironie seiner Worte. Immer begrüßte er mich mit der Bemerkung, er sei besser als ich im Schreiben von Gedichten.

Jetzt meinte er, wir sollten ausnutzen, daß die Kühe fort waren, und starten. Ich verabschiedete mich von Chepito und stieg in die Maschine.

»Antoine« wurde wie ein Papierflugzeug von den Böen geschüttelt. Man mußte schreien, wenn man sich unterhalten wollte, der Lärm des Propellers übertönte alles. Chuchú meinte, der Wind sei das natürliche Element des Flugzeugs. Er liebte Antoine de Saint-Exupéry über alles, er dachte, wenn er flöge, dann schriebe er vielleicht auch eine so unsterbliche Geschichte wie *Der kleine Prinz*. Nie werde ich die alte, wettergegerbte Cessna mit den zerschlissenen Sitzen vergessen, und auch Chuchú nicht, wie er mir von seinem guten Freund Graham Greene erzählte, der als Gast von General Torrijos oft für längere Zeit in Panama weilte.

Der Flug verlief ohne Zwischenfälle, doch als wir den Landeanflug auf die Piste begannen, wo ich aussteigen sollte, begann der nordamerikanische Fluglotse in der Panamakanalzone von Chuchú über Funk in einem Ton, der nicht besonders freundlich klang, Erklärungen zu verlangen. Was machte er außerhalb des Flugkorridors? Wohin flog er überhaupt? Und weshalb verließ er seine Flughöhe? »Bitte melden Sie sich, bitte melden Sie sich«, forderte er. Chuchú wurde nervös.

»Ich kann nur ganz kurz am Boden bleiben«, sagte er. »Ich muß sofort wieder starten, sonst bekomme ich Ärger. Du mußt aus der Maschine springen.«

Und so kam es auch tatsächlich. Die Räder berührten kaum den Boden, da öffnete ich die Tür und sprang hinaus. Weil ich darauf vertraut hatte, daß alles glattgehen würde, trug ich Schuhe mit Absätzen, einer brach ab, als ich zu Boden fiel. Chuchú konnte mir gerade noch den Koffer mit meinen Sachen hinterherwerfen, dann mußte er gleich wieder starten. Erst als ich mich erhob und mir den Staub abklopfte, wurde mir klar, daß ich keine Ahnung hatte, an welchem Ort Panamas ich mich befand. Die Gegend um mich herum sah völlig unbewohnt aus, die Piste lag auf einer ebenen Fläche in einer Art Senke aus trockener roter Erde, in der nichts wuchs außer ein paar kleinen, stacheligen Büschen. Nach Süden hin ließ sich ein Zufahrtsweg erahnen. Nur am östlichen Hang waren in der Ferne die Umrisse einiger Gebäude auszumachen. Eigentlich sollte bei der Ankunft schon jemand auf mich warten, doch weit und breit war niemand zu sehen. Mir blieb nichts anderes übrig, als zu warten. Mit meinem abgebrochenen Absatz humpelte ich zu ein paar Felsen hinüber und setzte mich. Die schwüle Hitze Panamas ließ mir sofort den Schweiß ausbrechen. Das Warten wäre eigentlich nicht weiter schlimm gewesen, wenn nicht eine Weile später in der Ferne zwei nicht besonders vetrauenerweckende Gestalten aufgetaucht wären, die langsam näher kamen. Zu meiner Verteidigung besaß ich nichts weiter als das Schweizer Armeemesser, das mir Modesto einmal geschenkt hatte. Ich versteckte mich hinter den Felsen und fühlte mich wie ein in die Enge getriebenes Tier. Da tauchte plötzlich aus heiterem Himmel ein Sportflugzeug auf und begann, über der Landepiste Schleifen zu ziehen. Ich trat ins Freie und winkte dem

Piloten zu, als kennte ich ihn und sei dort, um ihm bei seinen Übungen zuzusehen. Aber die beiden Männer waren jetzt schon sehr nah, und die Art, wie sie mich beobachteten, versprach nichts Gutes. Der Größere von den beiden grinste böse. Ich beschloß, daß es besser war, wenn ich das Weite suchte und mich zu Fuß auf den Weg zur Landstraße machte. Es war zu gefährlich, dort zu bleiben.

Humpelnd und schwitzend erreichte ich schließlich die Landstraße. Ich war noch nicht weit gegangen, da sah ich das Auto mit dem Compañero, der mich abholen sollte, näher kommen.

Doch damit hörten die Überraschungen dieser Reise noch längst nicht auf.

Ende September 1978 fand in Panama, mit Unterstützung von General Torrijos, Carlos Andrés Pérez und anderen wichtigen Politikern Lateinamerikas, ein kontinentaler Solidaritätskongreß mit Nicaragua statt. Die Gänge und Hörsäle der Universität von Panama füllten sich mit begeisterten Sympathisanten unseres Kampfes. Jetzt hatten sie Gelegenheit, einige der Mitglieder des Kommandos, das im August zuvor den Nationalpalast besetzt hatte, persönlich kennenzulernen. Torrijos hatte ihnen politisches Asyl gewährt, und sie waren die Helden der Stunde. Ich nahm an der Konferenz als Vertreterin des GPP-Flügels teil. Die Spaltung der Frente Sandinista bestand weiter, war jedoch inzwischen eher formal als real. In jenen Tagen bildeten wir eine Gruppe: Dora María Téllez, Javier Carrión, Edgard Lang – der später ermodet wurde – und seine Frau Marisol Castillo. Marisol war die Tochter von Chema Castillo, dem Besitzer des Hauses, in dem die Dezember-Operation von 1974 stattgefunden hatte, bei der er umkam. Wie auch andere junge Leute, deren Eltern Anhänger von Somoza waren, ging sie ihren eigenen Weg und schloß sich den Sandinisten an. Ich vermutete, daß es ihr eine Menge innerer Schwierigkeiten verursachte, doch schien sie mir immer sehr selbstsicher, eine sanfte Frau mit heller Stimme und großen blauen Augen.

Modesto hatte gemeint, es sei sehr wahrscheinlich, daß sich mir bei der Konferenz die Gelegenheit böte, persönlich mit General Torrijos zu sprechen. Wenn es zu einem solchen Treffen käme, sagte er, dann solle ich ihn um Pässe für einige Compañeros, Geld und ein Gespräch unter vier Augen für ihn bitten.

Chuchú kannte Torrijos sehr gut. Beinahe wie im Spaß hatte ihm der General den Rang eines Hauptmanns der Armee von Panama verliehen. Chuchú war gelegentlich Verbindungsmann von Torrijos zu Persönlichkeiten wie Graham Greene, doch oft vertrat er auch die Interessen des Generals bei geheimen Gesprächen mit den Guerillabewegungen Lateinamerikas. Torrijos schloß nicht aus, daß es eines Tages Schwierigkeiten mit den Vereinigten Staaten über die Umsetzung der Verträge über die Rückgabe des Panamakanals geben könnte. Deshalb war er daran interessiert, auf die Unterstützung der Guerillaarmeen in der Region zu zählen, doch konnte er diese Kontakte nur äußerst geheim pflegen. Chuchú war sein Vertrauensmann bei diesen Operationen. Zu dieser Zeit hatte ich keine Ahnung von Chuchús Aufgaben. Ich wußte nur, daß er uns half, daß Modesto ihn sehr mochte und daß er die Person war, über die ich an den General herankommen konnte.

Ich saß in einem Hörsaal der Universität und hörte den Reden der politischen Persönlichkeiten zu, als Chuchú in der Tür auftauchte und mir ein Zeichen machte.

»Komm mit«, meinte er auf seine direkte Art. »Der General will sich mit einer Gruppe von Teilnehmern treffen. Wir fahren jetzt gleich zu ihm nach Hause.«

Ich folgte ihm zu einem Kleinbus, in dem schon einige andere warteten: mein Freund Efraín Huerta, der mexikanische Dichter, und seine Frau Thelma Nava; Rodolfo Puigross, ein alter Führer der argentinischen Montoneros im Exil, und Jorge Turner, ein Intellektueller aus Panama.

An das Haus von Torrijos erinnere ich mich kaum, ich glaube, wir fuhren durch ein Tor in einer Mauer und traten dann in ein großzügig angelegtes, einstöckiges Haus mit einem großen Raum, der durch Spiegel- und Zwischenwände in eine merkwürdige Mischung aus Schlafzimmer, Büro, Wohnhalle und Bibliothek unterteilt war.

Torrijos genoß einen besonderen Ruf in Lateinamerika. Sein Nationalismus hatte Panama aus einer Art halbkolonialem Zustand befreit und es endlich zu einem Staat gemacht, mit dem man rechnen mußte. Auf seine Weise war er ein stattlicher Mann, er besaß Charisma. In seinem braunen Gesicht fielen die hellen, honigfarbenen Augen auf. Auf einer Sitzgruppe vor einem großen Fenster nahmen wir Platz. Man servierte uns Cocktails. Die Unterhaltung lebte auf. Als Torrijos uns in ein anderes Zimmer führte, um uns ein paar seiner Trophäen zu zeigen, konnte ich mich ihm nähern und ihm sagen, ich müsse mit ihm reden und ihm eine Nachricht von Modesto geben.

»Ja, natürlich«, meinte er nur und musterte mich dabei von oben bis unten.

Dank des Charmes von Puigross und seiner politischen Kommentare zog sich unser Besuch immer mehr in die Länge. Es wurde langsam Abend. Mehr Cocktails wurden serviert. Plötzlich stand der General auf und sagte, er wolle uns nach Farallones mitnehmen, zu seinem Haus am Meer. Dort wollte er mit uns zu Abend essen, erklärte er. Es klang wie ein Befehl.

Unter seinen Adjutanten brach hektische Aktivität aus. Ein Weilchen später hieß es, es sei alles vorbereitet, und wir stiegen wieder in den Kleinbus. Unterwegs erfuhr ich, daß wir mit dem General in seinem Privatjet fliegen sollten. Zu Torrijos' Lebzeiten war Farallones Teil seiner Legende, sein Camp David. Der Jet war klein und bequem, ich vermute, es war dasselbe Flugzeug, mit dem der General Jahre später abstürzte.

Ich erinnere mich nur noch an die riesige, überdachte Terrasse des Hauses in Farallones, mit einem glänzenden Steinboden, Säulen aus Ziegelstein und einer Mauer, unter der das Meer toste. Der Wind trug einen salzigen Geruch heran. Wir setzten uns in Schaukelstühle, um uns weiter zu unterhalten, doch fiel es uns schwer, den Faden wiederzufinden. Vielleicht lag es am Ort, vielleicht auch an den Mädchen. Denn es tauchten noch weitere auf, alle sehr attraktiv, die den General umschwirrten und ihm auf eine intime Art, die etwas irritierend war, Vertraulichkeiten ins Ohr flüsterten.

Es mußte inzwischen gegen zehn Uhr abends sein. Ich ging ins Bad, und als ich zurückkam, sah ich, wie die Gäste sich verabschiedeten. Ich bedauerte es, keine Gelegenheit gehabt zu haben, dem General die Botschaft von Modesto mitzuteilen, aber es würde sich sicher noch eine Chance bieten. Ich war müde und wollte gehen. Torrijos sah mich an und hob die Stimme:

»Du bleibst hier«, sagte er, als gäbe er einen Befehl.

Als die anderen gegangen waren, ließ sich der General in eine Hängematte fallen, ein Glas Whisky in der Hand, und bedeutete mir, mich in einen Schaukelstuhl neben ihn zu setzen. Ich war froh, daß sich mir die Gelegenheit bot, unter vier Augen mit dem General zu reden.

»Ich habe Ihnen eine Nachricht von Modesto zu überbringen, General«, begann ich zögernd, ein wenig überrascht von der plötzlichen Chance.

Der General machte eine Handbewegung, die bedeuten sollte, daß das warten konnte. Auf Vorschlag von Chuchú hatte ich ihm ein paar Tage zuvor meinen Gedichtband geschickt, der bei Casa de las Américas erschienen war. Er bat eines der Mädchen, das Buch zu holen.

»Ich möchte, daß du mir ein Gedicht von dir vorliest, das mir sehr gefallen hat«, sagte er.

Mein Herz schlug immer noch nicht Alarm. Immer, wenn ich an diese Episode denke, staune ich von neuem über meine Naivität. Doch kam es mir einfach nicht in den Sinn, daß es ihn als Sultan in jenem Harem noch nach einer weiteren Frau verlangte, und fühlte mich nur geehrt, daß der General mein Buch gelesen hatte und wünschte, daß ich ihm ein Gedicht daraus vorlas.

»Was für eine gute Dichterin du doch bist, verdammt noch mal«, meinte er. »Ich möchte, daß du ein Gedicht auf eine meiner Töchter schreibst.«

»Aber ...« stotterte ich, »... ich schreibe nie Gedichte auf Bestellung.«

»Ich bin sicher, daß dir schon was einfällt, wenn ich dir von ihr erzähle«, antwortete er.

Unruhig rutschte ich in meinem Schaukelstuhl hin und her. Ich fragte mich, ob er betrunken sei, ich konnte mir nicht vorstellen, daß er mich mit klarem Kopf um etwas so Lächerliches gebeten hätte.

»Bring ihr Papier«, befahl er einem Mädchen mit einer autoritären Geste. Hier war Widerstand zwecklos, dachte ich. Ich mußte seine Laune mit Humor nehmen.

Er hieß mich an einem Tisch am anderen Ende der Terrasse Platz nehmen. Ich schrieb ein paar Zeilen. Worte über jemanden aneinanderzureihen, den man nicht kannte, war wie irgendeine beliebige Denksportaufgabe. Schließlich war ich fertig und ging zu ihm hinüber, um ihm das Gedicht vorzulesen. Er lächelte zufrieden. Ich setzte noch einmal an, sagte, ich hätte ihm ein paar sehr konkrete Bitten zu unterbreiten.

»Ich würde gern ein Kind mit dir haben«, meinte er unvermittelt und sah mich aus seiner Hängematte heraus an.

Ich konnte ein Lachen nicht unterdrücken. Weshalb ich lachte, fragte er mich. Ein Sohn von uns beiden wäre sicher wunderbar. Ein starker Krieger, doch dabei sehr sensibel.

»Du hast ja keine Ahnung, was die Einsamkeit der Macht bedeutet«, meinte er. »Man weiß nie, was man von den Leuten halten soll, die einen umgeben. Du bist anders.« Nachdenklich schwieg er.

»Ich stehe aber nicht zur Verfügung«, antwortete ich. »Tut mir leid.«

Darauf überschüttete er mich mit einem Schwall von Versprechungen und Komplimenten. Er würde mich glücklich machen, würde mich überallhin mitnehmen, würde mir die Geheimnisse Panamas zeigen, die San-Blas-Inseln, Coclecito.

Mir standen die Haare zu Berge. Faktisch war ich Torrijos' Gefangene, er konnte mich vergewaltigen, wenn er wollte, und niemand würde mich verteidigen. Er war dort der absolute Herrscher.

Ich ging ins Haus, auf der Suche nach der Solidarität der anderen Frauen, doch die gingen mir aus dem Weg. Mißtrauisch sahen sie mich an, wie eine Rivalin. Ich fragte die, die immer um den General herumgewesen war, nach dem Flugzeug. Ich sagte, der General habe angeboten, mich noch an diesem Abend nach Panama City zurückzuschicken.

»Das Flugzeug kommt morgen wieder«, sagte sie mit ausdruckslosem Gesicht.

Schließlich erhob sich Torrijos mit Hilfe eines der jungen Mädchen aus der Hängematte und begab sich ebenfalls ins Haus. Ich blieb kochend vor Wut allein auf der Terrasse zurück. Von ganzem Herzen haßte ich den General und all seine Untergebenen, all diese Frauen, die sich klein machten in der dummen Ergebenheit zu diesem ungehobelten, primitiven, mächtigen Mann. Von der Terrasse aus sah ich eine hohe Mauer und einen Wächter.

Ob er mich gehen lassen würde? Vielleicht gab es in der Nähe ein Dorf, von dem aus ich telefonieren konnte.

So war ich mit Fluchtgedanken beschäftigt, als wieder eine der jungen Frauen auftauchte.

»Komm mit«, sagte sie. »Der General ruft dich.«

Es war ein Befehl. Ich folgte ihr. Sicher hatte Torrijos nachgedacht und rief mich jetzt in sein Arbeitszimmer. Wir stiegen eine Treppe empor. Sie öffnete eine Tür, und auf einmal befand ich mich im Schlafzimmer von Torrijos. In einem Pyjama stand er neben dem Bett. Er zeigte auf ein Negligé, das über die Laken gebreitet war.

»Du kannst hier neben mir schlafen«, meinte er. »Wenn du nicht willst, werde ich dich nicht anfassen. Ich schwöre es dir. Du kannst meinem Wort vertrauen.«

»Nein, danke, General«, sagte ich völlig verwirrt, verließ eilig das Zimmer und knallte die Tür hinter mir zu. Keuchend rannte ich die Treppe hinunter und sagte unten, rasend vor Zorn und ohne mich noch länger beherrschen zu können, zu dem Mädchen: »Ich werde nicht beim General schlafen, ist das klar? Zeigen Sie mir bitte einen Platz, wo ich die Nacht verbringen kann. Es muß hier doch irgendwo ein freies Zimmer geben.«

Sie zuckte die Achseln, nahm ein Schlüsselbund vom Schreibtisch und bedeutete mir, ihr zu folgen. Sie brachte mich zu einem Anbau und öffnete ein Zimmer, in dem es nach Staub und Schimmel roch. Allein gelassen, schloß ich die Tür sorgfältig ab, zog einen Tisch heran und stellte ihn dagegen. Schlaflos verbrachte ich die Nacht und dachte daran, wie dumm ich doch gewesen war.

Als ich am nächsten Morgen auf die Terrasse hinaustrat, frühstückte Torrijos an einem langen Tisch in einem Raum mit großen Fenstern, in Begleitung einer Menge Leute, die wie von Zauberhand von irgendwoher aus dem Nichts gekommen zu sein schienen. Ich fühlte mich wie ein Gepenst, wie ein unsichtbares Wesen, das niemand beachtete. Niemand fragte mich irgend etwas. Plötzlich hörte ich die Stimme von Torrijos, die meinen Namen rief. Er sah verändert aus, wacher, doch genauso unnahbar wie am Abend zuvor.

»Was wolltest du mir also sagen?« fragte er.

Ohne Umschweife erzählte ich ihm von den Pässen und dem Gespräch mit Modesto. Er nickte zustimmend.

»Bist du sicher, daß du nicht bei mir bleiben willst? Ich nehme dich mit nach Coclecito, da fliege ich heute nachmittag hin. Ich habe gerade mit meinen Geschwistern gefrühstückt. Das mache ich jeden Sonntag.«

»Ich möchte, daß Sie mich nach Panama City zurückschicken«, bat ich ihn und versuchte, meine Angst zu verbergen, die Befürchtung, daß sich alles noch einmal wiederholen könnte. »Ich muß unbedingt zurück. Heute nachmittag geht meine Maschine nach San José.«

Er schnippte mit den Fingern, ein Soldat erschien. Endlich brachte man mich zum Flugzeug.

Monate später traf sich Modesto mit Torrijos. Der bat ihn um Entschuldigung dafür, mich in eine so schwierige Situation gebracht zu haben. Es erstaunte mich, daß er es überhaupt tat. Es war eine Entschuldigung von Chef zu Chef, doch immerhin eine Entschuldigung. Chuchú versicherte mir, der General schäme sich ehrlich wegen seines Verhaltens. Das überraschte mich, ich hätte es nicht von ihm erwartet.

Das war meine erste Begegnung mit dieser explosiven Mischung aus Macht und Sex, die den Männern zu Kopf steigt. Die Macht gibt ihnen eine Sicherheit, die sie vielleicht sonst nicht hätten. So geben sie sich diesem berauschenden Gefühl hin und wachen mit stolz geschwellter Brust vom höchsten Baum aus wie die Anführer des Rudels über den Stamm und seine Weibchen, die ihnen jederzeit zur Verfügung stehen.

39. Kapitel

Wie ich es wagte, einen Heiratsantrag zu machen (Managua, 1986)

Carlos erzählte mir oft von dem Leben, das er führen wollte, wenn er in die USA zurückkehrte. Als Bewohnerin des Reichs der Gegenwart sah ich anfangs keine größeren Gefahren in seiner Nostalgie, doch in dem Maße, wie wir uns näherkamen, immer tiefer in das Leben und den Körper des anderen eindrangen, wurden diese Bemerkungen zu kleinen Nadeln, die mir in die Haut stachen. Ich begann mich zu fragen, was ich davon hatte, daß ich mich so sehr in einen Mann verliebte, der mir jeden Tag auf Wiedersehen sagen konnte. Wie lange mochte es noch dauern, bis er beschloß, das Luftschloß zu sprengen, das wir uns gebaut hatten und das trotz aller Unklarheit immer festere Wände und Böden bekam und uns von Tag zu Tag besser schützte? Ich fragte mich, ob ich wieder einmal ganz einfach akzeptieren mußte, daß wir keine Zukunft hatten, daß der Mann an meiner Seite ein Trugbild blieb, dem ich das ganze Leben lang nachlaufen würde. Nach vielen Liebesbeziehungen, langen, vergeblichen Jahren der Suche nach dem Traumbild saftiggrüner Landschaften hatte ich schließlich entdeckt, daß jede menschliche Geographie ihre Abgründe barg. Die Herausforderung bestand nicht darin, sich zu finden, sondern im Urbarmachen des Gebietes als liebevolle Arbeit zweier nicht perfekter Wesen, die sich achten und vereinbaren, das gemeinsame Land zu bestellen, Brücken zu bauen, und die nicht beim ersten Erdrutsch oder Wolkenbruch davonlaufen. Die Erfahrung schenkte mir ihre Weisheit gerade in dem Augenblick, als das Gelände am zerklüftetsten und unwegsamsten war.

Mit Carlos wie mit keinem anderen zuvor verlernte ich das weibliche Laster, mich für telepathisch begabt zu halten, die übertriebene Empathie. »Wenn ich jetzt das und das tue, dann wird er dieses und jenes denken; wenn ich dieses und jenes sage, wird er das und das glauben« – ein ermüdendes und im übrigen sinnloses Geschäft. Bei Carlos riskierte ich es, genauso zu sein, wie ich war. Genau das zu sagen, was ich dachte. Die Risiken meiner Gefühle einzugehen. Ich weiß nicht mehr, an welchem Tag ich mir verbot, bei meinem Handeln daran zu denke, wie er reagieren würde. Ich würde ihn anrufen, wann ich Lust hatte, ihm alles sagen, was mir durch den Kopf ging. Zuerst war es fast wie ein Schwindel, das Wagnis, die wahren Gefühle zu enthüllen. Wir Frauen werden von Kindheit an dazu erzogen, zu gefallen. Man trainiert uns dazu, Chamäleons unserer Männer zu werden, uns ganz an sie anzupassen. Wenn wir damit nicht früh genug aufhören, verlieren wir unsere Persönlichkeit. Das zu erkennen hatte mich viel Schmerz gekostet, und ich wollte es nicht noch einmal wiederholen.

»Was willst du denn eigentlich genau?« fragte mich eine meiner weisesten Freundinnen. Ich antwortete mit langen Sätzen, komplizierten Erklärungen.

»Willst du, daß er dich heiratet? Ist es das, was du willst?«

Das war deutlich. Ich sah sie einen Augenblick lang verblüfft an.

»Im Grunde ja«, sagte ich dann. »Eigentlich ist es genau das, was ich will. Ich will, daß er mich heiratet.«

»Na, dann sag's ihm doch. Mehr brauchst du nicht zu tun. Weshalb denn auch nicht? Weshalb sollst du warten, bis er dir einen Antrag macht? Warum machst du ihm nicht einfach von dir aus einen?«

Welches Glück, solche Freundinnen zu haben. Doch hatte ich auch meinen Anteil daran: Nur selten habe ich gute Ratschläge mißachtet oder es abgelehnt, auf andere Frauen zu hören und auf sie zu vertrauen.

»Willst du mich heiraten?« fragte ich also Carlos.

Ich muß heute noch lachen, wenn ich an das Gesicht denke, das er aufsetzte, als ich ihm die Frage stellte. Wir saßen auf dem Sofa meines winzigen Arbeitszimmers, neben meinem Schlafzimmer. Ein braunes Sofa, das ich immer noch besitze, wegen der denkwürdigen Unterhaltungen, deren Zeuge es war. Ich muß erklären, daß Carlos inzwischen praktisch bei mir wohnte; er war der Freund meiner Töchter geworden, spielte mit ihnen, half ihnen bei den Hausaufgaben. Mein Sohn Camilo sah bewundernd zu ihm auf. Doch in unseren Gesprächen schafften wir es nicht, zueinander zu kommen. Keiner von uns beiden wollte darauf verzichten, in seinem eigenen Land zu leben. Immer wieder sagte er mir, er glaube nicht, daß er sich daran gewöhnen könne, in Nicaragua zu leben, und er hielt es für unmöglich, daß ich mich an die USA gewöhnte.

»Was hast du gesagt?« fragte er jetzt zurück. »Meinst du das ernst?«

»Ja«, erwiderte ich lächelnd. »Ich mach dir einen Heiratsantrag!«

»Ich muß es mir überlegen«, meinte er.

Ich prustete los. Da machte ich zum erstenmal in meinem Leben einem Mann einen Heiratsantrag, und dann meinte er, er müsse es sich überlegen! Wir gingen essen. Ich erklärte ihm, daß ich nicht weiter so tun könne, als spiele die Zukunft keine Rolle. Ich wollte keine Unsicherheit mehr, keine zeitlich begrenzte Liebe, schwächliche Gebilde meiner Phantasie. Allzuoft in meinem Leben hatte ich diese Bedingungen akzeptiert, und jetzt war dafür kein Platz mehr auf meiner Haut. Ich wollte lieber, daß es zu Ende wäre, wollte lieber reinen Tisch machen, als mit der Angst vor dem Tag leben, an dem er mir sagen würde, daß er gehen müsse. Entweder heirateten wir, oder jeder bliebe für sich. Das war die Alternative, die ich ihm stellte, auch wenn es mir nicht leichtfiel.

Dabei betete ich, daß er sich dafür entschied, bei mir zu bleiben, denn seltsamerweise spürte ich, daß jener Mann, der da meine Hand nahm und mich über den Rand seines Glases ansah, der endgültige Hafen meiner Wirbelstürme war.

40. Kapitel

Wie die Mauern meines Jericho einstürzten (San José, 1978)

Bei einer seiner vielen Besuche in San José wohnte Modesto in dem gemütlichen, kleinen Apartment voller Bücher, das einem befreundeten Professor gehörte. Als ich hinkam, hörte er gerade einen Tonbandbericht von René Vivas, der ihn an der Spitze der Truppen in den nicaraguanischen Bergen abgelöst hatte. Die flüsternde Stimme Renés war vor dem Hintergrund des monotonen Zirpens zahlloser tropischer Insekten zu hören. Er erzählte von dem Mißgeschick, das mit dem Funkgerät passiert war. Unter großen Schwierigkeiten, Kosten und Risiken hatten wir es zu ihnen in die Berge gesandt, und im Bemühen, es besonders schlau »einzumachen«, um es ins Land zu schmuggeln, war irgendjemand auf die Idee gekommen, die einzelnen Teile in Plastik zu wickeln und in Farbeimern zu versenken. Als Modesto davon erfuhr, war es schon zu spät. Die Farbe löste die Plastikumhüllung auf, so daß von dem Funkgerät, dem »Papagei«, wie René es nannte, nicht mehr übrigblieb als ein paar wertlose Klumpen. Wir konnten uns ein Lachen über die Beschreibung nicht verkneifen, die René von dem armen ertrunkenen Papagei gab. Das war ein harter Schlag, denn die Verständigung per Funk war grundlegend für den Erfolg der »Operation Heureka«, die Modesto seit Monaten vorbereitete. Dabei ging es um einen Lufttransport von Waffen, Munition und Kämpfern, zur Unterstützung der Guerilla in den Bergen. Die Operation, von ihm geleitet, sollte die Guerillatruppen so gut ausrüsten, daß sie einen durchgehenden Korridor von der Atlantikküste bis hinüber zur Pazifikküste öffnen konnten. Eine DC-3, die Waffen und Kämpfer waren schon vorhanden, aber das Funkgerät war unverzichtbar, um die Operation zu koordinieren und dafür zu sorgen, daß die Guerillatruppen am Boden im richtigen Augenblick den Flugplatz besetzen konnten. Modesto hörte sich die Aufnahme zu Ende an und zuckte in stoischer Ruhe die Achseln. Solche Rückschläge waren für ihn nichts Neues. Man mußte es eben noch einmal versuchen.

Seine Hartnäckigkeit war eine der Eigenschaften, die ich am meisten an ihm bewunderte, obwohl ich glaube, daß es unsere Leichtgläubigkeit war, die uns so ähnlich machte. Für uns beide war es notwendig, an den angeborenen Edelmut der menschlichen Art zu glauben, und deshalb waren wir immer bereit, jedem den Bonus des Zweifels zuzugestehen – was in der Politik ein schwerer Fehler sein kann. Wir waren hoffnungslose Optimisten, wir fürchteten uns nicht davor, zu träumen, und der Zynismus flößte uns keinerlei Respekt ein. Ich glaube, weder er noch ich haben uns darin sehr verändert, trotz allem. Immer, wenn ich ihn heute treffe, ist er auf der Suche nach dem Licht am Ende des Tunnels, nach einem Ausweg für unser Land. Ich habe mich meinerseits dafür entschieden, daran zu glauben, daß die Zukunft voll ungeahnter Möglichkeiten steckt, aus dem einfachen Grund, weil es mich glücklicher macht, an etwas zu glauben, als an nichts zu glauben. Die Geschichte ist ein langer Prozeß. Wenn man es schafft, die Geduld aufzubringen, das zu verstehen, bringt es einem Befriedigung, für die kleinen Veränderungen zu kämpfen, die sie vorantreiben. Man darf etwas nicht einfach deshalb verlorengeben, weil es nicht im Zeitraum der eigenen Existenz geschehen kann.

Ich könnte nicht leben, wenn ich nicht glaubte, daß die Phantasie neue Wirklichkeiten zu schaffen vermag.

Auf der Grundlage dieser glühenden Überzeugungen, der Utopien, die wir beide vor Augen hatten, wuchs zwischen Modesto und mir ein starkes Band. Es waren diese idealistischen Überzeugungen, die uns füreinander so wichtig, die uns blind machten. Vor allem mich, die ich am meisten aufs Spiel zu setzen und zu verlieren hatte. Nach Monaten des beinahe heldenhaften Widerstands, des Konfliks zwischen meinen Neigungen und meinen familiären Pflichten, wurde ich schwach.

»Komm mit. Ich habe etwas für dich«, sagte Modesto, nahm mich bei der Hand und führte mich ins obere Stockwerk, ins Schlafzimmer mit Kiefernmöbeln und einem Fenster, von dem aus man den Nebel über den Bergen in der Ferne sehen konnte.

Ich setzte mich aufs Bett, während er in seinem Koffer nach etwas kramte. Trotz des Mißgeschicks mit dem Papagei wirkte er gutgelaunt. Eine Strähne schwarzen Haars fiel ihm in die Stirn. Die gefärbten Locken, mit denen ich ihn kennengelernt hatte, waren längst verschwunden. Endlich holte er ein Blatt Papier hervor und gab es mir.

»Das ist für dich«, sagte er. Es war ein Gedicht.

Während ich auf dem Bett saß, das Gedicht las und er mich dabei von der Seite her ansah, brach in mir langsam jeder Widerstand zusammen, alle Türen und Fenster gingen auf. Das Gedicht sprach davon, daß mein Bild mit ihm so untrennbar verbunden war wie sein Gewehr oder die Karten, mit der er seinen Weg in der Wildnis gefunden hatte; daß seine Liebe so gewiß sei wie der Sieg. Es war ein herrliches Gedicht, das eine grenzenlose Zärtlichkeit ausdrückte. Ich las es zwei- oder dreimal und wußte nicht, was ich sagen sollte, so gerührt war ich. Als ich ihn ansah, wußte er, was er wissen mußte, um mich sanft nach hinten zu beugen, während draußen der Abend kam und wir die Wege unserer Haut entdeckten und den Ritus von Mann und Frau feierten, die sich finden und wie zwei Dolche in einer Scheide miteinander verschmelzen. Als ich die Sprache und das Bewußtsein wiedererlangte, begann ich vor lauter Schuldbewußtsein zu weinen. Was sollte ich jetzt tun? Was würde geschehen? Die plötzliche Vorahnung des Desasters, das mir bevorstand, war niederschmetternd. Nach einer Weile trocknete ich mir die Tränen und schalt mich dafür, ein solches Melodrama zu veranstalten, zu bereuen, jetzt, wo es zu spät war. Modesto beruhigte mich zärtlich. Ich weiß nicht mehr genau, was er sagte, ich glaube, er erinnerte mich daran, daß er bald wieder in den Bergen sein würde, daß dies nur eine Atempause sei, ein Regenschirm gegen den Krieg, der auf uns niederging. Nichts, was auf Dauer mein Gleichgewicht bedrohen müsse. Vielleicht stimmte dies alles ja, doch trotz meiner Probleme mit Sergio, und obwohl ich ihn weniger heftig, sanfter liebte, bekam ich Angst bei dem Gedanken, die Vergangenheit zu wiederholen. Wenn mir früher die eheliche Untreue wie ein notwendiges, doch gerechtfertigtes Übel erschienen war, war mir diesmal der Gedanke daran ein Greuel. Ich wollte Sergio nicht verletzen, er hatte es nicht verdient.

Mit der Zeit und der wachsenden Nähe zu Modesto brachen jedoch meine schwachen Mauern zusammen. Ich stellte mich taub gegenüber den Warnungen meines Gewissens und flüchtete mich in die Vergänglichkeit unseres Lebens, der ungewissen Zukunft: Wie sollte ich diesem Mann eine Zuneigung versagen, die er vielleicht nie wieder erleben würde? Sie war wie ein Geschenk an einen zum Tode Verurteilten. Ich entschied mich dafür, es so zu sehen. Es war eine zerstörerische Liebe, die sich meiner bemächtigte und mich alle Skrupel vergessen ließ.

41. Kapitel

Wie ich zum erstenmal nach Kuba reiste und ein merkwürdiges Zusammentreffen mit Fidel hatte (Panama/Havanna, 1978–1979)

»Hättest du nicht Lust, nach Kuba zu reisen?« fragte mich Modesto eines Abends in Panama, mit dem verführerischen Lächeln des Zauberers, der gerade Aladin einen Wunsch erfüllen will. Die Kubaner luden einen Vertreter der GPP zu den Feiern des 20. Jahrestags ihrer Revolution ein. Wenn ich zwei Wochen Zeit hätte, wäre ich die richtige Person, um Ende Dezember auf die Insel zu reisen.

Normalerweise versuchte ich, mich nicht mehr als zwei oder drei Tage von zu Hause zu entfernen. Meine Kinder hatten es nicht gern, wenn ich allzulange fort blieb. Meine Reisen waren häufig, aber kurz. Cristina, die Compañera, die mir im Haushalt half, mußte nach Nicaragua zurückkehren. An ihrer Stelle kam María Elsa, auch sie Nicaraguanerin, eine starke, aufgeweckte junge Frau, die sich sehr schnell mit den Kindern anfreundete, vor allem mit Camilo. Obwohl ich diesmal länger als gewöhnlich fortbleiben würde, nahm ich den Vorschlag von Modesto an. Kuba war zu der Zeit das leuchtende Beispiel der Revolution in Lateinamerika, das erste befreite Gebiet Amerikas. Was konnte ich mir mehr wünschen, als diese Reise zu tun?

Ende Dezember kehrte ich also nach Panama zurück, um von dort aus nach Havanna zu fliegen. In letzter Minute beschloß Modesto, der eigentlich mit mir reisen wollte, nicht mitzukommen. Ich erinnere mich nicht mehr genau an seine Gründe. Am Tag nach meiner Ankunft hatten wir einen völlig unnötigen, heftigen Streit, in dem er mir irgendwelche früheren Geschichten vorwarf, und bevor er in drohendes Brüten versank, sagte er mir, er würde später nach Havanna kommen.

Traurig flog ich also allein mit der Maschine der Cubana Aviación ab. Von dem Augenblick an, als ich das Flugzeug bestieg, spürte ich, daß ich in einer anderen Welt war. Die Stewardessen – die eine platinblond, die andere pechschwarz, denn die Kubanerinnen lieben es, sich die Haare zu färben – bewegten sich freundlichgelangweilt in der Maschine hin und her. Der Flug sollte eigentlich um neun Uhr abends starten, ging dann jedoch erst um fünf Uhr morgens los. Zum Frühstück servierte man uns das Abendbrot vom Vorabend, mit Bier dazu.

Die verblichene Pracht von Havanna und die tadellose Koordination zwischen den Parteifunktionären, dem Hotelpersonal, den Fahrern der Fahrbereitschaft und allen, die sich um uns kümmerten, waren meine ersten Eindrücke des Sozialismus. Ich kam mit dem Entschluß nach Kuba, alle schrecklichen Visionen einer Jugend voller antikommunistischer Mythen gegen die Wirklichkeit einer Utopie einzutauschen, in der der Sozialismus es fertigbrachte, die beste aller möglichen Welten zu bauen. Ich sah die Stadt durch die rosarote Brille meiner Illusionen. Das Wirtschaftsembargo der USA erklärte die heruntergekommenen Gebäude und alles, was nicht funktionierte. Ich bewunderte die Würde, die unbezwingbare gute Laune der Kubaner, die unverdrossen die überfüllten, verspäteten Busse bestiegen, in Kleidern, die an die Mode der fünfziger und sechziger Jahre erinnerten.

Das Hotel Capri, in dem ich wohnte, erinnerte mich in seinem mehrfach restaurierten Art-déco-Stil an die alten Hotels von Miami Beach. Ich stellte fest, daß die Behauptung, man könne sich in Havanna nicht frei bewegen ohne den unvermeidlichen Parteifunktionär an der Seite, nicht stimmte. Ich spazierte durch die Straßen, besuchte die Buchhandlungen, wo die Bücher alle nur ein paar Centavos kosteten, sprach mit den einsamen Anglern am Malecón, der Strandpromenade von Havanna. Mich beeindruckte die politische Kultur, die auch die einfachsten Menschen, die jungen Leute besaßen. Ich spürte etwas Besonderes in ihnen, die vom Konsum ferngehalten und durch die Umstände gezwungen waren, ihr Leben um geistige Werte wie Bildung, Solidarität, die Liebe zum Vaterland, das Gemeinsame zu gestalten. Die Kubaner klagten über den Mangel, doch arrangierten sie sich gutgelaunt und mit einem theatralischen Sinn für die Selbstdarstellung.

Inmitten der festlichen Atmosphäre der Feierlichkeiten war es beeindruckend für mich, so viele Guerilleros aus ganz Lateinamerika zu treffen, die politischen Führer sozialistischer Länder wie Vietnam, Botschafter der Befreiungsbewegungen der Palästinenser, der Polisario, aus Südafrika. Das Klima war wie in einem revolutionären Märchen. Ich nahm an einer Parade teil, bei der Tausende Soldaten in einem vielstimmigen Chor des Che Guevara gedachten; Staffeln von MiG-Jägern flogen über unseren Köpfen dahin und ließen farbige Kondensstreifen hinter sich, als Reaktion auf die USA, die dagegen protestiert hatten, daß Kuba diese Flugzeuge besaß. Ich besuchte Museen mit Fotos von Fidel und seinen bärtigen Genossen in der Sierra Maestra. Im strömenden Regen lernte ich Gabriel García Márquez kennen, und wir wurden unzertrennliche Gefährten bei unseren Busfahrten kreuz und quer durch Havanna. In der Casa de las Américas lernte ich den freundlichen und bescheidenen Dichter Mario Benedetti aus Uruguay und den Kubaner Roberto Fernández Retamar kennen.

Als der Jahrestag näherrückte, gab es allabendlich Empfänge. Beim ersten großen Fest im beeindruckenden, modernen Kongreßzentrum von Havanna begrüßte ich Fidel Castro.

»Wo haben dich die Sandinisten bloß versteckt gehalten?« fragte er und musterte mich mit wachem Blick.

Ich stand neben Doris Tijerino, einer Legende unter den Sandinisten, die zu jener Zeit in Kuba lebte. Sie scherzte mit Fidel, und er blieb lange bei ihr stehen, unterhielt sich mit ihr und sah mich immer wieder an, die ich kaum etwas sagte, ganz erdrückt von seiner Nähe.

Fidel ist schon physisch ein beeindruckender Mann. Groß, kräftig. Seine ganze Gestalt strahlte Autorität aus, Selbstsicherheit, das Bewußtsein, die wichtigste Person im Saal zu sein. In seinem Gesicht mit den spanischen Zügen leuchteten die ausdrucksvollen, tropischen Augen der Karibik durchdringend, spöttisch. Ohne in seiner Aufmerksamkeit uns gegenüber nachzulassen, entging ihm kein Detail in seiner Umgebung. Nach kurzer Zeit scharten sich immer mehr Leute um uns, um ihm zuzuhören. Er fragte und dozierte über die Realität dieses oder jenes Landes. Er verhielt sich wie Moses auf dem Sinai mit den Gesetzestafeln in den Händen:

Führer der Völker auf ihrem Weg ins Gelobte Land. Schließlich entfernte er sich in der Menge.

Am nächsten Abend, bei einem Empfang für die lateinamerikanischen Delegierten, unterhielt ich mich gerade mit Mario Benedetti, als Fidel sich mir aufs neue näherte, um mich zu begrüßen. Plötzlich sah ich mich in einem Kreis von Männern, die mich verschwörerisch angrinsten, weil ihr Chef mir soviel Beachtung schenkte. Mario klärte ihn darüber auf, daß ich Dichterin war und vor kurzem den Literaturpreis der Casa de las Américas gewonnen hatte.

»Was muß ich tun, um dein Buch lesen zu können?« fragte er mich, während das Grinsen der Umstehenden breiter wurde. Ich lachte auch. Das wäre doch ganz leicht, sagte ich, ich würde es ihm zukommen lassen.

»Aber ich möchte, daß du mir eine Widmung hineinschreibst«, fügte er hinzu.

»Aber natürlich, Comandante, mit dem größten Vergnügen«, antwortete ich.

Fidel sprach weiter, ohne auch nur eine Sekunde aufzuhören, mich mit seinen durchdringenden kleinen Augen anzusehen. Ich versuchte, ruhig zu bleiben, meine Sicherheit nicht zu verlieren und mich trotz seines prüfenden Blicks natürlich zu verhalten.

»Wie kann ich dich denn einmal sehen?« fragte er jetzt. »Zu dir ins Hotel zu kommen wäre schwierig. Ich bin zu bekannt.«

Erschrocken sah ich ihn an. Die anderen lachten. Ich nahm an, daß es ein Witz sein sollte.

»Sie sehen mich doch schon, Comandante«, gab ich ebenfalls scherzend zurück und überspielte meine Beklommenheit.

Wenig später setzte Fidel seinen Rundgang fort, begrüßte alte Bekannte und neue Gesichter. Der Empfang fand in einem großen, weißen Gästehaus der Regierung statt. In dem Garten voller üppiger tropischer Gewächse hatte man hier und da unter den Bäumen Tische verteilt. Überall unterhielten sich angeregt die Guerillaführer des chilenischen MIR, des argentinischen ERP, der Tupamaros aus Uruguay, Salvadorianer und Guatemalteken, auf die in ihren Heimatländern hohe Kopfgelder ausgesetzt waren, weil sie gegen die dort herrschenden Regimes kämpften. Belustigt stellte ich fest, daß Fidel mehrere Male versuchte, sich mir zu nähern. Kaum gelang es ihm jedoch, da umringte man uns erneut. Er konnte sich nicht bewegen, ohne daß ihm eine große Gruppe Menschen folgte oder ihn jemand zurückhielt, um ihn in ein Gespräch zu verwickeln.

»Siehst du, man läßt mich nicht in Ruhe mit dir reden«, sagte er bei einer dieser Gelegenheiten mit resginiertem Gesichtsausdruck.

Ich genoß die Situation. Wie sollte man es nicht genießen, wenn jemand wie Fidel Castro sich so um einen bemühte?

Als zum Essen gerufen wurde, setzte sich Fidel an einen der Tische ganz hinten im Garten. Wenig später entstand Bewegung, Männer sprangen auf, Autos fuhren ab, und der Comandante war verschwunden. Die Atmosphäre entspannte sich spürbar. Die sandinistischen Compañeros am Tisch machten Witze über das Interesse, das Fidel für mich gezeigt hatte, und wir lachten. Als der Nachtisch serviert wurde, setzte sich plötzlich Ulises neben mich, ein hoher Funktionär aus der Amerikaabteilung der Kommunistischen Partei Kubas, den ich aus Panama kannte.

»Komm mit«, meinte er. »Fidel will mit dir reden.«

Es fiel mir nichts anderes ein, als ihm zum Wagen zu folgen, neugierig und ängstlich zugleich.

Fidel erwartete mich in einem Haus, das so ungemütlich wirkte, als würde es nur gelegentlich bewohnt; ein spärlich beleuchteter Wohnraum, der wirkte, als stamme er aus einer Theaterdekoration, die Wände grün tapeziert und hie und da mit goldgerahmten Bildern behängt, die alte Jagdszenen zeigten. Ich dachte an den Zwischenfall mit Torrijos. Hoffentlich hatte Fidel, mein Idol, nicht etwas Ähnliches vor. Ich beruhigte mich, als ich in seiner Begleitung Manuel Piñeiro sah, »Rotbart«, einen seiner Genossen aus der Sierra Maestra und Chef der Amerikaabteilung. Piñeiro war ein schwer einzuschätzender Mann, seine braunen Augen blickten scharf, mißtrauisch, leicht drohend. Er schien alles zu wissen oder wenigstens zu glauben, daß er es wußte. Ich setzte mich neben Fidel auf ein langes Sofa an der Wand, während Piñeiro die Szene von seinem Sessel gegenüber aus beobachtete.

»Entschuldige, daß ich dich habe kommen lassen«, sagte Fidel lächelnd, »aber du siehst ja, anders hätte ich nicht mit dir reden können.«

Fidel fragte mich viel Persönliches, nach meiner Herkunft, meinen Eltern, wann ich Sandinistin geworden sei, wann Dichterin. Über sich selbst zu reden ist einfach, also erzählte ich ihm von Marcos, von Sergio, meinen Kindern und fühlte mich sicher, solange wir uns unterhielten. Unsere unterschiedlichen Ansichten traten erst zutage, als es um die Situation in Nicaragua ging. Ich konnte nicht umhin, ihm meine Meinung zu sagen. Ich verstand nicht, weshalb Kuba ganz offensichtlich die Aufständischen bevorzugte, die Brüder Ortega, deren Politik meiner Ansicht nach risikoreich und skrupellos war. Fidel echauffierte sich und begann, mit einem Zeigefinger herumzufuchteln. Er hob ab und zu die Stimme und senkte sie dann wieder bis zum Flüstern. Wenn er laut wurde, klang es wie sanfte, doch scharfe Schelte.

»Wie kannst du an meinen Absichten zweifeln? Ich bin immer der entschiedenste Verfechter der Einheit gewesen. Nächtelang habe ich mit euren Führern diskutiert, um die Einheit zu erreichen.« Dabei sah er mich durchdringend an.

»Aber weshalb unterstützen Sie dann einige mehr als andere?« beharrte ich, die ich genau wußte, daß Fidel die aufständische Tendenz mit Waffen und Ausrüstung bevorzugte.

»Wo hast du das denn her?« Er wiederholte, daß er den Führern der GPP vertraue und keinen Zweifel habe, daß Modesto, Tomás und Bayardo Männer mit Grundsätzen waren. Ob mir denn nicht klar sei, daß gerade meine Kritik an den Ortegas rechtfertigte, sich ihnen zu nähern, um ihnen auf den rechten Weg zu helfen.

»Aber damit stärken sie Sie doch nur«, argumentierte ich weiter, störrisch wie ein Maultier. Wo ich schon einmal die Gelegenheit hatte, sollte Fidel auch wissen, wie an der Basis gedacht wurde. Ihm das so zu sagen war meine Art, ihm meinen Respekt vor seiner Klugheit zu zeigen. Wie so oft, wenn ich mit Männern in Führungspositionen zu tun hatte, wurde mir jedoch langsam klar, daß er mich nicht anhören wollte, sondern daß ich ihm zuhören sollte. Wieder hob er die Stimme, sein Ton klang fast zornig. Es war offensichtlich, daß er meine Haltung für eine Frechheit hielt und mich von meinem Irrtum überzeugen wollte. Als ich sah, daß ich nichts erreichen würde, daß das Gespräch zu einem Schlagabtausch zwischen seiner und meiner Wahrheit wurde, gab ich es auf.

»Sie wissen mehr als ich, Comandante«, sagte ich. »Vielleicht irre ich mich ja wirklich; anscheinend habe ich nicht so viele Informationen wie Sie, um zu urteilen. Ich zweifle nicht an Ihren guten Absichten, ich weiß, was Sie für die Einheit getan haben. Als Sandinistin danke ich Ihnen dafür.« Nach und nach kehrte er zu seiner normalen Haltung zurück. Aus seinem Sessel heraus beobachtete uns Piñeiro mit seinem wachsamen, undurchsichtigen Blick. Das merkwürdige Gespräch ging zu Ende. An der Tür verabschiedete ich mich von Fidel ein wenig verwirrt und ohne genau zu wissen, was ich von dem seltsamen Treffen halten sollte.

In diesen Tagen kam Modesto nach Havanna. Er schickte nach mir. Ich sah ihn am Abend des Tages, an dem ich mich auf dem Schießplatz halb mit meiner Abneigung gegen Waffen versöhnte. Er wohnte außerhalb der Stadt, allein in einem seltsamen, großen Haus mit vielen Räumen. Nervös redete ich ohne Unterbrechung über meine Eindrücke von Kuba und fürchtete mich davor, wenn ich schwiege, dann könne er mir sagen, daß er mich nicht mehr liebe. Doch in weniger als einer Stunde versöhnten wir uns wieder, als sei der Streit nur ein Vorwand gewesen, um uns mit der Intensität von Menschen wiederzufinden, die einen Himmel zurückgewinnen, den sie für immer verloren glaubten.

Das Fest am 31. Dezember war unvergeßlich. Hunderte von Tischen wurden auf den kleinen, kopfsteingepflasterten Platz vor der Kathedrale in der Altstadt von Havanna gestellt, einem der herrlichsten historischen Plätze ganz Amerikas. Die wunderbar beleuchteten Kolonialbauten, die den Platz an seinen vier Seiten umgeben, bildeten den Rahmen, in dem sich das Fest abspielte, begleitet von einer Show mit afrokaribischen Rhythmen: Danzón, Guaracha, Guantanamera. Um Mitternacht trank man sich zu, ich stieß an mit Revolutionären aus der ganzen Welt, deren Motive und Ziele mir nicht immer vertraut waren. Und natürlich auch mit meinen sandinistischen Compañeros. Wir tranken auf das Ende der Tyrannei, den Sieg der Völker, die Revolution. Wir Nicaraguaner waren ganz bewegt. 1979 sollte für uns das entscheidende Jahr werden. Das wußten wir.

Der Tag meiner Rückkehr in den Kapitalismus und meine Exilheimat rückte näher. Ich saß abends in meinem Hotelzimmer und las, als mich ein Parteifunktionär anrief und mich bat, das Hotel nicht zu verlassen. Ich wußte mir keinen Reim auf seine seltsame Bitte zu machen, dachte jedoch, daß es irgendwie mit Modesto zusammenhängen müsse, den die Kubaner besonders zuvorkommend behandelten. Um acht Uhr abends rief er wieder an, um mich zu bitten, in die Hotelhalle hinunterzukommen, wo ich ihn treffen würde. So gewöhnt war ich an die Geheimnistuerei des Untergrunds, daß ich nicht nachfragte und der Sache auch nicht allzuviel Bedeutung beimaß. Mein Begleiter sagte mir nicht, wohin die Fahrt führte, als wir in seinem Auto losfuhren, und ich hatte keine Ahnung, worum es ging, als ich sah, daß wir uns dem Sitz der Kommunistischen Partei Kubas näherten, einem hohen, modernen Gebäude am Platz der Revolution.

Ich glaube, erst als wir im Gebäude waren, ließ er mich wissen, daß mich Fidel noch einmal sehen wollte.

Ich betrat den Aufzug, der mich zu seinem Büro bringen sollte, und erinnerte mich daran, daß Fidel gern nachts arbeitete; von vier Uhr nachmittags bis vier Uhr morgens. Ich sah ihn, kaum daß sich die Tür des Aufzugs öffnete. Wir gingen in sein Arbeitszimmer, einen schönen großen Raum mit vielen Pflanzen, der schlicht eingerichtet war und ein lebendiges Stück Geschichte atmete. Fast vier Stunden sprachen wir miteinander, bis Mitternacht. Wieder war auch Piñeiro in der Nähe, betrat den Raum, ging wieder hinaus. Fidel trug wie gewohnt die Uniform eines Comandante, wie sie die Unseren später in Nicaragua auch tragen würden. Ich war in den Jeans und der weiten, weißen Bluse gekommen, die ich den ganzen Tag über getragen hatte. Er dankte mir für den Gedichtband, den ich ihm, mit einer Widmung versehen, geschickt hatte. Wir unterhielten uns auf einem weißen Sofa neben seinem Schreibtisch.

»Ich habe noch nie mit jemand von der Basis der Sandinisten gesprochen«, meinte er. »Normalerweise treffe ich mich nur mit den politischen Führern. Ich hoffe, du erlebst das Ende eures Kampfes, ich habe so viele Menschen dabei sterben sehen. Gute Compañeros. Du kannst dir nicht vorstellen, was für mich zum Beispiel der Tod von Camilo Cienfuegos, vom Che bedeutet hat. Ich selbst habe die Suche nach dem Flugzeug von Camilo geleitet. Aber auf dem ganzen Meer war kein einziges Zeichen davon zu entdecken. Camilo verschwand. Wir haben ihn nie wiedergefunden, trotz aller Anstrengungen. Und dann der Che. Wir haben nur seine Hände hier, wußtest du das? Stell dir vor, seine Hände. Der Che war für mich wie mein eigener Bruder.«

Er war bewegt, flüsterte nur. Ich mußte mich zu ihm hinlehnen, um ihn zu verstehen.

Dann sprachen wir auch von unseren Überzeugungen. Ich fragte ihn, ob er beim Sieg der Revolution schon Sozialist gewesen sei. Ich erinnerte mich noch an die Kette mit dem Kruzifix, die er trug, als er aus der Sierra Maestra kam.

»Ich hatte schon von selbst an ein ähnliches System gedacht«, antwortete er. »Die Verteilung des Reichtums. Es war eine Überraschung für mich, Marx zu lesen und die Übereinstimmung festzustellen. Meine Bekehrung zum Marxismus ging sehr schnell.«

Er erzählte mir, wie er seine Reden schrieb.

»Ich lese viel José Martí«, meinte er. »Das ist die Quelle meiner Inspiration.«

Und er holte die Bücher des kubanischen Nationaldichters, las mir Passagen daraus vor. Ich war gebannt von seiner Persönlichkeit, konnte kaum fassen, welches Glück ich hatte, diese Stunden mit Fidel zu verbringen, in der Stille jenes schlafenden Gebäudes.

Mitten im Gespräch deutete er an, daß ich ihm helfen könne, indem ich ihm gewisse Informationen gäbe. Er wollte Einzelheiten über die Haltung der GPP zu einer Waffenlieferung an die aufständische Tendenz wissen. Ich erinnerte mich an den Zornausbruch von Modesto nach dem Treffen, bei dem er erfahren hatte, daß trotz aller Versprechungen der Kubaner die Waffen nicht gleich unter den drei Flügeln der Frente Sandinista verteilt worden waren.

»Wenn du mir sagst, was du weißt, dann erkläre ich dir alles«, schlug Fidel vor. »Ich kann dir alles erklären, doch nur, wenn du davon weißt, denn was hat es sonst für einen Sinn, daß ich es dir erkläre?«

An jenem Tag hatte Modesto mich schwören lassen, daß ich unter keinen Umständen irgend jemandem von seiner Reaktion erzählen würde. Es erschien mir merkwürdig, daß ihm mein Schweigen so wichtig war, doch hatte ich nicht mehr daran gedacht, bis Fidel mich auszufragen begann. Ich fragte mich, ob Modesto wohl jemals geahnt hatte, daß Fidel persönlich es wissen wollte. War es denn etwas, das nicht einmal Fidel wissen sollte? Doch war nicht ich diejenige, die das zu entscheiden hatte. In meinem Geschäft war die Verschwiegenheit heilig. Fidel mußte sich Modesto, nicht mir gegenüber erklären. Mir stand es nicht zu, irgend etwas zu enthüllen. Ich war eine gewöhnliche Sterbliche im jenem Spiel der politischen Führer.

Fidel erklärte mir, daß seiner Ansicht nach ein klassischer Stellungskrieg im Süden Nicaraguas die Armee Somozas binden und einen Sieg der Sandinisten erleichtern würde. Dafür war es entscheidend, daß die Südfront der FSLN die Waffen für einen regulären Krieg besäße, Flugabwehrgeschütze, Panzerfäuste, Kanonen. Er war überzeugt davon, daß dies die richtige militärische Strategie darstellte. Es war faszinierend zu sehen, wie er sich begeisterte, noch einmal die Revolution machte. Doch wir Sandinisten waren Dickschädel, wir hatten großen Respekt vor den Kubanern, aber unseren Krieg wollten wir schon selber führen, ihn mit unserer Kühnheit, unseren eigenen Ideen gewinnen. Vielleicht waren die Brüder Ortega bereit, auf seine Vorschläge einzugehen, doch sie waren nicht die ganze sandinistische Bewegung. Es irritierte mich, daß es Fidel so schwer fiel, andere ihren Weg gehen zu lassen, daß er sich in unsere Revolution einmischen wollte. Schweigend hörte ich ihm zu, ich stimmte nicht überein mit seiner Ansicht. Meiner Meinung nach waren die Waffen wichtiger für die Guerillatruppen im Norden, in den Städten. Der Krieg im Süden hatte keine große Zukunft. Wir waren keine reguläre Armee, konnten nicht so kämpfen. Es würden viel zu viele Leben aufs Spiel gesetzt werden, ein kostspieliges Unterfangen. Ich sagte es ihm, beharrte jedoch nicht auf meinem Standpunkt. Ich stand auf verlorenem Posten. Um Mitternacht kam Piñeiro herein. Auch er wollte Informationen von mir.

»Ich weiß nichts von dem, was Sie wissen wollen«, wiederholte ich.

Schließlich gaben sie auf. Fidel kehrte zu seinen gewohnten Gesten und seiner ruhigen Haltung zurück. Freundlich verabschiedete er sich von mir an der Tür.

»Grüß mir Camilo«, war das letzte, was er zu mir sagte. Es erstaunte mich, daß er sich an den Namen meines Sohnes erinnerte. Ich mußte lächeln.

Als ich zurück im Hotel war, überfielen mich Zweifel, ob ich das Richtige getan hatte. So rief ich ein Taxi und führte den Fahrer aus dem Gedächtnis und über meine eigene Intuition staunend durch die Straßen von Havanna zu dem Haus, wo Modesto wohnte. Er war überrascht, mich mitten in der Nacht, fast um zwei Uhr früh, auftauchen zu sehen.

»Das hast du gut gemacht«, meinte er. »Ich werd schon noch mit ihnen reden, keine Sorge.«

Bevor ich Kuba verließ, schrieb ich Fidel einen Brief. Es war ein Brief von Genossin zu Genosse. Darin sagte ich ihm, daß ich großen Respekt vor ihm hätte, doch daß er verstehen müsse, in welch unmögliche Situation er mich gebracht habe. Ich war Mitglied der Frente, ich konnte nicht gegen meine Befehle handeln. Ich hielte es für nicht in Ordnung, daß er versucht habe, mich dazu zu bringen, indem er seine Autorität, sein Prestige ausnutzte. Meiner Meinung nach übte ich revolutionäre Kritik an ihm. Heute denke ich, daß ich sehr naiv war.

Nach dem Sieg der sandinistischen Revolution sah ich Fidel wieder. Er begrüßte mich höflich, doch kalt. Offensichtlich hatte ihm mein Brief nicht besonders gefallen.

Auch wenn mir die Bedeutung jener Nacht immer noch unerklärlich erscheint, bewahre ich sie in meiner Erinnerung wie eine dieser magischen, leicht perversen Geschichten, die einem im Leben widerfahren. Im Abstand der Jahre ist die Episode nicht klarer, sondern eher rätselhafter für mich geworden. Hatte es Fidel wirklich nötig, daß ich ihm diese Information gab? Das kommt mir unwahrscheinlich vor. Er besaß genug Möglichkeiten, um es ohne meine Hilfe zu erfahren. Modesto hätte es ihm auch so gesagt. Warum war er also so hartnäckig? Brauchte er nur einen Vorwand, weil er mich sehen, mit mir reden, mich begutachten wollte wie einen Schmetterling unter dem Mikroskop, meine Reaktion auf seine Macht sehen wollte? Hatte er vor, mich zu verführen? Ich weiß es nicht, und ich vermute, daß ich es niemals erfahren werde. Mir bleibt nur diese Erinnerung.

42. Kapitel

Wie Carlos und ich die Brücke zwischen unseren Ländern spannten (Managua, 1986)

Carlos hatte aufgehört, für das National Public Radio zu arbeiten, und schrieb frei für andere Medien. Oft reiste er nach Washington. Von dort aus rief er mich an. Er versuchte, die Zauberformel zu finden, damit unsere Beziehung nicht zu Ende ging. Er wollte nicht hinnehmen, daß es keinen Ausweg gab, doch da keiner von uns beiden bereit war, auf sein Land zu verzichten, wußte er nichts anderes zu tun, als mich anzurufen und mir verschiedene Lösungen vorzuschlagen, von denen mich keine zufriedenstellen konnte.

Ich weiß nicht, welchen Ausgang diese Geschichte schließlich genommen hätte, wenn es in jenem Jahr nicht zu einem Schlüsselereignis für mich gekommen wäre: Ich wurde von einem ungeheuren Drang zu schreiben ergriffen. Vielleicht geschah es, als ich spürte, daß ich mich langsam in eine Bürokratin verwandelte, oder weil ich mich eines Tages bis zum Überlaufen voll von etwas fühlte, was heraus, gesagt, aufgeschrieben werden mußte. Mag sein, daß es beides gleichzeitig war. Auf jeden Fall brach meine Berufung zum Schreiben mit voller Wucht in mein Bewußtsein ein. Obwohl ich noch gar nicht genau wußte, was es mich zu schreiben drängte, sah ich es vor mir wie eine Insel im Nebel. Ich spürte instinktiv, daß sie mir ihre genauen Umrisse erst enthüllen würde, wenn ich die Brücke baute, um sie zu erreichen. Nach den Wahlen von 1984 war mir die Leitung einer Gruppe staatlicher Medien übertragen worden, doch konnte ich mich kaum auf meine Arbeit konzentrieren, wenn ich im Büro saß. Ich wollte ausbrechen, Zeit zum Nachdenken haben, meine Brücke bauen. Manchmal schien es mir, daß es ein langes, episches Gedicht war, was aus mir herausdrängte. Eines Abends entdeckte ich schließlich, was es war. Ohne zu wissen, wie und weshalb, ohne einen vorgefaßten Plan setzte ich mich an die Schreibmaschine und begann, den Weg zu beschreiben, den ich als jungverheiratete Frau jeden Morgen von meiner Wohnung zu dem Gebäude fuhr, in dem »Publisa« lag, die Werbeagentur, in der ich den Dichter kennenlernte. Plötzlich war es mir, als bekämen meine Hände ein Eigenleben. Jetzt war es nicht mehr ich, die da lief, sondern eine andere Frau. Fünf Seiten später war die Insel schon deutlicher zu sehen. Eine Geschichte, die fünfzehn Jahre zuvor zum erstenmal in meinem Kopf aufgetaucht war, fand ihre Stimme. Das war der Beginn von *Bewohnte Frau*, meinem ersten Roman. Von diesem Augenblick an verlor alles, was nicht mit dem Schreiben zu tun hatte, seine Bedeutung für mich.

Ich bat darum, von meinem Posten enthoben zu werden. Ich bot an, auch in der Zukunft bei politischen und sozialen Kampagnen mitzuarbeiten, wenn ich nur die Gelegenheit hätte, mich ganz dem Schreiben zu widmen. Zu der Zeit konnte ich schon auf ein kleines Einkommen aus den Honoraren meiner in Deutschland veröffentlichten Gedichtbände zählen, die mir vielleicht den Lebensunterhalt sichern helfen konnten. Bayardo Arce, der Direktor, meinte, es sei eine mutige Entscheidung, und bestärkte mich darin. Ich werde ihm immer dafür dankbar sein, daß er mich verstand und nicht sagte, es sei eine kleinbürgerliche Verirrung, sich in einem Land, das in einem Krieg gegen die Konterrevolution langsam aufgerieben wurde, dem Schreiben zu widmen.

Meinen Lebensmittelpunkt von der Politik auf die Literatur zu verlegen war ein Salto mortale ohne Netz und doppelten Boden, den ich nur wagen konnte, weil ich auf einmal den Satz Rilkes verstand, als er davon sprach, schreiben zu müssen, um weiterleben zu können. Ich denke, wenn ich das nicht getan hätte, dann wäre ich an den Worten erstickt. Doch ängstigte mich die Entscheidung auch und gab mir Schuldgefühle. Wenn mich jemand fragte, wo ich arbeitete, dann schämte ich mich zu antworten, ich schriebe einen Roman, so als wäre es eine sinnlose Beschäftigung. Doch war dies ein erträglicher Preis. Das Glücks- und Freiheitsgefühl, das ich dabei verspürte, mich jeden Tag an die Maschine setzen und nach Herzenslust schreiben zu können, entschädigte mich mehr als genug für meine Gewissensbisse.

Diese Freiheit führte mich zu tieferen Überlegungen. Ich gelangte zu der Überzeugung, daß es genauso berechtigt ist, glücklich sein zu wollen, wie die Revolution zu machen. Wie wollte ich die Welt retten, wenn ich nicht so klug war, nach meinem eigenen Glück zu streben?

»Ich mache dir einen Vorschlag«, sagte ich zu Carlos. »Nach den nächsten Wahlen 1989 gehe ich mit dir in die USA. Wir wollen uns abwechseln und immer eine Weile in einem unserer beiden Länder leben. Dann muß keiner von uns auf das seine verzichten.«

»Aber du wirst dich doch nie an die USA gewöhnen«, gab er zurück.

»Aber warum denn nicht? Es wird mir guttun, mich eine Zeitlang mit Literatur zu beschäftigen, zu lesen, in Bibliotheken gehen und recherchieren zu können.«

Am 10. April 1987 heirateten Carlos und ich in Managua. Die Standesbeamtin traute uns im Namen der Helden und Märtyrer der Revolution.

Das erste Zeichen der Schwierigkeiten, die auf uns warteten, weil wir mitten in dem Konflikt zwischen unseren beiden Ländern geheiratet hatten, erhielten wir während unserer Hochzeitsreise. Auf dem Weg nach Venedig machten wir Station in Granada, weil man mich eingeladen hatte, dort an einer Literaturwoche teilzunehmen. Eines Abends las ich gemeinsam mit den Dichtern Rafael Alberti, Ernesto Cardenal, Mario Benedetti, Claribel Alegría und Julio Valle in einem bis auf den letzten Platz gefüllten Theater. Als wir von der Bühne herabtraten, erwartete mich Carlos mit einem hintergründigen Lächeln auf den Lippen. Er erzählte mir, ein Mann habe sich ihm genähert, der meinte, weil er mein Mann war, sei auch er Nicaraguaner.

»Ich wollte ihn nicht enttäuschen und ihm sagen, daß ich ein Gringo bin«, meinte Carlos, der perfekt Spanisch spricht.

Der Mann, ein Ingenieur, wollte nach Nicaragua kommen, um die Revolution zu unterstützen. Carlos spielte seine Rolle als Nicaraguaner und antwortete ihm, ja, natürlich, ein Ingenieur könne sicher sehr viel tun in Nicaragua.

»Aber ich will die Revolution doch richtig unterstützen«, beharrte der Mann.

Carlos sprach davon, daß er beim Bau von Schulen oder Straßen helfen könne, doch schließlich wurde der Mann ungeduldig und flüsterte ihm verschwörerisch ins Ohr: »Versteh doch endlich, ich will nach Nicaragua gehen, um ein paar Gringos umzulegen!«

»Beinahe hätte ich ihm geantwortet, daß er ja gleich hier mit mir anfangen könne. Stell dir mal den Schrecken vor, den er dann bekommen hätte! Aber keine Sorge, ich hab ihm ganz ruhig gesagt, daß die Revolution die Gringos nicht umbringen, sondern sie davon überzeugen wolle, Nicaragua in Ruhe zu lassen.«

Wir schütteten uns aus vor Lachen über diese Geschichte, die erste von einer ganzen Reihe ähnlicher Episoden, die wir bei unseren gemeinsamen Reisen durch die Welt erleben sollten.

In einer venezianischen Gondel steckten wir uns um Mitternacht die Trauringe an. In den beinahe verwaisten Kanälen war nur das Geräusch des Ruders im Wasser zu hören und das tiefe, melancholische Rufen des Gondoliere, wenn er um eine Ecke bog. Wie der Nebel über den Kanälen erfüllte eine reglose, ewige Zeit Venedig. Diese liebliche Romantik war meinem Leben so fremd. Die Rastlosigkeit Nicaraguas schien mir viel erträglicher und erstrebenswerter. In jener Gondel wurde mir klar, daß ich mich nie mehr mit dem passiven Genießen oder rein sinnlichen Freuden zufriedengeben würde, daß in meinem Leben nichts wichtiger sein würde als die ansteckende Begeisterung gemeinsamer Träume.

43. Kapitel

Von anderen Reisen, Abenteuern und Ereignissen, in die ich mich verwickelt sah (San José, 1979)

Die Reise nach Havanna war die erste in einer ganzen Reihe. Ich war fast nie mehr zu Hause. Ich flog nach Puerto Rico, um an Solidaritätsveranstaltungen für Nicaragua teilzunehmen, und mit der geheimen Mission, einen Piloten für die »Operation Heureka« zu finden. Und ich fuhr auch wieder nach Panama und Honduras, um Geld und Dokumente zu überbringen. Ich lernte Modesto besser kennen, inzwischen war nicht mehr alles nur Sonnenschein. Er war ein launischer Mann, konnte ganz plötzlich in feindseliges Schweigen verfallen, mich von einem Augenblick zum anderen innig lieben oder völlig ablehnen. Es gelang mir nicht, ihn zu verstehen, doch ließen mich seine Launen noch mehr an ihm festhalten, stürzten mich in tiefe Verzweiflung. Oft genug kehrte ich von jenen Reisen zurück und dachte, zwischen uns sei alles aus. Dann tauchte er nach ein paar Tagen in San José auf und verführte mich wieder mit neuer Leidenschaft, oder er rief mich an, als sei nichts geschehen und seine Liebe zu mir sei genau wie vorher.

In jenen Monaten brachte ich ihn oft an die Grenze von Panama, die er dann heimlich überquerte. Vor dem Morgengrauen fuhren wir aus San José ab und überquerten, inmitten dichten Nebels, einen steilen, gefährlichen Bergpaß, den »Cerro de la Muerte«, den Todesberg. Die Fahrt dauerte hin und zurück zwölf Stunden, Paco oder Malena begleiteten uns. Malena war eine alte Jugendfreundin, die ich in San José wiedergetroffen hatte, als sie sich mit der gleichen erstaunlichen Leidenschaft der Frente Sandinista anschloß, mit der sie alles in ihrem Leben tat, vom Klavierspielen bis zum Soziologiestudium oder dem Aufziehen von drei Kindern, die die Spielkameraden meiner Töchter waren. Ihr konnte ich nicht verheimlichen, was mit mir los war. Wir führten lange Diskussionen über die Treue, die sie, nicht ohne Hindernisse, zu schätzen gelernt hatte. Wenn das Vertrauen erst einmal weg war, meinte sie, dann könne man eine Beziehung nicht mehr kitten. Sie sollte recht behalten. Ich glaube, daß eine Partnerschaft nur selten überlebt, wenn ein Riß in der Oberfläche entsteht, doch ich glaube auch, daß die Partnerschaft gut ist, wenn die gegenseitige Fähigkeit besteht, den Riß früh genug vorherzusehen – und ihm vorzubauen. In diesen langen Stunden gemeinsamer Fahrten und Gespräche versuchte Malena, mein durchgegangenes Herz einzufangen, indem sie rundheraus jede Komplizenschaft verweigerte, doch war ihre Treue zu mir stärker als ihre Kritik. Sie begleitete mich und unterhielt Modesto mit zahllosen Fragen und Hypothesen, bis wir über Nebenwege zwischen Feldern und Viehweiden staubige Treffpunkte erreichten, wo ihn ein anderes Fahrzeug abholte.

Wenn ich zu Hause war und mit Camilo spielte oder mit meinen Töchtern schmuste, war ich mit dem Kopf ganz woanders. Meine Töchter haben aus dieser Zeit nur die Erinnerung an meine Abwesenheit behalten. Jahre später schrieb Melissa bei der Aufnahmeprüfung einer Universität in den USA einen Aufsatz, in dem sie mit großer Liebe von mir sprach, doch auch gleich zu Beginn sagte: »Wieder einmal ist ihre Zahnbürste nicht da.« Vielleicht verabschiedete ich mich nicht einmal, ich erinnere mich nicht, und heute scheint es mir entsetzlich. Melissas Aufsatz traf mich hart, ich sah sie vor mir, wie sie als Mädchen das Badezimmerregal anstarrte, stellte mir ihre kindliche Enttäuschung vor. Ich brach in Tränen aus, und am Ende weinten wir beide. Mein Schluchzen wollte nicht aufhören, und sie war es, die mir schließlich sanft auf den Rücken klopfte, mich an sich zog und sagte: »Ist ja schon gut, Mama, ist schon gut. Alles konntest du einfach nicht so gut hinkriegen.«

Auch die Beziehung zu Sergio litt darunter, daß ich mit meinem Herzen woanders war. Von Tag zu Tag ging ich auf größere Distanz zu ihm, denn das verringerte meine Schuldgefühle. Im Grunde tat es mir weh, daß er nichts bemerkte, ich fragte mich, wie es sein konnte, daß er keinen Verdacht schöpfte. Ich an seiner Stelle hätte bestimmt, so dachte ich, den Windstoß gespürt, der seine Spur von meiner Haut blies und sie durch eine andere ersetzte. Ich stellte sogar Vermutungen an, daß er von meiner Nebenbeziehung wußte und beschlossen hatte, zu schweigen, weil er sich sicher war, daß sie bald beendet wäre, wenn Modesto nach Nicaragua zurückkehrte und alles wieder so war wie früher.

Von Ende 1978 an wurden die bewaffneten Aktionen in Nicaragua von einer starken Mobilisierung der Massen begleitet. Frauen, Journalisten, Arbeiter, Studenten demonstrierten gegen die Diktatur und forderten die Einhaltung der Menschenrechte. Das Regime fuhr fort mit seiner Unterdrückung, vor allem der jungen Leute. Fast jeden Tag wurden an einer einsamen Straße, die an der Erdölraffinerie von Managua vorbeiführt und von der aus man einen herrlichen Blick auf den See hat, die Leichen von gefolterten Jugendlichen gefunden. Die Nationalgarde machte überraschend Razzien in den ärmeren Stadtvierteln und nahm mit, wen sie für einen Sandinisten hielt. Viele der Verhafteten verschwanden spurlos. Die Öffentlichkeit, die nationale wie die internationale, verurteilte den Diktator und isolierte ihn immer mehr. Er rächte sich grausam.

Am 7. März 1979 wurde das Abkommen zur Vereinigung der drei sandinistischen Flügel unterzeichnet. Das gemeinsame Direktorium, das die letzte Phase des Kampfes gegen den Tyrannen leiten sollte, wurde von neun Männern gebildet: Modesto, Tomás Borge und Bayardo Arce für die GPP, Daniel Ortega, Humberto Ortega und Victor Tirado für die Aufständischen und Jaime Wheelock, Luis Carrión und Carlos Núñez für die Proletarier.

In Nicaragua vereinigten sich die Kampftruppen mit ihren Waffen unter gemeinsamem Kommando. Mir schien es unglaublich, wie wir plötzlich aus so wenigen zu einer richtigen Armee geworden waren, die im ganzen Land zur Offensive ansetzte. Somoza konnte die vielen neuen Kämpfer nicht mehr kontrollieren, die am Tag ihrem Beruf als Maurer oder Angestellte nachgingen und nachts Überfälle auf die Nationalgarde verübten, in den Stadtvierteln Kundgebungen abhielten und in den ländlichen Gebieten zahllose bewaffnete Propagandaaktionen durchführten.

Auch im Ausland organisierte sich die Frente Sandinista neu. Ich wurde zum Mitglied der diplomatischen Kommission der FSLN ernannt, eine Art Botschafterin dessen, was inzwischen eine angesehene Befreiungsbewegung geworden war.

Die Vorbereitungen für die »Operation Heureka« schritten voran, wir hatten schon einen Piloten, die Waffen, eine neue Funkausrüstung, und wir zählten auf die Unterstützung des Personals auf dem Kontrollturm des Flughafens Juan Santamaría von San José, um von dort aus starten zu können. Die Südfront – die Fidel so hätschelte – absorbierte viel Zeit und Energie. Ihre Nachschubbasen und Lager befanden sich auf costaricanischem Gebiet. Aus ganz Lateinamerika, aus den Vereinigten Staaten, aus Europa kamen Freiwillige, um sich den Kämpfern der verschiedenen sandinistischen Tendenzen anzuschließen. Somoza stellte ein Bataillon seiner besten Soldaten dazu ab, sie aufzuhalten. Deshalb ging es nur langsam vorwärts. Es kam zu einer militärischen Pattsituation, in der beide Armeen nur ihre jeweiligen Positionen verteidigen konnten. Täglich gab es Tote und Verwundete. Wir richteten geheime Hospitäler ein. Die Logistik bereitete uns zusehends Kopfschmerzen.

Radio Sandino, der Untergrundsender, der von Costa Rica aus operierte, verbreitete die Lieder, die Carlos Mejía Godoy mit technischer Unterstützung von Modesto komponierte. Sie besaßen originelle Texte, mit denen der Bevölkerung Unterricht im Gebrauch der Waffen gegeben wurde, die man der Nationalgarde abnahm. Das Volk von Nicaragua bereitete sich im Eiltempo auf den endgültigen Aufstand gegen die Diktatur vor.

Dafür brauchten wir vor allem Geld, um Waffen, Munition, Medikamente und Ausrüstung kaufen zu können. Aus Europa gab es jede Menge Angebote, uns zu helfen. Modesto beschloß, daß Malena und ich dorthin reisen sollten. Zuerst würden wir als Gäste von Felipe González am Kongreß der PSOE, der Sozialistischen Arbeiterpartei Spaniens, teilnehmen. Dann würden wir Frankreich, Holland, Schweden und Österreich besuchen, nach Genf fahren.

Nach Europa zu reisen bedeutete, mich für immer von Modesto zu trennen. Wenn ich zurückkäme, wäre er schon, wenn alles gutging, in Nicaragua, um an der Spitze seiner Guerillaeinheit zu kämpfen. Der Abschied bahnte sich schmerzhaft zwischen uns an. Wir überraschten uns dabei, wie wir uns versonnen und melancholisch ansahen. »Diesen Augenblick werde ich nie vergessen. Deinen Duft. Wenn ich den Río Iyas sehe, werde ich an dich denken. Das ist ein herrlicher Fluß«, sagte er. Ich verließ das Haus des Dichters Joaquín Gutiérrez, in dem er zu Gast war, bestieg mein Auto und warf mich über das Lenkrad, um zu weinen.

Dann kam der Tag der Abreise. »In Europa wirst du es aus den Zeitungen erfahren, ob Heureka geklappt hat.« Noch einmal sollte ich die Anspannung durchmachen, in unbekannten Sprachen auf die entscheidenden Nachrichten zu warten. Auf dem Flug tröstete Malena mich. Ohne Zweifel war es sehr schmerzhaft, mich trennen zu müssen, sagte sie, doch war es sicher besser so. Und sie erzählte mir den ganzen Flug über von Plänen, Ideen, mit einer bewundernswerten Energie. Weil ich als Exilierte meinen nicaraguanischen Paß nicht hatte verlängern können, reiste ich mit einem Dokument, das mir die costaricanischen Behörden ausgestellt hatten. Das reichte ich, völlig sicher, daß alles in Ordnung damit war, dem Beamten an der Paßkontrolle auf dem Flughafen von Madrid.

»Ich kann Sie nicht einreisen lassen«, meinte der. »Sie haben kein Visum.«

»Aber Nicaraguaner brauchen doch gar kein Visum für Spanien!« protestierte ich. »So hat man es mir auch bei Iberia, der Fluglinie, gesagt.«

»Mit einem normalen Paß nicht. Dies ist aber kein normaler Paß. Da brauchen Sie ein Visum. Treten Sie bitte zur Seite.«

Es war nicht möglich, die Beamten der Paßkontrolle zu überzeugen. Malena fuhr mit dem Taxi zum Parteibüro der PSOE, um von dort aus zu versuchen, meine Einreise nach Spanien zu erreichen. Doch war Felipe González noch nicht an der Regierung. Die Regierung Suárez hatte die Francozeit noch nicht vollständig überwunden. Unsere Gastgeber von der PSOE taten, was sie konnten, doch scheiterten ihre Bemühungen an der starren Haltung der Einwanderungsbehörden. Vierzehn Stunden lang hielt man mich im Flughafen fest. Ein Beamter der Guardia Civil bewachte mich die ganze Zeit über.

Schließlich mußte ich nach San José zurückfliegen. Erschöpft und fuchsteufelswild kam ich wieder zu Hause an. Ich konnte kaum fassen, daß ich den Atlantik in weniger als achtundvierzig Stunden zweimal, hin und zurück, überquert hatte.

»Gib mir deinen Paß«, meinte Paco. »Ich werd ihn dir schon verlängern.«

Zwei Tage später flog ich mit meinem auf die Guerillaart »verlängerten« Paß noch einmal nach Madrid. Diesmal ließ man mich einreisen. Malena und ich mußten lachen, als wir uns im Hotel wiedersahen.

»Welche Ironie des Schicksals, nicht wahr?« sagte ich. »Das kam doch nur daher, daß ich versucht habe, alles legal zu machen!«

Beim Kongreß der PSOE begrüßte ein Sprecher die Anwesenheit einer Delegation der FSLN. Der gesamte, riesige Saal reagierte mit einer stehenden Ovation auf meine erhobene Faust.

Malena reiste dann nach Deutschland, während ich in Spanien blieb. In Spanien trafen wir uns wieder im Haus von Francis Pisani, dem Korrespondenten von *Le Monde*, mit dem ich mich bei verschiedenen Interviews angefreundet hatte, die er mit mir in San José machte. Francis, ein großer, kräftiger Mann mit wohltönender Stimme und tiefblauen traurigen Augen, litt in jenen Tagen unter Liebeskummer. Das hielt ihn nicht davon ab, uns mit herzlicher Gastfreundschaft zum Frühstück Croissants und heißen Kaffee zu servieren. Francis, Pierre Benoit und seine Frau Claire bereiteten in Paris eine Pressekonferenz für mich vor. Es war mein erster Auftritt vor einer großen Gruppe der wichtigsten französischen und internationalen Medien. Als ich den Saal betrat, in dem die Konferenz stattfinden sollte, und sah, wie viele Journalisten da waren, bekam ich eiskalte Hände. Doch kaum hatte ich zu sprechen begonnen, da wurde ich sicherer, denn ich dachte daran, daß die Journalisten nicht mich sähen, sondern mein Land, meine Compañeros. So gelang mir eine überzeugende Darstellung der Strategie für den Aufstand, und sogar noch auf englisch.

In Pierres Haus, der bei *Libération* arbeitet, der wichtigsten Zeitung der französischen Linken, trafen Malena und ich am folgenden Abend Régis Debray. Régis hatte einen hervorragenden Ruf als Intellektueller, weil er mit Che Guevara in Bolivien gewesen war und wegen seines Buches *Revolution in der Revolution*, in dem er die Fokustheorie der Guerilla entwarf: die Wirkung einer kleinen bewaffneten Gruppe, die sich wie ein Ölfleck ausbreitet, um schließlich die Rebellion im ganzen Land zu entfachen. Die Fokustheorie herrschte in den sechziger Jahren in ganz Lateinamerika vor. Régis war schlank und blond und besaß diese elegante

Arroganz, die typisch ist für besonders kluge Intellektuelle, vor allem, wenn sie Franzosen sind. Er überlegte, ob er nach Nicaragua reisen und etwas über den Aufstand schreiben sollte, obwohl er eigentlich überzeugt war, daß die Sandinisten keine Chance hatten, zu siegen. Die Vereinigten Staaten würden kein zweites Kuba auf dem Kontinent zulassen, meinte er. Auch wenn man einmal annahm, daß Somoza zurücktrat, würde die Nationalgarde sich nicht so einfach auflösen. Die lateinamerikanischen Armeen besaßen einen ganz eigenständigen Zusammenhalt, der auch stärker war als ein Diktator wie Somoza.

Dickköpfig überzeugt bestand ich darauf, daß wir nicht Kuba wären und auch ein neues Kuba schaffen wollten. Unsere Revolution war eigenständig, sie wurde von allen gesellschaftlichen Gruppen getragen. Und die Nationalgarde war nicht mehr als eine Palastgarde, ohne Somoza würde sie keine Identität mehr besitzen. Somoza hatte sie geschaffen, ohne ihren Führer würde sie verschwinden. Mit all ihrem soziologischen Wissen unterstützte Malena mich, aber Régis beharrte auf seinem Standpunkt. Bis in die Morgenstunden diskutierten wir, jeder hielt an seiner Position fest.

Die Szene, die ich dann am 20. Juli 1979 in Managua erlebte, werde ich nie vergessen. Ich stand auf der Ladefläche eines LKWs, der zum Bunkergelände Somozas hineinfuhr, das zum Hauptquartier der Sandinisten geworden war, als ich Debray wiedersah. Er war olivgrün gekleidet und saß auf einem Mäuerchen im Militärgelände.

»Régis! Régis« rief ich und winkte ihm zu. »Siehst du, daß wir recht hatten? Siehst du, wie wir gewonnen haben?«

Abwesend sah er zu mir herüber, ich weiß nicht, ob er mich überhaupt wiedererkannte. Er hob die Hand zu einer Geste, als wisse er nicht genau, wen er da grüßte.

»Wer ist denn das bleiche Kerlchen?« meinte ein Compañero neben mir.

»Das ist Régis Debray«, antwortete ich, »ein französischer Intellektueller, der nicht glaubte, daß wir die Macht erringen könnten.«

Den ganzen Monat Mai über bereisten Malena und ich noch weitere Länder. Die Sympathie, die der ungleiche Kampf junger Leute in Lumpen gegen eine bis an die Zähne bewaffnete Armee hervorrief, öffnete uns überall Türen.

Als wir zurückkehrten, stellten wir fest, daß die »Operation Heureka« gescheitert war. Eine dichte Wolkendecke ließ nicht zu, daß das Flugzeug auf der Piste landete, die die Compañeros genau nach Plan besetzt hatten. Ohne Verstärkung, ohne Nachschub mußten sich die Guerilleros mit einer Reihe von Verlusten wieder in die Berge zurückziehen.

44. Kapitel

Wie fünfundvierzig Jahre Diktatur zu Ende gingen (San José/Managua, 1979)

Anfang Juni war die Revolution nicht mehr aufzuhalten. In fast allen Städten Nicaraguas wurde in den Straßen gekämpft. In seinem gegen Bomben gesicherten Hauptquartier, das als »Bunker« bekannt war, klammerte sich Somoza an die Reste seiner Macht.

Ich sah Modesto noch ein paarmal, bevor er endgültig wieder nach Nicaragua hineinging. Dann verabschiedeten wir uns voneinander, und einige Tage später hörte ich ihn im Funkgerät, mit dem wir von San José aus die Verbindung mit den Guerillatruppen im Landesinneren hielten, von der Stadt Matagalpa im Norden Nicaraguas aus reden. Es schnürte mir die Brust ein, als ich mir vorstellte, wie er jetzt irgendwo in dieser kleinen Stadt verschanzt lag, einem nebligen, kühlen Ort mit engen, ungepflasterten Straßen, die sich in den umliegenden Hügeln verloren. Das Gebiet wurde von der Nationalgarde belagert und unablässig aus der Luft bombardiert. Ich machte mir Sorgen, freute mich gleichzeitig jedoch auch für ihn. Endlich war er wieder in Nicaragua und kämpfte an der Seite seiner Compañeros. Dort hätte auch ich sein wollen. Der Nachschub war wichtig, doch sehnte ich mich danach, am Kampf im Land selbst teilnehmen zu können.

Meine Wohnung war ein Zentrum der sandinistischen Aktionen, den ganzen Tag über gingen in dem Apartment, in das wir hatten umziehen müssen, als ich kein Geld mehr verdiente, die Leute ein und aus. Es war klein und lag in der Nähe der Universität. Maryam und Melissa gingen zur Schule, und Camilo, ein rosiges, hübsches rothaariges Baby, tat seine ersten Schritte. Sergio litt unter meiner schlecht verhüllten Lieblosigkeit. Die Arbeitsüberlastung, die Reisen ließen kaum Zeit, die Spannungen zu lösen, die sich zwischen uns aufbauten. Er klammerte sich an mich, doch ich verhielt mich, erschöpft durch die Erregung und die

Aufgaben, die jeder Tag mit sich brachte, unsensibel und manchmal sogar grausam. Einsam und ratlos brütete ich über der fälligen Entscheidung. Oft wünschte ich mir, Sergio möge nicht so gut, verständnisvoll und ausdauernd sein, dann wäre es mir leichter gefallen, ihn abzuweisen. Trotz seines Dogmatismus und seiner moralischen Strenge, die mich irritierten, besaß Sergio eine außerordentliche Hochherzigkeit. In mancherlei Hinsicht war er ein viel besserer Partner als Modesto, dessen Charakter genügend gefährliche Anzeichen erkennen ließ, die mich das trügerische und flüchtige Glück hätten ahnen lassen können, das er mir bieten konnte.

Ach, aber wie blind können wir Menschen sein, wenn wir uns verlieben! Ich liebte Sergio, mußte ihn einfach lieben, doch in Modesto hatte ich mich rettungslos und unsterblich verliebt. Vor die Wahl gestellt, wen ich vorzöge, wußte ich nicht, was ich tun sollte. Ich liebte sie beide. Zusammen bildeten sie den idealen Mann für mich. Doch leider lebte ich nicht in einem Stamm, in dem die Vielmännerei erlaubt war.

San José war der Zufluchtsort all jener geworden, die aus Nicaragua fliehen mußten, und auch derer, die das Ende der Diktatur nahen sahen und sich mit den Siegern arrangieren wollten. Banker, Leute aus der Wirtschaft, Privatunternehmer erboten sich, an den Plänen zum Wiederaufbau mitzuarbeiten, die in Angriff genommen werden sollten, wenn Somoza fort war. Wir gaben niemandem einen Korb, es freute uns, auf so viele kluge Köpfe zählen zu können. Malena, ihr Mann Eduardo und ich organisierten Arbeitsgruppen, um die Konzepte für die neue Regierung zu entwerfen. Andere schlugen Namen von Leuten vor, die Ministerposten bekleiden sollten. Dem vorgesehenen Kabinett gehörte nur eine einzige Frau an: Lea Guido, die Ministerin für Soziales. Wir Frauen protestierten dagegen, daß es keine weiteren weiblichen Kandidaten gab, doch unser Protest verhallte ungehört.

Juni und Juli 1979 vergingen wie im Rausch. Städte wurden befreit: León war die erste, dann Diriamba, Masaya, Matagalpa, Jinotepe, Estelí. Täglich gingen die geheimen Versorgungsflüge von San José in die Kampfzonen. Wann ich nur irgend konnte, fuhr ich zu dem Haus, wo das Funkgerät stand, durch das wir uns mit den Guerillatruppen verständigten. So konnte ich mir ein Bild von der

Strategie machen, der Unordnung, die herrschte, dem unaufhaltsamen Vormarsch unserer Truppen. Jeden Abend um neun Uhr setzten sich die Comandantes jeder Kampfzone mit »Palo Alto« in Verbindung, der von Humberto Ortega geleiteten Funkzentrale in San José. Ich bekam eine Gänsehaut, wenn ich die Berichte hörte, die Informationen über die heldenhaften Aktionen unserer Kämpfer, die inzwischen mit Todesverachtung vorgingen und es riskierten, trotz ihrer technischen Unterlegenheit die Nationalgarde herauszufordern. Es war ein Krieg des Wahnsinns, die Bevölkerung überforderte mit ihren spontanen Aufständen oft genug die Fähigkeit der sandinistischen Comandantes, sie vernünftig zu leiten. Am 28. Juni befahl der sandinistische Generalstab angesichts einer absehbaren Großoffensive der Nationalgarde gegen die armen östlichen Stadtteile von Managua den taktischen Rückzug der Guerillatruppen nach Masaya, um die Bevölkerung nicht einem Massaker auszusetzen. Bei Einbruch der Nacht, als die Compañeros ihren Abmarsch begannen, beschlossen Tausende von Einwohnern, ihnen zu folgen. Die Kämpfer sahen sich verpflichtet, einen Zug von dreitausend Menschen dreißig Kilometer weit zu führen, durch Gräben und über Pfade und ohne Lärm, damit die Armee des Diktators nichts bemerkte. Der größte Teil dieses Menschenstroms erreichte im Morgengrauen des folgenden Tages lebend die befreite Stadt Masaya. Dieser massenhafte Rückzug direkt unter den Augen der Nationalgarde verwandelte eine militärische Schlappe in einen außerordentlichen Sieg. Tausende Menschen wurden gerettet, die sonst bei den Bombardements umgekommen wären, die die Luftwaffe Somozas von Sonnenaufgang an unternahm.

Am 4. Juni begann in Managua der letzte Generalstreik. Trupps der Nationalgarde patrouillierten durch die totenstille Stadt und erwarteten die Entscheidungsschlacht. Fünfundzwanzig Städte im Land hatten sich bewaffnet erhoben, ihre Straßen waren von Barrikaden übersät, die aus Säcken, Pflastersteinen, ausgehängten Türen, umgekippten LKWs mit verbrannten Reifen errichtet wurden. Die östlichen Stadtteile Managuas waren praktisch entvölkert. Überall hatten sich Guerilleros verschanzt. In einem dieser Viertel wurde Bill Stewart ermordet, ein Reporter des nordamerikanischen Senders ABC. Während sein Kameramann filmte, näherte er sich einer Straßensperre der Armee. Ein Soldat befahl ihm, sich mit dem Gesicht nach unten auf den Boden zu legen, die Hände hinter dem Kopf verschränkt. Nachdem er ihm einen Fußtritt gegeben hatte, tötete ihn der Soldat durch einen Schuß in den Kopf. Der Kameramann, der alles gefilmt hatte, besaß die Geistesgegenwart, von dort zu verschwinden und das Filmmaterial außer Landes zu bringen. An diesem Abend wurden die Bilder in der ganzen Welt ausgestrahlt. Ich erinnere mich noch ganz genau, niemals werde ich das schreckliche Bild vergessen, die Lässigkeit, mit der der Soldat zielte und abdrückte. So wurde bekannt, was die Nicaraguaner Tag für Tag durchmachten. Die Fotos von Susan Meiselas, der hervorragenden und mutigen Fotografin der Agentur Gamma, waren schon auf den ersten Seiten der US-amerikanischen Zeitungen erschienen: Menschen, die vor den Bombardements flohen, verbrannte Leichen auf den Straßen von Matagalpa, Estelí, León, einigen der wichtigsten Städte Nicaraguas. Doch der Mord an Bill Stewart erschütterte die Menschen, wie es Hunderte Morde an Unbekannten nicht vermocht hatten. Sein Tod war der entscheidende Anlaß dafür, daß Somoza die Unterstützung der Vereinigten Staaten verlor.

Wenig später erschoß die Nationalgarde Fahrer und Beifahrer einer Ambulanz des Roten Kreuzes. Die internationale Gemeinschaft reagierte endlich.

Am 17. Juni 1979 brachen Mexiko, Costa Rica, Ecuador und Panama ihre diplomatischen Beziehungen zum Somoza-Regime ab. Die Frente Sandinista verkündete in Costa Rica die Bildung einer provisorischen Regierung: sie bestand aus Violeta Chamorro, der Witwe von Pedro Joaquín, Moisés Hassan, einem Mathematikprofessor und Mitglied der »Bewegung des geeinten Volkes«, Alfonso Robelo, einem Privatunternehmer, Daniel Ortega für die FSLN und Sergio Ramírez für die »Gruppe der Zwölf«.

Der nordamerikanische Botschafter Lawrence Pezullo bemühte sich verzweifelt, den Verbleib einiger Generäle der Nationalgarde in einer Armee ohne Somoza auszuhandeln. Bei einer außerordentlichen Versammlung der Organisation der Amerikanischen Staaten schlug Washington vor, eine interamerikanische Friedenstruppe solle in Nicaragua eingreifen. Der Vorschlag wurde von der Mehrheit der lateinamerikanischen Länder abgelehnt.

Von diesem letzten Monat erinnere ich mich nur noch an das durchdringende, unwirkliche Gefühl, das mich bei meinen Treffen mit den Journalisten oder Politikern verfolgte, die mir Fragen stellten, deren Beantwortung ich nur noch improvisieren konnte. Dinge wie: Was wird die revolutionäre Regierung mit dem Privateigentum machen, mit der Nationalgarde, und ob wir Beziehungen mit Kuba und Moskau unterhalten würden. Manchmal hatte ich den Eindruck, als sprächen sie nicht von meinem kleinen Land, das ein halbes Jahrhundert einem blutrünstigen Diktator überlassen gewesen war, sondern von einem mächtigen Staat, in dem die Entscheidungen über die Zukunft Lateinamerikas fielen. Neben dem Wohlwollen gab es auch genügend Mißtrauen uns gegenüber. Sogar die Journalisten meinten noch, sie könnten uns gute Ratschläge geben.

Wir wurden nicht müde, für Nachschub zu sorgen. Wir wechselten uns bei den Aufgaben ab, machten ein bißchen von allem. Mal verteilten wir Flugblätter, mal machten wir Dienst am Funkgerät oder brachten Waffen irgendwohin.

Mein Bruder Eduardo, seine Frau Kathy, seine zwei Kinder und seine Schwägerin Diana mit ihren beiden Kindern kamen Anfang Juli auf der Flucht vor dem Krieg nach Costa Rica. In sympathischer Unordnung wohnten sie alle bei uns zu Hause, ein Segen für meine Kinder, denn Sergio und ich hielten uns kaum noch dort auf.

Am 15. und 16. Juli machte das Gerücht die Runde, die USA bereiteten den Einmarsch in Nicaragua vor. Wir fürchteten, wieder einmal könne das militärische Einschreiten Nordamerikas unsere Versuche zunichte machen, eine wirklich unabhängige nicaraguanische Regierung zustande zu bringen. Die Vermutung gründete auf den verzweifelten Manövern Washingtons, eine Machtbeteiligung für die Nationalgarde auszuhandeln.

Die Gefahr einer Intervention stürzte mich in einen Zustand der Verzweiflung, ich wollte auf keinen Fall in Costa Rica sein, wenn das passierte. Hier würden wir isoliert bleiben und dazu verdammt sein, die Katastrophe von außen zu verfolgen. Ich wollte lieber in Nicaragua sterben, als weiter Zuschauerin des Krieges in meinem Land sein.

Ich überredete Alfredo dazu, mich am nächsten Tag mit Roy de

Montis, Malenas Bruder, nach Nicaragua fliegen zu lassen; er war der Pilot und transportierte Waffen und Munition ins Land.

»Aber wir brauchen dich doch hier«, wandte Alfredo ein.

»Bitte!« flehte ich. »Leg mir jetzt bloß keine Steine in den Weg. Laß mich mit José León reden!« Das war der Deckname von Bayardo Arce.

Endlich hatte ich ihn überzeugt und klebte am Funkgerät, bis ich Kontakt bekam. Bayardo antwortete ausweichend. Das müsse er mit Modesto besprechen, meinte er. Er würde mir später Bescheid geben.

Ich begann mit den Vorbereitungen für die Abreise am nächsten Tag. Ich war entschlossen, die Anweisungen zu mißachten, falls es nötig wäre. Wenn ich erst einmal in Nicaragua war, würde mich niemand mehr zurückschicken. Ich hielt es einfach nicht mehr aus, draußen zu sein, ich war lange genug im Exil gewesen. Es war der Machismus der Compañeros, der mich am Reisen hinderte, sagte ich mir. Wenn ich ein Mann gewesen wäre, hätten sie mir nicht so viele Scherereien gemacht. Ich holte meine olivgrüne Uniform hervor, mein schwarzrotes Halstuch, packte meinen Rucksack und sprach mit Sergio. Ich bat meinen Bruder, sich um meine Kinder zu kümmern, wenn Sergio irgend etwas zustoßen sollte. Ich sprach auch mit meinen beiden Töchtern, Maryam und Melissa, die mich mit weit aufgerissenen Augen anschauten. Ich streichelte das Gesichtchen von Camilo, um ihn im Herzen und in meiner Erinnerung zu tragen.

Um vier Uhr morgens am 17. Juli fuhr ich mit Sergio zum Flugplatz von Pavas, einem kleinen Feld für Sportmaschinen in der Nähe des internationalen Flughafens von San José. Weil es keine Waage zum Wiegen der Ausrüstung und Munition gab, die wir mitnehmen wollten, hatte ich meine Personenwaage aus dem Badezimmer mitgenommen, die zu allem Überfluß auch noch rosarot war. Es war sicher ein wenig lächerlich, damit Waffen zu wiegen, doch gab es keine Alternative. So konnte Roy sich wenigstens eine ungefähre Vorstellung vom Fluggewicht machen.

Die Fahrt zum Flughafen durch die im Morgennebel liegende Stadt war wie ein Abschied von den Straßen und Plätzen einer Heimat, die zwar nicht die meine, doch ein würdiger Ersatz gewesen war. Ich verspürte Zuneigung zu San José. Ein so großes

Stück meiner Geschichte hatte dort stattgefunden. Das Gebäude der Werbeagentur Garnier, die geometrische, weiße Silhouette des Hospitals, wo ich Camilo zur Welt gebracht hatte.

Auf der Startbahn warteten neben der Maschine Paco und Roy auf mich.

»Du willst also wirklich mitfliegen, was?« fragte Paco, als er mich in Olivgrün und mit Armeestiefeln aus dem Wagen steigen sah.

»Ja«, antwortete ich knapp.

»Ja, hat José León es denn überhaupt genehmigt?« Er sah mich besorgt an. »Ich brauche dich hier. Ich bin nicht damit einverstanden, daß du fliegst. Du kannst deine Aufgaben nicht ausgerechnet jetzt im Stich lassen.«

»Laßt uns diese Kisten wiegen«, schlug ich vor. »Alfredo kommt sicher gleich. Dann werden wir hören, was man ihm durchgegeben hat.«

Ich betete, daß Modesto meiner Reise zustimmte. José León war sicher informiert über das, was zwischen uns ablief, und wollte deshalb den anderen entscheiden lassen. Männliche Solidarität. Sonst hätte José León sicher sofort zugestimmt.

Eine nach der anderen wogen wir die Kisten auf meiner rosa Badezimmerwaage. Roy schrieb die Ergebnisse in seinen Notizblock und rechnete zusammen.

Unterdessen erschien Alfredo in seinem Wagen. Als er ausstieg, sah er mich an und schüttelte verneinend und bedauernd den Kopf.

»Du kannst nicht fliegen, Chichí«, sagte er. »José León hat mir ausdrücklich Anweisung gegeben, dich nicht reisen zu lassen. Das ist ein Befehl der Nationalen Leitung der Frente.«

Einen Augenblick zögerte ich. Wenn ich erst einmal gelandet wäre, würden sie mich schon nicht zurückschicken. Doch dann gewann meine verdammte Disziplin die Oberhand. Das mit dem »Befehl der Nationalen Leitung« klang allzu feierlich, ich wagte es schließlich doch nicht, einen solchen Befehl zu mißachten. Wir schlossen die Ladeluke, und Roy flog ab. Wie jemand, der die letzte Hoffnung schwinden sieht, beobachtete ich, wie die kleine Maschine Richtung Nicaragua in den Wolken verschwand.

Verwirrt und innerlich weit weg von Costa Rica, bat ich Sergio auf dem Heimweg vom Flughafen, bei meinem Cousin Carlos und seiner Frau Milena vorbeizuschauen. Beide gehörten sie unserer Arbeitsgruppe an. Ich war völlig niedergeschlagen. Sergio bemühte sich, mich davon zu überzeugen, daß ich mich richtig vehalten hätte mit meiner Disziplin. Es ging doch nicht darum, daß man tat, was man wollte, meinte er, sondern das, was man zu tun hatte.

»Somoza ist fort! Somoza ist fort!« flüsterte Milena, als sie die Tür öffnete, und wies zum Radio hin, in dem die Nachrichten liefen. Als ich eintrat, sah ich fast alle Compañeros der Gruppe dort versammelt: Paco, Alfredo, Chepito, Ciro, Alvaro saßen auf dem Boden, auf Stühlen oder standen und hörten gebannt zu. Niemand sprach. Niemand bewegte sich. Ihre Augen leuchteten voller Erwartung.

»Die Nationale Leitung der Frente hat schon den Befehl zur Offensive auf Managua gegeben«, murmelte Paco, als ich mich neben ihn setzte.

Das war ein seltsames Schweigen. Ich wollte lieber schreien, umherspringen. Die Stimme des Sprechers, der sich der historischen Bedeutung bewußt war, vibrierte vor Feierlichkeit, während er von der Flucht des Tyrannen an diesem Morgen berichtete. Die gesamte Familie Somoza war panikartig mit ihren Ministern, Mitarbeitern, Komplizen geflohen. Aus lauter Angst vor dem, was ihnen geschehen konnte, wenn sie es nicht schafften, wegzukommen, stürmten sie die Flugzeuge, die sie vor dem Untergang retten sollten. Somoza ist fort, wiederholte ich für mich selbst. Vielleicht waren wir deshalb so still, weil wir es nicht glauben konnten. Wir mußten jeder Einzelheit lauschen, um wirklich sicherzugehen. Es gemeinsam hören, damit wir nachher nicht dachten, es sei ein Traum, eine Halluzination gewesen. Wir hatten es alle mitbekommen, es gab keinen Zweifel mehr. An diesem Morgen hatten die Somozas die sterblichen Überreste des ersten Tyrannen aus dem Grab geholt, um sie mit nach Miami zu nehmen, vor Angst, daß das gotteslästerliche Volk noch einmal ein Gespenst hinrichten könnte.

Die Radiosendung wurde kurz unterbrochen. Jubelnd fielen wir uns endlich gegenseitig in die Arme. »Somoza ist fort«, riefen wir ein ums andre Mal, während wir uns küßten, um die Taille faßten und umhertanzten. Ich weiß nicht mehr, wer es war, der dann zu weinen begann, und wie es kam, daß er die anderen ansteckte, doch plötzlich füllte sich die kleine Wohnung mit Schniefen und Schluchzen. Alfredo und ich sahen in den Augen des anderen die Abende mit Marcos auf der Hacienda Mazatlán. Ich sah Ricardo vor mir, am Abend im Haus des Dichters, »Pin« mit seinen dicken Brillengläsern, das Lachen von Arnoldo am Tag, als er mein Haus verließ, Camilo, der mir von Woodstock und Joe Cocker erzählte, José Benito in seinem weißen Hemd, wie er mir zum Abschied mit der Hand winkte, Gaspar mit seiner schwarzen Baskenmütze, Blas ... Die Menge der Toten, die sich nie mehr so freuen konnten wie wir, erstand zwischen uns mit ihren leeren Augenhöhlen, den tauben Ohren, den zu Staub gewordenen Knochen. Aus einem verborgenen Brunnen tief in mir stiegen die unterdrückten Tränen auf und überschwemmten mich mit einer Woge, die mich fast erstickte. So viele, zu viele Opfertode waren gestorben worden, damit wir diese Nachricht, diesen kurzen Satz hören konnten: »Somoza ist fort.« Fünfundvierzig Jahre hatte es gedauert, bis die Diktatur vorbei war.

Wer weiß, zu welcher Überschwemmung das gemeinsame Weinen geführt hätte, wenn im Radio nicht wieder eine Sondermeldung durchgegeben worden wäre: Francisco Urcuyo Maliaño, der von Somoza und der amerikanischen Botschaft dazu bestimmt worden war, die Machtübergabe an die provisorische Regierung vorzunehmen, erklärte, er wolle bis zu den Wahlen 1981 an der Regierung bleiben. Urcuyo Maliaño, von Haus aus Arzt, war ein trauriger, glanzloser Mitläufer der Diktatur gewesen.

»Das ist ein Manöver der Gringos«, sagte jemand. »Urcuyo Maliaño kann als amtierender Präsident die Intervention der USA fordern, um das Land zu ›befrieden‹.«

»So leicht geht das nicht«, antwortete ich. »Keine Regierung wird dem zustimmen.«

Wir begannen darüber zu spekulieren, was geschehen könnte. Das Siegesgefühl von vor wenigen Minuten verflog wie durch Zauberei. Das Treffen löste sich auf. Mit Paco und Alfredo fuhr ich dorthin, wo das Funkgerät stand. Wir hörten verschiedene sandinistische Comandantes davon berichten, wie die Nationalgarde in Scharen davonlief. Die FSLN marschierte auf Managua.

Statt der heftigen Schlacht, die bei der Einnahme der Hauptstadt erwartet worden war, trafen die Guerillatruppen kaum auf Widerstand. Die Gardisten ergaben sich scharenweise. Tausende von Soldaten versuchten sich nach Honduras durchzukämpfen.

Niemand konnte den Sieg der Sandinisten mehr aufhalten.

Ich fuhr nach Hause zurück. Die ungeheure Bedeutung der Ereignisse sank langsam in mein Bewußtsein, behutsamer jetzt, ruhiger. Mein Bruder, seine Frau Diana, ihre Kinder und María Elsa feierten die Nachricht im Wohnzimmer. Wir umarmten, küßten uns, immer noch ein wenig ungläubig. Ich holte eine Flasche Champagner aus dem Kühlschrank, die mir irgend jemand vor Jahren geschenkt hatte und die ich für diesen Anlaß aufbewahrte. Dann rief ich meine Eltern an. Sie klangen freudig erregt, im Hintergrund hörte man das Knallen von Feuerwerkskörpern.

»Die Leute feiern«, sagte mein Vater. »Sie lassen Raketen steigen. Hier vor dem Haus kommen schon die Guerilleros vorbei, liegen sich mit den Leuten in den Armen. Ihr habt gewonnen, meine Kleine. Ich gratuliere dir.«

»Was ist mit Urcuyo Maliaño?«

»Es heißt, er ist auch schon geflohen. Das war nur so eine verrückte Idee, sich zum Präsidenten zu erklären. Nicht mal einen Tag lang hat er ausgehalten. Nein, das ist vorbei. Ihr habt gewonnen. Wann kommst du denn her?«

18., 19. Juli 1979. Zwei völlig verrückte Tage. Zwei Tage, an denen es war, als bringe uns ein Zauber der Geschichte zum ersten Schöpfungstag zurück, genau an den Ort der Erschaffung der Welt. Die Journalisten belagerten mich. Paco wiederholte mit Stentorstimme, daß auch die Auflösung noch ordentlich vollzogen werden müsse. Das Alter half ihm dabei, mußte ich denken. Älter zu sein ermöglichte es ihm, mehr Geduld zu haben. Auch Sergio riet zur Ruhe. Mir wollte die Seele aus dem Leib springen vor Lust, sofort nach Nicaragua zu fahren. Jetzt sollte mich niemand mehr aufhalten. »Es gibt keine Zeitungen«, meinte Sergio. »Die *Prensa* ist durch Somozas Bomben zerstört, und es gibt niemanden, der die Siegesausgabe drucken kann. Wir müssen das von hier aus machen.« Er hatte recht. Gemeinsam schrieben wir die Zeitung, vier großformatige Seiten. Wir nannten sie *Freies Vaterland*. Sergio machte das Layout, brachte sie in die Druckerei. Die

Zeitung war mein Flugschein, jemand mußte sie nach Nicaragua und unter die Leute bringen.

Ich sah mich nach Unterstützung um, damit ich ein Flugzeug chartern konnte. Orlando Murillo, ein Bankier, bot mir seine Hilfe an. Am nächsten Morgen sollte es losgehen, sobald die Zeitung fertig war. Die Fernsehsender Costa Ricas sendeten ununterbrochen Nachrichten über Nicaragua, auf der Mattscheibe waren die Guerillaeinheiten zu sehen, wie sie in Managua einzogen. Tausende von jungen Frauen und Männern, abgerissen und mit schwarzroten Halstüchern, drängten sich in Bussen und auf Lastwagen. Die Mitglieder der Nationalen Leitung der FSLN hielten am Flughafen, wo die Guerillaeinheiten aus dem Norden zusammenströmten, eine Pressekonferenz ab. Flugzeuge mit Journalisten, Exilierten, Neugierigen landeten. Das neue Regierungskabinett wurde bekanntgegeben.

Ich schlug bei mir zu Hause Purzelbäume, umarmte unablässig meine Töchter und meinen Sohn Camilo und küßte ihre lachenden, staunenden Gesichter.

45. Kapitel

Wie ich nach Managua zurückkehrte und Zeitungen verteilte (Managua, Juli 1979)

Am Morgen des folgenden Tages, dem 20. Juli, kehrte ich in einer alten DC-3 mit Malena und den neun Compañeros, die Paco mir unterstellt hatte, nach Managua zurück. Obwohl ich sie erst beim Abflug in San José kennenlernte, hatten wir uns bis zur Landung schon miteinander angefreundet. Deutlich sehe ich noch die Gesichter einiger von ihnen vor mir, an andere ist die Erinnerung verblaßt. Wir klatschten Beifall, als die Maschine den Boden berührte. Wenn ich die Augen schließe, spüre ich ganz deutlich die brütende Hitze, die in das Flugzeug drang, als die Ausstiegsluke geöffnet wurde, den heißen Wind, der uns ins Gesicht wehte, das Rascheln der aufgewirbelten Zeitungen. Vierzigtausend Exemplare stapelten sich vor der einzigen Sitzreihe vorne in der Kabine. Über die Landebahn, die seltsam verwaist wirkte, kam ein olivgrün gekleideter Bursche gelaufen. Er schob eine Gangway heran, über die wir ausstiegen. Die Menschen seien alle zur Siegesfeier auf dem Platz vor der Kathedrale, doch habe die Leitung der FSLN einen LKW geschickt, der uns mit den Zeitungen abholen sollte. Ich sah die bekannte Silhouette des modernen Flughafengebäudes, das kurz vor dem Erdbeben gebaut worden war. Die Zuschauerterrasse, auf der sich normalerweise die Leute drängten, um ihre Familienangehörigen zu erwarten, war wie leergefegt. Ich ging zur Paßkontrolle. Meine Haut erkannte jubelnd die vertraute Hitze, die Gerüche. In dem großen, von Neonlampen erleuchteten Raum mit niedriger Decke saß nur eine junge Frau hinter einem Schreibtisch, auch sie in olivgrüner Uniform. Ich steckte die Hand in die Tasche, um meinen alten Paß hervorzuholen. Die Frau lächelte. »Sie brauchen keinen Paß, Compañera«, meinte sie.

»Sie sind ja in Ihrem Heimatland.« Nie zuvor war dies Land so sehr Heimat für mich gewesen wie an jenem Tag.

Beim Verlassen des Flughafens traf ich auf Justine, die mir mit ausgebreiteten Armen entgegenkam und mich lächelnd aus ihren großen runden Augen anschaute. Mir war, als hätte ich eine Erscheinung, ich hatte nicht mit ihr gerechnet. Sie sagte, sie habe mich überraschen wollen. Meine Eltern hatten sie benachrichtigt, daß ich käme, und da war sie nun, um mich im freien Nicaragua willkommen zu heißen und mich nach Hause zu begleiten. Ich fühlte mich seltsam, so als ließe mich das so weit voneinander gelebte Leben nicht die richtigen Worte finden, um ihr, ohne sie zu verletzen, zu erklären, daß ich nicht mit ihr fahren konnte, die Compañeros nicht im Stich lassen konnte, die mit der Zeitung auf mich warteten. Ich sagte es ihr einfach und sah sie genauso reagieren, wie ich es befürchtet hatte. Es tat mir leid, sie so enttäuscht allein abfahren zu sehen, und ich wurde ganz melancholisch. Jetzt würde über dem Bild des verwaisten Flughafens in meiner Erinnerung das traurige Gesicht Justines bleiben. Dann schüttelte ich den Augenblick der Niedergeschlagenheit ab. Es würde schon noch Zeit sein, Justine und meinen Eltern alles zu erklären. Sie würden sicher auf mich warten, wie immer. Die Geschichte wartete jedoch nicht. Dieser Tag würde sich niemals wiederholen, und ich mußte ihn so leben, wie er sich mir bot.

Mit unseren Zeitungen bestiegen wir die Ladefläche des LKWs. Der Fahrer hatte keine weiteren Anweisungen bekommen, als uns abzuholen, er wußte nicht, wohin wir fahren sollten, wo wir uns melden mußten. Der Generalstab der FSLN und die Nationale Leitung hatten ihr Hauptquartier im »Bunker« Somozas eingerichtet, erzählte er mir.

»Laß uns erst mal zur Kathedrale fahren«, sagte ich zu ihm, »zur Siegesfeier. Danach sehen wir weiter.«

Über die nördliche Ausfallstraße fuhren wir Richtung Stadt. Die Luft war schwer vom Gestank nach verbrannten Reifen, überall lagen ihre rauchenden Reste. Haufen von Pflastersteinen und Gräben quer über die Fahrbahn zeigten an, wo die Barrikaden gestanden hatten. Der LKW rollte langsam durch die Viertel des Industriegebiets von Managua, eine Reihe kleiner Fabriken, dazwischen Läden, Bushaltestellen, Tankstellen, Drogerien und nach rechts, zum See hinunter, die großen Hüttenansammlungen der Armenviertel. Kaum hatten wir den Flughafen hinter uns gelassen, da verschwand wie durch Zauberhand die Atmosphäre der Verlassenheit, und wir gerieten in ein Meer von Leuten, die uns in ihren Sonntagskleidern scharenweise auf beiden Seiten der vierspurigen Straße entgegenkamen. Als sie uns kommen sahen, winkten sie uns jubelnd und siegestrunken zu und riefen sandinistische Parolen und Hochrufe auf das freie Nicaragua. Der Jubel breitete sich in konzentrischen Kreisen auf allen Gesichtern zu einem einzigen Lachen voller Stolz und Erleichterung aus, und so ansteckend war die Feststimmung, so fröhlich lärmend die Energie der Menschen, die sich uns näherten, um uns die Hände zu schütteln, uns etwas sagen wollten, daß ich dachte, es könne keinen besseren Augenblick als diesen geben, um unsere Mission zu beginnen.

»Laßt uns die Zeitung verteilen«, schlug ich den Compañeros vor.

Und so begannen wir, sie auszurufen, aus vollem Halse »Patria Libre«, »Freies Vaterland«, zu schreien. Die Leute riefen »Oder den Tod« als Antwort und vollendeten so den sandinistischen Kriegsruf, den alle kannten, weil er an die Hauswände gemalt war und weil sie ihn schon bei den Kämpfen mit der Armee und bei den Demonstrationen gerufen hatten. Jetzt war dieser Ruf ein Symbol des Sieges, des heldenhaften Kampfes, der jenen wunderbaren Tag ermöglicht hatte, an dem zum erstenmal in einem halben Jahrhundert die Freiheit ihr Gesicht in den Straßen meiner Stadt zeigte. Dutzende von Händen streckten sich aus, um eine Zeitung zu nehmen. Nie werde ich den Eifer, die Hoffnung, den fröhlichen Optimismus in den Gesichtern vergessen. Nur um diesen Augenblick zu erleben, hatte sich mein ganzes Leben gelohnt, dachte ich. Was konnte ich mehr verlangen, als Zeugin jener Freude zu sein, was anderes war das Ziel all unserer Anstrengungen gewesen, wenn nicht dieses Lachen? Jeder grundsätzliche Zweifel endete hier. Dafür war man doch auf der Welt, um die anderen lachen zu sehen, um die gemeinsame Freude der menschlichen Spezies mit zu erschaffen. Ich fühlte, wie ich in diesem Lachen versank, wie vertraut die Berührung der Hände mir war, wenn sie die Zeitung nahmen – breite Hände, schmale Hände –, vertraut der Geruch des Haars der Frauen in gelben Kleidern, des Mannes mit dem Kind, das er auf die Schultern hob, damit es näher zur Ladefläche herankam und uns berühren konnte, der alten Frau mit der Schürze und dem dicken Zopf, die rief: »Gib mir doch auch eine, meine Kleine.«

Manchmal beschleunigte der LKW, und die Gesichter blieben zurück, doch bald tauchten andere auf, und ihr Lachen hatte den gleichen Geschmack nach roter, süßer Wassermelone, deren Saft einem über das Kinn läuft. Kein einsamer Genuß war vergleichbar mit diesem: sich beteiligt zu fühlen, sich verantwortlich zu wissen für einen winzigen Teil dieser Freude, dieser Seligkeit. Diesmal bewohnten die Toten mich lebendig. Die Tränen rannen mir über das Gesicht und mischten sich mit dem Staub. Unsere Toten wechselten sich ab dabei, aus meinen Augen herauszuschauen, und ihre Tode fanden ihren Trost, denn schlimmer als zu sterben ist es, nicht zu wissen, wofür man lebt, und sie hatten es immer gewußt. Diese langsame Fahrt nach Managua hinein schien mir wie eine Geburt, eine Entschädigung für allen Schmerz. Mein Land wurde geboren, und es lachte.

Als wir auf dem Platz vor der Kathedrale ankamen, wurde es wieder still. Aus einer Seitenstraße bog der LKW auf das große Viereck ein, an dessen Seiten Kathedrale, Nationalpalast und der Park mit seinem Pavillon in der Mitte liegen. Es war niemand mehr da. Wir begriffen, daß die Menschen, die wir unterwegs getroffen hatten, von der Feier kamen und auf dem Weg nach Hause waren. Auf dem weiten, verwaisten Platz wehten Papierfetzen, Müll, wie die Spuren von Tausenden dichtgedrängter Menschen, schwebten über dem Asphalt und klangen wie das Rascheln trockener Blätter im Wind.

46. Kapitel

Wie es ist, zu lernen, daß man ganz von vorn beginnen muß (Managua, Juli 1979)

Wir hatten den Sieg errungen. Die Situation ließ mich an die Bilder denken, wie die alliierten Truppen am Ende des Zweiten Weltkriegs in von den Nazis geräumte Dörfer einzogen. So war die Freude, mit der uns die Menschen empfingen, und so war auch das Machtvakuum, das wir vorfanden: die Situation eines völligen Neuanfangs. Der Staat existierte nicht mehr, hatte sich vollständig aufgelöst. Es gab keine Gerichte, keine Polizei, keine Armee und keine Ministerien. Nur verlassene Büros, verwaiste Kasernen. Es war ein seltsames Gefühl, bis zum vorhergehenden Tag noch subversive, verfolgte Guerilleros gewesen zu sein und uns plötzlich, so jung, wie wir waren, in einer Stadt wiederzufinden, die von der alten Macht verlassen worden war, zu wissen, daß alles, was ab jetzt geschähe, von uns entschieden werden würde.

Die Stadt befand sich im Freudentaumel, einem Chaos, das manches Mal an Anarchie grenzte. Die Armen plünderten die Häuser in den von Reichen und Militärs verlassenen Stadtvierteln. Die Guerilleros mit ihren rotschwarzen Halstüchern nahmen sich die Fahrzeuge, die die Somoza-Anhänger bei ihrer Flucht zurückgelassen hatten, und fuhren damit fröhlich und ohne auf Verkehrsregeln zu achten durch die Straßen. Bewaffnete Mitglieder der Volksmilizen ernannten sich selbst zu Verkehrspolizisten und hielten an, wen sie wollten, machten sich sogar zu Kommandanten. Wer nur ein wenig Autorität und Befehlsgewalt besaß, wurde von den Leuten oder seinen Compañeros auch als solcher anerkannt. In jenen Tagen wurde ich überall, wo ich hinkam, »Comandante Belli« genannt, was mir sehr lustig vorkam. Nur der ehemalige Bunker Somozas, jetzt das Hauptquartier der Sandinisten, war abgeriegelt, in allen übrigen Teilen der Stadt konnte man sich frei bewegen. Niemand hielt uns auf, als unser LKW zum Militärgelände am Tiscapa-Hügel emporfuhr. Auf jenem Hügel, wo sich bis zum Erdbeben von 1972 der Präsidentenpalast befand, hatten der Generalstab der Nationalgarde und die Büros der Geheimpolizei Somozas gestanden. Es war ein Sperrbezirk, eine uneinnehmbare Festung, für die Bevölkerung das Symbol der furchtbaren Macht der Diktatur. An jenem Tag jedoch ließen wir seelenruhig den Schlagbaum hinter uns und sahen zum erstenmal in unserem Leben diesen verbotenen Ort, der jetzt wie ein Lager junger, abgekämpfter Soldaten wirkte. Hunderte von Guerilleras und Guerilleros lagerten auf dem Rasen und ruhten sich aus, als wären sie auf einem Schulausflug, lachten, sangen, umarmten sich. Auf dem Platz vor einem rosafarbenen, quadratischen Gebäude mit großen Fenstern, dem Offizierskasino, stiegen wir vom LKW. Eine laue Brise wehte über die Terrasse, von der aus man die ganze Stadt überblicken konnte, mit dem See und den Vulkanen im Hintergrund. Dort blieb ich einen Moment stehen. In meinem Kopf tauchte von irgendwoher ein Bild aus einem meiner Kinderbücher auf, das mich als kleines Mädchen fasziniert hatte: Ein Mädchen liegt auf dem Rasen und schaut in die Landschaft hinein. Unter dem Bild stand die Zeile: »Die Welt gehörte mir mit allem, was darin war.« In diesem Augenblick begriff ich, was es tatsächlich bedeutete, »die Macht zu ergreifen«. Mich überflutete ein unbeschreibliches Gefühl, das zugleich aus Staunen, Stolz und tiefer Dankbarkeit bestand, daß mir das Leben diesen Tag bescherte. Wenn man davon träumt, die Welt zu verändern, dann gibt es nichts Schöneres, als zu spüren, daß das möglich ist, und dort, an jenem Tag, war alles möglich, es gab keinen Traum, der sich nicht hätte erfüllen können. Und die Freude wollte nicht aufhören. Ich ging zu den Gebäuden weiter oben am Hang, hinter dem Kasino, als ich jemanden meinen Namen rufen hörte. Ich sah Freddy auf mich zukommen, einen Compañero, den ich tot geglaubt hatte. Er nahm mich in den Arm, hob mich in die Luft und wirbelte mich im Kreis herum, so wie man es in Filmen sieht. Ungläubig sah ich ihn an und berührte seinen Bart, ganz bewegt von dieser Auferstehung wie durch Zauberhand, die mich vor Freude lachen und weinen ließ. Mit Freddy betrat ich das riesige Lager der

Armee und fühlte mich wie Ali Baba in der Räuberhöhle, während ich durch die hohen Säle lief, in denen sich Tausende von Uniformen und Kisten voller Schnaps und Konserven stapelten und mehr Waffen und Munition, als ich jemals auf einem Haufen gesehen hatte. Dutzende von Compañeros tauschten unter fröhlichem Gelächter ihre alte Uniformen gegen neue, Hände zogen Hosen und Hemden aus dem Stapel oder warfen Kleidungsstücke in die Luft. Auch ich deckte mich mit ein paar Uniformen ein, und in der Waffenkammer nahm ich mir aus einem Stapel gebrauchter Waffen eine Mazden-Maschinenpistole und ließ mir einen Karton Patronen geben. Zufrieden mit meiner Beute kehrte ich zum LKW zurück. Unterwegs traf ich noch mehr Compañeros, die ich kannte, und es gab wieder Umarmungen und ein fröhliches Wiedersehen.

An jenem Abend schliefen meine Truppe und ich in einem verlassenen Gebäude des Fernmeldeamts. Als es dunkel wurde, kehrte die Gefahr zurück. Die versprengten Nationalgardisten kamen aus ihren Verstecken und beschossen die Milizionäre an den Straßensperren. Doch auch die Compañeros schossen ab und zu grundlos, vor lauter Nervosität.

»Um uns nicht zu langweilen«, meinten sie.

Am folgenden Tag waren wir mit dem Verteilen der Zeitung fertig. Ich fuhr zum Haus meiner Eltern, die mich wie eine Heldin empfingen. Es kam mir vor wie ein Traum, daß ich wieder da war. Das Haus war genau wie früher, nichts schien sich verändert zu haben, und doch war jetzt alles anders. Meine Eltern wollten, daß ich bliebe, fragten, ob ich genügend Kleidung dabeihätte, und wann Sergio mit den Kindern nachkomme. Sie meinten, ich könne in meinem alten Zimmer schlafen. Ich rief Sergio an, sprach mit den Mädchen. Dann duschte ich, zog mich um und erklärte meinen Eltern, daß ich zu tun hätte. In einer meiner neuen Uniformen fuhr ich, die Maschinenpistole neben mir auf dem Sitz, mit dem Wagen meines Vaters zum Bunker Somozas. Ich wollte Modesto treffen, mit der Arbeit beginnen. Es gab so viel zu tun.

Im Bunker, dem luxuriös augestatteten, bomben- und kugelsicheren Unterschlupf Somozas, herrschte eine Atmosphäre, als befinde man sich im Auge eines Hurrikans, so wie es in den Zentren der Macht üblich ist. Die klimatisierten Räume voller Ledermöbel und Schreibtischen aus Edelhölzern brodelten vor Aktivität. Die Mitglieder der politischen Führung der FSLN hatten die Büros mit Beschlag belegt und organisierten von dort aus die Arbeitsgruppen, die sich darum kümmern sollten, die Ordnung aufrechtzuerhalten und das Land wieder zur Normalität zurückzuführen. Mit einer Mischung aus Neugier und Abscheu schritt ich über den Teppichboden, mit dem der gesamte Bunker des Tyrannen ausgelegt war. In seinem Schlafzimmer balgten sich ein paar junge Guerilleros wie Kinder beim Spielen. Andere standen Schlange, um das Badezimmer des Diktators zu betreten und vom Telefon neben dem Klo aus ihre Freunde anzurufen.

Wie mir Modesto später an diesem Tag sagen sollte, war es auf gewisse Weise gespenstisch, die Macht so absolut zu übernehmen, wie wir es getan hatten. Mehrere Wochen lang hatten wir vor dem Sieg den Eindruck gehabt, daß wir die Macht irgendwie würden teilen müssen, entweder mit der verkleinerten Armee Somozas – wie es die USA wollten – oder mit einer anderen vorübergehenden Form der Regierung. Niemand hatte die Massenflucht erwartet, die dem Abflug des Tyrannen folgte. Modesto saß in einem der Sessel mit hoher Rückenlehne im Konferenzzimmer Somozas und sah zufrieden, doch erschöpft aus. Der Raum war nicht besonders groß, um den Tisch herum blieb nicht viel Platz. Ein kleines Fenster oben in der Wand führte auf einen kleinen Innenhof hinaus. An den Wänden hingen noch die Landkarten, auf denen der Tyrann in seinen letzten Tagen das ganze Ausmaß seiner Niederlage hatte ablesen können.

Das Wiedersehen mit Modesto war nicht das denkwürdige Ereignis, das ich mir vorgestellt hatte. Schnell hörte er auf, ein Guerillero zu sein, der nichts zu verlieren hatte, und verwandelte sich in einen politischen Führer des Landes. Abwesend sah er mich an. So überließ ich ihn erst einmal seinen Beschäftigungen und unternahm neugierig einen Erkundungsgang durch den Bunker mit allen seinen Winkeln. In einem kleinen Büroraum für das Hilfspersonal traf ich auf eine blonde Argentinierin von den Montoneros, eine von den vielen Südamerikanern, die in der Südfront der FSLN gekämpft hatten. Mit Hingabe widmete sie sich der Aufgabe, Fotos von Somoza zu zerreißen und Auszeichnungen von der Wand zu nehmen und sie auf dem Boden aufzuschichten, wohl um sie dann zu verbrennen. In einer kleinen Küche am anderen Ende des langgestreckten, rechteckigen Bauwerks bereitete eine Gruppe von Compañeras Reis und Bohnen mit Preißelbeeren zu, die sie in ein paar riesigen Büchsen in der Speisekammer gefunden hatten und für etwas ganz besonders Wohlschmeckendes hielten, um ein paar Compañeros zu essen zu geben, die nebenan im Eßzimmer angeregt miteinander plauderten. Das ganze Gebäude war voller Guerilleros, ich traf viele alte Bekannte. Einer von ihnen, Ezequiel, hielt einen kleinen Puma auf dem Schoß, der, wie er mir erzählte, während der Kämpfe sein Maskottchen gewesen war. Auf den Gängen, in den Räumen und in der Bibliothek warteten viele Compañeros darauf, daß man ihnen eine Aufgabe übertrug. Unterdessen erzählten sie ihre Geschichten und Anekdoten mit viel Gestikulieren und unter großem Gelächter. Am Empfang kümmerten sich zwei besonders hübsche Compañeras um den Funkverkehr mit den Gemeinden und Provinzen, wo man um Anweisungen bat, um Lebensmittel für die Bevölkerung, Ärzte für die Verwundeten.

Als ich Modesto endlich im Konferenzzimmer allein antraf, war es schon spät. Er sagte, ich solle mich am nächsten Tag bei Bayardo Arce melden, der sich um die Organisation der Medien kümmerte.

»Was uns beide angeht«, entschied er, »so können wir nicht einfach weitermachen wie bisher. Es ist unvermeidlich, daß du deine Situation klärst; daß du dich entscheidest. Ich kann dir aber nicht sagen, ob ich in der Lage bin, mit jemandem zusammenzuleben. Ich habe dir ja schon gesagt, daß ich ein Einzelgänger bin. Wir müßten wohl in getrennten Häusern leben.«

Es tat weh, daß Modesto mir vorschlug, getrennt zu leben; daß ich Sergio verlassen sollte, um nicht mit ihm zusammenzuleben.

»Wie ein Offiziersliebchen«, erwiderte ich wütend. Die Offiziere der Nationalgarde waren bekannt dafür, daß sie ihren Geliebten Häuser gaben.

Wir stritten, wurden beide zornig, doch am Ende fielen wir zusammen auf den Teppich unter Somozas Konferenztisch und liebten uns, gegen Stuhlbeine stoßend, so wild und wütend, als wären wir am Rande eines Abgrunds.

47. Kapitel

Wie ich den staatlichen Fernsehsender übernahm und die erste sandinistische Nachrichtensendung produzierte (Managua, 1979)

Am folgenden Tag trug mir Bayardo Arce auf, den staatlichen Fernsehsender, Kanal 6, zu übernehmen. Damals gab es nur zwei Programme in Nicaragua.

»Nimm deine Leute und übernehmt den Sender«, meinte er nur. »Heute abend müssen die Nachrichten gesendet werden.«

Die Studios lagen an der Avenida, die um den Krater der Tiscapa-Lagune herumführt, in einem riesigen, häßlichen alten Haus, dem ohne irgendwelche ästhetische Sensibilität alle möglichen Anbauten hinzugefügt worden waren. Weil wir Widerstand erwarteten, drangen wir mit gezogener Waffe in das Gebäude ein. Es hieß, in den Kellerräumen halte sich eine große Anzahl von Soldaten versteckt, doch als wir uns vorsichtig umsahen, fanden wir nur eine Menge alter Fernsehapparate und auch einige neue, die nicht einmal ausgepackt waren. Die Senderäume, Archive und Büros befanden sich im Zustand völliger Unordnung, so als hätten die Leute Somozas vor ihrer Flucht eine Herde wilder Pferde hindurchgetrieben, um alles zu zerstören. Als ich wieder auf die Straße hinaustrat, sah ich eine Gruppe von Menschen, die sich auf dem Rasen vor dem Eingang versammelt hatten, kleine und mittlere Angestellte des Senders, die wissen wollten, ob sie entlassen waren. Ich sah keinen Grund, dies zu tun, wo doch nur sie uns durch dieses Labyrinth der Verwüstung führen konnten. Ich versammelte mich mit ihnen und hielt ihnen eine flammende revolutionäre Predigt.

»Im Augenblick können wir nicht mehr anbieten als das Essen«, schloß ich. »Wenn sich die Lage beruhigt, klären wir nach und nach die Dinge. Jetzt müssen wir erst mal eine Nachrichtensendung produzieren.«

Man klatschte Beifall. Viele kamen zu mir, um mir zu sagen, sie seien nie Anhänger von Somoza gewesen und hätten nur dort gearbeitet, um ein Einkommen zu haben. Einige kannte ich noch aus meiner Zeit in der Werbeagentur.

An diesem Abend schrieb ich inmitten der Verwüstung im Stehen auf einer lädierten Schreibmaschine die Anmoderation für die Nachrichtensendung. Ich taufte sie »Noticiero Sandinista« – Sandinistische Nachrichten. Ich sah die FSLN nicht als Partei – das war sie damals auch noch nicht –, sondern als nationale Bewegung, mit der sich die gesamte Bevölkerung identifizierte. Und ich glaube, zu der Zeit war es auch so. Mein Text enthielt Sätze wie: »Die Revolution schreitet voran, die Revolution wird stärker«, und ich weiß nicht, was noch alles. Was ich in höchstens zehn Minuten herunterschrieb, hastig und ohne lange nachzudenken, sollte mehrere Jahre lang der Vorspanntext der Nachrichten bleiben. Als frischgebackene Direktorin dessen, was ich »Sandinistisches Fernsehen« nannte, erschien ich an jenem Abend in olivgrüner Uniform und mit dem rotschwarzen Tuch um den Hals auf dem Bildschirm, um zu erklären, daß es sich um einen ersten Versuch handelte, und um für vorhersehbare Probleme bei der Übertragung um Verständnis zu bitten.

Am folgenden Tag verabschiedete ich mich von meiner Truppe und machte mich an die Aufgabe, den Sender und sein Programm zu organisieren. Ich beschloß, Dokumentarsendungen und Bildungsprogramme auszustrahlen, die wir in den Archiven gefunden hatten. Am Nachmittag kam mein Freund Bosco mit Iván García, auch er ein Werbefachmann, und in den folgenden Tagen stellten sich Männer und Frauen vor, die als Reporter, Techniker oder auf irgendeinem Posten eingesetzt wurden, den wir dem ehrgeizigen Plan entsprechend erfanden, den jeder von ihnen in die Tat umsetzen wollte.

Nachdem ich mein gesamtes Erwachsenenleben lang über die Verschwendung der ungeheuren Möglichkeiten gewettert hatte, die – nicht nur in Nicaragua, sondern auch in Costa Rica – das Fernsehen besaß, fand ich mich unversehens allein verantwortlich dafür, die Art staatlichen Fernsehens zu entwerfen, die es im freien und revolutionären Nicaragua geben sollte. Ich hatte uneingeschränkte Freiheit, jeden verrückten Plan, der mir in den Kopf kam, in die Tat umzusetzen. Und natürlich dachte ich, so abgehoben und romantisch, wie ich war, an das Nächstliegende: Bildungsprogramme, Kultur für das Volk. Bloß keine nordamerikanischen Konserven. Weg mit *Bonanza*, *I Dream of Jeannie* und dergleichen – selbst wenn es mir gefiel. Her mit Jacques Cousteau, Chaplin-Filmen, Dokumentarsendungen aus der Wissenschaft und über die Natur, außer den Programmen, die wir selbst produzieren konnten, wie Interviews mit Guerillaführern, Debatten über die Zukunft, Nachrichtensendungen, in denen das Volk die Hauptrolle spielte. Das Problem war nur, daß in den Zeiten der Diktatur sechzig Prozent des Programms aus Konserven bestand. Die Archive waren voll von den populären Serien, die ich abschaffen wollte. Dokumentarfilme und Bildungsprogramme gab es kaum. Wir sahen uns gezwungen, sie zu wiederholen, um die Sendezeit zu füllen.

Manchmal kam es zu unfreiwilligen, doch komischen Kombinationen von Themen und Sendeterminen, zum Beispiel, als wir am 26. Juli, eine Woche nach unserem Sieg, die Rede von Fidel Castro übertrugen, in der er die sandinistische Revolution würdigte. Als die Übertragung aus Kuba vorbei war, ging das normale Programm mit dem Film des Tages weiter: *Der große Diktator* von Charles Chaplin.

Ich befand mich gerade im Haus meiner Eltern, als ich einen Anruf von jemandem aus der Leitung der FSLN erhielt.

»Gioconda, hast *du* dafür gesorgt, daß diese Satire auf einen Diktator direkt nach der Rede von Fidel ausgestrahlt wird?«

»Satire auf einen Diktator? Welche Satire denn?« fragte ich erschrocken und schaltete schnell das Fernsehgerät ein, in dem Chaplin in Militäruniform mit einem Globus spielte und ihm in einem komischem Ballett symbolisch Schläge versetzte. »Ach du meine Güte! Ich schwöre dir, wir haben keine Sekunde daran gedacht, daß man das falsch verstehen kann. Ich lasse das sofort abbrechen.«

»Wir müssen da ein bißchen vorsichtig sein«, meinte mein Gesprächspartner am anderen Ende der Leitung in komplizenhaft belustigtem Ton. »Denk dran, unsere kubanischen Freunde sind von Natur aus nicht so frech, wie wir es sind. Bringt lieber irgend etwas über Tiger oder so.«

Ich mußte lachen. Dann rief ich im Sender an, damit der Film gestoppt und statt dessen eine unverfängliche Dokumentarsendung über Tiger oder Elefanten gebracht würde.

Nach einer Woche mit Dokumentarsendungen aus Bildung und Wissenschaft hielten es das Publikum, die Compañeros und auch ich selbst nicht mehr aus vor Langeweile. Zaghaft und mit dem guten Vorsatz, mit der Zeit etwas Besseres zu suchen, begannen wir, die Konserven aus den Archiven zu holen.

Im Namen der Revolution übernahm ich in diesen Tagen auch den anderen Fernsehsender Nicaraguas, den privaten Kanal 2. Die Besitzer hatten das Land wegen des Krieges verlassen und Dr. Luis Pasos Argüello, einen bekannten Rechtsanwalt, mit dem sie verwandt waren, als Sachwalter eingesetzt.

»Wir müssen die Sendeanlagen benutzen, Doktor«, sagte ich zu ihm.

Und Dr. Pasos, ein Freund meiner Familie – seine Tochter und ich waren Schulfreundinnen gewesen –, meinte, ja, natürlich, mit dem größten Vergnügen. Es herrschten guter Wille und Vertrauen, und der Anwalt gestattete uns, freundlich und mit ausgesuchter Höflichkeit, völlig freien Zugang, damit wir alles übernahmen, bis sein Schwiegersohn Octavio, der Besitzer, zurückkehrte.

Es brachte viele Versuchungen mit sich, die Macht auf so eindeutige Weise in die Hände bekommen zu haben. So gab es zum Beispiel eine Vereinbarung, daß nur der Besitz von Somoza und seiner engsten Verbündeten konfisziert werden sollte. Dennoch wurde mehrere Monate später der Kanal 2 enteignet. Zur Begründung wurde behauptet, die Besitzer seien Anhänger von Somoza gewesen, weil sie mit ihm weitläufig verwandt waren, doch stellte dies nur den Vorwand für eine falsche Maßnahme dar. Der Kanal 2 hatte Nachrichtensendungen gebracht, die in klarer Gegnerschaft zur Diktatur standen. Ich bedauerte diese Entscheidung sehr, war ich es doch gewesen, die den Schlüssel des Senders entgegengenommen hatte, der mir so vertrauensvoll ausgehändigt worden war, doch stand es nicht in meiner Macht, sie zu ändern. Diese Art von Maßnahmen beschädigte ernsthaft das ursprüngliche Vertrauen, das die Privatunternehmer der Revolution entgegengebracht hatten, und türmte Hürden auf den Weg zu einem sozialen Bündnis. Auch andere Vereinbarungen wurden nach und nach modifiziert, und man nahm Konzessionen zurück, die vor dem Sieg über die Diktatur anderen politischen Parteien, Teilen des Bürgertums oder Privatpersonen gegenüber gemacht worden waren. Mit dem Ziel, die Kontrolle der Sandinisten zu erhalten, um die notwendigen radikalen Veränderungen zum Wohle der Mehrheit der Bevölkerung auf den Weg bringen zu können, wurden diejenigen ausgeschlossen, die sich im Rahmen eines patriotischen Konzepts an der Macht beteiligen wollten. Als die Diktatur besiegt war, verlagerte sich die Verdammnis auf die Oberschicht, das Bürgertum. Diejenigen von uns, die aus dem Bürgertum stammten, sich jedoch der sandinistischen Befreiungsbewegung angeschlossen hatten, hatten Hemmungen, auf diese Tendenz zum Ausgrenzen und die Notwendigkeit hinzuweisen, die Vereinbarungen einzuhalten, die während des Befreiungskampfes mit einigen dieser Gruppen geschlossen worden waren. Wir fürchteten, man sähe das mit Mißtrauen. Ich wußte, daß die Vertreter meiner Schicht keine Unschuldslämmer waren und daß sie nur auf den Moment warteten, wo die Guerilleros ihre Unfähigkeit zeigten, um selbst die Zügel in die Hand zu nehmen, doch war ich auch sicher, daß sie es nicht so einfach hinnehmen würden, wenn wir sie uns zu Feinden machten. Die Compañeros schien das nicht sonderlich in Sorge zu versetzen. Sie fühlten sich stark und fähig, jede Lage in den Griff zu bekommen. Wieder einmal siegte die Vorstellung, daß der Zweck die Mittel heilige.

Meine Zeit an der Spitze der Fernsehverwaltung war keine glückliche Zeit. Wenn ich jetzt zurückblicke auf diese Tage voller Möglichkeiten, bedauere ich es eigentlich, daß ich mich von einer Besessenheit hinreißen ließ, die mir das unvoreingenommene Gefühl für jene erste Zeit raubte. So verpaßte ich es, in vollen Zügen die gute, leichte, frische Luft zu atmen, die das ganze Land mit ihrem Hoffnungsäther füllte. Auch wenn es wichtig sein mag, daß eine Dichterin wenigstens einmal in ihrem Leben vor Liebe wahnsinnig wird, um auch die dunkle Seite der weiblichen Existenz kennenzulernen, den Grund der eigenen Verletzlichkeit zu berühren und wieder aufzutauchen, besaß ich in jener Zeit keine anderen Augen und Ohren, kein anderes Gefühl als das, welches jene verteufelte Liebe von mir forderte. Ich, die ich bisher verantwortlich und ernsthaft mit meinen Verpflichtungen umgegangen war, erfand fadenscheinige Rechtfertigungen, um mich aus meinem Büro im Sender fortzustehlen. Ich gab mir selbst den Auftrag, die wichtigsten Guerillaführer zu interviewen, weil mir das Gelegenheit gab, viele Stunden im Bunker bei Modesto zu verbringen. Sein Satz: »Du mußt dich entscheiden« schwebte wie ein Damoklesschwert über meinem Haupt. Verzweifelt wischte ich den Gedanken beiseite, daß der Moment kommen würde, in dem ich Sergio die Wahrheit sagen, in sein Gesicht sehen, das Bersten seines brechenden Herzens hören mußte. Ich empfand mich selbst als unbarmherzige Egoistin. Im Grunde wußte ich, daß es nicht nur sein Schmerz war, sondern auch die Angst davor, daß mich Modesto am Ende doch noch zurückweisen könnte, die mich davon abhielt, alles zu beichten. Wozu sollte ich mein bisheriges Leben über Bord werfen, alles riskieren, wenn mich doch nur eine Enttäuschung erwartete?

Das Bild des kleinen, rothaarigen Camilo, seines runden Babygesichts, stand mir andauernd vor Augen, breitete sich in mir aus und füllte meine Lungen so, daß ich kaum noch atmen konnte. Ich war die Brandstifterin. In meinem Feuer würde die Nußschale verbrennen, in die ich mich mit meinen Kindern geflüchtet hatte.

Eines Tages aß ich gerade im Hause meiner Eltern zu Mittag, als das Telefon klingelte. Es war Sergio. Ich weiß bis heute nicht, wie er es erfahren hatte. Nur eine Woche war seit dem Sieg der Revolution vergangen.

»Ich glaube, wir müssen miteinander reden«, sagte er. »Hab ich recht?«

»Ja«, sagte ich nur.

»Da ist jemand anders, stimmt's?«

»Ja«, antwortete ich wieder.

Seinem Herz zu folgen hat seinen Preis, doch bin ich nicht dazu geschaffen, anders zu leben. Ich weigere mich zu glauben, man könne die Ehre des anderen retten, indem man die eigene Ehrlichkeit opfert und heimlich eine Lüge lebt. So oder so galt meine Leidenschaft nicht mehr Sergio; dieses Risiko war er an dem Tag eingegangen, als er akzeptierte, daß ich, mehr als ihn, den Trost liebte, den es mir gewährte, mit dem er mich ohne Unterlaß belagerte. Das war seine ganz eigene Verantwortung gewesen, was ich jedoch in jenem Augenblick nicht erkennen konnte. Das einzige, was ich sah, war mein Bild in dem Spiegel, in dem wir Frauen uns anschauen, wenn wir zugeben, daß unser Biß in einen Apfel das Paradies auf Erden zunichte gemacht hat. Mein Haar bestand aus Schlangen, und in meinem Herzen brannte ein Höllenfeuer.

Am nächsten Tag kam Sergio aus San José herüber. Geduldig, beinahe zärtlich, schalt er mich.

»Ich habe dir vertraut. Und Modesto auch«, meinte er.

»Manchmal habe ich gedacht, daß du es wüßtest«, flüsterte ich. »Es war doch so offensichtlich.«

»Was sollen wir jetzt tun? Wenn es in einer Beziehung Probleme gibt, ist nicht nur einer schuld daran, sondern beide. Ich bin auch dafür verantwortlich, das streite ich nicht ab. Wir sollten es noch einmal miteinander versuchen. Das hier vergessen, unsere Beziehung in Ordnung bringen. Das, was wir haben, ist doch fest genug. Es lohnt sicher den Versuch.«

»Ich weiß nicht, ob es funktionieren wird«, gab ich fast unter Tränen zurück. »Aber laß es uns probieren.«

Mehrere Monate lang probierte ich. Ging zwischen den beiden hin und her, fast wahnsinnig aus Angst vor dieser Entscheidung, die mich zwang, zwischen zwei Männern zu wählen, von denen jeder Eigenschaften besaß, an denen ich hing.

Doch wurde die Situation immer unerträglicher. Ich mußte wählen. Sergio und ich trennten uns endgültig.

Dann reiste ich nach Costa Rica, um Maryam und Melissa zu holen. Bevor wir wieder nach Nicaragua zurückfuhren, schloß ich mich mit meinen drei Kindern im Badezimmer unserer Wohnung in San José ein – die zur Herberge für Compañeros auf der Durchreise geworden war –, um in Ruhe mit ihnen sprechen zu können. Ich fühlte mich verpflichtet, ihnen zu erklären, was geschah, damit sie nicht unter der Vorstellung schlimmerer Dinge litten, als ihnen ihre Intuition schon eingegeben hatte. Genau wie die Wohnung, war auch das Bad klein und einfach. Camilo krabbelte über einen zotteligen Läufer und schleifte ihn hinter sich her, die Mädchen saßen auf dem Boden und blickten mich erwartungsvoll an. Ich hockte auf dem Rand der Duschwanne und erklärte ihnen, daß Sergio und ich uns trennen würden; daß ich mich in jemand anders verliebt hatte. Maryam protestierte. Melissa sagte: »Um so besser. Sergio schimpft immer soviel mit mir« und brachte damit

Maryam zum Lachen. Schließlich lachten wir gemeinsam. Ich versprach ihnen, daß wir schon klarkommen würden. Ich war nicht die perfekte Mutter, ich war wie jede andere Frau auch. Ich hatte mich verliebt. Sie aber liebte ich mit meiner ganzen Seele, und wir vier würden es schon überstehen, alles, was auf uns zukäme.

Camilo krabbelte umher und versuchte, sich an meinem Bein aufzurichten.

Camilo blieb vorübergehend bei seinem Vater in San José. Sergio hatte vor, nach Nicaragua zu ziehen, und er wollte, daß Camilo bei ihm lebte. Er klammerte sich an den Jungen, und ich brachte es nicht übers Herz, ihm auf einen Schlag alles wegzunehmen, was sein Leben, seine Gefühle ausgemacht hatte, ihm unter Berufung auf meine mütterlichen Rechte zu allem anderen auch noch sein Kind wegzunehmen. Er hatte ja nicht gefehlt, die Böse, die Circe, die Medusa war ich. Ich unterzog mich selbst einer Gehirnwäsche, trichterte mir ein, daß Sergio unserem Sohn Camilo, so klein, wie er war, Stabilität verleihen würde. Er war ein vorbildlicher Vater. Wir Frauen besaßen schließlich nicht das alleinige Recht auf Elternschaft. Konsequent an die Gleichberechtigung von Männern und Frauen zu glauben hieß auch zu akzeptieren, daß die Männer ebenfalls gute Mütter sein konnten. Das sagte sich so leicht, klang wie ein tadelloses feministisches Argument, doch schmerzte mich mein Körper, als sei ich noch einmal im Hospital und der Arzt risse mir den Leib auf, um mir dann zu sagen, daß mein Kind tot sei. Niemals fühlte ich etwas Grauenvolleres als jene Angst vor dem Verlust, gepaart mit einer Lähmung meines Willens. Ich wagte es nicht einmal, mein Recht auf meinen Sohn auch nur zu erwähnen. Sergio verkörperte in jenem Augenblick für mich den männlichen Archetypus, den Hohepriester, Salomo, der mit erhobenem Schwert das Kind teilen will. Und ich gab nach, gab ihn her. Meinen kleinen Rotschopf. Den Sohn, der mich am meisten Leben gekostet hatte. Ich schrie nicht, daß ich es doch gewesen war, die unbewegt im Bett gelegen hatte, damit er leben konnte; daß ich es war, die ihm unentwegt zuflüsterte, wie herrlich dieses Leben war, und ihm Tag und Nacht Mut machte, sich an meinen Leib zu klammern; daß ich es war, die meinen eigenen Leib hergeben wollte, die den Geist meiner Compañeros anrief. Ich machte mein Recht nicht geltend, obwohl ich sicher war, daß mein heftiger Wunsch das Leben unseres gemeinsamen Sohnes gerettet hatte. Ich wollte den Mund öffnen und Sergio bitten, er möge mich nicht so grausam strafen, doch die Worte wollten nicht herauskommen. Die jahrhundertealte Schuld gesteinigter Ehebrecherinnen, die christliche Erziehung ließen mich keine andere Verantwortung sehen als meine eigene. Es lähmte mich die Angst, ich könnte vielleicht nicht die richtige Mutter für Camilo sein, mein Unbewußtes akzeptierte die Vorurteile gegen mein eigenes Geschlecht.

Ich erinnere mich noch genau an die Gesichter meiner Töchter, als wir die Grenze überquerten, auf der Landstraße nach Nicaragua hineinfuhren und die großen, grünen Flächen sahen, das Ufer des Großen Sees und darin den Concepción und den Maderas, die Zwillingsvulkane auf ihrer Insel mit ihren von Wolken verhüllten Gipfeln. »Wie schön Nicaragua ist!« rief Melissa aus. Da spürte ich trotz meines bedrückten Gemütszustandes wieder das Glücksgefühl und die Zuversicht, die mich in jenen Tagen trugen und wie ein Windstoß in mein Herz fuhren.

»Ich möchte, daß ihr begreift, daß die Träume Wirklichkeit werden können«, sagte ich bewegt zu ihnen. »Und daß ihr es nie vergeßt und euch niemals überzeugen laßt, wenn jemand versucht, euch einzureden, daß etwas, das ihr euch vorgenommen habt, nicht möglich und machbar ist. Es ist machbar, es ist möglich. Ich habe schon früher geträumt, euch ohne Angst hierherbringen zu können. Euch ein freies Land schenken zu können. Und jetzt sind wir hier ... Und es ist auch eure Arbeit gewesen. Ihr wart meine tapferen kleinen Compañeras.«

Wenig später zog Sergio aus der Wohnung in San José aus und mietete ein kleines Haus in Managua. Ich besuchte Camilo dort, oder er verbrachte ein paar Tage bei mir. Wenn wir uns trennen mußten, weinten wir beide. Eine traurige Leere blieb in meinen Armen zurück. Sergio und ich erlangten langsam wieder das Gleichgewicht. Camilo zuliebe nahmen wir uns vor, uns wie ein Paar zu verhalten, Freunde zu bleiben, uns die Elternschaft genau zu teilen. Ohne starre Regeln für Wochenendbesuche, nur geleitet von den Bedürfnissen seiner eigenen Gefühle, kam und ging

Camilo zwischen seinem und meinem Haus hin und her. Je größer er wurde, um so längere Zeiträume verbrachte er bei mir. Er war sieben, als sein Vater in eine unsichere Situation geriet. Von da an bis zum Beginn seines Studiums lebte Camilo an meiner Seite.

Mit Maryam und Melissa wohnte ich einige Zeit im Haus meiner Eltern. Dann zogen wir in ein Haus in der Nähe von Modesto. Er hatte seinen Willen durchgesetzt: Wir lebten nicht zusammen.

»Das ist wie die Beziehung von Jean-Paul Sartre und Simone de Beauvoir«, meinte er. »Sieh es doch einfach so.« Ich habe es nie so sehen können. Bis zum letzten Tag lehnte ich mich wütend dagegen auf.

Meine Eltern konnten nicht ahnen, daß sich das brave, liebe Kind in die rebellische Frau verwandeln würde, die ihnen den Schlaf raubte.

Beim Ball der Debütantinnen verstieß ich gegen die Norm: statt zarte Pastelltöne zu tragen, entwarf ich mir ein von einem roten Cape umrahmtes Kleid. (Managua 1966)

Ich kam mir sehr schön vor, als meine Mutter mir den Schleier anlegte, den Haarschmuck ins Haar gab und mir lange Handschuhe aus Glacéleder überzog. (Managua 1967)

Mit meinem Vater in Mailand, 1973.

Mit den Bewohnern von Mongallo während der Alphabetisierungskampagne von 1980.

Mit Tomás Borge, dem Revolutionskommandeur und Innenminister, 1983 in Paris während eines Interviews mit der französischen Presse.

Von links nach rechts neben mir: der kubanische General Raúl Castro, der Kommandeur Henry Ruiz (Modesto) und der vietnamesische General Nguyen Von Giap. (Argelia 1979)

Bei einem Empfang in der kubanischen Botschaft in Managua 1982, flankiert von Sergio Ramírez (links), dem Vizepräsidenten, und dem Kommandanten Tomás Borge. Daneben – in Uniform – der Kommandant Carlos Nuñez, Präsident der Nationalversammlung.

Vereidigungszeremonie des Nationalrats der politischen Parteien, in der ich die FSLN vertrat. (Managua 1984)

Mit Carlos in Managua, 1988. (© Maria Morrison)

Bei einer Lesung im Ateneo.

In Kalifornien mit all meinen Kindern. In der ersten Reihe Adriana, die auf meinem Schoß sitzt, Melissa und Maryam; dahinter Carlos, Camilo und mein Schwiegervater Lou Castaldi.

Beim Signieren meines Romans *Bewohnte Frau* 1988 in Managua.

1999

48. Kapitel

Von den Folgen der Macht und wie die Liebe mich den Kopf verlieren ließ (Managua, 1979)

Relativ rasch beruhigte sich das Chaos in Managua, zumindest dem Anschein nach. Die Hauptstadt war nicht so stark zerstört worden wie andere Städte, und abgesehen von der Invasion der jungen Leute in ihren olivgrünen Guerillauniformen, die man überall sah, erlangte das Alltagsleben bald wieder eine gewisse Normalität. Nur die nächtlichen Schießereien gingen noch eine ganze Weile weiter.

Aus den Kämpferinnen und Kämpfern der Guerillaeinheiten wurde die sandinistische Armee gebildet. Um die Fortschritte ihrer Leute zu zeigen, organisierten die Verantwortlichen an irgendeinem Nachmittag eine kleine, schlichte Parade auf einer Wiese in der Nähe des Bunkers. Ich weiß noch, wie ich mit Modesto hinging, um zuzuschauen, und daß wir ganz beeindruckt davon waren, wie diszipliniert die jungen Männer und Frauen in ihren neuen Uniformen, mit den Gewehren über der Schulter, an uns vorbeimarschierten. Als wir von der provisorischen Tribüne herunterkletterten, hörte ich, wie mehrere Mitglieder aus der politischen Führung der FSLN darüber diskutierten, welche Probleme es mit sich brächte, wenn Männer und Frauen in den Militärbaracken zusammenlebten. Zum erstenmal deutete jemand an, daß die Frauen vielleicht keinen aktiven Dienst in der Armee tun sollten. Das schien mir absurd, und ich sagte das auch. Wie konnten sie auch nur daran denken, wo die Frauen während des Aufstands klar gezeigt hatten, daß sie genauso gute Kämpferinnen waren wie die Männer? Mehrere Monate später entschied die Führung der Armee jedoch – allen voran Humberto Ortega –, daß Frauen nur noch in der Verwaltung eingesetzt werden sollten. Sie rechtfertigten es damit, daß es eine Frage der Kosten sei, daß die getrennte Unterbringung von Männern und Frauen schwierig sei und eine Menge Organisation erfordere. Bei der sandinistischen Polizei allerdings, die dem Innenministerium unterstand, wurde diese Unterscheidung nicht getroffen, und die Compañeras traten scharenweise in den Dienst ein. Mir gefiel es, die Mädchen in ihren olivgrünen Uniformen und mit tadellos geputzten Stiefeln zu sehen. Meistens waren sie auch noch geschminkt und hatten sich die Fingernägel rot lackiert. Sie waren das Symbol einer neuen Zeit für die Frauen meines Landes.

Bei uns Nicaraguanern war die Angst vor der Obrigkeit ein konditionierter Reflex. Wir waren an helmbewehrte Soldaten gewöhnt, die mit gezogener Waffe drohend durch die Straßen patrouillierten. Die sandinistische Polizei trug keine Helme, und ihre Mitglieder waren so jung und freundlich, daß die Leute sie »Compitas«, kleine Compañeros, riefen. Das war wie ein Wunder. Beinahe hätte ich vor Rührung geweint, als mich eines Tages ein junger Polizist anhielt und mir einen kleinen Vortrag über die »revolutionäre Verantwortung des Autofahrers gegenüber der Bevölkerung« hielt. Als er meinen Namen im Führerschein las, meinte er: »Fahren Sie weiter, Compañera, vielleicht gibt Ihnen die kleine Anekdote ja Stoff für eins Ihrer Gedichte.«

Die Veränderungen in der Stadt schlossen auch die Wohngebiete ein, die ehemals dem Bürgertum vorbehalten gewesen waren. Die Häuser der geflohenen Somoza-Anhänger und Offiziere, Häuser von Ministern, Direktoren der Firmen des Diktators und auch der reichen Familien, die das Land schon Monate zuvor verlassen hatten, als sich die Rebellion überall ausbreitete, wurden von den Guerilleros mit Beschlag belegt. Ich weiß nicht, wie es geschah, und auch nicht, wer es anordnete, ich vermute, es ging ganz einfach auf die Notwendigkeit zurück, eine große Zahl von Compañeros unterzubringen, die keine Wohnung besaßen. Da lag die Lösung auf der Hand, die Häuser zu beziehen, die leerstanden, in der Annahme, daß all dieser Besitz jetzt dem Staat gehörte. Die Unordnung, die dabei herrschte, leistete später jedoch dem Mißbrauch Vorschub. Dieses Eigentum wurde als Kriegsbeute betrachtet, die man einem korrupten Feind abgenommen hatte, das war die Moral, die der Enteignung zugrunde lag. Man ging einfach hin und nahm Besitz von Haus und Hof derer, die geflohen waren. Das Haus, in das ich mit meinen Töchtern zog, hatte einem Marineoffizier gehört. Es war einfach, doch gemütlich, besaß vier Schlafzimmer, einen Garten und dahinter ein kleines Gästeapartment voll mit Büchern über die Seefahrt. Im Haus standen noch einige Möbel, und ich brauchte mehrere Monate, um die abgestandene Atmosphäre zu überwinden, die darin herrschte, und das Gefühl, mich in das Leben von jemand anders gemischt zu haben, denn überall gab es noch Familienfotos, Schulhefte der Kinder, man spürte noch die Gegenwart der Familie, die, als sie fortging, bestimmt nicht daran gedacht hatte, daß sie nie wiederkehren würde.

Modesto ließ mich in den Bunker kommen und sagte mir, er brauche eine Vertrauensperson, die ihm zur Hand ging. Er wollte, daß ich das machte.

»Das ist ein Fehler«, meinte Bayardo, als ich ihm davon erzählte. »Du bist eine intelligente Frau. Die Arbeit im Fernsehen ist die Art von Arbeit, die dir liegt. Das, was du da vorhast, läuft darauf hinaus, mit ihm zusammenzusein ... das Weibchen eines Mannes zu werden. Das kann nicht gutgehen ...« warnte er mich mit einem hintergründigen Lächeln, das seine spitzen Eckzähne sehen ließ.

Das sagte er mir im Vertrauen, als Freund. Er hatte recht. Ich dankte ihm für seinen Rat, befolgte ihn jedoch nicht. Ich schaffte es einfach nicht. Meine gesamte innere Stärke war zu einer wabbeligen Masse geworden, die sich jedem Wink von Modesto entsprechend bewegte. Ich rechtfertigte mich, indem ich mir sagte, er brauche mich. Er brauchte jemanden, der ihm half, seine Zeit zu organisieren, der seine Entscheidungen ausführte, eine Assistentin. Und mich, die ich den Gedanken haßte, die Sekretärin eines Mannes zu sein – ein Berufsbild, das sehr in Mode war, als ich von der Schule abging –, mich reizte diese Vorstellung auf einmal. Gemeinsam mit Modesto die Erfahrung zu leben, ein Land von Grund auf neu zu gestalten, erschien mir faszinierender als jede andere Aufgabe, die ich ohne ihn hätte erledigen können.

»Das war die Macht«, meinte meine Freundin Malena, als wir zusammen in Erinnerungen kramten. »Da warst du von der Macht angezogen.«

Damals hätte ich es nicht zugegeben, doch zwanzig Jahre danach schließe ich nicht aus, daß der Wunsch nach einem engen Kontakt mit der Macht die Summe meiner Verwirrungen steigerte. Doch ist die These zu einfach, daß dies meine einzige Motivation gewesen sein soll. Mein Verhalten ähnelte eher dem des Weibchens, das vom stärksten Männchen der Horde ausgewählt wird, seine Partnerin zu sein: auf ganz primitiver Stufe. Es war nicht die Macht, sondern die Unterwerfung unter die Macht des starken Männchens, die mein Hirn und meine Hormone entflammte und meine Vernunft betrog. Mein Verstand sagte mir ganz klar, daß es mir schadete, Modesto zu folgen, daß meine Kraft nicht darin bestand, bei ihm zu sein, sondern darin, mich mit meinen eigenen Mitteln zu bestätigen. Meinen Platz an der Spitze des Fernsehens zu verlassen würde meinen Ruf schädigen, die Achtung, die ich mir mit meiner Arbeit verdient hatte.

Als ich gegen meine Vernunft und seinen Rat Bayardo sagte, es tue mir leid, aber ich würde ab sofort mit Modesto zusammenarbeiten, tat mir der Magen weh dabei. Die Mischung aus Mitleid und Verachtung, mit der er mich ansah, beschämte mich zutiefst. Ich wandte mich um, so schnell ich konnte, und ging in den Konferenzraum, wo Modesto mit ein paar Leuten sprach. Während ich ihn reden hörte – »Schreib mit«, sagte er zu mir –, verspürte ich einen tiefen Zorn auf mich selbst, weil ich mich aufgegeben hatte. In den folgenden Tagen begleitete ich ihn auf einer Rundfahrt durch mehrere Städte des Landes, um ein besseres Bild von der Situation zu bekommen. Der Aufstand hatte fünfunddreißigtausend Tote gekostet, hunderttausend Verwundete und eine Million Flüchtlinge, die ihre Häuser verlassen mußten. Die Versorgung mit Nahrungsmitteln war schwierig, und Nicaragua mußte das Rote Kreuz und andere Hilfsorganisationen um Unterstützung bitten. Wir fuhren nach Jinotepe, Granada, Rivas. In meiner olivgrünen Uniform, die Maschinenpistole über der Schulter – Bayardo meinte, ich trüge sie wie eine Handtasche –, war ich Teil des Trupps, der den Comandante begleitete. Von der Direktorin des Sandinistischen Fernsehens war ich zum Bodyguard mit Schreibmaschine geworden. Ab und zu bereute ich die Entscheidung, die so offensichtlich falsch gewesen war, doch dann näherte sich mir Modesto oder irgend jemand erwähnte, daß ich »die Compañera des Comandante« sei, und dann fühlte ich mich auf unheilvolle Weise wichtig und aufgewertet. Bei alledem schwankte Modesto in seinen Gefühlen wie ein verrückt gewordenes Pendel. Manchmal war er zärtlich und zugänglich, doch meistens verhielt er sich abweisend und schroff, weil er meinte, so hielte er den Anschein aufrecht, zwischen uns sei nicht mehr als eine Arbeitsbeziehung. Zu einem willenlosen Geschöpf geworden, folgte ich ihm wie ein Hündchen und wollte nur noch Dinge tun, die mir seine Gunst erwarben.

An der Seite von Modesto, beim Halt in den kleinen Orten und bombardierten Städten, stellte ich die ausgedehnten Schäden fest, die der Krieg verursacht hatte. In den verschlafenen Weilern und Dörfern Nicaraguas spürt man kaum, wie die Zeit vergeht. Sie sind um einen baumbestandenen Platz gebaut, an dessen einer Seite eine mehr oder weniger alte Kirche steht, und ihre Häuser stehen eng beieinander und haben hohe, ziegelgedeckte Dächer, die Bürgersteige sind schmal, und es führen Stufen zu den Haustüren hinauf. Pflasterstraßen gibt es nur im Zentrum, drum herum sind die Straßen Sandwege, auf denen Schweine und Hühner umherspazieren, dort sind die Häuser Holzhütten mit einem Herdfeuer im Freien und Dächern aus Zinkblech. In den zerbombten Städten lagen überall Trümmer umher. Die Ernten waren verloren, die Infrastruktur war völlig ruiniert. An allen Wänden sahen wir revolutionäre Parolen. Bei spontanen Versammlungen auf den Plätzen sprach Modesto von den großen Anstrengungen, die der Wiederaufbau des Landes erfordern würde. Die Leute klatschten begeistert, wenn er sagte, daß jetzt die Jugend etwas lernen würde, daß es Gesundheitsversorgung für alle geben würde. Mich rührte die Hoffnung und die Freude auf den Gesichtern, die feste Stimme, mit der einfache Menschen das Wort ergriffen und ihre Probleme und Bedürfnisse darstellten oder ihre Erwartungen beschrieben. Sorgfältig schrieb ich die Petitionen mit den Namen derer, die sprachen, in mein Heft.

Bei dieser Reise beobachtete ich auch die Auswirkungen der Macht auf das Verhalten der Menschen. Die Sicherheitsleute von Modesto, Männer, die sich vor kaum einem Monat tollkühn den Panzern Somozas entgegengeworfen hatten, zeigten sich ihm gegenüber unterwürfig und gehorsam. Mir war klar, daß sie dem

Militär angehörten und ihm außerdem große Achtung entgegenbrachten, doch wurde mir unbehaglich, wenn ich sie hinter Modesto herlaufen sah, wenn er am Ende einer Versammlung aufstand und ohne ein Wort losging. Mich ärgerte diese automatische Annahme, daß wir ihm schon folgen würden, als könnten wir seine Gedanken lesen. Dann ging das Gerenne los, das Hin- und Hergerufe. »Auf geht's, der Comandante will los!« Wie von Sprungfedern getrieben sprangen wir auf, mit dem Gerassel der Gewehre, die wieder geschultert wurden, und hasteten stolpernd los, um mit dem Chef aufzuschließen, bevor er das Fahrzeug erreichte, als müßten die Türen der Autos, in denen der Trupp unterwegs war, alle gleichzeitig zuknallen und die Motoren im gleichen Moment anspringen. Mit einer blinden und wirren inneren Wut lehnte ich mich gegen dieses Ritual des Gefolges auf. Was war denn nur los mit ihnen allen? sagte ich zu den Jungs. Was sollte diese absurde Eile? Was würde Modesto denn geschehen, wenn er ein paar Minuten auf uns warten mußte? Mein Gott, wir mußten doch keinen Verletzten ins Hospital bringen!

Doch besaß dieses ganze Brimborium seine beeindruckende Seite. Wir kamen in die sandinistischen Stützpunkte der vom Krieg erschütterten Städte, und die Figur von Modesto, des Comandante, des Mitglieds der Nationalen Leitung der FSLN, der nun höchsten Autorität in Nicaragua, wurde, wo er ging und stand, von strammstehenden jungen sandinistischen Soldaten begleitet. In Jinotepe, dem Dorf, wo Modesto geboren worden war, liefen die Leute unter den Fenstern des Raumes zusammen, wo er sich mit der Kommunalregierung versammelte, und klatschten ihm Beifall.

In Rivas, der Stadt an der costaricanischen Grenze, besuchten wir eine Zuckerhacienda, die der Familie Somoza gehört hatte und wo sich eines ihrer luxuriösen Sommerhäuser befand. Wir liefen durch die mit Teppichen ausgelegten Räume und sahen uns den geschmacklosen Luxus an und die Unordnung, die siegestrunkene Guerilleros vor uns angerichtet hatten. In einem der Zimmer lagen Hunderte von Fotos über den Boden verstreut. Wir setzten uns hin, um sie uns anzusehen. Es waren Familienfotos. Kinder, Nichten des Diktators, die die Kerzen ihrer Geburtstagskuchen ausbliesen, mit lächerlichen Karnevalskostümen verkleidet in die Kamera lachten; Jugendfotos, Reiseschnappschüsse. Ich sah Aufnahmen von Valeria, meiner Schulfreundin, die Bernabé geheiratet hatte, einen Neffen von Somoza, mit einer opulenten Feier im Country Club, zu der auch ich einst eingeladen gewesen war. Es war gespenstisch, in diesem Haus zu sein, die Familienfotos der gestürzten Dynastie zu sehen. Die Compañeros lachten, öffneten Schubladen, Schränke, zogen Kleider heraus, sprangen in voller Uniform in das Schwimmbecken, während ich abwesend die Fotos von Salvadora Somoza, Karla, Carolina Somoza betrachtete, die alle mit mir die Schule besucht hatten. Salvadora war sogar meine Klassenkameradin gewesen, ein verzogenes, dickliches Mädchen mit großen Satinschleifen im Haar, das einmal, ohne daß ich ihm etwas getan hatte, aus reiner kindlicher Gemeinheit, in der Pause auf mich zukam, als ich gerade in ein Stück Kuchen beißen wollte, und es mir mit einem Hieb aus der Hand schlug, wobei es hämisch lachte, während ich gegen die Tränen ankämpfte.

In der Nähe des Gebietes, wo die Südfront der FSLN gekämpft hatte – deren Vormarsch Somoza mit seinen besten Truppen bis zum Schluß aufhielt, so daß die These Fidels sich niemals bewahrheitete –, besuchten wir die Hacienda von Cornelio Hueck: San Martín. Hueck war ein treuer Gefolgsmann des Diktators gewesen, korrupt und hinterhältig. Eine sandinistische Einheit hatte im kolonialen Herrenhaus ihr Lager aufgeschlagen, auf einer Anhöhe in der Nähe der Küste mit einer herrlichen Aussicht auf den Pazifik.

»Dort unten hat Cornelio sich versteckt gehalten«, sagte einer der jungen Guerilleros. »Wir wollten ihn nicht töten, doch er zog die Waffe, und so mußten wir zurückschießen.«

Modesto sah ihn und dann mich an, dann zuckte er die Achseln. Da war nichts zu machen. Die Revolution verbot solche Erschießungen, doch manche waren eben nicht zu verhindern.

Mit Modesto zusammenzusein bedeutete trotz allem, das Entstehen der neuen Macht aus der Nähe zu erleben. Ich fühlte mich als Zeugin unwiederbringlicher, geschichtsträchtiger Tage. In mein Heft notierte ich Ereignisse, Anekdoten, Vereinbarungen, wie besessen von meiner Rolle als Chronistin. Ich ertrug

Modestos Launen, seine brüsken Stimmungsschwankungen. Das geht schon vorbei, dachte ich, und wenn es vorbei wäre, würde ich immer noch dasein. Meine maßlose, stürmische Liebe ließ mich verdrehte Rechtfertigungen erfinden, um meine rebellische Ader zum Schweigen zu bringen. Die unterwürfige Bewunderung für den Helden machte das Auge blind, mit dem ich den Mann betrachtete. Nicht mehr wie Dulcinea, sondern wie Sancho Pansa sah ich meinen Don Quijote.

In Managua wohnte Modesto provisorisch im ehemaligen Haus eines Obersts oder Generals, der Chef der Verkehrspolizei gewesen war, einem riesigen Haus im mediterranen Stil mit großen Gartenanlagen. Das Innere war eine Hymne an den schlechten Geschmack, sechs Salons, die in verschiedenen Stilrichtungen eingerichtet waren, einer mit roten Louis-XV-Möbeln, einer ganz modern, ein weiterer im spanischen Stil, einer mit geflochtenen Möbeln, ein anderer mit viel Glas und Aluminium. Im Bad erhob sich die Toilette auf einem runden Podest. Im Arbeitszimmer stand ein riesiger Billardtisch. Ich verbrachte die Nacht zu Hause bei meinen Töchtern, doch aß ich dort zu Mittag oder blieb den Abend über. Bei Modesto wohnten auch ein paar seiner alten Guerillagefährten aus den Bergen. Wenn sie mich leiden sahen, trösteten sie mich und meinten, ich solle nicht soviel auf seine Wutausbrüche geben. So war er eben.

»Doch wenn wir kaum etwas zu essen hatten, dann aß er nichts, damit wir genug bekamen«, verteidigten sie ihn. Sie hielten ihm die Treue, und ich wußte auch, weshalb. Der Mann hatte seine dunklen Seiten, doch war er an sich von einer großen Hochherzigkeit. Nicht nur Teufel, auch Engel wohnten in ihm.

Ich brauchte Jahre, um die Reife zu gewinnen, die mich verstehen ließ, was diese Zeit für jemanden in der Position von Modesto bedeutet haben muß. Die neun Comandantes der Nationalen Leitung waren lange Zeit voneinander getrennt gewesen, hatten sich gegenseitig mißtraut. Nur wenige Monate waren seit dem Zusammenschluß vergangen, als der Sieg errungen wurde. Der Argwohn war noch nicht verschwunden, der Streit noch gar nicht recht begraben, als die Umstände sie gemeinsam vor die gigantische Aufgabe stellten, das Land wiederaufzubauen. Im Kräftespiel der Machtverteilung untereinander gab es jene, die zu naiv waren oder es vorzogen, ihr Mißfallen an manchen Entscheidungen für sich zu behalten, während die im politischen Manöver Geübteren sich Vorteile verschafften. Weil sie die Aufstandsstrategie vertreten hatten, die das Land in Flammen setzte, meinten die beiden Brüder Ortega, sie seien bessere Sieger als die anderen. Geschickt manipulierten sie die stillschweigende Zustimmung der anderen, brachten Personen ihres Vertrauens in die wichtigsten Positionen und besetzten selbst einen Platz in der Regierungsjunta und einen zweiten an der Spitze der neuen Armee.

Modestos schlechte Laune war verständlich. Doch meine obsessive Liebe, meine eigene Unsicherheit verstellten mir so sehr den Blick auf die Dinge, daß ich meinte, der Grund all dessen zu sein, das ihn ärgerte. Ich beobachtete sein angespanntes Schweigen und erging mich in verzweifelten Vermutungen darüber, was ich wohl getan haben mochte, um ihn so zu verärgern.

Traurig kam ich nach Hause, um mir die Schelte meiner Töchter anzuhören.

»Mama, du hast gesagt, wenn die Revolution gesiegt hat, dann verbringen wir mehr Zeit miteinander ...«

»Es ist einfach soviel zu tun«, antwortete ich ihnen. »Bald wird sich alles beruhigen, habt noch ein bißchen Geduld.«

Ich sagte das ohne Überzeugung. Ich hatte keine Ahnung, wann sich die Situation normalisieren oder wann ich mehr Zeit besitzen würde. Die hektische Aktivität schien nicht weniger werden zu wollen. Die Wolkenbrüche der Regenzeit gingen erbarmungslos auf das Land nieder, die Entwässerungskanäle Managuas füllten sich und flossen über, also zogen wir los, die beispielhafte, unermüdliche Avantgarde, und stapelten Sandsäcke. Die Baumwollernte mußte dringend eingebracht werden, es wurden Arbeiter gebraucht, und das bedeutete Wochenenden freiwilliger Arbeit in den sandinistischen Brigaden, die in aller Herrgottsfrühe mit Lastwagen auf die Felder fuhren, um den ganzen Tag zu pflücken und abends sonnenverbrannt heimzukehren. Und man mußte auch an den militärischen Übungen teilnehmen, denn mehr noch als eine Armee zu schaffen ging es darum, freiwillige Milizen und Reservetruppen aufzustellen. Statt morgens um acht zur Arbeit zu erscheinen, kamen wir schon um halb sieben, um noch eine Stunde militärischer Übungen zu veranstalten. All das machte müde, doch wir gaben es nicht zu. Es gab ein Zitat des Che, das in jenen Tagen die Runde machte und das einige Compañeros über ihren Schreibtischen hängen hatten: »Jeder Mensch hat das Recht, müde zu werden, doch der, der müde wird, gehört nicht zur Avantgarde.«

49. Kapitel

Von den Erinnerungen, die ich mit Carlos wiederentdeckte, und von den Taten meiner Töchter (Managua, 1985)

1985 kehrte ich nach Mazatlán zurück, auf die Kaffeehacienda meines Großvaters, den Ort meiner Treffen mit Marcos. Mein Leben, mein Land hatten sich so sehr verändert, doch der Weg zwischen den Kaffeeplantagen und den baumbestandenen Senken war unverändert. Der gleiche Geruch nach Erde, nach geröstetem Kaffee, derselbe Wind, der zwischen den Sträuchern hindurchpfiff. Weniger Bäume vielleicht. Die Mehrzahl der Nicaraguaner kocht mit Holz, und so werden die Wälder erbarmungslos abgeholzt. Spät am Morgen fuhren Carlos und ich in meinem Lada los, um meine Töchter zu besuchen. Es war Januar, die Zeit der großen Ferien. Beide hatten sich der Brigade von Jungen und Mädchen aus ihrer Schule angeschlossen, die Kaffee pflücken wollten. Der Krieg hatte auch zur Folge, daß nicht mehr genug Arbeitskräfte für die Ernte zur Verfügung standen, und deshalb hatte die Regierung die Schüler und Studenten aufgerufen, mitzuhelfen. Wenn die reifen Kaffeebeeren nicht beizeiten gepflückt wurden, ging das wichtigste Exportgut des Landes verloren. Es war schon das zweite Jahr, daß Maryam, die jetzt sechzehn Jahre zählte, sich der Pflückerbrigade der Sandinistischen Jugend anschloß. Beim erstenmal, das Jahr zuvor, hatte ich meine Angst unterdrückt, sie im Norden zu wissen – in der Nähe der Kriegszone, auf einer Kaffeehacienda in den Bergen, die man nur über einen miserablen Weg erreichte. Zu Weihnachten fuhr ich sie besuchen und war beeindruckt von dem Frohsinn, mit dem sie diese Monate harter Arbeit, aber auch der Kameradschaft mit ihren Freunden erlebte. Jetzt waren ihre Brigade und die von Melissa derselben Hacienda in der Nähe von Managua zugeteilt. Weil sie bei ihrer Schwester und nicht allzuweit weg von Managua sein würde, war ich schließlich einverstanden, daß auch Melissa mit ihren zwölf Jahren mitmachte.

Von dem Augenblick an, da ich in den Weg einbog, spürte ich die Vergangenheit im frischen Wind, der mir das Haar zerzauste: die Sonntage meiner Kindheit mit den Eltern und Geschwistern, die Mittagessen im Kreis der Familie, wenn meine Großeltern lange Zeit auf der Hacienda blieben, die nächtlichen Fahrten mit Marcos. So ganz andere Zeiten erstanden neben der jetzigen. Wer hätte mir je sagen können, daß meine Töchter den Kreis schließen würden, daß auch sie in einer Wiederholung meiner Erinnerung den Duft für sich bewahren würden, den Klang des Windes im Hohlweg? Dort warteten sie also auf mich mit ihren von Sonne und Wind geröteten Gesichtern. Die Hacienda unterschied sich nicht sehr von der meines Großvaters, Holzhäuser, Trockenhöfe für den Kaffee, mit weißgekalkten Wänden. Überall Dutzende junger Leute. Dort saß eine Gruppe um einen Jungen, der Gitarre spielte, hier lagen ein paar Mädchen in der Sonne.

»Hast du was zu essen mitgebracht?« fragte Melissa und beugte sich ins Auto hinein. Ich holte hervor, was ich dabeihatte, und bald umringte uns eine stattliche Gruppe, denn sie teilten immer alle unter sich auf, was die Eltern mitbrachten. Die ganze Woche über lebten die freiwilligen Pflücker bei den Landarbeitern und aßen das gleiche wie sie: Reis, Bohnen, eine Tortilla und Kaffee. Das gleiche Essen morgens, mittags und abends. Sonntags, wenn Besuch kam, erschien ihnen dann jede andere Speise wie ein Festbankett.

Maryam und Melissa führten uns zu den Baracken, wo sie schliefen. Carlos sah sich genauso neugierig um wie ich. Es rief Rührung und Bewunderung zugleich hervor, so viele erschöpfte, doch enthusiastische und fröhliche junge Leute zu sehen. Die Arbeit begann jeden Morgen um vier Uhr, erklärte uns Melissa. Die Kleinsten pflanzten Kaffeetriebe in schwarze Beutel mit Humuserde, um Setzlinge zu produzieren. Die Älteren, wie Maryam, gingen mit den Körben um die Hüften in die Pflanzungen, um die Beeren zu pflücken, stiegen dabei die steilen Hänge hinauf und hinunter, nahmen in der Pflanzung ihr karges Essen zu sich und kehrten kurz nach Mittag zur Hacienda zurück. So entgingen sie der Hitze des Nachmittags.

In die Baracke zu treten ließ mich schwindelerregend schnell in die Zeit zurückkehren, als ich mich zum erstenmal den Schrecken des Elends gegenübersah. Als kleines Mädchen verbrachte ich die Sommerferien auf der Kaffeehacienda eines Onkels. Man hatte mir verboten, mich den Baracken zu nähern, wo die Kaffeepflücker mit ihren Familien hausten. Das Verbot steigerte nur mein Verlangen, es dennoch zu tun. Eines Nachmittags stahl ich mich heimlich aus der Obhut meines Kindermädchens und schlich hinüber. Es war, als hätte ich mich einem der Kreise der Hölle genähert. Die Hütte aus roh behauenem Holz, düster und übelriechend, mit nur einem Luftabzug ganz oben unter dem Dach, beherbergte wer weiß wie viele Familien. Jede von ihnen hielt eine Art Kasten an der Wand besetzt. Viele Kästen sah ich da, neben- und übereinander. Dort, in dieser furchtbaren Enge, schliefen auf Lumpen die Pflücker mit ihren Frauen und Kindern. Nie werde ich den abgestandenen Gestank nach Feuchtigkeit und schmutzigen Kleidern vergessen. Es war eine Erfahrung, die einen unauslöschlichen Eindruck in meiner Erinnerung hinterließ und jede kindliche Illusion in mir zerstörte, in einer glücklichen Welt zu leben. Das war ein erstes Aufflackern sozialen Bewußtseins.

Die Baracke, in der jetzt meine Töchter schliefen, war genauso, nur war hier der Abstand zwischen den Kästen größer, und sie schliefen nicht so beengt, sondern jeder in einem Kasten für sich allein, auf einer Matratze. Um in ihr Bett zu kommen, mußte Melissa eine Reihe primitiver Stufen hinaufklettern, denn das ihre war das fünfte über dem Boden.

»Das ist eine sehr gute Erfahrung«, meinte sie, um den Ausdruck des Entsetzens in meinem Gesicht zu lindern. Ich erinnere mich an das ihre, sanft, ernst und feierlich. »Das Leben der Landarbeiter ist unheimlich hart, und ich werde nie wieder eine Tasse Kaffee trinken, ohne an sie zu denken. Wir sind ja nur drei Monate hier, doch für sie ist es das ganze Leben.«

Ich mußte meine ganze Kraft aufbringen, um nicht in Tränen auszubrechen. Zärtlicher Stolz mischte sich mit dem alten Unbehagen, das die Ungerechtigkeit in meiner Kindheitserinnerung hinterlassen hatte. Ein weiterer Kreis schloß sich. Auch dafür hatte ich gekämpft, daß meine Töchter jede Ungerechtigkeit gegen jedes Menschenwesen in welchem Teil der Welt auch immer mitempfinden konnten, wie es Che Guevara einmal gesagt hatte.

»Und du solltest nur sehen, Mama, wieviel Überwindung es uns kostet, uns mit dem kalten Wasser aus den Bassins zu waschen und die Latrinen zu benutzen«, lachte Maryam und versuchte, die Unbequemlichkeiten nicht so ernst zu nehmen. »Und dann noch die Stürze an den Hängen, wenn es regnet und die Erde zu Schlamm wird.«

Später lagerten wir uns in die Nähe der Baracken und veranstalteten ein spontanes Picknick mit ihren Freunden. Mit dem überschäumenden Humor der Jugend machten sie Witze und erzählten Anekdoten von den Pannen, die ihnen tagtäglich passierten.

Ich sah, wie Carlos das alles bewegt beobachtete, und ich betrachtete bewundernd meine Töchter, meine beiden tollen Mädchen.

»Die Welt wäre anders, wenn alle jungen Leute das täten«, meinte Carlos, als wir uns von ihnen verabschiedet hatten. »Aber es ist auch traurig, daß sie es überhaupt tun müssen.«

50. Kapitel

Wie ich nach der Revolution noch einmal Kuba besuchte und Fidel wieder begegnete (Havanna, 1979)

Wegen der Erfahrungen, die ich während der Jahre im Exil auf dem Gebiet internationaler Beziehungen gesammelt hatte, bat mich Modesto, ihn zum Gipfeltreffen der blockfreien Staaten in Kuba zu begleiten. Der Gipfel fand vom 3. bis zum 9. September 1979 statt. Maryam und Melissa blieben bei Justine, weil die Beziehung zu meinen Eltern seit meiner Trennung von Sergio von Mal zu Mal gespannter wurde.

An dem Treffen nahmen Staatschefs aus aller Welt teil, doch wir Sandinisten waren die große Neuigkeit, die Lieblingskinder. In jenem Jahr beantragten wir die Aufnahme in die Bewegung blockfreier Staaten, die seit ihrer Gründung im Jahre 1961 ein Forum für die Staaten der dritten Welt war, die eine gerechtere internationale Ordnung forderten und eine unabhängigere Stellung gegenüber den Großmächten.

Die politischen Führer aus der ganzen Welt begrüßten uns mit großer Herzlichkeit, wie Helden, als sie uns auf den Gängen des Kongreßpalastes in Havanna trafen. Wenn bei den Plenarsitzungen Nicaragua oder die Sandinistische Befreiungsfront erwähnt wurden, brach der gesamte Saal in donnernden Applaus aus, und wir erhoben strahlend unsere Fäuste. Die Mehrheit von uns war olivgrün gekleidet, doch trug jeder die Uniform, die ihm am besten gefiel. Weil es so heiß war, zog ich zu meinen Uniformhosen ein *halter top* an, das meinen Rücken frei ließ. So wirkte ich von der Taille aufwärts wie eine Strandurlauberin und von der Taille abwärts wie ein Soldat, mit Stiefeln und allem Drum und Dran. Wahrscheinlich sah das entsetzlich aus, ich jedoch fand mich schön so. In diesem Aufzug traf ich eines Tages auf dem Gang General

Torrijos. Er grüßte mich mit einem Kopfnicken und ging schnell weiter.

In dem Haus, wo die sandinistische Delegation untergebracht war, herrschte ein ständiges Kommen und Gehen. Die Funktionäre der Kommunistischen Partei wußten sich gar nicht zu lassen, so glücklich waren sie darüber, daß es eine weitere Revolution auf dem Kontinent gegeben hatte. Mehrfach kam Fidel zum Frühstück oder Mittagessen. Mich würdigte er kaum eines Blickes.

»Ah! Die Dichterin!« sagte er nur höflich und kühl, als er mir die Hand gab. Es war das erstemal, daß wir uns seit der Episode im Januar sahen.

Er verhielt sich so, als sei er unser Großvater. Wir waren die siegreichen Guerilleros, von denen er so lange geträumt hatte. Und außerdem jung, unerfahren. In Schaukelstühlen setzten wir uns um ihn herum und hörten aufmerksam zu, wenn er vom Unterschied sprach, in der Guerilla oder an der Macht zu sein. Es war offensichtlich, daß er sich dazu berufen fühlte, unser Lehrer zu sein, uns Orientierung auf dem schweren Weg zu geben, ein Land zu regieren. Ich sah ihn dozieren, merkte, wie vorsichtig er seine Meinung formulierte, damit wir nicht den Eindruck bekamen, er wolle uns sagen, was wir zu tun hätten, und dennoch verstünden, wie wir es seiner Meinung nach machen sollten. Es war geradezu rührend zu sehen, wie sehr er gern selbst an unserem Platz gewesen wäre, wie er sich Mühe gab, staatsmännische Distanz gegenüber einer Situation zu bewahren, die er liebend gern selbst in die Hand genommen hätte. Vielleicht merkte er jedoch auch, daß wir uns auf unsere eigene Weise genauso klug fühlten, daß wir sogar glaubten, bessere Möglichkeiten und die notwendige Eigenständigkeit zu besitzen, um nicht die Isolation zu erfahren, wie sie die kubanische Revolution erlebt hatte.

Abends versammelten wir uns, tauschten gutgelaunt die Anekdoten des Tages aus und staunten lachend darüber, wie wenig wir von diesen seltsamen Gipfeltreffen wußten, wo so viele internationale Konflikte verhandelt wurden. Die Compañeros kamen von ihren Sitzungen hinter verschlossenen Türen zurück, um Geographiebücher zu wälzen und herauszufinden, wo dieses oder jenes Land überhaupt lag, oder die Geschichte der Guerillabewegung irgendeines Landes in der Südsee zu erforschen. Wir debattierten darüber, wie die sandinistische Revolution zu diesem oder jenem Punkt abstimmen sollte oder wie wir es vermeiden konnten, ins Fettnäpfchen zu treten, und wie wir uns so verhielten, als kennten wir die komplizierte Situation der großen, weiten Welt.

In unserem auffälligen Guerillaaufzug spazierten wir durch die Straßen von Havanna, und die Leute hielten uns an, um uns zu gratulieren. Es waren glückliche Tage. Wir fühlten uns ganz obenauf. Beim Mittagessen im Gästehaus setzte ich mich neben Modesto. Am Nebentisch aßen die Ortegas. Daniel Ortega sah mich verstohlen an, warf mir seltsame, provozierende Blicke zu, denen ich auswich, indem ich zur Seite sah. Ich konnte kaum glauben, daß er das einfach so unter den Augen von Rosario, seiner Compañera, tat, und in Anwesenheit von Modesto. Seit jener Zeit – ich kannte ihn kaum, und er sprach nur wenig – hielt ich ihn für einen verschlagenen, düsteren Menschen, dessen Innenleben voller komplizierter Schwierigkeiten und spinnwebverhangener Ecken sein mußte. Als ihn Jahre später seine Stieftochter des sexuellen Mißbrauchs anklagte, erinnerte ich mich daran, wie unwohl ich mich schon damals in seiner Gegenwart gefühlt hatte.

Rosario, die eine starke Frau gewesen war, als ich sie kennenlernte, hatte sich in ein ängstliches Wesen verwandelt, ein einziges Nervenbündel. Sie war sichtlich abgemagert, dabei war sie seit mehreren Monaten schwanger. Unablässig kaute sie an den Nägeln und folgte Daniel wie ein Schatten, traurig und ohne Persönlichkeit. Vielleicht machte ich mit Modesto den gleichen Eindruck, dachte ich voller Scham über mich selbst. Beide waren wir, jede auf ihre Weise, Opfer eines bösen Fluchs, der uns wie Bettlerinnen den Liebeskrumen hinterherlaufen ließ, die diese Männer fallen ließen und die wir auflasen, als seien sie das Manna vom Himmel oder die einzige Nahrung, die uns satt machen konnte. Verstohlen sahen wir uns an, waren uns wohl beide im klaren darüber, daß unser Verhalten nicht zu rechtfertigen war: die furchtbare, böse Lust an der Unterwerfung. Wir waren wieder Höhlenmenschen, Höhlenfrauen geworden, ließen es zu, daß das Männchen uns beherrschte. Monate später verglichen Rosario und ich unsere Aufzeichnungen und waren verblüfft darüber, wie sehr sie sich glichen.

Das Gipfeltreffen der Blockfreien endete mit dem Hurrikan

Fifi. Die ganze Gewalt der Tropen entlud sich über uns. Der kleine See, um den die Gästehäuser lagen, trat weit über die Ufer, und das Haus füllte sich mit Enten, die im Wohnzimmer herumschwammen. Man evakuierte uns in Kleinbussen, als das Wasser fast schon bis zu den Fenstern stand. Die letzten Tage in Havanna verbrachten wir im Hotel Habana Libre. Dort verbesserte sich Modestos Laune. Leidenschaftlich sprach er von seinem Vertrauen darauf, daß wir es schaffen würden, eine freundliche, einzigartige Gesellschaft aufzubauen, eine Synthese der besten Erfahrungen anderer Revolutionen, ohne in die gleichen Fehler zu verfallen. Wenn die Gesellschaft das Glück aller zum Ziel hätte und wie eine Gemeinschaft von Ideen und Erwartungen zu funktionieren begänne, dann würden die Menschen auch neue Werte entwickeln. Wir verbrachten die Zeit im Hotelzimmer, lasen, unterhielten uns und lauschten den lustigen Geschichten von Omar Cabezas.

Omar verkörperte für mich damals den freien, fröhlichen Geist, der der Revolution eine unschuldige Lebendigkeit verlieh. Er war Chef des Personenschutzes, des Geheimdienstes, der sich um die Sicherheit der politischen Führer kümmerte, doch stellte ein solcher Titel für ihnen keinen besonderen Grund für Ernsthaftigkeit oder Feierlichkeit dar. Nie vergesse ich, wie wir lachten, als er mir von den Nöten beim Besuch des Präsidenten von Costa Rica in Managua kurz nach dem Sieg der Revolution erzählte.

»Stell dir vor, Gioconda, da kommen die Ticos mit ihrem Präsidenten auf dem Flughafen an, und alle Sicherheitsbeamten haben Walkie-talkies. Wir hatten überhaupt nichts, verstehst du? Gar nichts. Da bin ich zu den Schaltern der Fluglinien gegangen und habe eine Frau, die ich kannte, gebeten, sie möge mir ihr Walkietalkie leihen. Ich hab mir einfach gesagt: O nein! Wir wollen doch nicht wie die Deppen dastehen! Und dann hab ich die ganze Zeit so getan, als spräche ich durch das Walkie-talkie, tat so, als gäbe ich meinen Leuten Befehle und so, doch natürlich war das alles nur Theater. Ich redete mit niemandem und blieb ganz ernst dabei, aber innerlich lachte ich mich halbtot über meine eigene Show.«

So waren sie, jene Tage. Es herrschte die Kunst der Improvisation, während wir versuchten, die feierlichen Rollen auszufüllen, die die Geschichte uns zugedacht hatte.

51. Kapitel

Wie die Schatten der Vergangenheit die Gegenwart verdunkelten (Managua, 1979–1981)

Ich wuchs auf mit dem Bild der US-Botschafter als mächtige Figuren, die den Tyrannen vor jedem Versuch der Bevölkerung schützten, ihn loszuwerden. An einen von ihnen erinnere ich mich ganz besonders, Turner B. Shelton, der mit seinem unvergeßlichen Froschgesicht und seinen hervorstehenden Augen immer über Somozas Schulter schielte, wie ein gräßlicher, häßlicher Machiavelli.

Wenige Tage nach dem Sieg begannen im Bunker hinter vorgehaltener Hand die Gespräche darüber, was wir von den Nordamerikanern erwarten könnten. Die generelle Meinung war, daß sie uns angreifen würden.

»Warum müssen wir denn gleich so pessimistisch sein?« fragte ich.

»Weil sie das immer so gemacht haben. Sie sind schließlich das Imperium. Sobald wir nicht mehr das machen, was sie wollen, fallen sie über uns her. Du wirst schon sehen. Sei nicht so naiv. Auf jeden Fall müssen wir uns darauf vorbereiten.«

In einer seiner ersten Pressekonferenzen als Innenminister meinte Tomás Borge ironisch, die neue Regierung würde herzlich gern die Hilfe der USA annehmen, um die sandinistische Armee aufzubauen.

»Jede Revolution bringt eine Konterrevolution hervor«, sagte er. »Die Nationalgardisten Somozas, die geflohen sind, werden wiederkommen. Das ist der Lauf der Geschichte. Deshalb müssen wir vorbereitet sein. Wir würden uns sehr freuen, wenn uns Präsident Carter dabei helfen könnte.«

In derselben Pressekonferenz kündigte er an, daß es in Nicaragua keine Todesstrafe mehr geben würde. Er sagte, wir Sandinisten seien »unerbittlich im Kampf, doch großzügig im Sieg«. Und er sagte, er sei bereit, seinen Folterern zu verzeihen, die ihn sieben Monate lang an eine Wand gekettet und ein Jahr lang in Isolationshaft gehalten hatten. In Nicaragua sollte es keine Erschießungen geben wie in Kuba. Die kleine Gestalt von Tomás Borge bebte vor Bewegung im Takt seiner flammenden Rede. Seine Worte über das Verzeihen als ureigenste Tugend des Revolutionärs waren herrlich, einige der Zuhörer mußten vor Rührung weinen. Seine Bemerkungen über die Waffen und die USA gingen unter in den erhabenen Worten, die er danach sagte. Niemand der Anwesenden konnte sich vorstellen, daß die USA die sandinistische Armee bewaffnen würden.

Eines Nachmittags, als noch ziemliche Unordnung herrschte, gab es große Aufregung im Bunker. Es hieß, eine Delegation nordamerikanischer Kongreßabgeordneter komme zu einem Treffen mit der Nationalen Leitung der FSLN. Wir anderen mußten uns zurückziehen. Als ich nach dem Treffen ins Büro zurückkehrte, sah ich am Empfang Modesto, Humberto Ortega, Daniel Ortega und Bayardo Arce. Sie wirkten so vergnügt wie Kinder und sprachen über die erstaunliche Wendung der Geschichte, die uns, die wir noch vor kurzem Guerilleros gewesen waren, so plötzlich zu einer anerkannten Größe gemacht hatte. »Aber habt ihr den Ton gemerkt?« fragte einer von ihnen. Es war gerade mal das erste Gespräch gewesen, und schon hatten die Nordamerikaner nicht ihren Argwohn verbergen und es auch nicht unterlassen können, Erklärungen darüber zu verlangen, was die Revolution denn nun eigentlich vorhabe, als stünde es ihnen zu, die Rechte eines Volkes zu vertreten, das sie so lange in den Händen eines Tyrannen gelassen hatten. Sie glaubten wohl, sie könnten immer noch den gleichen Einfluß in Nicaragua ausüben wie zu Zeiten Somozas, doch da täuschten sie sich gewaltig!

Das kindlich-triumphierende Frohlocken auf ihren Gesichtern an diesem Tag blieb mir im Gedächtnis haften. Ich weiß nicht, ob es eine Vorahnung war, doch die ganzen folgenden Jahre über sah ich diesen Ausdruck noch oft, und immer wieder gewann ich die beunruhigende Erkenntnis, daß jene Männer an dem verführerischen Bild klebengeblieben waren, das sie sich von sich selbst geschaffen hatten: das Bild, das ihnen die Augen der Menge am Tag des Sieges zurückspiegelte. Sie fühlten sich ungemein schlau und geschickt, wie eine Mischung politischer Frechdachse und heroischer, sehr männlicher Kreuzritter. In dieser Haltung stellten sie sich gefährlichen Herausforderungen, die eine ruhigere Betrachtung verdient hätten, eine Reife, die das überwältigende Gefühl, an der Macht zu sein, sie nicht mehr gewinnen ließ.

Die stolze Spontaneität, die sie anfangs zur Schau trugen, wurde zur Falle, als es darum ging, es mit den USA aufzunehmen, einer Nation, die paradoxerweise einem genauso grandiosen Bild von sich selbst verhaftet war. Sehr früh kam es zu einem Zusammenprall der Spiegel, bei dem jede Seite das Bild zurückwies, das ihr die andere entgegenhielt. Weder konnten wir Sandinisten die Begriffe akzeptieren, mit denen man uns belegte, noch konnten die USA die unseren hinnehmen. Wie sollten sie auch hinnehmen, daß wir aus vollem Hals eine Hymne sangen, die in einer ihrer Strophen verkündete: »Wir kämpfen gegen die Yankees, die Feinde der Menschheit«, was ein Zitat von Che Guevara war? Da nützte es wenig, daß wir erläuterten, unsere Haltung rühre aus einer jahrhundertelangen Geschichte von Interventionen und aus dem Kampf Sandinos gegen die Marines. Diese Art der Rede machte uns zu einer Bedrohung. »Wir sind keine Kommunisten«, bekräftigten wir und widersetzten uns dem Bild, das die Vereinigten Staaten uns aufzuzwingen versuchten. Und trotz allem Marxismus-Leninismus und so sehr wir auch Kuba, Fidel und sogar die Sowjetunion liebten und achteten, war es tatsächlich unser Traum, etwas anderes zu schaffen, einen eigenständigen, nicaraguanischen, freiheitlichen Sozialismus. Unter uns Sandinisten kam es in unseren Diskussionen, solange ich mich erinnern kann, zu harscher Kritik am Verhalten der Sowjets und der Kubaner. Ohne Zweifel war die Sprache von uns Sandinisten ein Ergebnis des Radikalismus jener Zeit, eines heroischen Bewußtseins, das überzeugt war von seiner eigenen Wahrhaftigkeit und entschlossen, die Welt zum Vorteil der Ausgebeuteten und Unterdrückten zu verändern, doch sollte es auch die erste Revolution einer tropischen Linken sein, unbotmäßig, originell und großmütig.

Die Haltung der Revolution verhärtete sich von Mal zu Mal mehr. Als die wirtschaftlich mächtigen Gruppen und die extreme

Linke die revolutionären Reformen in Frage stellten, die einen, weil ihre Interessen auf dem Spiel standen, die anderen, weil sie radikalere Veränderungen wollten, war die Lösung nicht, ihre Kritik einzubeziehen, sondern sie auszuschließen und manchmal sogar einzusperren. Anstatt ein soziales Bündnis zu schmieden, versuchten wir, die neue Ordnung einfach durchzusetzen, weil wir glaubten, es sei die einzige Art und Weise, der armen Mehrheit treu zu bleiben. Aus Mangel an demokratischer Tradition nutzten auch wir die Überlegenheit unserer Machtfülle. So gute Absichten wir auch hegten, der Autoritarismus war zu unserem Unglück auch unser Erbe.

Gern möchte ich glauben, daß die Revolution mit der Zeit schon die eigenen Unwetter überstanden und ruhigere Gewässer, ein gutes Gleichgewicht erreicht hätte. Leider werden wir nie wissen, wie sich alles entwickelt hätte, wenn wir Nicaraguaner die volle Verantwortung für unser Schicksal hätten übernehmen können, ohne Einmischung von außen. 1981 begann Ronald Reagan seine Amtsperiode als Präsident der Vereinigten Staaten. »Wir bedauern«, so stand in seinem Wahlprogramm, »die Machtergreifung der Sandinisten in Nicaragua wie auch die marxistischen Versuche, El Salvador, Honduras und Guatemala zu destabilisieren.«

Die bösen Vorzeichen sollten nur allzubald Wirklichkeit werden.

52. Kapitel

Wie ich in die sozialistischen Länder reiste und den vietnamesischen General Vo Nguyen Giap kennenlernte (Oktober/November 1979)

Nach dem Gipfel in Havanna hielten wir uns nur ein paar Wochen in Nicaragua auf, dann reisten wir in die sozialistischen Länder. Mit der Zeit wurden die Delegationen dieser politischen Reisen immer umfangreicher, mit Leibwächtern, Sekretärinnen, Fotografen, doch in der Anfangszeit war alles noch viel einfacher. Wir reisten zu fünft: Modesto und Luis Carrión aus der Nationalen Leitung der FSLN; Juan Jované, Julio López und ich als Berater, Beobachter, Übersetzer und alles, was sonst noch gebraucht wurde.

In Moskau erwartete uns Constantin Kurin, der Funktionär, der sich um die Beziehungen zwischen dem Zentralkomitee der Kommunistischen Partei der Sowjetunion und Nicaragua kümmerte. Kurin war ein hochgewachsener, schlanker Mann mit dem freundlichen, aber traurigen Gesicht einer Figur von Tolstoi. Es war das erstemal, daß jemand von der KPdSU persönlich die Sandinisten kennenlernte, die Sowjets hatten viele Jahre über nur mit der Sozialistischen Partei Nicaraguas zu tun gehabt. Wir waren völlig unbeschriebene Blätter für sie. Eine Woche lang brachte man uns in einem besonders noblen Gästehaus unter, einer herrlichen, mehrstöckigen Villa mit eleganten Möbeln, schweren Samtvorhängen und einem prunkvollen Speisesaal mit Kristallüstern und einem glänzenden, langen Tisch. Modesto meinte, er und ich könnten nicht im selben Zimmer schlafen, weil wir nicht verheiratet waren und die Leute von der Partei solche Sachen sehr ernst nähmen. Die Männer wurden im oberen Stockwerk einquartiert, ich in einem kleinen Zimmer im Erdgeschoß. Wieder einmal war ich nur die Sekretärin, und mir blieb nichts anderes übrig, als die Wut auf mich, Modesto und die Russen im Zaum zu halten. Unseren Aufenthalt in Moskau habe ich als eine einzige Folge von Mittag- und Abendessen in Erinnerung behalten. Durch unser Haus paradierte eine Reihe von Funktionären, die uns bei opulenten Essen ein ums andre Mal ausloten und über die verschiedensten Themen aushorchen wollten.

»Die Russen sind wie die Elefanten«, meinte Modesto. »Es dauert lange, bis sie sich bewegen, doch wenn sie sich bewegen, dann machen sie es mit dem ganzen Gewicht.«

Wir besuchten den Kreml, den Roten Platz mit den Gräbern von John Reed und von Stalin. Im Lenin-Mausoleum beeindruckte mich die absolute Stille, über die Soldaten der Roten Garde wachten, während die Menschen auf Zehenspitzen um den gläsernen Sarg gingen, in dem Lenin ruhig zu schlafen schien.

Wir waren hier im Rom der Linken, mit seinen Heiligen und Päpsten. Es roch nach Religion, nach dem magischen Glauben an den Himmel auf Erden. Auf Straßen und Plätzen spürte man die Geschichte. Mit ein wenig Phantasie war es leicht, sich ins Moskau der Napoleonischen Belagerung von 1812 zu versetzen, in die Tage des Ansturms der Nazis während des Zweiten Weltkriegs, in die Episoden der Russischen Revolution, die Trotzki beschrieb.

Am 7. November nahmen wir an den Feiern zur Oktoberrevolution teil. Auf dem Roten Platz sah ich die berühmten »Stalinorgeln« vorbeifahren, die Raketenwerfer, die beim Sieg über Hitler eine entscheidende Rolle gespielt hatten. Die Stadt war mit riesigen roten Fahnen geschmückt, und die Menschen beteiligten sich in Massen, trugen ihre Kinder auf den Schultern und sangen schwermütige russische Lieder. Später an diesem Tag waren wir Gäste bei der feierlichen Sitzung des Zentralkomitees der KPdSU im Kongreßpalast, wo ich Breschnew seinen Bericht verlesen sah. Am Schluß standen alle Anwesenden im überfüllten Saal auf und sangen die Internationale. Das Fest, das der Feier folgte, ließ nichts zu wünschen übrig. Die Tische waren mit riesigen Skulpturen aus Eis geschmückt, die Früchte, Blumen und Kaviar enthielten. Die Militärs trugen Galauniform, die Brust mit einer fast obszönen Zahl von Orden behängt, die orthodoxen Popen waren mit ihren prunkvollsten Gewändern angetan. Dort lernte ich die Astronautin Valentina Tereschkowa kennen, eine attraktive kleine Frau, die immerzu lächelte.

Die Kehrseite der Medaille erlebte ich ein paar Tage später, als uns Constantin zum Abschied nach Hause zu seiner Familie einlud. Mit seiner Frau und der jungverheirateten Tochter teilte er sich eine winzige Wohnung. Ich erfuhr, daß es in Moskau nur wenige Quadratmeter Wohnraum pro Familie gab. Es war ein bescheidenes, sehr begrenztes Leben, das die Familie Kunin führte. Constantins Frau war Ärztin, doch erfüllte sie im Haus die klassischen Funktionen der Hausfrau. Mir fiel die unterwürfige Haltung der russischen Frauen auf, trotz so vieler Jahre des Lebens in einem System, das die Gleichberechtigung der Frau proklamierte.

Die Sowjetunion, Ostdeutschland, Bulgarien, dieser sozialistische Teil der Welt, den ich besuchte und den es heute nicht mehr gibt, schien damals so selbstsicher und unerschütterlich. Die Eindrücke, die ich an jedem der von uns besuchten Orte gewann, waren geprägt von meinem aufrichtigen Wunsch, im Sozialismus die humanistische Utopie zu finden, die in meiner Phantasie existierte: eine Gesellschaft der Gleichheit und Gerechtigkeit, in der die Solidarität und die gegenseitige Achtung der Menschen oberstes Ziel waren. An keinem dieser Orte hatte ich den Eindruck, hinter dem zu sein, was man während des Kalten Krieges den »Eisernen Vorhang« nannte. Die Leute kleideten sich vielleicht weniger modisch, doch schien ihr tägliches Leben nicht besonders schwer zu sein. Die jungen Leute verlustierten sich in den Parks, die Mütter gingen mit ihren Kindern spazieren, die Schüler verließen nachmittags in lärmenden Scharen die Schulen. Was den Städten eine düstere, farblose Atmosphäre verlieh, war die Abwesenheit von Märkten, Läden, Schildern. Das Fehlen geschäftlichen Lebens in den Straßen führte zu einem verschlafenen Aussehen, wie in einem Vorortviertel. Wenn man sich seinen Stadtteil ohne den Laden an der Ecke denkt, ohne Straßen mit Schaufenstern, ohne Kioske, Blumenläden und Cafés, dann bekommt man eine Vorstellung davon, wie damals jene Länder aussahen. Ich wollte gern denken, daß die Abwesenheit des Marktes, des Konsums, den Menschen die Freiheit gab, sich um wichtigere Dinge zu kümmern. Ich wollte mich selbst davon überzeugen, daß es löblich wäre, eine Gesellschaft von Gleichen zu bilden, in der alle für das Wohl des Ganzen arbeiteten, doch merkte ich, wie ich zweifelte, daß man in einer Umgebung glücklich sein konnte, wo alles so geregelt zu sein schien und der einfache Kauf eines Paars Schuhe eine umfangreiche bürokratische Prozedur voraussetzte. Ich konnte nicht einverstanden sein mit der Einschränkung der Bewegungsfreiheit, und die Allgegenwart der Partei als einer patriarchalischen Macht, die einen bis ins Grab begleitete, verursachte mir tiefes Unbehagen.

In Nicaragua würde es anders sein, so sagte ich mir, wir würden es bestimmt schaffen, das Gleichgewicht zu finden zwischen den Ansprüchen des einzelnen und denen der Gemeinschaft, würden ein System aufbauen, in dem unterschiedliche Formen des Eigentums gemeinsam existierten, verschiedene Parteien. Das wäre unser Beitrag zu diesen Versuchen der Verwirklichung von Utopie, die es nicht vermochten, einen Anflug von düsterem Zwang zu überwinden.

Das wirkliche Abenteuer dieser Reise begann für mich, als wir Europa verließen und nach Nordafrika flogen. Kaum stiegen wir in Algerien aus dem Flugzeug, da fühlte ich mich in *Tausendundeine Nacht* versetzt. Uns erwartete ein roter Teppich, zu dessen beiden Seiten sich mit erhobenen Krummsäbeln, die einen Bogen bildeten, die Soldaten von Harun ar-Raschid reihten. In Pluderhosen und weiten Satinhemden unter den aquamarinfarbenen Umhängen, mit weißen, federgeschmückten Turbanen und den spitzen Schuhen von Aladin geleitete uns die Königliche Garde in den luxuriös ausgestatteten VIP-Raum. Das alles war zum Empfang der Ehrengäste der Feiern des 25. Jahrestags der algerischen Revolution arrangiert worden, zu denen auch wir gehörten.

Ich besaß keine weiteren Vorstellungen von Algier als die spärlichen Skizzen von Frantz Fanon in den *Verdammten dieser Erde*. Nichts hatte mich auf den Blick vorbereitet, der sich flimmernd im Sonnenlicht des Mittags meinen Augen bot. Die lichtüberflutete Bucht, die in der vollkommenen Form eines Hufeisens vom tiefblauen Mittelmeer heraufstieg und an der weiße Gebäude glänzten, Lehmhäuser. Kokospalmen sprenkelten die Landschaft.

Ich wurde von Journalistinnen interviewt, die wissen wollten, ob in Nicaragua die Männer die Frauen verdrängen würden, die am Befreiungskrieg teilgenommen hatten, so wie es auch in Algerien geschehen war. Dort war ihre Lage besser als in anderen arabischen Ländern, doch mußten sie sich mit Klauen und Zähnen verteidigen, denn andauernd wurden sie an den Rand gedrängt. Ich antwortete, daß ihre Erfahrungen und die vieler anderer Frauen uns als Warnung dienen sollten, um zu verhindern, daß man uns in die Küche und von der Bildfläche verschwinden ließ. Sie konnten ihre Skepsis nur schwer verbergen. Wir werden ja sehen, sagten ihre Gesichter.

Am Jahrestag der Revolution besuchten wir, nach einer eindrucksvollen, farbenfrohen Parade am Meeresufer, den offiziellen Empfang, den die algerische Regierung in einem modernen, viele Stockwerke hohen Hotel auf der anderen Seite der Bucht gab. Die Diplomaten der kubanischen Botschaft übernahmen es, uns die hochrangigen Gäste vorzustellen. Irgendwann rief uns der Botschafter beiseite, und wir folgten ihm in ein Nebenzimmer, eine Suite mit Balkon. Dort saßen Raúl Castro, der Bruder von Fidel, und der vietnamesische General Vo Nguyen Giap. Ich konnte es kaum glauben, kein Geringerer als Giap, der General, der die Schlacht von Dien Bien Phu gegen die Franzosen befehligt und vierzehn Jahre später die Tet-Offensive gegen die Amerikaner geleitet hatte, der legendäre Held des Vietnamkriegs, der es geschafft hatte, die Macht des Imperiums zu brechen. Sein Buch *Krieg des Volkes, Armee des Volkes* wurde zum Klassiker für die Guerillabewegungen der ganzen Welt. Giap war ein untersetzter, schmächtiger Mann, gleichzeitig freundlich und undurchdringlich. Er trug eine khakifarbene Militäruniform mit roten Streifen und sah aus wie der gutmütige Großvater aus einem Kindermärchen. Weil er sich zum Ausruhen zurückgezogen hatte, trug er Hausschuhe, und als er zur Begrüßung aufstand, sah ich, daß seine Socken heruntergerutscht waren und die Ferse sehen ließen. Dieses kleine Detail machte ihn in meinen Augen völlig menschlich. Er stellte uns viele Fragen über die Situation in Nicaragua. Mir fiel auf, daß er mich mit dem gleichen Interesse betrachtete wie die anderen. Zu keiner Zeit behandelte er mich weniger zuvorkommend, weil ich eine Frau war, wie ich es so oft auf dieser Reise erlebte. Als wir ihm von unseren Problemen erzählten, machte er eine Geste der Resignation und antwortete verschmitzt durch den Dolmetscher, daß dies die Schwierigkeiten des Sieges seien.

»Wenn ihr nicht gesiegt hättet, dann würden sie euch nicht zu schaffen machen«, meinte er lächelnd.

Ich habe noch ein Foto von diesem Treffen. Darauf stehe ich mit General Giap, General Raúl Castro und Modesto auf der Hotelterrasse. Das Foto steht gut sichtbar in unserem Haus in Los Angeles. Mein Mann Carlos war ein Schulfreund von Rip, dem Sohn von General Westmoreland, dem direkten Gegenspieler von Giap, der die nordamerikanischen Truppen in Vietnam befehligte. Bei einem Aufenthalt in Los Angeles kam Rip uns mit seinem Vater besuchen. General Westmoreland kann das Foto nicht übersehen haben. Er machte keine Bemerkung darüber, doch fiel mir auf, wie er forschend mein Gesicht betrachtete. Er muß sich gefragt haben, wie es möglich war, daß ich, die Frau eines Freundes seines Sohnes, lächelnd neben General Giap auf einem Foto zu sehen war.

Mit General Giap, Raúl Castro und Gabriel García Márquez begaben wir uns in den Festsaal zurück. Gabriel hatte ich seit unserem Treffen in Havanna nicht mehr gesehen, und es war ein großes Hallo, als er die Suite betrat. Raúl Castro kam mir militärischer, doch auf eigentümliche Weise auch zugänglicher und irdischer vor als sein Bruder Fidel. Mir gefiel seine zwanglose, fast väterliche Art ohne Allüren, sein Sinn für Humor. Ich fühlte mich entspannt in seiner Gegenwart, so als handle es sich um einen alten Bekannten. Während ich mich mit General Giap und Raúl Castro unterhielt, erschien plötzlich ein nordamerikanischer Militär, ich glaube, er war Oberst, der zur Delegation der Vereinigten Staaten gehörte. Mit bewunderndem Gesichtsausdruck näherte er sich Giap.

»Ich wollte Sie unbedingt begrüßen, General«, meinte er. »Ich habe auch in Vietnam gekämpft.«

Giap nickte einen Gruß, höflich, aber kühl, und gab ihm nicht die Hand. Dennoch beharrte der Oberst darauf, mit ihm zu sprechen, versuchte es immer wieder. Er sagte, er habe Vietnamesisch gelernt. Wir alle waren peinlich berührt von der Szene. Ich verstand die Bewunderung des Soldaten für den siegreichen General, doch war mir seine Taktlosigkeit unbegreiflich.

Der Abend endete mit dem größten und schönsten Feuerwerk, das ich je in meinem Leben gesehen hatte. Wir verließen das Fest, als die Lichterregen sich wie Schirme über unseren Köpfen zu öffnen begannen. Im Hotel angekommen, traten Modesto und ich auf die Terrasse hinaus, um weiter den brennenden bunten Bögen zuzusehen, die das nachtblaue Mittelmeer wie ein Spiegel zurückwarf und die die Bucht von Algier mit ihrem flüchtigen Schein erhellten. Ohne mit mir zu sprechen, setzte sich Modesto auf die andere Terrassenseite. So hatte er sich verhalten, seit ich am Abend zuvor von einem Interview zurückgekehrt war, das Julio López und ich mit drei Guerilleros von der Frente Polisario für die Zeitung der FSLN in Managua geführt hatten. Ich war in Hochstimmung und erzählte Modesto von der Zeremonie der drei Tees, zu der wir von den Sahauris eingeladen worden waren. Sie sagten, einer sei so stark wie das Leben, der zweite so bitter wie der Tod und der letzte so süß wie die Liebe, und behaupteten, diese drei Sorten Tee erlaubten es ihnen, das harte Guerillaleben in der Wüste zu überstehen. Sie halfen gegen den Hunger, den Durst und die Müdigkeit. Die drei verschiedenen Teesorten hatten bei mir zu einer Art Rausch geführt, aber einem Rausch der absoluten Klarheit. Ich hatte ein Gefühl, als habe sich mein Kopf vom Körper getrennt und schwebe seltsam leicht, glücklich und hellsichtig auf meinem Hals. Modesto fand das überhaupt nicht lustig, er grollte mir und erfand irgendeinen dummen Streit über ein Paar schlechtgeflickte Hosen, um die ich mich so gut gekümmert hatte, wie es mir meine hausfraulichen Unzulänglichkeiten erlaubten. Und so kam es, daß wir uns auf entgegengesetzten Seiten der Terrasse wiederfanden und jeder für sich den bunten Schein am hellerleuchteten Himmel betrachtete. Ich sah die Lichter durch den Glanz von ein paar Tränen. Diese Feindseligkeit an einem so wunderbaren Abend war auf traurige Weise absurd. Die Rosen rankten sich um den Balkon, es roch nach Meer mit einer beißenden Spur Pulver, und dort saßen wir wie zwei Feinde, aus irgendeinem nichtigen, dummen Anlaß.

Von Algerien flogen wir nach Libyen, dem Ende der uns bekannten Zivilisation. Das Verwirrspiel begann schon am Flughafen, wo uns der Landwirtschaftsminister begrüßte, mit dem wir gar nichts zu verhandeln hatten. Der Minister, der uns mit Agrartechnikern aus irgendeinem fernen Land verwechselte, überhäufte uns in schlechtem Englisch mit Informationen über die grüne Revolution in seinem Land. Wenig später ging er und ließ uns in der Obhut eines Dolmetschers, der nur sagen konnte, wir sollten fünf Minuten warten. Tripolis war eine staubige Stadt, in der die Kamele einträchtig im Verkehr neben den Autos herliefen. Das Fahrzeug, mit dem uns unser frischgebackener Führer ins Hotel chauffierte, hatte auf dem Dach einen Lautsprecher, durch den der Fahrer die Fußgänger mit Schimpfworten bedachte und die Kamele anschrie, damit sie uns vorbeiließen.

Im Hotel wurde uns klar, daß man uns tatsächlich mit anderen Besuchern verwechselte. Weil der Übersetzer nichts zu übersetzen verstand, schrieb ich in Englisch auf ein Zettelchen, um wen es sich bei uns handelte und weshalb wir gekommen waren. Wir wollten Gaddhafi sehen oder irgendeinen anderen Führer der Revolution.

»Bringen Sie dies Ihrem Chef«, sagte ich zu dem Mann, der unermüdlich seinen Satz mit den fünf Minuten wiederholte, und hielt ihm das Stück Papier hin.

Schließlich zog er los, und wir warteten und sahen im Fernsehen schöne Odalisken tanzen und im schrillen Tonfall der arabischen Musik singen, der Schwester des spanischen Flamenco. Etwas anderes gab es nicht zu sehen. Die Revolution war auch Kulturrevolution, nichts Fremdes durfte es geben.

Um zehn Uhr abends kam einer der Revolutionsführer. Gelobt sei Allah! sagten wir uns. Endlich hatte man uns verstanden.

Das Treffen mit Gaddhafi kam jedoch nie zustande. Am nächsten Tag kümmerte sich der Außenminister um uns, ein kleiner, schmächtiger, völlig überdrehter Mann mit weißem Haar, der unablässig rauchte. Er hieß Trikki mit Nachnamen und sprach Englisch mit uns. Mir fiel die ermüdende Aufgabe zu, alle Gespräche zu dolmetschen. Man vereinbarte ein gewisses Maß an Kooperation zwischen Libyen und der nicaraguanischen Revolution. Die komplizierten und verworrenen Verhandlungen wären fast gescheitert, als wir uns weigerten, in die gemeinsamen Vereinbarungen einen Paragraphen aufzunehmen, der Israel das Existenzrecht absprach und bekräftigte, daß das gesamte Territorium zu Palästina gehörte. Das konnten wir nicht unterschreiben, meinten wir, man müsse den Paragraphen umformulieren. Endlich stimmten sie zu. Unterdessen kam Trikki mit seiner gesamten Familie und ließ sich mit meinen Begleitern fotografieren. Ich als Frau zählte natürlich überhaupt nicht. Beim Essen setzte man mich an einen anderen Tisch. Dem Koran zufolge haben Frauen keine Seele, erklärte mir Modesto, der über meine Wut darüber lachte, daß sie, meine Compañeros, das alles zuließen.

»Das ist eben eine andere Kultur hier, mach doch nicht so ein Geschrei«, versuchte er mich zu beruhigen.

Wir hatten aber auch ein Recht auf unsere andere Kultur, warum konnte man das den Libyern denn nicht beibringen? Ich mußte mich fügen und versuchen, die gute Laune nicht zu verlieren. Die ganze Situation war auch zu komisch. Wir mußten unentwegt lachen. Nach all der protokollarischen Strenge der Länder, die wir auf dieser Reise besucht hatten, kam uns Libyen vor wie ein desorganisierter Stamm eben seßhaft gewordener Nomaden. Tripolis war eine Stadt voller Baustellen, das Öl war die Quelle riesiger Mengen Geldes, mit dem sie anscheinend noch nicht richtig umzugehen gelernt hatten.

Der Besuch auf dem Markt war für mich besonders denkwürdig, ein phantastischer Basar mit herrlichen Kleidern, Beduinenmänteln, den *djellabahs*, mit wunderbaren Stickereien, bunten Stoffen, allen möglichen kleinen Dingen. *»I love you, I love you«*, war das einzige, was der Verkäufer zu sagen wußte, mit dem ich schließlich kommunizieren konnte.

Bei dieser Reise versicherten wir uns der Zusammenarbeit mit neuen Verbündeten. Wir übten unser souveränes Recht aus, mit jedem beliebigen Land der Welt Beziehungen zu pflegen und uns auf einen eventuellen Angriff der gestürzten Nationalgarde vorzubereiten – oder gar der Vereinigten Staaten. Dabei merkten wir nicht, daß wir, indem wir uns gegen die eigenen Prophezeiungen zu schützen versuchten, die Szenerie aufbauten, damit sie in Erfüllung gingen.

53. Kapitel

Wie sich ein Kreis meines Lebens schloß (Managua, 1979–1981)

Meine letzte Erinnerung an das Jahr 1979 hat mit dem Silvesterabend zu tun. Auf den Straßen feierten die Menschen ein großes Volksfest. Nie zuvor hatte ich Managua in solch festlicher Laune erlebt, überall tanzten junge, olivgrün gekleidete Männer und Frauen mit schwarzroten Halstüchern zu den Klängen der Radios, die an allen Straßenecken, auf jedem Bürgersteig plärrten. Um Mitternacht brach die Hölle los. Die ganze Stadt war bis an die Zähne bewaffnet, und zur Begrüßung des neuen Jahres gab es keine Waffe, die nicht abgefeuert wurde. In meinem Viertel, Los Robles, standen wir auf dem Gehsteig, zielten mit den Maschinenpistolen in die Luft und schossen unverantwortlich die Vergangenheit in Grund und Boden, leerten sämtliche Patronen, ohne daran zu denken, daß die Geschosse ja auch wieder auf die Erde zurückfallen mußten. Die Leuchtspurmunition zog ihre orangefarbenen Bahnen durch die Nacht. Feuerwerkskörper wurden abgebrannt, Raketen gezündet, doch vor allem wurden Kugeln abgeschossen. Der Waffenlärm erklang mindestens fünfzehn Minuten und erschütterte die ganze Stadt in unvergeßlichem, verrücktem Freudentaumel, der sich nie wiederholen sollte. Am nächsten Tag gab die eben gegründete sandinistische Armee einen Erlaß heraus, der es bei Gefängnisstrafe verbot, daß ein Soldat oder irgend jemand, der eine Waffe trug, ohne Anlaß damit in die Luft schoß.

Anfang 1980 wurde Modesto zum Planungsminister ernannt. Seine Hauptaufgabe war es, den ersten Plan zur Wiederbelebung der Wirtschaft zu entwerfen, die von der Somoza-Diktatur und dem Krieg zerstört hinterlassen worden war. Wir waren der Ansicht, daß der Erfolg zum großen Teil davon abhing, ob das Volk die Aufgaben verstand und annahm, die jedem Bevölkerungsteil zugeteilt wurden. In dieser Hinsicht war meine Erfahrung als Werbefrau und Kommunikationsspezialistin sehr nützlich. Voller Enthusiasmus bemühte ich mich, die komplexen Strukturen der Volkswirtschaft zu verstehen, um eine entsprechende Bildungskampagne zu entwerfen.

Der neue Staat nahm nach und nach Gestalt an. Inzwischen hatten wir Zivilisten auch die olivgrünen Uniformen wieder ausgezogen. Als das Innenministerium verfügte, daß Feuerwaffen abzuliefern seien, gab ich meine Maschinenpistole zurück und behielt nur eine Makarovpistole, in die mit kyrillischen Buchstaben mein Name eingeritzt war – ich hatte sie in Bulgarien geschenkt bekommen.

»All die Anstrengung nur, um im öffentlichen Dienst zu enden!« meinte ein Arbeitskollege spöttisch lächelnd.

Im Februar begann die Alphabetisierungskampagne, die beeindruckendste und bewegendste aller heroischen Aktionen, die ich erleben durfte. Tausende junger Leute zwischen Zwölf und Achtzehn verließen die Bequemlichkeit und Sicherheit ihrer städtischen Häuser und verteilten sich über das ganze Land, um siebzig Prozent der Nicaraguaner, die Analphabeten waren, Lesen und Schreiben zu lehren.

Weder Maryam noch Melissa waren alt genug, um sich den Alphabetisatoren anzuschließen, doch wir gingen gemeinsam zum Platz der Revolution vor der Kathedrale, um zuzusehen, wie sich die jungen Leute, bewaffnet mit Bleistiften und Schreibheften, unter großem Hallo und Küssen und Liedern von ihren Vätern und Müttern und Freundinnen und Großeltern verabschiedeten. Mit ihren Rucksäcken bestiegen sie dann die LKWs, die sie in die Weiler und Dörfer im ganzen Land bringen sollten. An den entlegensten Orten sollten sie bei ihren armen Gastgebern wohnen, den Bauern und Arbeitern, die auch ihre Schüler sein würden. Der gesamte Fuhrpark von Regierung und Armee beteiligte sich am Transport dieser Armee Jugendlicher. Die gigantische Anstrengung absorbierte die Energie Tausender von Menschen. Es ging darum, ein grundsätzliches Versprechen der Revolution einzulösen und der neuen Generation zu sagen, daß es nicht mehr die Waffen, sondern die Solidarität und ihre Nächstenliebe sein würden, die das Land verändern und aus seiner alten, hartnäckigen

Rückständigkeit befreien würden. Die Menschen sollten lesen lernen! Die Alten würden die Bedeutung der Schilder verstehen, die Bauern könnten die Beschriftung der Kunstdüngersäcke lesen und ihre Ernten verbessern, die Frauen würden die Geheimnisse des Rechnens entschlüsseln und die häusliche Wirtschaft organisieren, die Zyklen ihres Körpers und die Anleitungen der Empfängnisverhütungsmittel begreifen, um ihre Familien besser zu planen, würden es lernen, Speisen aus Soja zu bereiten und so die Ernährung ihrer Kinder verbessern, die Arbeiter hätten die Möglichkeit, sich technisch zu bilden. Allen Nicaraguanern lesen und schreiben beizubringen hieß, die wirkliche Revolution zu beginnen. Deshalb organisierten sich die jungen Leute wie Guerilleros der Alphabetisierung, mit Uniformen und wie militärische Einheiten in Bataillone und Trupps eingeteilt, die auszogen, die Unwissenheit zu bekämpfen.

Inmitten dieser grandiosen Atmosphäre begleitete ich Modesto auf einer Fahrt zu den Alphabetisatoren, die sich in den entlegenen Gebieten befanden, wo er jahrelang versteckt als Guerillero gelebt hatte. Auf dieser Reise begriff ich endlich, daß mich meine Liebe zu ihm wie ein Fieber verzehrte. Wenn ich es nicht schaffte, sie mir selbst auszutreiben, würde meine eigene Identität unerbittlich verbrennen. In einer Autokarawane, zu der auch einige der Compañeros gehörten, die mit ihm die Jahre in der Wildnis geteilt hatten, fuhren wir los, in die Berge des Nordens, folgten der Spur unwirtlicher Wege, tief versunken in einer üppig-dichten Vegetation, die nach Weltbeginn roch, nach Abwesenheit von jeglicher Zivilisation. Vögel mit blauem und rotem Gefieder beäugten uns mißtrauisch von den riesigen Bäumen mit dichtbelaubten Kronen herab. Endlich lernte ich auch den Río Iyas kennen – nach dem Modesto mich immer nannte –, der klar und breit zwischen Ufern voller Farne hindurchfloß, die sich wie gigantische Fächer öffneten. Orchideenbewachsene Lianen hingen von den Bäumen herab, die sich zum Wasser niederneigten. Die erste Nacht verbrachten wir in einem Lager kubanischer Straßenbauingenieure, die an der Trasse für eine Straße arbeiteten, die die Pazifikregion Nicaraguas mit der Atlantikküste verbinden sollte. In den einfachen Bretterhütten, die ihnen als Unterkunft dienten, machten sie Platz für uns. Ich erinnere mich, wie es dunkel wurde und die Luft sich mit dem blinkenden Licht Tausender Glühwürmchen füllte, als ich mich auf ein kleines Mäuerchen vor den Hütten neben Modesto setzte. Eine klebrig-feuchte Hitze lastete auf uns. Ich zog mir die Stiefel und Socken aus. Modesto starrte lange auf meine Füße, die schmalen, weißen Füße einer Frau aus dem Bürgertum. Ich konnte mir vorstellen, was er jetzt dachte; eines Tages hatte er mir gestanden, daß er befürchtete, seine Männer, seine Truppe, könnten nicht verstehen, daß er sich in mich verliebt habe. Es quälte ihn der Gedanke, sie könnten meinen, es handele sich dabei um eine Schwäche. »Obwohl ihr, die ihr aus dem Bürgertum stammt und euch der Revolution angeschlossen habt, große Verdienste besitzt. Statt eure Privilegien zu genießen, habt ihr euch auf unsere Seite geschlagen«, sagte er anerkennend. Doch in jener eben erschaffenen Welt, in der die Armen ihre Rechte zurückerlangten, kehrten sich die Klassenprivilegien um. Leuten wie mir kreidete man heimlich ihre Klassenherkunft an. Sie war wie eine Schande, mit der man zu leben lernen mußte, eine Art Ursünde, die zwar verziehen, doch nie ganz aus dem Sündenregister getilgt wurde. Später, als ich selbst befürchtete, daß mich meine Kameraden falsch beurteilen könnten, weil ich einen Gringo als Partner gewählt hatte, begriff ich, daß der Preis, den man wegen der Vorurteile der anderen bezahlen muß, nicht von einem selbst bestimmt wird. Als es nötig war, zahlte ich ihn. Modesto dagegen zweifelte, und seine Zweifel schmerzten mich sehr. Ich hatte weder über meine Herkunft noch über meine Hautfarbe selbst entschieden, nur für mein Verhalten im Leben konnte ich die Verantwortung übernehmen. Nachdem er mir diesen vielsagenden Blick zugeworfen hatte, der fast verachtungsvoll wirkte, rückte Modesto von mir ab. Mir wurde mit einemmal klar, daß ich die Tage voller kleiner und großer Beleidigungen nicht mehr ertrug. Immer, wenn das Faß meiner Geduld überlief, zog er wie ein Zauberkünstler bunte Tücher aus dem Hut und versuchte, in einer Nacht oder einem fröhlichen Moment alles mit Flüstern, Zärtlichkeiten und dem Entwurf einer strahlenden Zukunft fortzuwischen. So brachte er mich immer wieder dazu, nachzugeben, doch das zerschlagene Porzellan konnte sich nicht mehr zum ganzen Gefäß zusammenfügen. Ich fühlte mich voller spitzer, scharfer Splitter, die mich inwendig zerstachen. Die Entscheidung, die ich auf dieser Reise fällte, brauchte Zeit, um in die Tat umgesetzt zu werden. Monate vergingen, bis ich eines Mittags sein Haus mit dem festen Entschluß verließ, nie mehr zurückzukehren. Ich tat endlich das, was ich tun mußte. Wie ein Bergarbeiter, der den Eingang zum eingestürzten Schacht sprengt, so sprengte auch ich alle Wege, die mich zu ihm hätten zurückführen können.

»Du wirst das Land verlassen müssen«, sagte mir eine Freundin. »Wie willst du denn leben, einen Neuanfang machen, wenn du ihn dauernd vor dir siehst?«

Ich fühlte mich gepeinigt, schwach, so, als könnten mich meine Beine kaum tragen. Doch das Land wollte ich nicht verlassen. Ich war nicht tot. Nachdem ich Erdbeben, Kriege, den Tod so vieler Freunde überlebt hatte, würde ich ganz bestimmt den Verlust eines Mannes überstehen.

Ich rechnete nicht damit, wie listig Zeit und Sehnsucht die Erinnerung polieren und so leuchten lassen würden wie einen funkelnden Edelstein, einen Diamanten, dem man die Kohle entzieht, die ihn stumpf aussehen läßt.

Die Erinnerung weigert sich, die herrlichen Dinge zu vergessen,
sie klammert sich daran und vergißt alles Schmerzliche,
wie durch
Zauberhand von der Schönheit betäubt.
Ich erinnere mich nicht mehr an die Reden gegen meine
schwachen Arme,
die gerade deine Taille zu umfangen vermochten;
ich erinnere mich gerade an die sanfte, helle Durchsichtigkeit
deiner
Hände.

Ich schrieb, schrieb Liebesgedichte und verzweifelte Gesänge. Ich erlitt eine solche Depression, daß ich an manchen Tagen nicht aus dem Bett kam. Gleichwohl wage ich zu behaupten, daß diese Krise das Ende eines abgeschlossenen Zyklus meines Lebens anzeigte und mich, indem sie mich bis auf den Grund brachte, auch mit einem Wissen über mich selbst wieder an die Oberfläche kommen ließ, das ich sonst vielleicht nie hätte gewinnen können.

Ich erinnere mich an jene schrecklichen Tage, als ich mich neben das Telefon setzte und dauernd die Versuchung bekämpfen mußte, seine Nummer zu wählen, während ich vor meinem Fenster die wütenden Wassergüsse der tropischen Regenzeit niedergehen hörte. Ich erinnere mich an mein Schlafzimmer mit dem offenen Fenster und Hunderten von fliegenden Ameisen, die die Lampen umschwirrten.

Die Einsamkeit und die Angst verzehrten mich.

Ich verstand es nicht, allein zu sein. Ich hatte mich den Kugeln ausgesetzt, dem Tod, hatte Waffen geschmuggelt, Reden gehalten, Preise gewonnen, Kinder bekommen, doch ich wußte nicht, wie das Leben war, wenn es nicht vom Denken an einen Mann erfüllt war, von der Liebe eines Mannes. Ich wußte nicht, wer ich wirklich war, ohne die Widerspiegelung durch jemanden, der mir einen Namen gab und mich durch seine Liebe existieren ließ. Ich wollte die Männer nicht gänzlich ablehnen, aber ich wollte auch nicht mehr gefühlsmäßig von ihnen abhängen und ihnen eine alles entscheidende Macht über mich zugestehen. Ich zwang mich, mein Inneres zu erforschen, um seine Schwächen und Verletzbarkeiten herauszufinden: mein Bedürfnis nach Liebe als Ausdruck eines grundlegenden Mangels, der allzusehr meine weibliche Macht mit der Sexualität, der Verführungskunst verband und meine anderen Gaben außer acht ließ oder sogar verachtete. Gaben wie zum Beispiel die Hartnäckigkeit, die Beständigkeit, den Optimismus, die Energie, deren ich fähig war, wenn ein Traum von mir Besitz ergriff, die Faszination, die ich für die verschlungenen Beziehungen der Menschen untereinander empfand und zwischen ihnen und der Gesellschaft, die Intuition, vorherzusehen, welche Wirkung auf die Menschen dieser Mangel oder jener Überschuß haben würde. Ich hatte mir nicht einmal die Gabe völlig zu eigen gemacht, mit der mir die Worte zufielen, sie kam mir fast vor wie das Kunststück eines Kindes, um allen zu sagen: »Schaut her, ich kann freihändig radfahren.« Ich begriff, daß ich auch meine Kinder reflexhaft geliebt hatte, ohne die notwendige Distanz zu mir selbst zu besitzen. Ich liebte sie wie süße kleine Wesen und versagte es mir, in ihre ganze Vielschichtigkeit einzudringen, ihre Ängste, so als trage ich sie immer noch in meinem Leib und könnte sie beschützen, könnte ihnen nur so zeigen, wie sehr ich sie liebte. Ich hatte sie nicht erlebt, als das Leben sie weit weg von mir schleuderte, allein, mit ihren eigenen Namen, wie sie sich ihre eigenen Wunden zufügten, vom Baum im Garten fielen, allein mit den Fragen, die niemand außer ihnen selbst beantworten konnte. Wie hätte ich sie auch erleben sollen? Es war nicht einmal gerecht, mir selbst die Schuld dafür zu geben, hart mit mir selbst ins Gericht zu gehen deswegen. Ich war selbst noch fast eine Heranwachsende, als sie sich von mir lösten. »Sie sind wie eine Schwester zu ihnen gewesen«, sagte mir meine Psychologin, »sie brauchen aber eine Mutter.« Das brauchte ich selbst auch. Eine Mutter, die mich nicht mit Liebesentzug bedrohte, wenn ich mich von ihren Vorstellungen entfernte oder ihrer Art und Weise, die Dinge zu tun. Ich brauchte nicht die wirkliche Mutter, die getan hatte, was sie konnte, sondern die mythische Mutter in mir selbst, die mich davon entband, immer bis an meine Grenzen zu gehen. Ich wollte mich nicht länger immerzu selbst erfinden wie jemand, der wieder und wieder leuchtendrote Figuren über das eigene Spiegelbild malt. Es war nicht nötig. Nie wieder würde ich das artige, wohlerzogene Mädchen sein, vor dem ich so lange weggelaufen war. Jetzt mußte ich zu mir selbst kommen, mich annehmen, mich selbst genießen lernen. »Bis jetzt hast du wie ein kleines Mädchen geliebt. Wenn du nicht mehr aus Liebesbedürfnis liebst, sondern weil du deine Freiheit gewonnen hast, dann wirst du die erwachsene Liebe kennenlernen.« Das sagte mir Gisella, die Zigeunerin, Hexe, Psychologin war und mir großzügig die Hand reichte, als ich meine Krise durchlitt. Ihr verdanke ich den Salto mortale, der mich schließlich in eine neue Etappe meines Lebens eintreten ließ, die fruchtbarste, in der ich lernte, die dichtbevölkerte Einsamkeit meiner Gedanken zu genießen und den fruchtigen Geschmack meiner Erfahrung, in der ich es schaffte, mir selbst eine gute Gesellschaft zu sein und meine Kinder nicht wie eine Spiel- oder Lebensgefährtin, sondern wie ihre Mutter zu lieben; die Etappe, die es mir erlaubte, Carlos zu lieben, ohne ihn zu brauchen, und mit ihm eine Beziehung voller Risiken zu bauen, ohne meine Identität zu verlieren.

Drei Jahre brauchte ich, um den neuen Weg zu finden, die Fäden meines Knäuels zu entwirren, aufzuribbeln und neu zu weben. Drei einsame Jahre des Fallens und Wiederaufstehens.

Erst nach diesen drei Jahren sprachen Modesto und ich wieder miteinander. Ohne Zorn, voll Sehnsucht nach uns selbst, nach dem, was wir gewesen waren, unserem hartnäckigen Glauben an Luftschlösser, an die Errettung der Welt allein durch Zauberformeln. Gemeinsam noch einmal dem nachzugehen, was uns zugestoßen war, war traurig, doch notwendig, damit wir uns häuten und uns als Freunde erkennen konnten. Ich denke, daß in der Seele keine Liebe je zerbricht. Von der, die ich für Modesto empfand, blieb mir die Erkenntnis, daß weder er noch ich die Fähigkeit besaßen, diese große Leidenschaft, die zur Unzeit auftauchte, durch das stürmische Meer unserer jeweiligen undeutlich bewußten Bedürfnisse zu lenken. Später gelangten wir zu der Ansicht, daß es nicht mehr so wichtig war, genau herauszufinden, was der Stolperstein in einer Beziehung gewesen war, die doch nicht mehr gerettet werden konnte. Die Zuneigung gestattete es uns, eine andere Art von Beziehung einzugehen. Uns verband das Stück Geschichte, das wir gemeinsam gelebt hatten. Wir wurden Freunde, gute, alte Freunde, Gefährten von Trugbildern und Gefahren.

54. Kapitel

Wie unsere Träume zu Alpträumen wurden (Managua, 1981–1990)

Zehn Tage nachdem er die Regierung übernommen hatte – am 23. Januar 1981 –, sperrte Präsident Ronald Reagan die Übergabe der letzten fünfzehn Millionen Dollar eines Kredits, den die Regierung Carter Nicaragua zugesagt hatte. Am 10. Februar sperrte er einen weiteren Kredit, der für den Kauf von sechzigtausend Tonnen Weizen zugesagt worden war. Am 1. April widerrief die Regierung Reagan, nachdem sie entdeckt hatte, daß Nicaragua der Guerilla in El Salvador Waffen lieferte, alle Kreditzusagen, die Nicaragua gegeben worden waren, und im folgenden Jahr legte sie auch ihr Veto gegen Anleihen internationaler Institutionen wie der Interamerikanischen Entwicklungsbank ein.

Mit diesen Ereignissen begannen sich die Beziehungen zwischen den beiden Ländern deutlich zu verschlechtern. Ich glaube, die Führung der Sandinistischen Befreiungsfront hielt es für ihre moralische Pflicht, den Kampf in El Salvador zu unterstützen. Die Solidarität der Guerilleros setzte sich gegen die kluge Vorsicht durch, aber vielleicht dachte man auch, die USA fänden ohnehin irgendeinen Vorwand, um uns anzugreifen. Als jedenfalls diese Flanke erst einmal offen war, folgte auf jede feindselige Handlung der Reagan-Regierung gegen die Revolution eine herausfordernde Rede von Daniel Ortega, die die Vereinigten Staaten bezichtigte, sich imperialistisch einzumischen. Die nordamerikanischen Drohungen und die Arroganz des Außenministers Alexander Haig stießen auf den patriotischen, dickköpfigen Stolz der revolutionären Regierung. Es entstand eine ungleiche Auseinandersetzung. Die geschlagene Nationalgarde organisierte sich mit der finanziellen Unterstützung der Vereinigten Staaten in Honduras neu, die der US-Kongreß immer wieder in Raten von mehreren Millionen Dollar verabschiedete. Von Tag zu Tag gab es mehr Berichte über Kämpfe im Norden, gefallene Milizionäre, Scharmützel an der Grenze. Die Oberschicht Nicaraguas, die Unternehmer, die sich verdrängt fühlten, beklagten sich beim nordamerikanischen Botschafter oder verließen gleich das Land, um sich den Führungskreisen der konterrevolutionären Organisationen anzuschließen. Die Revolution antwortete darauf mit weiteren Enteignungen und einer Verhärtung ihrer Position, was ihr nur neue Feinde im Innern einbrachte. Ich weiß heute eigentlich gar nicht mehr, wie sich so viele tragische Mißverständnisse aufbauen konnten. Die Mehrheit von uns schaute ohnmächtig zu, wie auf dem Spielbrett unserer Zukunft immer mehr Zinnsoldaten aufgebaut wurden. Es gehört nicht in diese Erinnerungen, alle Anschuldigungen und Gegenanschuldigungen aufzuführen. Was zählt, ist, daß wir uns nach kaum einem Jahr Frieden schon wieder mitten im Krieg befanden. Und nicht nur im Krieg gegen unsere alten Feinde, sondern bedroht von einer nordamerikanischen Invasion.

Es ist leicht, heute zurückzublicken und zu sagen: »Ja, wenn man dies getan hätte oder jenes.« Oft habe ich mich während jener Jahre des Krieges gegen die Contra – von 1981 bis 1990 – gefragt, weshalb bestimmte Compañeros in Schlüsselpositionen, die sehr gut wußten, wie die Politik der USA funktionierte, die sandinistische Führung nicht besser berieten. Meist waren die Reaktionen der revolutionären Regierung kontraproduktiv und vermochten es nur, die Position der Reagan-Regierung noch härter und aggressiver werden zu lassen. Doch werde ich mich nicht so sehr über unsere eigene Unreife und mangelnde Erfahrung aufregen, hingegen nie den Schrecken über die unverhältnismäßige Wut vergessen, mit der die USA uns behandelten. Und nie werde ich aufhören zu glauben, daß es unverzeihlich war, was die Außenpolitik Washingtons unter Reagan gegen ein kleines Land unternahm, das verzweifelt darum kämpfte, die Dinge auf seine Art zu tun; und auch um sein Recht auf den eigenen Irrtum.

Viele Nordamerikaner kamen nach Nicaragua, blonde junge Leute mit Birkenstock-Sandalen – »Sandalistas« nannten wir sie manchmal im Spaß – oder Intellektuelle, Künstler: William Styron, Allen Ginsberg, Alphre Woodard, Anne Waldman, Lawrence Ferlinghetti, Susan Sarandon, Richard Gere, Jackson Browne, Joan Peters. Und es besuchten uns europäische und lateinamerikanische Künstler und Schriftsteller. So lernte ich Harold Pinter kennen, Salman Rushdie, Eduardo Galeano, Juan Gelman und viele andere. Sie waren wie Schwärme von Vögeln, die mit dem Schatten ihrer Flügel das Gute beschützen wollten, das sie in der Revolution sahen. Wenn sie in die USA, in ihre Länder zurückkehrten, wandten sie sich gegen die Politik von Reagan, schrieben Artikel, Bücher, um die Solidarität zu unterstützen und mehr Menschen dazu zu bringen, nach Nicaragua zu kommen und Schulen, Häuser zu bauen oder sich den Brigaden der Freiwilligen anzuschließen, die Kaffee und Baumwolle pflücken gingen. Dank ihrer und Menschen wie ihnen konnten die Gelüste der Reagan-Regierung aufgehalten werden, uns zu überfallen. Die Umfragen ergaben immer wieder, daß die Mehrheit der nordamerikanischen Bevölkerung gegen eine direkte militärische Intervention in Nicaragua eingestellt war. Und international wuchs der Unmut über die nordamerikanische Einmischung. Von da an betrieben Reagan und seine Falken mit ihrer ganzen Energie den verdeckten Krieg und die wirtschaftlichen Sanktionen.

Von 1982 an wurde das alltägliche Leben immer schwieriger. Essen, Medizin, Benzin, sogar Toilettenpapier wurde knapp. Die Supermärkte, die inzwischen nicht mehr nur von eleganten Damen besucht wurden, hatten immer weniger anzubieten. Es mußte an heldenhafte Widerstandsreserven appelliert werden, damit man nicht die Hoffnung und die Freude verlor. Bei mir zu Hause wurde wochenlang nichts anderes gegessen als Spaghetti, die sich, kaum daß man sie ins Wasser warf, in eine klebrige, kugelförmige Masse verwandelten; wenn man sie aß, war es, als bisse man in Plastik. Die Milch war aus Trockenmilch gemacht, schmeckte wäßrig und nach Karton. Der Kaffee wurde vollständig exportiert, für den eigenen Verbrauch gab es nur einen Kaffee-Ersatz aus geröstetem Mais, man meinte, brandiges Wasser zu trinken. Reis, Bohnen, Zucker, alle Grundnahrungsmittel waren rationiert, einmal die Woche bekam man seine Ration auf Lebensmittelkarten. Fleisch aßen wir fast nie, nur russische Sardinen aus der Dose und ab und zu mal Huhn, das war dann etwas ganz Besonderes. Sogar das Brot wurde knapp, und monatelang sahen wir keine Eier. Die Zeit, die eigentlich allen fehlte, mußte dazu aufgewandt werden, Schlange zu stehen, Lebensmittel aufzutreiben, Medikamente,

Seife. Es war ungeheuer energieverschwendend. Diejenigen von uns, die wir die Strategie dieses Krieges durchschauten – den die CIA »Krieg niedriger Intensität« nannte –, konnten Zuflucht zu unserer Wut suchen, um unsere Entschlossenheit zu stärken. Schließlich lassen sich die materiellen Werte relativieren. Mit dem mindesten auszukommen ist nicht so schwer, wie es denen erscheinen mag, die an den Überfluß gewöhnt sind. In der Bevölkerung bedeuteten Knappheit und Einschränkung jedoch den Verlust der täglichen Freiheit, zu kaufen und zu verkaufen, worüber sich vor allem die Mittelschicht aufregte. Die Unterstützung für die Revolution wurde langsam, doch unwiederbringlich untergraben.

Das größte Problem aber, das durch den Krieg gegen die Contra und den Konflikt mit den USA entstand, war, daß sie den Grundcharakter der Revolution selbst veränderte. Mich desillusionierte nicht die Revolution, es desillusionierten mich vielmehr ihre Führer. Viele von uns brachten viel Energie dafür auf, eine kritische Funktion auszuüben. Kritik zu üben wurde jedoch immer schwieriger. Wenn die Kritik sehr hart war, lief man Gefahr, beschuldigt zu werden, der Konterrevolution in die Hände zu arbeiten, oder man wurde als »konfliktiv« eingestuft oder, schlimmer noch, bezichtigt, die FSLN zu spalten, die Einheit zu gefährden.

Innerhalb der sandinistischen Führung waren nicht alle gleich. Jeder der neun Comandantes hatte seine eigenen Vorstellungen, doch war die Macht unter ihnen nicht gleich aufgeteilt. Humberto und Daniel Ortega hielten ihre Vormachtstellung und wurden Meister darin, die Fahne der Einheit hochzuhalten und damit Widerspruch zum Schweigen zu bringen. Unter dem Vorwand, unterschiedliche Meinungen innerhalb der Führung wären im Zusammenhang des Contra-Krieges und des ungleichen Konflikts mit den USA tödlich, mußten die anderen ihnen nachgeben. Paradoxerweise gaben die USA den Brüdern Ortega die perfekte Rechtfertigung, die Diskussion in der FSLN zu unterdrücken. Von der Basis aus drängten wir Sandinisten die anderen Mitglieder der Führung, sich bestimmten Entscheidungen zu widersetzen, doch wenn die Situation kritischer wurde, dann suchten die neun eine gemeinsame Linie, und für gewöhnlich gaben die anderen den beiden Brüdern nach. Wir, die wir meinten, auf die Unterstützung von einem der neun zählen zu können, sahen uns plötzlich allein verlorene Schlachten fechten, aus denen wir verbittert und traurig hervorgingen; wir fühlten uns von denselben Compañeros im Stich gelassen, von denen wir erwartet hatten, daß sie im Führungszirkel unsere Position verträten. Die Vielfalt der Meinungen in der sandinistischen Führung war jahrelang ein wirklicher Segen. Sie erlaubte der Revolution unterschiedliche Ansätze und Sichtweisen. In dem Maße aber, wie die beiden Ortegas die Macht an sich rissen und monopolisierten, verlor die Revolution ihren Schwung, ihren Glanz, ihre positive Energie. Eine skrupel- und prinzipienlose, demagogische und intrigante Mentalität setzte sich durch. Die Revolution schwankte zwischen gemäßigten und radikalen Positionen. Niemand, weder Freund noch Feind, wußte mehr, womit zu rechnen war. Viele von uns Sandinisten fühlten sich immer mehr wie Zuschauer eines Prozesses, der nach wie vor von seinem idealistischen, heldenhaften Ruf zehrte, sich jedoch in der Praxis immer weiter von dem entfernte, was er sein wollte, und eine verschwommene, zufällige Angelegenheit wurde. Unterdessen starben auf den Kriegsschauplätzen täglich mutige, entschlossene junge Nicaraguaner, die von der Notwendigkeit überzeugt waren, den Traum zu verteidigen, der gleichzeitig, für sie unsichtbar, in Stücke ging. Über lange Zeit weigerte ich mich zu glauben, die Fehler der Revolution seien nicht zu korrigieren, dazu war ich ihr zu sehr verbunden. Meine Liebe war nicht blind, doch nachsichtig und bedingungslos, wie die Liebe einer Mutter, die die Ausrutscher ihrer Tochter sieht, doch voller Vertrauen ist, daß ihr mütterlicher Geist schließlich siegen wird. Das Wesen, das mit soviel Liebe, unter so vielen Opfern großgezogen wurde, wird seine Fehler sehen und sich ändern. Ich mußte Vertrauen haben, sagte ich mir, es kam darauf an, daß der Krieg, der alles vergiftete, beendet wurde und die USA uns in Frieden ließen. Dann könnten wir die Revolution unserer Träume in die Tat umsetzen. Ein herrliches vietnamesisches Gedicht aus unbekannter Feder wurde mein persönliches Credo:

> Wir füllen die Krater der Bomben
> Und säen wieder
> Und singen wieder
> Denn das Leben kapituliert nie.

55. Kapitel

Wie ich in einem Hotel in Miami den Fall der Berliner Mauer sah und wie meine Mutter starb (Managua/Miami, 1989)

Die Kampagne für die Wahlen Anfang 1990 war im Oktober 1989 auf ihrem Höhepunkt angelangt, doch hatte man mich aus der Wahlkampfkommission der FSLN entfernt, weil ich von Anfang an gegen die Strategie gewesen war, die Daniel Ortega vorschlug. Aus dem politischen Leben verdrängt, stürzte ich mich in die Arbeit an meinem zweiten Roman, *Tochter des Vulkans*, aber ich fühlte mich deprimiert. Carlos schlug vor, wir sollten die letzten Monate des Jahres bei seinem Vater in Virginia verbringen. Gemeinsam gingen wir zur US-Botschaft in Managua, um ein Visum für mich zu beantragen. Er hoffte, jetzt, da wir verheiratet waren, würde ich es leichter bekommen. Ich machte mir hingegen keine Illusionen, die Rechstanwältin hatte uns erklärt, die Ehe würde meinen Status einer »unerwünschten Person« nicht ändern. Die Botschaft, umgeben von einem stacheldrahtgekrönten Doppelzaun, war eine echte Festung. Als wir an den Schalter traten, war die Beamtin freundlich, bis sie den Zahlencode auf meinem vorigen Visum sah. Da änderte sich ihr Ausdruck völlig.

»Aber sie ist doch meine Frau!« meinte Carlos.

»In dieser Angelegenheit ist sie allein«, gab die Frau zur Antwort.

Wir mußten warten, bis aus den USA die Genehmigung kam. »Unglaublich«, sagte ich zu Carlos, »dein Land, das soviel von Freiheit redet, schränkt die deine in Wirklichkeit ein. Uns Sandinisten nennt man Kommunisten, aber du hast hier keinerlei Problem. Ich hingegen darf nicht in die USA, weil ich nicht wie sie denke.«

Aufgebracht reiste Carlos allein nach Washington, schrieb Briefe an das State Department und konsultierte verschiedene Anwälte. Schließlich wurde mir, Wochen später, noch einmal eine Ausnahme gewährt, ein Visum für einen Monat und eine einzige Einreise.

Am 9. November 1989 kamen wir in Miami an. Kaum hatten wir unser Hotelzimmer bezogen, da schaltete Carlos auch schon das Fernsehgerät ein. CNN zu sehen bedeutete für ihn, wieder in der Zivilisation, in seinem Land zu sein. (In Nicaragua gab es damals noch kein Kabelfernsehen.) Auf dem Bildschirm erschienen das Brandenburger Tor und die Menschenmassen, die die Mauer einrissen. Sprachlos sah ich die Bilder mit den jubelnden jungen Deutschen, das Staunen auf beiden Seiten, die Umarmungen unter Unbekannten, zwischen denen, die auf so engem Raum in zwei so unterschiedlichen Welten gelebt hatten. Es war ein feierlicher Augenblick. Carlos und ich beobachteten schweigend, wie die Geschichte einen wundersamen Sprung tat, der den Beginn einer neuen Epoche markierte. Ich dachte an die Gänsehaut, die mir der Anblick des Stacheldrahts verursacht hatte, als ich mit Vierzehn bei einem Berlinbesuch zusammen mit meiner Mutter das erstemal den düsteren Checkpoint Charlie überquerte. Ich erinnerte mich an den offiziellen Besuch mit Modesto im Osten: an den Dokumentarfilm, den man uns am Brandenburger Tor gezeigt hatte, die traurige Geschichte vom Bau jener Mauer in einer einzigen Nacht. Die Brust zog sich mir damals zusammen, als ich mir die Verzweiflung durch den brutalen Schnitt vorstellte, den jener Tag für die bedeutete, die von einer unerbittlichen Macht für immer voneinander getrennt wurden. Kinder, Frauen, Liebhaber. »Eine unvermeidliche Tragödie«, so hatte es der Parteifunktionär genannt, der uns begleitete.

Die Augen füllten sich mir mit Tränen der Erleichterung, als ich jetzt dieses unglückselige Symbol einstürzen sah, das eine Schande für die Menschen auf beiden Seiten gewesen war. Und es schwindelte mir bei dem Gedanken an die Konsequenzen, die dies für Nicaragua haben würde, für die Wahlen im kommenden Februar. Vielleicht ließe sich Reagan nun davon überzeugen, daß wir Sandinisten nicht die USA überfallen würden, daß wir nicht in Texas einmarschieren würden, wie er allen Ernstes behauptet hatte. Vielleicht verstand er jetzt, wie absurd es war, Nicaragua als Bedrohung der nationalen Sicherheit der Vereinigten Staaten zu bezeichnen. Mein armes Land, mein Gott, ein Land, in dem es gerade einmal fünf Aufzüge gab!

Später an jenem Abend in Miami gingen wir spazieren und aßen dann in Coconut Grove, einer beliebten Gegend. Jahre zuvor war ich auf der Durchreise hier gewesen, doch erkannte ich nichts wieder. In den Straßen, die von den Neonlichtern der Bars und Läden erhellt war, zeigten die Schaufenster Kleider in schreienden Farben. Unbeschwerte junge Leute spazierten auf den Bürgersteigen und unterhielten sich in einer Mischung aus Englisch und Spanisch. Gutgekleidete, lächelnde Paare bahnten sich auf glänzenden, dröhnenden Motorrädern den Weg durch den Verkehr. Es war wie eine Mischung aus Karibik und Shopping Mall, dieses Kubamerica. Miami war auch das Mekka des Bürgertums, das die Revolution ablehnte, eine Stadt, in der die Vertriebenen verschiedener Länder lebten, ein Wartesaal für das Ende mehrerer Revolutionen. Carlos stellte seine Vermutungen darüber an, wie das kulturelle Produkt dieser Mischung aussehen mochte. Die Folgen der Einwanderung in den USA waren ein Thema, das ihn faszinierte. Ich dagegen konnte das Gefühl der Entfremdung nicht loswerden, das mir die laute, hellerleuchtete Umgebung verschaffte. Während in Berlin die Menschen die Mauer mit den Händen einrissen, ging hier das Leben weiter wie gewöhnlich. Die Menschen scharten sich nicht einmal in den Bars um die Fernsehgeräte. Sie tranken ruhig weiter ihr Bier, als sei dies eine Nachricht unter vielen.

Im Dezember wurde meine Mutter sehr krank. Ich wartete bis nach Weihnachten mit der Rückkehr nach Nicaragua, weil mein Visum mir nicht gestattete, sie zu besuchen und in die Vereinigten Staaten zurückzukehren. Nach all den Anstrengungen, die Carlos unternommen hatte, damit ich Weihnachten mit ihm zusammen verbrachte, wollte ich ihn nicht enttäuschen. Meine Mutter war schon vorher sehr kränklich gewesen, und weil meine Geschwister im Ausland lebten, fiel es meist mir zu, mich um sie zu kümmern. Weil aber diesmal mehrere von ihnen in Nicaragua waren, meinte ich, sie brauche mich nicht so sehr wie sonst.

Am 27. Dezember 1989 kehrte ich nach Nicaragua zurück. Zwei Tage später starb meine Mutter. Ihre Todesursache ist uns nie richtig klargeworden. Der Arzt sagte, daß die Magersucht, unter der sie seit ein paar Jahren litt, eine starke Anämie verursacht habe. Ich meine, es war eine Mischung aus Behandlungsfehlern, körperlicher Schwäche und ihrer eigenen Lebensunlust, die das Ende für sie bedeuteten. Ich glaube, die Revolution, die mir soviel Glück gab, bedeutete für sie vor allem Verlust. Ihre Familie hatte sich aufgelöst. Meine beiden Brüder zogen, vom Sandinismus enttäuscht, aus Nicaragua fort. Meine Schwester Lavinia studierte in den USA, Lucía lebte in Spanien. Immer apathischer und gebrechlicher, versank meine Mutter in einer tiefen Depression. Sie verließ kaum noch ihr Zimmer. Dennoch übersetzte und bearbeitete sie die *Komödie der Irrungen* von Shakespeare neu und führte Regie bei mehreren Theaterstücken, aber sie aß fast nichts mehr und wurde immer dünner. Sie weigerte sich, ihre Depression einzugestehen, und erklärte ihren körperlichen Zustand mit anderen Leiden, weshalb wir ihren wirklichen Zustand auch erst sehr spät bemerkten. Bevor ich im November abreiste, schaffte ich es, sie davon zu überzeugen, ihre Traurigkeit anzunehmen und nicht länger eine Kraft vorzuspiegeln, die sie selbst gar nicht spürte. Sie mußte mir versprechen, zum Arzt zu gehen und sich ein Antidepressivum verschreiben zu lassen. Bei der Untersuchung stellte der Arzt die starke Anämie fest, sie mußte Bluttransfusionen bekommen. Als ich sie das letztemal auf der Intensivstation des Krankenhauses sah, war es, als hätten sich unsere Rollen vertauscht. Wie ein kleines Mädchen, das das Lob der Mutter hören will, erzählte sie mir von ihren Bemühungen, mehr zu essen. Ich hielt ihre Hand, während sie einschlummerte. Nach ein paar Minuten wachte sie zitternd wieder auf. Meine Mutter liebte das Leben nicht mehr, doch hatte sie eine schreckliche Angst vor dem Tod. Aber sie gab es nicht zu, sie wollte bis zum Schluß stark erscheinen. »Ich komme um vor Kälte«, sagte sie zu mir. Ich deckte sie gut zu und rieb ihre Füße zwischen meinen Händen. Als sie eingeschlafen war, verließ ich das Zimmer. Meine Geschwister Lucía und Eduardo blieben bei ihr. Ich fuhr zum Flughafen, um mein Gepäck zu holen, das verspätet angekommen war. Als ich ins Krankenhaus zurückkehrte, traf ich meinen Vater weinend an. Meine Mutter war gestorben. Ich erfuhr, daß die Ärzte Lucía und Eduardo aus dem Zimmer geschickt hatten, als das EKG zu piepsen begann. Ich werde es immer beklagen, daß man nicht einem von uns gestattete, bei ihr zu bleiben, und sie in diesem Moment allein sein mußte. Ich hätte gern ihre Hand gehalten, sie auf dieser geheimnisvollen Reise begleitet, so wie sie mich in meinen schwierigen Momenten begleitete, immer treu und solidarisch trotz allem.

In den letzten Jahren ihres Lebens war die Beziehung zwischen meiner Mutter und mir für uns beide ein stummer Kampf. Von Komplizinnen wurden wir zu Gegnerinnen, die ihre Kraft in ständigem Konflikt maßen. Bei meinem Bemühen, mich nicht anzupassen, auch wenn es bedeutete, über glühende Kohlen zu gehen, hatte ich ihre Wertvorstellungen zu sehr verlassen. Niemals verstand sie die Risiken, die ich einging. Vielleicht ahnte sie intuitiv, daß ich darum kämpfte, die Nabelschnur endgültig zu zertrennen, und daß das Ergebnis nur sein konnte, daß sie alle Macht verlöre, die sie über mich besaß. Sie verstand nicht, daß sie mich zurückgewänne, wenn sie mich verlor. Sie verstand nicht, daß ich in der Verwundbarkeit, die sie sich nicht zugestand, meine Kraft finden würde.

Die letzte Schlacht mit meiner Mutter kämpfte ich 1993. Das Erdbeben von Los Angeles öffnete Spalten in meinem Innern, durch die ich weiß nicht wie viele Jahre verschütteter Ängste, ungelöster Konflikte und angehäufter Tode in mein Bewußtsein drangen. Mich ergriff auf lange Zeit eine nicht zu unterdrückende Panik, die mir das Herz so furchtbar rasen ließ, daß ich meinte, ich müsse sterben. Die Todesangst, das andauernde Gefühl, eine Katastrophe oder eine Krankheit könnten mich plötzlich auslöschen, ließen mich Hilfe in einer Therapie suchen. So entdeckte ich, daß ich immer noch Kontakt zu meiner Mutter suchte, Formen, mich ihr zu nähern, meine Schuld zu sühnen, indem ich die gleichen Ängste litt, die sie meiner Vorstellung nach gelitten hatte. Nach einem langen Weg glaube ich, daß ich die Trennung endlich vollzogen habe, die mich mit ihrem Bild versöhnte. Ohne Schuldgefühle kann ich es jetzt annehmen, glücklich zu sein, den Tod überstanden zu haben, mich dem Schreiben zu widmen. Mit allen Konsequenzen habe ich meinen romantischen Idealismus akzeptiert.

Einmal besuchte ich mit meiner Freundin Sofía das Grab meiner Mutter. Im Jahr 1995 muß das gewesen sein. Wir setzten uns nebeneinander auf den Grabstein und unterhielten uns über die

Leidenschaften, die unserem Leben Sinn gaben und auf die wir, das schworen wir, niemals verzichten wollten. Die Unterhaltung zog sich in die Länge. An jenem Nachmittag warfen wir einander den Apfel der Erkenntnis, des Guten und des Bösen, gleichzeitig zu. Ich stellte mir vor, wie unsere Worte lautlos zu Boden fielen und in der Hitze des Nachmittags dort eindrangen, wie leichte Botschafterinnen, die meine Mutter in ihrer dunklen Behausung empfing. Sofia und ich rauchten und lachten auch zuweilen. So teilten wir mit ihr die Leiden und Freuden dieser schwierigen Aufgabe, die es bedeutet, Frau zu sein. Es war, als besuchten wir eine schlafende Freundin, die uns durch irgendeinen Spalt in ihrem Schlaf zuhörte. Das war meine Ehrenbezeigung für sie.

56. Kapitel

Wie die intensivsten Jahre meines Lebens zu Ende gingen (Managua, 1990)

Am 25. Februar 1990 kam die sandinistische Revolution, die Volksbewegung, die eine ganze Dynastie von Tyrannen gestürzt hatte, die politische Sache, die mich in den intensivsten, härtesten und glücklichsten Jahren meines Lebens beschäftigt hatte, an ihr Ende. Ich erinnere mich, daß es am Tag zuvor regnete. Vor dem Platzregen blies der Wind Staubwolken empor, die die Landschaft mit den Vulkanen und dem See mit einer bräunlichen Schicht bedeckten. »Dieser Regen gefällt mir gar nicht«, meinte ich zu Carlos. Drei Tage zuvor war die Wahlkampagne beendet worden. Während dieser drei Tage war jegliche Wahlpropaganda verboten. Nach den hitzigen Kampagnen-Monaten entstand eine große Stille, und während ich in Managua umherfuhr, reagierte meine Haut empfindlicher als ich auf die Einflüsse meiner Umgebung: Eine Gänsehaut lief mir den Rücken herunter. Ich war mir nicht so sicher wie meine Compañeros, daß die Leute mit überwältigender Mehrheit für die FSLN stimmen würden. Schon zu Beginn der Kampagne, als man mich in die Wahlkampfkommission der Frente Sandinista berief, hatte ich meine Befürchtungen zum Ausdruck gebracht. Damals sagte ich, wir müßten uns auf die schlimmstmögliche Situation gefaßt machen, doch Daniel Ortega und die anderen stimmten nicht mit mir überein. »Alles wird besser«, war der Slogan, den Daniel vorschlug, seine persönliche Erfindung. Ich stimmte gegen seinen Vorschlag. Wir müßten der Ermüdung der Menschen Rechnung tragen, meinte ich, ihren Toten, müßten selbstkritischer sein. Sie hielten jedoch am Konzept einer begeisterten, fröhlichen Kampagne fest. Wenig später teilte man mir mit, der Comandante Ortega habe mich aus der

Wahlkampfkommission ausgeschlosen, weil ich zu polemisch und zu schwierig sei.

Als ich im Dezember aus den USA zurückkehrte und im Fernsehen die Wahlkampfspots sah, war ich fassungslos über die Taktlosigkeit, die die Verantwortlichen dazu gebracht hatte, eine so laute Kampagne mit Rockmusik zu organisieren. Viele Menschen hatten den Tod ihrer Söhne zu beklagen, die im Krieg gefallen waren, sie litten Hunger, und es mangelte an allem überall im Land, und die fröhlich-lärmenden Werbespots mit jungen Leuten, die auf den Plätzen feierten, taten so, als sei die Revolution immer noch ein einziges Fest.

Ich betete, daß meine Vorahnungen nicht einträfen. Ich versuchte in den Gesichtern der Passanten zu lesen, um irgendwie Gründe für die Hoffnung zu finden, aber ich verspürte den Drang, davonzulaufen, mich zu verstecken, nicht die Tage erleben zu müssen, die unaufhaltsam auf mich zukamen. Meine Compañeros, auch die bewußtesten, kritischsten, sahen mich mißmutig an, wenn ich es wagte, die Möglichkeit einer Niederlage auch nur anzudeuten. »Du bist ja verrückt. Natürlich werden wir gewinnen.« Alle waren sie so loyal. Bis zum letzten Augenblick und trotz alledem. Ich glaube, es fiel uns schwer, zu akzeptieren, daß zwei, drei Männer einen Prozeß vereiteln konnten, der so viele Leben gekostet hatte. Mit einem verbissenen Vertrauen wurde daran festgehalten, daß weder der Krieg noch Reagan, noch sonst irgend etwas uns besiegen konnte, daß das Volk uns weiter unterstützte. Wenn der Krieg erst einmal vorbei war, dann würden wir die Fehler schon korrigieren, die Enttäuschungen, die autoritären Tendenzen, dann würden wir in der FSLN Demokratie einfordern, eine einheitlichere Politik, kein Hin und Her mehr. Die Wahlen waren die Hoffnung darauf, daß sich ein Raum öffnete, ohne Vorwände weitermachen zu können. Den Leuten sollten keine unverhältnismäßigen Opfer mehr abverlangt werden, meine Töchter bräuchten nicht mehr an der Beerdigung ihrer Freunde teilzunehmen. Meine Töchter mit toten Freunden! Da hatte ich gedacht, sie müßten das nicht erleben, und inzwischen hatte ich sie schon zu mehreren Totenwachen bringen müssen.

Ich wollte, daß meine Freunde recht behielten. Ich mußte diejenige sein, die sich irrte.

Doch am Wahlsonntag standen die Menschen schweigend Schlange vor den Wahllokalen und warteten darauf, ihre Stimme abzugeben. Kein Lachen, keine Scherze, die sonst so typisch für die Nicaraguaner sind. Schweigen. Und als wir nach Hause zurückkehrten, trafen wir die zwei oder drei befreundeten ausländischen Journalisten, die bei uns wohnten, mit düsterem Gesichtsausdruck an. Die Umfragen, die sie bei ihrer Rundfahrt durch die Wahllokale gemacht hatten, waren besorgniserregend. Ihren Schätzungen nach würde Doña Violeta gewinnen, die Witwe von Pedro Joaquín Chamorro und inzwischen die Anführerin der bürgerlichen Opposition, so sagten sie mit gesenkten Köpfen. Auch sie wollten ja nicht, daß die Frente Sandinista verlor. Sie, die Nordamerikaner, fühlten sich wohl verantwortlich für die grausame Art und Weise, mit der ihr Land uns erledigen wollte. Die Revolution war nicht perfekt, doch hegten sie Sympathie dafür.

Ich weiß noch, wie einer von ihnen sagte: »Es ist, als ob die Leute mit der Pistole an der Schläfe wählen müßten. Wenn sie für die Frente stimmen, geht der Krieg weiter. Das ist es, was die Leute sagen, und sie wollen einfach keinen Krieg mehr.«

Ich glaube, es war so gegen zehn Uhr abends, als meine Schwester Lavinia anrief.

»Gioconda, die Frente hat verloren. Sie haben gerade unseren Bruder Humberto zum Haus von Doña Violeta gebeten. Und Ex-Präsident Carter fährt auch hin, um ihr zu bestellen, daß die Frente die Niederlage annimmt; daß sie gewonnen hat.«

Ich bekam eiskalte Hände.

»Komm«, sagte ich zu Carlos, »laß uns zu Sofia fahren.«

Sofia Montenegro, meine Freundin aus den Frauenversammlungen, eine mutige, redegewandte Feministin, die niemand jemals aufhielt, empfing uns in Hausschuhen an der Wohnungstür. Wir setzten uns im Wohnzimmer zusammen.

»Die Frente hat verloren«, berichtete ich ihr. Und ich erzählte ihr von Lavinias Telefonanruf.

Das konnte doch gar nicht sein, sagte sie ein ums andre Mal. Warum glaubte ich bloß solchen Gerüchten? Das waren doch nur Manöver, um uns zu demoralisieren. Das konnte einfach nicht stimmen.

Es war unmöglich, sie zu überzeugen. Ich fuhr mit Carlos nach

Hause zurück. Die Stadt, die Luft, der Verkehr auf den Straßen, alles schien mir feindselig zu sein.

Die ganze Nacht taten wir kein Auge zu und warteten auf die Nachrichten vom Obersten Wahlrat. Ein Radiosender übertrug direkt aus dem Wahlkampfzentrum der FSLN, wo die große Siegesfeier stattfinden sollte. Ein Orchester spielte, doch von der Ausgelassenheit der ersten Stunden war nichts übriggeblieben. Man hörte die Parolen nicht mehr, die Hunderte von Kehlen skandiert hatten. Der Freund von Melissa kam und erzählte, daß dort, im Wahlbüro der Frente, die Leute vor Enttäuschung weinten. Meine Töchter waren bei mir. Maryam war Mitglied der Sandinistischen Jugend. Die beiden waren in der Revolution aufgewachsen, umgeben von ihren Geschichten, hatten sich von klein auf daran beteiligt gefühlt. Sie hatten sie genauso zu lieben gelernt wie ich. David, ein höflicher, sanfter Junge, Melissas erster Freund, hatte gerade seinen Militärdienst beendet. Camilo verbrachte ein paar Tage in Costa Rica bei meinem Bruder Eduardo. Später erfuhr ich, daß er mit seinen elf Jahren geweint hatte, während seine Onkel und Tanten die Niederlage der Frente feierten.

Um sechs Uhr morgens hielt Daniel Ortega die beste Rede seines Lebens, als er die Wahlniederlage der Frente eingestand. Zum erstenmal benahm er sich wirklich wie ein Staatsmann. Er sprach ehrlich, bedrückt, doch gefaßt, rief die Bevölkerung zur Ruhe auf und bat darum, daß wir Sandinisten die Entscheidung des nicaraguanischen Volkes akzeptierten. Unser neuer Sieg sei es jetzt, Nicaragua zum erstenmal in seiner Geschichte die Gelegenheit zu einer friedlichen Übergabe der Macht zu geben.

Im Wohnzimmer, von wo aus man sehen konnte, wie der Tag mit ziehenden Wolken und Vogelgesang erwachte, war es, als bräche uns allen die Wirbelsäule. Unsere Rücken krümmten sich, in unseren übernächtigten Augen lag Trauer, ungläubiger Schrekken. Tiefe Ringe in aschfarbenen Gesichtern. Als ich den Blick hob und auf die Stadt in der Ferne sah, traf mich wie ein Schlag das Gefühl, im Grün der Berge eine feindselige Stimmung zu spüren, die von meinem eigenen Land ausging. Das Volk lehnte uns ab. Nie hätte ich gedacht, daß ich diesen Tag erleben müßte. Auch jetzt erfüllte mich die Verzweiflung über die Toten, doch war es diesmal viel schrecklicher. Ich fühlte, daß alle noch einmal starben, aber daß jetzt ihre Tode umsonst waren, nutzlos. Verlorene Leben. So viele verlorene Leben. Viel mehr waren es jetzt. Mit dem Krieg gegen die Contra waren es mehr als fünfzigtausend Tote. Und damit sollte jetzt alles zu Ende sein.

Die Menschen feierten den Sieg der UNO – des Parteienbündnisses, das Violeta Chamorro unterstützte – nicht auf den Straßen. Im Gegenteil, in den Tagen nach dem Wahlsonntag lag eine Atmosphäre der Trauer über der Stadt wie in der Karwoche. Es war, als wenn die gesamte Bevölkerung fort sei. Die Leute fürchteten, daß wir Sandinisten mit Gewalt antworten würden. Ich glaube, als das Volk Violeta zum Sieg verhalf, tauschte das Volk die Macht, sich als Hauptdarsteller zu fühlen, gegen den Frieden ein, auch wenn er durch das Bürgertum kam, doch mußten sie eine Ahnung haben, daß sie jetzt wieder einfach nur »die Armen« sein würden, nicht mehr »die Volksmassen«, zu denen sie der Sandinismus gemacht hatte. Diejenigen, die in jenen Tagen Feste feierten, waren die Menschen meiner Klasse, die ihre Privilegien zurückerlangten, die Exilierten in Miami, private Feste, nicht auf den Straßen oder den Plätzen.

Ich dachte daran, wie meine Mutter sich gefreut hätte, und es tat mir leid für sie, daß sie kaum einen Monat vor dem Sieg ihrer Freundin Violeta hatte sterben müssen. Eine andere Freundin von ihr, Gladys Ramírez, wurde zur Direktorin des Kulturinstituts ernannt. Oh, meine Mutter! dachte ich. Sie wäre außer sich gewesen vor Freude. Ich dagegen kam vor Traurigkeit um. Wir Sandinisten blieben von dem Schlag wie benommen zurück. Keiner von meinen Bekannten hatte die Zweifel gehegt, die mich quälten und die auf gewisse Weise meine Überraschung auffingen. Meine Freunde, Sofía zum Beispiel, konnten es nicht fassen. Die Niedergeschlagenheit, die Unsicherheit über die Zukunft, von der wir einmal gemeint hatten, daß sie bis in alle Ewigkeit revolutionär sein würde, ergriff von uns allen Besitz. Gleichwohl focht kein Sandinist den Sieg von Violeta Chamorro an, es kam weder zu Unruhen noch zu Demonstrationen. Niemals hatte man in Nicaragua so zivilisiertes Verhalten erlebt, einem Land, wo der Starke den Willen des Schwächeren immer nur durch Waffengewalt akzeptiert hatte. Kein Nicaraguaner hatte je einen Machtwechsel durch Wahlen erlebt, und das war an sich schon ein Sieg der Sandinisten. Daß die FSLN, nachdem man sie als kommunistisch, autoritär und absolutistisch bezeichnet hatte, die Macht abgab, während sie auf die Armee, die Volksorganisationen und 42 Prozent der Stimmen zählte, war eine Tatsache von ungeheurer Tragweite für das demokratische Leben des Landes.

Ich jedoch wollte nicht mit ansehen, wie sich die Revolution selbst auflöste, für die ich mich so sehr begeistert hatte. Als Carlos mir vorschlug, in die USA zu gehen, denn es sei an der Zeit, daß ich meinen Teil unserer Verabredung einlöste, da er jetzt schon sechs Jahre in Nicaragua lebe, willigte ich ein. Mein Urinstinkt gab mir ein, zu fliehen, die Augen zu schließen.

Violeta zeigte sich als mütterliche Figur, die mit einfachen Worten das kleine, zerrissene Land an sich zog und tröstete. Indem sie mit einer größeren Weisheit, als viele von uns erwartet hätten, mal die einen, mal die anderen schalt, gab sie Nicaragua, oft sogar gegen ihre Verbündeten, die Wärme eines Heims für alle, ohne Ausnahme. So geschah es, daß alte Feinde wieder zueinander fanden, sich gemeinsam an einen Tisch setzten, gemeinsames Leid betrauerten. Es war seltsam, gab jedoch auch Hoffnung, zu sehen, wie ein so kriegszerrissenes Volk zu so grenzenloser Freundlichkeit fähig sein konnte.

Ein anderes Leben

Wir sind zu Asche zusammengefallen, keine Reste blieben zurück, keine unverbrannten Knochen, keine Haarsträhnen zum Aufbewahren in Medaillons, wie sie nach euren vertraulichen Begegnungen zurückblieben. Jetzt werde ich grau; jetzt werde ich hager; aber mittags sitze ich im hellen Licht des Tages vor meinem Spiegel und sehe mein Gesicht an und nehme sehr genau meine Nase zur Kenntnis, mein Kinn, meine Lippen, die sich zu weit öffnen und zuviel Zahnfleisch sehen lassen. Aber ich habe keine Angst.

Virginia Woolf, *Die Wellen*

57. Kapitel

Wie ich meine ersten Jahre in den USA verlebte (Managua/Washington, 1990)

Bei dem Gedanken, mein Haus, meine Freunde und alles zurückzulassen, was meine Wurzeln und mein Lebensinhalt war, fühlte ich mich genauso wie der feige Kapitän der *Medusa*, der sein untergehendes Schiff im Stich ließ, doch ich hatte eine Verabredung getroffen und fühlte mich verpflichtet, sie einzuhalten. Drei Monate dauerte es diesmal, bis man mir das Visum gab. Langsam, lustlos packte ich die Koffer, traf Absprachen mit den Mietern, die in dem Haus wohnen würden, das Carlos und ich gekauft und wiederaufgebaut hatten und von dem aus man die Landschaft meiner Seen und Vulkane vor sich liegen sah. Ich verschenkte Möbel, Kleider und fühlte mich, als bliebe ich nackt zurück. Weinend verabschiedete ich mich von meinem Vater, meiner Schwester, meinen liebsten Freunden, den Hunden, der Katze, der Palme, die im Garten ihre Wedel wehen ließ.

Das Flugzeug hob von der Piste ab. Es war der 9. Juni 1990. Zurück blieben das Grün, die Berge. Türkisblau tauchte die Karibik auf, die Everglades, die flache Landschaft um Miami, dann der Obelisk von Washington, der Potomac River. Mein Leben drehte sich um hundertachtzig Grad. Fast schien es mir, als sähe ich es ironisch lächeln, wie es mir jetzt mit einem Zaubertrick aus heiterem Himmel die Möglichkeiten bot, die ich mir immer vorgestellt hatte, wenn ich erschöpft war und von einem Landhaus in der englischen Provinz träumte. Das Taxi brachte uns zum Hyllier Place, zu dem *brownstone* in der ruhigen, baumbestandenen Straße. Meine Kinder waren so aufgeregt, als wäre alles ein großes Abenteuer. »Geht vorsichtig mit den Möbeln um, macht nicht zuviel Lärm, benehmt euch anständig und vernünftig.« Wir bezogen die Zimmer mit den Parkettböden und den italienischen Möbeln, meine Kinder schliefen in den Messingbetten des Gästezimmers,

Carlos und ich in seinem Jungenzimmer. Mein Schwiegervater Lou, der mir ein guter Freund geworden ist, empfing uns freundlich, herzlich, mit seinem überschäumenden Sinn für Humor und seiner immer jugendlichen, neugierigen Art. Bereitwillig akzeptierte er diesen Überfall auf seine Privatsphäre, sein Alleinsein, das er wie wenige zu meistern und genießen gelernt hat. Mit seinen Freunden oder denen von Carlos fuhren wir an den Wochenenden aufs Land hinaus und machten lange Waldspaziergänge.

Zwei Monate später mieteten wir ein Haus. Ich muß sagen, daß ich es mir nicht vorgestellt hatte, dieses Verlorenheitsgefühl, als ich mich plötzlich in dem Viertel mit den riesigen Bäumen wiederfand, die uns im Herbst mit goldenem Laub überschwemmten; ein stilles Viertel, wo die Nachbarn wie Gespenster waren, deren flüchtige Schatten ich kaum sah, wenn sie zur Arbeit fuhren oder nach Hause zurückkehrten. Die Einsamkeit inmitten anderer Menschen, das Anonymsein, waren neue Erfahrungen für mich, wie ein Kleid, das mir zu groß war und in das ich, sosehr ich mich auch abmühte, nicht hineinpassen wollte.

Wenn ich mit Charlie nach Washington fuhr, um essen oder Kaffeetrinken zu gehen, überfiel mich plötzlich der Verdacht, daß mehr als einer der Gäste um uns herum ein Beamter des State Department sein könnte oder sonst einer Regierungsbehörde. Vielleicht war der Mann, der so ernst am Nebentisch die Zeitung las, dafür verantwortlich gewesen, die tausendundeins Vorschläge zu schreiben, wie die Vereinigten Staaten den verdeckten Krieg gegen die nicaraguanische Revolution, meine Revolution, führen sollten.

Das Auftauchen des Kellners, der routiniert die Liste der Speisen herunterbetete, riß mich aus meinen Gedanken. Ich, die ich aus einem Land kam, in dem es an allem mangelte, war jedesmal völlig überfordert, wenn ich beim Bestellen eines Biers oder eines einfachen Sandwichs mit Schinken und Käse aus einer endlosen Liste unbekannter Marken wählen mußte, zwischen verschiedenen Arten von Schinken oder Käse, ob ich Weißbrot, Roggenbrot, Pumpernickel wollte und ob das Brot mit Mayonnaise oder dieser oder jener Art Senf bestrichen sein sollte. Dann saß ich da und sah mit dümmlichem Gesichtsausdruck den Kellner an, und ich hätte heulen können, wenn ich daran dachte, wie schwierig es war, in Nicaragua auch nur ein Dutzend Eier zu bekommen.

Obwohl ich gut genug Englisch sprach, um mich unterhalten zu können, konnte ich mich nicht in tiefschürfende intellektuelle Gespräche wagen, ohne daß mir das Vokabular ausging. Es war ermüdend und gab mir das Gefühl geistiger Beschränktheit. Wütend und frustriert schwieg ich dann lieber. Ich wußte immer genau, daß jemand mir sympathisch war, wenn ich ihn, ohne es zu merken, auf spanisch ansprach, so als könnten Freundschaft oder Sympathie das Wunder vollbringen, daß wir uns in verschiedenen Zungen verständigten.

Als der Winter kam, verfiel ich in eine tiefe Depression. Wie die Bäume verlor ich alle meine Blätter. Wenn ich morgens die Augen aufschlug und die nackten, öden Stämme sah, fragte ich mich verzweifelt, in welche Falle ich da getappt war. Ich sehnte mich nach der tropischen Vegetation, meinen Vulkanen, den Seen meines Nicaragua. Vor allem fehlten mir meine Freunde, die immer damit beschäftigt waren, die Welt zu verändern, und den unmöglichsten Träumen anhingen. Die Menschen, die ich in Washington kennenlernte, kamen mir zurückhaltend und reserviert vor, in ihren Augen meinte ich Warnlichter aufleuchten zu sehen, damit man ja nicht die Grenzen überschritt, die ihre Privatsphäre schützten. Über existentielle Fragen, die großen Zusammenhänge wurde wenig gesprochen, so als seien alle Wege schon vorgezeichnet und jeder sich seiner Richtung sicher. Die Unterhaltungen waren konkret und genau, es ging um klar benennbare Personen oder Themen. Nur manchmal wurde ein Schleier gelüftet. Lachen und Scherze gab es mit Billy, einem alten Freund von Carlos, der sich mit mir verbrüderte.

Zu den schönen Erinnerungen dieser Zeit gehört das Gefühl, meinen Kindern eine liebevolle Mutter gewesen zu sein. Die Einsamkeit sorgte dafür, daß wir stärker voneinander abhingen, wir amüsierten uns dabei, uns von unseren Schwierigkeiten zu erzählen, und trockneten uns auch gegenseitig die Tränen. Ich pflanzte Usambaraveilchen vor das Fenster meines Arbeitszimmers und pflegte sie, bis sie rosa und violett aufblühten. Nachmittags ging ich unter den Bäumen vor den Häusern spazieren und sah manchmal durch ein offenes Fenster die Familien gemächlich ihren Alltagsriten nachgehen. Aber es war sehr merkwürdig für mich, umgeben von Menschen zu sein und sie doch kaum zu sehen oder zu hören. Erst als es zu schneien begann, merkte ich, daß es viele Kinder im Viertel gab, weil sie mit ihren Schlitten herauskamen und die Hügel hinunterrodelten.

Ich begriff, daß ein besonderes Merkmal der nordamerikanischen Kultur das Einhalten der Privatsphäre ist, daß die Familien als kleine, gutgeschützte Rückzugszone begriffen wird. In den großen, anonymen Städten haben die Menschen keinen gemeinsamen geschichtlichen Bezug, es gibt auch keine Freundschaften zwischen Familien, die von Generation zu Generation weitergegeben werden. Viele hier waren genauso fremd in dieser Stadt wie ich. Nach einem langen Arbeitstag blieb ihnen wenig Zeit oder Energie, um zu plaudern und Freundschaften aufzubauen. Für mich war diese soziale Auflösung, dieses Fehlen von Gemeinschaft, von Gemeinsinn, wie ein doppeltes Exil. Mir wurde bewußt, daß man in den USA in die Gesellschaft hinausgeht wie in feindliches Gebiet, wo starke Konkurrenz herrscht. Man zieht sich seine Rüstung an und paßt darauf auf, daß das Herz gut geschützt ist.

Es war dies Exil, das Exil der Unzugänglichkeit der anderen, der Mangel eines Zugehörigkeitsgefühls, eines gemeinsamen Ziels, was für mich am schwersten zu ertragen war.

In diesem Winter fuhren wir eines Morgens in aller Herrgottsfrühe los, um vor dem Gebäude der Einwanderungsbehörde in Virginia Schlange zu stehen und die Befragung über uns ergehen zu lassen, nach der wir die Aufenthaltserlaubnis für die USA bekommen sollten. Hier wurde nur eine bestimmte Anzahl Menschen täglich abgefertigt, und um eingelassen zu werden, mußte man früh aufstehen. Um fünf Uhr morgens mit den Kindern in der Kälte darauf zu warten, um sieben eingelassen zu werden, ließ Carlos die weniger freundlichen Seiten seiner großen Nation kennenlernen. Das Gespräch selbst brachte keine besonderen Überraschungen, Melissa und Camilo bekamen ihre unbegrenzte Aufenthaltsgenehmigung wenig später. Bei mir dauerte es drei Jahre, bis nach dem Ende des Kalten Krieges der US-Kongreß die ideologischen Beschränkungen aufhob, die das McCarren-Walters-Gesetz vorsah. Während dieser drei Jahre mußte ich jedesmal, wenn ich außer Landes reisen wollte, ein Dokument beantragen, das *advanced parole* genannt wurde – ein Begriff, der normalerweise auf Zuchthäusler angewandt wird – und das meine erneute Einreise von der Einwilligung der Grenzbeamten abhängig machte. Was immer lange Wartezeiten bei der Rückkehr bedeutete. Man ließ mich in der Zone warten, wo die Einreisenden zweifelhafter Herkunft oder Absicht untersucht werden. Oft verloren wir so unsere Anschlußflüge, verfluchten die Bürokratie. Es war nicht gerade hilfreich, mich an dem Ort, der mir durch meine Heirat zur zweiten Heimat werden sollte, als unerwünschte Person zu fühlen. Die ganze Wut auf die USA wegen des Leids, das sie Nicaragua zugefügt hatten, kam wieder hoch.

Nach dem Abitur beschloß Melissa, nach Lateinamerika zurückzugehen und in Mexiko, wo ihre Schwester Maryam Architektur studierte, Medizin zu belegen. Melissa zu verlieren, die ich begleitete, als sie sich in der La-Salle-Universität in Mexiko einschrieb, deprimierte mich sehr. Sie war meine Compañera, mein Trost, meine Komplizin. Als sie ging, fühlte ich mich noch einsamer.

Wäre ich in Washington geblieben, dann wäre ich, glaube ich, vor Traurigkeit gestorben. Zu hart war es für mich, mit den Symbolen einer Macht zusammenzuleben, die ich nicht als gut oder freundlich erkennen konnte. Nach jedem Aufenthalt in Nicaragua kehrte ich verheult und niedergeschlagen in die Einsamkeit des stillen Bethesda-Viertels bei Washington zurück.

Nach einem kurzen Ausflug in die Welt des Theaters entschied sich Carlos, seinen Traum zu verfolgen, Filme zu machen, und wir beschlossen, nach Los Angeles umzuziehen. Eine Stadt mit Palmen, Straßenschlachten und Erdbeben schien mir meiner eigenen Erfahrung viel näher. Wir packten unsere Siebensachen und beauftragten die Umzugsfirma. Statt zu fliegen, beschlossen wir die Reise mit dem Auto zu machen, das riesige Land von Küste zu Küste zu durchqueren. Sechs Tage brauchten wir dazu, machten halt in Santa Fe, am Grand Canyon. Die ungeheure Größe des Landes beeindruckte mich, die Unterschiedlichkeit der Landschaften, die kleinen Ortschaften mit ihrem besonderen Flair. *»Antiques made daily«*, stand auf einem Schild im Süden Virginias; »Nehmen Sie keine Anhalter mit, es könnten entsprungene Sträflinge sein«, warnte ein anderes in Oklahoma. Der Sonnenuntergang über dem Grand Canyon ließ mir die Augen feucht werden mit seinem spektakulären Rosa und Purpur. Auf der Reise lachten wir viel miteinander, Camilo war ganz versessen auf Naturparks, Fossilien, Hamburger. Als wir in Los Angeles ankamen, halfen mir die warme Sonne, die Vegetation, die Palmen, die Stadt mit den flachen Gebäuden und Gärten dabei, die Kälte abzuschütteln, die sich im Osten in mir angestaut hatte. Ich fühlte mich wie ein Hündchen, das ausgeführt werden soll und das schon am Fenster steht und mit dem Schwanz wedelt. Als wir an dem Haus ankamen, das Carlos bei einer Reise ein paar Wochen zuvor gemietet hatte, schnürte sich mir die Kehle zu. Es glich so sehr den Häusern meiner Jugendfreundinnen in Managua, mit seiner einstöckigen Bauweise aus den sechziger Jahren, den geraden Linien, dem Garten dahinter, dem Schwimmbecken. Wie ein weit zurückliegender Alptraum, der nach langer Reise durch andere Dimensionen wieder zum Leben erwacht. T. S. Eliot fiel mir ein:

> Nie hören wir zu forschen auf
> und das Ende all unsres Forschens
> wird es sein, wieder zum Ausgangspunkt zurückzukehren
> und ihn zu sehen, als sei's das erstemal.

Seltsam, dachte ich, daß das Leben solche Volten schlägt. Mich sollten sie aber nicht zu Fall bringen.

Epilog

In dem diese Doña Quijota ihre Erinnerungen beendet (Santa Monica/Managua, 1999)

Wenn ich mein Haus in Santa Monica verlasse, brauche ich nur bis zur nächsten Straßenecke zu gehen, um die Montana Avenue zu erreichen. Eine lange Reihe von Boutiquen, Cafés, Antiquitäten- und Möbelläden, Geschäften für Naturheilmittel, Yogazentren und Fitneßstudios verläuft auf beiden Seiten der Avenue, die sich tagsüber mit Passanten füllt. Die Mehrzahl von ihnen sind herrliche kalifornische Geschöpfe, braungebrannte, muskulöse Männer und Frauen, die diszipliniert ihre Trainingsprogramme absolvieren und gesunde Diäten einhalten. In hautengen Sportanzügen laufen sie über die Straße, eine Flasche Evianwasser in der Hand. Manchmal, wenn ich im Strom dieser Fußgänger die Avenue entlanggehe, denke ich an die Zeit, als ich Waffen schmuggelte, die Zeit, als ich eine Maschinenpistole umgehängt trug, an die Jahre meiner politischen Leidenschaften, und ich frage mich, ob ich wohl dieselbe Person bin. Die Umgebung, in der damals mein Leben verlief, hat so wenig mit meiner jetzigen zu tun, daß ich nicht umhinkann zu denken, das Schicksal habe mir in seiner launischen Art zwei Leben geschenkt.

Wenn ich so an den teuren Läden vorübergehe, wo ein Tisch mehr kostet, als mancher Nicaraguaner in einem ganzen Leben harter Arbeit zusammenbringen kann, überfällt mich die Sehnsucht nach den schweren Zeiten, die ich durchgemacht habe, nach dem klaren Ziel, das sie erfüllte, nach dem Sinn für das Mögliche und die Hoffnung, die ich mit so vielen anderen teilte. Ich sehne mich nach der ungestümen Energie, den großen, verrückten, phantastischen Träumen, die es mir ermöglichten, Grenzen zu überschreiten und aus mir selbst heraus zur gemeinsamen Erfahrung vieler zu gelangen. Andauernd muß ich mich daran erinnern, daß die Besessenheit von der Idee, die ganze Menschheit zu erlösen, genauso gefährlich sein kann wie die Verblendung, die ich in den Gesichtern derjenigen sehe, die einen perfekten Körper anstreben, nur ganz reine Nahrung zu sich nehmen wollen, die Unsterblichkeit erlangen möchten; ich muß mir immer wieder sagen, daß jeder nur dafür verantwortlich ist, sein eigenes Glück zu finden, und daß es überheblich wäre zu meinen, mein Rezept sei das beste von allen. Auf der anderen Seite glaube ich jedoch nicht, daß mich irgend jemand davon wird überzeugen können, daß die Freude, die nur bei einem selbst anfängt und aufhört, auch nur entfernt mit dem Jubel und der Befriedigung verglichen werden kann, die Welt verändern zu wollen.

Mir ist klargeworden, daß die Revolution für mich nicht nur ein Abstecher, ein Ausflug auf die andere Seite gewesen ist auf meinem Weg über diesen Planeten. Sie war eine endgültige Tatsache, die mich für immer veränderte. Seit ich mich entschloß, Carlos zu begleiten, habe ich mich mehr als einmal zweifelnd gefragt, ob ich es mir nicht zu leicht machte, ob ich nicht zu nachgiebig würde, eine Haltung annähme, die manche »realistisch« nennen. Hatte ich die Boxhandschuhe weggehängt und hingenommen, daß wir die Schlacht verloren hatten, oder, im besten Fall, daß jetzt andere für die neuen Utopien kämpfen mußten? Von diesen Gedanken hat mich jedoch meine eigene Wirklichkeit abgebracht. Das Leben hat mich gelehrt, daß nicht jeder Kampf für eine große Sache mit Blut bezahlt werden muß oder es erfordert, heldenhaft in der ersten Reihe zu fallen. Es gibt ein Heldentum des Friedens und des Ausgleichs, ein erreichbares, alltägliches Heldentum, das uns zwar nicht sterben heißt, uns jedoch herausfordert, dem Leben alle Möglichkeiten zu entreißen und nicht nur ein, sondern verschiedene Leben gleichzeitig zu leben. Sich als mehrfaches Wesen in Raum und Zeit zu erkennen ist Teil der Modernität und der heutigen Möglichkeiten von uns, die wir in einem Zeitalter leben, in dem die Technik als Befreiung genossen werden kann, statt als Entfremdung abgelehnt werden zu müssen. Die geographischen Grenzen verlieren immer mehr ihre Bedeutung. Im Kontakt mit meinen Freunden, mit dem politischen Leben in Nicaragua entsteht bei mir das Gefühl, daß mein kleines Land tragbar geworden ist, nah in der Ferne, daß der Horizont immer noch weit ist und daß ich es bin, die die Grenzen meines Tuns bestimmt.

Ich habe einige Zeit gebraucht, um mir eine Zukunft zuzugestehen, in der, wenigstens in der Liebe, die unliebsamen Überraschungen, das Abschiednehmen oder die plötzlichen Fluchten seltener wurden. Mit Carlos habe ich nun schon fünfzehn Jahre gemeinsamen Lebens gewebt, und unsere Haut erkennt sich selbst im Schlaf oder in der Dunkelheit. Auch wenn wir uns trennen, weil ich monatelang in Nicaragua bin, gibt es einen feinen, doch festen, widerstandsfähigen Faden, der uns sogar in der beiderseitigen Einsamkeit verbunden hält.

Ich lebe in zwei Welten, und in jeder von beiden ist mein Leben anders, doch durchzogen von den bleibenden Elementen meiner Geschichte. Meine drei erwachsenen Kinder gehen inzwischen ihre eigenen Wege. Maryam und Melissa sind heute zwei wunderbare Frauen, sensibel, vernünftig, aber auch Träumerinnen. Maryam ist Architektin, sie lebt in Los Angeles, denkt jedoch daran, eines Tages nach Nicaragua zurückzukehren und Neuerungen einzuführen, die es den armen Leuten gestatten, aus Lehmziegeln erdbebensichere Häuser zu bauen. Melissa ist Ärztin und will die Medizin mit einem ganzheitlichen Ansatz und entsprechenden Konzepten der Gesundheitsversorgung revolutionieren. Camilo ist der politischste Kopf der drei. Er bereitet sich darauf vor, nach Nicaragua zurückzukehren und das fortzusetzen, was seine Eltern hinterlassen haben.

Carlos und ich haben noch eine Tochter, Adriana, die 1993 geboren wurde. Mit ihr habe ich die reife Mutterschaft erlebt, die ich mir für meine anderen Kinder gewünscht hätte. Adriana kam mit einer uralten Weisheit in den Augen zur Welt und einer Zärtlichkeit und überschäumenden Fröhlichkeit. Von ganz klein auf hat sie an den Worten und den phantastischen Geschichten gehangen, die ich Abend für Abend für sie erfinde, wenn sie eng an mich gekuschelt einschläft. Ihre schwarzen Augen, ihre zimtfarbene Haut sind die Zuflucht meiner Nostalgie und der Weg zu den Zuckerrohrfeldern geworden, mit denen ich Tag für Tag meine Erinnerungen versüße. Sie ist mein kleines Nicaragua, fröhlich, keß und voller Lebenskraft.

Was die Arbeit angeht, so erfinde ich weiter Welten. Ich habe zwei weitere Romane gschrieben: *Tochter des Vulkans* und *Waslala*, und einen Band mit Gedichten über die Zeit der Reife. Manchmal erschrecke ich über dieses angenehme, andauernde Glücklichsein, doch abgesehen von seiner Relativität habe ich gelernt, es als Ergebnis harter, täglicher Arbeit zu sehen, und nicht einfach als Folge eines zufälligen, leichten Glücks. Auch ist es kein konflikt-, kein schmerzfreier Zustand. Wenn ich in den USA bin, ist mein Leben wie eine Klammer, eine stille Innenschau, ein Alleinsein in einer Gesellschaft, in der ich in den Blicken riesige Einsamkeiten spüre und eine große Sehnsucht nach Gemeinschaft, nach Sinn. Oft fühle ich mich fremd, ein Opfer meiner eigenen Vorurteile, eine unwillige Besucherin, die dennoch mit sich selbst kämpft, um nicht die Erfahrung zu verpassen,wie es ist, in einem Land zu leben, in dem zweihundert Millionen Menschen jeden Tag versuchen, den Sinn ihres Lebens zu finden. Hier habe ich entdeckt, daß jedes Gesellschaftsmodell sich auf die absolute Achtung der Freiheit des einzelnen gründen muß, daß nur auf diesem unveräußerbaren Recht das Fundament des kleinen und großen Glücks der Völker gelegt werden kann.

Alle drei, vier Monate kehre ich nach Nicaragua zurück. Kaum komme ich an, da umfängt mich der Trubel aller möglichen Beschäftigungen, das Telefon klingelt ohne Unterlaß, Freunde kommen und bringen mich auf den neuesten Stand der politischen Situation und Kämpfe, ihrer Projekte und Pläne, ihrer Liebschaften und Feindschaften, ihrer Zweifel, der Zukunftsperspektiven, die immer durch einen Spalt hereinlugen. Dort nehme ich meinen Platz in den Kämpfen ein, die auch jetzt noch zu kämpfen sind und in deren Verlauf ich die Sandinistische Befreiungsfront verließ, um eine Bewegung zu gründen, die den Sandinismus erneuern will, von einer Position aus, die den Opportunismus ablehnt und die Philosophie, daß der Zweck die Mittel heiligt. Ich bin weiter eine Weltbürgerin, die fest davon überzeugt ist, daß unser Planet nur überleben wird, wenn die absurden Unterschiede ausgeglichen werden, die die Menschheit teilen. An dem Ort, von dem aus ich meine geliebte nicaraguanische Landschaft sehen kann, habe ich jetzt ein kleines, gemütliches Häuschen. Ich brauche nur die Vulkane und den See zu betrachten, dann kehrt meine Seele in meinen Körper zurück, und ich erfreue mich an der vertrauten Sinnlichkeit, an der Luft und den Geräuschen meiner leidenschaftlich geliebten Tropen. Durch die gemeinsam erlebte

Geschichte erkennt sich mein soziales Wesen in den anderen wieder, durch die gemeinsamen Erfahrungen, die heute noch genauso wie gestern eine Quelle der Kraft und Befriedigung für mich sind. Meine Wurzeln saugen in der Hitze Nahrung, in den flammenden Sonnenuntergängen.

Nach meinem bisher gelebten Leben getraue ich mir die Behauptung, daß nichts quijotehaftes und auch nichts Romantisches darin liegt, die Welt verändern zu wollen. Es ist ja möglich. Diesem Versuch hat sich die Menschheit seit jeher gewidmet. Ich kann mir kein besseres Leben vorstellen als eines, das der glühenden Begeisterung für eine Sache gilt, dem Hoffen und Wünschen und der Dickköpfigkeit, die das unausweichliche Eintreten des Chaos und der Hoffnungslosigkeit leugnet. Unsere Welt, so voll von Möglichkeiten, ist und bleibt das Ergebnis der Anstrengungen, die wir, ihre Bewohner, ihr zukommen lassen. So wie das Leben selbst aus Veränderungen und Verbesserungen entstanden ist, so wird auch die soziale Ordnung, die uns zur vollen Entfaltung unserer Fähigkeiten als menschliche Art bringt, aus einem An- und Abschwellen der Kämpfe und Anstrengungen entstehen, die wir, die ganze Menschheit, in den verschiedenen Regionen unseres Planeten unternehmen.

Die Zukunft ist etwas, das aus der Gegenwart hervorgeht, und deshalb sehe ich die Verantwortung gegenüber der Gegenwart als einzige ernst zu nehmende Verantwortung der Zukunft gegenüber. Das Wichtige, so weiß ich jetzt, ist nicht, daß man selbst seine Träume Wirklichkeit werden sieht, sondern daß man sie hartnäckig weiterträumt. Wir werden Enkel haben und diese wieder Kinder. Die Welt wird weitergehen, und ihr Weg wird nicht so anders sein, als wir es wollen. Wir entscheiden jeden Tag darüber, ob wir uns dessen bewußt sind oder nicht.

Meine Toten, meine Tode sind nicht umsonst gewesen. Dies ist wie ein Stafettenlauf in einem offenen Rennen. In den USA wie in Nicaragua bin ich dieselbe Doña Quijota, die in den Schlachten des Lebens gelernt hat, daß nicht nur die Siege Täuschungen sein können, sondern auch die Niederlagen.

Anmerkungen zu einigen der Personen, die im Buch vorkommen

Alaniz, Alfredo: Hatte verschiedene Positionen in der revolutionären Regierung inne. Derzeit arbeitet er für eine Nicht-Regierungsorganisation und ist führendes Mitglied des *Movimiento Renovador Sandinista* (sandinistische Reformbewegung).

Avilés, Ricardo Morales: Wurde von der *Guardia Nacional* am 18. September 1973 in Nadaime ermordet.

Baltodano, Charlotte: Wurde während der Diktatur gefangengenommen und 1978 durch die Kommandoaktion im Nationalpalast von Nicaragua befreit. Während der Revolution arbeitete sie im Innenministerium. Unterrichtet Karate für Kinder in Managua.

Belli, Pía: War in den ersten Jahren der Revolution Protokollchefin. Lebt in Managua.

Borge, Tomás: Mitglied der nationalen Leitung des FSLN (*Frente Sandinista de Liberación Nacional* – sadinistische Befreiungsfront) bis 1990. Er ist immer noch in der Führungsspitze der FSLN aktiv.

Cardenal, Ernesto: War während der Revolution Kulturminister. Zog sich 1994 aus der FSLN zurück. Lebt in Managua, widmet sich der Literatur und der Bildhauerei. Steht einer Vereinigung zur Entwicklung des Archipels von Solentiname vor.

Cardenal, Fernando: War während der Revolution Bildungsminister und leitete die Alphabetisierungskampagne. Derzeit widmet er sich seiner kirchlichen Arbeit.

Carrión, Javier: Löste Joaquín Cuadra als Armeechef von Nicaragua ab.

Carrión, Luis: War Mitglied der nationalen Leitung des FSLN, Vize-Innenminister. Er löste sich von der FSLN und widmet sich heute der politikwissenschaftlichen Forschung.

Cassar, Oscar Pérez (»Pin«): Wurde von der *Guardia Nacional* im Stadtteil Veracruz in León am 16. April 1978 getötet.

Castaño, Bayardo Arce: War Mitglied des sandinistischen Direktoriums. Derzeit ist er Abgeordneter der FSLN in der Nationalversammlung Nicaraguas.

»César«: Ramiro Contreras. Offizier der sandinistischen Volksarmee. Er wurde vor kurzem pensioniert.

Chamorro, Violeta: War Mitglied der Regierung des nationalen Aufbaus. 1990 schlug sie Daniel Ortega in den Präsidentschaftswahlen und war von 1990 bis 1996 Präsidentin von Nicaragua.

Escobar, José Benito: Wurde am 15. Juli 1978 in Estelí von der Nationalgarde ermordet.

»Felipe«: Alvaro Baltodano. Oberst der sandinistischen Volksarmee. Ging nach seiner Tätigkeit als Militärattaché in der nicaraguanischen Botschaft in Mexiko vor kurzem in Pension.

Fonseca, Carlos: Gründer der *Frente Sandinista de Liberación Nacional.* Geriet am 7. November 1976 in einen Hinterhalt der *Guardia Nacional* in Zinica und wurde ermordet.

Godoy, Carlos Mejía: Der wichtigste Komponist populärer nicaraguanischer Musik. Er leitet ein TV-Programm in Managua, macht Musik und veranstaltet Konzerte.

Hüper, William: War Finanzminister der Revolutionsregierung.

Jarquín, Luisa María: Ist Psychologin und arbeitet in ihrem Beruf.

Jarquín, Toño: War nicaraguanischer Botschafter in den USA. Gynäkologe. Immer noch aktiv in der Politik, zog sich aber von der FSLN zurück.

Lang, Edgard: Wurde zusammen mit Oscar Pérez Cassar am 16. April 1978 ermordet.

Laviana, Gaspar García: Fiel am 11. Dezember 1978 im Kampf gegen die Nationalgarde.

López, Julio: War Chef der Abteilung für internationale Beziehungen der FSLN. Derzeit gehört er einem Oppositionsflügel innerhalb der FSLN an, der *Izquierda Democrática* (demokratische Linke).

Mairena, Laureano: Fiel am 24. November 1978 im Kampf gegen die Contra.

Marcos, Jacobo: Wurde 1978 durch die Kommandoaktion im Nationalpalast von Nicaragua befreit. Arbeitete später als Psychiater im Innenministerium.

»Marcos«: Eduardo Contreras Escobar. Wurde von der *Guardia Nacional* am 7. November 1976 in Managua ermordet.

»Martin«: René Nuñez Tellez. War Sekretär der nationalen Leitung der FSLN während der sandinistischen Revolution. Er hat nach wie vor eine hohe Position in der Partei.

»Marvin«: José Valdivia. Gründete mit Edén Pastora die Gruppe ARDE, die in den 80er Jahren in bewaffneter Opposition zur FSLN stand.

Montenegro, Sofía: Publizistin und profilierte Feministin, arbeitet in Managua im Forschungszentrum für Kommunikation.

Montis, Malena de: Direktion von *Cenzontle*, einer Nicht-Regierungs-Organisation in Managua.

Mulligan, Mary Jane: Führende Funktionärin des Industrieministeriums während der Revolution.

Murillo, Rosario: War Generalsekretärin der *Asociación Sandinista de Trabajadores de la Cultura* und ist Ehefrau von Daniel Ortega.

Nuñez, Leana: Arbeitete gemeinsam mit ihrem Mann René im Sekretariat der nationalen Leitung der FSLN. Seit 1990 ist sie Mitarbeiterin einer Nicht-Regierungsorganisation.

Ocampo, Carlos Alemán: Nicaraguanischer Schriftsteller, lebt in Managua.

Ortega, Daniel: Generalsekretär der FSLN, Koordinator des Regierungsrats (1979–1984) und Präsident Nicaraguas (1984–1990).

Ortega, Humberto: Mitglied des sandinistischen Direktoriums, war Oberkommandeur der sandinistischen Volksarmee. Seit seiner Pensionierung übt er über seinen Bruder Daniel großen Einfluß auf die FSLN aus.

»Paco«: Carlos Argüello Pravia. War Bürgermeister von Matagalpa.

Palacios, Pedro Araúz (»Federico«): Wurde von der Diktatur am 17. Oktober 1977 ermordet.

Quant, Arnoldo: Wurde gemeinsam mit Camilo Ortega in Los Sabogales bei Masaya am 8. Februar 1978 ermordet.

Ramírez, Sergio: Schriftsteller. War von 1979 bis 1984 Mitglied der Regierungsversammlung und von 1984 bis 1990 Vizepräsident Nicaraguas. Gründete 1994 nach der Trennung von der FSLN die *Movimiento Renovador Sandinista* (sandinistische Erneuerungsbewegung).

Real, Blas: Wurde von der *Guardia Nacional* am 1. November 1978 in Chinandega ermordet.

»Roberto«: Leonel Espinoza. War Mitglied des Innenministeriums und Chef der Propagandaabteilug der FSLN. Arbeitet heute als Anwalt.

Rocha, Róger Pérez de la: Nicaraguanischer Maler. War Mitglied der *Asociación Sandinista de Trabajadores de la Cultura* (sandinistische Vereinigung der Kulturarbeiter). Lebt in Managua.

»Rodrigo«: General Joaquín Cuadra. Löste Humberto Ortega als Oberkommandeur des nicaraguanischen Heeres ab. Ging 2000 in Pension.

Ruiz, Henry (»Modesto«): War Mitglied des sandinistischen Direktoriums, Planungsminister und Minister für wirtschaftliche Zusammenarbeit der Revolutionsregierung. Hat sich von der FSLN getrennt.

Saavedra, Camilo Ortega: Wurde von der *Guardia Nacional* am 28. Februar 1989 in Los Sabogales bei Masaya ermordet.

Saballos, Angela: Zur Zeit Journalistin für *El Nuevo Diario* in Managua.

Salaverry, Ernesto Castillo: Fiel im Kampf am 10. September 1978.

Salinas, Ricardo Talavera: Fiel im Kampf am 20. November 1978.

Tellez, Dora María: War Gesundheitsministerin. Ist Vorsitzende des *Movimiento Renovador Sandinista.*

Tito, Ernesto Castillo: Generalstaatsanwalt während der Revolution. Er löste sich von der FSLN und arbeitet heute als Anwalt.

Urtecho, José Coronel: Bedeutender nicaraguanischer Dichter, starb am 19. März 1994. Seine Frau, María Kautz, starb am 7. August 1992.

Valle, Marcos: War nicaraguanischer Botschafter in Kuba. Historiker. Lebt in Managua.

Wheelock, Jaime: War Mitglied des sandinistischen Direktoriums und Minister für Agrarreform der revolutionären Regierung. Derzeit ist er Universitätsprofessor in Managua.

Kurze Chronologie Nicaraguas

1502 Christoph Kolumbus erreicht die Ostküste Nicaraguas während seiner vierten und letzten Reise.

1524 Francisco Hernández de Córdoba gründet die Städte León und Granada und begründet damit die koloniale Periode.

1633 Die Engländer beginnen Angriffe an der Karibikküste Nicaraguas und errichten Siedlungen, die der englischen Krone unterstehen.

1821 Am 15. September wird die Unabhängigkeitserklärung von Mittelamerika in Guatemala unterzeichnet.

1823 Die *Federación Centroamericana* (Mittelamerikanische Föderation) wird gegründet.

1843 England errichtet ein Protektorat an der Mosquitia, der Karibikküste Nicaraguas.

1855 Während des Krieges zwischen den Legitimisten und den Demokraten landet William Walker an der Spitze einer Söldnertruppe in Nicaragua.

1856 Mit Unterstützung der USA ernennt sich William Walker zum Präsidenten Nicaraguas.

1856–1857 Mit Hilfe der mittelamerikanischen Armeen siegen die Nicaraguaner und vertreiben die Piraten aus dem Land. William Walker wird in La Ceiba, Honduras, erschossen.

1857–1887 Während dieser dreißig Jahre wechseln sich eine Reihe von Präsidenten der konservativen Partei an der Macht ab.

1893 Die liberale Revolution bricht unter der Führung von José Santos Zelaya aus. Nachdem er die Präsidentschaft übernommen hat, beschließt Zelaya, dem nordamerikanischen Anspruch auf das uneingeschränkte Recht zum Bau eines interozeanischen Kanals durch Nicaragua bestimmte Grenzen aufzuerlegen. Die Vereinigten Staaten akzeptieren das nicht und beschließen, diesen in Panama zu bauen. Als Zelaya aber wegen des Kanals Verhandlungen mit anderen europäischen Nationen eröffnet, nutzen die Vereinigten Staaten eine Revolte, um ihn zu zwingen, zurückzutreten.

1909 Adolfo Díaz ersetzt Zelaya in der nicaraguanischen Regierung. Die Vereinigten Staaten eignen sich die Banken des Landes, den Zoll und die Eisenbahn an. Amerikanische Marineinfanteristen landen 1912 in Nicaragua, um die konservative Regierung zu schützen, und bleiben beinahe ununterbrochen bis 1933 im Lande, um die nordamerikanischen Interessen zu schützen und die Wahlen zu überwachen.

1927–1933 Der General Augusto César Sandino erhebt sich gegen die nordamerikanische Besatzung und initiiert den ersten Guerillakrieg des Kontinents. Die Vereinigten Staaten bilden die nicaraguanische Armee unter dem Befehl von Anastasio Somoza García aus und ziehen sich 1933 aus Nicaragua zurück.

1934 Nach dem Abzug der nordamerikanischen Marineinfanteristen befiehlt Somoza, Sandino zu ermorden, als dieser nach einem von Präsident Juan Bautista Sacasa veranstalteten Bankett zur Feier der gerade unterzeichneten Friedensvereinbarung, in der die sandinistischen Truppen akzeptieren, die Waffen niederzulegen, aus dem Haus des Präsidenten in Managua kommt.

1936 Anastasio Somoza García zwingt Präsident Sacasa zum Rücktritt und macht sich im folgenden Jahr in Wahlen, bei denen er der einzige Kandidat ist, zum Präsidenten Nicaraguas.

1954 Ein Rebellionsversuch gegen Somoza aus den Reihen der Armee endet in einem Massaker.

1956–1963 Anastasio Somoza García wird in Léon von dem Dichter Rigoberto López Pérez ermordet. Sein Sohn Luis Somoza ersetzt ihn als Präsident. Dessen Bruder Anastasio übernimmt die Leitung der *Guardia Nacional.*

1956–1959 Es werden mehr als vierzig bewaffnete Rebellionsversuche gegen die Somoza-Diktatur organisiert, die alle fehlschlagen. Die Beteiligten werden erschossen oder eingesperrt.

1961 Carlos Fonseca Amador gründet die *Frente Sandinista de Liberación Nacional.*

1963 Luis Somoza stirbt an einem Infarkt.

1967 Anastasio Somoza Debayle übernimmt die Präsidentschaft, nachdem er ein Massaker gegen eine friedliche Demonstration der Opposition angeordnet hat, die ihn zwingen wollte, auf seine Kandidatur zu verzichten.

1972 Ein Erdbeben zerstört Managua. Somoza, der 1971 pro forma die Macht an eine Zivilregierung abgetreten hatte, ernennt sich selbst zum Präsidenten des Notstandskomitees und übernimmt de facto die Herrschaft über das Land.

1974 Somoza läßt sich erneut zum Präsidenten von Nicaragua wählen. Im Dezember führt die FSLN einen Überfall auf das Haus von Chema Castillo durch. Dem kühnen Einsatzkommando gelingt die Befreiung aller politischen Gefangenen. Somoza erklärt den Ausnahmezustand und die Pressezensur, die bis 1977 anhält.

1975–1977 Die Unterdrückung weitet sich auf das gesamte Land aus. Hunderte von Bauern werden ermordet, gefoltert, lebendig aus Hubschraubern geworfen. Die FSLN verliert viele ihrer Führungskader, unter ihnen Carlos Fonseca und Eduardo Contreras.

1975 Die sandinistische Front spaltet sich in drei Flügel.

1977 Am 5. September hebt Somoza den Ausnahmezustand und die Pressezensur auf. Am 13. Oktober greift die FSLN die Militärstützpunkte San Carlos und Ocotal an, am 15. Oktober den Stützpunkt der *Guardia Nacional* in Masaya. Dabei stirbt Pedro Arauz Palacios (»Federico«), Führer der GPP.

1978 Die Somoza-Diktatur befiehlt den Mord an Pedro Joaquín Chamorro, Leiter der Tageszeitung *La Prensa*. Die Privatunternehmer rufen einen Generalstreik aus. Es kommt zu einem Aufstand im indianischen Viertel von Monimbó, bei dem Camilo Ortega und Arnoldo Quant ums Leben kommen.

1978–1979 Volksaufstände, angeführt durch die FSLN, breiten sich im ganzen Land aus (September 1978/Juli 1979). Die Unterdrückung nimmt zu. Léon, Matagalpa, Estelí, Chinandega, Diriamba und Managua werden von der *Guardia Nacional* bombardiert.

1978 Erneut werden Pressezensur, Belagerungszustand und Ausnahmezustand verhängt, ab September auch Ausgangssperre.

1979 Versuche, durch Vermittlung und Dialog das Regime zu retten und eine Verhandlungslösung zu finden, scheitern. Am 16. März vereinen sich die drei Gruppen der FSLN. Am 16. Juni wird die Gründung der *Junta de Gobierno de Reconstrucción Nacional* (Regierung des nationalen Wiederaufbaus) verkündet, zusammengesetzt aus Violeta Chamorro, Daniel Ortega, Sergio Ramírez, Moisés Hassan und Alfonso Robelo (16. Juni). Die OEA verlangt den Rücktritt Somozas und weigert sich mehrheitlich, den Antrag der Vereinigten Staaten zu unterstützen, eine Friedenstruppe nach Nicaragua zu schicken. Anastasio Somoza verläßt das Land am 17. Juli. Die *Guardia Nacional* läuft auseinander. Am 19. Juli erreichen die sandinistischen Kräfte siegreich Managua und übernehmen die Kontrolle über das Land.

1979 Die sandinistische Regierung initiiert ein weitreichendes Reformprogramm, verstaatlicht die Bank, konfisziert alle Besitztümer Somozas und seiner Verwandten, gründet die sandinistische Volksarmee und die sandinistische Polizei und verkündet, daß sie das Land nach drei Prinzipien regieren wird: gemischte Wirtschaft, Blockfreiheit und politischer Pluralismus.

1980 Es organisiert sich eine riesige nationale Initiative, um den Analphabetismus im Land zu bekämpfen. Tausende von jungen Leuten gehen aufs Land, um dort das *Cruza Nacional de Alfabetación* (nationale Alphabetisierungskampagne) zu führen. Man verkündet den freien Zugang zu medizinischer Versorgung für alle Nicaraguaner und den kostenlosen Unterricht in den Schulen der ersten und zweiten Stufe und in der Universität. Man schafft ein *Area Propiedad del Pueblo*, um die von der Familie Somoza konfiszierten Güter zu verwalten. Ronald Reagan wird zum Präsidenten der Vereinigten Staaten gewählt. Die Privatunternehmen geraten in Widerspruch zum Sandinismus, als dieser die Beteiligung von Volksorganisationen im Staatsrat verlangt.

1981 Reagan beschuldigt die sandinistische Regierung, Waffen an die Guerilla in Salvador zu schicken, und sperrt die Übergabe eines Darlehens von 15 Millionen US-Dollar an Nicaragua, genauso wie ein Darlehen für den Kauf von Weizen. Zeitungsberichte informieren über die Bildung der ersten Lager der Konterrevolution in Florida. Die USA üben Druck auf die BID (*Banco Interamericano de Desarrollo* – Inneramerikanische Entwicklungsbank) aus, um die Darlehen an Nicaragua zu behindern. Die nicaraguanische Regierung konfisziert das Eigentum der Personen, die das Land verlassen und brachliegende oder verlassene Besitztümer haben.

1982 Reagan billigt den Plan der verdeckten Operationen gegen Nicaragua und einen Fonds von 19 Millionen US-Dollar, der vom CIA verwaltet wird. 70 000 Gesundheitsbrigadisten nehmen an einer großangelegten Kampagne gegen Kinderlähmung teil. Die USA legen ihr Veto ein gegen ein Darlehen von 500 000 US-Dollar der BID an Nicaragua. Das Repräsentantenhaus verbietet dem Pentagon und dem CIA, Antisandinisten auszubilden oder zu bewaffnen.

1983 Das Gesetz über den obligatorischen Militärdienst wird in Nicaragua verkündet. Der Kongreß der Vereinigten Staaten billigt 24 Millionen US-Dollar zur Unterstützung der Konterrevolution.

1984 Kommandos des CIA verminen die einschlägigen Häfen von Nicaragua. Nicaragua erhebt Einspruch vor dem internationalen Gerichtshof in Den Haag. Dieser ordnet an, daß die USA die Verminung der Häfen und die Unterstützung der Contra aufzuheben hat. Nicaragua hält Wahlen ab; es gewinnt die FSLN. Ronald Reagan wird wiedergewählt und bedroht Nicaragua mit einer direkten Militärintervention. Die Aufklärungsflüge (mit Flugzeugen vom Typ SR 71) über Nicaragua beginnen.

1985 Die Regierung Reagan verhängt ein Wirtschaftsembargo gegen Nicaragua. Der amerikanischen Kongreß bewilligt weitere 20 Millionen US-Dollar für die Contra. Nicaragua verkündet strenge Maßnahmen zur wirtschaftlichen Anpassung im Land.

1986 Das Repräsentantenhaus der USA bewilligt 100 Millionen US-Dollar für die Contra und autorisiert den CIA, Operationen gegen Nicaragua durchzuführen. Der Internationale Gerichtshof in Den Haag verurteilt das Handeln der USA und urteilt, daß sie Nicaragua für die verursachten Schäden entschädigen müssen. Die USA erkennen das Urteil nicht an. Es kommt zur Iran-Contra-Affäre, als das Repräsentantenhaus die Benutzung geheimer Fonds des CIA in der Kampagne gegen Nicaragua verbietet.

Die nicaraguanische Bevölkerung leidet unter erheblichen Rationierungen von Grundnahrungsmitteln und Benzin. Die Elektrizität wird wegen der Sabotage von Hochspannungsmasten durch die Konterrevolution rationiert. In diesen Jahren sterben Hunderte von Jugendlichen bei Kämpfen. Die sandinistische Regierung greift immer mehr auf den Vertikalismus zurück; die Gesellschaft militarisiert sich zunehmend.

1988 Man verhandelt mit der Leitung der Konterrevolution über einen Waffenstillstand. Der amerikanische Kongreß stimmt der Lieferung von wirtschaftlicher Hilfe und der Begünstigung jener politischen Parteien zu, die der nordamerikanischen Politik in Nicaragua nahestehen. Der amerikanische Kongreß bewilligt 9 Millionen Dollar, um die Wahlkampagne der oppositionellen Koalition UNO *(Unión Nacional Oposidora)* zu finanzieren.

1989 Für 1990 werden unter breiter internationaler Beobachtung Wahlen vorbereitet.

1990 An der Spitze der Koalition UNO gewinnt Violeta Chamorro die Wahlen. Die FSLN nimmt ihre Niederlage an und übergibt die Macht. Präsidentin Chamorro betreibt eine Politik der Versöhnung und erreicht Frieden im Land.

1990–2000 In den neunziger Jahren ist Nicaragua unter den Regierungen von Violeta Chamorro (1990–1996) und Arnoldo Alemán (1996–2001) wieder zu einem wirtschaftlich und sozial tief gespaltenen Land geworden, so wie es das auch vor 1979 war, nur diesmal ohne einen Diktator oder eine repressive Armee. Nach Angaben der Vereinten Nationen sind die Indikatoren für menschengemäße

Entwicklung seit 1990 stetig zurückgegangen. Während damals Nicaragua den 85. Rang unter den beobachteten Ländern einnahm, so lag es 1999 auf Rang 126.
Zur größten Oppositionspartei geworden, versuchte die Sandinistische Befreiungsfront unter Führung von Daniel Ortega, sich den neuen politischen Bedingungen anzupassen, allerdings ohne einen demokratischen Konsens im Innern der Partei, was zum Austritt eines großen Teils der Mitglieder führte. Im Jahre 1995 gründete Sergio Ramírez, der während der sandinistischen Regierungszeit Vizepräsident gewesen war, eine neue Partei: den *Movimiento Renovador Sandinista* (Bewegung der sandinistischen Erneuerung).
Die Regierungen, die auf die Revolution folgten, haben neoliberale Wirtschaftskonzepte angewandt, die den Handel und die Infrastruktur des Landes zum Wohl der Ober- und Mittelschicht verbesserten. Auch wenn das Ende des Krieges eine gewisse politische Stabilität und größere demokratische Freiheiten brachte, unterzeichneten die Sandinistische Befreiungsfront und die Liberale Partei aus wahltaktischen Gründen einen Pakt, der dem Land ein Zwei-Parteien-System aufzwingen sollte. Dieser Pakt hat anderen Kräften die demokratischen Spielräume versperrt und unter der Bevölkerung großen Unmut hervorgerufen. Auch haben die Klagen über die Korruption der Regierung stark zugenommen. Mit anderen Akteuren und unter anderen Bedingungen geht der Kampf weiter.